13/10
14/10

Petros Markaris

# La violenza dei vinti

Traduzione di Andrea Di Gregorio

La nave di Teseo

Titolo originale: Η Βια Τησ Αποτυχιασ

Diogenes Verlag AG Zürich
Published by arrangement with Berla & Griffini Rights Agency.

ISBN 978-88-346-1775-5

Prima edizione La nave di Teseo luglio 2024

*A Iosifina, come sempre*

Voglio i miei soldi e la coscienza tranquilla.
BERTOLT BRECHT, *Santa Giovanna dei macelli*

# Nota del traduttore

Le parole in greco sono state traslitterate nel modo più intuitivo. Colgo l'occasione per fornire qualche breve indicazione per una pronuncia il più possibile vicina a quella corretta (ma nessuno si preoccupi: generalmente gli italiani se la cavano benissimo con il greco e i greci, dal canto loro, sono "interpreti" eccellenti).

La *ch* si pronuncia come una *k* aspirata: "ich" o "auch" in tedesco.

La *d*, come una *d* aspirata: la *th* in "those" o in "that" in inglese.

La *gh*, come una *g* dura aspirata.

La *ou*, come una semplice *u*.

La *s* è sempre pura, come in "sussurro".

La *th*, come "thousand" o "therapy" in inglese.

La *ts*, come la *z* in "uzzolo".

La *tz*, come la *z* in "zuzzurellone".

La *z*, come la *s* in "rosa".

L'accento è segnato quando cade sull'ultima e sulla terzultima sillaba. Non quando cade sulla penultima sillaba – quando, cioè, la parola è piana.

Questo significa che il commissario Charitos si pronuncia "Charìtos".

E l'autore di questi romanzi si chiama Màrkaris.

# 1.

"Daremo precedenza assoluta alla necessità di affrontare l'aggressività, la violenza e la criminalità nella società di oggi. Non serve che ve lo spieghi, sono situazioni che avete vissuto e vivete tuttora, ogni giorno. Di conseguenza, dobbiamo innanzitutto riportare ordine e sicurezza in tutta la nazione. Voglio che il cittadino senta sempre la polizia al suo fianco, pronta a intervenire per aiutarlo. Da parte mia, dedicherò ogni sforzo a raggiungere l'obiettivo che ci siamo posti. Da me riceverete il sostegno e l'aiuto di cui avete necessità. Voglio però anche sottolineare che sarò intransigente e molto severo di fronte a ogni negligenza e deviazione dall'obiettivo che ci siamo dati."

Chi parla è il nuovo ministro per la protezione del cittadino. Assume oggi la carica e ci ha convocati per un incontro di presentazione. Le riunioni con i ministri sono, di solito, un lavaggio del cervello, sempre con la stessa acqua e lo stesso sapone.

Siamo una ventina nella sala delle cerimonie del ministero. Alcuni dei presenti li conosco, altri no, e poi ci sono quelli che ho visto giusto una volta. In prima fila siedono il comandante con il suo vice e al loro fianco il capo della Direzione dei servizi di polizia dell'Attica. Ho preferito sedermi più indietro. Sono ancora fresco di promozione e non vorrei che mi appioppassero la nomea di uno che vuole fare bella figura con il nuovo ministro.

Quest'ultimo si rivolge al comandante: "Signor comandante, vorrei che i servizi competenti mi inviassero una relazione sull'organizzazione e il funzionamento dei loro direttivi, ma anche con le lacune e i problemi che affrontano. Vorrei le relazioni sulla mia scrivania entro tre giorni. Non appena le avrò lette, ci incontreremo con i direttori competenti per discuterne e arrivare a un piano d'azione definitivo."

Segue una pausa. Il comandante non risponde subito. Quando apre la bocca è evidente che sta cercando di mantenere la calma e la voce bassa.

"Signor ministro, le relazioni che ci ha richiesto sono già presenti nella segreteria del suo ufficio. E non si tratta di una sola relazione. Sono molte. Quando ne avrà letta qualcuna, si renderà conto che abbiamo a che fare con questioni e difficoltà croniche. Potremo quindi discutere su quali richiedono di essere affrontate per prime e, quindi, hanno bisogno del suo intervento."

"Sì, ma i problemi cambiano e si acutizzano giorno dopo giorno. Quelli che vi affliggevano cinque anni fa, oggi potrebbero essere superati," commenta, infastidito, il ministro.

"I problemi cambiano e si acutizzano, ma le lacune e le mancanze sono sempre le stesse. Ed è esattamente qui che si trova la radice del male," gli risponde, tranquillo, il comandante.

A ogni risposta del comandante, vedo che il ministro si scalda sempre più. "D'accordo, leggerò le relazioni che abbiamo in archivio e quindi vi inviterò a discuterne. Ma voglio essere chiaro: i cambiamenti dovranno essere approvati, anche se unilateralmente, da me."

Il ministro si ritira, evidentemente irritato perché la sua proposta non è passata, e quindi anche noi lasciamo la sala. I più tornano ai loro dipartimenti. Ad accompagnare il comandante nel suo ufficio restiamo solo il vicecomandante, il responsabile della Direzioni stranieri e io.

"A ogni primo incontro con un nuovo ministro mi devo sorbire la stesa solfa," commenta Peratis, il responsabile della Direzione stranieri, non appena ci siamo seduti.

"Tutti i ministri che vengono per assumere il loro incarico è come se stessero per decollare," gli spiega il comandante con un sorriso.

"Decollare?"

"Sì, sognano quello che faranno e organizzeranno una volta in quota. I problemi fanno capolino quando comincia la manovra di atterraggio e si presentano una volta per tutte quando l'aereo ti scarica sulla poltrona delle responsabilità. Per questo quando ha chiesto le relazioni gli ho detto di leggersi prima quelle già archiviate. Era la spia rossa che si accende quando l'aereo comincia a scendere. Domattina, quando sarà atterrato sulla sua poltrona, si strapperà i capelli."

Il vicecomandante e Peratis si mettono a ridere. L'unico che non ride sono io. È la prima volta che presenzio all'insediamento da parte di un ministro. Quel che sapevo riguardo ai casi precedenti lo sapevo dai miei superiori o da qualche pettegolezzo.

"Forse dovrei scrivere una relazione," propongo al comandante. "Sono di nuova nomina e nell'archivio non ci sono relazioni firmate da me."

"Ce ne sono un'infinità firmate da Ghikas. Può leggersi quelle," mi risponde seccamente.

Non abbiamo altro da dirci, quindi la riunione si scioglie. Tuttavia, durante il viaggio verso viale Alexandras l'inquietudine continua a perseguitarmi. Il ministro che ho conosciuto mi ha dato l'idea di essere un presuntuoso e per di più saccente. Gente che, quando arrivano i guai, scarica tutto sui sottoposti.

Se fosse rimasto in carica il predecessore, quello che aveva firmato la mia promozione, non mi sarei affatto preoccupato, ma con questo nuovo ho preferito starmene abbottonato. Non so che cosa abbia in testa, né fino a che punto possa spingersi. Quando sei direttore da pochi mesi sei una facile preda. Non ho alcun dubbio che il comandante mi proteggerà. Quel che non so è fin dove arriva la sua influenza sul nuovo ministro.

Con questi pensieri entro nel mio ufficio. "Alamanos ha chiesto di lei," mi annuncia Stella non appena mi vede. "Mi ha detto che ha una cosa urgente da dirle."

"Chiamalo e fallo venire."

La conversazione con Alamanos mi farà bene, scaccerà i pensieri che mi trapanano il cervello.

# 2.

Dal momento in cui entra nel mio ufficio, Alamanos sembra seduto sui carboni ardenti. Ogni tanto si alza e comincia a passeggiare avanti e indietro come per cercare di spegnere la fiamma che gli arde tra le chiappe. È la prima volta che lo vedo così fuori di sé. Di solito mantiene il sangue freddo anche nelle situazioni più complesse.

"Riesci a spiegarmi che cosa c'entriamo noi con le università?" mi chiede. "Se andiamo avanti di questo passo, tra poco ci chiederanno di tener d'occhio i neonati e di mettergli le manette quando piangono." Poi tace e mi guarda. "Tu che sei il direttore della polizia dell'Attica, sai dirmi qualcosa che mi faccia capire che cosa sta succedendo?"

"Sono diventato direttore della polizia, ma non ho frequentato l'università e quindi non so come funziona."

"Forse riesco a spiegarglielo io che sono laureata in legge," interviene Antigone.

Ed è proprio per questo che l'ho invitata: ha studiato all'università, potrà darci un'opinione in più.

"I docenti universitari non vogliono entrare in contrasto con gli studenti," spiega ad Alamanos. "Temono che le cose prenderanno una brutta piega e alla fine anche i più tranquilli si rivolteranno contro di loro. Per questo se ne lavano le mani e lasciano a noi il compito di tirar fuori il serpente dalla tana."

"Sì, solo che il serpente è già fuori dalla tana e si è messo a mordere chiunque gli capiti a tiro," le risponde Alamanos, che poi si rivolge a me: "Il ministero della protezione del cittadino è diventato una farmacia e noi siamo le aspirine. Se c'è qualcuno con il mal di testa gli spediscono una scatola di aspirine e buonanotte."

Ora si è stancato di andare avanti e indietro e torna di nuovo a sedersi al suo posto. Ma i carboni ardenti continuano a scottarlo e quindi alza la voce: "Come se non bastasse, hanno messo a capo della polizia universitaria Menghinis. Un tipo che, ovunque sia andato, ha combinato qualche grosso pasticcio."

Lo interrompe il telefono. "Chiedono del signor Alamanos," mi informa Stella.

Gli passo il ricevitore e sto a guardarlo. Più va avanti la telefonata, più si rabbuia. Riattacca con un "Va bene, arrivo," e si rivolge a me: "I disordini si sono spostati dall'università a via Patision. Vado a mobilitare le pattuglie degli agenti in motocicletta. Sa Dio per quanto dovremo chiudere il transito sulla Patision e che cosa non ci sentiremo dire da automobilisti e commercianti."

"Sai se ci sono ancora professori in sede e se le lezioni stanno continuando?" gli chiedo.

"A quanto mi hanno detto, le lezioni sono state interrotte e la maggior parte dei professori se n'è andata. Sono rimasti solo quelli che avevano qualche lavoro d'ufficio o altri che dovevano incontrarsi con gli studenti."

Lascia l'ufficio, sempre con i carboni nelle mutande. Gli do ragione in tutto: quando il dolore è davvero forte non si calma con l'aspirina. Richiede tutt'altra terapia.

"Mi domando quante siano, all'estero, le università dotate di un sistema di protezione da parte della polizia," chiedo ad Antigone.

"Mi sono informata al riguardo: sono solo quattro. Due negli Stati Uniti e due in Giappone. In Europa neanche una. Tutte le università europee hanno un loro sistema di controllo degli ingressi e di sorveglianza."

Ci interrompe nuovamente il telefono. Stavolta, si tratta del vicecomandante. "Ci sono disordini all'Università di Economia, e anche sulla Patision," mi avverte.

"Lo so. Mi ha informato Alamanos che è andato sul posto."

"La pregherei di andare a dare un'occhiata. Potrebbero servire istruzioni aggiuntive, perché c'è il rischio che i disordini si diffondano. Ha sentito che cosa ha detto il nuovo ministro: teniamoci pronti per affrontare il peggio."

"D'accordo. Vado subito." Informo Antigone e chiedo a Stella di procurarmi una volante.

Viale Alexandras in direzione del centro è già bloccato dall'ingorgo. Verso la periferia il traffico procede a passo d'uomo. L'agente alla guida mette la sirena ma è del tutto inutile: non c'è spazio in larghezza, lungo il viale, per permettere alle altre auto di spostarsi in modo da aprirci un varco. Gli automobilisti prorompono in insulti, bestemmie e maledizioni verso chiunque – dalla polizia agli studenti.

Alla fine, l'agente riesce a svoltare sulla Ghennadiou e da lì sulla Lomvardou per uscire, dopo diverse difficoltà, sul Campo di Marte. L'accesso alla Patision è chiuso dalle macchine della polizia. Gli chiedo di lasciarmi sulla Mavrommateon e continuo a piedi.

Preferisco farmi un'idea dopo aver dato un'occhiata alla parte posteriore dell'università e poi valutare la situazione davanti alla Patision.

A prima vista sembra tutto tranquillo. Vedo solo due gruppi di ragazzi che chiacchierano. Evidentemente non partecipano al movimento di liberazione dell'università. Una manciata di poliziotti presidiano l'ingresso dall'interno. Continuo fino alla fine della Mavrommateon e svolto sulla Kondrigtonos. Esco sulla Patision e mi sposto sul marciapiedi di fronte. Tutti i negozi che si sono salvati dalla pandemia hanno chiuso per i disordini.

Mi fermo davanti alla vecchia sede dell'OTE, il gestore statale dei telefoni. L'ingresso all'università è bloccato da un cordone di polizia che divide in due il terreno degli scontri: una parte si trova all'interno dell'università, con la polizia universitaria, l'altra è sulla Patision con le unità motociclistiche. Il punto in comune tra i due campi sono gli slogan che si sentono sia fuori, sia dentro. Tre sono anche scritti sugli striscioni. Uno recita: "Fuori gli sbirri dalle università". Il secondo: "La giunta dei colonnelli non tornerà più". Il terzo è scritto in una lingua straniera che non capisco: "*No pasaran!*"

Le notizie possono sembrare buone, ma non è detto che lo siano. Per esempio, siamo a dicembre e c'è ancora il clima mite dell'autunno ellenico. Per noi è un dono del cielo perché non siamo costretti ad accendere i termosifoni, proprio ora che i prezzi dei combustibili ti fanno tremare peggio del freddo. D'altro canto, però, il bel tempo aiuta e facilita gli incontri, così come gli scontri. Guardo i giovani, fuori e dentro l'università. Indossano tutti un giacchino leggero. Se piovesse, la situazione per noi sarebbe più semplice.

Una voce al mio fianco mi distoglie dai miei pensieri. "La polizia universitaria mi ricorda molto le nuove leve arruolate da Putin."

Mi volto e vedo un cinquantenne in giacca e cravatta. Quel che ha detto suonava come il commento sprezzante di un uomo politico dell'opposizione. "È un politico?" gli chiedo.

"No. Sono professore all'Università di Economia. Abbiamo avuto ordine dalla polizia di allontanarci dall'ateneo a meno che non avessimo del lavoro da svolgere. Ma io sono rimasto per vedere come si sviluppa la situazione. La conclusione, a mio parere, è la stessa: le nuove leve di Putin una volta in guerra se la vedono assai male perché non sono addestrate, e la stessa cosa accade anche alla nostra polizia, che di università non sa proprio niente."

"Tutto questo non sarebbe accaduto se le università si fossero preoccupate di imporre esse stesse un sistema di regole e di gerarchia!"

"Siamo docenti e il nostro compito è istruire. Non siamo strumenti della legge e dell'ordine," replica. "A meno che non vogliate che noi passiamo a occuparci di leggi e ordine, mentre i poliziotti vanno a insegnare all'università," conclude ironicamente.

"Intende dire che nelle università europee, dove i rettori organizzano autonomamente il sistema di controllo, gli studenti si laureano e poi prendono il dottorato direttamente dai poliziotti?" gli chiede una ragazza sui venticinque anni che gli sta accanto.

"Non ho detto questo," le risponde con durezza il cinquantenne e se ne va, piuttosto seccato.

"Per fortuna non ti ha chiesto come ti chiami, perché avresti potuto passare dei guai," dico alla ragazza.

"Mah, non credo. Non studio qui. Faccio la magistrale a Bologna. Sono ad Atene per caso e sono venuta a vedere che cosa succede."

Ed ecco che intravedo Alamanos all'incrocio delle strade. Gli faccio cenno di avvicinarsi.

"I fronti sono due, come peraltro mi aspettavo," gli dico.

"Sì, quando è iniziato il raduno sulla Patision abbiamo chiuso l'accesso per impedire il contatto tra i due gruppi. Nel cortile dell'università il volume delle voci è calato. Di tanto in tanto c'è qualcuno che grida uno slogan, ma poca roba. I focolai maggiori sono sulla Patision, come vedi, ma anche a questo siamo abituati. I disordini più violenti accadono sempre sulle piazze e nei viali del centro."

"Hai parlato con Menghinis?"

"Sì. Per prima cosa ha fatto presidiare il rettorato e gli uffici amministrativi in modo che nessuno entrasse mettendo tutto a soqquadro. I dimostranti hanno fatto qualche tentativo, ma hanno fallito e sono stati bloccati nel cortile. Ecco perché è diminuita anche la mobilitazione all'interno. Avevano come obiettivo il rettorato, ma non ci sono arrivati."

"Come valuti la situazione? C'è pericolo che gli scontri si estendano anche altrove?"

"È ancora presto per prevedere come si svilupperà la situazione sulla Patision. In ogni caso, non credo che riapriremo la strada a breve. Quel che mi dà fastidio, invece, è un'altra cosa."

"Cosa?"

"Non escludo che gli studenti che ora si trovano ingabbiati all'interno dell'università tentino la fuga per via Mavrommateon, verso il Politecnico. Potrebbero entrare e rompere tutto quello che si troveranno davanti. Ho già dato istruzioni perché una pattuglia di agenti motociclisti presidi l'uscita posteriore. Ho anche chiesto rinforzi alle unità antisommossa. Le forze di cui disponiamo in questo momento non ci bastano."

Chiedo ad Alamanos di telefonarmi se vedesse che la situazione va peggiorando e lo lascio alle prese con i suoi problemi. Attraverso la Patision e arrivo in viale Alexandras, nel punto in cui mi aspetta l'autopattuglia. Quel che ho visto mi basta.

"Le proporrei di prendere la Mavrommateon e, da lì, uscire in via Evelpidon," mi spiega l'agente al volante. "Forse troviamo meno traffico."

La sua proposta si rivela corretta, e arriviamo piuttosto rapidamente sulla Ambelokipous. Non appena entro in ufficio telefono al vicecomandante e lo aggiorno sugli eventi.

"Ci mancavano solo le università," commenta.

Non gli rispondo perché ne seguirebbe una discussione che non si può intavolare per telefono. Meglio parlarne quando ci vedremo di persona.

Do un'occhiata all'orologio. Sono le sei. Decido di chiudere bottega e andare a casa. È venuta l'ora di rilassarsi e ritrovare la tranquillità. Non ho più resistenza né forze, neppure per vedere mio nipote.

# 3.

Quando la sera sono solo a casa, il mio passatempo sono i telegiornali. Ieri, però, non avevo voglia di ascoltarli. Del resto, conoscevo bene la situazione, perché avevo informazioni di prima mano. Aspettavo che Adriana mi portasse una cena fatta in casa e qualche novità dalla famiglia. Dal giorno in cui è nato nostro nipote, quando non riesco ad andare a trovarlo dopo aver staccato dal lavoro, Adriana porta a casa le porzioni che ci spettano di quel che ha cucinato per la famiglia di nostra figlia, insieme alle novità che riguardano il piccolino.

E così è trascorsa anche la serata di ieri. Adriana mi ha informato sulle ultime imprese di nostro nipote Lambros, e quindi – con un po' di inquietudine – su come sta Caterina, che attraversa un periodo di notevole pressione, finché ci siamo seduti a mangiare il pollo con le *chilopites* che aveva portato con sé. Dopo cena, abbiamo passato un po' di tempo a guardare un vecchio film greco e siamo andati a dormire.

Il rito del caffè mattutino inizia con Alamanos che mi aggiorna su come sono andati a finire gli scontri di ieri.

“Siamo stati impegnati fino a mezzanotte,” mi informa. “Abbiamo fermato otto persone. Ora la situazione è abbastanza calma. Abbiamo riaperto la Patision e il traffico scorre tranquillo.”

“Per fortuna che le tue paure di veder estendere i disordini al Politecnico non si sono realizzate. Altrimenti, saremmo ancora in strada.”

“Hanno provato a uscire dalla Mavrommateon, ma l’avevamo previsto e quindi non ci sono riusciti,” mi spiega. “Quando gli scontri si sono calmati, abbiamo riaperto l’ingresso principale, quello sulla Patision, e li abbiamo costretti ad allontanarsi. Ora, quanti di loro si siano nascosti nelle aule per rimanere in zona e poter riprendere oggi a manifestare, lo scopriremo solo col tempo. È impossibile ispezionare anche le aule.”

“Dammi la tua opinione su Menghinis.”

“Non dirò che è scivolato su qualche buccia di banana. Certo, ogni tanto è venuto da me. ‘Tu sei più esperto. Dimmi come dobbiamo muoverci,’ mi diceva. E bada che non te lo dico per diffamarlo, tutt’altro. Non so, però, come andranno le cose quando sarà obbligato a prendere le sue decisioni da solo.”

Alamanos torna nel suo ufficio e io tiro un sospiro di sollievo, del tipo “la tempesta è passata”, anche se so benissimo che è solo questione di tempo prima che ne scoppi un’altra. Il problema è che ci troviamo con un fiume in piena davanti e il baratro alle spalle. Se lasci tutti questi anarchici e teppistelli liberi di andarsene in giro come cani randagi per non rendere la situazione più difficile, vedrai che finiranno per distruggere le università. Se mandi la polizia, come abbiamo fatto ieri, risvegli le loro sindromi antisistema e quelli si convincono di essere sul punto di risuscitare l’insurrezione del Politecnico del ’73. Vallo poi a spiegare al nuovo ministro, che è convinto che l'apparizione della polizia sia una bacchetta magica che fa scomparire per incanto la violenza.

I miei pensieri si interrompono all'improvviso con l'ingresso di Antigone. "Che succede?" le chiedo, perché ha un aspetto che non promette buone notizie.

Mi si siede di fronte e mi guarda. "Mi hanno chiamato dal pronto intervento. All'Università di Economia c'è un morto."

"Un morto? Uno studente?"

"No, un professore. Un certo Themistoklìs Rodakis. Insegnava matematica per l'economia."

"E com'è morto? Di morte naturale?" le domando, anche se so che la mia speranza è vana. In quel caso, non ci avrebbero telefonato neanche le pompe funebri.

"Il pronto intervento ci ha detto che l'hanno trovato appeso alla libreria del suo ufficio. Gli hanno passato una corda attorno al collo," continua Antigone, "ma i suoi abiti erano sporchi di sangue. Gli agenti non sono voluti entrare per paura di distruggere involontariamente qualche prova. Hanno chiuso la stanza e la stanno facendo presidiare da un agente."

"Avverti subito i tuoi collaboratori e informa l'ufficio del medico legale e la scientifica. Partiamo subito. Verrò anch'io per farmi una prima idea dell'omicidio e delle indagini."

So che cosa ci aspetta. Quando, pur con tutta questa polizia fuori e dentro l'università, qualcuno viene ucciso, ecco che ci danno il tormento con l'accusa che la polizia è ormai ridotta a immondizia, anche se, al giorno d'oggi, molti nell'immondizia ci rovistano per sopravvivere. Il sistema politico balzerà in piedi come un sol uomo e io dovrò correre da un ufficio all'altro, a portare non notizie, ma rimostranze. Consegnerò, col fiatone, una citazione dopo l'altra, e intanto ascolterò quelli seduti alle loro scrivanie che sparano sentenze.

Chiamo subito il vicecomandante, per la prima lavata di capo. Appena finisco, il vice lascia andare un sospiro, che però sembra più un singhiozzo.

"Siamo proprio nei pasticci," commenta. "Valli a trovare, ora, quelli che hanno commesso l'omicidio, con tutto il caos che regnava fuori e dentro l'università."

Non ho molto da aggiungere e quindi mi limito a una risposta piuttosto stereotipata: "Andrò anch'io a seguire gli sviluppi da vicino e la terrò al corrente."

Riattacco e chiamo subito Alamanos. "So già cosa stai per dirmi. Quindi, scusa se ho tardato a telefonarti per farti le mie condoglianze," mi fa con amara ironia.

"Hai tempo di venire a darmi un rapido aggiornamento?"

Arriva, puntualissimo. "Non è che, mentre eri lì, hai notato qualche attacco al palazzo degli uffici?" gli chiedo.

"Io ero fuori, e non avevo una visione chiara di quanto accadeva in università. Non appena l'ho saputo, ho fatto la stessa domanda a Menghinis. Mi ha detto che il loro primo dovere era proteggere gli edifici da eventuali tentativi di invasione. Mi ha anche spiegato, però, che non poteva escludere che qualcuno fosse riuscito, in un momento particolarmente duro degli scontri, a sgattaiolare nel palazzo senza che gli agenti se ne accorgessero.

"Come non si esclude che l'abbia ammazzato uno di quelli che si erano nascosti nelle aule, come mi hai detto."

Alamanos mi guarda, pensieroso. "Può essere, ma mi pare improbabile."

"Perché?"

"Prima di bloccare gli accessi al cortile centrale abbiamo annunciato con i megafoni che l'università stava per chiudere e tutti dovevano andarsene. Se il professore fosse stato ancora vivo sarebbe uscito insieme agli altri docenti."

"Giusto. Quindi alcuni di loro sono sfuggiti agli agenti approfittando della confusione, si sono intrufolati nel palazzo e l'hanno ucciso. E questo significa che gli assassini hanno anche un altro vantaggio."

"E sarebbe?"

"Sono andati via insieme a tutti gli altri e nessuno si è accorto di loro."

Ci interrompe la telefonata di Antigone. Mi avvisa che è tutto pronto e che possiamo partire. Chiedo ad Alamanos di aspettarmi e convoco il resto della squadra nel mio ufficio. Il dubbio che mi affligge è come faremo a entrare in università – non tanto noi, quanto il medico legale e la scientifica – senza farci notare e far scoppiare così un'altra sollevazione. Se accadesse, di certo questo ritarderebbe le indagini, dato che dovremmo affrontare, contemporaneamente, anche i disordini.

La squadra omicidi compare di lì a poco. Spiego ai colleghi qual è il problema e Alamanos telefona subito a Menghinis. Dopo un po' riattacca e si rivolge a noi.

"Le porte dell'università sono aperte, ma la polizia universitaria sta ancora presidiando gli ingressi," ci informa. "La sua opinione è di lasciare le volanti su viale Alexandras ed entrare dalla Mavrommateon. Nel frattempo, lui informerà gli agenti. Non so, naturalmente, dove si trovi di preciso la vittima."

"Nella palazzina degli uffici," gli risponde Antigone.

“Non so neanche dove si trovi la palazzina degli uffici, ma la mia opinione è che entriate dalla Mavrommateon, come suggerisce Menghinis, e da lì raggiungiate lo stabile degli uffici,” le dice Alamanos. “Se eviterete l’ingresso principale, penso sia improbabile che qualcuno vi noti.”

“E il medico legale con la scientifica?”

“Non verranno con le volanti ma con un furgone, quindi passeranno inosservati. Del resto, un’ambulanza non è né rara né particolarmente sorprendente.”

Non abbiamo altro da dirci. Di tutto il resto ci occuperemo sul luogo del delitto. Alamanos torna in ufficio e noi ci dirigiamo verso le due autopattuglie in attesa.

Il traffico sull’Alexandras è regolare e raggiungiamo in fretta l’angolo con la Mavrommateon. Usciamo dalle auto e ci avviamo, a piedi, verso l’ingresso dell’Università di Economia.

# 4.

Il nostro arrivo passa quasi inosservato. Alcuni studenti ci lanciano uno sguardo tra l'indifferente e l'incuriosito, ma senza commenti né grida. Dico a Kòllias di rimanere nel cortile, innanzitutto perché ci avverta per tempo nel caso ci siano reazioni inattese, e poi perché accompagni il medico legale e la scientifica.

Noialtri entriamo nel palazzo degli uffici e saliamo al secondo piano, dove si trova l'ufficio di Rodakis. Il pronto intervento ha già isolato il luogo con il nastro rosso. Individuiamo subito l'ufficio della vittima perché c'è un agente a presidiarne l'ingresso. Ci apre ed entriamo.

Il quadro che ci troviamo davanti è esattamente come ce l'hanno descritto: Rodakis è appeso a una corda che gli hanno legato al collo. Le spalle e le maniche della giacca sono rosse di sangue. Notiamo, tuttavia, una differenza sostanziale: non l'hanno appeso alla libreria, ma a due chiodi al di sopra della libreria.

"Quando me l'hanno detto, mi sono stupita che la libreria potesse reggere il peso di un uomo adulto. Ora tutto si spiega," commenta Antigone.

“C’è sangue anche sulla poltrona della scrivania,” ci informa Koula.

Non appena ci avviciniamo vediamo lo schienale della poltrona macchiato di sangue, troviamo gocce anche sulla scrivania.

Il mio interesse si concentra sulla vittima. Tento di capire in che stato è il suo cranio, anche se lo vedo di sbieco.

“Prima l’hanno colpito con qualche oggetto, mentre era seduto alla scrivania, e poi l’hanno appeso,” spiego. “Se era già morto quando l’hanno appeso, oppure se è morto per l’impiccagione, ce lo dirà il medico legale.”

“Dove hanno trovato i due chiodi sopra la libreria? Li hanno piantati gli assassini?” chiede Dervìsoglou.

“No. Ai chiodi era appeso un quadro,” gli risponde Koula. “Venite a vedere.”

Poco oltre i piedi della vittima troviamo, sottosopra sul pavimento, un grosso quadro. Koula lo prende per i bordi e lo gira con molta attenzione. La cornice contiene la foto di una città. In basso, poco sopra la cornice leggo la parola “Oxford”.

“Evidentemente aveva studiato a Oxford e ha appeso la fotografia in bella vista,” commenta Antigone. “Gli assassini hanno tolto di mezzo il quadro e ai chiodi hanno assicurato la corda.”

“E dove l’hanno trovata, la corda?” si chiede Askalidis.

“L’unica spiegazione è che avevano già deciso di impiccarlo, quindi la corda se l’erano portata dietro,” risponde Antigone.

“E questo ci guida verso ulteriori considerazioni,” continuo. “La prima è che non è stato un solo criminale ad agire, ma almeno due. La seconda è che conoscevano bene l’interno dell’ufficio.”

Si apre la porta ed entra Stavròpoulos con i suoi uomini. Mi saluta con un cenno del capo, mentre riserva un sorriso per Antigone. "Ciao, Antigone. Sono contento di vederti," le dice.

Poi torna ad assumere un'espressione seria e si volta verso di me: "Di che si tratta?" mi chiede.

Gli indico il cadavere senza altre spiegazioni. Stavròpoulos chiede ai suoi collaboratori di staccare il corpo di Rodakis dal muro. Quando lo adagiano sul pavimento, si china sul cadavere e inizia a esaminarlo. Nel frattempo, fa la sua comparsa anche la squadra della scientifica con a capo Dimitriou. Gli dico di fare una prima ricerca cominciando dalla poltrona e dalla scrivania, per passare poi alla libreria, casomai ci fosse qualche impronta digitale o qualche altra traccia genetica.

Stavròpoulos termina il suo esame e si rialza. "Prima l'hanno colpito con un oggetto di ferro, probabilmente una spranga, e poi l'hanno impiccato," mi spiega. "Ora, se la morte sia sopraggiunta a causa del colpo di spranga o dell'impiccagione potrà dircelo soltanto l'autopsia. E, tra l'altro, non sono del tutto certo che avremo una risposta chiarissima." Dopodiché continua: "Dev'essere morto più o meno ventiquattr'ore fa."

"È quel che ho pensato anch'io. L'hanno ucciso ieri, durante gli scontri tra anarchici e polizia."

Stavròpoulos chiede ai barellieri di trasferire il cadavere sull'autoambulanza. Uscita di scena la vittima, finisce anche il nostro impegno sul luogo del delitto. Meglio andarcene e lasciare spazio libero alla scientifica.

Usciamo in cortile. Kòllias ci informa che, per il momento, tutto è rimasto tranquillo. Dobbiamo elaborare un piano d'azione. Non possiamo farlo qui, e se tornassimo in sede, perderemmo troppo tempo sull'Alexandras. Alla fine, chiediamo alla scientifica di prestarci il loro furgone.

"Dobbiamo chiedere alla segreteria un elenco degli studenti che hanno seguito le lezioni di Rodakis. Poi, anche un elenco degli studenti che hanno fatto la magistrale con lui. Dobbiamo interrogarli quanto prima," dice Antigone non appena ci sediamo.

"Sono d'accordo, ma se ne occuperà qualcuno dei tuoi. Noi dobbiamo incontrare il rettore. Innanzitutto, per informarlo sull'accaduto. E poi, potrebbe anche darsi che sappia dirci qualcosa di utile."

Antigone spedisce Dervìsoglou e Kòllias in segreteria e lascia Koula con Askalidis perché restino con la scientifica. "Chiedete in segreteria a che piano si trova l'ufficio del rettore, così non perdiamo tempo," dice ai suoi. "Non c'è bisogno di chiedere. È al terzo piano. Me l'hanno detto mentre ero fuori," risponde Kòllias.

Saliamo al terzo e individuiamo l'ufficio dalla targhetta. Ci presentiamo in segreteria e annunciamo che vogliamo vedere il rettore.

"Prego," dice la segretaria senza aggiungere altro.

Il rettore è sulla sessantina. Si alza e ci saluta dandoci la mano. "Che disgrazia ci è cascata addosso," dice mentre ci sediamo. "Pensate sia opera di qualche anarchico?"

"No. Tutte le indicazioni fanno pensare a un delitto premeditato," chiarisce Antigone, che poi continua con una domanda: "Che tipo di uomo era Themistoklìs Rodakis? Riuscirebbe a darcene un'idea, sia come uomo sia come docente? Potrebbe esserci utile per le indagini."

"Rodakis era uno studioso eccellente, ma allo stesso tempo una persona dal carattere molto difficile," le risponde subito il rettore. “E la cosa non riguardava tanto i rapporti con i colleghi, ma in generale i suoi rapporti con gli studenti. E il prezzo più alto lo pagavano coloro che facevano con lui la magistrale. Dovevano faticare molto prima di convincere Rodakis ad accettare di diventare loro relatore. Il risultato è stato che sempre più studenti hanno evitato di fare la tesi con lui e hanno scelto altri docenti come relatori. A dire il vero, però, i pochi che avevano la pazienza e la resistenza per continuare con lui, alla fine si laureavano con lode.”

“Crede che i responsabili siano da cercare tra gli studenti che erano entrati in conflitto con lui?” gli chiedo.

“Lo escludo,” mi risponde senza esitazione. “All’università abbiamo i soliti anarchici, i cosiddetti ‘compagni’, e anche studenti che sono davvero in collera con i loro professori. Assassini, però, non ce ne sono, né da noi, né in altre università.”

Segue una pausa, in cui cerchiamo di capire se abbiamo altre domande, ma il rettore ci precede: “Anch’io ho un dubbio. Come sono riusciti ad arrivare nell’ufficio di Rodakis, se la polizia aveva chiuso tutti gli ingressi agli edifici accademici?”

“La tensione degli scontri è stata grande, fuori e dentro l’università. Non è escluso che i responsabili si siano mescolati alla massa degli anarchici. A un certo punto, mentre la tensione raggiungeva l’apice, approfittando di uno scontro con la polizia, sono entrati nell’edificio senza farsi notare e sono arrivati all’ufficio di Rodakis. È l’ipotesi più probabile,” gli spiego.

“E questo significa che gli assassini sono giovani,” è il suo commento.

“È molto probabile, almeno in base agli elementi che abbiamo raccolto finora,” conferma Antigone.

La conversazione è terminata e ci ritiriamo. "In ogni caso, quel che ha detto al rettore non si può escludere," mi dice Antigone quando usciamo.

"Cosa?"

"Che potrebbero averlo ucciso degli studenti a cui aveva fatto saltare i nervi."

"Non lo escludo, ma io stesso lo ritengo molto improbabile. In tanti anni di lavoro nella Squadra omicidi non mi è mai capitato il caso di un assassinio all'interno di un'università."

Scendiamo in cortile, dove ci aspettano Koula e Askalidis, insieme a Dimitriou.

"Abbiamo trovato il cellulare di Rodakis e ricostruiremo le sue telefonate," ci annuncia Dimitriou. "Controlleremo anche le chiamate da e verso il suo telefono fisso. Non abbiamo trovato la spranga. Abbiamo preso la corda, ma dubito che ne trarremo qualche indizio."

Ora è il turno di Askalidis. "Alcuni agenti hanno individuato dei manifestanti che hanno partecipato agli scontri. Li hanno fermati e chiusi in un'aula, in caso li volessimo interrogare."

"Ottimo. Ma come va con la ricerca degli studenti e di quelli che hanno seguito la magistrale con Rodakis?" chiede Antigone.

"Abbiamo tutti gli elementi," le risponde Kòllias.

"Allora, voi vi occupate dell'interrogatorio e, in seguito, della ricerca, mentre io torno in centrale per fare le mie relazioni ai superiori," dico loro.

Arrivo in viale Alexandras e salgo in ufficio con l'idea di prendere subito una volante che mi porti dai miei superiori. È urgente informarli. So che seguirà una riunione e dovrò correre in via Katechaki, ma non posso evitarla.

Come al solito, l'uomo propone e Dio dispone. Non appena arrivo in ufficio, Stella mi informa che mia figlia ha chiamato due volte. Mi prende il panico, perché Caterina telefona in ufficio molto di rado. Temo che sia accaduto qualcosa a Adriana o a mio nipote.

Richiamo subito Caterina. "Papà, ho saputo che hanno ucciso Themistoklìs Rodakis," mi dice.

"Sì", rispondo inghiottendo con un po' di fatica un sospiro di sollievo.

"Sua moglie, Dìmitra Kourtidou, è una mia cliente. Si erano separati, ma Rodakis le aveva fatto causa perché rivendicava una parte del patrimonio della moglie. Ed è questa la ragione per cui teme di essere coinvolta nell'omicidio."

"I primi elementi che abbiamo raccolto non fanno pensare che il movente dell'omicidio sia il denaro. Antigone e io dovremo comunque farci due chiacchiere. Vorrei, però, che tu ci dessi qualche informazione, prima di incontrarla."

"Venite entrambi e ne parliamo."

"Dipenderà da Antigone. In questo momento è immersa nelle indagini. Le parlo e poi ti aggiorno."

Riattacco e chiamo subito il vicecomandante. "So perché mi ha telefonato: per la ciliegina sulla torta," mi anticipa prima che che io apra bocca.

"Credo che sia più corretto parlarne di persona."

"Gli elementi che abbiamo raccolto finora sono molto scarsi," gli spiego. "In questo momento, la squadra omicidi sta interrogando un gruppo di anarchici e di studenti di Rodakis. Le proporrei di vederci domani mattina, quando avremo raccolto maggiori informazioni dagli interrogatori. Oggi posso darle solo un quadro molto generale."

"Sono d'accordo perché la sua proposta ha anche un'altra caratteristica positiva. Domani il ministro è in una riunione del governo e, così, saremo solo noi tre."

La notizia tranquillizza anche me. Al vicecomandante fornisco un aggiornamento piuttosto generico, sia sugli elementi che abbiamo raccolto, sia sulla nostra conversazione con il rettore. Chiudiamo dandoci appuntamento per l'indomani mattina alle nove.

Non mi resta che trovare qualcosa da fare finché non ritorna la squadra omicidi con le novità.

# 5.

Lungo la strada verso l'ufficio, realizzo improvvisamente che non so assolutamente nulla di quel che hanno detto i social riguardo all'omicidio, né so se sia partita la prevedibile giaculatoria contro la polizia. Il tempo è cambiato. Ora fa freddo e il riscaldamento viene alimentato con il contagocce. Per fortuna stamattina ho indossato un golf pesante e quindi resisto.

La prima telefonata me la fa Vellidis. "Se vuoi che ti mandi tutti i post pubblicati sui social, devo mettere insieme un intero fascicolo. È meglio se vieni tu da queste parti, così vedi tutto direttamente sullo schermo," mi spiega.

Appena arrivo, mi porta una sedia per farmi sedere vicino a lui. "Forza e coraggio," mi fa mentre apre il file sul computer.

Leggo il primo post.

> Per fortuna ora abbiamo la polizia universitaria, così gli assassini possono star tranquilli, dato che gli è concesso uccidere e poi andarsene indisturbati senza che la polizia se ne accorga minimamente. La missione della polizia universitaria sta nel mettere un freno ai disordini all'interno dell'ateneo. La prevenzione degli omicidi, evidentemente, non rientra tra i loro compiti.

Passo al messaggio successivo.

> "Cominciate presto, finite presto e non pulite il water," si diceva una volta. Ora dovremmo dire: "Ammazzate, fuggite e siete in salvo." Di questo passo avremo, a fianco della polizia universitaria, anche una sezione universitaria della squadra omicidi. L'unica cosa che questo stato sa fare è istituire nuove commissioni d'inchiesta ed emanare direttive. Entrambe le cose servono per nascondere la sua inettitudine.

Mi sono già fatto un'idea e non ci sarebbe bisogno di continuare, ma Vellidis mi apre un altro post: "Leggi anche questo, come dessert."

> Si offendono, i poliziotti, se li chiamiamo sbirri. Ma sono sbirri. Fanno la loro bella figura quando si scontrano con i compagni e si inorgogliscono per gli arresti, mentre, nello stesso istante, qualcuno uccide, alle loro spalle, senza che se ne rendano conto. Questo capita agli sbirri, non ai poliziotti.

"Hai notato per caso qualche reazione da parte del ministero?" chiedo a Vellidis. "Io andavo di fretta e non ho fatto in tempo a dare un'occhiata."

"C'è una dichiarazione del ministro. Esprime il suo cordoglio per l'omicidio di Rodakis e promette di fare piena luce sul caso."

"Avete trovato qualche qualche messaggio sull'omicidio?"

"Ne abbiamo trovati molti... tutti uguali... uno ti basta." Vellidis ne apre uno e io lo leggo.

> Quali bestie feroci hanno commesso questo delitto abominevole? Themistoklìs Rodakis era un professore eccellente e insegnava una materia fondamentale per gli studenti di oggi, matematica per l'economia. Sono le conoscenze di cui hanno bisogno i nostri figli per trovare un posto di lavoro ben retribuito. D'accordo: si troverà un altro

professore che insegni questa materia. Ma sarà del livello di Rodakis? La Grecia non è soltanto il paese di Pericle e di Socrate. È il paese in cui i più meritevoli vengono assassinati – dall'antichità a giorni nostri.

Dico a Vellidis si informarmi se troverà qualche rivendicazione che, a suo parere, dovrei leggere e torno nel mio ufficio. Aspetto che mi arrivi qualcosa dagli interrogatori tenuti all'università, ma mi sembra improbabile che qualcuno abbia notato qualcosa di strano nel pandemonio di ieri e sia andato a riferirlo agli agenti di polizia.

La fortuna mi sorride e il rientro della squadra omicidi non tarda. Arrivano soltanto Antigone, Koula e Dervìsoglou.

"Kòllias e Askalidis sono rimasti per interrogare alcuni studenti che stanno lavorando alla loro laurea magistrale," spiega Antigone.

"Avete ricavato qualcosa dagli interrogatori?" chiedo.

"Con gli anarchici ci siamo scontrati contro un muro di silenzio, ma non mi aspettavo nulla di diverso. Guardavano prima noi e poi il vuoto senza aprir bocca. Alla fine, uno di loro si è degnato di dichiarare che loro non parlano con gli sbirri."

"Gli abbiamo spiegato che non ci stiamo occupando di uno scontro tra loro e la polizia, ma di un assassinio," aggiunge Dervìsoglou. "La loro risposta è stata che non avevano niente a che fare con quel crimine e poi sono tornati a tacere. Alla fine, abbiamo chiamato degli agenti perché trascrivessero le loro generalità e ce ne siamo andati dopo aver sprecato inutilmente il nostro tempo."

"Siete riusciti a mettere insieme qualche informazione?"

"L'unica cosa che abbiamo saputo dalla segreteria è che avevano avvertito anche Rodakis insieme agli altri docenti, facendo presente che l'università avrebbe chiuso a causa dei disordini," mi risponde Koula. "Rodakis gli ha risposto che il palazzo degli uffici era presidiato e quindi sarebbe rimasto in ufficio perché aveva da leggere alcune tesi magistrali."

"Le indagini proseguono," interviene Antigone, "comunque ci siamo casualmente imbattuti in una studentessa che ci ha dato un'informazione. L'abbiamo portata con noi per farle sentire quel che ha da dirci."

Antigone si alza e apre la porta dell'ufficio. "Venga, signorina Floridi."

Compare una ragazza intorno ai venticinque anni, con i jeans, una giacca e la coda di cavallo. Koula le porta una sedia prendendola dal tavolo delle riunioni e gliela avvicina perché sia di fronte a me.

"Signorina Floridi, racconti al signor direttore quel che ha detto anche a noi, in modo che abbia una testimonianza di prima mano," le chiede Antigone.

La ragazza volge lo sguardo verso di me. "Una settimana fa... ma potrebbero anche essere dieci giorni, non ricordo esattamente... ero nel cortile. Mi si è avvicinato un ragazzo più o meno della mia età e mi ha chiesto dove fosse l'ufficio di Themistoklìs Rodakis. Gli ho chiesto perché non fosse andato a chiedere in segreteria, e mi ha spiegato che era uno studente lavoratore e non voleva perder tempo ad aspettare. Allora, gli ho mostrato dov'era il palazzo degli uffici e ho aggiunto che l'ufficio di Rodakis era al secondo piano. L'ho visto dirigersi verso il palazzo, ma da quel momento non l'ho più rivisto, anche perché sono andata a lezione."

"Era uno studente dell'università oppure lo vedevi per la prima volta?"

"No, non l'avevo mai visto. E se fosse stato uno studente, avrebbe saputo dove si trovano gli uffici dei professori.

Neanch'io sono stata studente di Rodakis, eppure sapevo dov'era il suo ufficio."

"Per caso, l'hai intravisto anche ieri in mezzo ai disordini?" le chiede Koula.

"Anche se fosse stato tra gli anarchici individualisti, non ci avrei comunque fatto caso perché sono andata via non appena sono iniziati gli scontri, insieme a un gruppo di miei colleghi. Abbiamo capito che le lezioni sarebbero state sospese e non c'era ragione di restare in università."

"Se lo rivedessi lo riconosceresti?" chiede Antigone.

La ragazza ci pensa su. "Ce l'ho ancora chiaro nella memoria. Se me lo ricorderò anche tra un paio di mesi, questo non posso proprio dirvelo."

Non abbiamo nient'altro da chiederle. La Floridi si congeda, mentre noi ci guardiamo per decidere a chi tocca prendere la parola. La sorte designa Antigone.

"Abbiamo fatto un piccolo passo avanti. Ora conosciamo l'età dei responsabili, ma sappiamo anche che avevano individuato l'ufficio di Rodakis prima di agire," dichiara, soddisfatta.

"Siamo sicuri che siano tutti della stessa età?" si chiede Dervìsoglou.

"A giudicare dall'età del ragazzo che ha parlato con la nostra testimone, dovrebbero essere tutti coetanei, per due ragioni," spiego. "La prima è che delitti di questo genere vengono commessi, di solito, da bande di coetanei. Le differenze di età si notano nel crimine organizzato. La seconda ragione è che, se fossero stati più avanti negli anni, avrebbero attirato l'attenzione. Qualcuno si sarebbe chiesto che cosa ci facevano dei matusalemme in uno scontro tra studenti e polizia in una sede universitaria."

All'improvviso mi viene un'idea e ne parlo con Antigone: "Chiedi agli agenti se ci sono telecamere di sicurezza nell'edificio centrale e in quello degli uffici."

Mi guarda e accenna un sorriso: "Lo chiederò, ma se ci fossero, dovrebbe esistere anche un deposito con telecamere da sostituire. Secondo lei i compagni teppisti non le hanno spaccate alla prima occasione?"

"Hai ragione, però chiedilo, non si può mai sapere."

La riunione si scioglie e i miei collaboratori si preparano a congedarsi. Chiedo ad Antigone di fermarsi un momento.

"Ti ha chiamato Caterina, per caso?" le domando quando rimaniamo soli.

"Sì, mi ha chiamato, ma le ho detto che sarebbe stato preferibile che parlasse con te."

"Abbiamo parlato e l'ho tranquillizzata. Non vedo nessun tipo di collegamento che indichi la possibilità di un omicidio all'interno della coppia. Però, vorrei che incontrassimo Caterina per fare due chiacchiere, casomai ci fornisca qualche informazione utile. Infine, ritengo che sia irrinunciabile un incontro con la moglie di Rodakis. Hai tempo per passare dall'ufficio di Caterina?"

"Sì, oggi sono libera. Prima però devo finire di ricopiare le testimonianze degli studenti della magistrale allievi di Rodakis. Domani inizieremo con gli incontri con i suoi colleghi docenti, dopo che avremo raccolto abbastanza elementi dagli studenti. Quindi, oggi sono ancora disponibile."

"Bene. Allora telefono a Caterina e ci muoviamo."

Caterina mi risponde dicendomi che preferirebbe ci vedessimo a casa, per evitare interruzioni e visite impreviste.

In un quarto d'ora partiamo per via Athanasias, ognuno con la sua macchina.

# 6.

Caterina ci accoglie con due abbracci. Il primo è per Antigone, il secondo per me. Non appena finiscono i convenevoli, mi dirigo verso la camera di mio nipote, ma mia figlia mi ferma.

"Papà, ti prego. Non adesso. Se Lambros dovesse vedervi tutti e due, gli verrebbe appetito e non ci lascerebbe in pace. Prima parliamo tra di noi e poi potrete andare a godervelo quanto volete."

Ci accomodiamo, quindi, in salotto. Caterina accende il condizionatore perché riscaldi e non appena ci sediamo entra subito in argomento.

"La moglie di Themistoklìs Rodakis, Dìmitra Kortidou, possiede un'azienda che importa e installa impianti di sicurezza, in banche, imprese, alberghi e case private. Ha iniziato dieci anni fa, quando era ancora sposata con Rodakis. Si sono separati cinque anni fa. Hanno due figli. Il primo quest'anno finisce il liceo, mentre la ragazza frequenta la seconda ginnasio. La Kortidou ha messo su l'impresa con i soldi di suo padre. Un anno dopo il divorzio, Rodakis ha sostenuto che l'azienda era stata creata dalla moglie in collaborazione con lui e quindi ha chiesto la compartecipazione ai ricavi. La Kortidou voleva evitare tensioni, specialmente per i ragazzi. Abbiamo quindi proposto a Rodakis che la moglie trasformasse l'azienda da società uninominale in società in accomandita semplice in modo che Rodakis, divenuto un accomandatario, potesse avere una partecipazione del cinque per cento sui proventi. Ma lui ha rifiutato immediatamente e ha citato la Kortidou in giudizio, dove però ha perso su tutta la linea. Abbiamo pensato, allora, che avesse rinunciato, invece ha subito intentato un'altra causa. Stavolta richiedeva l'affidamento dei figli, con la motivazione che, dato che la madre era tutto il giorno al lavoro, non aveva tempo per occuparsi di loro. La sentenza del processo non è ancora stata emessa. Questa è la ragione più importante per cui Dìmitra teme di trovarsi invischiata nelle indagini sull'omicidio dell'ex marito."

Antigone prende la parola al volo. "Gli elementi che abbiamo raccolto finora ci suggeriscono che l'omicidio di Rodakis sia stato commesso da alcuni giovani intorno ai venticinque anni. Non so quale sia l'opinione del signor Charitos, ma personalmente mi pare del tutto improbabile che i giovani fossero criminali professionisti incaricati dalla Kortidou di uccidere il suo ex marito."

"Antigone ha ragione," confermo. "Io, però, ho una domanda da fare. Sai se Rodakis partecipasse alla gestione dell'azienda, per quel che riguardava le questioni tecniche e il personale specializzato?"

"Lo escludo," mi risponde, decisa, mia figlia. "Dìmitra si è laureata al Politecnico e conosce perfettamente gli aspetti tecnici di un'azienda. Rodakis era un matematico e un economista. Ma dal punto di vista pratico e tecnico non ne capiva nulla."

"Perché questa domanda?" chiede Antigone.

"Se fosse stato esperto di questioni tecniche e avesse conosciuto il personale, allora magari avrebbe potuto minacciare o ricattare qualcuno perché testimoniasse in suo favore. A quel punto, forse quel qualcuno avrebbe potuto pensare di toglierselo di torno, per non mettere a rischio il proprio lavoro." Mi rivolgo ora a Caterina. "Ma, con tutto questo, penso che dobbiamo fare due chiacchiere anche con la tua cliente."

"La sento subito."

La chiama al cellulare. Prima le riporta quel che ci siamo detti, per tranquillizzarla, poi le parla dell'incontro. Ascolta la sua risposta e riattacca.

"Vi incontrerà volentieri, ma vi prega di non organizzare il colloquio né nella sede della polizia, né nel suo ufficio. Vi propone di vederci nel mio studio."

"Nessun problema. Mettetevi d'accordo con Antigone e fissate il giorno in cui potrà venire nel tuo studio per parlare con la signora."

La conversazione finisce e arriva il grande, desiderato momento in cui ci trasferiamo nella camera di mio nipote. Lambros è ormai grande. Parla con noi nel suo greco che, anche se "creativo", ha ancora le gambe un po' corte e mette di buon umore tutta la famiglia.

Appena mi vede entrare esclama: "Nonno, nonno!" e mi viene incontro dopo essere sgusciato via dall'abbraccio della nonna. In quello stesso istante vede Antigone. Cambia subito direzione, corre verso di lei e l'abbraccia. Antigone lo solleva e lo bacia su tutt'e due le guance, mentre io resto di stucco.

"Sai come si diceva ai nostri tempi?" mi chiede Adriana. "Ti ha 'lasciato con la bottiglia vuota'."

Si vede che Antigone ha colto la mia delusione perché mi si avvicina con Lambros in braccio e me lo consegna. Lui mi fa il piacere di abbracciarmi. "Nonno, Antigone!" mi dice con un sorriso per mostrarmi la sua gioia. Nel frattempo, ha imparato a pronunciare correttamente il nome di Antigone.

Antigone guarda i libri di Lambros, che sono tutti sparsi sul pavimento. "Che cosa vedo! Ha tantissimi libri!" esclama sorpresa.

"Si è stancato dei giochi e ora si è buttato sui libri," le spiega Caterina. Solleva dal tappeto un blocco di fogli e una matita e glieli mostra. "Gli abbiamo preso anche questi, per disegnare le figure che vede. Certo che, fino a ora, ha solo pasticciato."

"Allora, gli porterò anch'io un pacco di libri per l'infanzia che ho trovato da mia nonna," annuncia Antigone dirigendosi verso la porta.

"Dove vai?" le chiede Adriana.

"A casa."

"Tu non vai da nessuna parte! Resti a mangiare da noi."

"Ma non è possibile che mi invitiate a mangiare ogni volta che sono qui, anche quando passo per ragioni di servizio," protesta Antigone.

"A casa ne hai, da mangiare?" le chiedo. "Perché non hai fatto che correre di qua e di là per tutto il giorno."

"Troverò qualcosa in frigorifero."

"Non c'è bisogno di cercare nel frigorifero, se in questa casa c'è da mangiare," le dice Caterina. "E poi, fra poco arriverà Fanis e sarà molto contento di vederti."

Proprio in quel momento compare Fanis, neanche si fossero messi d'accordo. "Parlate della mia onorevole persona?"

"Dicevo ad Antigone che saresti stato contento di vederla," gli spiega Caterina.

"Ma certo che sono contento," la rassicura Fanis, mentre si volta verso l'ospite: "Allora, Antigone, come va?"

"Come vuoi che vada, Fanis?" le risponde lei. "Da un lato navigo in un mare di felicità, avendo come capo tuo suocero. Dall'altro sono sempre di corsa dietro a un caso che ci farà impazzire."

"E non sei contenta? Sei come la Grecia, che si trova o sulle più alte vette, oppure negli abissi più profondi. E tu rappresenti entrambi: sei sulle vette *e* negli abissi," le spiega Fanis mentre tutti ci mettiamo a ridere.

"È pronto," annuncia Adriana.

Passiamo in salotto e ci sediamo a tavola, con mio nipote che si sistema sopra due cuscini. Caterina è seduta al suo fianco, ma Lambros si mette a gridare: "Antigone, Antigone!" Evidentemente aspetta la favola, come ogni volta.

"Antigone, siediti tu di fianco a Lambros e io prendo il tuo posto," propone Adriana.

Caterina versa vino nei bicchieri e solleva il suo. La guardo, sorpreso: "È la festa di qualcuno e io me ne sono dimenticato?" chiedo.

"No. Brinderemo alla salute di Fanis, che ha avuto la promozione ed è diventato primario di cardiologia!"

Antigone e io scoppiamo in un profluvio di congratulazioni e auguri pieni di entusiasmo.

A tavola vengono serviti brodo con il *trachanàs* e delle zucchine ripiene in fricassea. Le zucchine ripiene le mangio di frequente a casa, ma il *trachanàs* mi entusiasma davvero. Con la prima cucchiaiata di questa minestra di grano mescolato con latte o yogurt, quindi fatto essiccare ma che poi si "riprende" nel brodo, mi sfugge un gemito di piacere. Tutti mostrano di apprezzare, ma nessuno di noi dice "Brava!" a Adriana. E questo è il destino di chi cucina bene. L'ottima pietanza diventa una routine e tutti si dimenticano di fare i complimenti alla cuoca.

"Devi dire a Zisis che tutti gli ospiti devono fare il tampone, prima di trasferirsi nel nuovo centro di accoglienza," mi dice Fanis. "Hanno con sé dei tecnici e alcune ragazze che li aiutano. Fa' fare il test a tutti, per evitare che il nuovo centro si inauguri con il Covid!"

"Ti dirò, sono sicuro di una cosa: il test lo faranno tutti quanti comunque," gli rispondo.

Non appena mando giù l'ultima cucchiaiata di *trachanàs* squilla il cellulare di Antigone. "È Kòllias," mi dice, e a me tremano le gambe.

Non lo interrompe, salvo che con una domanda: "Quando l'ha visto, il piantone di guardia?" Quindi tace e continua ad ascoltare. "Informa la scientifica." Riattacca e mi guarda.

"L'agente che sorveglia l'università ha informato Kòllias che qualcuno ha incollato, davanti all'ingresso sul retro, una fotografia accompagnata da un testo," ci spiega mentre balza in piedi. "Vado a vedere la fotografia prima che la stacchino da dove si trova e le telefono." Bacia Lambros, abbozza uno "Scusate per il contrattempo" rivolto agli altri e se ne va.

Segue silenzio, imbarazzo per la famiglia, agitazione e preoccupazione per me.

Il silenzio lo infrange Caterina. "Si tratta di Rodakis?"

"Credo proprio di sì. Ma aspetto di sentire che cosa mi dirà Antigone."

"Rodakis è il professore che hanno ucciso ieri durante gli scontri all'Università di Economia"?" chiede Fanis.

"Sì. In questo momento non sappiamo ancora perché l'abbiano ucciso. Buio pesto," gli spiego.

Come sempre, l'unica che non si interessa alla questione è mia moglie. Mi servo due zucchine, ma l'appetito se n'è andato a spasso e le mando giù con un certo sforzo.

L'ansia dell'attesa dura un'ora, finché non squilla il mio cellulare. "È un annuncio in due parti," mi informa Antigone. "La parte superiore mostra una foto dell'antica biblioteca di Alessandria. Sotto hanno incollato un testo stampato al computer. L'ho letto, ma non ci ho capito molto. L'unica cosa sicura è che l'hanno scritto gli assassini e spiegano perché hanno ucciso Rodakis. Domani telefono a mia sorella, perché quel che è stato scritto nella rivendicazione fa probabilmente parte delle sue competenze. Le mando il testo, se lo vuole leggere."

"Lo leggerò. Domattina ho un incontro con il comandante e il suo vice. Immagino che me la caverò entro le undici. Ti direi di organizzare un appuntamento con tua sorella, se ha tempo, per aprirci gli occhi. Ricordati però di inviare la rivendicazione anche al comando generale."

Poco dopo sento il segnale – irritante – dell'arrivo di un messaggio, ma non vado a guardare il cellulare. Non è né il momento, né l'ambiente giusto per leggere la rivendicazione degli assassini. Torno alle mie zucchine, anche se, nel frattempo, si sono raffreddate.

"Che peccato che abbiano abolito la gendarmeria. Saresti diventato un gendarme come tuo padre e non dovresti correre tutti i giorni dall'alba a mezzanotte," commenta Adriana.

"Se fossi diventato gendarme, sarei tutto il giorno e tutta la notte in giro per monti e vallate. La quiete della natura, come ben sappiamo, non esiste più," le spiego.

Mio nipote barcolla sul suo tavolino. "Dài, è venuta l'ora di andare a letto," gli dice Caterina sollevandolo dai due cuscini.

Aspetto che Adriana abbia sparecchiato e ci alziamo. Non ha senso sprecare il sonno di mia figlia e di mio cognato. Ci separiamo con la speranza che la volta prossima ci risparmieranno i fuoriprogramma dalla centrale.

"Mi auguro che non passerai la notte in bianco," mi dice Adriana mentre entriamo nella Seat.

"No. Leggerò solo la rivendicazione, perché domani mattina ho una riunione nell'ufficio del comandante e mi faranno un sacco di domande."

Arrivati a casa, Adriana va direttamente in camera da letto e io mi accomodo in soggiorno. Apro il cellulare, ingrandisco la foto e leggo la rivendicazione.

> Chiudete la biblioteca di Alessandria oppure fatene un museo. I libri di cui dispone sono ormai pezzi di antiquariato. Non hanno alcuna informazione che riguardi la tecnologia, l'economia e la gestione

aziendale. A chi interessano, oggigiorno, la filosofia, le lettere, la poesia? Persino la matematica di Archimede è inutile, di fronte alla tecnologia e alla matematica che sono necessarie all'economia. Le biblioteche odierne si trovano sul cellulare e su Google. "Schiacci il tasto", ma come dicevano i nostri nonni "non vien fuori un pasto", ma Wikipedia.

Dobbiamo fermare questa gentaglia che abolisce la sapienza per sostituirla con Google. Ci porteranno alla rovina.

Noi, comunque, abbiamo dato il segnale di partenza.

Non c'è dubbio che la rivendicazione è degli assassini di Rodakis. Ma questo riferimento alle biblioteche confonde anche me. Restiamo in attesa: forse Elpida Ferleki potrà illuminarci.

Spengo il cellulare e vado a dormire. Temo di passare una notte insonne, tormentato dai pensieri. Sento, però, che il buon sapore del *trachanàs* mi coccola come se mi cantasse una ninna nanna e quindi mi addormento.

# 7.

Parto con la Seat in direzione della Katechaki, ma la testa ce l'ho alla rivendicazione di ieri sera. La prima conclusione, anche se è fin troppo facilotta, è che gli assassini di Rodakis l'abbiano ucciso perché hanno avuto esperienze negative con gli studi di tecnologia e di economia.

Se il mio pensiero è giusto – anche perché per adesso non abbiamo nessun altro movente altrettanto convincente –, nascono due dubbi. Prima di tutto, che cosa ci hanno guadagnato gli assassini, uccidendolo? Faranno risorgere gli studi degli antichi greci? Ma se è per questo, gli studi storici esistono già è sono integrati con l'economia del turismo, che tutti definiscono "l'industria pesante della Grecia". Il secondo dubbio è: non è che vogliono spaventare gli studenti liceali in modo che non si iscrivano a economia?

Sono arrivato in via Katechaki e metto da parte i pensieri sterili. Non credo che riuscirò a individuare una spiegazione semplice, in un momento in cui gli omicidi sono diventati il pane quotidiano e si corre il rischio che ti ammazzino anche solo perché sei tifoso della squadra avversaria.

Vado direttamente nell'ufficio del comandante. Li trovo, lui e il vicecomandante, chini a leggere.

"Vedo che avete avuto la rivendicazione", osservo, invece di dare loro il buongiorno.

"Sì, ci è arrivata poco fa," mi risponde il comandante. "Lei l'ha letta?"

"Sì. Ieri sera. Me l'ha mandata la Ferleki sul mio cellulare."

"Qual è la sua opinione?"

"Di sicuro, gli assassini sono soggetti di una certa cultura. Inoltre, abbiamo chiarito che si tratta di uomini piuttosto giovani," concludo, e riferisco la deposizione della studentessa.

"Non possiamo escludere che si tratti di qualche studente che dopo essere stato ripetutamente bocciato ce l'aveva a morte con lui," commenta il vicecomandante.

"Se fossero stati studenti di Rodakis avrebbero saputo dove si trova il suo ufficio," rispondo. "La studentessa ci ha detto che anche lei, pur non seguendo i suoi corsi, sapeva dove si trovasse. La rivendicazione rende le motivazioni dell'omicidio più complicate. Perché vengono evocate le vecchie biblioteche? Perché gli argomenti più importanti per chi scrive sono l'istruzione e la conoscenza. Questo conferma il sospetto che ce l'avessero proprio con gli studi di economia, e a pagarla è stato Rodakis."

"A prima vista lei potrebbe aver ragione, ma mi pare eccessivo," commenta il comandante.

"La capisco, signor comandante. Non è escluso che per l'omicidio ci fossero anche dei moventi personali, e che con la rivendicazione i colpevoli abbiano cercato di sviare le indagini. Il problema è che, in questo momento, non abbiamo indizi che ci possano suggerire altre motivazioni. Speriamo che, con il procedere delle indagini, emergeranno altri elementi che ci forniscano un quadro più chiaro."

"Il ministro non sarà entusiasta, quando sentirà tutto questo," commenta il vicecomandante.

"Fategli presente che, se la soluzione di ogni delitto ci venisse servita su un piatto d'argento, la squadra omicidi sarebbe inutile" gli rispondo, e lui si mette a ridere.

"E quali sono i passi successivi?" mi chiede il comandante.

"Tutto dipenderà dalle indagini. La nostra sola speranza è che si apra qualche spiraglio per avvicinarci ai responsabili ed evitare, così, un secondo delitto."

"Prevede che avremo altri attentati?"

"Se i nostri sospetti saranno confermati, ossia che qualcuno abbia messo nel mirino quanti si occupano di studi economici, ho davvero paura che seguiranno altri attentati, in modo da dimostrare che gli autori del messaggio sono veramente intenzionati a colpire i loro bersagli. La difficoltà sta nel perché: non sappiamo ancora quale sia il movente, e questo rende le ricerche piuttosto difficili."

Mi alzo, perché non abbiamo nient'altro da dirci. Ho fretta di tornare in centrale per vedere come si sviluppano le indagini. Prometto ai miei superiori che li terrò aggiornati per qualsiasi evenienza.

"Oggi ha avuto fortuna, ma la riunione con il ministro non riuscirà a evitarla per sempre," aggiunge il comandante, tanto per innervosirmi.

Sembra comunque che la sua battuta sia soltanto l'inizio. Non appena esco sulla Mesoghion, vedo che la salita della Katechaki è chiusa. Un agente della stradale devia le auto verso la Mesoghion.

“Che cosa è successo?” chiedo, dopo essermi presentato.

“Un incidente stradale. Un camion ha travolto un pedone che stava attraversando col rosso. Siamo in attesa che arrivi l’autoambulanza per portarlo via.” Gli spiego che però io sono in servizio. “Che vuole che le dica... Informerò i miei colleghi, ma non so quanto dovrà aspettare prima che aprano la strada per farla passare,” mi spiega.

Svolto sulla Mesoghion, che è intasata dal traffico. Prima sudo sette camicie, ma poi, dopo tre quarti d’ora, riesco a immettermi su viale Alexandras. Lascio la Seat al posteggio e salgo in ufficio.

“Koula ha chiesto di lei,” mi annuncia Stella non appena mi vede entrare.

E in effetti, Koula compare poco dopo e posa un foglio sulla mia scrivania. “Mi sono imbattuta casualmente in questo post mentre cercavo tra le notizie online.”

Leggo il post e la mente mi riporta a quanto aveva detto il rettore:

> Vi chiedete come mai qualcuno abbia ucciso quel mostro che si chiamava Rodakis. Io non me lo chiedo affatto. Con chiunque entrasse in contatto, fossero studenti o colleghi, non riusciva a produrre altro che rabbia e indignazione. D’accordo, il primo pensiero che sorge è che sia stato ucciso da un suo studente, ma io non escluderei che il colpevole si possa trovare indagando sulla sua vita privata. Rodakis aveva il talento di mandare all’aria qualunque relazione, tanto personale quanto professionale.

Guardo la firma. È di una certa Dora Iliakou. “Hai avuto conferma dei suoi dati?” chiedo a Koula.

"Sì. È il suo vero nome e il suo profilo è autentico."

"Antigone deve leggere il messaggio."

"Gliel'ho già inviato."

Dico a Koula di restare e chiamo Antigone nel mio ufficio. La sua espressione mi dice che ci siamo arenati.

"Buio pesto," mi conferma. "Abbiamo interrogato tutti coloro che hanno fatto la magistrale con Rodakis. Alcuni non erano all'università, il giorno degli scontri. Ne abbiamo individuati tre che erano presenti, ma anche loro se ne sono andati prima che l'università chiudesse. Mi hanno detto che non aveva senso incontrare Rodakis nel caos di quelle ore. Dervìsoglou, Askalidis e Kòllias ora stanno cercando di ricostruire con precisione i loro movimenti per accertare che ci abbiano detto la verità."

All'improvviso, mi viene in mente un'idea e chiamo Caterina sul cellulare. Non risponde, quindi riattacco. Continuo a parlare con Antigone.

"Pensi che, magari, qualcuno possa aver visto le persone che hanno attaccato la rivendicazione all'ingresso?"

"Solo un gruppo di tre clienti che si trovavano al Café Park, ma non ci hanno fatto troppo caso. Hanno detto a Thanos di aver pensato che si trattasse dei soliti volantini di protesta che si attaccano ai muri alla prima occasione."

"Hanno visto quanti erano?"

"A quanto pare, due che indossavano dei caschi da motociclista, ma non ne sono assolutamente certi."

Ci interrompe la telefonata di Caterina. "Scusami, ero in tribunale e non potevo rispondere," mi spiega.

"Non importa, non è urgente. Volevo solo chiederti se conosci Dora Iliakou."

“Che succede con la Iliakou?”

“Niente. C’è solo che ha postato un messaggio su Facebook dove dice che Rodakis era una bestia e prima o poi l’avrebbero ammazzato.”

“La Iliakou era diventata l’amante di Rodakis quando si era separato dalla mia cliente. Da quel che so, sono rimasti insieme per un anno. Dopodiché la Iliakou ha mandato tutto all’aria e se n’è andata perché non lo sopportava più. Quel che mi hai detto sul suo post conferma le mie informazioni.”

“Sai per caso che lavoro fa?”

“Insegna storia dell’arte alla Scuola superiore di belle arti. Mi sono informata quando Rodakis ci ha dato le sue generalità per farla testimoniare nella causa contro la Kortidou, ma non si è presentata. E così ho scoperto che l’aveva lasciato.”

Riaggancio e racconto tutto ad Antigone. “Direi che sarà utile fare due chiacchiere con la Iliakou,” mi dice. “Potrebbe essere una coincidenza, oppure no, ma da un lato abbiamo gli assassini che evocano la biblioteca di Alessandria per spiegare l’omicidio di Rodakis. E, dall’altra, una storica dell’arte che lascia Rodakis perché non lo sopporta più e sul suo post sostiene che, prima o poi, qualcuno l’avrebbe fatto fuori.”

“Sono d’accordo con te, ma prima preferirei parlare con tua sorella. Potrebbe darci alcune informazioni per aiutarci nella conversazione con la Iliakou.”

“Le chiederò se è libera stasera. Però, dovremo venire a casa sua anche stavolta,” si scusa.

“Questo non è un problema. Possiamo incontrarci dopo l’orario d’ufficio. Non penso che, nel frattempo, arriverà qualche notizia sconvolgente.”

Antigone se ne va. Poco dopo mi telefona per dirmi che sua sorella verrà a casa nostra verso le sei. "Ho parlato anche con la Iliakou. Innanzitutto l'ho tranquillizzata, e poi abbiamo fissato un appuntamento per domani alle nove. Mi ha detto che entro le dieci e mezzo dovremo aver finito, perché poi ha lezione. Per fortuna non si è opposta a venire in centrale."

Quindi, abbiamo prima Elpida Ferleki, e poi Dora Iliakou. Chiuderemo con la moglie di Rodakis, Dìmitra Kortidou. Dal punto di vista dei *rendez-vous* siamo a posto. Quel che ci manca è un qualche progresso.

# 8.

Antigone ha fissato l'incontro con Elpida Ferleki per le cinque, dato che più tardi la sorella ha un impegno con i suoi colleghi.

Io e Antigone arriviamo a casa mia con un quarto d'ora di anticipo. Suona il campanello e mi alzo per accogliere Elpida. Dopo gli abbracci con sua sorella, Antigone va in cucina. Torna con dell'acqua minerale e un bicchiere.

"Non serve offrirti un caffè. L'acqua minerale è l'unica cosa che bevi," commenta ridendo Antigone.

Elpida le regala un sorriso affettuoso. "Ti ringrazio per averci pensato, Antigone," le dice, e subito dopo svuota il bicchiere tutto d'un fiato. Quindi si rivolge a me. "Antigone mi ha detto che volete parlarmi. Vorrei subito chiarire che, se si aspetta che le dia qualche informazione su Rodakis, rimarrà deluso perché non lo conoscevo affatto."

"Non si tratta di Rodakis," le risponde sua sorella. "Vogliamo la tua opinione sulla rivendicazione degli assassini. Il signor Charitos e io l'abbiamo letta, ma non posso dire che ci abbia aperto gli occhi. Per questo vogliamo sentire la tua opinione.

Potresti dirci qualcosa per aiutarci a capire meglio che cosa vogliono ottenere i responsabili dell'omicidio?"

"Quel che hanno detto nella rivendicazione è oggetto di discussione in tutte le scuole di studi umanistici."

"Ossia?"

"La caduta verticale dell'interesse verso le scienze umane. Il numero degli studenti ammessi all'università che scelgono qualche insegnamento umanistico diminuisce ogni anno. E non si tratta di un fenomeno esclusivamente greco: lo si osserva in tutto il mondo."

"Quindi, dovremo concentrare le indagini nel campo degli studi umanistici," conclude Antigone.

Ho l'impressione di dover intervenire, perché mi restano diversi dubbi. "Se i colpevoli volevano difendere gli studi umanistici, perché non hanno lanciato una campagna o non hanno fondato un movimento per promuoverli? Di sicuro un movimento del genere avrebbe avuto l'appoggio di molti docenti. Non vedo che cosa ci guadagnino, uccidendo un professore che insegnava matematica per l'economia."

"Il problema è molto più complesso," mi spiega Elpida Ferleki. "Il gigantesco aumento di interesse per le questioni tecnologiche ed economiche condurrà alla riduzione delle scuole di scienze umane. I giovani corrono a studiare tecnologia, economia e gestione d'impresa, con il sogno che, in qualche azienda, ci sia un posto molto ben retribuito ad aspettarli. Questa tendenza ha incrementato delle facoltà tecnologiche, nonché la presunzione dei professori che insegnano scienze economiche. I quali cercano di imporre, attraverso il ministero, il loro sistema di insegnamento e verifica anche alle facoltà umanistiche.

Ci troviamo, per questo, in un perenne conflitto." Fa una pausa e poi continua: "Questo è un punto di vista. Ce n'è anche un altro, che probabilmente è ancora più sgradevole."

"Sarebbe?"

"I cittadini responsabili e consapevoli, in una democrazia, si formano principalmente attraverso studi umanistici. Se gli studi si orientano esclusivamente alla preparazione dei liceali agli studi universitari e, allo stesso tempo, gli studi umanistici diminuiscono, diminuirà anche il numero delle persone responsabili e consapevoli."

Antigone si volta verso di me: "Stando a quel che ci ha detto Elpida, credo che dovremmo concentrare le nostre indagini nelle facoltà umanistiche."

"Hai ragione, ma da dove potremmo cominciare? Per ora, non abbiamo nessun elemento che riguardi direttamente gli assassini. L'unica cosa che sappiamo è la loro età. Come faremo a trovare il bandolo della matassa in mezzo al caos degli studenti?"

"Questi problemi riguardano direttamente voi e io non posso aiutarvi," commenta Elpida Ferleki con un sorriso, e si alza.

Mi alzo anch'io. "La ringrazio, signora Ferleki. Ha gettato nuova luce sulla rivendicazione e ci ha aperto gli occhi. Può essere che i docenti e gli studenti l'abbiano capito subito, ma per noi che non apparteniamo a quel mondo era buio pesto." Mi rivolgo ad Antigone. "Ne parleremo domani in ufficio. Nel frattempo, potrebbe anche venirci in mente qualche idea."

Penso che magari ha voglia di accompagnare la sorella e non ha senso che io la trattenga senza ragione.

Resto da solo e mi immergo nei miei pensieri. La cosa peggiore è cercare degli assassini che trovano un sostegno nella società, perché una parte della popolazione è convinta che abbiano ragione. Questo significa che, probabilmente, qualcuno ha voluto proteggerli e ci ha nascosto elementi che avrebbero potuto aiutarci nelle indagini.

Quanto ci ha detto Elpida Ferleki, d'altra parte, suggerisce una seconda conclusione. I responsabili non hanno ucciso Rodakis solo perché insegnava matematica per l'economia. L'hanno ucciso anche perché sapevano che era antipatico a molti. Quindi, il suo assassinio non ha innescato le tensioni alle quali accennava la Ferleki. Al contrario, molti avranno commentato la sua morte con un: "Ha avuto quel che si meritava."

Smetto di rimuginare, perché sento la chiave nella porta. Poco dopo si presenta Adriana. Resta sorpresa nel vedermi.

"Sei tornato? E io che pensavo che avresti fatto tardi."

"No. È venuta la sorella di Antigone per chiarirci alcuni punti della rivendicazione che non avevamo capito."

"E Antigone dov'è?"

"È uscita con la sorella."

Adriana si lascia sfuggire un sospiro di sollievo. "Meno male, perché non avevamo nulla da darle da mangiare. Caterina e Fanis hanno deciso di mettere in tavola quel che era rimasto da ieri sera e così sono tornata a mani vuote."

"E noi che cosa mangeremo?" le chiedo. "Che dici, ci facciamo portare qualcosa per cena?"

Mi guarda con un sorriso astuto. "In piazza c'è una griglieria. Potremmo andare lì."

"Non è una griglieria ma un *souvlatzìdiko*," le spiego.

"Fa lo stesso."

Resto senza parole: “Mangerai i *souvlàkia*?”

“No. Prenderò una porzione di patate fritte. Tu, però, puoi mangiare i *souvlàkia*.”

Una sorpresa dopo l’altra! Decido di interrompere la conversazione per non rischiare che Adriana si penta e decida di cambiare umore.

Andiamo a piedi verso la piazza, che non è molto lontana. Troviamo un tavolo vuoto con tanto di fungo calorifero e decidiamo di sederci fuori, anche perché dentro c’è un gran putiferio. Adriana ordina una porzione di *gyros*. Stento a credere alle mie orecchie. Penso di prenderne una porzione anch’io, per dimostrarle quanto mi faccia piacere la sua scelta.

Non appena ho ordinato al cameriere una porzione di *gyros* ciascuno, Adriana interviene: “Mangia pure i tuoi *souvlàkia*, Kostas. Non dobbiamo per forza prendere la stessa cosa.”

Non ce la faccio più a trattenere la lingua, così le chiedo: “Ma come ti è venuto in mente di andare a mangiare da un *souvlatzìdiko*, stasera? Non ti fanno schifo?”

Mi guarda e mi lancia un altro sorriso. “Ieri sera sei rimasto a stecchetto. Quando poco fa mi hai detto che ti sei trovato con la sorella di Antigone ho capito che anche stasera saresti rimasto a stecchetto. E quindi ho pensato che i *souvlàkia* ti avrebbero fatto piacere.”

“Ti ringrazio,” le rispondo, commosso dalla sua comprensione.

“Non mi ringraziare. Abbiamo passato momenti difficili nella nostra vita, in particolare quando Caterina studiava a Salonicco. Ma fare un favore a un’altra persona ti porta gioia e allontana il dispiacere.”

Non faccio in tempo a dirle che ha proprio ragione, perché il cameriere arriva con il *gyros* e i *souvlàkia*. "Portaci anche dello *tzatziki*," gli dice Adriana, lasciandomi di nuovo a bocca aperta.

"Mangerai lo *tzatziki*? Ma se non ti piace..."

"Ti sbagli. Mi piace, e molto. Solo che non sopporto l'odore dell'aglio prima di addormentarmi, se non ne ho mangiato anch'io."

"E allora, perché non lo prepari?"

Torna a guardarmi, ma stavolta con imbarazzo. "Perché ho paura che se lo vedessi sulla tavola, correresti a prendere dei *souvlàkia*. Ma lo *tzatziki* si può mangiare con molte pietanze diverse."

"Allora, prepara il cibo che ti va, accompagnalo con lo *tzatzìki*, e ti prometto che me lo gusterò fino in fondo."

"Preparerò le polpette di zucchine," mi assicura.

Restiamo in silenzio e passiamo alla cena. È una serata di gioia, come non ce ne capitavano da tempo. In questo non c'entra né mio nipote, né mia figlia con suo marito. È qualcosa che appartiene esclusivamente a noi due.

# 9.

Dora Iliakou arriva alle nove, accompagnata da Antigone. È una donna affascinante, sulla cinquantina. Si seggono entrambe davanti a me. La Iliakou mi guarda e aspetta che le dia il segnale di partenza.

"Immagino che la commissaria Ferleki l'avrà informata di come, da parte nostra, non esista il minimo sospetto che lei sia coinvolta nell'omicidio di Rodakis," le dico per iniziare la conversazione senza chiusure da parte nostra. "La ragione del nostro incontro sta nel suo post su Themistoklìs Rodakis. Forse ci può dare qualche informazione sul carattere della vittima e su altre sue conoscenze che potrebbero aiutarci nelle indagini."

La Iliakou non risponde subito. "Ho riflettuto molto prima di decidere se pubblicare il mio post," ci confida alla fine. "Non è facile spiegare quel che poi ho scritto su una persona che aveva appena perso la vita, e proprio per morte violenta. Alla fine, ho preso la mia decisione quando ho pensato che la vittima era stata, al tempo stesso, anche un carnefice."

"È arrivata a questa conclusione per esperienza personale?" le chiede Antigone.

"Immagino sappiate che con Themistoklìs Rodakis ho avuto una relazione durata un anno," risponde la Iliakou. "In capo a un anno l'ho lasciato sbattendo la porta perché mi era impossibile convivere con lui."

"Perché? Era aggressivo perfino con lei?" le chiedo.

"Non solo con me, ma anche con gli studenti e con molti suoi colleghi. Ogni volta che mi vedeva leggere gli elaborati dei miei allievi o un libro che aveva a che fare con la scuola di belle arti, buttava lì qualche commento ironico. Non aveva alcuna stima né dell'arte, né della letteratura e neanche della cultura. Le considerava obsolete. Secondo lui, noi tutti rubavamo soldi allo stato per vendere conoscenze inutili di cui nessuno aveva bisogno. Le uniche eccezioni erano, a suo parere, i medici e gli avvocati e, nel campo dell'arte, qualche cantante e qualche band che ascoltava mentre beveva il suo vino."

"Ma perché ce l'aveva con i propri studenti, se alla fine studiavano quello che voleva lui?" chiede Antigone.

"Perché il disprezzo rafforza l'arroganza. Allo stesso tempo, con il suo comportamento, induceva alcuni studenti a corrergli dietro come cagnolini, nella speranza che accettasse di fare da relatore per la loro tesi magistrale o di dottorato. Pensi che alcuni arrivavano al punto di credere che avere l'approvazione di un professore così difficile da soddisfare avrebbe aperto loro diverse porte." Guarda Antigone e sorride: "Themistoklìs Rodakis era convinto che i continui litigi fossero una prova di superiorità."

Colgo l'occasione per inserirmi nella conversazione con una domanda più personale: "Siamo stati informati, tra l'altro, che il professore le aveva chiesto di comparire come testimone in una causa che aveva in sospeso con l'ex moglie."

La Iliakou ha uno scatto di collera. "E oltretutto, senza neanche avvertirmi! È stata la goccia che ha fatto traboccare il vaso. Gli ho spiegato chiaramente che non avevo niente a che fare con quella storia e non volevo venire coinvolta nella sua vita precedente. A quel punto ha ricominciato con i soliti attacchi contro la mia disciplina che, secondo lui, era meramente teorica. Mi disse anche che imbrogliavo gli studenti, pur di ricevere uno stipendio come dipendente pubblica. Il giorno dopo ho preso la mia roba, gli ho lasciato un biglietto e me ne sono andata."

Non è necessario fare altre domande. Il resto lo scopriremo dalla ex moglie di Rodakis. "La ringrazio per aver accettato di informarci, signora Iliakou. Il quadro che ci ha fornito ci sarà di aiuto."

La Iliakou capisce che la conversazione è finita, ci saluta e se ne va. Antigone la accompagna e torna subito per venire al dunque.

"Continuiamo a escludere la possibilità che gli assassini siano suoi studenti a cui ha fatto venire l'esaurimento nervoso e passare la voglia di studiare?" mi chiede appena si risiede.

"No, non possiamo escluderla. Resta però la domanda sul perché il giovanotto – se davvero era uno studente di Rodakis – non sapeva dove si trovasse il suo ufficio. Certo, se era qualcuno che se n'era andato tempo prima sbattendo la porta, non possiamo escludere che abbia chiesto informazioni alla studentessa per essere certo che, nel frattempo, Rodakis non avesse cambiato ufficio. Credo però che il bandolo della matassa si trovi in quel che ci ha detto tua sorella, a cui si è aggiunta la deposizione della Iliakou."

"E cioè?"

"Tua sorella ci ha spiegato bene come il disprezzo per le materie umanistiche, negli ultimi anni, sia cresciuto in parallelo con lo sviluppo degli studi economici e tecnologici. Ci ha anche detto che le facoltà di tecnologia ed economia cercano di imporre il loro modo di insegnare anche alle facoltà umanistiche. La Iliakou ha completato il quadro con l'arroganza e il disprezzo di Rodakis per gli studi sull'arte e la cultura. Non c'è dubbio che queste cose le sappiano anche molti studenti. Rodakis, per il suo comportamento, era diventato come un drappo rosso davanti al toro. Non è escluso che lo abbiano ucciso per rabbia, oppure perché pensavano che in questo modo avrebbero messo un freno a coloro che pretendono di interferire nel loro modo di studiare."

"E quindi cosa facciamo?" mi chiede Antigone. "Se ci mettiamo a interrogare gli studenti delle facoltà umanistiche, non so cosa ne otterremo e, soprattutto, quando finiremo."

"Prima di tutto dobbiamo parlare con l'ex moglie. Di certo lei lo conosceva meglio di chiunque altro. Dopodiché decideremo come procedere."

"Verrà anche lei, stasera?"

"No. La presenza del padre dell'avvocata nonché direttore della polizia dell'Attica non sarebbe d'aiuto. Sarai tu a occuparti della deposizione e mi racconterai tutto il giorno dopo."

"Comunque, tra gli studenti di Rodakis che hanno avuto la laurea magistrale con lui, non abbiamo riscontrato nulla di sospetto. In effetti, si erano allontanati dall'università prima che iniziassero i disordini. I più si sono fermati al caffè di piazza Victorias in attesa degli sviluppi. Due sono tornati a casa propria," conclude Antigone, poi si alza e va nel suo ufficio.

Mi chiedo se devo informare i miei superiori adesso, o se è il caso di aspettare la deposizione della Kortidou, la moglie di Rodakis. Non faccio in tempo a darmi una risposta, che vengo interrotto dalla telefonata del comandante.

"Che cosa le avevo detto? Non riuscirà a sfuggire. Il ministro ci convoca in riunione."

"Quando?"

"Ora. Subito."

Mi domando se il motivo per cui Ghikas se la prendeva spesso con me e mi faceva venire il nervoso erano queste continue riunioni. Se davvero era così, ora arrivo a capirlo perfettamente, anche se con un po' di ritardo.

Chiedo a Stella di prepararmi una volante. Non ha senso finire in qualche imbottigliamento e arrivare stremato alla riunione. Per fortuna che ci ho pensato perché, inserendo la sirena, ci ho messo appena mezz'ora. Se fossi andato con la Seat, un'ora non mi sarebbe bastata.

Vado nell'ufficio del comandante e lo trovo con il vicecomandante, entrambi mi aspettano in piedi. Il primo ordina subito: "Andiamo!"

Al nostro ingresso, il ministro si alza dalla sua scrivania e si trasferisce al tavolo delle riunioni. "Innanzitutto voglio un aggiornamento dettagliato," dichiara.

Comincio dalle indagini nell'Università di Economia. Quindi passo ai colloqui con Elpida Ferleki e Dora Iliakou. Quando finisco, il ministro mi guarda disorientato.

"Da quel che capisco, al momento non abbiamo nessun indizio significativo né sull'identità degli assassini, né riguardo al movente."

"Purtroppo no, signor ministro," gli rispondo. "L'ostacolo maggiore è che il delitto è stato commesso in un momento di tensione e disordini all'università, mentre tutt'intorno regnava il caos. In questi casi è difficile trovare subito il bandolo della matassa. È per questo che stiamo passando al setaccio il passato di Rodakis, con la speranza di trovare qualche elemento interessante."

"Comprendo quel che mi dice, ma il fatto è che sopra di noi si sta addensando un'altra tempesta," dichiara il ministro rivolgendosi ai miei superiori. "I problema è più grande di quel che credessimo," spiega. "Ieri, dopo il consiglio dei ministri, ho avuto una conversazione con i colleghi dell'economia e dell'istruzione. Entrambi sono molto, molto preoccupati. Il ministro dell'economia mi ha detto che il delitto è arrivato nel momento meno opportuno. Gli investimenti aumentano rapidamente in Grecia, e che continuino ad aumentare è la nostra unica speranza di tenere in piedi l'economia, con la guerra in Ucraina e le sue conseguenze. Il ministro è entrato in carica proprio nel momento in cui si sta progettando la riorganizzazione degli atenei e il potenziamento degli studi in economia e tecnologia per coprire i posti di lavoro nelle imprese che si trasferiranno in Grecia. Se gli omicidi dovessero continuare, teme che porteranno a una diminuzione del numero degli studenti di economia e questo avrà ripercussioni piuttosto gravi sull'apertura di nuove imprese, perché si produrrà un vuoto negli organigrammi aziendali."

"Non dubito che si tratti di questioni molto serie, ma in questo momento non sappiamo se l'omicidio di Rodakis sia da attribuirsi alla riorganizzazione delle facoltà universitarie o piuttosto a ragioni personali," gli spiega il comandante.

"Me ne rendo conto, per questo vi dico che dovete cercare di risolvere il caso il più presto possibile." Poi si rivolge a me: "Lasci tutti gli altri casi ai suoi subordinati e si occupi, insieme alla squadra omicidi, soltanto dell'assassinio del professore."

"È quello che sto facendo, signor ministro," replico. "Il problema è che non possiamo invadere tutte le facoltà umanistiche per interrogare gli studenti. Anche se lo facessimo, tra gli interrogatori e le relative verifiche ci vorrebbero mesi. Per questo siamo partiti dal passato e dai rapporti personali di Rodakis. Può darsi che in questo modo troveremo gli indizi più rapidamente."

"Quindi, la nostra unica speranza è di non ritrovarci con un nuovo delitto nel frattempo," commenta fatalisticamente il ministro e, con questo, dichiara conclusa la riunione.

"Ma stiamo scherzando? Dovremmo affrettare le indagini e l'arresto dei colpevoli perché non si crei un vuoto nell'offerta di lavoro?" si scandalizza il vicecomandante quando usciamo dall'ufficio del ministro.

"Ognuno attribuisce valore alle cose secondo il proprio punto di vista e dà la precedenza a quel che gli preme maggiormente," gli spiega il comandante, e poi si rivolge a me. "Si prepari a una sfilza di riunioni di aggiornamento," mi avverte.

L'avevo già capito. Ci separiamo davanti all'ufficio del comandante, poi salgo sulla volante per tornare in ufficio. Guardo l'orologio. Sono quasi le sei, Antigone si troverà già nell'ufficio di mia figlia.

Quando arriviamo in viale Alexandras, prendo la Seat e mi dirigo in via Athanasias. Dico a me stesso che ho il diritto di riprendere un po' fiato con mio nipote. Quello che non confesso neppure a me stesso è che sono impaziente di sapere com'è andato l'incontro tra la cliente di Caterina e Antigone.

Mi apre Adriana, che tiene Lambros per mano. "Sei proprio fortunato. È arrivato il nonno!" gli fa.

Lo prendo in braccio e andiamo nella sua stanza. Non appena lo lascio, vedo che il trenino non c'è più.

"L'abbiamo tolto perché ormai non si volta nemmeno a guardarlo," mi spiega Adriana. "È cresciuto, adesso gli piacciono altre cose."

"I libri?" chiedo.

"Sì, e anche quel blocco di fogli su cui disegna. E ora ha scoperto anche quest'altra cosa." Adriana si china sotto il letto di Lambros e ne tira fuori una scatola.

"Cos'è questa roba?"

"Il Lego, un gioco di costruzioni. Glielo ha portato Mània e Lambros è impazzito dalla gioia. Si siede e costruisce di tutto: case, palazzi, quel che gli salta in mente." Si mette a ridere: "La mattina fa il pittore e il pomeriggio l'architetto, o viceversa."

Vorrei chiedere a Lambros di costruirmi un cortile che mi ricordi la casa dei miei genitori, ma Caterina mi anticipa.

"Cosa vedo? Ancora i Lego?" chiede sorridendo.

"Sì, ma non possiamo andare avanti con i nostri lavori edili perché ci hai interrotto," le dico. "Vi siete incontrate?"

"Sì. La mia cliente e Antigone hanno parlato per un'ora e mezza circa. Poi, che cosa si riuscirà a tirar fuori dalle brutture che le ha raccontato la Kortidou, sarete voi a deciderlo."

"A volte le brutture gettano luce sui delitti," le spiego.

Interrompiamo la conversazione e ci mettiamo a guardare mio nipote che inizia a costruire qualcosa di nuovo.

All'improvviso mi sommerge una stanchezza terribile. Mi accorgo che non riuscirò a passare la serata insieme alla famiglia di mia figlia.

"Adriana, ti spiace se torniamo a casa? Perché sono arrivato proprio al limite," chiedo a mia moglie. "Ho passato una giornata sfiancante."

"Nessun problema. Ho preparato i carciofi con i piselli. Ce ne portiamo un po' a casa e, dopo aver mangiato, potrai andare direttamente a dormire," mi risponde senza esitazioni.

Poco dopo siamo nella Seat con il nostro portavivande. Se fosse possibile, lascerei perdere la cena e andrei direttamente a letto. Però, alla fine preferisco mangiare un boccone, più che altro per non mettere Adriana in agitazione.

# 10.

È dal momento in cui abbiamo cominciato a indagare sull'omicidio di Rodakis che continuo a imbattermi negli studi umanistici, di cui non so assolutamente niente: buio totale. Stamattina, prima di uscire per andare in ufficio decido di ricorrere al Dimitrakos, chissà che non riesca a illuminare un po' la mia ignoranza. Trovo quel che cerco non sotto la voce "scienza", ma alla voce "umanesimo".

> **Umanesimo**, s.m. (1) La corrente culturale che durante il Rinascimento in Europa ha attinto, come materia di istruzione, alle opere e agli scrittori degli antichi greci. (2) Sistema filosofico basato sulla convinzione che la verità è tutto ciò che promuove l'esistenza umana, secondo il detto di Protagora: "L'uomo è misura di tutte le cose."

Chiudo il vocabolario confortato, ora che il buon Dimitrakos mi ha spiegato che cosa sono le scienze umane. Adesso capisco meglio, da un lato il disprezzo di Rodakis, il quale evidentemente riteneva che gli studi fondati sugli antichi greci e sul Rinascimento fossero superati e inutili, e dall'altro la collera della Ferleki e della Iliakou, che avevano classificato Rodakis tra quelli che un tempo definivamo “teste di legno”.

Non è necessario che sia io a chiamare Antigone perché mi porti la prima pietanza della giornata: il telefono squilla non appena mi siedo alla scrivania.

“Volevo capire se era disponibile ad ascoltare quel che è emerso dalla conversazione con la Kortidou.”

“Sono disponibile. Dammi solo cinque minuti.”

Voglio mangiarmi la brioche in pace, per completare un ottimo inizio di giornata. Antigone mi concede quindi altri cinque minuti, prima di entrare nel mio ufficio e sedersi di fronte a me.

“Com’è andato il colloquio?” le chiedo senza tanti preamboli.

“Non è iniziato bene. La Kortidou era inquieta e molto sulle sue. Era veramente preoccupata di ritrovarsi implicata nell’assassinio. Quello che le aveva detto Caterina non l’aveva tranquillizzata del tutto. Insomma, mi sono resa conto che la conversazione si sarebbe esaurita subito, se non mi fossi sforzata di calmarla. Così l’ho rassicurata dicendole che avevamo escluso sin dal principio un suo coinvolgimento nel delitto. A quel punto mi ha confessato che l’origine della sua ansia era la causa che le aveva intentato Rodakis per sottrarle la custodia dei figli. Caterina, a quel punto, le ha ripetuto quel che le aveva detto sin dall’inizio, ossia che Rodakis non aveva mai avuto la minima possibilità di assicurarsi la tutela esclusiva dei figli. E io ho aggiunto che, se anche avesse deciso di uccidere il suo ex marito, l’avrebbe fatto solo dopo aver perso la causa. Non c’era ragione di farlo prima. Alla fine, le nostre considerazioni l’hanno persuasa, lei si è rilassata e siamo entrate in argomento.”

"E sei riuscita a ricavarne qualcosa?" le chiedo, perché è ciò che più mi preme.

"La Kortidou ci ha detto che, durante la settimana, vedeva Rodakis solo di sera, anche perché di giorno erano tutti e due al lavoro, lui in università e lei in azienda. La vita famigliare era limitata ai fine settimana. Quando le ho chiesto come fossero i rapporti con il marito, mi ha spiegato, senza giri di parole, che il matrimonio con Rodakis aveva avuto come risultato la perdita di amiche e amici, perché lui era un uomo insopportabile. Gli unici amici che avevano erano alcuni colleghi del marito, insopportabili quanto lui. Ma il grosso problema famigliare era il rapporto con i figli, in particolare con il maschio. Rodakis voleva tenere tutto sotto controllo, dalle compagnie che frequentava fino ai suoi studi. Quando Rodakis era a casa, il figlio si chiudeva in camera sua e non usciva se non per mangiare. La bomba è scoppiata quando ha annunciato che voleva studiare al Politecnico e lavorare nell'azienda della madre. Ciò ha causato un conflitto terribile, e stavolta anche all'interno della coppia, tanto da portarli al divorzio. La Kortidou pensa che questa sia stata la vera ragione di entrambe le cause che Rodakis le ha intentato. Prima ha cercato di entrare come socio nell'azienda, per avere un ruolo nelle decisioni e impedire al figlio di fare di testa sua. Quando la sua causa è stata respinta, ha dato seguito all'altra, quella sull'affidamento esclusivo dei figli."

"Ti ha raccontato se il figlio ha commentato in qualche modo l'uccisione del padre?"

"Mi ha detto solo che il ragazzo le aveva ripetuto, dopo il divorzio, che avrebbe studiato al Politecnico, ma che voleva andare all'estero per non sentire tutti i giorni le lagnanze del padre."

C'è una pausa di silenzio, per raccogliere i nostri pensieri e cercare di ricavarne qualche conclusione.

"La conclusione che ci accomuna e che emerge dalle testimonianze della ex moglie e della sua compagna, ma anche dalla conversazione con il rettore, è che Rodakis era una persona arrogante, opprimente e antipatica," le dico. "E non sbagliamo a presumere che avesse molti nemici, dentro e fuori l'università. Eppure, ritengo del tutto improbabile che l'assassino provenga dall'ambiente universitario, e questo per due ragioni. La prima è che, se gli assassini fossero dell'età di Rodakis e fossero entrati in università il giorno degli scontri, sarebbero stati notati. La seconda ragione è che va escluso anche l'omicidio su commissione. Le persone degli ambienti frequentati da Rodakis non appartengono né al mercato dei narcotici, né al crimine organizzato, quindi non avrebbero assoldato dei killer di professione."

"E allora, che cosa ci rimane in mano?"

"Quel che ci ha detto tua sorella e che Dora Iliakou ci ha ripetuto. A mio parere non c'è alcun dubbio che l'uccisione di Rodakis abbia come fulcro lo scontro nel campo degli studi."

"Quindi, torniamo un'altra volta alle facoltà di scienze umane."

"Sì, ma metterci a cercare a caso e senza un obiettivo preciso all'interno delle facoltà umanistiche è come mettersi a pescare con la lenza in mezzo all'oceano. Dobbiamo, prima, dare un ordine di priorità all'indagine. Ti direi di individuare gli studenti che hanno cominciato a studiare economia, ma poi hanno fallito e si sono rivolti alle scienze umane. È probabile che gli assassini siano tra di loro e che volessero far pagare a Rodakis il loro fallimento."

"Sono d'accordo con lei. Parlerò con mia sorella chiedendole di dirmi quale può essere la strada più rapida per individuarli."

La porta si apre di colpo, e Askalidis irrompe nell'ufficio. "Proprio ora ci hanno informato dal pronto intervento che c'è un morto nel parco pubblico di Nea Smirni."

Balziamo tutti in piedi. "Si sa di chi si tratta?" chiedo.

"No. Ci hanno detto soltanto che indossa una tuta da jogging e ha un'età compresa tra i cinquanta e i cinquantacinque anni."

"Mostra delle ferite sul corpo?" chiede Antigone.

"Sì. Colpi alla testa."

Antigone e io ci guardiamo. "Andate subito al parco di Nea Smirni. Intanto avverto il medico legale e la scientifica," le dico.

Antigone e Askalidis se ne vanno. Telefono al medico legale e quindi alla scientifica.

I colpi in testa ricordano l'omicidio di Rodakis. Aspetto di avere una prima relazione da parte di Antigone e poi deciderò che cosa fare.

# 11.

Mordo il freno e cerco di mantenermi calmo finché non mi telefona Antigone. "Avete identificato la vittima?" è la mia prima domanda.

"Sì. Si chiama Stèfanos Rokkos ed era segretario per l'istruzione secondaria al ministero dell'istruzione."

"Come l'hanno ucciso?"

"Con dei colpi in testa."

Cerco di mantenere la calma rivolgendole le domande di routine. "Sono arrivati il medico legale e la scientifica?"

"È arrivata prima la scientifica. Il medico è arrivato solo ora."

"Di' a Stavròpoulos di aspettarmi. Lo raggiungo subito."

Chiedo a Stella di farmi preparare una volante. Le previsioni del ministro, purtroppo, si sono avverate, dico tra me e me mentre usciamo. Prima che potessimo risolvere il primo crimine, ecco che ne è arrivato un altro, anche peggiore del primo. Certe volte ai novellini va tutto bene, e invece gli esperti non sanno dove sbattere la testa.

Sin dall'inizio non ho avuto nessun dubbio che, se si fosse verificato un altro omicidio, il movente sarebbe stato lo stesso che aveva portato all'uccisione di Rodakis. Quando il secondo omicidio viene commesso dagli stessi criminali con un *modus operandi* molto simile, allora anche il movente è, nella maggior parte dei casi, il medesimo. La mia ansia è dovuta alla posizione di Rokkos al ministero dell'istruzione: l'uccisione del segretario per l'istruzione secondaria provocherà un pandemonio che coinvolgerà tutti, dal governo ai mezzi di informazione. Non saranno quindi solo la pressione e le riunioni troppo frequenti, ma ci si metterà anche il clamore mediatico a ritardare le ricerche. I crimini si risolvono più facilmente e rapidamente quando non ci sono interferenze né pressioni dall'esterno.

Per fortuna il nostro itinerario passa per i grandi viali e sfuggiamo agli ingorghi. Da Sìndagma sbocchiamo sulla Singroù e continuiamo sulla Elefthèriou Venizelos, finché arriviamo sul luogo del delitto.

La polizia ha recintato tutto il parco. Chiedo a un agente dov'è esattamente il luogo del delitto e mi risponde che la vittima si trova al centro del parco, nel punto in cui l'hanno trovata. Passo davanti al cinema comunale, poi davanti a un teatro e arrivo nel cuore del parco. Trovo la squadra omicidi al gran completo, insieme al medico legale e alla scientifica.

La vittima giace a terra a faccia in giù. Indossa una tuta da jogging e ha la testa sfondata. Stavròpoulos si avvicina per darmi le prime informazioni.

"L'hanno ucciso colpendolo ripetutamente alla testa, come hanno fatto con Rodakis."

"A quando risale la morte?"

Guarda l'orologio. "Ora sono le dodici. L'omicidio è stato commesso tra le sette e le otto del mattino. Se dovessero emergere altri indizi, te ne parlerò dopo l'autopsia."

Ci lascia per dare istruzioni sul trasporto della salma, mentre io raggiungo i miei.

"Siete riusciti a raccogliere qualche informazione?" chiedo.

"Rokkos abitava in via Thrakis, molto vicino al parco," mi risponde Dervìsoglou. "Era sposato, ma senza figli."

"Era anche un fanatico del jogging," aggiunge Askalidis. "I vicini di casa lo vedevano andare a correre tutte le mattine."

Non c'è molto da indovinare. Gli assassini lo avevano pedinato e avevano scoperto la sua passione per il jogging. Quindi lo avevano ammazzato in un'ora in cui nel parco non c'era nessuno.

"Avete per caso chiesto ai vicini se negli ultimi giorni hanno visto qualche sconosciuto, in zona, che osservasse i movimenti e gli orari di Rokkos?"

"Abbiamo fatto un primo giro, ma non abbiamo trovato nulla," mi informa Kòllias.

È normale. Nell'ora in cui Rokkos usciva a fare jogging, la maggior parte dei negozi è ancora chiusa e le persone si stanno spostando in autobus o in macchina per andare a lavorare.

Ora è il turno della scientifica. "Da un primo rilievo, naturalmente ancora approssimativo, non abbiamo trovato nel parco tracce né di motociclette, né di automobili," mi informa Dimitriou.

"Non ci vuole chissà quale riflessione. I responsabili conoscevano sia gli orari, sia gli itinerari di Rokkos. Gli hanno teso un agguato nel parco."

"L'unica speranza che abbiamo sono le telecamere fisse. Da lì potremmo ricavare qualcosa."

"Avete trovato, per caso, una rivendicazione?" gli chiedo.

"No. Assolutamente niente," risponde Askalidis.

"La cosa più probabile è che abbiano seguito la stessa tattica dell'assassinio di Rodakis, per cui la rivendicazione verrà diffusa tra qualche giorno," commenta Antigone.

"Interroghiamo la moglie?" chiede Dervìsoglou.

"Non so quale sia l'opinione del signor Charitos, ma penso sia prematuro," gli risponde Antigone. "Dubito che la signora si trovi nello stato d'animo migliore per darci risposte logiche e sensate."

"Dobbiamo iniziare le indagini dal ministero dell'istruzione," spiego a Dervìsoglou. "Raccogliamo prima le informazioni che possono darci i suoi colleghi e i dirigenti. Quel che ci interessa soprattutto è chiarire se Rokkos si stesse attualmente occupando di un argomento o di un programma in particolare." Mi torna in mente la conversazione del nostro ministro con il suo collega dell'istruzione. "Voi rimanete qui e continuate con le ricerche, casomai trovaste qualche elemento o indizio sui movimenti degli assassini. Antigone e io ci occuperemo del ministero dell'istruzione."

Subito dopo telefono al comandante, a cui viene immediatamente una crisi isterica. "Ci mancava solo che il ministro mi diventasse un profeta!" sbraita.

Cerco di calmarlo. Gli spiego che contiamo di iniziare le indagini dal ministero dell'istruzione e gli chiedo di organizzarmi un incontro con un dirigente. Mi richiama dopo cinque minuti per dirmi che a riceverci sarà il segretario generale del ministero.

Antigone e io saliamo sulla volante e partiamo a sirene spiegate. Durante il tragitto ci confrontiamo su come organizzare l'interrogatorio e da dove dobbiamo partire per trovare il bandolo della matassa.

"Direi che, dopo un approccio generale, dovremmo concentrarci sulla materia di cui si occupava Rokkos ultimamente," suggerisce Antigone. "Se si stava occupando della riforma della didattica dei licei, allora non escluderei che ci si ritrovi davanti allo stesso movente dell'omicidio di Rodakis."

"Sono d'accordo. Tra l'altro, se questa ipotesi si rivelasse corretta, allora dovremo iniziare le indagini dai licei e non dalle università."

All'ingresso del ministero, ci dicono a quale piano si trova l'ufficio del segretario generale. Quando arriviamo, ci accorgiamo che nessuno si sta occupando del proprio lavoro. Tutto il personale si è diviso in gruppetti che parlano sottovoce.

La segretaria annuncia per telefono il nostro arrivo e ci guida nell'ufficio del segretario generale, che risponde al nome di Làzaros Kechridis. Ci accomodiamo su due poltrone davanti alla sua scrivania.

"Che brutta disgrazia ci ha colpiti," esclama non appena ci sediamo. "Un uomo così preparato, valido, dedito ai propri compiti, che muore in un modo così tragico."

"Le sembra che fosse preoccupato, negli ultimi giorni?" gli chiedo. "Forse le ha detto, o ha detto a qualche collega, che aveva la sensazione di essere pedinato?"

"No, non ho notato nessun cambiamento nel suo modo di comportarsi. Era il solito Stèfanos."

Segue una domanda di Antigone: "Di che cosa si occupava Rokkos in questo periodo?"

"Della riforma del piano di studi del liceo," le risponde Kechridis. "Dobbiamo adattare le materie liceali agli indirizzi e alle priorità delle università, in modo che gli studenti abbiano maggiori probabilità di successo agli esami di ammissione. Rokkos si occupava dell'adattamento e della modifica dei programmi per le varie materie del liceo."

Antigone passa alla domanda successiva: "Chi potrebbe informarci, riguardo a queste modifiche e ai contatti con i licei?"

"Il direttore responsabile." Kechridis si ferma e ci guarda. "Pensate che l'omicidio di Rokkos abbia qualche rapporto con le modifiche dei piani di studio?"

"È troppo presto per avere già un'idea precisa, signor segretario generale," gli spiego. "In questo momento, l'unico elemento che abbiamo è che il modo in cui è stato ucciso Rokkos risulta quasi identico a quello usato per assassinare il professor Themistoklìs Rodakis."

"Convoco immediatamente il direttore responsabile," dice. È evidente che lo vuole presente alla conversazione.

Il direttore ci raggiunge subito. Si chiama Nikos Zirakis. Il segretario ci guida al tavolo delle riunioni. Al direttore poniamo le stesse domande già rivolte al segretario generale e riceviamo le stesse risposte. Arriva così il momento della domanda cruciale. Mi volto a guardare Antigone.

"Qual era l'argomento di cui si occupava Stèfanos Rokkos nell'ultimo periodo?" chiede Antigone a Zirakis.

"La riforma delle materie insegnate al liceo," risponde subito l'altro, e continua: "Negli ultimi anni abbiamo notato un aumento dell'interesse degli studenti per una carriera nell'economia, nelle tecnologie e nella gestione aziendale. Questo è comprensibile, di fronte alle nuove imprese che vengono create in Grecia e ai posti di lavoro che offrono. Abbiamo ritenuto utile una revisione delle materie del liceo, per dare, a chi desidera accedere alle facoltà che insegnano queste materie, la possibilità di presentarsi con una preparazione migliore."

"Avete informato i licei dei cambiamenti che volete introdurre?" gli chiede Antigone.

"Per il momento, solo con una circolare. Quando il piano di studi sarà definitivo, passeremo a un'informazione molto più particolareggiata."

"Avete avuto qualche reazione, da parte dei presidi dei licei?"

"No, almeno fino a questo momento. Evidentemente stanno aspettando di vedere il nuovo piano di studi," risponde Zirakis.

"Perché vi interessa così tanto la revisione dei piani di studio delle scuole superiori?" ci chiede il segretario generale.

"Avete per caso letto la rivendicazione di chi ha ucciso il professor Rodakis, signor segretario generale?"

"Ma certo che l'ho letta."

"Anch'io," aggiunge Zirakis.

"Allora, avrete notato che gli assassini motivano il loro delitto con il crollo degli studi umanistici. Abbiamo parlato con professori ben preparati e ci hanno detto che, in effetti, c'è un netto calo degli studenti ma, al tempo stesso, c'è anche molta tensione tra le facoltà umanistiche e quelle tecniche, informatiche ed economiche. Quel che ci avete detto lei e il signor Zirakis conferma la rivendicazione e il movente degli assassini. Se aggiungiamo poi il fatto che i due omicidi sono stati eseguiti con la stessa metodologia, allora arriviamo alla conclusione che si tratta degli stessi criminali."

"Questo dovrebbe rendere più facile la cattura dei colpevoli?" mi chiede il segretario generale.

"Al contrario: aumenta il caos," gli risponde Antigone. "Sappiamo solo che gli assassini sono piuttosto giovani, ma una ricerca che partisse dalle università per finire ai licei prenderebbe troppo tempo."

"Temo proprio che tutto ciò diventerà un problema politico," è il commento del segretario generale.

"La capisco, ma la nostra unica speranza è che la fortuna ci sorrida. A volte, nel corso delle indagini emergono elementi che proprio non ci saremmo aspettati," gli rispondo.

Non abbiamo altre domande, quindi mi alzo. Antigone mi vede e si alza anche lei. "Vi ringraziamo per le informazioni che ci avete dato. Ci hanno aiutato a formare un quadro più definito."

"Non bastavano le università, adesso dobbiamo andare a setacciare anche i licei," commenta Antigone una volta entrati in macchina. Non le rispondo e lei non insiste. Ci immergiamo entrambi nei nostri pensieri.

Quando arriviamo, Antigone va nel suo ufficio e io nel mio. Poco dopo mi telefona. "Sono arrivati Dervìsoglou e Askalidis. Ci sono novità," mi annuncia. "Venite subito."

"C'è qualcosa che è emerso dalle ricerche?" chiedo, mentre entrano nel mio ufficio.

Mi guardano dapprima con un certo imbarazzo. "Cosa vuole che le dica. Non so se l'informazione che abbiamo ricevuto per caso abbia davvero qualche connessione con il delitto," mi risponde Dervìsoglou.

"Racconta, racconta."

"Hanno fatto degli interventi di restauro al cinema comunale e le donne delle pulizie ci sono andate tre giorni fa per rimettere ordine. A un certo punto hanno visto un furgone che andava avanti e indietro intorno al parco. Prima è passato da via Patriarchou Ioakìm, poi ha svoltato sulla Kordelioù, è scomparso per un po' e poi è ritornato. La cosa si è ripetuta tre o quattro volte – le donne non ricordano perfettamente. In una di queste occasioni, il furgone dev'essersi fermato sulla Kordelioù. Le donne delle pulizie hanno visto due giovanotti entrare nel parco, mettersi a passeggiare e, ogni tanto, fermarsi per scambiare due parole."

"Sai se qualcuna di loro ha visto la targa del veicolo?" gli chiede Antigone.

"No, hanno visto solo il furgone. Non hanno fatto caso alla targa e neanche saprebbero dirci di che marca è."

"Forse su via Efesou ci sono telecamere della polizia stradale. Se ci sono, allora sicuramente lo identificheremo," commenta Askalidis.

"Chi vi ha dato queste informazioni?" chiedo.

"Abbiamo pensato di fare due chiacchiere con i responsabili del teatro estivo e del cinema comunale. Questi ultimi ci hanno raccontato dei restauri, e quindi abbiamo chiesto di parlare con le donne delle pulizie," risponde Dervìsoglou.

"Tuttavia, che siano andati a commettere un omicidio in furgone mi pare abbastanza improbabile," commenta Askalidis.

"Non è escluso che con il furgone abbiano fatto solo un sopralluogo e poi, per procedere all'omicidio, si siano mossi con altri mezzi, molto probabilmente delle moto," gli spiega Antigone.

"Andate a fare un altro giretto per le strade dove è stato visto il furgone. Magari siamo fortunati e qualcuno ha notato la marca," aggiungo.

Vanno via e io resto con Antigone. "Crede che sia necessaria un'inchiesta anche nei licei?" mi chiede.

"Credo possa essere utile parlare con qualche preside di liceo. Innanzitutto per vedere che reazioni hanno, e poi per capire se la notizia si sia già diffusa anche tra i docenti."

"Da dove iniziamo?"

"Dai licei di Atene. Non ha senso, in questo momento, andare a visitare i quartieri residenziali, in particolare quelli in cui abitano i benestanti."

"D'accordo." Guarda l'orologio. "Partiamo domani mattina. Oggi ormai è tardi, sono già le cinque. L'unica cosa che potremmo fare è un sopralluogo intorno al parco. Ci andrò anch'io, per finire prima."

Resto solo, ma poco dopo mi telefona Adriana. "Il nuovo centro di accoglienza per i senzatetto è pronto e Zisis vuole che tu lo veda. Hai tempo questa sera?"

Non direi che sono rilassato né che ho una gran voglia di passare una serata di divertimento. Ma, d'altra parte, credo che una visita al centro di accoglienza mi farebbe bene. Mi concedo un po' di tempo – casomai arrivi qualche novità, quindi annuncio a Adriana che sarò al centro tra un'ora.

# 12.

Arrivo intorno alle sette e trovo il nuovo centro di accoglienza ancora illuminato dal sole. Non appena salgo le scale mi apre Zisis, che mi accoglie festante.

"Sono tutti impazienti di sentire la tua opinione sulla nuova sede," mi dice.

"Da quando in qua i poliziotti sono diventati esperti di arredamento?"

"Tu conoscevi molto bene l'altro centro e puoi dirci se abbiamo fatto errori o se abbiamo trascurato qualche elemento," mi spiega.

Torniamo al pianoterra e cominciamo dalla cucina. È molto ben equipaggiata, con le attrezzature di via Aghias Zonis.

"Spero che abbiate fatto la spesa, perché vedo che siete pronti per cucinare," commento, soddisfatto.

"Sì, fortunatamente il comune ha fatto in modo che non dovessimo patire la fame," mi risponde con un sorriso.

Passiamo dal locale al pianoterra che è adibito a sala mensa. Ci sono gli stessi mobili del centro in Aghias Zonis ma in uno spazio molto più ridotto. Mi chiedo se i pensionanti possono starci tutti insieme oppure se devono dividersi in due turni.

"Lo spazio è piuttosto limitato, ma non si può avere tutto," spiega Zisis, che mi ha letto nel pensiero. "In ogni caso, abbiamo trovato una soluzione che ci aiuterà."

"E sarebbe?"

"Te la mostrerò," mi risponde, restando sul vago, come se mi preparasse a una sorpresa.

Non insisto e iniziamo la visita dei piani superiori. Al primo piano troviamo Melpo. Entriamo nel locale di fianco alla scala. Ha tre letti e una brandina. Accanto, un tavolo per la caraffa d'acqua e le medicine degli ospiti. La stanza successiva è identica a quella precedente.

Saliamo al secondo piano, dove c'è Adriana ad aspettarci. Le stanze sono del tutto simili a quelle del primo piano.

"E anche al terzo le camere sono identiche," mi informa Adriana.

Faccio un rapido calcolo. "Questo significa che avete ventiquattro posti letto. Vi basteranno?" chiedo a Zisis.

"Se togliamo i tre che sono andati in un altro centro di accoglienza, ci avanza addirittura un letto," mi spiega.

"Sì, ma così tu non avrai la tua camera," lo stuzzico.

Mi rivolge un sorriso ironico: "Hai ragione, è un problema," mi risponde. "Quando ero a Makrònisos al confino, avevo una camera e uno studio."

Si mettono tutti a ridere, mentre io resto imbarazzato di fronte alla risposta di Zisis, che mi ammutolisce.

"Non ha senso visitare anche il terzo piano. Andiamo, preferisco farti vedere la mensa piccola." Si volta verso Melpo. "Rena c'è?"

"Sì, deve sistemare delle cose."

"Dille di venire in mansarda."

Saliamo al terzo piano e proseguiamo su per una scala abbastanza stretta verso la mansarda. Si tratta di un locale piuttosto piccolo sotto il tetto. Può contenere al massimo tre tavoli. Vedo, con sorpresa, un *tavli* su ognuno di essi.

"Nel nuovo centro di accoglienza, giocherete a *tavli*?" chiedo a Zisis.

"È un regalo di Rena," risponde Adriana.

Mi giro e scorgo una ragazza a fianco di Zisis. "Rena era con gli anarchici che occupavano questo edificio. Ora viene con le sue amiche a darci una mano," mi spiega Zisis.

"E come ti è venuto in mente di regalare i *tavli* al centro di accoglienza?" le chiedo.

"Mio nonno aveva un negozio in piazza Aghion Asomaton. Quando, con mio padre, facevamo una capatina da lui, spesso lo trovavamo davanti all'ingresso, seduto su uno sgabello a giocare a *tavli* con un amico. È da lì che mi è venuta l'idea di regalare questi giochi al centro."

"E tu sai giocare?"

"No. Mio nonno non mi ha insegnato e quando avevamo occupato questo edificio, i miei amici sapevano parecchio di movimenti e proteste, ma niente di *tavli*." Si ferma e, girandosi verso Zisis, conclude con un sorriso: "Spero che un giorno il signor Zisis mi insegnerà a giocare."

"Non preoccuparti, ti insegnerò. Ai miei tempi, tutta la sinistra giocava a *tavli*, solo che perdeva sempre."

"E com'era possibile che perdesse sempre?" chiede Rena.

Zisis apre un tavoliere e prende i dadi. "Continuavamo a gettare i dadi sperando in un doppio sei, ma dai nostri dadi uscivano sempre solo uno e due," ci spiega con una certa amarezza.

"In ogni caso, con il trasloco avete vinto un terno al lotto," intervengo per tirarlo un po' su di morale. "Il nuovo centro di accoglienza sarà anche un pochino più piccolo, ma siete riusciti a renderlo più caldo e famigliare."

"Davvero, signor Charitos? Davvero è più famigliare e più caldo?" mi chiede Melpo.

"Melpo ha organizzato il trasloco," mi spiega Adriana. "Si è occupata di tutto, dalla a alla zeta."

"Sono felice che le sia piaciuto, signor Charitos," esclama Melpo. "È stato il primo trasloco che ho fatto in vita mia. L'unica casa che ho conosciuto è stata quella costruita per i profughi del 1922 a Kesarianì. Quando sono andata via da lì, sono diventata una senzatetto. Trovarsi sloggiati perfino da una casa per profughi e poi far traslocare un intero centro di accoglienza non è la cosa più semplice del mondo."

Adriana l'abbraccia e le dà un bacio.

Abbiamo terminato il giro turistico del centro di accoglienza e scendiamo di nuovo nella sala mensa al pian terreno. Zisis chiede a Melpo se c'è qualcosa da mangiare.

"Da mangiare ce n'è, ma dobbiamo andare nel vecchio centro. Anna ha cucinato qui, ma poi insieme a Stèlios hanno trasportato i pasti al centro di prima, perché molti pensionanti sono rimasti a mangiare lì."

"Non importa, stasera ceneremo a casa. Lo troveremo, qualcosa da mettere sotto i denti," dice Adriana, e il mio pensiero va subito al *souvlatzìdiko.*

Non faccio in tempo a rallegrarmene che mi squilla il cellulare. È Antigone.

"Sembra che gli assassini procedano secondo un programma ben preciso," mi dice.

"Spiegami, non capisco," le rispondo piuttosto inquieto.

"La mattina ammazzano e la sera diffondono la rivendicazione."

"C'è una rivendicazione? Dove l'hanno diffusa?"

"All'accademia pedagogica Marasleion, di fianco all'ingresso. Vuole che gliela spedisca?"

"No. Vengo io a vedere."

Spiego a Adriana e a Zisis che cosa è successo. "Se resti qui a mangiare e mi aspetti, posso passare a prenderti dopo," le dico.

"Non preoccuparti. Mangerò qui e poi prenderò un taxi," mi tranquillizza.

Prendo la Evelpidon per entrare nel sottopassaggio e poi svoltare sulla Spirìdonos Trikoupi. Il caos inizia da via Skoufà. Non c'è solo il problema del traffico. Metà degli automobilisti cerca disperatamente un posto per parcheggiare, e ciò rende il ritardo ancora più insopportabile. Quasi esco di senno, finché non arrivo sulla Maraslì.

Davanti all'accademia pedagogica vedo ferme una volante e la macchina di Antigone.

"Chi vi ha avvertito?" chiedo agli agenti, una volta sceso dalla Seat.

"Una coppia. Percorrevano a piedi via Maraslì," mi informa un agente. "L'uomo ha notato la rivendicazione e si è fermato a leggerla, per curiosità. Dopo averla letta, ha subito telefonato alla stazione di polizia di Kolonaki e ci ha informati. E noi, a nostra volta, l'abbiamo comunicato al pronto intervento."

"E sono arrivati a me," conclude Antigone.

Mi avvicino all'ingresso e leggo la rivendicazione:

> Tutti coloro che hanno studiato filosofia conoscono la massima di Cartesio: "Penso, dunque sono." In Grecia abbiamo modificato la massima e diciamo: "Ho una poltrona, dunque sono." Stèfanos Rokkos apparteneva alla categoria di chi ha una poltrona. E ha deciso di modificare il piano di studi dei licei in modo che possano aprire agli studenti la strada verso le poltrone delle aziende e degli enti. Il pensiero non ha importanza. Quello che conta è la poltrona. Ma noi non permetteremo che le scuole diventino spacci di poltrone. Lotteremo, quale che sia il prezzo per noi.

Mi allontano dalla rivendicazione per avvicinarmi ad Antigone. "Comunque, questo non può essere un testo scritto da un liceale," è il suo commento.

"Non è il caso di parlarne ora. Lascia stare: ce ne occuperemo domani in centrale." Nel frattempo, sono arrivati due tecnici della scientifica per fotografare la rivendicazione. Li lasciamo a svolgere il loro lavoro e ce ne andiamo.

# 13.

Come mi aspettavo, al mio arrivo in ufficio ricevo la telefonata del comandante che mi convoca a una riunione con il ministro. Negli aeroporti ci sono arrivi e partenze. Da me, arrivi e riunioni. Tra un po' non ci troveremo più in via Katechaki, ma in un caffè, dove potremo parlare con un espresso la mattina e uno *tsípouro* nel pomeriggio, come ultimamente fanno tutti i greci.

Cerco di tenere i nervi sotto controllo e di conservare il sangue freddo. "Una riunione in questo momento non servirà a nulla, perché gli elementi che abbiamo raccolto sono ancora pochi," spiego al comandante, per poi dargli un rapido ragguaglio. "Stamattina parleremo con i presidi di alcuni licei dell'Attica, per capire come è stata recepita la riforma del piano di studi dei licei. Inoltre, dobbiamo parlare con la moglie di Rokkos, perché potrebbe avere qualcosa di utile da raccontarci. Vi proporrei piuttosto di organizzare l'incontro per oggi pomeriggio. Nel frattempo, spero che emergano nuovi elementi."

"Parlerò con il ministro e poi la informerò," risponde. Poco dopo, richiama per dirmi che la riunione è fissata per le cinque del pomeriggio.

Prendo un bel respiro e convoco nel mio ufficio la squadra omicidi. “Abbiamo qualche novità sul furgone?” chiedo, una volta che siamo tutti seduti.

“Dalla Kordelioù e dalla Efesou passano molti furgoni,” mi spiega Dervìsoglou. “Un negoziante sulla Kordelioù ne ha notati due che sono passati più di una volta. Uno era di marca Citroën e l’altro probabilmente un Opel. Ci siamo già messi in contatto con la polizia stradale, nel caso siano stati ripresi da qualche telecamera che controlla il traffico. Insomma, aspettiamo.”

“Qual è il programma di oggi?” chiedo ad Antigone.

“Inizieremo le ricerche nei licei di Atene. Cominceremo con quelli di Pangrati, poi quelli di Kipseli, per finire con l’Arsàkio. Quindi decideremo come continuare.”

“Bene. Koula rimarrà qui e interrogheremo insieme la moglie di Rokkos.”

Koula riesce simpatica alle donne. Mi servirà perché la moglie di Rokkos sarà ancora molto provata.

Arriviamo sulla Thrakis con una volante e troviamo il condominio dove viveva Rokkos. Suoniamo il campanello, ma non otteniamo risposta. Dopo il terzo tentativo a vuoto, Koula suona il campanello di un vicino. Le risponde una voce femminile. Koula le spiega chi siamo e qual è lo scopo della nostra visita. La voce la informa che la moglie di Rokkos è andata a stare dalla sorella, perché non resisteva da sola in casa.

Ci mettiamo in contatto con la stazione di polizia di Nea Smirni e chiediamo di trovarci il suo indirizzo. Per fortuna l’attesa non dura tanto da innervosirci: poco dopo ci informano che la sorella si chiama Kalliopi Valasi e abita in via Myraktìs, dall’altra parte della Efesou.

Risaliamo sulla volante e arriviamo sulla Myraktìs, all'altezza del condominio dove abita la Valasi. Stavolta ci aprono subito e saliamo a terzo piano. Ci accoglie la sorella, che ci fa accomodare in salotto.

"Posso chiedervi un favore?" domanda.

"Ma certo," le risponde Koula.

"Non fate troppa pressione su Maria, perché è a pezzi e potrebbe crollare all'improvviso."

Koula la tranquillizza. "Non si preoccupi. Le chiederemo solo le informazioni indispensabili."

"Come si chiama sua sorella?" le chiedo.

"Maria Valasi," ci risponde e se ne va.

Torna poco dopo con una donna di qualche anno più anziana, che trascina i piedi e tiene gli occhi fissi sul pavimento. Si seggono entrambe davanti a noi, ma Maria Valasi non alza nemmeno lo sguardo. Allora lancio un'occhiata a Koula, perché sia lei a prendere la parola.

"Signora Valasi, non vogliamo né stancarla né tormentarla. Abbiamo solo poche domande da farle. Non appena ci avrà risposto ce ne andremo."

La premessa è finita e ora sono io a prenedere la parola. "Signora Valasi, suo marito le ha parlato della riforma dei piani di studio per le scuole superiori?"

Maria Valasi solleva la testa, mi guarda e si mette a gridare: "Era fuori di sé! I licei sono scuole di cultura generale, mi diceva. Non si poteva sottovalutare la conoscenza di materie basilari, che sono indispensabili, sostituendole troppo presto con conoscenze specialistiche. Ha provato a fermare la riforma, ma non solo non ce l'ha fatta, se l'è addirittura ritrovata sulle spalle. E lui stesso era convinto che gliel'avessero appioppata per vendetta, proprio perché era così contrario." Fa una pausa, per tirare il fiato e calmarsi un po'. "Gli ho chiesto perché non dava il programma a qualche dipendente che ci lavorasse su. Mi ha risposto che, se l'avesse affidato a un sottoposto, correva il rischio che quello creasse una situazione ancora peggiore per eccesso di zelo, mentre invece lui voleva, per quanto possibile, limitare i danni."

Scoppia all'improvviso in un misto di concitazione e pianto. "Lo capisce, adesso, perché sono ridotta a uno straccio? Perché Stèfanos è stato vittima due volte: vittima dei suoi assassini, e vittima di un cambiamento che assolutamente non voleva."

Il pianto la soffoca e lei non riesce a continuare. La sorella cerca di calmarla. "Dài, Maria, basta adesso. Hai detto tutto." Poi si volta verso di noi e ci guarda. I suoi occhi dicono che dobbiamo mettere fine alla conversazione.

"Ho un'ultima domanda e poi la liberiamo dalla nostra presenza", le dico. "Negli ultimi giorni suo marito le ha detto che c'era qualcuno che lo pedinava?"

"No, ma se anche ci fosse stato qualcuno a seguirlo, a me non l'avrebbe detto," risponde. "Sapeva che sono molto fragile dal punto di vista psichico e non voleva spaventarmi. E comunque, non ho notato nessun cambiamento nel suo modo di fare. Era quello di sempre."

Ho finito con le domande e faccio cenno a Koula di alzarsi. Koula si avvicina a Maria Valasi e le poggia una mano sulla spalla. "La ringraziamo per aver trovato la forza di rispondere alle nostre domande. Ora non si preoccupi: non la disturberemo più."

Usciamo sul pianerottolo, accompagnati dalla padrona di casa. “Mi chiedo se e come mia sorella riuscirà a superare questa disgrazia,” ci dice, a mo’ di commiato.

Saliamo sulla volante, immersi nei nostri pensieri. L’unica cosa importante che abbiamo saputo è che Rokkos era contrario alla riforma.

“C’è una domanda,” mi dice Koula, rompendo il silenzio.

“Quale?”

“Come facevano gli assassini a sapere chi stesse lavorando al piano di studi? Gliel’avrà spifferato qualcuno dall’interno del ministero?”

“Può essere, ma non è detto che li abbia informati un suo collega. È altrettanto probabile che l’abbiamo saputo da qualche preside di liceo, o anche da un docente. È evidente che la notizia è circolata. Forse sapremo qualcosa dai sopralluoghi nei licei.”

Ma la domanda davvero cruciale è un’altra: gli assassini sapevano o non sapevano che Rokkos era contrario alle modifiche? È una domanda che potrebbe non avere alcuna rilevanza per le indagini, ma ne ha eccome per definire carattere e moventi degli assassini.

Salgo in ufficio e mi abbandono alle riflessioni. Abbiamo due omicidi molto simili quanto all’esecuzione, ma del tutto opposti per quel che riguarda le vittime. Rodakis era antipatico alla maggior parte delle persone che lo conoscevano. Rokkos era un dirigente del ministero dell’istruzione. Si stava occupando, sì, della riforma, ma le si opponeva radicalmente e cercava, quindi, per quanto poteva, di salvare il salvabile.

Gli assassini conoscevano Rodakis, sia personalmente, sia attraverso quello che si diceva di lui. È invece meno probabile che conoscessero Rokkos. E qui sorgono due domande: se non conoscevano Rokkos, allora gli era bastato sapere che la realizzazione della riforma era affidata a lui per ucciderlo. Se lo conoscevano e sapevano che non condivideva il progetto, allora significa che il suo dissenso non aveva importanza. Per gli assassini era sufficiente che fosse lui il responsabile della riforma.

Guardo l'orologio. Sono le due e la squadra omicidi non ha ancora fatto la sua comparsa. Spero che arrivino prima della mia riunione al ministero, per darmi modo di ottenere qualche altra informazione. Anche perché quel che mi ha detto la moglie di Rokkos al ministro non piacerà affatto.

Per fortuna di lì a mezz'ora si presentano tutti e ci rimane tempo sufficiente per conversare.

"Trovato niente?" chiedo.

"Sono stati quasi tutti abbastanza reticenti, del tipo: 'prima di vedere qualcosa, non possiamo farci un'opinione'," mi dice Antigone. "L'unico che non è rimasto zitto è stato il preside del liceo di Kipseli. Forse perché ormai è alla soglia della pensione."

"E cosa vi ha detto?"

"Ci ha spiegato che ormai è la regola, che ogni nuovo ministro si porti dietro una riforma dell'istruzione, un po' come una sposa porta con sé la dote. Quando gli ho chiesto cosa pensasse di Rokkos, mi ha risposto che lo aveva sorpreso che fosse proprio lui a occuparsi della riforma, perché conosceva il suo punto di vista tutt'altro che favorevole. L'ultima domanda che gli ho fatto è se pensasse di fare qualcosa. 'No, niente. Aspetterò che arrivi il nuovo ministro con una diversa riforma, e così questa di oggi finirà tra gli inesitati,' mi ha risposto. Ho riferito il colloquio anche a mia sorella, per avere un secondo parere. 'Le cose stanno proprio come ti ha detto,' è stato il suo commento."

"Avete parlato con i professori?"

"Sì, ma anche loro o non ne sapevano nulla, oppure non volevano parlare," risponde Askalidis.

"Solo un professore del liceo di Pangrati ha parlato con me," mi dice Kòllias.

"E che cosa ti ha detto?"

"Che la prima 'riforma' per così dire, è iniziata molti anni fa ed è stato il dilagare del bullismo, della violenza nelle scuole, di cui, però, nessuno si è occupato. Questa violenza è un sopruso, un esercizio di potere che finirà per dominare la società. I ragazzi che oggi bullizzano i compagni, un domani eserciteranno la violenza nella società e sul posto di lavoro. Vogliono essere dei dominatori e avere tutti al loro servizio. La riforma che il ministero sta preparando offrirà alla violenza e al terrore nelle scuole un fondamento teorico. E così, una situazione che già era difficile diventerà ben presto incontrollabile."

"Quel professore ti ha detto che cosa insegna?"

"Storia della Grecia contemporanea."

A parte le informazioni, la sostanza sta in quel che ha detto il professore a Kòllias. A poco a poco si sta costruendo una società della violenza e noi non riusciamo a impedirlo.

Il rapporto della squadra omicidi si conclude e io e Koula passiamo alla conversazione con Maria Valasi. Quando finiamo, cade il silenzio. Tutti afoni.

"Insomma, Rokkos è stato ucciso ingiustamente," commenta Antigone.

"Ci sono due possibilità. La prima è che i colpevoli non sapessero che Rokkos era contrario alla riforma. L'altra è che lo sapessero, ma che abbiano concluso che, se era lui a occuparsene, allora doveva essere lui a pagarla. Sarebbe utile, comunque, parlare con qualche altro professore. Potrebbe emergere un collegamento tra questi omicidi e la violenza imperante nelle scuole."

Non abbiamo altro da dirci. Guardo l'orologio, è ora di muovere alla volta di via Katechaki. Sono contento perché vado alla riunione ben provvisto di una serie di elementi interessanti, anche se alcuni di essi al ministro non piaceranno per niente.

# 14.

Prendo la Seat alla volta del ministero. Calcolo che la riunione durerà un paio d'ore e finirà verso le sette. A quel punto, non avrà senso tornare in centrale.

Per fortuna è pomeriggio, il traffico è regolare, e così arrivo prima delle cinque.

"È emerso qualche nuovo elemento?" mi chiede il comandante non appena metto piede nella stanza. È evidente che l'ansia lo sta divorando.

"Sì, e sono interessanti," gli rispondo.

Telefona subito all'ufficio del ministro. "Ci aspetta tra un quarto d'ora," mi annuncia, quindi informa il vicecomandante. "Abbiamo tempo per un breve aggiornamento in modo da farci un quadro della situazione," mi dice, dopo che è arrivato anche il vicecomandante.

Parto dalla conversazione con la moglie di Rokkos, perché mi sembra che abbia fornito parecchi elementi su cui riflettere. Sto per passare al preside del liceo di Kipseli, quando mi interrompe una telefonata: il ministro ci aspetta.

"Vi ascolto," dice mentre ancora non ci siamo nemmeno seduti. "Bando ai preamboli. Andiamo subito ai fatti e a quel che segue."

Devo dargli un aggiornamento più dettagliato. Inizio dall'omicidio nel parco di Nea Smirni e dalle indagini condotte dalla squadra omicidi. Il ministro mi ascolta senza interrompermi. Passo quindi alla conversazione con la moglie di Rokkos. Non appena gli dico che quest'ultimo aveva parecchie obiezioni alla riforma, quasi salta sulla sedia.

"E hanno affidato a lui la riforma, benché sapessero che era contrario?" esclama, quasi fuori di sé.

"Era il segretario per la scuola media superiore e, evidentemente, il più esperto in simili questioni," spiega il vicecomandante.

"Ma che intendete dire? Che in tutto il ministero..." Si ferma all'improvviso e si limita a un "Vabbe', insomma..." Ingoia il resto, per non esporre il suo collega ministro dell'istruzione.

Gli spiego che il movente dell'omicidio va cercato altrove, perché dipende dal fatto che i colpevoli sapessero o meno che Rokkos era contrario alla riforma. Il ministro sembra d'accordo con me, quindi passo a quanto ci ha detto il preside del liceo di Kipseli.

Il ministro ascolta, limitandosi a un commento ironico: "Non mi sorprende. È la norma, tra i dipendenti pubblici. Non appena arriva un mutamento che va a intaccare la loro routine, subito lo condannano."

Quando arrivo all'ultima prelibatezza, cioè le dichiarazioni del professore di Pangrati, interviene il comandante. "Mi auguro che non sia necessario dislocare pattuglie anche davanti alle scuole secondarie. Bastano e avanzano le università," commenta.

Le seccature che preoccupano il ministro sono di tipo diverso. “Dobbiamo a ogni costo individuare i responsabili, altrimenti la situazione andrà di male in peggio, e chiunque pretenderà di dire la sua.” Si rivolge a me: “Ripeto quel che le ho detto al nostro primo incontro. Voglio che vi occupiate solo ed esclusivamente di questo caso. Tutto il resto può aspettare.”

“Ed è proprio quel che faccio, signor ministro,” gli garantisco. “Per fortuna in questo momento non ci sono altri casi che richiedano un mio intervento in prima persona.”

Una volta congedati, facciamo una sosta nell’ufficio del comandante. “Il ministro non ha torto,” dico ai miei superiori. “Quanto più si ritarda l’arresto degli assassini e si moltiplicano le reazioni, tanto meno possiamo prevedere cos’altro ci aspetta.”

“Che cosa possiamo fare per far progredire le indagini?” chiede il comandante.

“Purtroppo nulla, oltre a quello che già stiamo facendo. Speriamo che le visite ai licei ci possano portare qualche nuovo indizio, almeno riguardo alla direzione da seguire.”

“Sono d’accordo anch’io che i licei possono essere un buon punto di partenza,” concorda il vicecomandante.

La conversazione giunge al termine e io salgo sulla Seat. Ho fretta di arrivare a casa di mia figlia. Sento il bisogno urgente di tirare il fiato. Anche questa volta sono fortunato, il traffico non è esasperante. In una ventina di minuti eccomi in via Athanasias.

Caterina viene ad aprirmi. “Devi avere un po’ di pazienza prima di vedere Lambros,” mi dice.

“Perché?”

“È andato a bere un po’ d’acqua e se l’è versata addosso. Si è bagnato tutto e ora mamma lo sta cambiando.”

"Fanis non si è ancora fatto vedere?"

Caterina mi fa un sorriso. "Sono gli svantaggi di essere un primario. L'ospedale è di turno per il pronto soccorso e quindi Fanis tarderà."

Mi siedo ad aspettare. Poco dopo compaiono Adriana e Lambros. Mio nipote mi balza sulle ginocchia e mi riempie di gioia. "Come va, Lambros?" gli chiedo con un bacio.

"Disegno," risponde entusiasta.

"Passa tutto il giorno a disegnare," spiega Adriana. "Quando lo porto a fare una passeggiata, dopo mezz'ora si mette a strillare: 'Facciamo un disegno!' Io di arte non mi intendo, ma non mi capacito di come un bambino di cinque anni possa disegnare così bene."

"Fammi vedere un po' i tuoi lavori," dico a Lambros.

Non appena entriamo in camera sua, prendo il famoso blocchetto. Ha disegnato su tutte le pagine.

"Guarda questo qui," mi dice Adriana, sfogliando l'album da disegno finché non trova una pagina con un cavallo. "Quando l'ho visto sono rimasta senza parole."

È davvero notevole. Ma non faccio in tempo a dirglielo, perché squilla il campanello e sento delle voci in corridoio.

"Sono venuti Mània e Uli. Stasera mangiano con noi," mi informa Adriana rialzandosi. "Vado a preparare la cena. Occupati tu di tuo nipote."

Quando ci raggiungono, Uli va da Lambros e gli accarezza la testa. "Ciao, Lambros. Come stai?" gli chiede.

"Disegna," risponde Caterina.

Prende il blocco e lo mostra a Mània. Uli le sta accanto e guarda, mentre Mània sfoglia.

"Mi sa che tuo figlio diventerà un pittore," profetizza Uli a Caterina.

"Non aver fretta." È Mània che lo richiama all'ordine. "Si trova nell'età delle scoperte e ogni giorno gli rivelerà qualcosa di nuovo, insieme a tanti altri interessi. È ancora molto presto per sapere come si evolverà. In ogni caso, non escludo che magari continuerà a disegnare, anche solo per hobby."

Ed ecco che, in quel momento, fa la sua comparsa l'ultimo della compagnia, ovvero Fanis. Basta guardarlo per capire che è esausto.

"Ti hanno proprio sfiancato?" chiede Caterina.

"Non ha importanza. Ora che ho visto questa bella compagnia, cambierà anche il mio umore e mi riprenderò," risponde, prendendo in braccio Lambros. Caterina gli parla dei disegni del figlio, che hanno sorpreso tutti noi.

"Personalmente, non ho niente da obiettare se vorrà andare all'accademia di belle arti. Mamma avvocato, papà medico e figlio artista: una combinazione perfetta!" commenta Fanis.

E avrà come insegnante l'ex moglie di Rodakis, a cui il defunto aveva reso la vita un inferno, commento tra me e me.

Adriana ci chiama: la cena è servita, ci spostiamo verso il soggiorno.

"Ho preparato una *hortòpita* con la ricetta di Zisis e *dolmades* in fricassea."

"Chi mangerà tutte queste cose?" chiede Uli.

"Non dimenticare che ci portiamo delle porzioni a casa," gli ricorda Adriana.

Mangiamo tutti con grande appetito, ma il più entusiasta è Uli, che si fa servire una seconda volta.

"Vacci piano, altrimenti ti farà male lo stomaco," lo avverte Mània.

"Sto pensando di organizzare dei seminari di cucina greca per turisti. Credo proprio che dal punto di vista economico sarà un successo," le dice Uli.

"Puoi organizzarli da noi. C'è tutto il necessario e la casa è vuota tutto il giorno," gli propone Adriana.

Il resto della serata passa piacevolmente. Finalmente mi rilasso. Dimentico il ministro, i miei superiori e il caso che ci sta mettendo a dura prova.

Sembra quasi di essere in ferie.

# 15.

Le belle serate non solo tirano su il morale, ma per di più schiariscono la mente. Ti portano nuove idee su persone e cose che ti stavano davanti agli occhi ma che non riuscivi a vedere.

L'idea mi viene quando sono sulla Seat, al mattino, mentre vado a lavorare con quel che resta della buona disposizione di ieri sera. Me la prendo con me stesso. Perché non ho mai pensato, in tutto questo tempo, a fare due chiacchiere con Uli? Sarà anche uno che scherza sui seminari di cucina greca, ma è una persona che si occupa di Internet per professione e viene chiamato per studiare e realizzare programmi informatici da diverse imprese, greche e tedesche. Potrebbe darci delle informazioni, sugli studi e sul lavoro nei settori della tecnologia e della gestione d'impresa, che potrebbero esserci utili.

Non appena arrivo in ufficio telefono a Mània, perché non ho il numero di Uli. Per fortuna, lo trovo a casa.

"Purtroppo non possiamo vederci stasera perché abbiamo appuntamento con degli amici. Se per lei va bene, potremmo vederci domattina nell'ufficio di Caterina o nell'ambulatorio di Mània – a seconda della disponibilità."

Riattacco e subito mi colpisce un'altra cosa che abbiamo trascurato: non abbiamo cercato, su Internet, le reazioni e i commenti riguardo all'omicidio di Rokkos. Il mio primo pensiero è di chiamare Vellidis, ma alla fine mi rivolgo a Koula. Sarà meglio che sia lei a contattare Vellidis, perché io sarò continuamente occupato.

Non appena finisco di parlare con Koula, arriva la telefonata di Antigone. "C'è qualcosa di nuovo?" le chiedo.

"Non al momento, ma temo che abbiamo dimenticato un elemento importante."

Ah, bene! Io ho trascurato due cose, Antigone una terza... "Che cos'è che abbiamo dimenticato?"

"Non abbiamo parlato con il rettore dell'accademia pedagogica."

"Hai ragione."

"Lo contatterò per fissare un appuntamento."

Queste dimenticanze confermano che siamo perduti nello spazio e cerchiamo solo quel che ci salta in mente, quando ci salta in mente.

Koula arriva con una busta. "Non vale la pena che lei legga tutti i messaggi. Ce n'è solo uno interessante." Tira fuori dalla busta il primo foglio e me lo lascia sulla scrivania.

> Noi greci, in questo paese, abbiamo imparato un'amara realtà: ogni cambiamento non fa che peggiorare le cose. Per questo la reazione a ogni nuova legge è il panico. E per questo, in Grecia, vale sempre il detto: "Tutti gli anni passati sono migliori." Le riforme dell'istruzione sono l'esempio più clamoroso. Ora, per quanto riguarda gli assassini, consiglierei alla polizia di cercare tra gli allievi delle superiori, che dovrebbero andare a scuola per dedicarsi alle materie di studio, e

invece imparano solo a fare i bulli. Non è escluso che alcuni di loro, una volta all'università, siano passati dagli esercizi di bullismo alla sua realizzazione pratica.

"Crede che quelli che hanno ucciso Rodakis e Rokkos potrebbero essere dei liceali che si sono esercitati nel bullismo a scuola?" mi chiede Koula.

"Dal momento che non abbiamo elementi, e neppure indizi, tutto è possibile."

Ci interrompe la telefonata di Antigone. "Abbiamo preso contatto con il rettore dell'accademia pedagogica. Ci ha detto che l'unico modo che abbiamo di parlargli è di convocarlo ufficialmente a deporre."

"Vuole essere convocato ufficialmente?" le domando, perplesso.

"Così ci ha detto."

"Va bene, allora. Lo convochiamo per oggi pomeriggio alle cinque. Come si chiama?"

"Alèxandros Raptis."

Chiedo a Koula di inviare una convocazione ad Alèxandros Raptis per le cinque di oggi pomeriggio.

Resto in dubbio sul perché Raptis abbia preferito una convocazione ufficiale. L'unica spiegazione che mi viene in mente è che voglia proteggersi la parte mediana posteriore del corpo.

Dopo una mezz'ora, ecco comparire Antigone con la sua squadra. "Allora, c'è qualcosa di nuovo?" chiedo.

Antigone scuote la testa. "Niente, assolutamente. Tutti hanno risposto: 'Non ho visto, non ho sentito, non so.'"

"Raptis ti ha dato qualche spiegazione del perché preferisce che lo convochiamo ufficialmente?"

"No. Si è limitato a interrompermi subito. Mi ha detto che l'unica possibilità di avere un colloquio con lui è a seguito di una convocazione in centrale."

"Già fatto. L'abbiamo convocato per oggi alle cinque. Dato che preferisce venire a trovarci, sarà bene che anche noi manteniamo le forme. Portatelo nella stanza degli interrogatori. Ci sarà anche Koula, per trascrivere la sua deposizione."

Alle cinque in punto, Antigone mi informa che è il momento di scendere nella stanza degli interrogatori. Raptis ha una sessantina d'anni. Aspettiamo Koula e il suo computer per osservare tutte le formalità del caso.

"Professor Raptis, prima di iniziare, vorrei che mi chiarisse un dubbio," gli dico. "Perché ha preferito la convocazione ufficiale a deporre, invece di un colloquio nel suo ufficio?"

Mi guarda e sorride. "Per due ragioni. La prima la capirà subito, visto che è anche lei un dipendente della pubblica amministrazione. Quando la polizia ti viene a trovare nel tuo ufficio, seguono sussurri, pettegolezzi e continue battutine. La convocazione ufficiale ha di buono che mette a tacere tutti." Si ferma e mi guarda. "La seconda è che sono stato per molti anni amico di Stèfanos Rokkos e questo lo sa tutta l'accademia. La sua uccisione è stata per me un colpo tremendo perché, oltre all'amicizia, sapevo che era in profondo disaccordo con la riforma di cui gli avevano chiesto di occuparsi, nonostante la sua opposizione. Doversi occupare della riforma era, per Stèfanos, una condanna ai lavori forzati. Capirà che tutte queste cose non volevo dirgliele di mia spontanea volontà all'interno del mio ufficio."

“Ma se Rokkos era così contrario alla riforma, perché non ne ha affidato l’elaborazione a qualcuno dei suoi subalterni?” gli chiede Antigone.

Raptis la guarda con un sorriso appena accennato. “Perché sapeva che il suo subordinato avrebbe scritto solo l’indispensabile e avrebbe restituito a Stèfanos la pratica in modo che fosse il capo a completarla, mentre lui se ne sarebbe lavato le mani,” risponde.

Improvvisamente mi viene in mente il post che ho letto subito prima che arrivasse Raptis. “Crede che tra coloro che hanno ucciso Rodakis e Rokkos possano esserci degli ex studenti liceali che a scuola si comportavano da bulli?” gli chiedo.

Ci pensa su un po’ prima di rispondere. “Mi pare più probabile il contrario,” mi dice. “Cioè che sia qualcuno che a scuola, per molti anni, il bullismo lo ha subito.” Vede che lo guardiamo stupiti e quindi prosegue: “Le scuole secondarie non sono rette né dai presidi né dal ministero. Sono dirette dalle associazioni dei genitori e dei tutori. Non appena un docente dà un’insufficienza a un ragazzo, ecco che deve affrontare la collera di genitori e tutori. Potete immaginare che cosa sarebbe successo, se il preside di un liceo avesse osato punire uno studente che faceva il bullo. D’altro canto, le vittime di bullismo non parlano perché temono che, se i propri genitori denunciassero i loro persecutori, loro subirebbero un trattamento ancora peggiore. Non è escluso che alcuni di questi ragazzi, una volta arrivati all’università, si vendichino per la violenza che hanno subito, diventando a loro volta dei violenti.”

È una possibilità a cui nessuno di noi aveva minimamente pensato, finora. Ringrazio Raptis e gli chiedo se vuole firmare la sua deposizione.

"Tenetela voi e, se sarà necessario, verrò a firmarla," mi risponde.

Non appena ci lascia, Antigone conferma il mio pensiero: "Confesso che la possibilità di cui ci ha parlato Raptis non l'avevamo proprio presa in considerazione."

"Sì. Anch'io ho fatto lo stesso errore."

"Forse sarebbe opportuno dirigere le indagini anche in questa direzione?"

"E tu credi che questi ragazzi, che non parlano né con i genitori né con gli insegnanti, parleranno con noi? Pazientiamo fino a domani mattina. Incontrerò un amico di Caterina che ha grande competenza, negli studi di informatica come in tutto ciò che riguarda Internet. Aspettiamo a vedere che cosa mi dirà e poi ne riparliamo."

La conversazione si chiude qui, insieme alla giornata di lavoro.

# 16.

Ieri pomeriggio sono andato direttamente a casa per guardare il telegiornale. Dal giorno in cui ci siamo accollati i due omicidi non avevo più visto un notiziario e volevo farmi un'idea di quel che se ne dice. Poteva essermi utile anche per la conversazione di oggi con Uli.

I notiziari si sono ridotti a qualcosa di molto simile alle canzoncine natalizie, i *kàlanda*. Un tempo le ascoltavamo una o due volte e alla terza, quando un nuovo gruppo di coristi suonava il campanello, rispondevamo senza neanche uscire sulla porta: "Ce le hanno già cantate!" Ecco, ho la stessa reazione anche per quanto riguarda il telegiornale.

L'unica parentesi interessante è stata l'opinione di un professore dell'Università di Salonicco, quando un giornalista gli ha chiesto se l'uccisione di Stèfanos Rokkos l'avesse stupito.

"Siamo arrivati al punto di definire 'riforma' qualsiasi modifica al programma di studi delle scuole secondarie," ha detto il professore. "Tra le poche cose che ho appreso, c'è anche il fatto che questa riforma ha lo scopo di preparare gli allievi del liceo agli studi superiori che sceglieranno. Non ho nulla in contrario, a patto che ciò non significhi una riduzione degli insegnamenti di materie umanistiche. Il punto di partenza dev'essere la preparazione nelle materie che si studiano al liceo, e senza tagli al programma. Il problema è che non ci sono risorse per aumentare il personale docente. Quindi, la soluzione è mantenere il sistema nel suo stato attuale e preparare gli allievi del liceo a sostenere gli esami di ammissione alle università dopo aver frequentato i corsi integrativi delle scuole private, perché non si deve, a nessun costo, diminuire il livello qualitativo delle lezioni di materie umanistiche."

Le parole del professore mi hanno aiutato a farmi un'idea delle obiezioni di Rokkos. Il resto non mi interessava, così avevo spento il televisore per dedicarmi ai piselli con la feta di Adriana.

Questi pensieri mi passano per la mente mentre mi sposto da via Athanasias, dove ho portato Adriana, fino allo studio di Caterina. Le ho parlato ieri sera e so che oggi è in tribunale. Trovo Uli ad aspettarmi.

Gli faccio un rapido riepilogo dei due omicidi e dei problemi che stiamo affrontando. "Sei la persona più adatta a darmi un parere," gli spiego. "Non solo perché hai studiato tecnologia ed economia, ma perché ti occupi professionalmente degli studi su Internet e di programmi informatici per aziende."

Uli riflette prima di rispondermi. "Sono stato fortunato," mi confessa. "Ho studiato tecnologia ed economia in un'epoca in cui l'interesse verso questi studi non era superiore al normale. Oggi, invece, genitori e figli non sognano altro che l'economia e l'ingegneria gestionale, perché pensano che in questo modo riusciranno ad assicurarsi ottimi stipendi. Eppure, in alcuni paesi, oggi come oggi riescono a strappare al massimo un contratto semestrale. Oltretutto, se durante quei sei mesi l'azienda trova qualcuno che accetta uno stipendio più basso, li mette alla porta."

"E allora, perché si fa a gara a iscriversi a queste facoltà?"

"Perché, a ogni ora del giorno, non si parla e non si legge d'altro se non d'investimenti. Gli investimenti portano denaro, e tutti credono che una parte di questo denaro andrà ai posti di lavoro."

"Credi che gli assassini abbiano agito per sostenere gli studi umanistici, come dicono, oppure hanno altri moventi?" gli chiedo.

Uli fa spallucce. "Non lo so, perché non mi sono mai occupato di studi umanistici. Credo piuttosto che i colpevoli siano tra quelli che hanno tentato di essere ammessi agli studi di cui abbiamo parlato, ma non ci sono riusciti e quindi ora si vendicano uccidendo. Sono diventati assassini per vendicarsi del proprio insuccesso, quella degli studi umanistici è solo una facciata."

Lo ascolto e resto senza parole. È l'unica opzione che nessuno di noi aveva immaginato. Neanche Raptis.

"Quindi credi che uccidano per vendicare il loro insuccesso?"

"L'insuccesso significa, per gli assassini, un'occasione perduta e tanti soldi buttati via, anche se i soldi esistevano soltanto nelle loro fantasie," mi spiega. "Lei, signor Charitos, sa meglio di me quanti omicidi abbiano come movente il denaro."

Mi alzo per mettere fine alla conversazione. Ho fretta di presentare questa teoria ai miei collaboratori. "Uli, ho fatto bene a chiedere la tua opinione. Mi hai aperto una porta che, finora, non avevamo neanche visto," gli dico mentre ci stringiamo la mano.

Non appena arrivo in centrale, chiamo subito tutta la squadra per riferire la mia conversazione con Uli. Antigone scuote la testa, scoraggiata.

"In questa indagine, ogni volta che ne discutiamo fra noi ci si apre una nuova strada, ma la direzione è sempre ignota," commenta.

"A prima vista hai ragione, ma cerchiamo di confrontare le diverse informazioni, perché potremmo individuare qualche elemento che le accomuna. Chi ha postato il messaggio sostiene che gli assassini siano persone che sono state dei bulli. Questo è possibile, ma non esclude il fallimento. Anzi, il punto di vista di Raptis è che si tratti di persone che a scuola sono state bullizzate. Può darsi, ma in questo caso non è escluso che l'insuccesso sia stato il colpo fatale che li ha indirizzate verso la violenza e l'omicidio. Infine, resta la possibilità che l'unico movente per entrambi gli omicidi sia lo smacco del fallimento, come sostiene il mio amico."

"A ogni modo, il fallimento può essere stata la scintilla che li ha portati al delitto in tutti e due i casi," osserva Kòllias.

"Esattamente."

"Sì, ma la nebbia rimane fitta," nota Askalidis.

"Be', allora cerchiamo di individuare per prima cosa gli studenti che sono stati ripetutamente bocciati agli esami, cominciando magari da quelli che seguivano le lezioni di Rodakis," propone Antigone.

"Questo è un buon inizio. Vediamo dove ci porta l'indagine e poi decideremo sul da farsi," le rispondo.

La squadra omicidi si congeda per organizzarsi. Non appena rimango solo, il mio ottimismo comincia a svanire, perché ogni volta che apriamo una finestra, ecco che ci si para davanti un ostacolo. E temo che anche questa volta succederà la stessa cosa.

Decido di dedicarmi al mio programma lavorativo quotidiano, ma mi ferma lo squillo del telefono: "Si prepari. Abbiamo ricevuto una convocazione ufficiale," mi avverte la voce del comandante.

"Da parte di chi?"

"Dal segretario generale del ministero dell'Istruzione. Vuole parlarci."

"Quando?"

"Ora, e senza indugi. Venga da me, così ci andremo insieme."

Chiedo immediatamente a Stella di prenotare una volante e informo Antigone. Durante il tragitto verso via Katechaki mi figuro due ragioni che potrebbero avermi portato alla convocazione. La prima – e anche la più improbabile – è che siano emersi nuovi elementi e il segretario voglia informarci. La seconda – e più probabile – è che siano trapelate le motivazioni della contrarietà alla riforma di Rokkos e che il segretario voglia darci un avvertimento e, quindi, smentirle.

Il piantone all'ingresso avverte l'ufficio del comandante che sono arrivato. Il comandante scende subito e partiamo con la volante che mi ha portato fin qui alla volta del ministero dell'istruzione. Lungo la strada, gli comunico le riflessioni di cui sopra e vedo che concorda.

Il segretario generale ci accoglie stringendoci le mani. "Vi ho chiamato per informarvi riguardo a una questione delicata," annuncia mentre ci sediamo. "Vorrei mettervi in guardia in merito ad alcune voci che circolano e che rischiano di interferire con la vostra indagine."

“E di che voci si tratta, signor segretario generale?” domanda il comandante.

“Alcuni sostengono che Stèfanos Rokkos avesse diverse perplessità sulla riforma di cui si stava occupando. Ma questo non è vero. La riforma gli era stata affidata direttamente dal ministro e Rokkos non aveva sollevato alcuna obiezione. Dopo la sua morte, abbiamo potuto verificare che il contenuto del piano di riforma era stato pressoché completato. Mancavano solo alcuni particolari. Ho quindi pensato che fosse utile informarvi, in modo che – se mai vi arrivassero queste voci infondate – non influenzino la vostra inchiesta.”

Il comandante si volta verso di me e mi guarda. “Anche se arrivassero alle nostre orecchie, non avranno conseguenze sull’inchiesta, signor segretario generale,” rispondo. “Rokkos è stato ucciso perché si era assunto il compito di elaborare la riforma degli studi. Che fosse d’accordo con la riforma o meno, per i suoi assassini era del tutto indifferente. C’è però un altro aspetto delle indagini in cui lei potrebbe esserci d’aiuto.”

“Se posso, molto volentieri,” mi risponde.

Mi accorgo dello sguardo sorpreso del comandante, ma faccio finta di niente. “Dalle nostre indagini è emersa la possibilità che a commettere gli omicidi siano stati alcuni giovani che non hanno avuto successo negli studi di scienze economiche e che uccidono come forma distorta di vendetta. Poi tirano in ballo gli studi umanistici, ma soltanto per intorbidire le acque. Questa teoria sembra adattarsi in particolare all’assassinio del professor Rodakis. Vorrei, quindi, il suo aiuto perché le segreterie delle varie facoltà non tardino a inviarci le generalità degli studenti che sono stati bocciati. Vi inoltreremo la nostra richiesta già domani mattina.”

"Nessun problema. Mi metterò in comunicazione con i vari senati accademici in modo che affrettino l'invio delle informazioni che vi servono," risponde subito. Poi si alza e mette fine alla conversazione. Ci congediamo e torniamo alla volante.

"Di questa ipotesi sugli studenti che sono stati bocciati non mi aveva parlato," mi fa notare il comandante, a metà strada tra il rimprovero e la sorpresa.

"È emersa solo stamattina, ma poi c'è stata la convocazione al ministero e non ho fatto in tempo ad aggiornarla. Se vuole le spiego tutto adesso."

Andiamo nel suo ufficio. Il comandante convoca subito il vicecomandante e gli fa un resoconto del nostro colloquio con il segretario generale.

"Ma è possibile che parli di voci infondate, quando persino la moglie di Rokkos sapeva che era contrario alla riforma?" commenta il vicecomandante.

"Non era solo la moglie, a saperlo," spiego al vicecomandante, e gli racconto della conversazione con il rettore dell'accademia pedagogica.

"La ragione non è difficile da indovinare," commenta il comandante alla fine. "Vogliono eliminare l'opposizione di Rokkos in modo da evitare il contrasto con la Federazione dei funzionari dell'istruzione secondaria, e quindi evitare un conflitto politico."

Si chiude questo capitolo e io passo a informarli sulle novità. Inizio dal colloquio con Raptis e, subito dopo, passo alla mia visita a Uli. "Davanti a noi si profilano tre tipi di assassini: persone che hanno fatto i bulli a scuola, persone che sono state vittime di bullismo e, infine, qualcuno che non ha avuto fortuna negli studi," concludo.

"Quali pensate essere più probabili?" mi chiede il comandante.

"Le vittime e i bocciati, o la somma delle due cose. Per questo abbiamo ritenuto utile concentrare la ricerca innanzitutto su queste due categorie."

La conversazione termina e riprendo la strada verso il mio ufficio. Durante il tragitto, mi telefona Adriana. "Zisis ci invita a cena per l'inaugurazione del nuovo centro di accoglienza. È invitata anche Antigone."

"D'accordo. Glielo riferirò."

"Non ce n'è bisogno. Ne ha già parlato con Caterina."

Non mi resta altro che scendere dalla volante e salire sulla mia Seat.

# 17.

Faccio prima una sosta in via Athanasias per passare a prendere Adriana. La mia intenzione è di arrivare con la famiglia al completo alla cena per l'inaugurazione del nuovo centro di accoglienza, ma alla fine la presenza famigliare si limita ad Adriana e a Lambros. Caterina è ancora in ufficio e Fanis in ospedale.

La prima sorpresa ci colpisce mentre entriamo nel centro e non è per noi, ma per mio nipote. Nello stesso punto in cui si trovavano nel vecchio centro, subito dopo l'ingresso, ci sono l'altalena e il cavallino. Lambros ci lascia indietro e corre, entusiasta, verso l'altalena. Zisis, Melpo e Anna lo guardano tutti contenti.

"Come siete riusciti a farceli entrare? Qui l'ingresso è più piccolo che nell'altro edificio.

Zisis mi guarda sorridendo con aria astuta. "Le risposte sono due. La prima è più generale, e si basa sul proverbio 'Per i buoni e le cose buone c'è sempre posto'. La seconda è personale: nella sinistra, impari subito a stare stretto. Altrimenti diventi la sinistra di quelli che vogliono star comodi."

In quel momento, compare la seconda sorpresa: Antigone. Non dall'ingresso, ma dall'interno del centro.

"Sei già arrivata? E come hai fatto?" le chiedo.

"Ho pensato di arrivare prima, per dare un po' un'occhiata al nuovo centro di accoglienza."

"E come ti è sembrato?" le chiede Zisis.

"Più piccolo e stretto, ma al tempo stesso più famigliare e più caldo."

"In ogni caso, se sai giocare a *tavli* avrai l'opportunità di goderti qualche partita in mansarda," la stuzzico.

"Nel posto a cui mi ha destinato, signor Charitos, gioco a *tavli* tutti i giorni. Getto i dadi e resto ad aspettare che cosa verrà fuori," è la sua risposta.

Andiamo tutti insieme nella sala mensa, a parte Lambros che si è incollato al suo cavallino. Poco dopo arrivano anche gli ultimi della compagnia: Caterina e Fanis.

"Non riesco a capire mio figlio," esclama Caterina non appena entra in sala mensa. "A casa pittore, nel centro di accoglienza cavallerizzo."

"E che t'importa? Diventerà pittore e, quando vorrà tirare il fiato, andrà al maneggio," la tranquillizza Fanis.

Zisis prende con sé mia figlia e mio genero per fargli visitare il nuovo centro, mentre Melpo e Anna vanno in cucina. Restano con me Adriana e Antigone.

"Sarà il caso che andiamo anche noi vicino all'altalena, di fianco a nostro nipote?" propongo a Adriana.

Adriana mi guarda: "Se ti dicessi che ogni tanto ci penso, non direi una bugia. Ma ogni cosa ha la sua stagione, nella vita."

Antigone aiuta Adriana ad alzarsi, porgendole il braccio. "Andiamo, su," le dice.

"Dove?" le chiede Adriana.

"Fa bene, ogni tanto, ricordarsi gli anni dell'infanzia," le spiega Antigone.

Camminando sottobraccio, arrivano entrambe all'ingresso. Antigone fa sedere Adriana su uno dei due posti dell'altalena e lei si siede su quello a fianco. Cominciano a dondolarsi tutt'e due insieme. È come stare a guardare una madre e sua figlia che sono entrambe tornate a quando erano piccole.

La gioia dura poco. All'improvviso, mio nipote scoppia in lacrime. Scende dal cavallino, poi ci si arrampica e a quel punto cade giù. Si rialza istantaneamente e continua a piangere e a strillare.

"Che ti è successo?" gli chiede Adriana.

Antigone se lo prende sulle ginocchia senza dir nulla e comincia a dondolarlo tra le braccia. Lambros smette immediatamente di piangere e sorride felice.

In quell'istante tornano dalla loro visita Caterina e Fanis con Zisis. Caterina resta senza parole quando vede suo figlio, sua madre e Antigone che si dondolano sull'altalena.

"Lo vedi, tu che ti chiedevi se nostro figlio sarebbe diventato pittore o cavallerizzo?" le dice Fanis. "Intanto, ecco che è riuscito a unire due generazioni con la sua: quella di Antigone e quella di sua nonna."

"Chi ha cucinato la cena di stasera?" chiede Caterina alla madre con un sorriso furbetto.

"Di sicuro non io," risponde secca Adriana. "La verità è che me l'hanno proposto, ma ho detto a Melpo che la prima cena di inaugurazione del nuovo centro di accoglienza dovevano prepararla le donne di qui." Lancia uno sguardo al resto della famiglia. "Non vi siete stufati, delle cose che cucino io? Provate qualcos'altro. Melpo, per esempio, cucina molto bene," conclude.

Un po' come accade nei pranzi di nozze, anche in questo caso, per gli invitati si prepara un tavolo a sé stante.

Nel frattempo, le donne stanno apparecchiando i tavoli. Come già facevano nella vecchia sede, ne hanno uniti alcuni per ottenere "il tavolo degli invitati".

I pensionanti cominciano ad arrivare in sala mensa. Ci salutano, poi si accomodano ai loro posti. Per ultima entra Rena con altre due ragazze e si siedono al tavolo proprio davanti al nostro.

"Avete già conosciuto Rena. Permettimi di presentarti anche le altre due ragazze che ci hanno aiutato a mettere in piedi il centro: Cliò e Margarita."

"La signora Adriana la conosciamo già," commenta Margarita.

Seguono le presentazioni con Caterina e Fanis. L'unico assente è mio nipote. È di nuovo in groppa al cavallino, indifferente a tutto ciò che lo circonda, ma Caterina lo blocca, decisa.

"L'ora dell'ippica è finita. Adesso è ora di mangiare," gli annuncia. "Sei invitato anche tu. Ti siedi a tavola insieme a noi?"

"I piatti li ha preparati Melpo con ricette delle nostre terre," annuncia Zisis. "Ha cucinato una zuppa con il *trachanàs* del Pelio e cosce di pollo al forno con l'accompagnamento di *chilopites* di Volos."

Fa il giro dei tavoli e riempie i bicchieri di vino. Poi si mette al centro della sala e alza il bicchiere.

"Con grande gioia diamo il benvenuto a tutti voi. Questa non è una cerimonia di apertura. È, semplicemente, la prima cena nella nuova struttura. La cerimonia di inaugurazione la terremo a Natale. Credo che la nascita di Gesù contenga, simbolicamente, anche la nascita del nostro nuovo centro di accoglienza." Fa una pausa e poi si rivolge ad Antigone: "Antigone, noi tutti che abitiamo qui ringraziamo di cuore te e le tue amiche per la lotta che avete sostenuto insieme a noi perché gli occupanti ci dessero questo palazzo e non rimanessimo senza un tetto. Voglio anche ringraziare Rena, Cliò e Margarita che, nonostante fossero tra gli occupanti, hanno voluto darci un sostegno nei momenti difficili." Fa ancora una pausa, mentre il suo sguardo si ferma sul nostro tavolo. "Non ringrazierò, invece, Kostas Charitos e la sua famiglia. Non c'è bisogno di ringraziarli perché appartengono alla famiglia di questo luogo. Voglio solo dire che non saremmo riusciti a sistemarci in questo stabile, che è più piccolo dell'altro, se non ci fosse stata Adriana con la sua inventiva." Fa un'altra pausa, sempre rivolto verso di noi. Stavolta i suoi occhi sono puntati su di me. "La mia conoscenza con Kostas Charitos e Antigone Ferleki ci ha portato a una scoperta nuova e a una conferma. La scoperta, per me che sono sempre stato di sinistra, è che l'amicizia e il cameratismo possono svilupparsi anche con un acerrimo nemico – com'è stato ogni poliziotto per ogni persona di sinistra –, quando l'acerrimo nemico all'improvviso ti offre sostegno. E Kostas mi ha offerto sostegno nel periodo difficile che ho passato nelle prigioni della giunta militare. Oggi vivo con la gioia di sapere che suo nipote porta il mio nome. La conferma, invece, è arrivata da un altro poliziotto, anzi da una poliziotta, Antigone, che si è impegnata in prima persona per permetterci di conquistare questo asilo. Sono i miei compagni, non di partito, ma di vita. Compagna e compagno, vi ringrazio entrambi dal profondo del cuore. E ora vi lascio a gustare le specialità di Melpo."

Scoppia un applauso caloroso. Lancio uno sguardo ad Antigone. Anche lei applaude con entusiasmo, mentre il suo viso si è illuminato di gioia. Piacerebbe anche a me poter rivelare in questo modo la mia felicità, ma è una vita che combatto per nascondere la mia commozione.

Non appena porto alla bocca la prima cucchiaiata di zuppa, cerco di non inghiottirla subito. Non ho mai gustato un *trachanàs* così buono in vita mia. Il piacere è collettivo e regna un silenzio assoluto, che prosegue anche con il secondo piatto.

La prima a rompere il silenzio è Caterina. "Melpo, venivi a casa nostra ogni giorno, finché il Covid non ci ha separati. Perché non hai mai pensato di prepararci qualcuno di questi ottimi piatti?"

"Per rispetto verso tua madre, Caterina. Non potevo dire alla signora Adriana, che cucina così bene: 'Esci dalla cucina che ora il pranzo lo preparo io.' E neanche potevo cucinare al centro di accoglienza per poi portarvi a casa la cena. Oggi ho avuto l'occasione, e ho cucinato."

"In ogni caso, un *trachanàs* così saporito e *chilopites* altrettanto gustose non ne avevo mai mangiati in vita mia," dice Fanis.

"Provate ad andare nel Dodecanneso per assaggiare la cucina italo-greca. Ne rimarrete entusiasti," esclama una donna dal tavolo di fronte.

"Sì, buoni i piatti del Dodecanneso, ma rispetto a come si mangia a Creta, non c'è confronto," dichiara un'altra.

"Prima provate la cucina di Kastorià, e poi ne riparliamo," insorge Stèlios.

"Se andiamo avanti così, mi sa che studieremo gastronomia, nel centro di accoglienza," commenta ridendo Cliò.

Fanis si volta verso di loro. "E voi, che avete iniziato come occupanti, potete spiegarmi come siete arrivate a diventare volontarie in un centro di accoglienza per senzatetto?"

"Grazie al signor Zisis. È stato lui a convincerci," gli risponde Margarita.

"Non ho fatto grandi discorsi filosofici, per persuaderle," interviene Zisis. "Quando ci hanno detto che stavano con gli occupanti del palazzo, ho spiegato alle ragazze che ai nostri tempi dominava la povertà. Uscivamo per strada per lottare, e ci picchiavamo con i colleghi di Kostas e di Antigone, per un tozzo di pane e qualche diritto in più. La nostra lotta puntava a una maggiore giustizia sociale. Ai giorni nostri invece domina la competizione. I giovani d'oggi vivono nella società dell'antagonismo. Che si basa sull'invidia dell'altro e sul desiderio di eliminarlo. Del resto l'antagonismo, senza invidia, proprio non esiste."

"Sì, ci ha detto tutte queste cose, e così, proprio quando credevamo di fare la rivoluzione, ecco che siamo diventate volontarie," commenta Rena.

"In ogni caso sono proprio tre diamanti", dice Zisis, e incassa tre sorrisi di miele.

Solo, quando stiamo per andar via, Adriana dice a Melpo: "Dove posso trovare questo *trachanàs* e queste *chilopìtes* ad Atene? Erano anni che non gustavo questi sapori!"

"Dirò a un mio cugino che ne porti anche per te quando verrà ad Atene."

"Ora che hai finito con il trasloco e hai tirato un po' il fiato, vieni da noi una sera, che facciamo quattro chiacchiere. Ci siamo un po' persi di vista!" dico a Zisis mentre ci salutiamo.

"Ci mettiamo d'accordo per la settimana prossima. Anch'io ho voglia di vedervi. Mi è mancato molto, il mio omonimo."

All'uscita salutiamo anche Antigone, che prima abbraccia Adriana e poi mi dice: "Oggi, tanta gioia e cibo eccellente. Da domani ricomincia la corsa a ostacoli..."

"Vai a dormire pensando alla gioia e ai buoni sapori. Il resto lo rimandiamo a domani."

Saliamo sulla Seat e partiamo diretti verso casa. Continuo a pensare alle parole di Zisis. È stata la prima volta che ho sentito esprimere un simile punto di vista sulla pacificazione, e per di più da un uomo di sinistra. Se avessi potuto rispondere, gli avrei detto che gli opposti si attraggono – una cosa che mio padre, maresciallo dei gendarmi, non avrebbe affatto capito: per lui l'opposto andava decapitato e buonanotte.

# 18.

La giornata inizia con una serie di consultazioni. Sono seduto al tavolo delle riunioni insieme alla squadra omicidi. Il nostro obiettivo è preparare uno schema per individuare i "vinti", come li ha ribattezzati Kòllias.

"Da dove iniziamo?" chiede Askalidis.

"Sono del parere di dare la precedenza all'Università di Economia. Così avremo maggiori possibilità," risponde Antigone.

"Vi siete messi in comunicazione con la segreteria?" domando.

È Koula a prendere la parola: "Ci siamo sentiti e mi hanno promesso che avranno pronto un primo elenco per oggi a mezzogiorno. Mi hanno detto che hanno avuto istruzioni dal rettorato per accelerare la redazione della lista. Hanno poi aggiunto che gli studenti che abbandonano sono sempre molti, quindi ci vorrà del tempo per raccogliere tutti i nominativi. Ce li manderanno via via, per non farci ritardare."

"E in parallelo ci occuperemo anche della ricerca su quelli che sono stati bullizzati?" chiede Kòllias.

"Non credo. Correremmo il rischio di perdere tempo inutilmente," gli risponde Dervìsoglou.

"Concordo con Fotis. La cosa migliore è fare una prima scrematura e contattare le scuole solo se, fra i loro iscritti, ci sono allievi che sembrano sospetti," aggiunge Antigone.

Sono dello stesso parere anch'io, e a questo punto la squadra omicidi si congeda per mettersi al lavoro. Non so dove ci porterà l'indagine, ma, dal momento che abbiamo ipotizzato che i colpevoli potrebbero essere tra quanti hanno fallito negli studi, non ci rimane altra strada.

Chiamo il comandante per aggiornarlo. So che sarà in pensiero e non voglio lasciarlo al buio. Si consola con la soddisfazione di sapere che il segretario generale ha mantenuto la parola e si è messo in contatto con i rettori.

Se c'è un antico proverbio che si addice perfettamente alla polizia, è il celebre "L'uomo propone e Dio dispone". Infatti, in polizia, una cosa ti aspetti e un'altra, ben diversa, ti arriva.

E in effetti, cinque minuti dopo la conversazione con il comandante, Stella mi informa che il capo della stazione di polizia di Kato Patìsia vuole parlarmi. Mi faccio mettere subito in contatto con lui.

"Stratelis, responsabile della stazione di polizia di Kato Patìsia, signor direttore. È successa una cosa strana e ho pensato di doverla informare."

"Che cosa è successo?"

"Poco fa è venuto in stazione un certo Dimìtrios Kotzos, residente a Kato Patìsia, in via Kostì Palamà. Ci ha detto che stamattina presto, quando è sceso per prendere l'automobile, ha visto tre giovani con il casco da motociclisti che cercavano di danneggiarne il cofano. Due erano armati di cacciavite e il terzo aveva in mano un sacchetto di plastica. Kotzos ha cominciato a urlare e ha sparato tre volte in aria. I giovanotti se la sono data a gambe, sono saliti sulle moto che avevano parcheggiato lì vicino e sono scomparsi."

"A che ora è successo?"

"Stamattina alle sei e mezzo."

"E perché questo signore ha tardato tanto a denunciare il fatto?"

"Glielo abbiamo chiesto anche noi. Ci ha detto che la macchina appartiene all'amministratore delegato della Technoset, che ha sede in via Ziridi, a Marousi. Lui è il conducente e oggi aveva in programma di partire più presto del solito per portare l'amministratore delegato all'aeroporto. Se fossero venuti subito qui in stazione, il suo capo avrebbe perso l'aereo e ci sarebbero stati dei problemi. Per questo ha fatto in modo di andare prima all'aeroporto e solo dopo a presentare la denuncia."

"E dov'è ora questo Kotzos?"

"L'abbiamo trattenuto in stazione, volevamo prima prendere accordi con lei."

"Bene. Lo trattenga ancora un po' e la richiamo."

Riattacco e cerco di fare una rapida valutazione dell'accaduto prima di convocare la squadra omicidi. È molto probabile che quelli che hanno cercato di forzare il cofano dell'automobile fossero i colpevoli dei due omicidi precedenti e stessero preparando un nuovo delitto. Prima il professore, poi il segretario per l'istruzione secondaria e, infine, l'amministratore delegato di una società ingegneristica. Tutti e tre gli anelli della catena quadrano perfettamente.

Convoco tutti quanti nel mio ufficio. Si siedono e io comunico quel che mi ha appena detto il capo della stazione di polizia di Kato Patìsia.

"Gli assassini stavano organizzando un terzo omicidio," commenta Dervìsoglou. "Evidentemente avevano sorvegliato i movimenti dell'amministratore delegato e sapevano a che ora partiva il conducente per andare a prenderlo e portarlo in azienda. Così hanno raggiunto il posto un po' prima, per installare nell'auto un qualche tipo di esplosivo a orologeria."

"Quel che non potevano sapere era che oggi l'amministratore delegato sarebbe andato in aeroporto la mattina presto," aggiunge Kòllias.

"Dobbiamo portare qui il conducente per interrogarlo. La questione è troppo seria per limitarsi a ipotesi e congetture," dice Antigone.

"Hai senz'altro ragione. Dirò al capo della stazione di mandarcelo con una volante, accompagnato da un paio di agenti."

Chiamo immediatamente il responsabile e gli do le istruzioni. Subito dopo contatto Stella e le chiedo di informare il piantone all'ingresso in modo che, all'arrivo di Kotzos, avverta la squadra omicidi.

"Sarò presente anch'io all'interrogatorio," dico ai miei. Voglio avere un quadro immediato di quel che è successo stamattina perché dovrò informare il comandante e – ciliegina sulla torta – probabilmente anche il ministro.

Per fortuna non ci sono ritardi. Poco dopo, Koula mi avverte che Kotzos è arrivato e si trova nella stanza degli interrogatori. Scendo subito e scorgo un cinquantenne con la barba, in giacca e cravatta. Lancio un'occhiata ad Antigone perché dia inizio all'interrogatorio.

"Signor Kotzos, la stazione di polizia di Kato Patìsia ci ha già informati, ma volevamo sentire direttamente da lei che cosa è accaduto esattamente," gli dice Antigone.

"Di solito parto da casa alle otto per andare a prendere il signor Lefkaditis, l'amministratore delegato, e portarlo in azienda. Oggi, però, dovevo partire alle sei e mezzo, perché il signor Lefkaditis doveva andare all'estero e io lo avrei accompagnato all'aeroporto. L'auto, una Mercedes, è sempre parcheggiata in un posto riservato, accanto al condominio dove abito. Quando sono uscito dal portone, ho visto all'improvviso questi tre ragazzi con il casco in testa. Due di loro stavano cercando di aprire il cofano, mentre il terzo aveva in mano un sacchetto di plastica e stava a osservare. Il mio primo pensiero è stato che avessero già provato ad aprire una portiera dell'auto, senza riuscirci perché il sistema d'allarme è molto sofisticato, e che quindi ora stavano tentando con il cofano. 'Che fate, canaglie?' ho urlato. Si sono girati a guardarmi. È evidente che non si aspettavano di trovarmi lì. Quando hanno fatto per avvicinarsi, ho estratto la pistola e ho sparato tre volte in aria. Se la sono data immediatamente a gambe. Avevano lasciato le moto poco distanti, sul lato della strada. Ci sono saliti e sono scomparsi. Ho pensato di denunciare subito la cosa alla polizia, ma se l'avessi fatto avrei tardato e il signor Lefkaditis avrebbe perso il volo. Per questo ho deciso di andare prima all'aeroporto."

"Ha avvertito l'amministratore delegato?" chiede Antigone.

"Sì, non appena è salito in macchina. Anche lui mi ha detto di andare a denunciare il fatto subito dopo averlo lasciato in aeroporto."

"L'auto è sempre posteggiata sotto casa sua?" chiede Dervìsoglou.

"Sì. Quando ha bisogno di essere accompagnato da qualche parte, il signor Lefkaditis mi telefona, a qualunque ora del giorno. Preferisce che sia io a tenere l'auto, per non perdere tempo durante gli spostamenti."

"Dove abita il signor Lefkaditis?" gli chiedo.

"A Ekali."

"Le ha per caso detto se lui o qualche altro membro della famiglia ha notato sotto casa qualche movimento sospetto da parte di sconosciuti?"

"No, ma del resto non avrebbero osato. La sua casa è sorvegliata da un servizio di vigilanza."

"Di che cosa si occupa l'azienda per la quale lavora?" chiede Antigone.

"Forniture e impianti di alta tecnologia. Serve molte imprese straniere che lavorano in Grecia, ma anche gli uffici della pubblica amministrazione."

Antigone mi lancia un'occhiata molto eloquente. Se avessimo avuto qualche dubbio sul fatto che il tentato sabotaggio dell'auto fosse collegato agli omicidi precedenti, la risposta di Kotzos lo ha dissolto.

"Ha notato che tipo di moto utilizzavano?" domanda Askalidis.

"Una era una Suzuki e le altre due Kawasaki."

"Ha detto di aver sparato in aria. Lei ha il porto d'armi?" chiede Kòllias.

"Sì, me l'ha procurato l'azienda, visto che sono l'autista dell'amministratore delegato."

"Dove si trova, adesso, la vettura?" gli chiede Antigone.

"Davanti alla stazione di polizia."

"La lasci lì. Arriverà la scientifica per ispezionarla. Potremmo trovare delle impronte o qualche traccia di materiale genetico," gli spiega Antigone.

Kotzos le rivolge uno sguardo inquieto. "Quanto tempo la tratterrete? Il signor Lefkaditis tornerà dopodomani e per quel giorno devo averla."

"Diremo alla scientifica di accelerare le procedure di ispezione. Ci lasci il suo telefono, così la contatteranno direttamente."

Kotzos detta a Koula il numero del suo cellulare, insieme alle sue generalità, poi firma la deposizione e si congeda.

Dopo che Kotzos se ne è andato, restiamo a guardarci senza aprir bocca. Ed è Antigone a rompere il silenzio. "La buona notizia è che hanno fallito. La cattiva è che sono decisi a continuare."

"A meno che il terzo tentativo non fosse anche l'ultimo," commenta Koula.

"Dobbiamo chiedere la lista delle telecamere della viabilità, casomai si riescano a leggere le targhe, ora che conosciamo le marche di ciascuna moto," commenta Askalidis.

"Mettetevi in comunicazione con la scientifica e fate in modo che le telecamere della viabilità vengano controllate al più presto. Quindi, continuate la ricerca tra i bocciati agli esami di ammissione. Non rallentiamo l'indagine che stiamo svolgendo, anche se aspettiamo i risultati della ricerca sul nuovo attentato," raccomando ai miei collaboratori.

# 19.

Sto per ordinare un secondo caffè per pensare in pace a quanto ci ha detto Kotzos, ma il comandante scombina i miei piani.

"Non la chiamo per sapere cosa è saltato fuori dall'interrogatorio, in ogni caso lo verrò a sapere, ma perché ci ha convocato il ministro."

"Abbiamo una riunione?"

"Non appena ha sentito parlare di un attentato il cui bersaglio era un amministratore delegato, si è fatto prendere dal panico. Vuole sapere di prima mano che cosa sia successo."

È uno dei pochi casi in cui non posso dissentire. Quando un attentato ha per obiettivo l'AD di una grande azienda, specialmente se questa opera nel campo della tecnologia, è naturale che sia colto dal panico non solo il ministro, ma anche tutto il governo, e che chiamino noi, ossia "il salvagente", per una consultazione.

Non appena è disponibile una volante, parto alla volta di via Katechaki. Gli ateniesi hanno sempre avuto un debole per le passeggiate. Solo che un tempo camminavano, e ora invece le passeggiate le fanno in macchina. In passato l'ingorgo era sui marciapiedi, ora è nelle strade. L'unica cosa che resta valida in entrambi i casi è il motto: "Niente, niente, niente ci può fermare."[1]

Ci mettiamo il doppio del necessario, per arrivare in via Katechaki. "È in ritardo, e ora il ministro è sui carboni ardenti," mi dice il comandante.

"Ha ragione. Il rincaro del carburante ha aumentato il traffico. Devono abbassarsi i prezzi, per far sì che la gente resti a casa," gli dico.

Andiamo nell'ufficio del ministro, il solito trio che comprende anche il vicecomandante. "Entrate," esclama appena ci vede, e si dirige subito verso il tavolo delle riunioni. "Innanzitutto voglio un aggiornamento dettagliato," mi dice, una volta che ci siamo seduti intorno a lui.

Gli riferisco la testimonianza di Kotzos in ogni particolare. Spiego, inoltre, che l'obiettivo dei responsabili era collocare nell'auto una bomba a orologeria, oppure un dispositivo che avrebbero potuto innescare a distanza una volta che l'amministratore delegato fosse entrato in macchina. Evidentemente sapevano che abitava a Ekali. Quel che non sapevano è che oggi sarebbe uscito di casa prima del solito per prendere un aereo.

Finisco di raccontare e il ministro resta in silenzio, per meditare su quanto gli ho detto. Poi si volta e mi guarda. "Non so se devo rallegrarmi oppure disperarmi. Sono contento che il loro attentato sia fallito. Se però decidono di mettere sotto

[1] "Niente, niente, niente ci può fermare" era lo slogan dei tifosi ellenici quando la nazionale greca di pallacanestro vinse gli Europei del 1987, battendo l'Unione Sovietica 103 a 101. (*N.d.T.*)

tiro gli imprenditori, potremmo andare incontro a conseguenze catastrofiche. Chi viene a investire, in un paese dove c'è gente che uccide gli imprenditori? Qui non si parla più di docenti universitari né di qualche burocrate del ministero, ma di investitori e investimenti." Si ferma e si rivolge di nuovo a me. "L'altro problema è che le indagini sul caso segnano il passo. Bisogna trovare una soluzione. Non so quale possa essere, ma il ritardo nelle ricerche offre agli assassini l'occasione per continuare."

"Abbiamo fatto progressi, anche se i risultati ancora non si vedono, signor ministro," gli spiego. Procedo quindi a informarlo sulla nostra inchiesta sui vinti e aggiungo: "La loro ultima azione ci ha permesso di scoprire la marca delle moto che utilizzano per gli spostamenti. Abbiamo buone probabilità che la polizia stradale individui i numeri di targa esaminando le registrazioni delle telecamere. Speriamo, inoltre, che la scientifica individui qualche impronta o del materiale genetico. Tutto ciò accelererà l'indagine e l'identificazione degli assassini."

"Le indagini della polizia richiedono sempre più tempo, quando i sospetti non sono schedati e hanno la fedina penale pulita," spiega il comandante.

"L'altra difficoltà è che gli assassini non avevano, in precedenza, rapporti con le loro vittime. Se ne avessero avuti, avremmo potuto trovare le loro tracce più velocemente," completa il vicecomandante.

"Non dubito di quel che mi dite, ma non dimenticate che saremo noi a dover farci carico delle conseguenze. E devo avvertirvi che, dopo quest'ultimo attentato, le conseguenze saranno anche politiche. Avranno me come bersaglio, ma soprattutto voi.

Perciò, fate il possibile per ottenere risultati positivi che possano mettere tutti a tacere," sono le ultime parole del ministro, subito prima di congedarci.

Quando entriamo nell'ufficio del comandante, lancio un'occhiata ai miei due superiori. Hanno un'espressione che rivela quanto siano in collera.

"Le conseguenze peggiori te le devi aspettare quando hai a che fare con gli incompetenti," sbotta il comandante. "La maggior parte dei ministri è convinta che, quando si verifica un crimine, noi estraiamo il cellulare, andiamo su Google e in un batter d'occhio scopriamo il colpevole."

"La catena è nota, signor comandante: il ministro scarica la responsabilità su di lei, lei su di me e io sul signor Charitos," interviene il vicecomandante.

"In ogni caso, se avete bisogno di rinforzare il personale, ditemelo e vi accontenterò subito," mi promette il comandante.

"In questo momento la squadra omicidi si sta dedicando esclusivamente a questo caso. Vediamo cosa viene fuori dalle nuove indagini e, se avremo bisogno di rinforzi, la avvertirò."

Quando entro nella volante, sento – per la prima volta da quando sono stato promosso – scricchiolare la poltrona dove sono seduto. Le conseguenze di cui ha parlato il ministro riguardano principalmente me, in quanto responsabile dell'inchiesta. È stato come se mi avesse detto che mi sto giocando il posto. Se fallirò o tarderò più del necessario, mi aspetta un trasferimento in altra sede o il pensionamento anticipato.

Arrivo in ufficio e chiedo a Stella che convochi il responsabile del Centro gestione del traffico. Quando si presenta nel mio ufficio, gli faccio un rapido riassunto riguardo al tentato omicidio e gli chiedo di controllare attentamente le registrazioni delle telecamere.

"Devo aggiungere che il ministro è molto preoccupato e che tutti siamo davvero sotto pressione," dico.

"Daremo la precedenza al controllo delle telecamere e la informerò il prima possibile," promette.

"Sarà meglio che informi direttamente la responsabile della squadra omicidi, la commissaria Ferleki. È la squadra che raccoglie gli elementi e conduce le indagini." Gli do il numero di telefono, quindi chiamo subito Antigone e le comunico la mia conversazione con il responsabile del Centro gestione del traffico.

"Speriamo che venga fuori qualcosa, perché dipende tutto dalle informazioni che ancora ci mancano," è il suo commento.

Ci accordiamo perché sia la squadra omicidi a continuare le ricerche sui vinti, almeno finché non avremo le informazioni sulle tre motociclette degli attentatori. Entro di nuovo in modalità di attesa, ma la pazienza e la calma mi si sono esaurite da tempo. Decido di andare a casa per guardare il telegiornale. Voglio capire se la notizia è arrivata ai canali televisivi e come la affrontano.

Prima di andarmene telefono a Vellidis e gli chiedo di raccogliere i commenti che ha trovato sui social, perché domani vorrei vederli. Non affido il compito a Koula, è già troppo impegnata con le ricerche.

Non appena accendo il televisore mi rendo conto che il tentato omicidio monopolizza – o quasi – il telegiornale. Dato che non hanno informazioni, ma qualcosa devono pur dire, predominano gli "abbiamo sentito, abbiamo saputo, ci hanno detto anche…" Quel che mi colpisce è che Kotzos non compare su nessuna rete. È evidente che ha avuto ordini dall'azienda di non pubblicizzare troppo l'argomento.

Spengo e aspetto Adriana. Soprattutto perché mi racconti le novità di famiglia e come sta nostro nipote. Spero di rilassarmi, in questo modo. La cena mi lascia indifferente, cosa che accade di rado. Ma il tentato omicidio e la frecciata sulle possibili conseguenze che mi ha lanciato il ministro mi hanno distrutto l'appetito.

# 20.

La prima visita è quella di Antigone, che viene accompagnata dal suo sorriso.

"Il responsabile del Centro gestione del traffico è stato di parola," annuncia, piuttosto contenta. "Mi ha chiamato poco fa comunicandomi che ieri mattina, tra le cinque e le sei e mezzo, sono passate da via Kostì Palamà sei moto Suzuki e cinque Kawasaki. Mi ha anche dato i numeri di targa. Tre non si leggono chiaramente e quindi dovremo fare ulteriori ricerche. Gli altri sono visibili. Ci siamo subito messi in contatto con la polizia stradale per risalire ai proprietari. Speriamo che riescano a individuare anche le targhe che non si leggono bene."

"Finalmente ci stiamo muovendo! Quando avrete le generalità dei proprietari, innanzitutto restringete le ricerche alle persone che hanno un'età simile a quella dei sospettati. Non perdete tempo con gente più anziana. Inoltre, quando avrete i nomi, cercate negli elenchi che ci hanno dato i licei e la segreteria dell'università per vedere se si tratta dei vinti."

Non appena uscita Antigone, chiamo il responsabile del Centro gestione del traffico per ringraziarlo di persona.

Le informazioni sulle motociclette possono collegare le due piste d'indagine e portarci all'arresto degli assassini.

Segue il colloquio con il comandante. Dopo la frecciata di ieri da parte del ministro, preferisco informarlo di qualunque sviluppo, in modo da evitare sgradevoli complicazioni.

Antigone non ha fatto in tempo ad andarsene che subito ritorna. Il sorriso, però, è sparito e al suo posto domina l'ansia. "Mi hanno chiamato dalla stazione di piazza Akadimias Plàtonos. Hanno trovato tre morti in via Monastiriou, vicino alla scuola materna. A una prima valutazione sembra che gli abbiano sparato, perché tutti e tre presentano ferite da arma da fuoco. Abbiamo già informato il medico legale e la scientifica. Partiamo immediatamente, la informerò quando avremo i primi elementi."

Schizza subito via, mentre io maledico il destino di tutti noi. Non ci bastavano i due morti e il terzo salvo per puro caso su cui stiamo indagando disperatamente? Abbiamo appena visto un po' di luce ed ecco che arrivano altri tre morti per farci affondare di nuovo nelle tenebre.

Penso di chiamare il comandante, ma lascio perdere immediatamente. Non ha senso informare i miei superiori per qualsiasi crimine commesso ad Atene. Meglio mantenere la calma finché non arrivano le prime informazioni, poi deciderò.

Cerco di trovare un modo per tenere sotto controllo i nervi, ma è inutile. Antigone mi chiama più o meno un'ora dopo.

"Deve venire," mi dice non appena rispondo.

"Verrò, ma prima dammi qualche informazione, per farmi un'idea."

"D'accordo, e tiri lei le sue conclusioni. Le tre vittime lavoravano come camerieri in un caffè di piazza Akadimias

Plàtonos. Devono averli uccisi intorno alle due del mattino, mentre tornavano a casa dopo la chiusura. L'opinione della scientifica è che gli assassini abbiano sbarrato via Monastiriou con un furgone o un'automobile. In questo modo hanno costretto i camerieri a scendere dalle moto ed è così che li hanno ammazzati. Abbiamo subito convocato anche la stradale per avere un parere ancora più competente. E qui cominciano gli elementi interessanti. Le tre vittime hanno venticinque anni, all'incirca. Uno aveva una moto Suzuki e gli altri due, delle Kawasaki."

Mi ci vuole un po' prima di reagire. "Insomma, mi stai dicendo che i tre morti potrebbero essere gli assassini di Rodakis e di Rokkos?"

"Per questo le ho chiesto di venire," risponde.

"Arrivo subito."

Mi avvio secondo la procedura ben nota: chiamo Stella per la volante e con quella parto in direzione di via Monastiriou per arrivare in piazza Akadimias Plàtonos.

Da viale Alexandras non è un tragitto così facile: ci mettiamo tre quarti d'ora prima di arrivare a destinazione e scorgere il nastro rosso della zona interdetta alla circolazione.

Sul posto trovo la Squadra omicidi e la scientifica. Il medico legale ha già fatto spostare i cadaveri per l'autopsia. Dimitriou e due agenti, probabilmente della polizia stradale, stanno esaminando la scena del crimine.

"C'è niente di nuovo?" chiedo ad Antigone.

Mi indica Dimitriou, gli agenti e un gruppo di tecnici. "Aspettiamo quel che ci diranno per chiudere le ricerche sul luogo del delitto."

"Avete informazioni dal medico legale?"

"Secondo il dottor Stavròpoulos i tre omicidi risalgono a un lasso di tempo che va da mezzanotte alle cinque del mattino. Una delle vittime ha una ferita al petto, sopra il cuore. Gli altri due sono stati colpiti alle spalle con tre pallottole ciascuno."

Si interrompe, vedendo Dimitriou e i due agenti che si avvicinano.

"Vi siete fatti un'idea?" chiede Antigone.

"Le tracce che abbiamo trovato appartengono a un'auto che è stata messa trasversalmente alla strada per sbarrarla. Non abbiamo trovato tracce di auto più grandi, furgoni o camion," risponde Dimitriou.

Un agente ci indica le motociclette. "Quando hanno trovato la via bloccata, hanno cambiato direzione per uscire davanti alla scuola materna sulla Palamidiou. Lì li aspettavano gli assassini. Hanno sparato al primo, che è caduto a terra morto. Gli altri due hanno provato a fuggire, ma gli assassini hanno sparato alle moto, i conducenti hanno perso l'equilibrio e sono caduti. A quel punto gli assassini si sono avvicinati e li hanno colpiti tre volte ciascuno, quasi a bruciapelo."

Ora sappiamo come sono stati uccisi i tre ragazzi. Gli approfondimenti sulle motociclette sono affare della stradale e della scientifica.

"Fotis e Koula sono al caffè dove le vittime lavoravano, per iniziare con un primo sopralluogo. Le proporrei di andarci insieme, per avere un'idea del locale."

La distanza è breve, ci avviamo a piedi. Il caffè si chiama *Apollònios*. Troviamo Fotis e Koula che parlano con il personale. Quando ci vedono, si interrompono e ci raggiungono.

"Avete scoperto qualcosa di utile?" chiede Antigone.

“Tutti e tre lavoravano qui sin da quando il locale ha aperto,” le risponde Dervìsoglou.

“Conosciamo anche i loro nomi,” aggiunge Kòllias tirando fuori di tasca il blocco degli appunti. “Uno si chiamava Ioannis Karatzakis, l’altro Panaghiotis Dorìs e il terzo Alèxandros Soùkalis.”

“Per caso sapete anche dove abitavano?” chiede Antigone.

“Sì. In via Kyrìnias, che è una stradina vicino a via Plàtonos, tutti e tre nello stesso appartamento.”

“Informate la scientifica e appena finiamo andate a casa delle vittime per un’ispezione,” gli dice Antigone.

“Avete parlato con il titolare del bar?” chiedo.

“È qui, ma è distrutto,” risponde Askalidis. “Ci ha pregato di dargli un po’ di tempo per riprendersi, e poi risponderà alle nostre domande.”

“Vai a dirgli che per noi è urgente fargli almeno le domande più importanti. Non lo tratterremo troppo a lungo. Il resto possiamo lasciarlo per dopo,” gli dico.

Il destino vuole che, ultimamente, incappiamo in testimoni in preda a una crisi di nervi. Il problema è che non si può mai sapere quanto siano credibili le informazioni che ti dà chi è psicologicamente distrutto.

Askalidis torna per dirci che il titolare ci aspetta. Entriamo con Antigone nel caffè e Askalidis ci indica un uomo seduto a un tavolo con la testa tra le mani. Antigone e io ci scambiamo un’occhiata. Non ci aspettavamo che avesse la stessa età dei camerieri assassinati. L’uomo si gira verso di noi e ci fissa con aria assente. Ci indica due sedie davanti al tavolo e si presenta.

“Mi chiamo Nikòlaos Risòpoulos, sono il titolare.”

"Signor Risòpoulos, a che ora sono usciti i tre ragazzi dal suo locale, ieri sera?" chiede Antigone.

"Intorno all'una e mezzo il caffè si è svuotato. Hanno messo in ordine le sedie e poi se ne sono andati."

"Era da molti anni che lavoravano in questo locale?" gli chiedo.

Risòpoulos si volta a guardarmi: "Dal giorno in cui abbiamo aperto il locale. Ma ci conoscevamo già da tempo. Abbiamo finito il liceo insieme, insieme siamo stati alla scuola serale per prepararci agli esami di ammissione all'università, insieme abbiamo dato gli esami per la facoltà di economia, e siamo stati bocciati tutti e quattro. Avremmo potuto insistere e riprovarci, ma abbiamo preferito rinunciare. Io ho aperto un caffè con i soldi che mi ha anticipato mio padre; Iannis, Panos e Alekos sono venuti a lavorare qui sin dal primo giorno." Fa una pausa, poi continua: "Mi hanno chiesto soltanto di avere lo stesso orario e gli stessi giorni liberi."

Antigone mi lancia un'occhiata, ma lascio che sia lei a porre la domanda: "Le hanno spiegato perché?"

"Dato che coabitavano, volevano suddividere equamente le faccende di casa, così mi hanno detto. Se le avesse fatte uno solo, a turno, il giorno dopo sarebbe arrivato a lavorare già distrutto."

"Sa se si occupavano d'altro, oltre a lavorare in questo locale?" chiedo a Risòpoulos.

"No, non mi hanno mai parlato di nulla del genere. Del resto, il lavoro in un caffè è molto faticoso e ti lascia solo il tempo per riposare."

"E com'erano i rapporti con la clientela?"

"Eccellenti. Conoscevano gli *habitués* per nome e non si limitavano a servirli, ma li intrattenevano anche."

Risòpoulos si ferma perché squilla il cellulare di Antigone, che ascolta il suo interlocutore e risponde con un: "Arriviamo subito." Quindi si volta a guardarmi in modo eloquente.

"Signor Risòpoulos, la ringraziamo per le informazioni. Non la tratteniamo oltre. Se dalle ricerche dovesse venir fuori qualcosa di nuovo, ne parleremo in un altro momento," gli dico mentre mi alzo.

"Che cosa è successo? C'è qualche novità?" chiedo ad Antigone mentre usciamo.

"Fotis mi ha detto che sono emerse delle prove che non lasciano dubbi sul fatto che i tre fossero gli assassini di Rodakis e Rokkos." Poi telefona ad Askalidis per farsi mandare una volante.

"Io l'ho sospettato sin dal momento in cui Risòpoulos mi ha parlato del loro orario di lavoro. Per questo hanno chiesto gli stessi orari lavorativi, per uccidere tutti insieme le loro vittime. La motivazione che hanno fornito è solo fumo negli occhi," le spiego.

"Crede che sia coinvolto anche Risòpoulos?"

"A prima vista, ti direi di no. Se fosse coinvolto non ci avrebbe parlato dell'orario comune dei tre. In ogni caso, è ancora presto per avere un'opinione definita."

La volante arriva e partiamo per via Kyrìnias. I tre ragazzi abitavano al primo piano. Saliamo e ci apre Dervìsoglou. "Entrate, perché il caso dei primi omicidi sembra chiarito," dice.

Andiamo in soggiorno. È un locale piuttosto grande in cui si trovano tre scrivanie con tre computer e un divano. I muri dietro due delle scrivanie sono ricoperti da scaffali metallici pieni di libri. La finestra dietro la terza scrivania si affaccia su via Kyrìnias. Sopra il divano ci sono lenzuola, un cuscino e una coperta.

Dervìsoglou si avvicina a una delle librerie. "Venite a vedere," ci dice.

Una volta vicino capiamo subito che cosa vuole mostrarci. Sul quarto scaffale vediamo la fotografia della biblioteca di Alessandria. Si capisce dalla prima occhiata che si tratta della stessa foto che gli assassini avevano allegato alla rivendicazione della morte di Rodakis. Lo conferma subito anche Antigone.

"C'è dell'altro. Andiamo in cucina," dice Dervìsoglou.

Antigone lo frena. "Aspetta un attimo, voglio dare un'occhiata ai libri."

Inizia a esaminarli e, una volta finito, mi si avvicina con un'espressione perplessa. "Non capisco. Sono tutti libri d'arte, di filosofia, di autori antichi e di storia. Risòpoulos ci ha detto che hanno dato gli esami per essere ammessi ai corsi di economia e hanno fallito. Libri di economia, però, non ne ne vedo proprio."

"Non è escluso che li abbiano buttati via per la rabbia di non essere stati ammessi," le spiego.

Dervìsoglou ci interrompe e ci guida in cucina. Lì troviamo Dimitriou insieme a un tecnico della scientifica, e Kòllias in piedi accanto a un armadio aperto. Dimitriou e il tecnico rovistano con la testa nell'armadio. Intorno, ci sono diversi utensili da cucina. Dimitriou tira fuori la testa dall'armadio e ci guarda.

"Venite un po' qui," dice, mostrandoci una sbarra di ferro e un piede di porco. "Uno dei due dev'essere stata l'arma di entrambi gli omicidi. Lo verificheremo in camera mortuaria, ma personalmente non ho dubbi."

"È la prima volta che mi capita di individuare dei colpevoli indagando sulla loro morte violenta," commenta Antigone.

"Non aver fretta, non abbiamo ancora tirato il fiato e ci sono altre cose che ci aspettano," replico. "Semplicemente, siamo passati da un fiume in piena a un altro. Continuate a fare le ricerche indispensabili nella zona, potreste trovare qualcos'altro. Non ho molte speranze, ma potrebbe capitare. Dopodiché venite nel mio ufficio per cercare di capire da che parte tuffarci, visto che siamo ciechi."

Salgo sulla volante che mi attende all'ingresso e facciamo rotta su via Alexandras. Lungo tutto il tragitto mi tormenta un pensiero: fino a che punto dovremo continuare a indagare sugli omicidi di Rodakis e Rokkos, in cerca di nuovi elementi o indizi per gli assassini dei loro assassini? Non sono per niente sicuro che troveremo facilmente il bandolo della matassa, se non continueremo a indagare anche sugli omicidi precedenti.

Entro in ufficio e chiamo subito il comandante. Ascolta le novità e resta senza fiato. Non sa che cosa dirmi.

"Capisce bene che questo triplo omicidio non chiude le indagini sugli omicidi di Rodakis e Rokkos, perché sono loro la pista che ci aiuterà a individuare gli assassini degli assassini. Quindi, questi nuovi delitti prolungheranno le indagini invece di abbreviarle."

"La capisco e sono d'accordo con lei," è la sua risposta. "Ma poi il problema è spiegarlo al politico che è anche il nostro datore di lavoro in modo che lo capisca. Si tenga pronto per una nuova riunione," aggiunge, come ciliegina sulla torta.

È la goccia che fa traboccare il vaso. "La prego, riferisca al signor ministro che se avessimo la fortuna di far luce sui crimini a forza di riunioni, potremmo licenziare almeno un terzo delle forze di polizia perché diventerebbero inutili," gli dico mentre lotto per mantenere il sangue freddo.

Il comandante si mette a ridere. “Riferirò al vicecomandante. Credo, però, che sarebbe utile spiegarlo tutti e tre insieme al ministro, e in questo modo forse potremmo convincerlo a ridurre le riunioni inutili.”

La telefonata si chiude con la soddisfazione di avere almeno i superiori dalla mia parte. Quando c’è siccità, ti può andar bene anche la grandine, si diceva una volta.

# 21.

“Non è emerso nulla di sostanziale dal sopralluogo nel quartiere,” mi informa Antigone quando la Squadra omicidi si riunisce nel mio ufficio. “Probabilmente, qualche complice ha informato gli esecutori non appena i tre camerieri sono andati via dal caffè, così non hanno dovuto bloccare la circolazione sulla Monastiriou per troppo tempo. Le nostre speranze di individuare qualche informazione sono altrove.”

“E dove? Dimmelo, non tenermi sulle spine.”

Antigone si volta verso i suoi collaboratori. “Preferisco che siate voi a parlare, dato che avete interrogato il personale del caffè.”

Koula prende la parola: “Il caffè è frequentato da studenti. Alcuni di loro studiano storia e filosofia antica. Spesso ci venivano con studenti che frequentavano altri corsi. In questi incontri, la conversazione si faceva accesa e finiva con gente che alzava la voce e si accapigliava.”

“I toni si alzavano al punto che gli altri clienti si lamentavano perché non riuscivano a parlare tra di loro,” continua Dervìsoglou. “A quel punto, interveniva Risòpoulos e chiedeva a tutti di calmarsi. Non osava mandarli via, perché erano clienti abituali. Alcune sere chiudeva il locale prima del solito, pur di far cessare la cagnara."

"Vi hanno detto se gli assassini che lavoravano qui come camerieri partecipavano alle conversazioni?" gli chiedo.

"Abbiamo chiesto agli altri camerieri, ma tutti ci hanno risposto di no," dice Koula. "Gli unici momenti in cui seguivano le discussioni e i litigi erano quando aspettavano un'ordinazione oppure dovevano far pagare un cliente."

"Bene. Mettiamo sul tavolo quel che abbiamo scoperto finora," gli dico. "Sappiamo che le tre vittime di questo omicidio sono gli assassini di Rodakis e Rokkos. Sappiamo anche che appartenevano alla categoria dei vinti. D'altra parte, non sappiamo nulla di chi li ha uccisi e del loro movente. L'unica nostra speranza, in questo momento, è il locale dove le vittime lavoravano, in particolare dopo quanto ci avete detto. Dovete interrogare un'altra volta Risòpoulos e i camerieri. Dato che quelli che facevano baccano erano clienti abituali, non è escluso che conoscano il nome di qualcuno di loro. Se abbiamo fortuna e riusciamo a identificarli, forse ci si aprirà uno spiraglio per procedere con le indagini."

"C'è anche un altro elemento che è emerso dalle ricerche, ma è meglio che ve ne parli Antigone," riprende Dervìsoglou.

Lancio un'occhiata ad Antigone, che dice: "Quando siamo entrati nell'appartamento dove abitavano i tre ragazzi e ho passato in rassegna la loro biblioteca, mi ha colpito il fatto che sugli scaffali non ci fosse neanche un libro di economia. Quando gliel'ho fatto notare, signor Charitos, lei mi ha spiegato che forse li avevano buttati tutti in preda alla collera e alla delusione per non essere stati ammessi. Può essere, ma anche se fosse, non spiega la pletora di libri di scienze umane che abbiamo trovato in casa loro."

“Hai parlato con Risòpoulos?”

“Volevo farlo, ma poi ho pensato che fosse più sensato individuare prima la scuola serale dove si erano preparati per gli esami panellenici di ammissione all’università, e solo dopo parlare con Risòpoulos.”

“Avete trovato la scuola?”

“Sì, l’abbiamo trovata,” risponde Dervìsoglou. “Il direttore ha detto che ci erano andati tutti e quattro insieme sin dalla prima liceo. Poi hanno frequentato anche in seconda, ma il terzo anno non si sono più presentati. Tant’è vero che aveva pensato che avessero cambiato scuola.”

“Subito dopo siamo andati a parlare con Risòpoulos,” continua Antigone. “Ci ha detto che Karatzakis e Dorìs volevano, all’inizio, studiare greco antico e storia antica, Soùkalis filosofia e lui sociologia. Alla fine del secondo anno però ci hanno ripensato. Nessuno di loro veniva da una famiglia benestante. Se avessero proseguito con le materie umanistiche, la loro unica speranza sarebbe stata trovare un posto nella pubblica amministrazione o in qualche università, e questo avrebbe significato un’attesa di durata indeterminata. Perciò hanno scelto di cambiare indirizzo di studi. Sono andati in un’altra scuola integrativa, hanno dato gli esami di ammissione per economia e gli è andata male.”

“Questo spiega le conoscenze che mostravano di avere nelle rivendicazioni che hanno scritto per i due delitti.”

“Almeno, ora conosciamo gli assassini di Rodakis e Rokkos, anche se solo da morti,” commenta Antigone.

“Hai ragione. Però temo che abbiamo compiuto un’altra omissione,” è il commento di Dervìsoglou.

“Quale sarebbe?” chiede Antigone.

"Non abbiamo interrogato il personale della Technoset. Secondo me il tentativo di uccidere l'amministratore delegato è ciò che ha mandato su tutte le furie i secondi assassini. Se si fossero irritati allo stesso modo per l'omicidio del professore o del segretario, questi tre li avrebbero ammazzati prima."

"Non dobbiamo limitarci ai dirigenti della Technoset", interviene Askalidis. "Dobbiamo considerare anche le domande di coloro che cercavano posti di lavoro. Non è escluso che l'attentato all'amministratore delegato li abbia gettati nel panico e, quindi, abbiano deciso di uccidere i responsabili."

"State ragionando correttamente tutti e tre e non ho nulla da aggiungere," commento. "Tuttavia, mi aspettavo una domanda cruciale. Come facevano gli esecutori del triplice omicidio a sapere che quei tre camerieri erano anche i killer di Rodakis e Rokkos? Se gli assassini dei tre ragazzi sapevano quel che noi non riuscivamo a scoprire, allora deve esistere un filo che li unisce. Dobbiamo, quindi, cercare di scoprire se ci sono persone che hanno conosciuto al caffè che possono averli informati – volontariamente o per caso. L'altra fonte potrebbe essere la seconda scuola integrativa dove si erano iscritti per approfondire le materie economiche. Chiedete a Risòpoulos in quale scuola sono andati. Quando avrete raccolto informazioni dalle tre fonti diverse, allora venite e vedremo come valutarle."

La Squadra omicidi si congeda e io chiamo immediatamente il vicecomandante per aggiornarlo sul messaggio su Internet.

"L'abbiamo già letto," mi informa. "Ho l'impressione che un nemico invisibile ci renda le cose difficili per trasformare la nostra vita in un inferno. Comunque, non si preoccupi: non c'è nessuna riunione in vista. L'unica cosa che ci ha chiesto il comandante è di convocare i giornalisti per dar loro informazioni di prima mano, in modo da bloccare sul nascere le teorie e le ipotesi campate per aria."

Non ho niente da obiettare. Penso anzi che sia giusto e urgente. "Quando si terrà la conferenza stampa?"

"Domani alle dodici."

Decido di andare a casa, per guardarmi il telegiornale con tutta calma. Potrei trovare qualcosa da utilizzare durante la conferenza stampa di domani.

Tanto, la visita a Lambros è stata rimandata perché Caterina e la famiglia sono stati invitati a cena da un collega di Fanis. Anche lui ha una bambina, così mio nipote si divertirà a giocare con lei.

Non appena arrivo in soggiorno, accendo la televisione e mi trovo davanti all'ansia dei giornalisti, che non hanno nessun elemento o informazione, né sul movente dell'omicidio dei tre ragazzi, né tantomeno sulla possibile identità dei nuovi assassini. Tutto il dibattito si esaurisce in "credi che…?", o in "hai l'impressione che…?" La conclusione è sempre la stessa: "Domani ne sapremo di più, dopo l'incontro con la polizia."

L'unico che ha qualcosa di sensato da dire è un criminologo nonché docente universitario: "L'assassinio di chi ha ucciso il professore e il segretario per l'istruzione secondaria complica ulteriormente la situazione. La polizia ha un nodo gordiano da sciogliere."

Abbasso il volume vedendo Adriana entrare in soggiorno. "Mi hanno portato qui i ragazzi, che poi proseguono verso la casa dell'amico di Fanis," mi dice. "Vado a preparare qualcosa per cena."

"Vengo a farti compagnia." Tanto, il notiziario non mi interessava più.

"No, resta seduto e poi ti chiamo quando sarà pronto," dice con un tono che non ammette repliche.

Resto senza parole. "Non vuoi che venga a fare due chiacchiere?"

"Chiacchiereremo a tavola. Ti chiamo non appena sarà pronto," ripete.

Capisco che sta preparando qualche sorpresa e non insisto. Torno al telegiornale, ma è di una noia mortale. Spengo il televisore e mi siedo sul divano. A questo punto sono proprio curioso di scoprire la sorpresa, ma resto come fulminato sulla porta della cucina. I miei occhi non si staccano da quel che vedono in tavola: zucchine fritte e *tzatziki*.

"Lo *tzatziki* si abbina perfettamente alle zucchine fritte," mi spiega. "Non capisco come possiate mangiare *tzatziki* con la carne della griglieria."

"Se fin dall'inizio mi avessi preparato polpette di zucchine e zucchine fritte con lo *tzatziki*, non l'avrei mai mangiato con la carne. Avrei mangiato i *souvlàkia* senza *tzatziki*," le spiego.

"Meglio tardi che mai," è il suo commento.

"Comunque ti ringrazio: ho passato una giornata molto complicata e mi hai aiutato a rilassarmi," le dico.

"Non è solo oggi. Sono ormai diversi giorni che ti vedo nervoso."

Lo *tzatziki* è eccellente e si abbina benissimo con le zucchine. Nel frattempo, ci raccontiamo le novità su Lambros che, in effetti, non sono poi vere novità, dato che ogni sera ci raccontiamo le stesse cose.

22.

**Economia**, s.m., da *oikonomìa*, ossia la conduzione, la cura e la gestione della casa, degli introiti e delle spese: Xenof. *Oik*. 1.1. *opera di economia*: gestire l'economia casalinga; Plat. *Apol.* 36B, *Pol.* 498A; Arist. *Eth. Nic.* 1141b.32, *Polit.* 1253b. Più modernamente, il complesso di tutte le iniziative del gruppo sociale che dispone di beni materiali ereditati o acquisiti; economia personale (o riferita ai privati in particolare) // *economia agricola*: la cura organizzata o riferita all'adozione di misure per la maggior resa e il consumo più soddisfacente dei prodotti agricoli // *economia nazionale*: quella che si riferisce all'utilizzo delle fonti nazionali di ricchezza // *economia pubblica*: ossia il complesso delle iniziative e delle ordinanze dello stato, in modo da destinare una parte delle risorse economiche alla conservazione dello stato stesso e per il finanziamento degli obiettivi definiti // *economia politica*: la scienza che da un punto di vista generale studia i fenomeni economici, i principi generali e quelli che impegnano direttamente le energie umane per l'acquisizione di beni materiali.

**Tecnologia**, s.f., 1) la realizzazione della scienza attraverso la tecnica o la scienza stessa; 2) l'evidenza scientifica dei mezzi e dei metodi che vengono utilizzati per trasformare la materia prima in un prodotto industriale; *t. meccanica*, *t. chimica*, *t. militare* (ramo della scienza militare che realizza le macchine e gli strumenti di altro tipo).

Povero Dimitrakos, in qualche modo te la sei cavata con l'economia, ma in tecnologia sei una schiappa, ho detto tra me e me mentre chiudevo il vocabolario.

Erano le sei di questa mattina. Ieri notte mi ero gustato le zucchine con lo *tzatziki* di Adriana e avevo dormito come un ghiro, ma quando ho aperto gli occhi mi è venuto istantaneamente un attacco di ansia. Non riuscivo a riaddormentarmi e, come al solito, ho cercato rifugio nel Dimitrakos.

Ora ho lasciato Adriana da Caterina e proseguo verso l'ufficio. Mi preoccupa la conferenza stampa con i giornalisti, non so bene che cosa dovrei dire. Non appena faccio il mio ingresso con caffè e brioche, Stella mi ferma.

"Ha chiamato due volte una certa Dora Iliakou che vuole parlarle."

Ricordo subito che la Iliakou era l'amante di Rodakis e che aveva postato un messaggio in rete subito dopo l'assassinio. "Ha lasciato un recapito?"

"Sì, il suo numero di cellulare."

"Chiamala e passamela."

Cerco di indovinare che cosa vuole, ma sono interrotto dal telefono che squilla.

"Ho saputo ieri dell'uccisione di quei tre camerieri," mi dice la Iliakou senza preamboli, e poi aggiunge: "Io li conoscevo tutti e tre."

La cosa mi sorprende. "Come li ha conosciuti? Frequenta il caffè dove lavoravano?"

"No, ci siamo conosciuti in un altro modo. Sono con un mio collega ora. Se ha tempo, possiamo passare dal suo ufficio per raccontarglielo."

"Venite. Vi aspetto."

Convoco subito Antigone per informarla sulla telefonata con la Iliakou. Mi guarda, pensosa.

"Che cosa può sapere riguardo ai tre morti?" si chiede.

"Lo vedremo presto. Voglio che tu sia presente, ascolteremo insieme quel che hanno da dirci. Hai novità dal luogo del delitto?"

"Niente di niente. Nessuno ha udito gli spari e nel punto in cui i responsabili del delitto avevano bloccato la strada non ci sono telecamere."

Un quarto d'ora dopo si presentano la Iliakou e il suo collega, un cinquantenne.

"Vi voglio presentare Marios Famelis. Insegna filosofia all'Università di Atene."

Ci trasferiamo al tavolo delle riunioni e ci sediamo, una coppia di fronte all'altra. "Immagino sappiate che i tre ragazzi uccisi sono gli assassini di Rodakis e di Rokkos," esordisco. "Quindi, quel che state per dirci potrebbe essere di grande importanza per le indagini."

"Ed è per questo che è stato un fulmine a ciel sereno," risponde la Iliakou, rivolgendosi poi al suo collega: "Parla tu, Marios, e se dovessi tralasciare qualcosa lo integrerò io."

Famelis resta pensoso per qualche istante e ci guarda. "Prima di raccontarvi di come ho conosciuto Karatzakis, Doris e Soùkalis è indispensabile una premessa," ci spiega. "Negli ultimi anni si assiste a un crollo verticale degli studi umanistici e, di contro, a un notevole sviluppo di quelli economici e tecnologici. Questa evoluzione ha creato una notevole inquietudine, se non addirittura un'agitazione diffusa tra i docenti, come me, che insegnano nel campo delle scienze umane. La ragione non sta solo nel calo d'interesse da parte dei potenziali studenti, ma anche nella progressiva marginalizzazione delle scienze umane. Un'altra ragione sta nella scarsa attrattiva, e quindi della stagnazione, degli studi sulla storia e la cultura europee dall'antichità a oggi. Questa caduta di interesse ha poi un'altra conseguenza, forse anche peggiore. La conoscenza della storia e della civiltà è fondamentale per formare un cittadino consapevole. La crescente disaffezione verso questi studi, che arriva fino all'indifferenza, rischia di avere conseguenze devastanti tanto nella società, quanto nella politica."

Si ferma e guarda la Iliakou. Lei coglie il messaggio e prosegue: "Abbiamo deciso di mettere insieme una squadra di volontari, tra noi docenti, che si occupa di destare, con conferenze e conversazioni, un maggior interesse per le scienze umane da parte dei liceali che si preparano a sostenere gli esami di ammissione all'università. Le confesso che non ci aspettavamo tanto successo. In questo momento abbiamo venticinque ragazzi che stanno per sostenere gli esami di ammissione, ma la passione per questi studi ora è decisamente superiore. Purtroppo, dovremmo avere più materie da proporre, ma non abbiamo tempo, dato l'impegno che richiede l'università." Si prende una pausa e poi sgancia la bomba: "È così che abbiamo conosciuto i tre ragazzi che sono stati uccisi. Erano nel gruppo che seguiva le nostre lezioni."

Scende il silenzio. Scambio un'occhiata con Antigone. "Sapete come hanno fatto, quei tre, a venire a conoscenza della vostra iniziativa?" chiede Antigone alla Iliakou.

"Li ha portati un loro amico, più o meno un anno fa."

"Vi hanno detto che avevano provato a dare gli esami di ammissione alle facoltà di economia, ma senza successo?" le chiedo.

"Ci hanno detto che avevano pensato di studiare economia, ma poi avevano perso interesse," risponde Famelis.

"E questo spiega i libri," commenta Antigone.

"Quali libri?" chiede Famelis.

"Quando siamo entrati nel loro appartamento, abbiamo trovato due scaffalature piene di libri. Erano tutti di storia, filosofia, archeologia. Libri di economia, invece, neanche uno."

"Evidentemente li hanno buttati via per far posto ai nostri," commenta Famelis, e si gira verso la Iliakou. "Se fossero ancora in vita, saremmo molto orgogliosi per il nostro successo."

All'improvviso mi viene un'idea: "Ricordate per caso se qualche volta sono stati assenti dalle lezioni?" gli chiedo.

La Iliakou e Famelis si guardano. "Alle mie lezioni non sono mai mancati," risponde Famelis.

"Alle mie una volta sola," dice la Iliakou.

"Tutti e tre?"

"Sì. Mi hanno detto, poi, che non avevano potuto lasciare il posto di lavoro perché il locale era pieno."

"Ricorda, per caso, quando è avvenuto tutto questo?"

La Iliakou ci pensa un po' su. "Dev'essere stato un paio di settimane fa."

"Mattina o pomeriggio?"

"Pomeriggio. Le lezioni iniziano sempre alle sei."

"Dovremo interrogare l'amico che ve li ha presentati," dice Antigone.

"Sì, ma vi preghiamo di non dire che siamo stati noi a darvi il suo nome," ci avverte Famelis. "Se si venisse a sapere che avete avuto il suo nome da noi, verrebbero fuori chiacchiere e voci infondate che potrebbero danneggiare il gruppo."

"Non si preoccupi. Ci sono molte altre fonti a cui potremmo ricorrere per trovare il suo nome," lo tranquillizza Antigone.

"Ho le sue generalità sul mio computer. Appena arrivo in università, vi telefono," le dice la Iliakou.

Non abbiamo altro da dirci. "Vi ringraziamo, ci avete dato informazioni preziose," gli dico. Li accompagniamo fino alla porta e ci salutiamo stringendoci la mano.

"Abbiamo sbagliato a interpretare i giorni liberi che coincidevano," dico ad Antigone. "Non li volevano per organizzare gli omicidi ma per seguire le lezioni."

"L'unica eccezione è stato l'omicidio di Rodakis, che è stato commesso nel pomeriggio," aggiunge Antigone. "Quello di Rokkos e il tentato sabotaggio all'auto dell'AD si situano invece di mattina, quando il caffè è ancora chiuso."

Guardo il mio orologio. Sono le undici passate. "Devo andare al ministero per la conferenza stampa," le spiego.

"Non appena la Iliakou ci manderà le generalità del loro amico, lo interrogheremo," dice Antigone, e con questo ci separiamo.

Poco dopo mi trovo sulla volante, diretto, a sirene spiegate, verso via Katechaki. Almeno sono fortunato nel tragitto. Il traffico è regolare e arriviamo senza ritardi.

Vado direttamente nell'ufficio del comandante. "Ho una bella notizia," mi dice con un sorriso appena entro. "Anche se il ministro volesse convocarci dopo l'aggiornamento alla stampa, non potrà farlo perché ha il consiglio dei ministri."

Si tratta, in effetti, di una bella notizia che mi mette di buon umore. "Quando ci muoviamo?" chiedo. "Se abbiamo un po' di tempo, vorrei informarla di una serie di elementi che abbiamo raccolto stamattina."

"Aspetti, invito anche il vicecomandante. I giornalisti possono pazientare ancora un po'."

Con l'arrivo del vicecomandante inizio il mio riassunto della conversazione avuta con i due professori. Mi ascoltano sorpresi.

"Crede che queste informazioni possano gettare luce sulle indagini?" mi chiede il vicecomandante.

"Dipende innanzitutto dal colloquio che avremo con il loro amico e dalle informazioni che ci darà."

Il comandante si alza. "Bene, andiamo. Non facciamo attendere oltre i signori della stampa."

Quando entriamo nell'aula, lancio un'occhiata ai giornalisti e resto stupito. A parte Merikas, e quella alta e secca, tutti gli altri mi risultano ignoti. Per la maggior parte sono giovani, intorno ai trent'anni.

Il comandante fa un'introduzione e poi mi lascia la parola. Inizio l'aggiornamento dai responsabili, partendo dai primi due delitti, e poi passo al triplice omicidio. Quindi continuo con le informazioni che riguardano lo stato attuale delle indagini.

La prima domanda viene da Merikas. "Crede che il movente dei primi omicidi sia stata la vendetta per il fallimento dei responsabili nel superare gli esami di ammissione all'Università di Economia?"

"È stata la nostra prima supposizione, ma nel frattempo abbiamo avuto altre informazioni che potrebbero smentire questa ipotesi," rispondo, informandoli anche di quanto abbiamo saputo stamattina.

"E per l'omicidio dei tre ragazzi, qual è stato il movente?" mi chiede quella alta e secca.

"È troppo presto per dire qualcosa con certezza," spiego.

"Ma perché? Ci vuole forse un genio? Con i due omicidi e il tentato omicidio dell'amministratore delegato, i lavoratori hanno temuto che le aziende straniere decidessero di non venire più in Grecia, lasciandoli quindi disoccupati. Non sono d'accordo con gli omicidi, ma li capisco. Oggi i giovani faticano a trovare un posto di lavoro dignitoso e finiscono per raccattare le briciole," commenta uno dei giornalisti sulla trentina.

Non replico. Quella alta e secca si volta e gli lancia uno sguardo velenoso. Le altre domande sono di routine, prive di particolare interesse, quindi il comandante mette fine all'incontro.

I giornalisti se ne vanno, mentre io sono impaziente di capire se sia emerso qualcosa dall'interrogatorio dell'amico che aveva introdotto i tre ragazzi nel gruppo degli studi umanistici.

# 23.

La telefonata di Antigone mi coglie per strada, diretto in centrale.
"Più o meno a che ora arriverà in ufficio?" mi chiede.

Quando sento questa domanda, la mia mente immagina sempre il peggio. "Perché me lo chiedi? Che succede?"

"Abbiamo conosciuto due studenti, amici delle tre vittime, e vorrei che ci fosse anche lei ad ascoltare quel che ci diranno."

"Sarò in ufficio tra un quarto d'ora al massimo."

"Benissimo. Verremo da lei un po' prima per aggiornarla."

Metto un freno ai pensieri che mi sommergono: nei momenti difficili, il rischio maggiore è perdersi in analisi teoriche e false speranze. In dieci minuti arrivo in viale Alexandras e avviso subito la Squadra omicidi. Si presentano al gran completo.

"Cominciamo dalle ricerche sulla Technoset," esordisce Antigone. "L'opinione che ci siamo fatti conversando con il personale è che il coinvolgimento di qualche impiegato nell'assassinio dei tre ragazzi sia da escludere."

"Cosa vi dà questa sicurezza?"

"Tutti hanno condannato il tentato omicidio, ma nessuno ha mostrato preoccupazioni per il futuro dell'azienda. Ci hanno detto che la Technoset registra notevoli guadagni ed è in forte crescita. Se l'attentato avesse avuto successo, la direzione dell'azienda, che si trova in Olanda, avrebbe nominato un altro amministratore delegato e avrebbe potenziato le misure di sicurezza, ma non avrebbe mai chiuso un'azienda che genera profitti e ha le potenzialità della Technoset."

"Lefkaditis, l'amministratore delegato in carica, ci ha detto le stesse cose," aggiunge Dervìsoglou. "Ci ha informato, inoltre, che hanno già potenziato le misure di sicurezza e ora il conducente posteggia l'auto in un parcheggio coperto nella zona in cui abita."

"Ho parlato con la segretaria di Lefkaditis," ora è Koula a prendere la parola. "Mi ha detto che non hanno mai ricevuto minacce telefoniche, né hanno osservato movimenti sospetti intorno agli uffici dell'azienda. Se fosse accaduto qualcosa del genere, avrebbero immediatamente avvertito la polizia."

"Quindi, questo capitolo delle ricerche termina qui," concludo.

"Sì, e adesso passiamo ad argomenti più interessanti," riprende Antigone. "Abbiamo parlato con l'amico dei tre ragazzi, quello che li ha inseriti nel gruppo organizzato dai professori per prepararli agli studi umanistici."

"E che cosa vi ha detto?"

"Lui non era esattamente un loro amico, anzi non li conosceva neppure. La proposta gli è arrivata da altri due ragazzi che erano stati loro compagni di liceo. Gli hanno detto che i tre avevano come obiettivo l'ingresso nell'Università di Economia, ma erano stati respinti agli esami di ammissione. Gli amici lo avevano considerato normale, perché al liceo l'interesse di quei tre andava verso materie come la storia e la letteratura. A quel punto lo avevano pregato di introdurli nel gruppo di studio, in modo che avessero una seconda possibilità di studiare quel che veramente li interessava."

"Questo ragazzo ci ha anche detto che i professori erano davvero entusiasti della loro passione per le materie umanistiche," continua Askalidis. "Ogni volta che c'era un argomento da studiare, loro tre lo affrontavano molto seriamente e con profitto."

"Bisogna proprio che li interroghiate al più presto," gli dico.

"Sono già al piano di sotto, in ufficio con Kòllias," mi risponde Antigone. "Aspettavamo lei per interrogarli."

"Non spostateli nella stanza degli interrogatori. Portateli qui, si sentiranno più a loro agio."

Poco dopo arriva Kòllias, con due ragazzi vestiti come tutti i giovani d'oggi: maglietta, jeans e scarpe da ginnastica. Uno si chiama Miltiadis Kechrìs e l'altro Kleon Beratis. Ci sediamo al tavolo delle riunioni e io lancio uno sguardo ad Antigone perché dia inizio al colloquio.

"Vi abbiamo convocato per farvi alcune domande riguardo ai vostri amici che sono stati uccisi l'altro ieri notte in via Monastiriou. Come vi ho detto al telefono, ci interessano in modo particolare informazioni riguardo ai loro studi," esordisce. "Sappiamo già che avevano tentato gli esami di ammissione a economia, ma senza successo. Il vostro comune amico, Sotìrios Trapas, ci ha detto che siete stati voi a suggerirgli di farli entrare nel gruppo di studenti che si preparavano per l'ammissione a scienze umane."

"Sì, siamo stati noi a proporlo," risponde Kechrìs. "Tutti e tre andavano benissimo nelle materie umanistiche sin dal liceo. Eravamo nella stessa classe. Ogni volta che qualcuno di noi non sapeva rispondere a una domanda, il professore chiedeva: 'Voi, per caso, lo sapete?' e quasi sempre loro tre gli davano la risposta giusta."

"E questa è la ragione per cui sono stati oggetto di maltrattamenti, sono stati bullizzati," aggiunge Beratis.

Antigone lo guarda sorpresa. "Bullizzati?" Non se lo aspettava, come nessuno di noi, in effetti.

"Sì, fin dalla prima liceo sono stati vittime di bullismo. Se mi chiedete perché, vi risponderò che è stata la sicurezza che ostentavano nelle materie umanistiche. I bulli li avevano classificati come dei nerd presuntuosi. Gli obiettivi più facili da colpire per un bullo sono i deboli, i presuntuosi e i nerd. Hanno passato tre anni d'inferno."

"Non hanno mai presentato denuncia?" chiede Kòllias.

"E a chi avrebbero dovuto presentarla?" gli chiede Kechrìs. "Il bullismo colpisce quando i professori o il preside sono fuori portata. Se avessero denunciato il fatto, tutti gli altri ragazzi bullizzati sarebbero rimasti in silenzio, per paura, e il preside non avrebbe potuto appurare se il ragazzo che aveva denunciato il fatto dicesse la verità o mentisse. Dopodiché, gli atti di bullismo si sarebbero moltiplicati."

"L'unica possibilità era che fossero i genitori a denunciare," continua Beratis. "Ma i ragazzi non avevano il coraggio di dirlo ai genitori. E che cosa avrebbero guadagnato, a raccontarglielo? Avrebbero fatto insorgere i genitori dei bulli, che avrebbero difeso i loro figli perché per loro sarebbero stati sempre e comunque innocenti. Il preside, dal canto suo, avrebbe messo tutto a tacere per evitare clamori e, alla fine, il bullismo nei loro confronti sarebbe solo peggiorato."

"Perché avevano deciso di iscriversi alla facoltà di economia?" gli chiedo.

"Hanno pensato che questa decisione avrebbe messo fine al bullismo contro di loro," risponde Beratis. "Quando ho chiesto a Soùkalis perché si fossero iscritti ai corsi preparatori per gli esami di ammissione alle facoltà economiche, mi aveva risposto: 'Il bullismo smette grazie ai soldi e ai ricconi, sia a scuola, sia nella vita. A scuola, perché quando i tuoi hanno i soldi ti mandano in una scuola privata, e nella vita perché il tuo ricco datore di lavoro ti difenderà, se non vuole perderti.' Ma hanno fallito su entrambi i fronti: il bullismo contro di loro non si è fermato, e sono stati bocciati agli esami di ammissione."

"Per questo abbiamo chiesto a Sotìrios che li mettesse nel gruppo dei professori," aggiunge Kechrìs. "Credevamo si meritassero una seconda opportunità là dove avevano maggiori possibilità di farcela, ossia nelle materie umanistiche."

"E voi che cosa studiate?" chiede Askalidis.

"Economia. Stiamo frequentando il biennio della magistrale," risponde Kechrìs.

"Sapete se qualcuno dei bulli ha proseguito gli studi?" gli chiedo.

"Tre di loro li conosciamo. Uno studia giurisprudenza, l'altro chimica e il terzo va alla scuola di polizia. Sappiamo come si chiamano," risponde Beratis.

"Mi darete i nomi quando scenderemo al piano di sotto," li informa Koula.

“Avete altre domande?” chiedo ai miei. Tutti scuotono la testa.

“Grazie. Ci avete risolto una serie di dubbi,” annuncio ai due studenti.

Koula scende con loro. Gli altri rimangono ai propri posti per discutere e valutare le informazioni ricevute, che ci guideranno verso i passi successivi.

“Quindi?” chiedo quando rimaniamo soli, anche perché sono curioso di ascoltare i loro commenti.

“Ora abbiamo un quadro chiaro dei primi tre assassini. Abbiamo visto giusto quando li abbiamo classificati tra i vinti, solo che abbiamo sbagliato il numero. I fallimenti sono stati due, non uno,” commenta Antigone.

“Perché due?” chiede Askalidis.

“I loro amici ci hanno detto che erano molto bravi in storia, letteratura, filosofia, greco antico... Lasciavano i loro professori senza parole. Era evidente che avrebbero continuato con gli studi umanistici. Invece, hanno cambiato obiettivo per sfuggire al bullismo. E questo è stato il primo fallimento: hanno sacrificato gli studi che sognavano. Quindi hanno cambiato indirizzo per sfuggire al bullismo, ma sono stati bocciati agli esami di ammissione. E questo è stato il loro secondo fallimento.”

“Il secondo fallimento è stato la loro sconfitta definitiva. Così hanno ucciso il professore universitario, il segretario per l’istruzione secondaria, e hanno organizzato l’attentato all’amministratore delegato. Si sono vendicati uccidendo degli innocenti,” commenta Dervìsoglou.

“E con il gruppo di studio sono tornati alle scienze umane,” aggiunge Kòllias. “Ripartire dal via, ma con due omicidi sulla coscienza. La vendetta dei vinti.”

"Ora abbiamo ricostruito i primi omicidi e possiamo concentrarci esclusivamente sulle indagini che riguardano la condanna capitale dei tre assassini."

"Crede che potrebbe essere stato uno di quelli che li hanno bullizzati?" mi chiede Askalidis.

"Non mi pare probabile. I bulli spaventano i loro compagni di scuola e mettono in atto un gioco di potere, ma non uccidono," gli risponde Antigone.

"Hai ragione. Del resto, nessuno dei tre studia economia," concorda Askalidis.

"In ogni caso, dobbiamo interrogarli," commenta Dervìsoglou.

"Niente affatto. Perché, se conoscono gli assassini, sta' pur sicuro che li informeranno." Mi volto verso Antigone. "Lasciate da parte quelli che studiano giurisprudenza e chimica e concentratevi sul tipo che si è iscritto alla scuola di polizia. Non parlerete con lui, ma con il direttore della scuola e con i professori. Abbiamo la necessità di raccogliere, e al più presto, informazioni sul suo comportamento a scuola e anche sui suoi amici e le compagnie che frequenta. Se il direttore o qualcuno tra i docenti fa il difficile, ditelo a me che lo chiamerò direttamente." Faccio una pausa mentre li guardo. "Per nessun motivo deve emergere che abbiamo risolto i primi omicidi. Gli assassini dei tre ragazzi devono rimanere all'oscuro. Del resto, non stiamo per arrestare nessuno."

"Allora, andiamo a guadagnarci la giornata," sono le parole di Antigone, mentre tutta la Squadra omicidi prende congedo.

Appena resto da solo, ora che le cose stanno andando meglio mi viene l'idea di chiedere un incontro con il ministro. Chiamo il comandante e gli faccio un resoconto dettagliato della situazione. Una volta finito di parlargli, lo sento molto entusiasta.

"Finalmente è stato sciolto il primo enigma," mi dice.

"Credo che, a questo punto, sia il momento ideale per chiedere un incontro al ministro." Prima resta senza parole e poi scoppia a ridere. "Perché ride?" gli chiedo.

"Lei, che rifuggiva le riunioni con il ministro come il diavolo con l'acqua santa, adesso chiede un incontro con lui! Come dice il proverbio: 'Non dir parole grosse se stai per fare qualcosa di grosso.'"

Riattacchiamo e, con questa telefonata, si chiude anche la mia giornata di lavoro.

# 24.

Adriana mi ha chiamato per dirmi che si trova al centro di accoglienza. Nel tragitto, mi è arrivata la telefonata del comandante. L'incontro con il ministro è fissato per domani pomeriggio alle quattro.

"Voleva fissare l'incontro di mattina, ma gli ho spiegato che al mattino lei è impegnato con le indagini e quindi non può assentarsi," mi confida.

"Ha fatto benissimo, la ringrazio."

Parcheggio in via Lelas Karaghianni. Il centro mi accoglie con la solita immagine: mio nipote che se la spassa sull'altalena. Lo fermo per dargli un bacio e vado in cucina. Lì trovo Adriana con Melpo e Anna. Adriana indossa un grembiule, il che significa che sta cucinando.

"Sei tu di cucina, oggi?" Non che non me l'aspettassi, ma così, tutt'a un tratto…

"La sera dell'inaugurazione hanno cucinato Melpo e Anna. Ora è il mio turno," mi sorride, furbetta.

"L'altra sera abbiamo inaugurato il centro di accoglienza. Oggi inauguriamo la buona cucina," commenta Anna.

"Dài, non esagerare! Anche l'altro ieri sera la cena era eccellente," la interrompe Adriana.

"Se cerca il signor Zisis, è su al ritrovo dei giocatori di *tavli*," mi dice Melpo.

"Intendi dire in mansarda?"

"Sì, il 'ritrovo'. È così che l'abbiamo ribattezzata."

"E che succederà se arriveranno altri ospiti e avremo bisogno di un'altra camera da letto? Questo solo Dio lo sa," commenta Anna.

"L'unica soluzione è spostare i giocatori di *tavli* nel bersò del cortile. E noi regaleremo al centro una stufa," interviene Adriana, domandandomi poi: "Non sei d'accordo, Kostas?"

"Ma certo," le rispondo tagliando corto. Mi stresso già abbastanza tutta la giornata con casi ed enigmi: direi che un altro indovinello per dessert non mi serve proprio.

In mansarda trovo sei giocatori, più Zisis che li segue stando in piedi. Appena mi vede si avvicina. "Benvenuto," mi saluta con un sorriso.

"Vedo che il ritrovo dei giocatori di *tavli* è molto frequentato," lo stuzzico.

"Hai già scoperto come lo chiamiamo," nota soddisfatto. "È pieno tutto il giorno. Tra poco dovremo iniziare a stilare un lista di attesa."

"E lei gioca a *tavli*, signor Charitos?" mi chiede Menios, uno dei pensionanti.

"Un tempo ci giocavo, ma è stato una vita fa."

"Voglio fare una partita con lei."

"E perché senti questo bisogno di giocare con me? Non sono mica un campione."

"Per darmi delle arie come un galletto perché ho battuto a *tavli* il direttore della polizia dell'Attica," risponde lui, tra le risate di tutti.

Io e Zisis li lasciamo alle loro partite e scendiamo in sala mensa. È tanto che non parliamo, noi due.

"Tra quelli che se ne sono andati per trovare un centro di accoglienza migliore, non pochi sono venuti a vedere la nuova sede e ora vorrebbero tornare nel vecchio rifugio," mi racconta con un sorriso di soddisfazione. "Gli ho spiegato che è ancora presto. Prima dobbiamo vedere come funziona la nuova sede come centro di accoglienza, se va già bene così o se ha bisogno di interventi di ristrutturazione, per poter accogliere qualche pensionante in più."

"Hai avuto ragione."

"Diciamo che quel che pensavo è stato confermato," mi corregge. "Anche coloro che avevano come ultimo rifugio il centro se ne sono andati, e ora pretendono che gli venga servita una vita migliore su un piatto d'argento. Solo quando si saranno spaccati la faccia a furia di testate, capiranno che hanno perso quel poco che avevano."

Ora, tace e mi guarda. La sua espressione è quella di una persona esausta. "Sei stanco," gli dico.

"È la vecchiaia. Se fossi stato più giovane, il trasloco sarebbe stato un gioco, paragonato con tutto quel che ho affrontato in vita mia. Ma il tempo passa e il trasloco mi ha messo in ginocchio. Se non fosse stato per Adriana, non me la sarei cavata." Mi guarda e poi aggiunge: "Mi rendo conto che tra breve io sarò solo un pensionante, mentre Adriana diventerà la direttrice."

Provo a tirargli su il morale. “Dài, adesso esageri. Chiunque altro al tuo posto sarebbe crollato. Quanto a Adriana, sai bene che sarà sempre al tuo fianco quando glielo chiederai.”

“Per fortuna – di Adriana e mia – ci sono le ragazze.”

“I ragazzi invece non vengono?” gli chiedo, incuriosito.

“No, stanno cercando un edificio disabitato per farci una nuova occupazione.”

Interrompiamo la conversazione perché fanno il loro ingresso le donne per apparecchiare. “La signora Adriana è alle prese con le pentole,” mi conferma Melpo.

Mi alzo per andare da mio nipote, che abbiamo lasciato da solo. Ha mollato l’altalena e ora cavalca il puledrino a dondolo. Si sbraccia e grida manco fosse Kolokotronis che muove all’attacco dei turchi. Lo lascio giocare e torno nella sala mensa.

“E i giocatori di *tavli*? Interromperanno la loro partita per mangiare?” chiedo a Zisis.

“È la regola,” mi risponde. “Non serviamo la cena in mansarda, né si può mangiare all’ora che si vuole come in un ristorante.”

Adriana fa il suo ingresso in sala mensa con in braccio Lambros che strilla e si agita. “Ora si mangia, e non si può mangiare in sella al cavallino” gli spiega, e lo fa sedere al suo fianco.

“Che dici? Gli porto il cavalluccio?” le propongo.

“Lascia stare, non fa che giocare tutto il giorno. Se si siede un po’ non gli farà nessun male.”

“Che cosa hai cucinato di buono?”

“Porta un po’ di pazienza: tra poco ce l’avrai davanti.”

Non insisto. Del resto vedo le donne che cominciano a portare i piatti pieni. Il primo è una zuppa di verdure. La mangio con soddisfazione, ma non mi entusiasma. L'unico che risponde con un gemito di gioia è Zisis.

"Hai preparato l'amata zuppa che cucinava mia madre," dice a Adriana.

Il mio entusiasmo nasce con la seconda portata, che è la fricassea.

"Brava, Adriana! È da tanto che non mangio la fricassea."

"Sì, ma non riempirti troppo, perché c'è un terzo piatto," mi avverte.

"Che cos'altro hai preparato?" chiede Zisis incuriosito.

"Un po' di pazienza e vedrete."

Lambros si è dimenticato di protestare e ora è tutto intento a gustarsi il pasto. È riuscito a finire la zuppa da solo, ma per la fricassea ha bisogno della collaborazione di sua nonna.

Le donne tornano poco dopo, senza piatti ma con dei vassoi. Su ogni tavolo lasciano un vassoio pieno di *melomakàrona*. Non credo ai miei occhi e guardo, stupefatto, Adriana.

"Ma davvero hai preparato i *melomakàrona*?"

"È la prima volta che cucino nel nuovo centro di accoglienza. Così, ho pensato di preparare anche un dolce," mi spiega.

Ci mettiamo a chiacchierare con i pensionanti. Tutti sono molto contenti del nuovo centro. Lo trovano più caldo e accogliente. La conversazione, però, non dura molto perché nostro nipote comincia ad appisolarsi. Adriana mi fa cenno che è ora di andare.

Durante il viaggio di ritorno restiamo in silenzio per non svegliare Lambros. Adriana lo consegna a Caterina, mentre io la aspetto sulla Seat.

Quando siamo soli le parlo di Zisis. "Mi è parso molto stanco," le dico.

"Lo era già, sin da quando abbiamo allestito il nuovo centro," dice, confermando la mia impressione. "Spesso non ce la faceva più. Si sedeva da qualche parte e ci dava indicazioni."

"Mi ha detto che si avvicina il momento in cui sarai tu a occuparti del centro."

"L'ha detto anche a me." Tace per un momento. "Dobbiamo trovare un asilo o una scuola materna a Kipseli. Se mai mi dovessero chiamare dall'asilo per qualcosa che riguarda Lambros, non mi sarà facile partire da Kipseli e arrivare fino a Pangrati." Ci pensa un po' su e poi prosegue: "Prima però dobbiamo parlarne con Caterina per sapere se è d'accordo. Tutto questo ha bisogno di tempo. Non sono cose che si possono decidere da un giorno all'altro. Intanto, andrò ad aiutare Zisis ogni volta che posso."

Arriviamo a casa e tiriamo un sospiro una volta a letto. È uno di quei rari giorni in cui tutto mi è andato per il meglio.

## 25.

La tranquillità che regna mi dà l'occasione di riordinare i pensieri, specialmente per affrontare la prossima riunione con il ministro. Certo, in questo momento ho delle buone carte in mano, ma devo evitare le domande inutili e le teorie senza fondamento, in modo che il colloquio non prenda qualche direzione imprevista.

Arriva però la telefonata di Antigone, che penetra come un aculeo tra i miei pensieri. "Le interessa sapere che cosa ci ha detto il direttore della scuola di polizia?"

"E me lo chiedi? Vieni qui a raccontarmelo."

Antigone, poco dopo, è seduta di fronte a me. "Per dirlo chiaro e tondo, non abbiamo appreso nulla. Mi hanno detto che loro non possono indagare nel passato dei loro studenti. Inoltre, nel regolamento non esiste una norma in proposito. Anzi, il direttore della scuola mi ha detto: 'Il tempo in cui chiedevamo un certificato di buona condotta è tramontato da molti anni. Semplicemente, se un allievo sfugge al nostro controllo e agisce con violenza, subisce una punizione immediata che può arrivare anche all'espulsione definitiva.'" Fa una pausa, poi continua: “È capitato anche a me quando mi sono iscritta alla scuola di polizia.”

“Sì, solo se un poliziotto mostrasse comportamenti violenti inutili e ripetuti, una commissione di giurati potrebbe indagare sul suo passato. Una possibilità assai remota, a dire il vero,” le confesso.

Ci interrompe il telefono. “Ho visto di tutto, ma uno scontro tra studenti di scienze umane e studenti di economia ancora non mi era capitato,” dice la voce di Alamanos.

“Dove ti trovi?” chiedo mentre mi alzo in fretta.

“Sulla Patision, davanti all’Università di Economia. La strada è stata chiusa.”

“Arrivo, voglio vedere e sentire di persona.”

“Che succede?” mi chiede Antigone. Le spiego la situazione, e lei subito: “Vengo anch’io.”

La volante ci porta fino all’uscita di viale Alexandras, verso la Patision, e proseguiamo a piedi. Arrivati davanti all’università, la preoccupazione lascia il posto alla sorpresa. I dimostranti non sono più di una quarantina. Da un lato il gruppo più numeroso, che innalza anche degli striscioni. Di fronte a loro, una quindicina di coetanei, senza striscioni. Nel cortile dell’università alcuni studenti – pochi – seguono la manifestazione. Tra di loro distinguo anche i due amici degli assassinati: Kechrìs e Beratis. I poliziotti si tengono pronti a intervenire, se sarà necessario.

Lungo la Patision non ci sono auto né altri veicoli a motore. I pochi pedoni preferiscono starsene sul marciapiede di fronte, per sicurezza. Alamanos ci vede e si avvicina. “Gli unici che pagano per i cocci rotti sono i negozianti, che a intervalli regolari perdono i clienti,” ci dice.

"Siete venuti a fare un raduno a favore di quegli assassini?" si leva una voce, proveniente dal gruppo più piccolo.

"Sono diventati assassini per disperazione," risponde un giovanotto dal gruppo più numeroso. "Hanno persino tentato di entrare nella facoltà di economia, ma non ci sono riusciti. È lo scoraggiamento che li ha spinti verso il crimine."

Due tipi che reggono uno striscione lo sollevano più in alto, in modo che si veda bene quel che c'è scritto. "L'istruzione è un investimento, non un'azienda."

"Ma quale istruzione, idioti! Studiate storia e filosofia, per poi andarvene in giro come dei derelitti," replica qualcuno dallo schieramento opposto.

"*Fortuna divitibus non dat pecuniam, sed donat,*"[1] ribatte una voce dall'altra parte.

"*Multa crimina et illegitationes pro nimia pecunia commissa sunt,*"[2] si sente esclamare.

"Aspetta un po' e vedrai: quello che studiate diventerà spazzatura, perché lo ricostruiremo noi con l'intelligenza artificiale," esclama ad alta voce uno dei pochi.

"*Sola immortalis possessio est sapientia,*"[3] replica un altro.

"Parlate in greco, così che vi capiamo!" gli urla addosso, furibondo, un futuro economista.

"Non ci prenderete per i fondelli con parole incomprensibili!" aggiunge un suo sodale.

[1] "La fortuna ai ricchi non dà il denaro, glielo dona" (Bione di Boristene, *Fragmenta*). (*N.d.T.*)

[2] "Molti crimini e illegalità sono stati commessi per il troppo denaro" (Platone, *Apoftegmi*). (*N.d.T.*)

[3] "La sapienza è l'unico possedimento immortale" (Isocrate, *Ad Demonicum*, 18-19). (*N.d.T.*)

Antigone mi guarda. “Secondo lei ha senso continuare ad ascoltarli?”

“No, andiamocene.”

Non appena arrivo in ufficio, squilla il telefono.

“Può venire un po’ prima, per la riunione?” mi chiede il comandante. “È una richiesta del ministro. Gli è capitato un imprevisto.”

“Posso venire anche adesso.”

Il comandante è d’accordo e poco dopo c’è una volante ad attendermi. Il conducente inserisce la sirena, ma svolta dal viale Vasilissis Sofias sulla Mesoghion.

“Perché non passi dalla Katechaki?”

“La corsia per scendere verso il centro è chiusa per lavori e potremmo tardare,” mi spiega.

Il solito trittico della chiusura delle strade ad Atene, commento tra me. Lavori in corso, manifestazioni, maratone o corse in bicicletta. Con un minimo di organizzazione, potremmo tenere agli altri europei dei bei seminari su come chiudere le strade un giorno sì e uno no, in modo da regalare gioia agli automobilisti quando si ritrovano, inaspettatamente, su una strada percorribile.

Si direbbe che il mio conducente non sia stato l’unico a cui sia venuto in mente questo percorso alternativo. Tutti quelli che affogano nel traffico cercano di uscirne tirandosene fuori per il codino, come si dice, quindi sulla Mesoghion c’è un caos indescrivibile. Alla fine, riusciamo ad arrivare al ministero.

Il comandante e il vicecomandante sono sui carboni ardenti. Si calmano appena mi vedono. “Andiamo. La segretaria del ministro ha chiesto già tre volte se era arrivato,” mi avverte il comandante.

Il ministro balza in piedi non appena mi vede. “Venite, dobbiamo parlare per riuscire ad avere mano libera in un giorno, come questo, che si presenta molto difficile,” ci annuncia.

Sediamo al tavolo e io inizio con i ragguagli. Mi ascolta senza interrompere neanche una volta e arriva a una sua conclusione: “Quindi i primi due omicidi, quello del professore e quello del segretario per l’istruzione secondaria, sono stati risolti, anche se non possiamo arrestare nessuno.”

È arrivato il momento della battuta: “Questo è il problema delle indagini, in particolar modo se si tratta di crimini di sangue, signor ministro. Possiamo indagare per mesi o anni senza risultato, finché all’improvviso un caso fortuito, impossibile da prevedere, arriva a far luce su ogni dettaglio.”

Il comandante ha gli occhi incollati sul ministro, in attesa della sua reazione. Lui non commenta e passa al secondo punto: “Come siamo messi con coloro che hanno assassinato i primi responsabili?”

“Siamo ancora agli inizi, ma credo che la seconda indagine procederà più velocemente perché potranno esserci utili alcuni elementi che abbiamo già individuato nella prima.”

Segue la seconda domanda del ministro. “Crede che i colpevoli potrebbero essere quelli che li hanno bullizzati?”

“Mi pare improbabile, signor ministro. I bulli del liceo ora vanno all’università – uno studia giurisprudenza, l’altro chimica e il terzo è alla scuola di polizia.” Lo aggiorno anche sulla conversazione con il direttore della scuola e concludo descrivendogli la manifestazione sulla Patision.

La reazione arriva dal comandante: “E questo, quando è accaduto?”

“Stamattina. Prima di venire da voi, siamo andati, la commissaria Ferleki e io, a vedere l’assembramento degli studenti per valutare direttamente la situazione. Finché siamo rimasti lì, il corteo procedeva lentamente, tra continui scambi di accusa tra le due fazioni.”

“La ringrazio per l’aggiornamento molto dettagliato,” ci dice il ministro concludendo l’incontro.

Prima di andarmene, faccio una sosta nell’ufficio del comandante. “Quali saranno i passi successivi?” mi chiede.

“La prima domanda a cui è urgente dare risposta è come hanno fatto, i sicari, a sapere che i tre ragazzi lavoravano come camerieri nel caffè di piazza Akadimias Plàtonos.” Non appena lo dico, mi viene un’idea. “Dobbiamo interrogare i compagni di classe dei tre, quelli che osservavano da spettatori le violenze dei bulli senza dir nulla, per capire se qualcuno di loro sapesse che lavoravano là e se l’abbia detto in giro. Una seconda ricerca riguarda gli altri camerieri del caffè. Forse hanno notato qualche cliente giovane che veniva e si fermava fino all’ora di chiusura, come per scoprire dove abitassero i tre che voleva uccidere.”

“Parlerete anche con il personale docente dei licei?” mi chiede il vicecomandante.

“Ci abbiamo già parlato, ma la risposta è stata il classico ‘non vedo, non sento, non parlo’,” dico, concludendo l’incontro.

Tornando in ufficio, chiedo ad Antigone di raggiungermi e le espongo l’idea che mi è venuta in mente mentre conversavo con il comandante.

“Ha ragione, ci era sfuggito,” ammette. “Faremo una ricerca per scoprire che cosa studiano oggi le compagne e i compagni di liceo dei tre ragazzi, e se hanno parlato di loro con qualche compagno di corso."

"Dovrete anche sentire di nuovo i camerieri del caffè. Potrebbero aver visto qualche cliente sconosciuto che si intratteneva fino alla chiusura del locale. Sarebbe stato l'unico modo per scoprire dove abitavano i tre giovanotti."

"Avvieremo le due ricerche contemporaneamente, assegnando a ciascuno il suo compito," conclude Antigone tornando verso il suo ufficio.

La giornata di lavoro è terminata, e finalmente mi preparo per la visita giornaliera a mio nipote.

# 26.

Ieri sera non me la sentivo di stare in casa. Dovevo assolutamente uscire a prendere una boccata d'aria. Ho telefonato a Adriana proponendole di mangiare fuori. Quando l'ha saputo, Caterina ne è stata entusiasta, ha detto che era l'occasione per mangiare tutti insieme e festeggiare la promozione di Fanis.

Così ci siamo trovati a gustare pesce e frutti di mare da *Inothira*. Era tutto eccellente, compreso il nostro umore. L'euforia ha resistito finché non è arrivata una compagnia con quattro bambini un po' più grandi di Lambros. Si sono seduti al tavolo di fianco al nostro e i bambini hanno cominciato a gridare e correre, tanto che non riuscivamo più a sentirci l'uno con l'altro.

L'unico che si divertiva era mio nipote. Si è alzato per unirsi al gruppo, ma Caterina l'ha bloccato subito. "Decidi che cosa vuoi fare," gli ha detto con aria seria. "Se vuoi diventare pittore, sappi che le urla vanno bene per i fruttivendoli di quartiere, non per i pittori." Caterina sa come imporsi al figlio. Lambros è rimasto al suo posto e ha trovato uno sfogo nel mangiare.

La serata è finita bene, con i nostri auguri a Fanis per la sua promozione.

Entro in ufficio con lo stesso pensiero di ogni mattina: chissà se è venuto fuori qualcosa di interessante dalle indagini. La prima telefonata è di Antigone. Subito dopo arriva di persona, in compagnia dei suoi collaboratori.

"Abbiamo qualche novità?" le chiedo senza trattenere l'impazienza.

"Abbiamo pensato di indagare un po' su Kechrìs e Beratis, i due amici dei tre ragazzi assassinati. Se ricorda, seguivano il raduno di ieri dall'interno dell'università."

"Sì, lo ricordo."

"Erano tutti e due molto arrabbiati."

"Perché?"

"Pensavano che una manifestazione per le vittime degli omicidi, vittime che erano state a loro volta assassini, non fosse il modo giusto per appoggiare gli studi universitari, umanistici o economici che siano."

"Non hanno torto."

"Quando glielo abbiamo chiesto, ci hanno risposto che a molti colleghi hanno raccontato l'insuccesso dei tre con le scienze economiche e il loro ritorno agli studi umanistici. Poi hanno aggiunto un'altra cosa a cui non avevamo pensato."

"Ossia?" chiedo incuriosito.

"Ritengono molto probabile che gli autori del triplice omicidio siano non tanto persone che già lavorano in un'azienda, ma gente che ha fatto domanda di assunzione e che si è spaventata dopo l'attentato all'amministratore delegato della Technoset." Si ferma un istante, poi prosegue: "I primi elementi raccolti sembrano indicare che potrebbero aver ragione."

"Vale a dire?"

Antigone si volta verso Dervìsoglou e Kòllias. "Parlate voi, che avete discusso con i camerieri."

Dervìsoglou prende la parola: "Una ragazza e un ragazzo del personale hanno visto, qualche giorno prima del triplice omicidio, tre clienti entrare per la prima volta nel locale intorno alle dieci di sera. Erano tutti giovani, ma evidentemente non si conoscevano, perché ognuno beveva il suo drink seduto a un tavolo diverso."

"Sono venuti solo una volta, o anche altre sere?"

"Gliel'ho chiesto, e mi hanno detto che non sanno dire quante volte esattamente siano venuti, però sono sicuri di averli visti almeno un'altra volta."

"Sono andati via solo quando il locale si è svuotato," completa Kòllias.

"Evidentemente, si erano seduti a tavoli diversi per non attirare l'attenzione," concludo. "Se sono stati loro gli esecutori, allora hanno voluto controllare a che ora chiudeva il locale per organizzare i tre omicidi. Per caso, vi hanno detto che età potevano avere?"

"Il ragazzo non ci ha detto niente di particolare, a parte che erano giovani. Secondo la ragazza, erano intorno ai trent'anni," risponde Kòllias.

"Quindi erano in un'età in cui si cerca lavoro e ciò conferma l'opinione di Kechrìs e Beratis," interviene Antigone.

"Esattamente," concordo. "Per noi, la difficoltà sta nel fatto che non abbiamo nessun elemento per poterli identificare."

"L'unica soluzione è cercare tra le risposte alle offerte di lavoro a livello aziendale," dice Dervìsoglou.

"Mi pare praticamente impossibile, Fotis. Anche se riuscissimo a concentrare tutte le domande di lavoro giunte alle aziende greche, affonderemmo nel caos," gli spiega Antigone.

"C'è però un'altra strada, anche se non sono sicuro che ci porterà in una radura illuminata dal sole, per poterci capire qualcosa," si inserisce Askalidis.

"Quale sarebbe?" gli chiedo.

"Tutto è cominciato con l'uccisione di Rodakis. Forse dovremmo cercare tra coloro che hanno frequentato le lezioni di Rodakis o lo hanno avuto come relatore per la laurea magistrale. Potrebbe darsi che il suo omicidio abbia suscitato la collera di qualche suo studente, in particolare quelli che *non* avevano avuto problemi con lui durante i loro studi. Poi ci sono stati l'omicidio di Rokkos e l'attentato all'amministratore delegato: a quel punto hanno deciso di agire."

"Bravo, Thanos. Questa è davvero un'ottima idea. Inizieremo dando la precedenza a quelli che hanno finito l'università o che sono ancora alle prese con la laurea magistrale," concorda Antigone.

"Però c'è un problema," dice Kòllias. "Anche se dovessimo individuare queste tre persone, come hanno fatto, loro, a sapere che i tre camerieri erano i responsabili della morte di Rodakis?"

"Su questo hai ragione," ammette Antigone.

Cala il silenzio ma, all'improvviso, mi viene un'idea. "Interrogate l'ex moglie di Rodakis, Dìmitra Kortidou, e anche Dora Iliakou. Entrambe ci hanno detto che Rodakis disprezzava tutti. Domandate loro se c'erano delle eccezioni, in questa generale, sprezzante disistima. Qualche studente che avesse la sua fiducia, per il quale avesse parole di elogio. Se saremo fortunati, allora interrogherete nuovamente Kechrìs e Beratis per chiarire se abbiano raccontato a qualcuno degli allievi prediletti di Rodakis la vicenda dei tre sventurati che avevano finito per lavorare come camerieri."

"Sono d'accordo. Questa è la linea da tenere," interviene Antigone voltandosi verso i suoi collaboratori. "Non tardiamo oltre. Partiamo subito."

Si alzano tutti, a parte Dervìsoglou che resta al suo posto e ci guarda. "Non sarebbe opportuno fare un sopralluogo anche nel quartiere in cui vivevano le tre vittime?" chiede, alla fine. "Non è da escludere che i vicini abbiano notato qualcosa, o che qualcuno abbia fatto strane domande."

"Fate pure il sopralluogo, non abbiamo nulla da perdere. Solo, mi sembra improbabile," gli rispondo. "Una volta individuati i tre responsabili e preso nota dei loro orari, i malintenzionati avranno evitato con cura di farsi vedere in quella zona, per non suscitare sospetti."

Non abbiamo altro da dirci, e la Squadra omicidi si congeda. Mi preparo a chiamare il comandante per informarlo dei nuovi sviluppi, ma è lui ad anticiparmi.

"Il ministro è di ottimo umore, dopo la conversazione di ieri. È molto soddisfatto che siano stati risolti i primi crimini, anche se dopo la morte dei responsabili. Il suo umore è migliorato. Ora è fiducioso che si risolverà al più presto anche il triplice omicidio."

Chi vive sperando, muore cacando, diceva mio padre. Al comandante do una breve informativa con le notizie raccolte al caffè di piazza Akadimias Plàtonos e gli spiego come intendiamo procedere.

"Un altro passo avanti, quindi," dichiara soddisfatto. "Le direi di venire a riferirlo direttamente al ministro, per alimentare il suo ottimismo."

Sono lì lì per perdere le staffe. "Signor comandante, non è possibile che debba venire ogni giorno a parlare con il ministro, soprattutto in un momento in cui l'inchiesta è a un punto di svolta. La pregherei di essere lei a informarlo. Passerò non appena avremo qualche risultato concreto, e allora lo metterò al corrente." Dico tutto questo con voce calma, nonostante faccia fatica a trattenere il nervoso.

"Va bene. Lo informerò io," mi conferma.

Riattacco, ed è una delle poche volte in cui mi auguro di entrare in modalità attesa, ma il mio desiderio diventa subito irrealizzabile.

"Ho appena letto una dichiarazione postata su Internet che potrebbe interessarti. Te la invio," mi dice Vellidis al telefono.

Stella mi porta, poco dopo, il testo della dichiarazione. È di un tale Iorgos Katsiarìs.

> Non è che dovremmo spedire la polizia universitaria da qualche altra parte e far presidiare le università alla Squadra omicidi? Ultimamente, gli omicidi vengono perpetrati da giovani che sono o studenti, oppure al loro primo impiego. Tutto questo ha origine dal bullismo nei ginnasi e nei licei che impazza senza alcun controllo. So qual è il male che provoca perché ci sono passato in prima persona. Mio figlio, bullizzato, è finito dallo psicologo.

Quando leggo l'ultima frase, me la prendo con me stesso. Perché non ho pensato di parlare con Mània? Non è escluso che abbia avuto a che fare, come psicologa, con ragazzi che hanno avuto problemi legati al bullismo.

La chiamo al telefono e lei me lo conferma. Ci accordiamo per vederci verso le sette nel suo ambulatorio e fare una chiacchierata *vis à vis*. Così avrò anche l'occasione di salutare mia figlia.

Finalmente entro in modalità attesa, senza interruzioni né fastidiose intrusioni.

# 27.

Arrivo poco prima delle sette nell'appartamento che Caterina e Mània condividono come sede professionale. La segretaria mi informa che Mània è con una paziente e dovrò aspettare un po'. Chiedo di vedere mia figlia, ma è già tornata a casa.

Siedo e aspetto. Per fortuna, l'attesa non dura troppo a lungo. Dopo un quarto d'ora, una signora esce dall'ambulatorio e si dirige verso l'uscita. Subito dopo compare Mània, che mi invita a entrare.

Vado subito al punto. "Ho un problema serio in un'indagine piuttosto complessa e ho pensato che forse tu potresti darmi una mano."

"Di che si tratta?"

Inizio col farle un riassunto accurato: i tre assassini, il bullismo che hanno subito a scuola e il punto a cui li ha condotti. Arrivo poi alla loro uccisione, su cui stiamo ancora indagando. "Ho pensato, quindi, di chiedere la tua opinione. Forse potresti aiutarmi, se ti sono capitati casi di ragazzi che sono stati bulli o vittime di bullismo."

Mi guarda con un sorriso amaro prima di rispondermi: "Mi sono capitati sì, casi del genere. Vorrei che fossero meno di quel che sono, ma ogni tanto ricevo la visita di un padre o di una madre con un figlio o una figlia che sono stati vittime di bullismo."

"Sì, però so che esistono psicologi sociali nelle scuole pubbliche. Perché i ragazzi non vanno da loro?"

"Perché hanno paura che, se si dovesse sapere in giro, le cose peggiorerebbero. Questa è la ragione per cui non denunciano la tortura a cui sono sottoposti giornalmente, né agli insegnanti, né al preside della scuola. Sanno bene che non servirebbe a nulla."

"Ce ne siamo accorti anche noi, nel caso dei tre assassini," le confermo. "Nessuno, tra il personale scolastico, voleva parlarne."

"Perché non vogliono essere immischiati," mi spiega Mània. "Se lo facessero, avrebbero contro non solo i genitori delle vittime, che li accuserebbero di non essere intervenuti in tempo, ma anche i genitori dei bulli, che invece li accuserebbero di aver preso di mira ingiustamente i loro figli. Si troverebbero tra due fuochi, per questo preferiscono evitare coinvolgimenti che, tanto, non portano a nulla."

"Credi che quelli che hanno ammazzato i tre ragazzi possano essere stati dei bulli, negli anni della scuola?" chiedo a Mània.

"Potrebbero essere stati tanto bulli quanto vittime. Le possibilità sono cinquanta a cinquanta. Prenda per esempio i tre assassini. Volevano studiare scienze umane. Il bullismo li ha costretti a indirizzarsi verso gli studi di economia. È stato il primo duro colpo che hanno subito. Poi c'è stato il secondo, il fallimento agli esami di ammissione. I due colpi, uno di seguito all'altro, li hanno condotti al crimine. Le racconterò anche un altro caso."

"Dimmi, potrebbe tornarci utile."

"Due settimane fa un padre mi ha portato suo figlio, che fa la seconda liceo. Aveva aggredito la madre, colpendola ripetutamente. Il giorno dopo, una compagna di classe del ragazzo si è messa in contatto con la madre e le ha raccontato che il figlio veniva bullizzato a scuola. Quando l'ha saputo anche il padre, mi ha portato il ragazzo, dopo che gli aveva parlato di me un'amica comune. Mentre il padre mi spiegava la situazione, il figlio fissava il vuoto con sguardo assente. D'un tratto si è preso la testa fra le mani e ha cominciato a piangere e a singhiozzare. 'In qualche modo dovevo sfogarmi anch'io, dovevo sfogarmi per tirare il fiato!' esclamava." Fa un'altra pausa. "Ora, quel che è scoppiato nelle scuole lei lo vede anche per strada e nelle piazze, con ragazzi armati di coltello che minacciano altri ragazzi per rubare loro cellulari o contanti."

"Lo vedo tutti i giorni, sì. Ti ringrazio, quel che mi hai detto mi sarà molto utile, Mània," le dico alzandomi.

"Non c'è bisogno di chiederle dove va, adesso," mi saluta con un sorriso astuto mentre mi accompagna alla porta.

Ci separiamo, con i saluti da estendere a Uli. Salgo sulla Seat, mi dirigo verso via Athanasias e intanto ho un pensiero che mi si è inchiodato nel cervello. Visto che abbiamo a che fare con assassini piuttosto giovani, dovremmo avere anche una psicologa nella polizia, specializzata in delinquenza giovanile, a cui poter chiedere un parere. Non posso rivolgermi tutte le volte a Mània.

Arrivo in via Athanasias ed è Adriana ad aprirmi. Tutta la famiglia è presente e mi attende. Ma per prima cosa, devo dare un abbraccio a mio nipote. Lo trovo in camera sua davanti a un nuovo mobile, un tavolino basso su cui vedo il blocco di fogli da disegno e i pastelli colorati. Lambros se ne sta inginocchiato e disegna. Nemmeno si accorge del mio arrivo.

Lo prendo per le braccia e gli do un bacio sulla testa che lo lascia del tutto indifferente.

“Non so che dire. Quando la mamma mi dice che al centro di accoglienza impazzisce per l’altalena e il cavallino a dondolo, mi chiedo se lo faccia per consolarsi, dato che gli mancano gli strumenti per disegnare,” mi spiega Caterina.

“Non stare a pensarci troppo. Accontentati e sii felice per il fatto che gode di qualsiasi cosa trovi davanti a sé,” le risponde Fanis.

Adriana interrompe la conversazione: “Su, è ora di mettersi a tavola.” Si dirige verso la cucina in compagnia di Caterina.

Mio nipote non mi guarda neanche. “Un giorno te lo porterò in ufficio con il blocco da disegno, così ti fa un ritratto in orario di servizio,” dice Fanis.

“Appenderò il suo ritratto proprio sopra la mia scrivania, te lo prometto,” gli rispondo, e scoppiamo entrambi a ridere. “Come va con le tue nuove responsabilità?”

“Molto bene. Sono contento, anche se ne esco esausto. Il problema è che il sistema sanitario ha molte falle e non puoi mai tirare il fiato, specialmente se ti trovi in una posizione di responsabilità.”

“Stasera c’è una cena semplice. Le prelibatezze saranno per domani sera,” dichiara Caterina mentre porta gli spaghetti al ragù e l’insalata *horiàtiki*.

“Perché domani? C’è qualcosa da festeggiare?” chiedo sorpreso.

“Oh, insomma, non gliel’hai detto?” chiede Caterina alla madre.

“Ma se lo vedo solo ora,” si giustifica Adriana girandosi verso di me. “Domani sera mangeremo in famiglia, ma a casa nostra.”

La mia sorpresa continua. “E come mai, così all’improvviso?”

“Da quando è nato Lambros, mangiamo sempre o qui, o in qualche taverna. È arrivato il momento di mangiare per una sera a casa nostra, in modo che Lambros conosca anche la casa dei nonni.”

“Hai fatto bene a pensarci, hai ragione. Brava, Adriana!” le dico, contento.

E ora facciamo silenzio per calmare la fame. Caterina aiuta suo figlio, che ha qualche problema ad arrotolare gli spaghetti. A un certo punto si volta verso di me e mi chiede: “Come è andata con Mània? Ti ha risolto qualche dubbio?”

“Non soltanto me li ha risolti, ma mi ha anche aperto qualche nuova prospettiva. Abbiamo avuto una conversazione molto utile.”

La cena finisce e noi prendiamo la via di casa, ma sono divorato dalla curiosità. “Che cosa cucinerai, domani?” chiedo a Adriana quando proprio non resisto più.

“È una sorpresa,” risponde, e aggiunge, per bloccarmi subito: “Non insistere, tanto non te lo dirò. Non conta solo l’invito, ma anche la sorpresa, quando si vuol meravigliare.”

Capisco che non ha senso continuare, perché a insistere non si ottiene nulla.

# 28.

Per prima cosa, la mattina dopo, chiamo Antigone per aggiornarla riguardo alla mia conversazione con Mània. Quando finisco, lei resta in silenzio per riflettere su quanto le ho riferito. Dopodiché alza gli occhi e mi guarda.

"Secondo l'opinione di Mània, sia i bulli, sia le vittime di bullismo possono diventare assassini," commenta.

"Esatto. Per questo mi ha portato come esempio i tre ragazzi che hanno ucciso Rodakis e Rokkos, e tentato di uccidere l'amministratore delegato della Technoset. Anche loro erano partiti come vittime e poi sono diventati carnefici. Il ragazzino che ha aggredito la madre è un altro esempio." Le do tempo per pensarci. "Però, abbiamo fatto un errore."

"Quale?"

"Non abbiamo chiesto, sin dall'inizio, l'intervento di uno psicologo. Abbiamo una sezione di psicologi, nella polizia. Avremmo potuto sceglierne qualcuno come consulente. E potremmo farlo anche ora."

Antigone coglie al volo il suggerimento. "Ne conosco uno di cui mi fido. Posso parlargli."

"Bene. Informalo subito. Ma prima raccontami un po' le tue novità."

"Dalla Kortidou, la ex moglie di Rodakis, non abbiamo saputo nulla. Sono andata a parlarle da sola. Mi ha detto che non ne aveva idea, perché ogni volta che il marito cominciava con le giaculatorie, lei non sopportava di ascoltarlo e usciva dalla stanza. Quindi non lo sapeva, se elogiasse qualcuno dei suoi studenti." Dopo una breve pausa, continua: "Chi ha gettato un po' di luce sul caso è stata la Iliakou. Mi ha detto che, in mezzo ai tanti per cui nutriva disprezzo e disistima, Rodakis citava anche qualche studente che rispettava."

"Ti ha detto come si chiamavano?"

"Mi ha detto che lui si riferiva a quegli studenti solo con i nomi di battesimo." Estrae un foglio di carta dalla tasca: "Kimon, Iorgos, Nikos, Haràlambos, Stèfanos."

"Kimon è l'unico nome un po' raro, gli altri sono abbastanza comuni e ne troverete parecchi. Quindi, per iniziare, limitate la ricerca agli ultimi due anni."

"Askalidis e Dervìsoglou si trovano già all'università," mi informa. "Dobbiamo raccogliere tutti i dati degli studenti, per poi identificarli e poterli interrogare."

La fermo immediatamente. "Neanche per idea. Se iniziate gli interrogatori alla cieca, la notizia si diffonderà e gli assassini faranno in modo di far perdere le loro tracce. Prima dovete scoprire i loro indirizzi e fotografarli. Dopodiché mostreremo le foto ai dipendenti del caffè, per farci dire se riconoscono qualcuno di quelli che ci erano andati come clienti, e a quel punto interrogheremo solo loro. Dobbiamo stare molto attenti, con le fotografie. Non affidatele in nessun caso a un fotografo della scientifica. Ti direi di mandare Kòllias e Koula nelle zone dove abitano i soggetti che vogliamo individuare. Di' loro di vestire in borghese per passare inosservati, e di tenere i cellulari in mano. Si comporteranno come persone qualsiasi e scatteranno delle foto. Possono anche farsi dei selfie. In un momento non sospetto, potranno fotografare anche i soggetti che ci interessano."

"Ha ragione, ma possiamo fare anche qualcos'altro. Quando avremo scoperto i loro nomi, potremo cercarli su Internet e andremo a caccia di qualche loro messaggio che potrebbe aiutarci."

"Ottima pensata. Ne parlerò con Vellidis. Koula sarà impegnata."

"Vado a preparare la missione," dichiara Antigone, ed esce dalla stanza.

Non appena mi lascia, telefono a Vellidis e gli spiego la situazione. La sua risposta mi fa capire che la mia richiesta per lui è un compito di routine.

"Non preoccuparti. Se hanno un profilo sui social, li troveremo facilmente. Cercheremo su Facebook, Instagram e TikTok e li individueremo."

Segue la mia telefonata al comandante. Ieri, quando gli avevo chiesto di informare personalmente il ministro, non si era opposto. Ho la segreta speranza che lo faccia anche oggi.

"Ero sul punto di chiamarla, ma mi ha prevenuto," mi accoglie prima ancora che io apra bocca. "Deve venire da me per discutere di un argomento prima che ci convochi il ministro."

"E quale sarebbe l'argomento?"

"Il ministro ha ritenuto utile informare il suo collega, il ministro dell'istruzione. Il quale è stato colto dal panico quando ha sentito parlare di bullismo. Pensa che scoppierà un gran baccano, e non solo per il bullismo ma anche per il fatto che abbia avuto come conseguenza ben cinque omicidi. Insomma, dobbiamo parlarne, per decidere una linea comune ed essere preparati."

Siamo alle prese con cinque omicidi, e l'unica cosa a cui pensa il ministro dell'istruzione è come seppellire le proprie responsabilità, mentre il nostro ministro è pronto a fargli da becchino, dico tra me. Il bullismo nella scuola si esercita tra compagni di studi. Il bullismo nell'amministrazione pubblica interessa tanto i dirigenti quanto gli impiegati. Dico al comandante che lo raggiungo subito. In ogni caso, non mi aspetto di ricevere a breve qualche risultato dalle ricerche.

Preferisco andarci con la Seat, in modo da avere più tempo per decidere come gestire l'argomento e come dovremo parlarne al ministro.

Trovo i miei superiori in attesa. "Si sieda, perché la questione è seria," mi dice il comandante, e comincia. "Come le dicevo, il ministro ha ritenuto suo dovere informare il ministro dell'istruzione, dato che l'inchiesta riguarda la morte di un accademico e di un segretario dello stesso ministero. Quando il ministro dell'istruzione ha sentito che tutto era partito da una vicenda di bullismo, è stato preso dal panico. Ha spiegato al nostro ministro che, se lo si rendesse noto, scoppierebbe un putiferio per una situazione di pericolo che può sfociare, ormai, perfino in delitti di sangue. Si tratterebbe di un colpo molto duro, con gravi conseguenze non solo per la pubblica istruzione e per la persona del ministro, ma per tutto il governo. Così, gli ha chiesto di non parlare di bullismo, né quando faremo dichiarazioni alla stampa, né quando arriveremo ad annunciare i risultati dell'indagine. Il ministro si è convinto.

Ci ha convocato stamattina per dichiarare che ci vieta qualsiasi riferimento al bullismo."

Ora che siedo sulla sua poltrona, capisco perché Ghikas se la prendeva così spesso con me. La tribolazione diventa lezione, ma io farò comunque in modo di difendere Antigone, che non ha nessuna colpa.

La pazienza, però, ha i suoi limiti e ora sbotto: "Ma stiamo parlando seriamente, signor comandante? Tutti e tre gli assassini sono stati vittime di bullismo, e lo sapeva tutta la scuola. Noi l'abbiamo saputo dai loro amici. E non erano i soli a conoscere la situazione. Tutti i loro compagni erano consapevoli che quei tre erano continuamente bullizzati. Ora, basta che uno di loro diffonda un messaggio sui social perché i giornalisti si gettino subito sulla pista e comincino a raccogliere informazioni. E allora, noi cosa potremmo fare? Possiamo forse censurare studenti o giornalisti? A quel punto, il 'non vedo, non sento, non parlo' dei presidi, per non parlare dei professori, non servirebbe a nulla. Possibile che il ministro non sappia che, oggi come oggi, con la velocità a cui si diffondono le informazioni, non c'è più niente che rimanga nascosto?"

"Il signor direttore ha ragione," interviene il vicecomandante. "Anch'io ho avuto la stessa opinione sin dall'inizio. Alla fine la lavata di capo toccherà a noi. Insomma, finisce sempre che è colpa della polizia."

Il comandante resta pensoso per un attimo. "Andiamo a dirlo al ministro, prima che ci capiti qualche altra complicazione," dice, e chiama subito la segretaria del ministro. Finisce la telefonata e si alza. "Ci riceve subito. Andiamo." Poi si gira verso di me. "Gli parlerà lei, e dirà le cose esattamente come le ha dette a noi."

Non mi oppongo, perché so di essere in posizione di vantaggio. Arriviamo nell'ufficio del ministro ed entriamo subito. Il ministro ci accoglie con sguardo inquieto e sospettoso.

"C'è qualcosa di nuovo?"

"No, nulla di nuovo, signor ministro," lo tranquillizza il comandante. "Semplicemente, abbiamo pensato che anche lei dovrebbe ascoltare quel che ci ha detto il signor direttore della polizia dell'Attica, per quanto riguarda il silenzio sul bullismo."

Mi rendo conto che il ministro non dà particolare rilievo a quel che sta per ascoltare, perché non ci invita a sederci al tavolo delle riunioni ma ci mostra le poltroncine davanti alla sua scrivania. Il comandante e il vicecomandante si siedono ai lati e lasciano la poltroncina di mezzo a me.

Ripeto al ministro esattamente ciò che ho detto ai miei superiori. Completo il rapido ragguaglio con la frase: "Per come si è sviluppato il sistema delle informazioni, oggi non c'è nulla che rimanga segreto, signor ministro. Il tappeto sotto il quale, un tempo, nascondevamo la polvere ormai non esiste più."

Il comandante rincara la dose. "Ci succederà la stessa cosa che abbiamo subito con la polizia universitaria, signor ministro. Tutti accusano la polizia per la sua incapacità, ma nessuno parla del fatto che le autorità accademiche se ne sono lavate le mani, pur di non attivare un sistema di controllo e sicurezza all'interno degli atenei. E quindi hanno scaricato tutto addosso a noi."

"Con la differenza che, in questo caso, il solito detto 'è tutta colpa della polizia' avrà un fondamento, perché noi avremo tenuto nascosti degli elementi di prova," conclude il vicecomandante.

Se il ministro pensava davvero di sbrigarsela con noi rapidamente, stavolta non gli è andata bene, perché ora lo vediamo immerso nei suoi pensieri. "Spiegherò al ministro dell'istruzione come stanno le cose e gli dirò che la diffusione del bullismo non dipende da noi," ci annuncia, per poi aggiungere, con una certa aggressività: "In fondo, non è davvero una nostra responsabilità, se il ministero dell'istruzione non è riuscito a fermare il bullismo nelle scuole."

Il motto "Eppure te l'avevo detto" è il modo più sicuro per uscirne sempre illesi.

Lasciamo l'ufficio del ministro tutti e tre con lo stesso sorriso di soddisfazione sulle labbra. Il mio lo conservo per tutto il tragitto fino a viale Alexandras. Sono così contento che non mi dà fastidio neanche il fiume di automobili, perfino quando, di tanto in tanto, sono costretto a fermarmi.

"La commissaria Ferleki ha chiesto di lei," mi annuncia Stella non appena entro in ufficio.

"Dille di venire."

Antigone arriva di lì a poco. "Abbiamo le generalità complete di coloro che hanno avuto Rodakis come relatore e che in più godevano della sua stima. Ma se dovessimo continuare con tutti i suoi studenti, avremmo bisogno di più tempo," mi annuncia, e poi continua: "Abbiamo pensato anche a qualcos'altro."

"Che cosa?"

"Che perderemmo tempo, se stessimo ad aspettare l'elenco completo di tutti i nomi. Ci siamo divisi in due squadre: Iannis e Koula inizieranno subito la ricerca con i primi nomi e indirizzi. Fotis e Thanos, invece, hanno affidato il lavoro alla segreteria dell'università, per individuare e raccogliere gli altri nomi. Non appena avranno trovato nomi interessanti, continueremo man mano a identificare le persone."

"Ottima trovata. Questo abbrevierà la ricerca."

# 29.

In casa regna la pace più assoluta. È presto, e la famiglia di mia figlia non è ancora arrivata. Vado direttamente in cucina. Sono certo che Adriana è già alle prese con pentole e tegami. Con mia grande sorpresa, trovo la porta chiusa. È la prima volta che mi capita, in tanti anni di matrimonio. Faccio per aprirla, ma mi ferma la sua voce.

"No, oggi è vietato l'accesso in cucina. Vai in soggiorno a guardare la televisione finché non arriva il resto della famiglia."

Capisco che il divieto di ingresso è collegato con la sorpresa gastronomica e quindi non insisto. Si vede che sta preparando qualcosa di superlativo, altrimenti non avrebbe attivato tutte queste misure di sicurezza.

Seguo il suo consiglio e accendo il televisore. Ma è presto per il telegiornale, e non trovo nient'altro che mi interessi. Come al solito, allora, mi rifugio nel Dimitrakos. So che non troverò il lemma "bullismo", quindi cerco il lemma "violenza".

**Violenza**, s.f., dal greco *bia*, passata al latino *vis*. Alla radice c'è la parola *bios*, in greco, e *vita* in latino. Nel greco antico il suo significato si sovrapponeva al concetto di forza, coraggio, audacia, valore.

La violenza a cui si riferisce Dimitrakos non ha nulla a che fare con il bullismo. Cerco un po' più avanti e trovo il significato che mi interessa:

5) utilizzo della forza fisica, materiale o morale, per imporre la propria volontà, prepotenza, aggressività, sopruso, modi brutali, ricatto, costrizione, solitam. al plur., Libano il Saggio, 4,378 *sopportando le illegalità e le violenze di costoro.*

Questa interpretazione si addice perfettamente al bullismo. Suona il campanello e mi alzo per andare ad aprire. Sulla soglia mi attendono i tre membri della famiglia di mia figlia. Seguono baci a mio nipote e a Caterina e una stretta di mano con Fanis. È la prima volta che Lambros viene a casa nostra e si guarda intorno come smarrito.

"Dov'è la mamma?" chiede Caterina.

"In cucina, ma è vietato l'ingresso," la avverto.

A Caterina sfugge un sorriso. "Chissà che cosa si è inventata, per la cena di stasera," commenta.

La porta della cucina si apre e compare Adriana. "Benvenuti," dice a tutti, e scambia baci prima con nostro nipote, poi con nostra figlia e nostro genero. Lambros si accorge che la porta dalla cucina è aperta e corre a esplorarla.

"Non in cucina! È vietato!" esclama Caterina.

"Per voi sì, ma non per Lambros," la corregge Adriana. Lo prende in braccio e si chiude in cucina insieme a lui.

"Hai capito! Questo è il vantaggio di essere nipote: possedere un *passe-partout*," commenta Fanis.

Non so cosa sia un *passe-partout*, ma immagino significhi "ingresso libero". Ci spostiamo in soggiorno.

Mània mi ha detto che sei come un naufrago in alto mare, mi dice Caterina non appena ci siamo seduti.

"Hai ragione. Dai licei, alle università, per passare poi ai giovani in cerca di lavoro, è davvero un problema..."

"Ti capisco. Succede anche a noi, se ci capita una persona malata e ci rendiamo conto che, qualsiasi terapia si sperimenti, non riusciamo migliorarne le condizioni," concorda Fanis.

La porta della cucina si apre e compare Lambros. Si guarda intorno per capire dove siamo e, quando ci vede, viene anche lui in soggiorno.

"Povero bambino, ti annoierai senza giocattoli," gli dico.

"Non preoccuparti, ci abbiamo pensato," mi tranquillizza mia figlia. Apre una borsa di panno che si è portata dietro e ne tira fuori il necessario per disegnare. "Su," gli dice avvicinandosi al tavolo. Lambros la segue.

Caterina mette sul tavolo il blocco da disegno, i pastelli e quindi sistema il figlio sulla sedia, non seduto ma in ginocchio. Lambros si immerge nel disegno senza bisogno di altre sollecitazioni, e Caterina torna verso di noi. "Che cos'è questa storia del bullismo?" mi chiede. "Antigone mi ha spiegato, a grandi linee, ma non ho capito bene."

Illustro la situazione, approfittando dell'assenza di Adriana, alla quale non piace ascoltare le mie beghe di lavoro.

"Insomma, siete abbastanza nei pasticci," è la conclusione di Fanis.

Adriana interrompe la conversazione. "Caterina, puoi apparecchiare la tavola?" chiede alla figlia.

Caterina sa dove trovare il necessario. Porta i piatti e comincia ad apparecchiare. Si ferma quando arriva a Lambros. "Il tuo piatto te lo metto dopo. Intanto puoi mangiare dal piatto dei grandi" gli spiega. Lui non le dà retta e continua a disegnare. Caterina finisce di apparecchiare e lo trasporta, con tutto il suo strumentario da disegno, sul divano. Dopodiché chiama Adriana perché la tavola è pronta.

Mia moglie arriva con due piatti di portata. Li lascia sul tavolo e torna in cucina. Poco dopo rientra con una scodella. "Potete sedervi," ci dice.

Ci avviciniamo alla tavola e il mio sguardo è fisso sulla scodella. È piena di *tzatziki*. Per quel che riguarda i piatti di portata, uno contiene melanzane e polpettine di zucchine fritte, l'altro invece *dolmades* avvolte nelle foglie di cavolo ma senza la fricassea.

Allora era questa, la sorpresa: lo *tzatziki* e le pietanze che meglio lo accompagnano. Avevo già mangiato le polpette di zucchine e le zucchine fritte, ma ora Adriana ha aggiunto anche le melanzane e le *dolmades*.

"E qual è il piatto principale?" le chiedo, perché ho capito che quel che ci ha portato sono solo degli assaggi.

"Baccalà e *skordalià*," risponde.

"Ho capito: ci affogherai nell'aglio, stasera," la stuzzica Fanis.

"Ho pensato di celebrare due inaugurazioni, Fanis. Da un lato, questa è la prima volta che mangiate tutti e tre a casa nostra, e dall'altro è anche la prima volta che Kostas mangia lo *tzatziki* dietetico."

"E perché dietetico?" domanda, incuriosita, Caterina.

"Senza carne," le risponde Adriana.

Caterina e Fanis scoppiano a ridere. "Mamma, se mangeremo tutto questo *tzatziki* e in più anche la *skordalià*, domani Fanis non andrà in ospedale, io non andrò in tribunale e neanche papà prenderà servizio, altrimenti tutti quelli che ci staranno intorno se la daranno a gambe," le dice.

"Allora non mangiate la *skordalià*, che è quella che puzza di più. Lo *tzatziki* non puzza."

È tutto così saporito che vien voglia di mangiarne ancora. Mia figlia e mio genero dimenticano che puzzeranno di aglio e si abbuffano di baccalà e *skordalià*. Unica eccezione è mio nipote, che va davvero matto per lo *tzatziki*. Tiene in mano un cucchiaio che ogni tanto immerge nella scodella dello *tzatziki* e ci si riempie la bocca.

"Basta adesso," gli dice, seria, Caterina prendendogli il cucchiaio. "Ti verrà il mal di pancia e passeremo la notte in bianco per causa tua."

"Non prendertela. In qualcosa dovrà pur somigliare al nonno," le spiega, ironicamente, Adriana.

Siamo tutti d'accordo, ma io mi sento orgoglioso che Lambros abbia ereditato da me la passione per lo *tzatziki*.

All'improvviso, Adriana lascia andare la forchetta e ci guarda: "Una sera dobbiamo invitare Antigone e le cucinerò le stesse cose di oggi. Sarà felice di mangiare dei piatti che sicuramente le avrà preparato sua nonna."

Caterina smette di masticare e si volta verso di lei. "Un momento, tu sai quanto mi stia simpatica Antigone, ma abbiamo due amici di famiglia, Mània e Uli, che non possiamo mettere da parte per far posto ad Antigone. Sai che con Mània siamo amiche dal ginnasio, e abbiamo lo studio e l'ambulatorio nello stesso appartamento. Direi quindi di invitare anche Mània e Uli."

"Caterina ha ragione," concorda Fanis. "Del resto la cucina è la passione di Uli e sarà felice di sapere che qui si prepara *tzatziki* casalingo."

"Avete ragione, non ci avevo pensato," risponde un po' imbarazzata Adriana. "D'accordo, allora invitate Mània e Uli. Per Antigone troveremo un'altra occasione."

"In ogni caso, puoi essere orgogliosa del fatto che il tuo *tzatziki* ha battuto il disegno," dice Fanis a Adriana, per alleggerire l'atmosfera.

La cena sta finendo. Fanis e io, insieme a Lambros, andiamo a sederci in soggiorno, mentre Adriana e Caterina sparecchiano e rigovernano. Lambros è seduto di fianco al suo blocco da disegno e ai pastelli, ma non li degna di uno sguardo. La cena e la bontà dello *tzatziki* l'hanno sfiancato e ogni tanto emette un piccolo rutto.

Caterina e Adriana vengono in soggiorno. "Abbiamo pensato di invitare anche Zisis," annuncia Adriana con un sorriso.

Fanis e io siamo subito d'accordo, ma il riferimento a Zisis mi ricorda al tempo stesso la sua condizione di debolezza, che ho potuto notare nel nostro ultimo incontro. Lo dico a Fanis: "Non so se fosse stanchezza o qualcos'altro, certo è che si reggeva in piedi a malapena."

"Credi che dovremmo portarlo in ospedale per degli esami?" chiede Adriana a Fanis.

"Senz'altro, basta che riusciate a convincerlo," le risponde.

"Che cosa intendi dire?" chiede Adriana.

"Le persone che hanno passato quel che ha passato Zisis hanno paura dei medici più di quanto temano l'esilio e le isole del confino. Inizierà a dirvi che è solo stanchezza e che si sente già meglio." Si ferma a riflettere. "Dirò a Lefkatis, che fa le analisi agli ospiti del centro di accoglienza, di andarci nei prossimi giorni. Se noterà qualcosa di strano, sarà lui a dirgli che deve venire in ospedale per fare delle analisi." Si volta verso Adriana. "Ti farò sapere quando Lefkatis andrà al centro di accoglienza, in modo che tu sia presente. E ti direi anche di parlare con qualche ospite di cui Zisis si fida particolarmente e a cui è legato, perché anche loro cerchino di convincerlo."

La soluzione di Fanis mi tranquillizza e mi rilasso. Nel frattempo, Lambros si è addormentato.

"Andiamo. Altrimenti nostro figlio passerà la notte qui," dice Caterina a Fanis mentre prende Lambros in braccio. Fanis la segue con l'attrezzatura da disegno.

"Il pensiero che hai avuto per Zisis è molto opportuno," dice Adriana quando i nostri ospiti sono andati via.

"Il tuo *tzatziki* mi ha svegliato il cervello," la punzecchio, ma lei è concentrata su Zisis.

"Parlerò con Melpo e Anna, che gli sono molto vicine," continua seguendo i suoi pensieri. "Spero di riuscire a convincerlo. Altrimenti, dovrai arrivare tu con due poliziotti e un mandato di cattura, per portarlo all'ospedale con la volante."

"Mi congratulo che per risolvere un problema tu abbia pensato alla mia specializzazione professionale!" Voglio solo prenderla un po' in giro, ma lei mi scocca un'occhiata di traverso.

# 30.

Mentre mi preparo a mangiare la mia brioche, ricevo la visita inattesa di Antigone. Capisco che ha qualcosa di urgente da dirmi e quindi sposto la brioche da una parte, e tengo davanti a me solo il caffè.

"Devi avere notizie molto importanti per esserti catapultata qui con tanto impeto," le dico.

"Sì, ma partiamo dall'inizio. Ieri sera, abbiamo completato la lista dei nomi di coloro che hanno avuto Rodakis come relatore per la laurea magistrale negli ultimi due anni. Fotis e Thanos ora raccolgono le generalità degli studenti che hanno studiato la sua materia. Koula e Iannis continuano la ricerca non appena si presentano nuovi elementi. La maggior parte dei ragazzi che abbiamo individuato o sono disoccupati, oppure hanno fatto domanda di assunzione e sono in attesa di risposta." Fa una pausa tenendo lo sguardo fisso su di me. "Solo che è successa una cosa del tutto inattesa, e vorrei la sua opinione per sapere come dobbiamo affrontarla."

"Prima, dimmi di che cosa si tratta."

“Tra i nomi abbiamo individuato due giovani intorno ai trent’anni. Uno si chiama Nikòlaos Kardakis e abita a Petràlona. L’altro è Gheòrghios Kratìs, residente a Ghyzi. Koula si è occupata di Kratìs, Iannis di Kardakis. Non sono riusciti a fotografarli ieri perché era ormai notte e hanno pensato che le fotografie fatte con il flash del cellulare non sarebbero venute bene. Quindi hanno preferito fotografarli stamattina con la luce del giorno. Koula ha fotografato Kratìs e ha chiamato subito Iannis per sapere dove si trovava. Lui ha risposto che era in via Fokidos, nella zona degli Ambelòkipi, vicino alla Mesoghion. Quando Koula è arrivata, Iannis le ha detto che Kardakis e Kratìs erano entrati insieme nella palazzina di fronte. Sulla pulsantiera si leggevano nomi di avvocati e commercialisti. L’unica eccezione era un campanello dove c’era scritto ‘Greek Counsel’, e poi, in greco, ‘Consulenti aziendali’. Sembrava improbabile che i due stessero pedinando dei commercialisti, così Iannis e Koula hanno pensato di farsi un’idea sull’ufficio dei consulenti aziendali. Koula mi ha appena chiamato per informarmi. Per questo sono venuta a discuterne con lei.”

“Hai fatto bene, ma io non capisco nulla di imprese e di aziende. L’unica che può darci una mano è la polizia finanziaria.”

“Ho già chiamato un colonnello, Stratigakis, che conosco dai tempi dell’Europol, ma volevo proporle di telefonare al direttore, in modo da accelerare le ricerche.”

“Farò anche di meglio. Chiederò al vicecomandante di chiamarlo, per aumentare la pressione. Dove sono, ora, Koula e Iannis?”

“Aspettano che io li contatti, prima di procedere. Nel frattempo, andranno al caffè in piazza Akadimias Plàtonos per mostrare al personale le foto degli studenti scattate finora.”

Antigone ritorna nel suo ufficio e io chiamo il vicecomandante. Mi promette che si metterà subito in comunicazione con il direttore della polizia finanziaria per chiedergli di accelerare il recupero dei dati relativi all'azienda.

Sto per chiamare Antigone, ma mi anticipa la telefonata del comandante. "Ho delle novità. Mi ha chiamato il ministro," mi annuncia.

"È successo qualcosa nel frattempo?" gli chiedo, inquieto.

"Sì, ma è una cosa positiva. Il nostro ministro ha chiarito con il collega dell'istruzione le ragioni per cui il bullismo legato a tutto questo non può rimanere nascosto. Il ministro dell'istruzione ha capito e ha risposto che l'unica soluzione consiste nel costruire un sistema per affrontare il bullismo nelle scuole. Gli ha anche chiesto quanto pensa che dureranno ancora le indagini, per capire se farà in tempo ad annunciare i provvedimenti antibullismo prima che il caso sia chiuso. Il nostro ministro gli ha spiegato che ancora non è dato saperlo. Il ministro dell'istruzione, allora, ha deciso che emanerà il relativo decreto ministeriale, sperando di riuscirci prima della chiusura delle indagini."

Mi metto a ridere. "Questi sono i tipici provvedimenti 'SIB', signor comandante."

Segue un silenzio e quindi la domanda: "Che cosa sono i provvedimenti 'SIB'?"

"I provvedimenti 'Scappati I Buoi'," gli spiego. "Prima succede il pasticcio e poi se ne escono i ministri, o il primo ministro, e annunciano provvedimenti. Nel frattempo, però, il guaio è stato fatto."

Il comandante scoppia a ridere. "Peccato non poterglielo dire," mi risponde, e riattacchiamo.

Non c'è bisogno che io chiami Antigone. Eccola qui di persona. "Ci sono sviluppi?" le chiedo.

"Sì. Mi ha appena chiamato Koula. Poco fa sono entrati nella palazzina tre ragazzi più o meno dell'età dei camerieri uccisi. Koula suppone che siano andati a trovare gli altri due che erano entrati prima."

"Li ha fotografati?"

"Solo uno, perché Iannis non c'era. Era andato al caffè per mostrare le foto al personale. Nel frattempo, lui è tornato e ora aspettano che escano tutti quanti per fotografare i due che ci mancano." Si ferma e mi guarda. "La mia opinione è di continuare con il resto della ricerca per non perdere tempo."

"Sì, d'accordo, procedete pure, ma la priorità è mostrare al personale del caffè le foto dei giovanotti entrati nella palazzina. Prenderemo una decisione su come muoverci dopo che avremo informazioni dalla polizia finanziaria. Fino qui, abbiamo basato la ricerca dei colpevoli su chi cercava lavoro o su chi un posto l'aveva trovato, ma temeva di perderlo."

"Crede che questi cinque lavorino nella stessa azienda?"

"È una possibilità. Chi ci dice, però, che non abbiano fondato un'azienda in proprio e si siano spaventati per i due omicidi e, in particolare, per il tentato omicidio dell'amministratore delegato? Mi dirai che la mia è un'ipotesi tirata per i capelli, però è pur vero che molti crimini provengono da un'esasperazione che ti porta a travalicare i limiti."

"D'accordo. Cominceremo dalle fotografie. Del resto, Koula e Iannis al caffè devono tornarci. Iannis non ha trovato i camerieri che lavoravano la notte in cui erano venuti quei tre clienti sconosciuti, perché hanno il turno di notte anche stasera."

"Pazienza, allora. Quando avremo i risultati dei colloqui con i camerieri e le informazioni dalla polizia finanziaria, potremo ripensare il nostro piano d'azione."

Antigone ritorna nel suo ufficio, mentre io telefono ad Alamanos per sapere come si è conclusa la manifestazione di ieri. A forza di correre qua e là, mi sono dimenticato di chiederglielo.

"Tutto procedeva come ha visto anche lei, fino al momento in cui gli anarchici hanno avuto sentore del raduno e sono arrivati in massa. Il loro obiettivo, naturalmente, non erano i manifestanti, ma i nostri agenti. Hanno cominciato accusandoli di aver provocato la tensione. Quando le due fazioni opposte hanno visto gli anarchici, hanno capito che cosa sarebbe successo, così hanno smesso di azzuffarsi e sono scomparse. Per fortuna, gli anarchici non erano molti e li abbiamo dispersi facilmente. Ma tra il raduno dei manifestanti e la faccenda degli anarchici, abbiamo potuto riaprire la Patision alla circolazione solo a mezzogiorno."

È sempre la stessa storia. Ha ragione Alamanos: gli unici che pagano lo scotto, alla fine, sono i negozianti della Patision. Noi vediamo gli stessi disastri un giorno sì e uno no.

La telefonata di Vellidis interrompe le mie riflessioni. "Conosci una certa 'Squadra di volontari per gli studi umanistici'?"

La mente mi va immediatamente alla Iliakou. "Sì, conosco qualcuno di loro."

"Hanno messo un post in rete. Te lo mando, potrebbe interessarti."

Il messaggio mi arriva poco dopo. Prima di leggerlo vado a guardare le firme. Tra di esse ci sono quelle della Iliakou e del suo collega.

Con orrore siamo stati informati che tre giovani che seguivano le lezioni della Squadra di volontari per gli studi umanistici sono gli assassini del professor Themistoklìs Rodakis e del segretario per l'istruzione secondaria Stèfanos Rokkos. All'orrore si è aggiunto, però, un grande dolore quando siamo stati informati che i tre assassini erano stati continuamente bullizzati durante gli anni del liceo, al punto da voler cambiare indirizzo di studi all'università, optando per l'economia, con la speranza di scampare ai bulli. Purtroppo, però, erano stati respinti agli esami di ammissione. La triplice disperazione – prima la continua violenza dei bulli, poi la rinuncia agli studi umanistici e, infine, il fallimento agli esami di ammissione – li ha condotti agli estremi, trasformandoli da vittime in carnefici. In seguito, sono stati uccisi anche loro, da qualcuno che la polizia sta ancora ricercando. I veri colpevoli di questa tragedia sono i responsabili che da tanti anni vedono diffondersi il bullismo nelle scuole ma non fanno nulla per fermarlo. Speriamo che questa tragedia, che è costata la vita a cinque persone, li solleciti a prendere delle contromisure efficaci, anche se ormai è tardi.

Chiamo Stella e le consegno il messaggio perché lo inoltri al comandante. Sarà il regalo più gradito per il nostro ministro, ma allo stesso tempo anche uno schiaffo al ministro dell'istruzione, che sperava di pubblicare il decreto ministeriale prima dell'arresto dei responsabili dell'ultimo delitto.

# 31.

È la seconda mattinata di seguito che Antigone m'impedisce di gustare in pace la mia brioche. Irrompe nel mio ufficio con l'annuncio: "Abbiamo novità," e un gran sorriso.

"A giudicare dalla tua espressione, dovresti avere buone notizie."

"Ieri, Koula e Iannis sono rimasti appostati fino a tardi. Quando i cinque sono usciti tutti insieme era già calata la notte. I nostri hanno evitato di fotografare anche gli altri due, innanzitutto perché era buio e l'illuminazione della strada era molto debole. E poi perché non c'era gente in giro e hanno temuto di essere notati. Hanno preferito rimandare le foto a oggi, e poi sono andati al caffè di piazza Akadimias Plàtonos per mostrarle al personale."

"E il risultato?" chiedo, perché mi rendo conto che siamo arrivati a un punto di svolta del nostro caso.

"I primi due giovani che avevano fotografato ai camerieri non dicevano nulla. Hanno riconosciuto, però, uno del secondo gruppo. Era venuto al caffè nei giorni precedenti all'uccisione dei tre ragazzi." Si ferma e aspetta la mia reazione.

"Innanzitutto le novità sono positive," dichiaro. "Vediamo, però, come siamo partiti e quale rotta dobbiamo seguire. Siamo partiti dall'ipotesi che i criminali fossero dei lavoratori, o persone in cerca di lavoro, spaventati dall'attentato all'amministratore delegato. Ora ci troviamo davanti a uno studio di consulenza. La prima domanda è se i cinque lavorano tutti nella stessa azienda, o se qualcuno è il proprietario e gli altri sono impiegati. La seconda domanda è: come facevano i criminali a sapere che i tre camerieri erano gli assassini di Rodakis e che avevano preparato anche l'omicidio dell'amministratore delegato?"

"C'è anche una terza domanda, che riguarda l'automobile," aggiunge Antigone. "I criminali avevano sbarrato via Monastiriou con un'auto. Era loro? E se non lo era, dove l'avevano trovata?"

"Quel che importa di più, in questo momento, è la ricerca della polizia finanziaria. Quando avremo tutte le informazioni e capiremo qual è la relazione dei cinque con l'azienda, potremo decidere i successivi passi da compiere."

"Inoltre, abbiamo individuato solo uno di quelli che erano stati al caffè prima del triplice omicidio. Dovremo chiarire se gli altri erano gli stessi che ieri hanno visitato insieme a lui la palazzina in via Fokidos. Altrimenti, ci vorrà un'altra ricerca per riuscire a scoprirli."

È ormai mezzogiorno quando mi chiama il comandante per comunicarmi gli esiti della ricerca da parte della polizia finanziaria. "Seguirà un rapporto scritto, ma ho preferito anticiparle i risultati a voce, in modo da liberarle le mani," mi spiega. "La società Greek Counsel è una *startup* di consulenti per le ditte straniere che vogliono stabilirsi in Grecia.

"Innanzitutto, che cosa significa *startup*?"

"Ho posto anch'io la stessa domanda e il direttore mi ha spiegato che si chiamano così le aziende che nascono indipendenti, cioè non sono parte di altre aziende e neppure controllate da esse. La Greek Counsel è stata fondata alcuni mesi fa da due imprenditori, uno di trentun anni e l'altro di trentatré, Gheòrghios Kratìs e Nikòlaos Kardakis. Obiettivo dell'azienda è offrire consulenza alle aziende straniere che aprono degli uffici in Grecia, non solo per assumere personale, ma anche per gestire i rapporti e le comunicazioni con l'amministrazione pubblica."

Quindi, i due trentenni che si sono mostrati per primi in via Fokidos erano i titolari dell'azienda. "Per caso hanno saputo anche i nomi dello staff che ci lavora?"

"No, gli agenti della finanziaria non avevano ordine di approfondire in questo senso e hanno preferito non farlo, perché se avessero proceduto di loro iniziativa avrebbero potuto suscitare sospetti. Sanno però quali sono le ditte straniere con cui l'azienda collabora ed è in contatto. I loro nomi sono citati nella relazione scritta."

"Hanno per caso detto che cosa hanno studiato i due titolari?"

"Sì. Hanno studiato economia e hanno preso la laurea magistrale ad Atene."

Riattacco, non abbiamo altro da dirci. Forse potranno emergere altri elementi dalla relazione scritta.

Chiamo nuovamente Antigone per aggiornarla. "Dobbiamo scoprire qual è il rapporto degli altri tre con l'azienda. Sono impiegati, oppure hanno fatto domanda di assunzione? L'altra domanda ancora senza risposta è quella che abbiamo evidenziato prima: come facevano gli assassini a sapere chi aveva ucciso Rodakis e Rokkos? Finché non troveremo la risposta a questa domanda, non ha senso interrogarli, perché ci diranno che non li conoscevano e a noi mancano gli elementi per contraddirli."

"Forse stiamo per fare un altro passo avanti: Iannis e Koula mi hanno appena detto che sono riusciti a fotografare gli altri due. Stasera mostreranno le foto al personale del caffè. Se verrà confermato che si tratta proprio dei tre che sospettiamo, allora dovremo cominciare a indagare sulle loro conoscenze e contatti." Si ferma, perché le è venuta un'idea: "Potremmo mostrare le foto a Kechrìs e a Beratis."

"Potremmo, ma mi pare rischioso. Non sappiamo che rapporto abbiano con gli assassini dei tre ragazzi. Se sono amici, non è escluso che gli riferiscano le nostre conversazioni, anche solo per curiosità. Quel che ha la precedenza è capire come i killer hanno scoperto chi era stato a uccidere Rodakis e Rokkos. È, inoltre, cruciale individuare a chi appartenesse l'automobile che hanno utilizzato."

"Resteremo in attesa fino a stasera, e se riusciremo ad accertare che i tre erano proprio quelli che sono stati nel caffè, allora sospenderemo le ricerche sugli elenchi della segreteria e ci concentreremo sugli interrogativi che ci ha proposto."

Quando resto solo, finalmente posso gustarmi la mia brioche. Mentre mangio mi vengono in mente alcune cose che ho dimenticato di dire ad Antigone. Non le ho chiesto di scoprire in quale liceo hanno studiato coloro che hanno ucciso i tre assassini. Se frequentavano lo stesso liceo di questi ultimi, allora potremmo trovare un collegamento. La seconda dimenticanza è che non abbiamo ancora fatto una chiacchierata con l'intera

Squadra di volontari per gli studi umanistici. Abbiamo parlato solo con la Iliakou e il suo collega. Non è escluso, tuttavia, che ci sia qualche altro professore che potrebbe aver sentito delle voci o aver saputo qualcosa che potrebbe aiutarci.

Chiamo Antigone e le comunico questi miei pensieri. Anche lei è d'accordo e mi dice che da domani provvederanno a tappare i buchi. Dopodiché, parlo con il comandante.

"Mi sembra che la matassa stia cominciando a districarsi," commenta soddisfatto.

"Sì, ma non sappiamo quanto ci vorrà per chiarire come gli assassini sapessero che le loro vittime erano proprio coloro che avevano ucciso Rodakis e Rokkos," gli rispondo per mettere un freno al suo entusiasmo, forse prematuro.

So che l'inchiesta sui punti che abbiamo deciso di approfondire richiederà tempo. Sia come sia, gli sviluppi e le sorprese per oggi sono finiti e dovrò pazientare finché non avrò terminato il mio orario di lavoro.

Poco prima delle sei, mi telefona Adriana. "Ti aspetto per raccontarti le novità," mi dice.

"Ci sono novità? E da chi?"

"Vieni a casa e ti racconto."

Parto alla volta di via Athanasias, curioso di conoscere le notizie preannunciate da Adriana. In ogni caso, dal tono di voce non si direbbero cattive notizie. Mi accoglie insieme a Lambros e andiamo nella sua camera. Caterina e Fanis non sono ancora tornati.

"Allora, quali sono le novità?" le chiedo non appena Lambros si immerge in un libro per bambini.

"Zisis è andato oggi all'ospedale per gli esami," mi annuncia sorridente.

Non mi aspettavo che ci sarebbe andato così presto. "Alla fine siete riusciti a convincerlo? Oppure è lui che non ha opposto resistenza?"

"Ieri, il dottor Lefkatis è andato al centro di accoglienza. Ha visitato anche Zisis. Gli ha detto che doveva andare in ospedale per fare una serie di esami e farsi visitare dai medici, senza por tempo in mezzo. Non te l'ho detto ieri sera perché non volevo metterti in agitazione. Zisis ha cominciato a dire che non aveva nulla, che si sentiva benissimo, che era solo stanco. Stamattina lo abbiamo preso d'assalto in tre: Magda, Anna e io. Alla fine mi sono accordata con Fanis, l'ho caricato su un taxi e l'ho spedito all'ospedale. E là lo ha accolto Fanis, personalmente."

"Si sanno già, i risultati di questi esami?" chiedo, senza riuscire a nascondere la mia inquietudine.

"Quando siamo andate via era ancora troppo presto. Spero che stasera Fanis ci dirà qualcosa."

Mi rendo conto che starò sui carboni ardenti finché mio genero non sarà di ritorno. Per fortuna, mentre aspetto rientra mia figlia. Adriana le ha già comunicato le novità su Zisis, ma lei non chiede dei risultati, perché sa da suo marito che non possono essere pronti così in fretta. "Sentiamo un po' che cosa ci dirà Fanis e speriamo che non si tratti di nulla di serio."

Adriana va in cucina, mentre io e Caterina teniamo compagnia a Lambros. Evitiamo di parlare di Zisis, sebbene io sia divorato dall'ansia. Fanis arriva dopo una mezz'ora che a me sembra interminabile.

"Ho pregato i colleghi di accelerare con gli esami e me li hanno dati oggi pomeriggio. Zisis soffre di una stenosi all'aorta. Per fortuna si trova ancora in un primo stadio, che si può curare con le medicine adatte. Se tutto andrà bene, non dovrà affrontare nessun problema immediato."

"E se ci fosse qualche complicazione? Sarà necessario un intervento chirurgico?" gli chiede Caterina.

"Questo è il problema. Se si dovesse operare, sappiamo che alla sua età non è semplice. Speriamo quindi che non sia necessario." Estrae una ricetta dalla tasca e la dà a Adriana. "Questi sono i farmaci per Zisis. Deve prenderli tutti i giorni, senza saltarne neanche uno," la avvisa. "E non deve prenderli un giorno sì e il giorno dopo dimenticarsene."

"Ce n'è qualcuno che deve prendere di notte?" chiede Adriana, mettendosi la ricetta in tasca.

"No. L'ultimo è prescritto per il tardo pomeriggio."

"Benissimo. Allora non c'è problema," commenta sollevata. "Ogni volta che sarà ora di prendere una medicina, andrà a dargliela Anna o Melpo, e rimarranno al suo fianco finché non saranno sicure che l'abbia presa."

Sono tanti anni che mi occupo di delitti e arresto criminali. Ma la mente pratica di Adriana non riuscirò mai ad averla, dico tra me.

"Non ti nascondo che, nonostante le parole tranquillizzanti di Fanis, io sono ancora abbastanza in ansia," dico a Adriana mentre torniamo a casa.

"Sai cosa diceva la mia povera mamma, che Dio l'abbia in gloria?"

"No, e come faccio a saperlo?"

"Ragazzina, quando vedi intorno a te morire tanti giovani, pensa che le persone anziane che ancora vivono, sono vive per pura e semplice fortuna. Benediciamo, quindi, la loro fortuna."

L'argomentazione della mamma di Adriana mi rincuora.

# 32.

Sono seduto al tavolo delle riunioni con la Squadra omicidi. Le novità che hanno portato preannunciano una grande svolta e dobbiamo discutere dei nostri prossimi passi.

"Non c'è proprio nessun dubbio?" chiedo per essere sicuro.

"No, proprio nessuno. Il personale ha riconosciuto tutti e tre dalle fotografie. Due di loro sono andati al caffè per tre volte. Il terzo, solo la prima sera. E si sono sempre seduti ognuno a un tavolo separato, come se non si conoscessero," conferma Koula.

"Sappiamo come si chiamano?"

"Non ancora," risponde Antigone. "Il fatto è che non si trovano negli elenchi della segreteria: li abbiamo individuati per caso, quando Koula e Iannis li hanno visti entrare nel condominio di via Fokidos."

"Dobbiamo scoprire subito i loro nomi. Iniziate dalla segreteria dell'università, andateci con le loro foto. Può darsi che qualche impiegato li riconosca o sappia dove cercare. Se non viene fuori nulla, allora mostrate le foto ai professori. Se siamo fortunati e troviamo qualche docente che li ha avuti fra i suoi studenti, è abbastanza probabile che se li ricordi ancora."

"Ve ne occuperete voi," dice Antigone a Koula e Iannis. Dopodiché si rivolge a me: "Come dicevamo ieri, è urgente capire come hanno fatto a scoprire i tre assassini di Rodakis e Rokkos. Senza questa informazione non possiamo procedere con gli arresti, perché loro sosterranno di non conoscerli e noi non abbiamo ancora elementi per smentirli."

"Ho pensato a un'ipotesi, ma non so ancora se sia giusta e se sarà facile trovare prove per sostenerla," interviene Dervìsoglou.

"Dicci che cosa hai pensato e poi vedremo," lo sollecita Antigone.

"Non è escluso che qualcuno di loro fosse nel cortile dell'università, quando c'è stata la grande manifestazione seguita dagli scontri. In quel momento potrebbero aver visto i responsabili entrare nel palazzo degli uffici. Quando poi hanno letto la notizia, hanno capito che erano stati loro a uccidere Rodakis."

"Va bene, diciamo che così hanno individuato gli assassini di Rodakis. Ma come hanno fatto a collegarli con l'omicidio di Rokkos?" chiede Askalidis.

"Non ci voleva poi una grande intelligenza," spiega Antigone. "Innanzitutto, sulle reti televisive e sui social si era detto qual era il ruolo di Rokkos al ministero dell'istruzione, e che fra l'altro era diventato il supervisore delle riforme del piano di studi della scuola secondaria. Poi, c'erano le rivendicazioni che gli assassini di Rodakis e Rokkos hanno affisso ai muri. La seconda completa la prima, e non lascia il minimo dubbio che i responsabili dei due omicidi siano i medesimi. Infine, le due vittime sono state uccise nello stesso modo." Fa una pausa. "La difficoltà, piuttosto, è un'altra."

"Sarebbe?"

"Dovremo interrogare nuovamente gli anarchici per sapere quale dei tre si trovava all'università il giorno degli scontri, ma stavolta credo proprio che si chiuderanno la bocca con un lucchetto."

"Non cominciate dagli anarchici, ma dalla polizia universitaria. Può darsi che qualche agente tenesse d'occhio quanti non partecipavano agli scontri e, tra loro, potrebbero esserci quelli che cerchiamo."

"Ha ragione, signor Charitos. Inizieremo così," dice Antigone, soddisfatta che si sia trovata una soluzione.

"Parla con Alamanos. Forse può aiutarvi. Ora, passiamo al secondo problema, ossia l'automobile utilizzata dagli altri assassini per bloccare la Monastiriou. Dobbiamo trovare a chi appartiene. L'informazione è indispensabile, per poter passare il caso al giudice istruttore." Mi rivolgo a Kòllias: "Avete per caso chiesto ai camerieri se hanno visto con quale mezzo arrivavano al caffè quei tre clienti sconosciuti?"

"Gliel'abbiamo chiesto, e ci hanno risposto che venivano e se ne andavano a piedi. Certo, la piazza Akadimias Plàtonos è piena di auto e non potevano sapere se ci fosse qualcuno ad aspettarli in macchina."

"Dovremo rivolgerci alla polizia stradale, una volta che avremo scoperto i loro nomi, per farci dire se qualcuno di loro ha un'automobile," commenta Antigone.

D'un tratto ricordo l'ennesimo elemento che ci siamo persi per strada e mi viene da picchiare la testa contro il muro. "Questo caso è così complesso che c'è sempre qualcosa che ci sfugge. Ma stavolta il responsabile sono io," dichiaro alla squadra.

"Che cosa abbiamo dimenticato, ancora?" chiede perplessa Antigone.

"Abbiamo parlato con la polizia finanziaria, ma abbiamo omesso di chiederle i nominativi di chi lavora nell'azienda. Informazione che si può ottenere andando a consultare le tasse pagate degli impiegati che l'azienda deposita presso l'ufficio tributario di zona, ma che si ricava anche dalle trattenute assicurative. Se gli impiegati sono più numerosi di quelli che conosciamo, li troveremo comunque facilmente dalle carte di identità, ora che disponiamo anche delle loro fotografie."

"Giusto. Ma guarda un po': sei persone, e nessuno di noi ci ha pensato," esclama Koula. "Come si diceva una volta? *Quos Deus...*"

"*Quos Deus perdere vult, dementat prius*, ossia, a quelli che vuol rovinare, Dio prima toglie la ragione," completo e spiego il motto. "Per fortuna ci siamo svegliati e siamo arrivati giusto in tempo. Mi metterò d'accordo con il direttore della polizia finanziaria e vi terrò informati."

Una volta usciti, chiamo il vicecomandante per sapere il nome del direttore e lo chiamo subito. Quando sente la mia richiesta, mi tranquillizza: "Quel che mi chiede non è affatto complicato. Avrete la risposta entro oggi o domani mattina al massimo."

Non appena riattacco, mi chiama il comandante. "Il vicecomandante mi ha informato che ha fatto un altro passo avanti," mi dice, molto soddisfatto.

"Sì, ma abbiamo ancora parecchia strada da fare, ed è il tratto più difficile," gli spiego.

"Voglio che venga a raccontarlo al ministro."

"Che cosa preferisce? Che gli dia solo un assaggino, o il piatto intero?"

"Ovviamente, il piatto intero," risponde senza indugio.

"Allora, pazienti ancora un po'." E gli racconto del mio colloquio con il direttore della polizia finanziaria.

"D'accordo, allora aspettiamo fino a domani mattina. Non è poi così grave."

Se domani avremo i nomi della Greek Counsel, in realtà ci tufferemo a pesce nelle indagini e il ministro dovrà attendere ancora, dico tra me.

Inizia un nuovo periodo di attesa, ma la mia pazienza viene premiata. Nel pomeriggio rientra la Squadra omicidi.

"Vittoria!" esclama Antigone, e subito si volta verso Dervìsoglou e Askalidis. "Raccontatelo voi."

"Abbiamo parlato con due agenti della polizia universitaria che erano alla manifestazione," riferisce Askalidis. "Hanno riconosciuto uno dei due che erano andati al caffè. Sono sicuri che è proprio quello della foto. Uno dei due agenti ha riconosciuto anche il secondo, ma non ricorda con sicurezza se l'ha visto alla manifestazione all'università o da qualche altra parte. Ha tenuto la fotografia per chiedere un'opinione ai suoi colleghi e poi ci dirà."

Antigone mi guarda. "Abbiamo anche dell'altro," aggiunge con un sorriso astuto.

"E sentiamo questo altro."

"Abbiamo pensato di interrogare nuovamente la persona che aveva visto i tre ragazzi affiggere la rivendicazione dell'omicidio di Rodakis all'ingresso dell'ateneo su via Mavrommateon. Gli abbiamo chiesto di ripetere tutto dall'inizio e, all'improvviso, si è ricordato che, quando i tre sono partiti con le motociclette e hanno svoltato sulla Mavrommateon verso la Evelpidon, quasi subito dopo da una traversa della Mavrommateon verso la Patision sono sbucate altre due moto. Andavano molto veloci e hanno svoltato anche loro sulla Evelpidon, come le tre che le avevano precedute."

"Congratulazioni, avete avuto un'ottima idea," le dico. "Questo deve aver rafforzato nei due motociclisti il sospetto che gli altri fossero gli assassini di Rodakis e così li hanno pedinati per accertarsene. Dopodiché, c'è stato l'omicidio di Rokkos e non gli è rimasto alcun dubbio."

"Non appena avremo le informazioni dalla polizia finanziaria li identificheremo," dice Kòllias.

"Sì. Ci resta ancora da chiarire la proprietà dell'automobile di via Monastiriou. Comunque, prima completiamo l'identificazione e poi decideremo come procedere," gli rispondo.

Ci separiamo tutti contenti. Guardo l'orologio. Ormai sono le sei e la polizia finanziaria non ha ancora dato segni di vita. Probabilmente, dovremo pazientare fino a domani mattina.

# 33.

Il dirigente della polizia finanziaria è stato di parola. Mi telefona il mattino seguente alle dieci. "Il personale della ditta Greek Counsel, in questo momento, è formato da cinque impiegati," dichiara. "Non so se ci siano domande per ulteriori assunzioni."

"Non si preoccupi. Per il momento ci interessano solo i dipendenti della ditta."

"Allora le invio i nomi via e-mail per evitare errori," risponde, e chiudiamo la comunicazione.

L'elenco arriva poco dopo sulla mia scrivania. Convoco subito la Squadra omicidi, che avevo messo in allerta, e consegno loro l'elenco.

"Le vostre novità?" chiedo.

"Abbiamo chiarito le visite al caffè," mi risponde Antigone. "La prima volta ci sono andati tutti e tre. La seconda volta invece erano solo in due. Il terzo mancava."

"Poi, un agente della polizia universitaria ci ha confermato che anche un altro dei tre si trovava al raduno," aggiunge Dervìsoglou.

"Bisogna subito identificare i tre che sono andati al caffè."

"Lo faremo presto," mi rassicura Antigone. "Ricominceremo la ricerca dalla segreteria dell'università, casomai abbiano i dati o qualche curriculum, e se non viene fuori niente, controlleremo tra i dati e le foto che hanno lasciato alla polizia per la carta d'identità."

"E che mi dite della Squadra di volontari? Li avete interrogati?"

"Quel che abbiamo capito è che la Squadra di volontari aveva saputo della riforma dell'istruzione secondaria ed erano tutti furibondi. Li aveva colpiti molto il fatto che fosse stato proprio Rokkos a incaricarsi di realizzare la riforma. Sapevano che la pensava diversamente. Anzi, di tutto questo non discutevano solo tra loro, ma anche con gli studenti che si preparavano agli esami di ammissione e seguivano le loro lezioni."

"Questo ci spiega dove abbiano saputo di Rokkos i primi assassini, e quindi l'abbiano ucciso," osservo.

"Cercheremo di scoprire quali licei abbiano frequentato gli altri sospetti. Forse è da lì che può derivare una qualche relazione," mi dice Antigone.

"Un'altra cosa urgente è chiarire a chi appartiene l'auto che hanno utilizzato la notte del triplice omicidio," le spiego.

"Thanos e Koula si occuperanno dei licei, Fotis e Iannis delle carte d'identità."

Chiamo il comandante per aggiornarlo, ma vengo interrotto senza riuscire neanche a finire la frase. "La pregherei di mettere un attimo tra parentesi l'inchiesta per venire a informare il ministro, perché ci ha fatto venire un fegato così!" mi dice.

A ciascuno la sua croce, come si diceva una volta. Per fortuna ho fatto in tempo a dare istruzioni ai miei sottoposti.

Segue il solito itinerario con la volante e il trasferimento verso la Katechaki.

Durante il viaggio mi torna in mente Zisis. Riesco a metterlo da parte. Non è il momento di avere altre preoccupazioni.

Non appena entro nel suo ufficio, il comandante si alza e mi si avvicina. "La prego di scusarmi. So che non è il momento adatto, ma il ministro ci ha fatto diventare nevrastenici," mi spiega.

"Andiamo, su, così non ci pensiamo più," lo conforto, e ci avviamo verso l'ufficio del ministro.

Entriamo e il ministro balza in piedi e si dirige a passo svelto verso il tavolo delle riunioni. "Lei è in ritardo sugli aggiornamenti," mi dice non appena ci siamo seduti.

"Abbiamo dovuto valutare gli elementi che abbiamo raccolto, per decidere come muoverci. E questo richiede tempo, signor ministro," gli spiego. Anche se la risposta migliore sarebbe stata: "Ma la pianti di rompere?"

Comunque, inizio ad aggiornarlo su come i probabili autori del triplice omicidio abbiano identificato quelli che avevano ucciso Rodakis, e proseguo riferendo la conversazione di stamane con la Squadra omicidi. "È molto importante trovare a chi appartiene l'auto che sbarrava l'accesso a via Montastiriou. Sarà un elemento di prova prezioso, per il giudice istruttore e il tribunale che giudicheranno il caso," concludo.

"Avete fatto un ottimo lavoro e mi congratulo sia con lei, sia con la Squadra omicidi," dice il ministro. "So che mi avete trovato indisponente, ma ho già spiegato al signor comandante la pressione che hanno esercitato su di me sia il primo ministro, sia il mio collega ministro dell'istruzione."

Non mi aspettavo di ricevere tante lodi, quindi prendo coraggio. "Capirà che è impossibile nascondere l'elemento del bullismo, signor ministro. Del resto, la notizia stava già circolando sui social."

"Non mi interessa. È un problema del ministro dell'istruzione. Che se lo risolva lui," replica, e chiude la conversazione.

"Almeno è valsa la pena di interrompere il lavoro. Ci aspettavamo lagnanze, invece abbiamo ricevuto elogi," mi dice, soddisfattissimo, il comandante mentre usciamo nel corridoio.

Non abbiamo nient'altro da dirci e quindi ci separiamo in uno stato di euforia che permane anche durante il viaggio di ritorno, fino alla telefonata di Antigone.

"Non è in ufficio?"

"No. Sto tornando da via Katechaki. Sarò lì tra una decina di minuti," le rispondo.

"Mi chiami subito, perché il flusso delle informazioni procede."

Non chiedo che cosa sia il flusso delle informazioni. Preferisco farmelo dire di persona, perché sono sicuro che seguirà una conversazione. Avviso del mio rientro non appena arrivo in ufficio. Aspettavo Antigone, invece si presenta la squadra al gran completo.

"Abbiamo i nomi di tutti e tre," annuncia Antigone trionfante. Dispiega un foglio di carta e legge: "Leonidas Batìs, Sotìrios Fakinis e Periklìs Nakos."

"Avete per caso scoperto quale, dei tre, non era presente alla seconda visita al caffè?" gli chiedo.

"Sì. Periklìs Nakos," risponde Koula.

"Evidentemente si trovava sulla Monastiriou per decidere in che punto avrebbe interrotto la strada," commento.

"Abbiamo anche saputo con certezza che nessuno di loro ha un'auto," continua Dervìsoglou. "Tutti si muovono in motocicletta."

"Allora è urgente capire dove hanno trovato l'auto e a chi appartiene," gli dico. "L'unica cosa che sappiamo, dai sopralluoghi della scientifica e della stradale, è che hanno utilizzato un'automobile e non un furgone."

"Abbiamo chiesto alla stradale se avessero ricevuto qualche denuncia per qualcuno che aveva chiuso la Monastiriou la notte in cui è stato commesso il triplice omicidio, ma la risposta è stata negativa," mi informa Antigone.

"Avete scoperto chi dei tre ha la patente di guida?" chiedo a tutti.

"Solo uno, Periklìs Nakos. È lui che è andato al caffè una volta sola, senza tornarci più," risponde Kòllias.

"Fate una nuova ricerca nei negozi e presso gli abitanti della zona, magari stavolta saremo più fortunati," gli dico.

Antigone si volta verso i suoi collaboratori. "Continueremo come abbiamo fatto finora, a coppie. Iannis e Thanos si occuperanno delle indagini sulla Monastiriou, mentre Fotis e Koula cercheranno di capire in quali licei hanno studiato i sospetti e se conoscevano già le loro vittime."

I quattro se ne vanno e resta solo Antigone. "Da qualsiasi parte la si guardi, questa inchiesta è roba da uscire di senno," mi dice.

"Lo so, ma dobbiamo pazientare un po'. Se individuiamo il proprietario dell'auto credo che, da quel momento in poi, potremo muoverci più rapidamente."

"Magari!" È la sua ultima parola prima di rientrare nel suo ufficio.

Ho presentato ad Antigone una situazione più semplice di quanto non sia in realtà. Ci vorrà molto impegno per scoprire a chi appartiene l'auto, visto che non ne conosciamo neanche la marca. Non c'è quasi nessun dubbio che se la sia procurata il terzo, l'unico che ha la patente. Ma è escluso che abbia preso quella dei genitori, nel caso questi posseggano un'automobile. Non li avrebbe esposti a un simile rischio. È più probabile che abbia utilizzato la vettura di qualche amico o conoscente. E qui ci sarà il gran dispendio di tempo e di energie: vai a individuare tutti i vari amici, e poi vai a trovare quali di loro posseggono un'auto!

Passa ancora un'ora, più o meno, prima di risentire la voce di Antigone. "È disponibile per un incontro?"

"Certo. Venite."

Poco dopo compaiono Antigone insieme a Dervìsoglou e Koula. "Vogliamo che anche lei ascolti che cosa hanno scoperto Fotis e Koula," spiega Antigone, che poi si volta verso gli altri due dicendo: "Raccontate il fatto senza trascurare nulla."

"Quando abbiamo trovato le carte d'identità dei tre sospettati per l'omicidio dei killer di Rodakis e Rokkos, ci siamo resi conto che due abitavano a Nea Smirni e il terzo a Dafni," mi dice Dervìsoglou. "Con Koula, allora, abbiamo pensato di iniziare la ricerca dai licei di quella zona." Si ferma e mi regala un sorriso di soddisfazione. "Abbiamo fatto centro, perché tutti e tre si sono diplomati al primo liceo di Nea Smirni."

"Gran bella pensata. Almeno, ora sappiamo che non sono andati allo stesso liceo delle vittime, e che non sono stati loro a bullizzarli."

"Sì, ma le scoperte non finiscono qui," mi spiega Koula con un sorriso malizioso.

"Che cos'altro avete scoperto? Non mi tenete in sospeso..."

"Non erano compagni di scuola delle vittime, ma dei propri attuali datori di lavoro," mi risponde.

"Vuoi dire che si conoscevano sin dagli anni della scuola?"

"Sì. I loro datori di lavoro, ossia Nikòlaos Kardakis e Gheòrghios Kratìs, erano in terza liceo quando Leonidas Batìs, Sotìrios Fakinis e Periklìs Nakos, i tre probabili assassini, frequentavano la prima."

"Ho già chiesto a Iannis e a Thanos di chiarire se Kardakis e Kratìs hanno delle auto, e di quale marca. Non è escluso che i tre abbiano preso in prestito l'auto dei propri datori di lavoro, visto che erano amici fin dai tempi del liceo," mi dice Antigone.

"Oppure che gliel'abbiano data spontaneamente gli stessi datori di lavoro," replico.

Antigone mi guarda. "Crede che i due titolari della ditta siano complici?" mi chiede, come se le sembrasse incredibile.

"Di che cosa si occupa la loro impresa? Sono consulenti di aziende straniere che hanno aperto uffici in Grecia. Se i tre vivevano nel terrore che l'attentato contro l'amministratore delegato della Technoset potesse costargli il posto, dato che le aziende straniere da quel momento avrebbero evitato la Grecia, questa paura sarà stata dieci volte maggiore per i loro datori di lavoro, che si sarebbero trovati costretti a chiudere l'impresa." Mi fermo, perché sono fin troppo coinvolto. "Naturalmente, quel che vi dico è solo una teoria. Potrebbe essere vera o no. Avremo un quadro più chiaro quando avremo risolto l'enigma dell'automobile."

“Vediamo che cosa ci nasconde ancora questa indagine,” commenta Antigone.

Se Kardakis e Kratìs hanno delle auto, le individueremo facilmente. Il problema starà nell'individuare l'auto che hanno utilizzato gli assassini. Solo allora potremo avanzare verso conclusioni sicure.

# 34.

Ho passato una notte quasi totalmente insonne. Siamo arrivati a un soffio dal trovare la chiave del mistero e quei pochi passi che ancora ci separano dalla soluzione non mi hanno lasciato chiudere occhio.

Stamattina entro in ufficio con il caffè, ma senza la brioche. So che gli incontri e la corsa per star dietro a tutto quanto inizieranno fin dal primo istante, e la mia brioche sarebbe subito finita nel cestino dei rifiuti.

Però sembra che mi sia sbagliato. Passa più o meno un'ora senza telefonate dalla Squadra omicidi, tanto che me la prendo con me stesso per aver sacrificato inutilmente la brioche, ma, alla fine, una telefonata di Antigone interrompe le mie giaculatorie.

"Sappiamo quali sono le auto che utilizzano i proprietari della Greek Counsel," mi annuncia.

"Vieni a dirmelo di persona."

"Kardakis ha una Toyota e Kratìs una Honda," mi dice appena entrata. "Thanos e Iannis li hanno seguiti fin da stamattina presto, quando sono usciti di casa. Le macchine le hanno lasciate in un parcheggio su una traversa della Mesoghion."

“Concentriamoci per prima cosa sulle indagini riguardo a queste due automobili.”

“Thanos e Fotis hanno già iniziato le ricerche in via Monastiriou. Koula e Iannis stanno andando al caffè, nell’eventualità che qualcuno abbia visto una delle due macchine parcheggiata nei dintorni la notte del triplice omicidio.

“Dove abita la persona che ha la patente?”

“Periklìs Nakos abita a Dafni.”

“Fate un sopralluogo anche in quella zona, nel caso qualche vicino l’abbia visto con una delle due auto. Se si venisse a scoprire che ha utilizzato una di quelle dei titolari dell’azienda, allora non è da escludere che il triplice omicidio abbia anche dei mandanti,” le spiego.

“Dirò a chi finirà per primo di continuare a Dafni.”

Il mio stomaco è abituato alla brioche mattutina, quindi inizia a protestare. Cedo al brontolio e scendo al bar. Prima mi gusto il dolce e poi telefono al comandante.

“Quindi siamo pronti per gli arresti?” mi chiede, entusiasta.

“Prima dobbiamo risolvere l’enigma dell’automobile, signor comandante. Se l’auto appartiene a uno dei due titolari, allora anche loro sono coinvolti in qualità di mandanti. Dovremo muoverci con molta attenzione, per non lasciarli scappare dalla Grecia e poi essere costretti a cercarli all’estero. La richiamerò quando avremo scoperto a chi appartiene l’automobile.”

Resto in attesa di novità al riguardo, ma i primi messaggi non danno ali alle nostre speranze.

“Dal caffè non è venuto fuori nulla di interessante. Nessuno tra il personale, e neppure Risòpoulos, il padrone, ha visto una delle due automobili parcheggiate nella zona. E lo stesso vale per via Monastiriou. Non è stato trovato nessuno che abbia riconosciuto la macchina. Iannis e Koula ora si stanno dirigendo verso Dafni."

Anche se probabilmente siamo tutti sui carboni ardenti, so bene che in queste indagini è necessario dar tempo al tempo e avere pazienza. Non si può mai prevedere quando si vedrà la luce in fondo al tunnel.

Eppure, è una delle rare volte, da quando ci occupiamo di questo caso, che la fortuna ci sorride. Antigone mi telefona verso mezzogiorno. "L'auto che ha sbarrato l'accesso a via Monastiriou dev'essere stata la Honda," mi annuncia, con voce squillante. "Stanno arrivando Iannis e Koula per raccontarci i particolari."

Poco dopo, Koula e Kòllias fanno il loro ingresso nel mio ufficio insieme ad Antigone. "Allora, ditemi, come avete fatto a dedurre che l'auto era la Honda?" gli chiedo prima ancora che riescano a sedersi.

"Sa meglio di me che la soluzione, a volte, arriva proprio da dove uno non se l'aspetta," risponde Koula, mentre si siede. "Nel nostro caso, ci è arrivata da un pakistano."

"Un pakistano?"

"Sì. Ha un negozio dove vende verdura e generi vari, una specie di emporio-bazar, molto vicino alla casa di Periklìs Nakos. Sapete che i pakistani aprono i negozi molto presto la mattina e li chiudono solo nelle prime ore del giorno successivo. Lo so da un commerciante africano che ha un bazar simile vicino a casa mia. Il pakistano ci ha detto che la notte del delitto ha visto Nakos tornare a casa con la Honda intorno alle due. La mattina successiva l'ha visto partire in direzione opposta, sempre con la Honda. Evidentemente, andava a riconsegnare l'automobile."

“Nakos ha bloccato la Monastiriou con la Honda e poi, quando gli altri due sono andati a uccidere i tre ragazzi vicino alla scuola materna, lui ha preso la Honda ed è tornato a casa,” spiega Kòllias.

“Come è evidente, abbiamo a che fare con un ventaglio di assassini e complici,” dice Antigone. “Batìs e Fakinis sono gli assassini. Nakos è il complice e i loro datori di lavoro, Kardakis e Kratìs, sono i mandanti, i responsabili morali.”

“Esattamente. Ecco perché ci abbiamo messo tanto, a chiarire la vicenda.”

“E ora che facciamo? Li portiamo qui per interrogarli?” mi chiede Antigone.

La fermo subito. “No, è prematuro. Devono restare all'oscuro di tutto. Se Kardakis e Kratìs dovessero insospettirsi, ci metteranno poco a fare due più due. Non è escluso che abbiano già dei biglietti aerei in tasca per ogni evenienza. Espatrieranno, e a quel punto buonanotte: dovremo cercarli con un mandato di cattura internazionale.”

“E allora, come ci muoviamo?” chiede Kòllias.

“Arresterete i tre dipendenti domani mattina presto a casa loro e li porterete qui. Nel frattempo li terrete continuamente sotto controllo. Io chiamerò subito il comandante per fargli emettere un divieto di espatrio per i due titolari, dato che sono sospettati di essere i mandanti di un crimine. Ho solo bisogno dei loro patronimici.[1]”

Koula estrae il cellulare e me li comunica subito.

[1] In Grecia, le generalità ufficiali di una persona includono, tra il nome di battesimo e il cognome, anche il patronimico, ossia il nome del padre declinato al caso genitivo. (*N.d.T.*)

"Ho già detto a Fotis e a Thanos di tornare qui. Organizziamo subito il pedinamento," conclude Antigone, e si alza. Prima di andarsene ha ancora una domanda: "Li portiamo qui tutti e cinque, per l'interrogatorio, oppure solo gli assassini e il loro complice?"

"In una prima fase, solo i tre. Quanto ai mandanti, decideremo dopo aver interrogato gli altri."

Non appena escono, telefono al comandante. È al settimo cielo per le buone notizie. Gli spiego che abbiamo bisogno di un divieto di espatrio contro i due titolari della Greek Counsel. "Lo emettiamo subito e lo pubblicheremo in tutti i valichi di frontiera. Ho solo bisogno dei nomi."

Glieli trasmetto e poi finalmente mi rilasso sulla mia poltrona. Da domani iniziamo le procedure degli interrogatori, ma ormai abbiamo chiuso il caso sotto tutti gli aspetti.

# 35.

L'ansia che di solito mi perseguita nella fase finale di un caso non mi ha torturato durante la serata di riposo con la mia famiglia. Le notizie su Zisis sono tranquillizzanti. Adriana mi ha detto che va tutto bene e che prende regolarmente le medicine. Anche Fanis è ottimista: non avremo spiacevoli sorprese.

La mattina dopo, però, mentre mi dirigo verso la centrale la tensione ritorna. Entro in ufficio con i nervi a fior di pelle. Siamo a un passo dalla chiusura del caso, ma non si sa mai che cosa può succedere, anche solo cinque minuti prima della conclusione. Per prima cosa chiamo Antigone perché mi dica a che punto siamo.

"I tre arrestati sono nella stanza degli interrogatori, sotto sorveglianza. Inoltre, abbiamo avvertito la scientifica perché ispezioni le loro case. Aspettavamo lei per sapere se vuole essere presente agli interrogatori."

"Prima raccontami come li avete arrestati, e poi vedremo come portare avanti l'interrogatorio."

Antigone arriva poco dopo con tutta la sua squadra. "Ieri ci ha detto che non dovevano esserci arresti negli uffici della

Greek Counsel," esordisce mentre ci sediamo. "Allora, abbiamo pensato che i sospettati forse avevano dei conviventi e che questi avrebbero potuto informare l'azienda del loro arresto. Così li abbiamo tenuti continuamente sotto controllo e li abbiamo arrestati quando sono scesi per prendere le motociclette. A quel punto li abbiamo trasferiti direttamente qui."

"Decisione molto saggia. I titolari dell'azienda non sapranno che cosa è successo, né troveranno qualcuno in grado di dirglielo. Questo potrebbe gettarli nel panico, cosa che li renderebbe più vulnerabili. A questo punto, non ci resta che organizzare l'interrogatorio."

"Propongo di procedere passo dopo passo. Partiremo dal raduno presso l'Università di Economia e dall'omicidio di Rodakis. Quindi scopriremo le nostre carte a seconda delle loro reazioni e delle loro risposte," dice Antigone.

"E terremo per ultima l'automobile," aggiungo. "Sarò presente anch'io all'interrogatorio, ma sarete voi a condurlo. Interverrò solo se ce ne sarà bisogno."

Siamo pronti a partire, ma ci ferma la telefonata del comandante. "Il divieto di lasciare la Grecia per Kratìs e Kardakis è stato emesso," mi informa. "È già stato inviato a tutti i valichi di confine."

Lo ringrazio e informo i miei collaboratori. Poi scendiamo insieme nella stanza degli interrogatori. Per ultima arriva Koula con il suo computer per trascrivere le deposizioni. Gli agenti di guardia si ritirano e noi cominciamo.

Leonidas Batìs, Sotìrios Fakinis e Periklìs Nakos sono coetanei. Si siedono di fronte a noi e ci osservano. Dai loro occhi traspare l'inquietudine. Alla fine, Fakinis non ce la fa più e chiede: "Perché ci avete portato qui? Di che cosa siamo accusati?"

"Siete sospettati dell'omicidio di Ioannis Karatzakis, Panaghiotis Dorìs e Alèxandros Soùkalis, i tre che hanno ucciso il professor Themistoklìs Rodakis e il segretario per la scuola secondaria del ministero dell'istruzione, Stèfanos Rokkos," gli comunica Antigone.

La sberla peggiore è quella che risveglia le paure e i sospetti. Ci guardano senza dire una parola e poi si scambiano un'occhiata. Come da copione, anche loro si rifugiano nella protesta più energica: "Ma siete impazziti? Saremmo stati noi, a uccidere quelli che hanno ammazzato il professore e quell'altro tipo?" esclama Batìs.

"E come facevamo a sapere che erano proprio loro ad averli ammazzati?" mi chiede Nakos.

"Quando c'è stata la grande manifestazione all'università, voi eravate in mezzo alla folla dei manifestanti," gli risponde Antigone. "Avete visto quei tre che entravano e poi uscivano dall'edificio che ospita gli uffici dei professori. Quando si è diffusa la notizia dell'omicidio di Rodakis, avete capito che i colpevoli erano loro."

"Eravamo al grande raduno nell'università, ma con noi c'era una massa enorme di persone. Anche se avessimo visto qualcuno entrare negli uffici, di certo non siamo stati i soli," replica Fakinis.

"Non siete stati i soli, ma la sera in cui i responsabili hanno attaccato la rivendicazione dell'omicidio sulla porta dell'università che dà su via Mavrommateon, voi eravate là, e li avete seguiti quando, poco dopo, hanno svoltato sulla Evelpidon con le loro moto."

"Abbiamo le targhe delle vostre moto sui filmati delle telecamere di sicurezza di via Evelpidon," aggiunge Askalidis.

"Ah, ma guarda che scoperta! Non ricordo più con certezza, ma la cosa più probabile è che siamo passati dalla Evelpidon per andare in un caffè dalle parti di Ghyzi," ribatte Batìs.

"E perché, in seguito, avete iniziato ad andare al caffè che si trova in piazza Akadimias Plàtonos?" domanda Dervìsoglou. "Perché vi andava di cambiare ritrovo, o perché avete saputo che in quel locale lavoravano come camerieri i tre assassini?"

"Come facevamo, a sapere quali erano i responsabili di quei delitti e dove lavoravano?" gli chiede Nakos.

"Li avevate visti all'università e dopo li avevate pedinati. Quindi, come avete scoperto che lavoravano in quel caffè, si fa in fretta a scoprirlo."

Batìs trova una giustificazione abbastanza semplice: "Siamo andati in quel caffè perché alcuni amici ci hanno detto che ha dell'ottimo *tsìpouro* e stuzzichini fantastici."

"E puoi dirci perché vi sedevate lontani l'uno dall'altro a tre tavolini distinti, come se neanche vi conosceste, tanto che non parlavate neppure tra di voi?" gli chiede Antigone.

"Non c'erano molti clienti ed era più comodo sederci a tavoli separati," risponde Nakos.

Antigone si volta a guardarlo. "E tu, come lo sai?" gli chiede. "Le nostre informazioni ci dicono che tu sei andato in quel caffè solo la prima volta. Le altre due ci sono andati Batìs e Fakinis da soli."

I tre si guardano e non hanno nulla da replicare. Antigone continua: "E poi c'è dell'altro. Tutte e tre le volte che siete stati in quel caffè, ve ne siete andati solo poco prima che chiudesse, quando hanno cominciato a ripulire i tavoli. Perché? Forse aspettavate che i tre camerieri finissero il turno, per seguirli, scoprire dove abitavano e poter preparare l'agguato?"

"Siamo rimasti al caffè fino alla chiusura perché siamo giovani e ci piace fare le ore piccole. Tutto il resto sono ipotesi vostre per accusarci degli omicidi," le dice Fakinis.

È arrivato il momento, per me, di intervenire. "Statemi a sentire: queste giustificazioni non vi porteranno da nessuna parte. Tutto è iniziato quando quei tre hanno attentato alla vita di Pavlos Lefkaditis, l'amministratore delegato della Technoset. È stato allora che vi siete spaventati, perché avete pensato che se gli assassini avessero continuato a uccidere, colpendo stavolta degli amministratori delegati, le imprese straniere sarebbero andate via dalla Grecia e voi sareste rimasti senza lavoro."

"Quando avete scoperto, dopo averli pedinati, che gli assassini di Rodakis e Rokkos passavano da via Monastiriou per andare a casa dopo il lavoro, avete sbarrato quella strada con un'auto. Così li avete costretti a entrare in un vicolo, dove li avete uccisi proprio davanti all'asilo infantile," conclude Antigone.

"Come abbiamo fatto a sbarrare via Monastiriou? Nessuno di noi ha un'auto," le risponde Fakinis.

"Non l'avete, ma Nakos ha la patente," ribatte Antigone, che poi si rivolge proprio a lui: "Non è vero?"

"Ho la patente, ma non ho la macchina," risponde lui.

Dervìsoglou prende la parola. "Prima ci avete detto che andavate in un caffè nella zona di Ghyzi. Non è che per caso in quel caffè avete incontrato anche il vostro datore di lavoro, Gheòrghios Kratìs, che abita proprio a Ghyzi, e avete deciso che lui vi avrebbe dato l'auto, una Honda, per sbarrare via Monastiriou?"

I tre si guardano, in uno smarrimento totale. “Noi non abbiamo mai preso l’auto dei nostri datori di lavoro, né tantomeno abbiamo sbarrato la Monastiriou, come sostenete voi,” risponde infine Batìs.

“Che cosa ce ne facevamo dell’auto, visto che abbiamo le moto?” aggiunge Fakinis.

Dervìsoglou si volta verso Nakos. “La sera del triplice omicidio, intorno alle due del mattino, un immigrato pakistano che ha un negozio di alimentari proprio vicino a casa tua ti ha visto passare a bordo di una Honda, proprio come quella di Kratìs, il tuo principale. La mattina dopo ti ha visto passare di nuovo, sempre con la Honda, e procedevi nella direzione opposta. Evidentemente stavi riportando la macchina al proprietario.”

“Si è sbagliato,” esclama subito Nakos. “Avrà visto qualcun altro, si è confuso e ha pensato che fossi io.”

“Con le menzogne e le risposte evasive, non ci convincerete della vostra innocenza,” gli dico. “Ora vi tratterremo in cella di sicurezza. Intanto che siete lì, pensateci bene: capirete che è nel vostro interesse dirci la verità, altrimenti non farete altro che aggravare la vostra posizione.”

Askalidis chiama le guardie. Quando i tre se ne sono andati, Antigone si volta a guardarci. “L’auto è stata il colpo di grazia. Non si aspettavano che l’avessimo individuata.”

Lo squillo del telefono interrompe la conversazione. È Dimitriou, della scientifica. “Dal sopralluogo nelle loro case non è emerso nulla che possa incriminarli, né altro di rilevante,” mi comunica.

“Non avete trovato le armi del delitto?”

"No. L'unica cosa che posso dirvi è che a un certo punto, mentre eravamo a Dafni, a casa di Nakos, qualcuno ha suonato ripetutamente il campanello della porta d'ingresso. Non abbiamo aperto perché avevamo precise istruzioni da parte della Squadra omicidi di non dare spiegazioni. Quando siamo scesi, abbiamo chiesto ai condòmini se avessero visto degli sconosciuti suonare il campanello. Una coppia ci ha detto di aver visto due giovani."

"Hanno notato, per caso, se erano in auto?"

"Sì. Li hanno visti andarsene con una Toyota."

Riferisco agli altri quel che mi ha detto Dimitriou. "Sta scoppiando il panico," è il commento di Antigone.

"Sì, ma non interveniamo, così vediamo dove li condurrà. Forse il panico potrà spingerli a commettere qualche sciocchezza," le rispondo. "Però, è necessario che sia la sede dell'azienda, sia le case dove abitano siano sottoposte a sorveglianza continua. Come anche il garage. Inoltre, la scientifica dev'essere in costante allerta."

Non ho ragione di non essere soddisfatto. L'unica cosa che ancora ci manca è un testimone oculare che abbia visto la Honda sbarrare via Monastiriou. Ma anche questa lacuna potrà essere colmata, quando i tre che hanno commesso il triplice omicidio cominceranno a sentirsi in trappola e ad accusare i loro datori di lavoro, come fanno di solito i colpevoli.

Sono quasi certo che i titolari dell'azienda cercheranno di lasciare il paese, ma non posso immaginare quale nazione straniera abbiano scelto e quale mezzo pensino di utilizzare per la fuga.

La telefonata di Antigone interrompe le mie elucubrazioni. "Kardakis e Kratìs non sono in ufficio, ma le loro auto si trovano ancora in garage. Siamo in attesa di notizie da parte di Iannis e Thanos, che sono andati a casa loro."

Il fatto che le auto siano in garage sembra indicare che, se sono in partenza, intendono prendere un aereo e andare all'aeroporto in taxi, per non suscitare sospetti. Se avessero deciso di partire in auto, avrebbero preso una delle due che possiedono. Che vogliano espatriare in treno o in pullman, poi, mi pare improbabile.

"Parlate con i responsabili del garage e chiedete se hanno visto Kardakis e Kratìs prendere qualcosa dalle auto," dico ad Antigone.

Mi richiama poco dopo. "Il responsabile li ha visti prendere due borse da viaggio e un sacchetto di plastica giallo," mi informa.

Le borse rafforzano il sospetto che vogliano abbandonare il paese. La mia ipotesi trova conferma poco dopo, quando mi telefona il comandante. "I due sospettati, Kardakis e Kratìs, hanno tentato di imbarcarsi su un volo in partenza dall'aeroporto Elefthèrios Venizelos."

"Dove avevano intenzione di andare?"

"A Istanbul."

Da lì si sarebbero trasferiti in qualche altro paese musulmano per far perdere definitivamente le loro tracce. "Dove si trovano, adesso?" chiedo al comandante.

"Sono in aeroporto, in stato d'arresto. Attendiamo sue istruzioni."

"Che li portino qui in centrale con una volante." All'improvviso mi viene un'idea. "Prima di farli partire con la volante, vorrei che mi diceste quali bagagli hanno con sé."

"La richiamo subito." E in effetti mi richiama dopo appena qualche minuto: "Due borse da viaggio."

"Bene. Adesso potete mandarceli."

Riattacco e chiamo Antigone mentre sento montare l'ansia. "Chiamate subito la scientifica. Deve fare una ricerca minuziosa nei bidoni dell'immondizia intorno al garage, ma anche all'aeroporto. Non è escluso che il sacchetto di plastica gialla contenesse le armi degli omicidi e che le abbiano buttate via." Quindi la aggiorno sui due fuggitivi che stanno portando in centrale.

"Ci prepariamo per l'interrogatorio?"

"No. Lascia che passino una notte in cella, e separati, in modo che ansia e paura abbiano modo di crescere. Ormai avranno capito che abbiamo arrestato gli altri tre e probabilmente si stanno rompendo la testa per cercare di indovinare che cosa ci abbiano detto."

L'ultima notizia, quella che mette il sigillo definitivo al caso, arriva da Dimitriou.

"Abbiamo trovato il sacchetto di plastica giallo poco lontano dal garage."

"E contiene qualcosa che ci interessa?"

"Due pistole Heckler & Koch," mi risponde senza tanti giri di parole. "Domani avremo i dettagli su come siano state utilizzate."

Chiamo subito Antigone per aggiornarla. "Quindi abbiamo terminato," mi annuncia, pronta a far festa.

"Domattina venite tutti nel mio ufficio: stabiliremo un piano per l'interrogatorio dei due titolari e, in seguito, per quello di tutti e cinque insieme."

Restiamo intesi così. Non mi rimane che mettere un punto fermo e prendere la strada per via Athanasias.

# 36.

L'idea mi balena di primo mattino, mentre porto Adriana a casa di Caterina e Fanis. Avevamo detto di invitare Mània con Uli e Zisis perché godessero dei piatti cucinati da Adriana con l'accompagnamento dello *tzatziki*. Dopodomani è la sera ideale. Infatti entro domani al più tardi avremo finito con gli interrogatori e consegneremo i colpevoli al giudice istruttore. I piatti di Adriana saranno il coronamento ideale per festeggiare la conclusione di un caso che ci ha fatto ammattire. Glielo dico e lei è subito d'accordo.

Appena giunto in ufficio, convoco la Squadra omicidi. Arrivano anche stavolta al gran completo.

"C'è qualcosa di nuovo?" chiedo.

"Abbiamo mostrato al responsabile del parcheggio il sacchetto di plastica dove erano state messe le pistole e l'ha subito riconosciuto," risponde Antigone.

"Quindi, ora sappiamo anche di chi erano le armi che hanno sparato. Possiamo procedere all'interrogatorio." Mi fermo e li guardo. "Inizierete in modo aggressivo, senza giri di parole.

Li accuserete di essere complici degli assassini, e staremo a vedere come reagiscono."

"Sono sicura che avranno pronta una giustificazione, per la macchina. Ma sulle pistole è probabile che crollino." Poi si rivolge a me: "Lei sarà presente all'interrogatorio?"

"Ci muoveremo come con i tre esecutori degli omicidi: sarò presente come osservatore e interverrò quando e se servisse."

Koula chiede che portino Kardakis e Kratìs nella stanza degli interrogatori. Siamo pronti a scendere anche noi, ma ci ferma la telefonata di Dimitriou. "Le due pistole trovate nel sacchetto di plastica sono state usate per l'uccisione dei tre ragazzi," mi annuncia.

Quindi, abbiamo suggellato il caso sotto tutti gli aspetti. Non ci rimane che l'ultimo interrogatorio, e infine calerà il sipario.

Kardakis e Kratìs sono sulle sedie riservate a chi viene interrogato. Sussurrano qualcosa tra loro, ma non appena ci vedono interrompono la conversazione. Gli agenti di guardia se ne vanno.

"Con quale diritto ci avete proibito di lasciare il paese, e perché ci avete arrestato?" chiede, fuori di sé, Kardakis.

"Ci avete lasciato di proposito al buio, non ci avete detto di che cosa siamo accusati e men che meno ci avete dato una spiegazione," aggiunge Kratìs con lo stesso tono.

"Siete accusati di complicità negli omicidi di Ioannis Karatzakis, Panaghiotis Dorìs e Alèxandros Soùkalis, che sono stati uccisi da Leonidas Batìs e Sotìrios Fakinis davanti all'asilo infantile nel vicolo di via Monastiriou. Leonidas Batìs e Sotìrios Fakinis sono impiegati della vostra azienda, la Greek Counsel," li informa, senza perdere la calma, Antigone.

"E quando è successo tutto ciò?" chiede Kardakis.

"Intorno all'una e mezzo, nella notte del 6 marzo," gli risponde Dervìsoglou.

"E, secondo voi, come possiamo sapere dov'erano i nostri impiegati all'una e mezzo del mattino?" gli chiede Kardakis.

"Un altro vostro dipendente, Periklìs Nakos, aveva sbarrato con un'auto via Monastiriou per costringere le vittime a svoltare verso l'asilo infantile. Ma gli altri due li aspettavano e gli hanno sparato, uccidendoli. L'auto che è stata utilizzata è una Honda," spiega Antigone, che poi si volta verso Kratìs. "Abbiamo appurato che si tratta della sua Honda. Non abbiamo soltanto il numero di targa, ma anche un testimone che ha visto Nakos tornarsene a casa con quella stessa macchina alle due del mattino. E la mattina dopo l'ha visto andarsene, probabilmente per lasciare l'auto nel parcheggio dove posteggiate le vostre – la Honda e la Toyota."

"So che aveva l'automobile. Me l'aveva chiesta per portare ad Atene i suoi genitori che vivono nel Peloponneso," le risponde Kratìs. "Mi aveva detto che suo padre aveva problemi di salute e non voleva farlo viaggiare in pullman."

"Insomma, le ha mentito per farsi prestare la sua auto."

"Questa è l'unica spiegazione."

"Noi non sapevamo chi fossero le persone uccise, come sostenete, dai nostri tre impiegati, né ci abbiamo mai avuto a che fare," aggiunge Kardakis. "Se ce l'aveste chiesto sin dall'inizio, vi avremmo dato la stessa risposta. Che bisogno c'era di proibirci l'espatrio e chiuderci in cella per una notte?"

Antigone prima mi lancia un'occhiata e poi si rivolge a Koula: "Porta gli altri tre, in modo che sentano anche loro che cosa ci hanno appena detto questi signori," le dice.

Poco dopo arrivano i tre, scortati dalle guardie. Non appena vedono Kardakis e Kratìs, si fermano a fissarli. Poi si scambiano qualche occhiata tra di loro e si siedono, senza dir nulla ai titolari dell'azienda.

Antigone subito chiede conferma a Periklìs Nakos. “Gheòrghios Kratìs ci ha detto che gli hai chiesto in prestito l’automobile per portare i tuoi genitori dal Peloponneso ad Atene, dato che tuo padre ha problemi di salute e non volevi che viaggiasse in pullman. È vero, questo?”

Nakos evita lo sguardo di Antigone e fissa, imbarazzato Batìs e Fakinis, ma anche loro restano in silenzio.

“Ci metteremo davvero poco a verificare se i tuoi genitori abitano nel Peloponneso e se tuo padre ha veramente dei problemi di salute. Quindi ti consiglio di dirci la verità,” insiste Antigone.

Nakos esita ancora un po’. “Non gli ho detto nulla del genere. I miei genitori vivono ad Atene, a Galatsi. Si è immaginato tutto perché è originario del Peloponneso,” risponde infine.

“Come faccio io a sapere se i tuoi abitano ad Atene o nel Peloponneso,” esclama Kratìs.

“Non ti ho detto nulla di simile. Ti ho pregato di prestarmi l’auto perché avevo del lavoro da sbrigare,” gli risponde Nakos.

“Che lavoro? Sbarrare la strada per ammazzare quei tre? Così, adesso, Iorgos e io siamo invischiati in un delitto di cui non sappiamo nulla,” gli urla contro Kardakis.

Quella è la scintilla che fa esplodere gli ultimi arrivati. Batìs balza in piedi, su tutte le furie: “Ma insomma, non vi vergognate?” esclama. “Abbiamo deciso insieme: siete stati voi, a darci l’auto di Iorgos, e ora giocate alle colombine innocenti?” Si ferma e si volta verso Fakinis. “Non ha senso nascondersi dietro un dito. Loro hanno deciso di uscire da questo casino indenni, lasciando noi colpevoli. Raccontaglielo tu, Sotìrios, che hai più sangue freddo.”

Fakinis ci pensa un po' su, prima di rispondere. Alla fine, si decide. "Tutto è iniziato dopo il tentativo di uccidere l'amministratore delegato. Eravamo nell'ufficio di Nikos e discutevamo del fallito omicidio. Nikos e Iorgos erano in preda al panico. Ci dissero che, se gli attentati fossero proseguiti, in Grecia non sarebbe rimasta neanche un'azienda straniera, e nessuna sarebbe mai più venuta ad aprirvi un ufficio. Avrebbero dovuto chiudere l'azienda e saremmo rimasti tutti disoccupati. A quel punto, Leonidas gli ha detto che noi sapevamo chi fossero gli assassini. Gli abbiamo raccontato dell'omicidio di Rodakis e di come li avessimo visti al grande raduno fuori dell'Università di Economia, prima mentre entravano di nascosto nella palazzina con gli uffici dei docenti, e poi mentre attaccavano la rivendicazione all'ingresso sulla Mavrommateon. Abbiamo anche detto che eravamo sicuri fossero state quelle stesse persone, a uccidere il segretario del ministero."

"Mentre discutevate, dov'erano gli altri impiegati?" gli chiede Antigone.

"Fuori per lavoro, presso qualche ente pubblico. Eravamo soli," risponde Nakos.

"La mattina seguente, Iorgos ci ha invitati ad andare da lui la sera, nel suo appartamento a Ghyzi," continua Batìs, che si è calmato un po'. "C'era anche Nikos. Entrambi ci hanno ripetuto che l'azienda era in pericolo, e con quella anche i nostri posti di lavoro. Saremmo rimasti tutti disoccupati, se qualcuno non avesse messo un freno a questi tre."

"Dopo le spiegazioni, ci hanno presentato la loro proposta," continua Nakos.

"E qual era, la proposta?" chiede Askalidis.

"Toglierli di mezzo," risponde Nakos. "Ci dissero che se quei tre fossero stati liquidati, noi avremmo avuto una promozione, stipendi più alti e parecchi bonus. Se invece avessero continuato a uccidere, i nostri capi sarebbero stati costretti, prima o poi, a licenziarci."

"Vergognatevi! Siete dei gran figli di puttana!" urla furibondo Kratìs, balzando in piedi. "Siete stati voi a spaventarvi al punto di ucciderli, pur di non perdere il lavoro, e ora volete tirare dentro anche noi per alleggerire la vostra posizione!" Si ferma e, rivolgendosi a noi, continua: "Li ho invitati a passare da me per andare in un locale dove si beve *tsìpouro* a Ghyzi. Eravamo amici sin dai tempi del liceo, ma non mi sarei mai immaginato che ci avrebbero venduto in questo modo."

"Smettetela con le accuse incrociate, perché non vi porteranno da nessuna parte," gli dico. "C'è anche un'altra domanda in sospeso, che può chiarire il vostro rapporto e la complicità tra di voi. Sono le armi che avete utilizzato per l'omicidio dei tre attentatori."

Kratìs ha già pronta la risposta più scontata: "Chiedetelo a loro, dove le hanno trovate e che cosa ne abbiano fatto."

"Volete scaricare tutto su di noi e uscirvene puliti," esclama arrabbiato Fakinis, e si volta verso di me. "Ci siamo accordati: noi gli avremmo restituito le armi perché le facessero sparire, così la polizia non le avrebbe trovate se avesse perquisito i nostri alloggi."

"Bugiardo!" esclama Kardakis.

"Se lui è un bugiardo, com'è che si sono trovate due pistole nella tua auto?" gli chiede Antigone.

Kardakis prima lancia uno sguardo a Kratìs e poi si rivolge di nuovo ad Antigone, ma, stavolta, i suoi occhi sono inquieti.

"Vi siete messi d'accordo con gli assassini per coinvolgere anche noi," le dice.

"Ieri mattina, quando vi stavate preparando a partire, siete andati al parcheggio," risponde Antigone. "Il responsabile vi ha visto estrarre dal portabagagli delle vostre auto due borse da viaggio e un sacchetto di plastica gialla. Abbiamo cercato nei bidoni della spazzatura nei dintorni, e abbiamo trovato il sacchetto. Dentro c'erano due pistole. Siamo tornati al parcheggio e abbiamo mostrato il sacchetto al responsabile, che ci ha garantito che quello era proprio il sacchetto che avevate con voi."

"Nel frattempo, la scientifica ha esaminato le pistole e ci ha confermato che sono le armi utilizzate per compiere il triplice omicidio," conclude Kòllias.

Segue un silenzio di tomba. Nessuno degli accusati trova qualcosa da dire. Solo, Nakos guarda Kardakis e Kratìs con un sorriso pieno di odio.

"Allora, riassumo, così la finiamo qui," dico. "Leonidas Batìs e Sotìrios Fakinis sono accusati dell'omicidio di Ioannis Kardakis, Panaghiotis Dorìs e Alèxandros Soùkalis. Voialtri tre, Periklìs Nakos, Nikòlaos Kardakis e Gheòrghios Kratìs, siete accusati di complicità nel triplice omicidio. Inoltre, Nikòlaos Kardakis e Gheòrghios Kratìs affronteranno l'accusa di essere stati i mandanti degli omicidi. Domani comparirete tutti davanti al giudice istruttore."

"Vogliamo un avvocato," esclama Kardakis.

"Il giudice istruttore vi manderà da un pubblico ministero. Fate in modo di avere gli avvocati quando sarete convocati per l'interrogatorio regolare," rispondo.

Koula comunica alle guardie che tutti e cinque devono essere tradotti in cella di sicurezza. Non appena sono usciti, Antigone si lascia andare a un sospiro di sollievo. "Finalmente è finita! Questo caso ci ha davvero massacrati."

Dopo essere salito in ufficio, telefono al comandante per l'aggiornamento definitivo. "Congratulazioni!" esclama, appena ho terminato. "Questo è un successo davvero notevole. Informerò immediatamente il ministro."

Poco dopo richiama, per dirmi che il ministro è al settimo cielo. "Vuole che domani organizziamo una conferenza stampa al ministero," mi dice.

"Volentieri," rispondo.

Stavolta sono determinato a portare Antigone con me. Ha affrontato tali e tante burrasche, che il meno che io possa fare è offrirle di partecipare alla conferenza. Le telefono per comunicarglielo.

"Ma cosa dovrei dire, io? Sarà lei a spiegare tutto," mi risponde imbarazzata.

"Parleremo insieme," le spiego, e riattacchiamo.

Mi appoggio allo schienale e respiro profondamente. Mi sono liberato di un peso enorme e ora mi sento leggero e sollevato.

Davanti ai miei occhi si forma via via più nitida l'immagine che aveva tracciato il vecchio esponente della sinistra, Zisis, sulla società dell'antagonismo e dell'invidia, la sera della cena al centro di accoglienza. Dal bullismo scolastico agli esami di ammissione all'università, e da lì alla *startup*, il caso che abbiamo risolto era proprio una storia di rivalità, invidia e devastazione. Zisis aveva ragione.

# 37.

La mattina dopo, lascio Adriana nei pressi del mercato. La precedenza ce l'hanno le vettovaglie per la cena di stasera. Poi continuo l'itinerario verso il mio ufficio. È la prima volta da molto tempo che vado in ufficio senza che ci sia l'ansia a divorarmi perché sono seduto sui carboni ardenti. Faccio una sosta al bar della centrale per prendere il caffè e la mia brioche. Mi godo prima di tutto la brioche, e poi telefono ad Antigone.

"A che punto siamo?" le chiedo.

"Abbiamo già mandato il fascicolo al giudice istruttore. Aspettiamo che ci dicano a quale pubblico ministero verrà affidato il caso, per trasferire gli accusati non appena ci avranno informati."

Al terzo sorso di caffè, mi telefona il comandante per dirmi che la conferenza stampa è programmata per mezzogiorno. Informo subito Antigone. "Vieni a fare due chiacchiere, così ci prepariamo per bene," le dico.

Da come si comporta capisco che è in ansia. "Verrò con lei, ma la prego: ci pensi lei a comunicare l'aggiornamento."

“Tu hai la responsabilità delle indagini, ma devo essere io a farne il resoconto? Certo, come tuo superiore ho avuto il ruolo di supervisore, ma l’inchiesta è stata condotta dalla Squadra omicidi di cui tu sei il capo.”

“Ho paura di confondermi e combinare qualche pasticcio,” mi spiega come se volesse scusarsi.

“Non combinerai nessun pasticcio. Racconterai i fatti e spiegherai come siete riusciti ad affrontare e a risolvere i delitti. Tu servirai il piatto forte e io il contorno, se sarà necessario.”

Mezz’ora prima della conferenza stampa, ci sono due partenze simultanee. I cinque imputati vengono trasferiti dal giudice istruttore, mentre Antigone e io saliamo su una volante diretta in via Katechaki.

Il comandante accoglie Antigone con calorose congratulazioni. Il più entusiasta, però, è il vicecomandante.

“Mi sento orgoglioso, Antigone, di averti proposta come dirigente della Squadra omicidi. Non mi sono sbagliato,” dice stringendole la mano.

“La ringrazio, signor vicecomandante. E anch’io sono felice che i due imputati non abbiano fatto in tempo a fuggire all’estero. Se ce l’avessero fatta, sarei dovuta tornare di servizio all’Europol.”

Procediamo, di ottimo umore, verso la sala dove si terrà la conferenza stampa. I giornalisti sono già presenti e ci stanno aspettando. L’attesa si protrae fino all’arrivo del ministro, che prende la parola per primo.

“Voglio esprimere le mie calorose congratulazioni alla Direzione della polizia dell’Attica e alla Squadra omicidi per questo grande successo. Hanno sciolto un nodo gordiano di ben cinque omicidi, un caso eccezionalmente difficile e complesso. Tutti i responsabili sono stati arrestati e sono stati deferiti al giudice istruttore. Il resto ve lo diranno direttamente loro."

Il ministro conclude la sua presentazione e segue il silenzio. Faccio un cenno ad Antigone perché inizi. Ci mette un po' e al principio è abbastanza impacciata, come se dovesse cercare le parole. Ma, pian piano, si rilassa e trova un buon ritmo. Descrive nel dettaglio la successione degli omicidi e come siamo passati dalla morte del professor Rodakis e del segretario Rokkos, al triplice omicidio dei loro assassini.

"Ho un dubbio. Perché, se avevano visto quei tre ragazzi che entravano nello studio di Rodakis, non sono poi andati a denunciarli, quando hanno saputo della sua uccisione?" chiede Merikas.

"Forse perché non erano del tutto sicuri che fossero proprio loro gli esecutori. Ma forse anche perché non volevano guadagnarsi il marchio della spia, dell'informatore. Del resto, come è emerso dalle indagini, il professor Rodakis non era particolarmente simpatico ai suoi studenti," gli spiega Antigone.

"Quale è stato l'elemento che vi ha condotto alla svolta decisiva? Le testimonianze, il caffè di piazza Akadimias Plàtonos, oppure l'auto che aveva sbarrato via Monastiriou?" le domanda la giornalista alta e secca.

"Tutto questo ha senza dubbio contribuito alla soluzione del caso, ma quel che ci ha aiutato in modo decisivo è stato il rapporto vittima-carnefice in entrambi i gruppi di omicidi."

"Che cosa intende?"

"I tre che hanno ucciso il professore e il segretario ministeriale erano stati vittime di bullismo per tutti gli anni del liceo. E, anche se avrebbero voluto studiare scienze umane, hanno cambiato indirizzo e si sono dedicati agli studi di economia con la speranza che, in quel modo, sarebbero finalmente scampati al bullismo. Ma non solo non l'hanno scampata: sono stati anche bocciati agli esami di ammissione. E a quel punto, da vittime di quel bullismo che aveva rovinato i loro studi, sono diventati carnefici, ossia assassini. Quanto al secondo gruppo di assassini e ai loro mandanti, erano stati spaventati dal tentato omicidio dell'amministratore delegato della Technoset. Si erano convinti che, se gli attentati fossero proseguiti, le imprese straniere avrebbero lasciato la Grecia o l'avrebbero evitata in futuro, e loro sarebbero stati vittime di tutto questo. I titolari avrebbero dovuto chiudere l'azienda, i tre impiegati sarebbero rimasti disoccupati. La paura di diventare vittime li ha trasformati in carnefici, e così hanno ucciso i primi tre esecutori, che anch'essi, all'inizio, erano stati delle vittime."

Tanto di cappello, penso. Ha spiegato tutto con tale chiarezza che non ha lasciato nulla in ombra. Merikas si volta a guardarmi.

"Lei crede che questo stato di cose può continuare ancora a lungo?"

"Non sono né un sociologo né uno psicoanalista. Ma se dovesse seguitare, potrebbe causare problemi davvero molto gravi," gli rispondo.

Non ci sono altre domande e la conferenza stampa giunge al termine. Ci dividiamo, ognuno per la sua strada, mentre i nostri superiori sono in preda a un'euforia totalizzante.

"Hai parlato benissimo, brava!" le dico mentre entriamo nella volante.

All'ingresso ci separiamo e io vado a prendere la Seat per dare un passaggio a Zisis. Non lo vedo da quando gli è stata diagnosticata la stenosi all'aorta e mi divora da un lato il desiderio di sapere come sta, e dall'altro il timore di saperlo. Lo trovo che mi aspetta fuori dal centro di accoglienza. È dimagrito, ma mi accoglie con un sorriso e sale in auto senza problemi.

"Come va, Lambros? Come stai?" gli chiedo quando mi si siede accanto.

"Come vuoi che vada? Medicine, dieta e niente sforzi," mi risponde. "Se questa malattia mi fosse venuta dieci anni fa, avrei detto: lasciatemi in pace, sto benissimo. Ma ora che sono vecchio... 'Nella vecchiaia il vecchio impara quel che non sa,' dice il proverbio."

Cambio argomento e gli chiedo come vanno le cose nel nuovo centro di accoglienza. "Vanno bene, abbiamo ripreso i nostri ritmi normali. In questo sono state di grande aiuto Adriana, con Melpo e Anna. Ma anche le ragazze, Rena, Cliò e Margarita, che ormai fanno parte del personale regolare."

Continuiamo a chiacchierare fin quando arriviamo in via Athanasias. Tutta la famiglia si è riunita. Adriana viene ad accoglierci, per poi scomparire in cucina. Zisis va ad abbracciare il suo piccolo omonimo.

"Ho visto Zisis in buone condizioni," dico a Fanis quando restiamo noi due soli in soggiorno.

"Te lo dirò con certezza quando avremo i prossimi esami. In ogni caso prende le medicine regolarmente e segue il programma che gli abbiamo dato."

Squilla il campanello e si presentano Mània e Uli. Mània scambia baci e abbracci con Caterina e Fanis, e intanto cerca con lo sguardo Adriana.

"Non cercare la mamma, è in cucina. La vedrai quando saremo a tavola," la avvisa Caterina.

Poi, Mània e Uli vanno in camera di Lambros. Uli ha in mano un sacchetto di carta. "Tua mamma mi ha detto che hai la passione per il disegno. E allora ho pensato di aiutarti a coltivare questo talento," dice a Lambros.

Dal sacchetto estrae un blocco, una scatola di pastelli e un libro che spiega come realizzare, passo dopo passo, un disegno completo. Il bambino si entusiasma per il regalo e si immerge subito nella lettura.

"Chi avrebbe detto che un bambino con il papà medico, la mamma avvocato e il nonno poliziotto avrebbe avuto la mania del disegno," commento.

"Le famiglie sono così, signor Charitos," mi spiega Mània. "Lei, con un padre maresciallo della gendarmeria, è diventato commissario. Altri invece diventano medici, avvocati o artisti, e la famiglia a volte ne è felice, altre volte maledice la sorte."

"Queste sono le famiglie di oggi," interviene Zisis. "Ai miei tempi regnava la povertà. Uscivamo in strada per sopravvivere col lavoro pagato alla giornata che ci assicurava un pasto al giorno. Il nostro sogno era che i nostri figli continuassero la lotta e non abbassassero la guardia."

Adriana ci propone gli stessi piatti dell'ultima volta, quando avevamo cenato a casa nostra. Zisis non smette di guardarli. "Io posso mangiarle, queste cose?" chiede a mio genero.

"Puoi assaggiare tutto. Per una volta, non ti succede niente. Basta che non mangi troppo: non devi sentire un peso sullo stomaco quando andrai a dormire."

"Uli, ti piace lo *tzatziki*?" chiede Adriana.

"Lo mangio, ma non mi entusiasma. Altri piatti greci mi piacciono di più."

"Assaggia il mio, voglio la tua opinione." Uli, prudente come un tedesco, mette un cucchiaino di *tzatziki* nel piatto. "Provalo insieme alle melanzane oppure alle zucchine," gli suggerisce Adriana.

Tutti aspettiamo la sua reazione. Uli spalma un po' di *tzatziki* sopra una fetta di melanzana e assaggia. Non appena inghiotte il primo boccone, balza in piedi.

"Ma questo è tutto un altro *tzatziki*!" esclama entusiasta. "Non è lo *tzatziki* che conosco io."

"Dài, su… l'avrai mangiato due volte in tutto e credi che lo *tzatziki* sia quello" gli dice Mània, con sufficienza.

"Non farti influenzare. Sei abituato ad altri tipi di *tzatziki*…" commenta Adriana.

"Questa è una punzecchiatura perché a me piacciono i *souvlàkia* con lo *tzatziki*," spiego a Mània. "Ora, però, Adriana fa questo splendido *tzatziki* casalingo e io con quello della griglieria ho chiuso."

"Finalmente! Ci ho messo anni per convincerti!"

"Voglio che mi spieghi come lo fa, che mi diate la ricetta," le chiede Uli.

"Volentieri, Uli. Solo che devi mangiarlo o con le melanzane fritte e le zucchine, come ora, oppure con le polpettine di zucchine."

"Anche per il terzo piatto ho bisogno di ricetta e spiegazione."

"Che ti succede?" sento all'improvviso la voce di mio genero.

Il suo sguardo è fisso su Zisis che, mentre parlavamo, si è alzato da tavola. Ora è seduto su una poltrona e cerca di regolarizzare il respiro. “Non so… Faccio fatica a respirare,” dice a Fanis con la voce ridotta a un sussurro stentato.

Fanis prende subito il cellulare e chiama l’ospedale. Chiede che mandino un’ambulanza il più presto possibile.

“Non è niente, passerà,” dice ancora Zisis, ma la sua voce è sempre rotta e ansante.

Fanis non gli dà retta e si volge verso Mània. “Voglio che tu venga con me.”

“Ma certo, ci mancherebbe!”

Adriana guarda Zisis e cerca di nascondere il panico. “Vuoi qualcosa?” gli chiede, per combattere la propria sensazione di impotenza. Lui scuote la testa.

L’autoambulanza arriva in dieci minuti. I portantini fanno sdraiare Zisis sulla barella. Fanis e Mània li seguono.

In casa, ora, regnano il gelo e il silenzio. Nessuno di noi dice nulla. Caterina si alza per prima e prende in braccio suo figlio. “È ora di andare a dormire. L’atmosfera, qui, non fa per te.” Prima di uscire dal soggiorno si volta verso di noi. “Un po’ di pazienza. Potrebbe non essere nulla di serio,” dice per farci coraggio.

I piatti sono rimasti sul tavolo, ma nessuno li degna di un’occhiata. Non riusciamo a dire una parola. Caterina ritorna poco dopo ed entra anche lei nel cerchio del silenzio.

Passano due ore di autentica sofferenza, finché Fanis e Mània non fanno ritorno.

“Quando l’abbiamo lasciato si sentiva meglio,” ci annuncia Fanis. “Ciò nonostante, se il problema respiratorio dovesse ripresentarsi, ho dato istruzioni di metterlo sotto ossigeno immediatamente. Domani gli faremo gli esami. Forse gli serve una modifica della terapia che gli abbiamo prescritto. Lo visiterà anche il cardiochirurgo. Se dovesse servire un'operazione, allora sì che ci saranno problemi."

La mia gioia per aver risolto un caso difficile è dimenticata, come non fosse mai esistita.

I sapori della cena di Adriana si sono dissolti.

L'unica cosa rimasta è un senso di sventura e l'angoscia per il domani.

Oceani Narrativa straniera

1. Michael Cunningham, *Un cigno selvatico*
2. Tahar Ben Jelloun, *Il matrimonio di piacere*
3. Petros Markaris, *L'assassinio di un immortale*
4. Guillaume Musso, *La ragazza di Brooklyn*
5. Laird Hunt, *Neverhome*
6. Joël Dicker, *Il libro dei Baltimore*
7. Chinua Achebe, *Le cose crollano*
8. Wole Soyinka, *Sul far del giorno*
9. Paulo Coelho, *La spia*
10. Emanuel Bergmann, *L'incantesimo*
11. Jessie Burton, *La musa*
12. Marina Perazagua, *Yoro*
13. Cynthia Ozick, *Le carte della Signorina Puttermesser*
14. Jonathan Lethem, *Anatomia di un giocatore d'azzardo*
15. Petros Markaris, *Il prezzo dei soldi*
16. Gilda Piersanti, *Roma enigma*
17. Guillaume Musso, *Un appartamento a Parigi*
18. Olivier Rolin, *Veracruz*
19. Dana Spiotta, *Innocenti e gli altri*
20. Bernard Minier, *Non spegnere la luce*

21. Ismail Kadare, *La bambola*
22. Howard Jacobson, *Pussy*
23. Chinua Achebe, *Non più tranquilli*
24. Sean Greer, *Less*
25. Andreï Makine, *L'arcipelago della nuova vita*
26. Patrick McGrath, *La guardarobiera*
27. Octavio Prenz, *Solo gli alberi hanno radici*
28. Alojz Rebula, *La peonia del Carso*
29. David Vann, *Aquarium*
30. Bernard Minier, *Notte*
31. Delphine Minoui, *Gli angeli dei libri di Daraya*
32. Adebayo Ayobami, *Resta con me*
33. Laurent Binet, *La settima funzione del linguaggio*
34. Petros Markaris, *L'università del crimine*
35. Joël Dicker, *La scomparsa di Stephanie Mailer*
36. Peter Carey, *Molto lontano da casa*
37. Sam Shepard, *L'uomo dentro*
38. Libby Page, *Il lido*
39. Paulo Coelho, *Hippie*
40. Ludmila Ulitskaya, *Il sogno di Jakov*
41. Edward Carey, *Nel ventre della balena*
42. Guillaume Musso, *La ragazza e la notte*
43. Andrés Barba, *Repubblica luminosa*
44. Tahar Ben Jelloun, *La punizione*
45. Elfriede Jelinek, *Gli esclusi*
46. Jean Marie Gustave Le Clézio, *Bitna sotto il cielo di Seul*
47. Rao Pingru, *La nostra storia*
48. Michel Houellebecq, *Serotonina*
49. Daša Drndić, *Leica Format*
50. Zia Haider Rahman, *Alla luce di quello che sappiamo*
51. Raphael Jerusalmy, *Evacuazione*

52. Howard Jacobson, *L'enigma di Finkler*
53. Juan Octavio Prenz, *Il signor Kreck*
54. Chinua Achebe, *La freccia di Dio*
55. Kevin Powers, *Un grido nelle rovine*
56. Jonas Jonasson, *Il centenario che voleva salvare il mondo*
57. Charles Davis, *Hitler, Mussolini e me*
58. Monica Sabolo, *La scomparsa di Summer*
59. Kamel Daoud, *Zabor*
60. Ismail Kadare, *Aprile spezzato*
61. Richard Powers, *Il sussurro del mondo*
62. Marion Messina, *Falsa partenza*
63. Andrew Sean Greer, *La via dei pianeti minori*
64. Clemens J. Setz, *L'ora tra la donna e la chitarra*
65. Guillaume Musso, *La vita segreta degli scrittori*
66. Petros Markaris, *Il tempo dell'ipocrisia*
67. Hoda Barakat, *Corriere di notte*
68. Bernard Minier, *Sorelle*
69. Jonathan Lethem, *Il detective selvaggio*
70. Ngũgĩ wa Thiong'o, *Il signore dei corvi*
71. Ben Okri, *Libertà*
72. Howard Jacobson, *Su con la vita*
73. Tatiana de Rosnay, *Sentinella della pioggia*
74. Tahar Ben Jelloun, *Insonnia*
75. Susan Faludi, *Nella camera oscura*
76. Eimear McBride, *Bohémien minori*
77. Edward Carey, *Piccola*
78. Peter Schneider, *Il saltatore del muro*
79. Guillaume Musso, *L'istante presente*
80. William Faulkner, *Gambetto di cavallo. Sei racconti polizieschi*
81. Jessie Burton, *La confessione*
82. Percival Everett, *Quanto blu*

83. Patrick McGrath, *Racconti di follia*
84. Ocean Vuong, *Brevemente risplendiamo sulla terra*
85. Laurent Binet, *Civilizzazioni*
86. Oyinkan Braithwaite, *Mia sorella è una serial killer*
87. Woody Allen, *A proposito di niente*
88. Joyce Carol Oates, *Ho fatto la spia*
89. Leila Slimani, *Il paese degli altri*
90. James Joyce, *Ulisse*
91. Joël Dicker, *L'enigma della camera 622*
92. Richard Powers, *Canone del desiderio*
93. Ludmila Ulitskaya, *Tra corpo e anima*
94. Howard Jacobson, *Kalooki nights*
95. Michael Krüger, *La casa dei pazzi*
96. Norman Mailer, *Il nudo e il morto*
97. Oliver Stone, *Cercando la luce*
98. Guillaume Musso, *La vita è un romanzo*
99. Anne Enright, *L'attrice*
100. Petros Markaris, *L'omicidio* è denaro
101. George A. Romero, Daniel Kraus, *I morti viventi*
102. Anne Carson, *Autobiografia del Rosso*
103. Elfriede Jelinek, *Le amanti*
104. Anne Boyer, *Non morire*
105. Andrés Barba, *Le mani piccole*
106. Lojze Kovačič, *Il bambino in esilio. I migranti*
107. Katharina Volckmer, *Un cazzo ebreo*
108. Patricia Highsmith, *Donne*
109. Daniel Birnbaum, *Dr. B.*
110. Jon Fosse, *L'altro nome*
111. Joyce Carol Oates, *Pericoli di un viaggio nel tempo*
112. Ismail Kadare, *Le mattine al Cafè Rostand*
113. Christian Kracht, *I morti*

114. Vanessa Springora, *Il consenso*
115. Rumaan Alam, *Il mondo dietro di te*
116. Hervé Le Tellier, *L'anomalia*
117. Norman Mailer, *Il canto del boia*
118. Adania Shibli, *Un dettaglio minore*
119. Charles Yu, *Chinatown interiore*
120. Jonas Jonasson, *Dolce è la vendetta SpA*
121. Patrick McGrath, *La lampada del diavolo*
122. Camille Kouchner, *La famiglia grande*
123. Jonathan Lethem, *L'Arresto*
124. Amin Maalouf, *I nostri fratelli inattesi*
125. Petros Markaris, *Quarantena*
126. Quentin Tarantino, *C'era una volta a Hollywood*
127. Rick Moody, *La lunga impresa. Storia del mio matrimonio*
128. Percival Everett, *Telefono*
129. Ayad Akhtar, *Elegie alla patria*
130. Karine Tuil, *Le cose umane*
131. Yanis Varoufakis, *Un Altro Presente*
132. Joyce Carol Oates, *La notte, il sonno, la morte e le stelle*
133. Guillaume Musso, *La sconosciuta della Senna*
134. Michel Faber, *D (Una storia di due mondi)*
135. Édouard Louis, *Lotte e metamorfosi di una donna*
136. Richard Powers, *Smarrimento*
137. Aravind Adiga, *Amnistia*
138. Joël Dicker, *L'enigma della camera 622 nuova edizione*
139. Bernard-Henry Lévy, *Sulla strada degli uomini senza nome*
140. Emily St. John Mandel, *L'hotel di cristallo*
141. Mel Brooks, *Tutto su di me!*
142. Ben Okri, *Preghiera per i vivi*
143. Abdulrazak Gurnah, *Sulla riva del mare*
144. William Faulkner, *Bandiere nella polvere*

145. Michel Houellebecq, *Annientare*
146. Kamel Daoud, *Il pittore che divora le donne*
147. Drago Jančar, *E l'amore anche ha bisogno di riposo*
148. Boris Pahor, *Oscuramento*
149. Inger-Maria Mahlke, *Arcipelago*
150. Cynthia Ozick, *Antichità*
151. Monica Sabolo, *Eden*
152. Abdulrazak Gurnah, *Paradiso*
153. Daša Drndić, *Belladonna*
154. Andreï Makine, *L'amico armeno*
155. Billy Wilder, *Inviato speciale*
156. Anne Youngson, *Vediamoci al museo*
157. Nita Prose, *La cameriera*
158. François-Henri Désérable, *Il mio padrone, il mio vincitore*
159. Tahar Ben Jelloun, *Il miele e l'amarezza*
160. Elfriede Jelinek, *La voglia*
161. Joël Dicker, *Il caso Alaska Sanders*
162. Marcel Proust, *I settantacinque fogli*
163. Rabih Alameddine, *Il lato sbagliato del telescopio*
164. Abdulrazak Gurnah, *Voci in fuga*
165. Woody Allen, *Zero Gravity*
166. Leila Slimani, *E noi balliamo*
167. Ludmila Ulitskaya, *Era solo la peste*
168. T.C. Boyle, *I Terranauti*
169. Petros Markaris, *La congiura dei suicidi*
170. Joyce Carol Oates, *L'altra te*
171. Aeham Ahmad, Andreas Lukas, *Taxi Damasco*
172. Norman Mailer, *The Fight*
173. Kirstin Valdez Quade, *Le cinque ferite*
174. Patricia Highsmith, *Diari*
175. Mircea Cărtărescu, *Melancolia*

176. Marc Hamer, *Come acchiappare una talpa e ritrovare se stessi nella natura*
177. Joyce Carol Oates, *Respira*
178. Guillaume Musso, *Angélique*
179. Charles Graeber, *Il bravo infermiere*
180. Abdulrazak Gurnah, *Il disertore*
181. Dubravka Ugrešić, *La volpe*
182. Joël Dicker, *La verità sul caso Harry Quebert*
183. Joël Dicker, *Gli ultimi giorni dei nostri padri*
184. Ismail Kadare, *Il dossier O.*
185. Joseph Zoderer, *L'inganno della felicità*
186. Ross Raisin, *Fame*
187. Camille Laurens, *Figlia femmina*
188. Andrus Kivirähk, *L'uomo che sapeva la lingua dei serpenti*
189. Clemens J. Setz, *I bambini indaco*
190. Emily St. John Mandel, *Mare della Tranquillità*
191. Stéphanie Coste, *Lo scafista*
192. Louis Bayard, *I delitti di West Point. The Pale Blue Eye*
193. Jessie Burton, *La casa del Destino*
194. John Carr, *Fuga dal ghetto*
195. Anuk Arudpragasam, *Passaggio a nord*
196. Cristophe Ono-dit-Biot, *Trovare rifugio*
197. Bernard-Henry Lévy, *Dunque, la guerra!*
198. Emir Kusturica, *L'angelo ribelle*
199. Percival Everett, *Gli alberi*
200. Woody Allen, *Rivincite*
201. Woody Allen, *Senza piume*
202. Woody Allen, *Effetti collaterali*
203. Sean Greer, *Less a zonzo*
204. NoViolet Bulawayo, *Gloria*
205. Wole Soyinka, *Cronache dalla terra dei più felici al mondo*

206. Abdulrazak Gurnah, *Cuore di ghiaia*
207. Édouard Louis, *Metodo per diventare un altro*
208. Joyce Carol Oates, *Babysitter*
209. Michel Houellebecq, *Qualche mese della mia vita*
210. Victoria Belim, *La Casa del Gallo. Un segreto di famiglia in Ucraina*
211. Petros Markaris, *La rivolta delle Cariatidi*
212. William Faulkner, *I saccheggiatori*
213. Akira Mizubayashi, *Anima spezzata*
214. Richard Powers, *Operazione anime erranti*
215. Karine Tuil, *La decisione*
216. Howard Jacobson, *Cocco di mamma*
217. Jon Fosse, *Io è un altro*
218. Joyce Carol Oates, *Dammi il tuo cuore*
219. Patrick Zaki, *Sogni e illusioni di libertà. La mia storia*
220. Jonas Jonasson, *Tre amici quasi geniali verso la fine del mondo*
221. Elfriede Jelinek, *Dati personali*
222. Ismail Kadare, *Il Palazzo dei Sogni*
223. Ian Fleming, *Thrilling Cities*
224. Sarah Freethy, *Il fabbricante di porcellane*
225. Nita Prose, *L'ospite del mistero*
226. Ruman Alaam, *Il mondo dietro di te, edizione film*
227. Joël Dicker, *Il caso Alaska Sanders, nuova edizione*
228. Jon Fosse, *Melancholia I-II*
229. Woody Allen, *Pura anarchia*
230. Lewis Carroll, *Le avventure di Alice nel Paese delle Meraviglie*
231. Michael Cunningham, *Day*
232. Louis Bayard, *La torre nera*
233. Michael Krüger, *Il dio dietro la finestra*
234. Joël Dicker, *Un animale selvaggio*
235. Percival Everett, *Cancellazione*
236. Péter Nádas, *Storie dell'orrore*

237. Matthew Blake, *Anna O*
238. Christian Kracht, *Eurotrash*
239. Abdulrazak Gurnah, *L'ultimo dono*
240. Clemens J. Setz, *Le lune prima dell'atterraggio*
241. Michel Faber, *Ascolta. La musica, il suono e noi*
242. Dana Spiotta, *Ribelle*
243. Jon Fosse, *Un bagliore*
244. Alvydas Šlepikas, *Il mio nome è Marytė*
245. Guillaume Musso, *Qualcun altro*
246. Andrew Sean Greer, *Com'è stato per me*
247. Eimear McBride, *Strange Hotel*

Finito di stampare
nel mese di luglio 2024
presso
Puntoweb s.r.l. – Ariccia (RM)

Printed in Italy

Jill Möbius

# Das Geheimnis der richtigen Schwingung

## Anleitung für ein wunder-volles Leben

vianova
Verlag Via Nova

Jill Möbius

# Das Geheimnis der richtigen Schwingung

## Anleitung für ein wunder-volles Leben

vianova
Verlag Via Nova

## Hinweis

Dieses Buch soll keine ärztliche Diagnose und Therapie ersetzen. Beim Auftreten von Krankheitssymptomen sollte unbedingt ein Arzt oder Heilpraktiker aufgesucht werden. Die in diesem Buch genannten Tipps und Ratschläge sind sorgfältig geprüft worden, eine Garantie kann dennoch nicht übernommen werden.

Die Umsetzung der in diesem Buch enthaltenen Ideen, Übungen und Informationen erfolgt eigenverantwortlich. Weder die Autorin noch der Verlag übernehmen Verantwortung für die Folgen, die aus der praktischen Anwendung der in diesem Buch enthaltenen Informationen entstehen könnten; eine Haftung ist ausgeschlossen.

1. Auflage 2005

**Verlag Via Nova, Alte Landstraße 12, 36100 Petersberg**

Telefon: (06 61) 6 29 73

Fax: (06 61) 9 67 95 60

E-Mail: info@verlag-vianova.de

**Internet:**

www.verlag-vianova.de

Umschlaggestaltung: J. Möbius und R. Schache

Satz: typo-service kliem, 97647 Neustädtles

Druck und Verarbeitung: Rindt-Druck, 36039 Fulda

ISBN 3-86616-000-3

*Mögen alle Wesen*
*in dieser und in allen anderen Welten*
*Frieden finden und glücklich sein.*

*(aus den Veden)*

# Inhaltsverzeichnis


Vorwort . . . . . . . . . . 11

**Wunderbare Wirklichkeit: Die Welt ist mehr, als wir sehen** . . . . . . . . . . 13

1 Alles ist Schwingung – unsere Wirklichkeit als kosmisches Konzert . . . . . . . . . . 15

2 Online mit den anderen – Das Telepathie-Phänomen . . . . . . . . . . 18
Der grenzenlose Geist . . . . . . . . . . 19
Auf „Sendung" . . . . . . . . . . 21
Tierisch gute Gespräche . . . . . . . . . . 25

3 Wenn der Wille Wirkung zeigt – Gedanken verändern Materie 30
Mentale Kräfte auf dem Prüfstand . . . . . . . . . . 31
Von Superkids, fliegenden Gegenständen und anderen Phänomenen . . . . . . . . . . 34
Einmaliges Wunder oder Zukunftsmusik? . . . . . . . . . . 37
Die Kraft der Gebete . . . . . . . . . . 39

**Wie man in den Wald hineinruft – das Prinzip der Resonanz** . 43

4 Das Echo der Schöpfung . . . . . . . . . . 45
Die Realität – Spiegel unserer Schwingung . . . . . . . . . . 47
Herr der Gedanken . . . . . . . . . . 51

5 Der Wunschbrunnen: Gedanken werden Wirklichkeit . . . . . . . 53
Tischlein deck dich oder: Wie man sich im Handumdrehen Wünsche erfüllt . . . . . . . . . . 54

6 Die Kraft der Symbole . . . . . . . . . . 61

7 Kosmische Unterstützung . . . . . . . . . . 63
Unmögliches wird sofort erledigt – Wunder auf Bestellung . . 65

**Das Resonanzprinzip und Gesundheit** . . . . . . . . . . 67

8 Wie der Geist den Körper lenkt . . . . . . . . . . 69
Ganz „normale" Phänomene . . . . . . . . . . 70
Die innere Überzeugung ist entscheidend . . . . . . . . . . 73

9 Denke dich gesund! . . . . . . . . . . . . . . . . . . . . . . . . . . 75
Das Geheimnis ewiger Jugend . . . . . . . . . . . . . . . . . . . . 79
10 Weitere Tipps zur Förderung der Gesundheit . . . . . . . . . . . . . . 84
Heilen mit Musik . . . . . . . . . . . . . . . . . . . . . . . . . . . . 87
Prophylaxe mit Meditation & Co. . . . . . . . . . . . . . . . . . . . . 89
11 Spektakuläre Heilungen und andere Wunder . . . . . . . . . . . . . . 96
Jenseits aller Grenzen . . . . . . . . . . . . . . . . . . . . . . . . . 97
Heilende Hände . . . . . . . . . . . . . . . . . . . . . . . . . . . . . 98
Den Wundern auf der Spur . . . . . . . . . . . . . . . . . . . . . . . 101
12 Die Frequenz der Liebe . . . . . . . . . . . . . . . . . . . . . . . . 106
Wie Liebe stärkt und heilt . . . . . . . . . . . . . . . . . . . . . . . 107
„Fühlende“ Gene . . . . . . . . . . . . . . . . . . . . . . . . . . . . 113
**Das Resonanzprinzip und Ernährung** . . . . . . . . . . . . . . . . 117
13 Die richtige Schwingung macht’s: Lebendige Nahrung . . . . . . 119
Licht in unseren Zellen . . . . . . . . . . . . . . . . . . . . . . . . . 120
Ein bunter Cocktail . . . . . . . . . . . . . . . . . . . . . . . . . . . 125
Zucker, Salz & Co . . . . . . . . . . . . . . . . . . . . . . . . . . . . 127
14 Nahrungsergänzung: Energie für Körper, Geist und Seele . . . . 132
Wunder der Natur . . . . . . . . . . . . . . . . . . . . . . . . . . . . 134
15 Der 7. Sinn in der Praxis: Lebensmittel intuitiv auswählen . . . 140
16 Der Stoff, aus dem wir Menschen sind: Lebenselixier Wasser . 144
Wasser ist nicht gleich Wasser . . . . . . . . . . . . . . . . . . . . 145
Das Geheimnis der Heilquellen . . . . . . . . . . . . . . . . . . . . 147
Wasser reinigen und beleben . . . . . . . . . . . . . . . . . . . . . . 149
Das Wesen des Wassers . . . . . . . . . . . . . . . . . . . . . . . . 151
**Das Resonanzprinzip im Umfeld** . . . . . . . . . . . . . . . . . . 157
17 Spiel der Wirkungskräfte – die Einflüsse von Farben, Formen & Co . . . . . . . . . . . . . . . . . . . . . . . . . . . . . . 159
Alles wirkt . . . . . . . . . . . . . . . . . . . . . . . . . . . . . . . . 160
Die Magie der Farben . . . . . . . . . . . . . . . . . . . . . . . . . . 162
Vielfalt im Detail . . . . . . . . . . . . . . . . . . . . . . . . . . . . 164
Zu Risiken und Nebenwirkungen fragen Sie… . . . . . . . . . . . . 167
18 Tanz im Licht: Das Energiefeld von Lebewesen . . . . . . . . . . . 169
Das Licht des Lebendigen . . . . . . . . . . . . . . . . . . . . . . . 170
Auf Empfang – Biofelder wahrnehmen . . . . . . . . . . . . . . . . 172
Liebe ist der beste Schutz . . . . . . . . . . . . . . . . . . . . . . . 176

**Globale Resonanz** . . . . . . . . . . . . . . . . . . . . . . . . . . 179
19 Das Superbewusstsein – wir sind alle vernetzt . . . . . . . . . . . . . 181
Surfen im Biointernet . . . . . . . . . . . . . . . . . . . . . . . . . . . 182
Unsere Wirklichkeit – ein Hologramm? . . . . . . . . . . . . . . . . 184
20 Wir sind die Schöpfer der globalen Realität . . . . . . . . . . . . . . 187
Impulse aus der Zukunft . . . . . . . . . . . . . . . . . . . . . . . . . 188
Jeder Beitrag zählt . . . . . . . . . . . . . . . . . . . . . . . . . . . . 190
Transformation durch Mitgefühl . . . . . . . . . . . . . . . . . . . . 193
21 Die Kraft des Herzens . . . . . . . . . . . . . . . . . . . . . . . . . . 197
Der magische Raum . . . . . . . . . . . . . . . . . . . . . . . . . . . . 199
In Resonanz mit der Erde . . . . . . . . . . . . . . . . . . . . . . . . 200
22 Zurück in die Gegenwart . . . . . . . . . . . . . . . . . . . . . . . . . 203
Jenseits der Gedanken . . . . . . . . . . . . . . . . . . . . . . . . . . 205
Katapult ins Jetzt . . . . . . . . . . . . . . . . . . . . . . . . . . . . . 206
Achtsamkeit als Schlüssel zum Glück . . . . . . . . . . . . . . . . . . 208
**Ausklang** . . . . . . . . . . . . . . . . . . . . . . . . . . . . . . . . 213
**Anmerkungen** . . . . . . . . . . . . . . . . . . . . . . . . . . . . . 214
**Anhang**
Literatur, Tipps und Informationen zum Thema Elektrosmog . . . . 224

# Vorwort

Liebe Leser und Leserinnen,
mit diesem Buch möchte ich Sie einladen zu einer spannenden und praxisnahen Entdeckungsreise durch die wunderbare Welt der Schwingungen und Energien. Haben Sie sich schon immer gefragt, wieso manchen Menschen mühelos alles zu gelingen scheint, als ob sie quasi ein Dauerabonnement für die Sonnenseite des Lebens besäßen?

Dieses Buch verrät das Geheimnis – denn mit der richtigen Schwingung werden auch Sie zu einem Magneten für das, was Sie sich sehnlich wünschen.

Eine der wesentlichen Spielregeln in dieser Realität für mehr Erfolg, Gesundheit und Erfüllung besteht darin, dass alles, was existiert, dem Gesetz von Schwingung und Resonanz folgt. Dieses Gesetz prägt – meist unbewusst – unser gesamtes Leben. Gezielt eingesetzt kann die richtige Schwingung jedoch wahre Wunder bewirken.

Wir Menschen besitzen ein ungeahntes Potenzial, doch nur wenige nutzen es bewusst. Wir verfügen über enorme innere Kräfte, die weit über das hinausgehen, was von der Wissenschaft bislang anerkannt wurde. Wussten Sie zum Beispiel, dass Sie grundsätzlich die Fähigkeit in sich tragen, echte Wunder zu bewirken? Dass *jeder* Gedanke, den Sie haben, auf eine bestimmte Weise sowohl Ihre persönliche Zukunft als auch das kollektive Schicksal der Menschheit mit beeinflusst? Dass Ihr Körper das Potenzial besitzt, sich auch von schweren Krankheiten selbst zu heilen, auch wenn die Schulmedizin dies (noch) abstreitet? Dass Tiere, Pflanzen, Wasser und sogar elektronische Geräte mit Ihnen kommunizieren und es keineswegs egal ist, ob Sie sie mögen oder nicht?

In diesem Buch lernen Sie kraftvolle Werkzeuge kennen, um die Realität wirksam zu gestalten. Schritt für Schritt entwickeln Sie mehr Vertrauen in die eigene Kraft und erwachen zum kraftvollen, bewussten Schöpfer in Einklang mit allem, was existiert.

Sobald wir das Geheimnis der Resonanz verstehen, beginnt eine bewusste, schöpferische Interaktion mit unserer Umgebung. Wir entwickeln die Fähigkeit, Dinge zu „wissen“, die wir eigentlich nicht wissen können, zu manifestieren, was angeblich außerhalb unserer Macht steht und sogar Materie verändern zu können, unseren Körper eingeschlossen. Dies sind natürliche menschliche Fähigkeiten, die jedem von Geburt an in individuell unterschiedlicher Ausprägung zur Verfügung stehen.

Wir können kleinere und größere Wunder bewirken – wenn wir dies zulassen. Indem wir unser Potenzial entfalten und gezielt einsetzen, werden wir zu wahren Alchimisten mit der Möglichkeit, das Blei des Alltags in das Gold eines erfüllten Lebens zu verwandeln. Ein großartiges Abenteuer!

Je mehr wir die in uns schlummernden Kräfte aktivieren, umso mehr entdecken wir unsere wahre Essenz und erleben eine tiefe innere Zufriedenheit und Freude, die unabhängig von äußeren Umständen ist.

Damit auch der Verstand auf dieser Entdeckungsreise genügend „Futter“ erhält, habe ich eine Auswahl an interessanten Studien, Fällen und Erlebnisberichten zusammengestellt, die mir als wertvolle Schlüssel für ein erweitertes Verständnis der Realität begegnet sind und die eindrucksvoll belegen, wie das Resonanzprinzip in unserer Welt funktioniert.

Eine Vielzahl praktischer, oft verblüffend einfacher Übungen ermöglicht es, das Gelesene spielerisch im Alltag auszuprobieren und wirkungsvoll umzusetzen.

Viel Freude beim Entdecken einer spannenden Wirklichkeit!

Jill Möbius

# Wunderbare Wirklichkeit: Die Welt ist mehr, als wir sehen

# 1 Alles ist Schwingung – unsere Wirklichkeit als kosmisches Konzert

*Auf dem Pfad unseres Glücks*
*werden wir die Erkenntnis finden,*
*für die wir uns dieses Leben*
*ausgesucht haben.*

*Richard Bach*[1]

Erinnern Sie sich noch, wie Sie sich gefühlt haben, als Sie zuletzt ein Musikstück angehört haben? Man lauscht der Musik und fühlt sich danach – je nach Art der Musik – friedlich und entspannt, gut gelaunt, energiegeladen, nervös oder melancholisch. Obwohl wir die Töne nicht sehen können, versetzen sie unsere Körperzellen in Schwingung. Dies löst bestimmte Emotionen und biochemische Prozesse in unserem Körper aus. Je nachdem, ob Stress- oder Wohlfühlhormone ausgeschüttet werden, fühlen wir uns dann angespannt, friedvoll oder sogar euphorisch.

Töne bilden jedoch nur einen sehr kleinen Anteil des Konzertes an Schwingungen, in dem wir uns ständig befinden.

Auch wenn unsere fünf Sinne dies nicht wahrnehmen können: Wir leben inmitten eines Meeres unsichtbarer Energien, die von unserem Umfeld, etwa von Gegenständen, Orten und Lebewesen ausgestrahlt werden und auf uns wirken. Das bedeutet: Dort, wo Sie sich jetzt gerade aufhalten, befinden Sie sich mitten in einem Konzert unsichtbarer Schwingungen, und Sie selbst spielen dabei, bewusst oder unbewusst, kräftig mit!

Bereits in der Antike hat Hermes Trismegistos, der mit dem ägyptischen Weisheitsgott Toth identisch sein soll, eine Reihe von Prinzipien formuliert, die beschreiben, auf welche Weise unser Universum funktioniert. So besagt das dritte Hermetische Gesetz, das „Prinzip der Schwingungen“, dass sich alles, was existiert, permanent in Schwingung befindet.

Dieses uralte Gesetz wird durch die aktuellen Erkenntnisse der Quantenphysik bestätigt. Mit den Augen eines Quantenphysikers betrachtet, besteht alle scheinbar feste Materie aus Energie in Bewegung, ob es sich um ein Lebewesen handelt, einen Stein, einen Tisch oder einfach nur ein Buch....

Würde man wie in einem Fantasyroman mit einem Raumschiff durch einen festen Gegenstand reisen bis hin zu seinen kleinsten Bauteilchen, so könnte man beobachten, wie die Elektronen unaufhörlich um die Atomkerne kreisen. Alles ist in Bewegung. Dadurch vibriert sämtliche Materie in ihrer ureigenen Schwingung. Jeder uns fest erscheinende Gegenstand – ein Tisch, ein Buch oder auch eine Pflanze – ist in Wirklichkeit eine schwingende Energieform. Da diese Schwingungen aber so unendlich schnell sind, kommt es uns so vor, als sei die Materie fest.

Die moderne Stringtheorie[1] geht noch über die Ebene der Moleküle und Atome hinaus und besagt, dass die Atome ihrerseits aus superkleinen, fadenartigen Elementen bestehen, den so genannten (Super-) Strings.

Jeder String ist eine mit einer bestimmten Energie und Frequenz hin und her schwingende Welle, etwa so wie ein in Schwingung versetztes dünnes Gummiband. Diese winzigen „Gummibänder" bilden also gewissermaßen die Grundsubstanz aller Materie und aller Kräfte. Vereinfacht gesagt: Alles im Universum und jegliche Materie besteht aus Energiewellen.

Wie die einzelne Saite einer Geige eine Vielzahl an Tönen hervorbringen kann, so kann auch ein String in vielen verschiedenen Frequenzen schwingen. Aus der Vielzahl an Strings, die wie in einem gigantischen Orchester zusammen spielen und unzählige Töne und Zwischentöne erzeugen, wird die vielfältige Materie unseres Universums „komponiert".

Wenn wir die Stringtheorie auf unseren Körper übertragen, folgt daraus, dass wir im Grunde ebenfalls aus Energiewellen bestehen. Folglich muss auch alles, was in unserem Körper entsteht, letztlich aus Energiewellen bestehen – Gedanken und Gefühle inklusive. Dieses Verständnis ist der Schlüssel, der Stein der Weisen sozusagen, der uns in der kosmischen Schule schnurstracks von der Vorschule ins Gymnasium befördert.

Da also das gesamte Universum samt allem, was darin existiert – Menschen, Tiere, Pflanzen, aber auch „leblose" Materie –, permanent schwingt und *Schwingungen sich im Raum ausbreiten*, befinden wir uns in einem Meer aus Schwingungsfeldern. Schlichtweg *alles* in unserer

Umgebung, jeder Gegenstand und jedes Lebewesen, sendet Energien aus, die wir weder hören noch sehen können. Sie umgeben uns wie die überall vorhandene Luft und beeinflussen uns mindestens genauso stark wie Musik. Sobald wir lernen, diese feinen Kräfte wahrzunehmen, zu entschlüsseln und anzuwenden, können wir viel gezielter auswählen, welchen Einflüssen wir uns aussetzen wollen und welchen besser nicht. Andererseits senden wir selbst permanent Schwingungen aus, die nach dem Gesetz der Resonanz sowohl auf uns selbst als auch auf die Umgebung wirken und dort entsprechende Reaktionen auslösen. Auf diese Weise erschaffen wir buchstäblich jede Sekunde unsere Zukunft.

Wie das Resonanzprinzip konkret im praktischen Alltag funktioniert und wie man seine geistigen Kräfte erfolgreich einsetzen kann, um bewusst eine erfüllende Realität zu gestalten, darum geht es in den folgenden Kapiteln.

# 2 Online mit den anderen – Das Telepathie-Phänomen

*Die Entdeckung des Wunderbaren*
*im Alltäglichen bedarf der Fähigkeit,*
*mit den Augen des Herzens*
*sehen zu können.*

*Ernst Ferstl*

Eine der uralten Fähigkeiten der Menschheit ist die Telepathie, die Übermittlung von Informationen per Gedankenkraft. Für viele Naturvölker ist diese Art der Kommunikation ein selbstverständlicher Bestandteil ihres Alltags. Zwar ist bei uns Sprösslingen der High-Tech-Welt diese Fähigkeit etwas „eingeschlafen", da aufgrund von Telefon, Computer und Co. keine unmittelbare Notwendigkeit für diese drahtlose Kontaktaufnahme besteht. Dennoch gilt: Die Fähigkeit zur Telepathie ist Teil der menschlichen Natur, ob man im Dschungel aufgewachsen ist oder in einer Großstadt voller Wolkenkratzer. Doch wie funktioniert eigentlich diese geräuschlose, elektrosmog- und gebührenfreie Informationsübermittlung, die jeder quasi in der Tasche hat?

Der britische Naturwissenschaftler Rupert Sheldrake[1] prägte in den achtziger Jahren den Begriff der morphogenetischen Felder. Seiner Theorie nach ist der uns umgebende, scheinbar leere Raum in Wirklichkeit erfüllt von prägenden Feldern, die alle Materie formend beeinflussen. Sheldrake unterscheidet dabei zwei Arten von Feldern. Jede Körperzelle und jeder Organismus hat demnach ein spezifisches morphogenetisches Feld, eine Art Bauplan mit Informationen. Diese Felder durchdringen sich gegenseitig, organisieren Energien und Materie. Sie bewirken beispielsweise, dass ein Organismus seine spezifische Form entwickelt.

Ferner gibt es so genannte Beziehungsfelder (morphische Felder), über die alles, was in diesem Universum existiert, mit allem anderen in Verbindung steht. Auf diese Weise sind Menschen, Tiere, Pflanzen und andere Bewusstseinsformen miteinander verbunden, was die Möglichkeit zur Kommunikation auf einer nicht-sprachlichen Ebene eröffnet. Über diese Felder können Gedanken, Gefühle und Absichten beispielsweise zwischen Personen übermittelt werden. Diese Felder koordinieren außerdem das Verhalten von Gruppen, und in ihnen ist, so Sheldrake, das kollektive Gedächtnis einer Art gespeichert. Im Tierreich haben diese Felder eine große Bedeutung, beispielsweise werden Fischschwärme und Vogelscharen durch sie koordiniert. Brieftauben sollen mit Hilfe dieser Felder nach Hause finden, ebenso wie auch andere Tiere.

Dem britischen Wissenschaftler zufolge existieren derartige Beziehungsfelder zwischen sozialen Gemeinschaften, Arten, Ökosystemen, sogar Planetensystemen, und sie verbinden uns mit dem Gesamtbewusstsein der Menschheit.

Die Existenz eines solchen überall vorhandenen Feldes würde auch erklären, warum, wie Sheldrake anhand von Umfragen in Europa und Amerika herausfand, etwa achtzig Prozent (!) der Menschen es spüren, wenn sie von einer Person hinter ihnen angestarrt werden, obwohl sie diese nicht sehen. Dies bedeutet wiederum, dass das Bewusstsein nicht auf das Gehirn allein, also den physischen Körper, beschränkt sein kann, sondern über die körperlichen Grenzen hinaus im Raum wirkt. Wie ist das möglich?

## Der grenzenlose Geist

Wissenschaftliche Untersuchungen haben gezeigt, dass das Gehirn bei seiner Arbeit elektromagnetische Wellen produziert, die an der Oberfläche des Kopfes messbar sind und sich von dort in die Umgebung ausbreiten. Diese Gedankenwellen transportieren wie Radiowellen Information, und zwar auch über große Distanzen.

Der scheinbar leere Raum wird also ständig von einer Vielzahl an Informationen durchflossen, und natürlich leistet jeder Einzelne seinen individuellen geistigen Input. Im übertragenen Sinn kann man sich Gedanken wie beladene Güterzüge vorstellen, die im Raum hin und her fahren, und wenn man sich am richtigen Bahnsteig befindet (d. h., wenn man auf derselben Wellenlänge ist), kann man die Ladung der Züge sehr genau erkennen. Wenn wir also etwas denken, kann jemand, der auf derselben Wellenlänge schwingt, diesen Gedanken aufgreifen und „lesen", und zwar egal, wo er sich gerade befindet, da dieser Resonanzeffekt unabhängig von der Entfernung funktioniert.

Besonders gut klappt die Gedankenübertragung innerhalb enger Gemeinschaften, etwa zwischen Familienmitgliedern, Geschwistern oder Lebenspartnern. Durch die enge Verbindung entsteht eine gegenseitige Resonanz, ein Gruppenfeld, innerhalb dessen Informationen leichter übermittelt werden können. Man ist dann sozusagen auf die Frequenz des anderen „eingestellt". Es gibt zahlreiche Fälle, wo Menschen auch über weite Entfernungen hinweg „wussten", wenn ein nahe stehender Mensch Hilfe brauchte.

## Dem Geheimnis auf der Spur

Ende der achtziger Jahre führten zwei Psychologen der Nationalen Universität in Mexiko City interessante Grundlagenforschungen zum Thema Telepathie durch.[2] Sie bildeten dreizehn Versuchsgruppen aus jeweils zwei Personen. Jedes Paar erhielt die Aufgabe, bei geschlossenen Augen miteinander geistig Kontakt aufzunehmen und sich die Gegenwart der anderen Person intensiv bewusst zu machen. Um eventuelle Störeinflüsse auszuschalten, befanden sich die Versuchspersonen dabei in einem gegen elektromagnetische Strahlung abgeschirmten Raum (Faradayscher Käfig). Während des Versuchs zeichnete ein Elektroenzephalograph ihre Gehirnströme auf. Die aufgezeichneten Hirnstromkurven wurden anschließend von unabhängigen Sachverständigen ausgewertet.

In etwa siebzig Prozent der Fälle wiesen die Kurven der Versuchspartner auffällige Übereinstimmungen auf. Manche Gehirnstrommuster waren nahezu identisch geworden, obwohl sie sowohl *vor* als auch *nach* dem Versuch deutlich voneinander abwichen. Einige Probanden berichteten, sie hätten ein Kribbeln oder Wärme gespürt, während sie sich in die andere Person einfühlten, andere gaben an, Gedanken des Versuchspartners „aufgefangen" zu haben. Erstaunlicherweise spielte es für das Ergebnis keine Rolle, ob sich die Personen vorher bereits kannten oder sich hier erstmals begegnet waren.

Die Psychologen stellten auch fest, dass sich während des Versuchs die Aktivität der beiden Gehirnhälften der Teilnehmer synchronisierte, wogegen im normalen Wachzustand die rechte und linke Hemisphäre sonst sehr unterschiedliche EEG-Muster bilden. Diese Synchronisierung ähnelte stark den Gehirnwellenmustern, wie sie in Zuständen tiefer Meditation auftreten. Die Forscher folgerten daraus, dass der Mensch in der Lage ist, neuronale Felder aufzubauen, *über die man aufeinander einwirken und auch Informationen übertragen kann.*

Ebenfalls in den achtziger Jahren führte der Wissenschaftler Daryl Bem an der New Yorker Cornell University akribische Studien durch, um die Existenz der Telepathie ein für alle Mal zu widerlegen.[3] Er ging davon aus, dass alle bisherigen Untersuchungen zur Gedankenübertragung schlichtweg verfälscht oder ungenau gewesen sein müssen, und wollte beweisen, dass es keine übersinnlichen Fähigkeiten des Menschen gibt. Hierzu wählte er nach dem Zufallsprinzip 240 Studenten aus und teilte sie in zwei Gruppen auf, die sich an verschiedenen Orten des Universitätsgeländes befanden.

Jede Gruppe hielt sich in einem schalldichten, isolierten Raum auf. Die eine Gruppe wurde aufgefordert, sich beliebige Bilder anzusehen und diese *mental* zu den Studenten im anderen Raum zu projizieren. Letztere wiederum sollten beschreiben, welche Bilder sie vor ihrem inneren Auge sahen. Diese empfangenen mentalen Bilder verglichen die Wissenschaftler dann mit denen, die die erste Gruppe „gesendet“ hatte. Bem ging davon aus, dass sich keinerlei Übereinstimmung zeigen würde.

Tatsächlich aber ergab sich eine statistisch auffällige Übereinstimmung zwischen den gesandten und den empfangenen Bildern. Daraufhin wiederholte der Forscher das gesamte Experiment mit neuen Probanden, erhielt aber ein ähnliches Ergebnis. Er führte diesen Versuch insgesamt elfmal durch und musste letztlich zugeben, dass Telepathie offenbar tatsächlich existiert.

## Auf „Sendung“

Mit einer gewissen Portion Neugier und etwas Training gelingt es den meisten Menschen, ihre telepathischen Fähigkeiten zu reaktivieren. Mir bereitet es immer wieder viel Vergnügen, mich mit meinem Partner in den verschiedensten Situationen telepathisch zu „unterhalten“, etwa, indem einer dem anderen die Frage sendet, ob er jetzt Lust auf einen kleinen Spaziergang hat oder auch eine Tasse Kaffee möchte. Wir sind immer wieder verblüfft, wie gut die Botschaften ankommen. Das funktioniert allerdings nur dann wirklich gut, wenn man den analytischen Verstand und sämtliche Erwartungen außer Acht lässt und rein spielerisch an die Sache herangeht.

Wer einmal Gefallen daran gefunden hat, dem eröffnen sich viele interessante „Anwendungsgebiete“. Beispielsweise kann man dem anderen telepathisch „zufunken“, er möge auf dem Heimweg doch bitte noch ein Brot mitbringen. Oder, falls Sie auch zu den Zeitgenossen gehören, die ohne Handy prima auskommen, funken Sie ihrem Partner bei einem Stadtbummel doch einfach telepathisch zu, dass Sie eine halbe Stunde früher fertig geworden sind und schon in dem verabredeten Café auf ihn warten. Man kann in diesem Fall das *Wort* „Café“ senden, das *Gefühl* von Entspannung, das *Bild* einer duftenden Tasse Kaffee oder einfach die Botschaft „komme jetzt ins Café.“ Auf welche Weise die Informationsübermittlung am besten funktioniert, darf jeder selbst entdecken.

Ein guter telepathischer Draht zu einem anderen Menschen bedeutet aber auch, dass man nicht mehr alles geheim halten kann. Der andere weiß dann nämlich oft, was man gerade denkt, auch wenn man nichts gesagt hat, einfach, weil man so sehr auf derselben Wellenlänge ist. Dies funktioniert umso besser, je mehr man auf der Herzebene mit einem anderen Menschen verbunden ist.

Klassisches Beispiel hierfür ist die Mutter-Kind-Verbindung sowie die Ehe oder Partnerschaft. Eine starke Herzverbindung bewirkt, dass man häufig weiß und spürt, was die andere Person gerade *fühlt*. Auf der Herzebene mit anderen Menschen und Lebewesen zu kommunizieren kann sehr bereichernd und beglückend sein, weil man so viel eher die wahre Essenz des anderen Wesens wahrnimmt, was sonst nicht möglich ist, wenn man es nur mit den nüchternen Augen des Verstandes betrachtet.

Die telepathische Übermittlung von Gedanken und Gefühlen – ob bewusst oder unbewusst – ist eine höchst erstaunliche, sehr reale Ebene der Kommunikation, und es lohnt sich durchaus, sich im Alltag dessen bewusst zu sein.

Bedeutet das, dass es auf diesem Planeten keine Privatsphäre mehr gibt? Theoretisch wäre dies denkbar. Praktisch wohl kaum, da längst nicht alle Menschen diese Fähigkeiten entwickelt haben. Aber es hat den Anschein, als würden es langsam immer mehr.

## Übung: Gedanken senden

Zwei Personen können spielerisch üben, telepathisch Gedanken zu übermitteln. Dazu ist es erforderlich, dass sich beide Partner ganz auf die Übung konzentrieren können und durch keine äußeren Einflüsse (Geräusche, Telefon etc.) abgelenkt werden. Die Partner sitzen einander mit ein bis drei Metern Abstand gegenüber oder auch nebeneinander (Geübte können die räumliche Distanz nach Belieben vergrößern). Nachdem geklärt wurde, wer zuerst „sendet“, schließen beide Übungspartner die Augen und versetzen sich in einen inneren Ruhezustand, bei dem möglichst alle Gedanken abgeschaltet werden, so dass quasi ein leerer Bildschirm vor dem inneren Auge entsteht.

Dieser gedankenlose Zustand lässt sich zum Beispiel erreichen, indem man sich einige Atemzüge lang völlig auf die Atmung konzentriert. Dabei spürt man ganz bewusst, wie die Luft durch die Nase einströmt, wie sich die Lungen dehnen und der Bauch wölbt. Beim Ausatmen verfolgt man den Luftstrom rückwärts und lässt dabei jede Anspannung mit der Luft aus dem Körper strömen. Wem es hilft, der kann beim Ausatmen sich geistig auch das Wort „Loslassen“ oder „Entspannen“ vorsagen.

Der sendende Partner gibt ein Signal, wenn er beginnt, seine Botschaft gedanklich zu übermitteln, indem er „Jetzt“ sagt. Er konzentriert sich dann vollkommen auf die zu übermittelnden Informationen. Die telepathischen Botschaften sollten am Anfang einfach und klar sein. Es empfiehlt sich zum Beispiel, eine Zahl zwischen eins und zehn zu senden, eine klare Farbe oder das Bild eines einfachen, farbigen Gegenstandes (wie etwa einer Orange oder Banane). Um es nicht zu schwer zu machen, sollte man anfangs absprechen, ob man Zahlen, Farben oder Gegenstände sendet. Später, wenn beide Partner geübter sind, kann man zu komplexeren Bildern und Inhalten übergehen (z. B. Landschaften oder auch starke Gefühle wie etwa Freude, Liebe, innerer Frieden etc.)

Der empfangende Partner, dessen innerer Bildschirm völlig leer sein sollte, wartet zwanglos ab, was er an Eindrücken empfängt, *ohne sie zu bewerten oder darüber nachzudenken.* Er beobachtet und registriert einfach nur, was auf seinem inneren Bildschirm oder in seinem Gefühl auftaucht. Oft ist gerade der erste Eindruck, den der Empfänger hat, richtig.

Das Senden sollte nur etwa 15–20 Sekunden pro Aufgabe dauern (sonst schaltet sich der Verstand ein, überlegt und verfälscht so die Eindrücke). Ist das Senden beendet, tauscht man sich aus, oder beide Partner führen stillschweigend Protokoll und vergleichen später die Trefferquoten. Nach einigen Durchgängen wird getauscht.

Seien Sie nicht gleich frustriert, wenn sich der Erfolg nicht sofort einstellt. Natürlich braucht diese Art der Kommunikation ein bisschen Übung, denn immerhin liegt die Fähigkeit zur telepathischen Informationsübermittlung bei den meisten von uns brach und will erst reaktiviert werden. Auch Profis, die beruflich mit einer ähnlichen Art von Wahrnehmung – Fernwahrnehmung – arbeiten, liegen durchschnittlich bei rund sechzig Prozent Erfolg und erreichen nur äußerst selten eine hundertprozentige Trefferquote. Schwierig wird es auch, wenn einer der beiden Partner abgelenkt ist. Es ist auch nicht ungewöhnlich, dass ein Partner zunächst besser senden und der andere besser empfangen kann. Aber je häufiger man das spielerisch ausprobiert, umso mehr verfeinert sich der telepathische Sinn.

Eine meiner Bekannten hat sehr ausgeprägte telepathische Fähigkeiten. Sie arbeitet als pharmazeutische Beraterin im Außendienst eines großen Konzerns. Für den Erfolg ihrer Arbeit spielt es eine große Rolle, dass sie einen guten Kontakt zu ihren Kunden hat. Um diesen Kontakt zu intensivieren, begann sie eines Tages, sich vor einem Kundenbesuch bewusst geistig und gefühlsmäßig auf die „Frequenz“ ihres Gegenübers einzustellen.

Plötzlich stellte sie fest, dass sie häufig im Voraus wusste, was der andere in der nächsten Sekunde sagen wollte. Wenn sie dann bereits auf die noch nicht gestellte Frage antwortete, stiftete das oft ziemliche Verwirrung, und sie erntete ungläubige Blicke. Aufgrund ihrer Fähigkeiten *weiß* sie auch, was ihr Gegenüber wirklich denkt, auch wenn er etwas anderes oder gar nichts sagt. Ebenso „sieht“ sie aber auch die Ängste und Probleme mancher Menschen, was für sie nicht immer leicht zu ertragen ist, ihr aber andererseits ermöglicht, den anderen besser zu verstehen. Dieses Verständnis hat dazu geführt, dass sie außerordentlichen Erfolg bei ihrer Arbeit hat.

Wenn Menschen gemeinsam meditieren, entsteht häufig ein Gruppen-Telepathie-Effekt. Beim Meditieren schaltet man auf eine andere

Wahrnehmungsebene um, daher ist die Empfänglichkeit für telepathische Botschaften viel größer. Nicht selten weiß man während einer Meditation einige Sekunden wortwörtlich im Voraus, was der Meditationsleiter als Nächstes sagen wird, so als ob der Gedanke bereits lesbar in der Luft hängen würde (was er ja tatsächlich auch tut). Dieses Gedanken-Lese-Phänomen tritt sogar bei Personen auf, die nicht sonderlich in Meditation geübt sind. Man muss also keineswegs jahrelang üben, um telepathische Fähigkeiten zu reaktivieren.

Eine interessante Studie zur Fernwirkung von Gedanken stammt von Dr. Dean Radin, einem Forscher an der Universität von Nevada, Las Vegas.[4] Sein Versuch fand mit zwei männlichen Personen statt, die einander nicht kannten. Beide Personen befanden sich in voneinander getrennten Räumen ohne Sicht- und Hörkontakt. Mann A wurde an ein Blutdruckmessgerät angeschlossen. Mann B bekam den Auftrag, auf eine liebevolle Weise an Mann A zu denken. Im selben Augenblick wurde bei Mann A eine Senkung des Blutdrucks registriert. Dann bekam Mann B die Anweisung, wütend an Mann A zu denken. Augenblicklich stieg der Blutdruck von Mann A an, obwohl dieser nicht wusste, worum es bei dem Experiment ging. Doch sein Körper hatte prompt auf die Gedanken des anderen Mannes reagiert.

Was man gerade über einen anderen Menschen denkt, beeinflusst diesen, auch aus der Entfernung. Ärgerliche, wütende oder liebevolle Gedanken erreichen den anderen, der darauf – unbewusst – entsprechend reagiert, auch uns gegenüber. Ein Grund mehr, sehr genau darauf zu achten, was man gerade denkt.

## Tierisch gute Gespräche

Das Phänomen der Gedankenübertragung ist jedoch nicht nur zwischen Menschen, sondern auch zwischen Mensch und Tier möglich. Der britische Wissenschaftler Rupert Sheldrake studierte Hunderte von Fällen, in denen Haustiere die Gedanken ihrer Besitzer „lesen“ konnten. Die Ergebnisse seiner Forschungen hat er in mehreren Büchern veröffentlicht.

Sheldrake stellte fest, dass zahlreiche Tiere telepathisch auf die Gedanken und Absichten ihrer Besitzer reagieren. So berichtet er von der

Katze einer britischen Hausfrau, die zuverlässig immer im Voraus spürte, wann der zur See fahrende Sohn wieder einmal nach Hause kommen würde. Seine Besuche waren jedoch sehr unregelmäßig, und er kündigte sie auch nie vorher an, so dass niemand wusste, wann er wieder einmal vor der Tür stehen würde – außer der Katze. Etwa drei Stunden vor der Ankunft des Sohnes setzte sie sich aufgeregt miauend auf die Fußmatte vor der Tür. Sie irrte sich nie, was die Mutter zum Anlass nahm, in aller Ruhe das Zimmer für ihren Sohn herzurichten.[5]

Der britische Forscher erhielt auch zahlreiche Berichte, die eindrucksvoll belegen, dass Tierhalter ihre Tiere telepathisch herbeirufen können, aber dass die Hunde, Katzen und Pferde ebenso auch ihre Besitzer herbeirufen können, wenn sie irgendetwas brauchen. So etwa die Katze Allegra. Sie war eines Abends nicht heimgekommen, so dass ihre Besitzer nach langem, vergeblichen Rufen schließlich die Türen schlossen und zu Bett gingen. Mitten in der Nacht erwachte die Tierhalterin plötzlich und „sah" das Gesicht ihrer Katze ganz dicht vor sich, die Katze blickte ihr dabei direkt in die Augen. Doch sie war ja gar nicht wirklich da, und so versuchte die Besitzerin wieder einzuschlafen. Es gelang ihr jedoch nicht, und schließlich ging sie hinunter zur Terrassentür. Dort saß Allegra, drückte ihr Gesicht an die Scheibe und wartete sehnsüchtig darauf, hereingelassen zu werden.[6]

Sheldrake sammelte außerdem zahlreiche Berichte von Hundehaltern, die eindruckvoll belegen, dass Hunde mit unglaublichem Spürsinn zuverlässig „wissen", wann sich Herrchen oder Frauchen auf den Heimweg macht. Mit einigen dieser Tiere führte der Forscher daheim kontrollierte, videoüberwachte Experimente durch. Wie sich bei der näheren Auswertung der Fälle herausstellte, reagierten die Tiere nicht erst zu dem Zeitpunkt, als ihr Halter tatsächlich ins Auto stieg und sich auf den Weg machte, sondern sie verhielten sich übereinstimmend schon in dem Moment auffällig, wo ihr Besitzer den *Entschluss* fasste, heimzufahren.

Manch einer möchte jetzt vielleicht einwenden: Logisch, das liegt an der Routine. Der Mensch hat eben zu einer bestimmten Zeit Arbeitsschluss, und daran hat sich der Hund gewöhnt. Fehlanzeige. Wie die Berichte und Untersuchungen zeigen, wissen die Tiere auch dann immer hundertprozentig Bescheid, wenn der Tierhalter zu ganz ungewöhnlichen Zeiten nach Hause kommt und völlig unabhängig von dem Verkehrsmittel, welches er benutzt. Das funktioniert sogar dann, wenn ihr

Besitzer aus einem anderen Land per Flugzeug oder Schiff zurückkommt.

Anscheinend spüren die Tiere die *Absicht* des Tierhalters, nach Hause zu kommen, und reagieren entsprechend, indem sie sich dann beispielsweise vor die Tür oder an ein bestimmtes Fenster setzen. Sheldrake erhielt mehr als fünfzig Berichte von Hausfrauen, die die treffsicheren Voraussagen ihrer Hunde immer zum Anlass nehmen, mit dem Kochen von Tee oder der Zubereitung einer Mahlzeit für ihren heimkehrenden Partner zu beginnen.

Die meisten Menschen haben eine recht geläufige Form der Gedankenübertragung schon selbst erlebt: die Vorausahnung am Telefon. Man denkt an eine Person, und kurze Zeit später ruft diese an. Oder das Telefon klingelt, und man weiß, wer dran ist, noch bevor man den Hörer abgehoben hat. Das geschieht, weil man die Absicht der anderen Person anzurufen bereits drahtlos empfangen hat oder weil der andere spürte, dass man gerade an ihn gedacht hat, und deshalb anruft.

Aber wussten Sie, dass auch Tiere die Kunst der Telefontelepathie beherrschen? Rupert Sheldrake berichtet von einigen Fällen, in denen Katzen, die mit einer bestimmten Person sehr verbunden sind, stets aufgeregt miauend zum Telefon laufen oder sogar den Hörer von der Gabel fegen, wenn ihre Bezugsperson anruft. Sie zeigen dieses Verhalten jedoch *ausschließlich* auf diese eine Person bezogen. Ähnliche Verhaltensweisen wurden auch bei Hunden und Papageien beobachtet.

## Superhirne aus dem Meer

Grazyna Fosar und Franz Bludorf berichten in ihrem Buch *Vernetzte Intelligenz*[7] von einem anderen erstaunlichen Fall. Hier war es ein Delphin, der eine überraschende Auffassungsgabe zeigte. Dass Delphine sehr lernfähig sind, ist allgemein bekannt. Neue Forschungen haben sogar gezeigt, dass die Delphine pro Zeiteinheit viereinhalbmal so viel Informationen bewältigen können wie der Mensch.

Während ein Meeresbiologe an einem Delphinarium einen Testapparat zusammenbaute, bei dem die Delphine hinterher einen bestimmten Knopf drücken sollten, beobachtete ihn ein Delphin währenddessen sehr aufmerksam. Noch bevor der Apparat fertiggestellt war, versuchte das Tier spielerisch den noch funktionsunfähigen Knopf zu drücken. Irgendwoher „wusste“ der Delphin anscheinend im Voraus, wie das Gerät funktioniert. Und als es fertig gestellt war, konnte er es auf Anhieb fehlerfrei bedienen. Telepathie?

Fast, wenn auch offenbar auf eine andere Weise. Das Forscherpaar vermutet, dass Delphine ihre Fähigkeit zur Ultraschallortung auch dazu benutzen könnten, um wie mit einem Scanner die Gedankenstrukturen anderer Individuen – zum Beispiel von Artgenossen oder auch Menschen – zu erfassen. Das Sonarorgan der Delphine ist nämlich so genau, dass es ihnen quasi hoch auflösende „Röntgenbilder“ vom angepeilten Ziel liefert.

Grazyna Fosar und Franz Bludorf haben sich auch eingehend mit der Funktionsweise der Telepathie beim Menschen beschäftigt. Das Gehirn produziert ja in Abhängigkeit von der jeweiligen Gehirntätigkeit charakteristische Wellenmuster, die sich in die Umgebung ausbreiten. Diese Gedanken-Information enthaltenden Wellen liegen anscheinend im selben Frequenzbereich wie die natürlicherweise auf der Erde vorhandenen Schumann-Wellen, nämlich bei knapp acht Hertz.

Diese in den 50er Jahren von Professor Schumann entdeckten Wellen sind elektromagnetische Wellen, die weltweit auf natürliche Weise durch das Auftreffen von Blitzen auf die Erde entstehen. Diese Wellen laufen durch Resonanzwirkung rund um die Erde. Das Gehirn sendet also mit derselben Frequenz wie die Eigenfrequenz der Erde. Unsere grauen Zellen arbeiten auch noch in anderen Frequenzbereichen, aber die 7,8 Hz-Frequenz scheint als einzige übereinstimmend bei *allen* Säugern vorzukommen.

Die Schumann-Wellen sind überall um uns herum im Raum vorhanden. Fosar und Bludorf zufolge wäre es durchaus denkbar, dass die vom Gehirn in den Raum ausgestrahlten Informationswellen von den Schumann-Wellen, die ja dieselbe Frequenz aufweisen, verstärkt und weitertransportiert werden. Ein geeigneter Empfänger – ob Mensch oder Tier – könnte diese Informationswellen quasi wie ein Radio auffangen und „lesen“, sofern sie nicht durch andere Störeffekte überlagert werden.

## Kommunikation mit Pflanzen

Der Ausgewogenheit halber muss man natürlich erwähnen, dass ein gewisser Informationsaustausch durchaus auch zwischen Menschen und Pflanzen möglich ist. Es hat Versuche zur Sensibilität von Zimmerpflanzen gegeben, in denen die Pflanzen deutlich messbar „reagierten", wenn sich ihnen eine Person näherte, die gerade einer anderen Pflanze Blätter abgeschnitten hatte und das bei dieser Pflanze nun ebenfalls tun wollte (menschlich ausgedrückt würde man sagen, sie zeigten Angst). Näherte sich der Pflanze jedoch eine Person, die wohlwollende Gedanken hegte, maßen die Forscher ganz andere Werte.

Es ist den Pflanzen also nicht egal, was man ihnen gegenüber denkt. Menschen, die Pflanzen lieben, schaffen durch ihre Geisteshaltung eine Atmosphäre, in der diese viel besser wachsen und gedeihen. Und Menschen, die den so genannten grünen Daumen haben, sind offenbar auf eine besondere Weise mit den Pflanzen verbunden, die es ihnen ermöglicht, genau zu spüren, was die jeweilige Pflanze gerade am meisten benötigt.

Ein Paradebeispiel für ein im wahrsten Sinne des Wortes fruchtbares Verhältnis zu Pflanzen ist die Findhorn-Gemeinde in Schottland.[8] In den sechziger Jahren gelang es den Gründungsmitgliedern Peter und Eileen Caddy und Dorothy Maclean, auf einem kargen, trockenen Sandboden Gemüsepflanzen, Kräuter und Blumen anzubauen, die unter normalen Umständen dort niemals hätten wachsen können. Als wäre das nicht genug, brachten diese Pflanzen auch noch Guinessbuch-verdächtige Rekorderträge. Das Geheimnis der Findhorn-Leute: Sie hatten mit den Pflanzen kommuniziert.

Aus dem ehemaligen Caravanpark ist heute ein umfassendes Ökodorf geworden, von dem mehrere hundert Menschen leben und das von Tausenden aus aller Welt besucht wurde, die sich dort nachhaltig inspirieren ließen.

Neben Findhorn gibt es noch weitere fortschrittliche biologisch und ganzheitlich arbeitende Landwirtschaftsbetriebe, die im Einklang mit der Natur ohne Einsatz von Chemie und Schädlingsbekämpfungsmitteln überdurchschnittlich hohe Erträge erwirtschaften. Einige der Biolandwirte schaffen durch bestimmte Rituale, etwa das Singen von Mantras bei der Feldarbeit, außergewöhnlich wachstumsfördernde Energiefelder.[9] Natürlich kommunizieren sie auch mit ihren Pflanzen und Tieren.

Es hat den Anschein, als entdeckten wir (wieder), was die Weisen und Urvölker dieser Welt seit langem verkünden: dass alle Dinge ein Bewusstsein haben. Damit eröffnen sich uns jedoch ungeahnte Möglichkeiten.

# 3 Wenn der Wille Wirkung zeigt – Gedanken verändern Materie

*Verändere deine Sicht der Realität,*
*und du veränderst die Realität.*

*Fred Allen Wolf*

Schon in der Bibel heißt es, dass der Glaube Berge versetzen kann. Das ist natürlich für die meisten noch kein hinreichender Beweis, dass der Glaube tatsächlich die Fähigkeit hat, in der Wirklichkeit etwas zu verändern. Dennoch gibt es eine Vielzahl an faszinierenden Hinweisen, die eindrucksvoll belegen, dass der menschliche Geist wirklich *Materie beeinflussen* kann.

So titelte die Zeitschrift *P.M.*[1] unlängst: „Am Anfang ist der Gedanke" und folgerte: „Wahrscheinlich haben unsere Gedanken tatsächlich die Macht, die Realität zu steuern." Wie mächtig der menschliche Geist tatsächlich ist und welches unglaubliche Potenzial wir besitzen, zeigen die folgenden Fälle.

Ein bekanntes Paradebeispiel dafür, wie Gedankenkraft feste Materie verändern kann, ist das Psychokinese-Genie Uri Geller.[2] Unter Psychokinese versteht man die bloße Einwirkung der menschlichen Geisteskraft auf materielle Objekte ohne jede weitere Anstrengung oder Ursache.

Der gebürtige Israeli ist in den 70er Jahren bekannt geworden durch seine verblüffende Fähigkeit, Löffel und andere Metallgegenstände allein durch Gedankenkraft verbiegen zu können. Er musste sie dazu nicht einmal berühren. Häufig bogen sich die Gegenstände – Löffel, Schlüssel, Ringe, Metallstangen – auch noch von alleine eine Zeitlang weiter, wenn Geller seine Aufmerksamkeit längst schon einer anderen Sache widmete. Seine Fähigkeiten stellte er mehrfach in wissenschaftlich überwachten Laborversuchen unter Beweis und präsentierte seine Künste außerdem in zahlreichen Shows und Fernsehauftritten einem breiten Publikum.

Vor einiger Zeit erlebte ich ihn live auf einer Veranstaltung in der Schweiz. Damals hatte er schon dem Löffelbiegen „entsagt" und führte es nur noch gelegentlich vor. Immerhin bog er an diesem Abend noch einen Löffel, und die mehr als tausend Besucher konnten es exakt auf einer Videoleinwand mitverfolgen: Er strich kaum merklich mit einem Finger über den Löffel, woraufhin sich dieser zu verbiegen begann.

Interessanterweise scheint es eine Art Ansteckungseffekt zu geben. Jedenfalls ist es häufiger vorgekommen, dass Leute aus dem Publikum, die auf einer seiner Demonstrationsveranstaltungen anwesend waren, plötzlich auch bei sich selbst die Fähigkeit entdeckten, Besteck durch Gedankenkraft zu verbiegen. Kindern fällt es offenbar am leichtesten, diese Kunststücke nachzuahmen. Drunvalo Melchizedek spricht in dem Buch *Die Blume des Lebens*[3] von sage und schreibe 1500 Kindern, die spontan begonnen hatten, Metallbestecke zu verbiegen, nachdem sie Uri Gellers Demonstrationen am Fernsehbildschirm mitverfolgt hatten. Wahrscheinlich stellen Kinder – im Gegensatz zu den meisten Erwachsenen – das Gesehene nicht in Frage. Stattdessen probieren sie es einfach aus, weshalb sich, frei von Zweifeln, ihr verborgenes Potenzial freier entfalten kann.

## Mentale Kräfte auf dem Prüfstand

Um seinen Kritikern zu beweisen, dass es sich um keine Tricks handelte, unterzog sich Geller zahlreichen streng kontrollierten Tests, etwa im Stanford Research Institute in Kalifornien. Bei einem dieser Tests befand sich Geller in einer hermetisch verschlossenen Stahlkammer, durch die keine elektromagnetischen Wellen – also auch keine Gedanken – hindurchdringen konnten. Vor die Stahlkammer stellten die Forscher eine an beiden Enden durch Schmelzen verschlossene Glasröhre. In dieser befand sich ein Stab aus superhartem Metall, den zu verbiegen Geller aufgefordert wurde. Vor den Augen der Wissenschaftler verbog er das Metall wie Gummi, ein Betrug war vollkommen ausgeschlossen. Die Materie hatte sich, auf welche Weise auch immer, seiner Absicht entsprechend umgeformt.

Geller ist jedoch nicht der Einzige, der so etwas kann. Die Wissenschaftler in Stanford testeten überdies fünfzehn Kinder aus Europa, die ebenfalls ungewöhnliche geistige Kräfte an den Tag legten. Alles, was Geller konnte, schafften diese Kinder auch.

Einen ähnlichen Fall beobachtete ich vor einiger Zeit auf einem Seminar zum Training paranormaler Fähigkeiten. Während des Abendessens „rollte" der Dozent nebenbei in Sekundenschnelle mehrere Löffel und Gabeln zu einer Spirale zusammen, als wären sie aus Gummi. Während die meisten Seminarteilnehmer die nunmehr unbrauchbaren Besteckteile ungläubig bestaunten, hob einer der Teilnehmer einen Löffel hoch und fragte spitzbübisch: „Meinst du so?" Sein Löffel war genauso aufgerollt wie der des Dozenten.

Michael, so hieß der neue Biegekünstler, hatte so etwas noch nie zuvor gemacht. Er hatte einfach gesehen, dass es geht – und es spontan nachgemacht. Dabei handelte es sich nicht etwa um leicht zu biegendes Alubesteck, sondern um massives Material aus Cromargan, das sich auch beim besten Willen nicht einfach so mit der Kraft der Hände verbiegen lässt. Meine Sammlung „aufgewickelter" Bestecke daheim, die ich von diesen Begegnungen mitnahm, erinnert mich immer wieder daran, dass wir tatsächlich unglaubliche Kräfte besitzen.

Mittlerweile bestätigt eine ganze Reihe wissenschaftlich untersuchter Fälle die Fähigkeit mancher Menschen, Materie durch Gedankenkraft zu verändern. So gelang es dem Franzosen Jean-Pierre Girard unter Aufsicht namhafter Forscher, einen außergewöhnlich harten Metallstab aus einer Speziallegierung, die im Flugzeugbau Verwendung findet, allein durch sanftes Darüberstreichen mit den Fingern zu verbiegen und zu verdrehen.[4] Um diese Effekte, besonders die Torsion, durch Muskelkraft zu erzeugen, wären tonnenschwere Kräfte nötig gewesen.

In einem anderen Versuch wiesen russische Forscher nach, dass es mehreren Versuchspersonen gelang, selbst über eine Entfernung von mehreren tausend Kilometern hinweg allein durch mentale Konzentration die Temperatur eines Kalorimeters (hochempfindliches physikalisches Wärmemessgerät) signifikant zu verändern, welches sich im Labor der Forscher befand und zuvor sorgfältig gegen äußere Einflüsse abgeschirmt worden war.

Yan Xin, ein chinesisches Supertalent in punkto außergewöhnliche mentale Kräfte, schaffte es unter strenger wissenschaftlicher Kontrolle, über eine Entfernung von 10 000 Kilometern die Zerfallsgeschwindigkeit radioaktiver Atome zu beeinflussen, einfach indem er einige Minuten lang konzentriert seine Energie zu den betreffenden Proben schickte (in der Wissenschaft gilt der radioaktive Zerfall als absolut zufällig und physikalisch sowie chemisch unbeeinflussbar). Seine erstaunlichen Fähigkeiten hat er in unzähligen Versuchen unter Beweis gestellt.[5]

## Wunderbares Bewusstsein

Weitere interessante Untersuchungen zum Thema mentale Kräfte stammen von dem Physiker Jean Jacques Delpasse und dem Neurologen William Jongh von Amsynck.[6] Sie verwendeten Biofeedbackgeräte für ihre Forschungen. Die Biofeedback-Methode wird seit längerem in der ganzheitlichen Medizin eingesetzt. Hierbei lernen die Patienten, über das angeschlossene Gerät willentlich bestimmte Körperfunktionen wie Körpertemperatur, Puls, Blutdruck zu kontrollieren und so bewusst tiefe Entspannungszustände zu erzeugen. Dabei wird der Trainingserfolg laufend durch das Biofeedback-Gerät kontrolliert und dem Übenden etwa in Form eines akustischen Signals mitgeteilt.

Nachdem die Patienten dieser Studie die Grundlagen des Biofeedback und die Kontrolle bestimmter Körperfunktionen beherrschten, wurde der Versuch erweitert. Als Nächstes lernten die Teilnehmer, allein *durch ihre Gedanken* einen empfindlichen Schalter zu aktivieren und damit ein Fernsehgerät einzuschalten. Allein der *Wunsch*, den Fernseher einschalten zu wollen, erzeugte einen elektrischen Impuls, die so genannte Bereitschaftswelle, die – durch Biofeedback verstärkt – dazu ausreichte, den Schalter zu betätigen, so dass das TV-Bild auf der Mattscheibe erschien. Aus dieser Studie wird deutlich, dass die geistigen Kräfte eines „normalen“ Menschen ausreichen, um elektrische Geräte per Willenskraft zu beeinflussen.

Als eine der Patientinnen dieser Studie verstarb und das Gehirn laut EEG-Gerät keinerlei Aktivität mehr zeigte, erschien dennoch – wie zuvor trainiert – das Einschaltsignal für das TV-Gerät! Das Bewusstsein war offenbar, unabhängig vom Gehirn, noch aktiv. Die Forscher mutmaßten daraufhin, dass das Bewusstsein respektive der Geist möglicherweise 1. nicht an den Körper gebunden ist und 2. auch nach dem Tod weiter existiert samt den gespeicherten Erinnerungen, Erlebnissen und dem Wissen. Diese Annahme reicht aus, um unser bisheriges Weltbild gehörig ins Wanken zu bringen.

Welche Erklärung gibt es für die erstaunliche Interaktion von Bewusstsein und Materie? Wissenschaftler, die unter kontrollierten Versuchsbedingungen verschiedene Fälle von Psychokinese wiederholt untersucht haben, vermuten, dass die geballte Geisteskraft mikrophysikalische Prozesse auf der Molekülebene beeinflusst.

In der Wissenschaft, besonders der Physik, ist der geistige Einfluss auf Materie seit langem als Versuchsleiter-Effekt bekannt. Das bedeutet, dass der Ausgang eines Experiments von der Erwartungshaltung der Person, die den Versuch durchführt, maßgeblich beeinflusst wird. Das beobachtende Bewusstsein bildet mit dem beobachteten Gegenstand oder Phänomen eine Einheit, und das Ergebnis ist zu einem beträchtlichen Grad die *Widerspiegelung der gedanklichen Überzeugung* desjenigen, der den Versuch durchführt. Man hat beispielsweise nachgewiesen, dass sich ein subatomares Teilchen wie etwa ein Elektron oder Photon (Lichtteilchen) je nachdem, was der Beobachter erwartet, entweder als materielles Teilchen oder als Welle zeigen kann. Was wiederum bedeutet: Unsere Erwartungshaltung beeinflusst und verändert nach dem Resonanzprinzip die Realität. Der irische Schriftsteller George Bernhard Shaw drückte es so aus:

*Unser Leben wird nicht so sehr*
*von unseren Erfahrungen geprägt*
*als vielmehr von unseren Erwartungen.*

Unsere Erwartungen, Vorstellungen und geistigen Überzeugungen erschaffen und prägen unsere Erfahrungswelt. Wenn wir unsere inneren Überzeugungen dessen, was möglich ist, verändern und erweitern, können wir folglich auch unsere Realität verändern.

## Von Superkids, fliegenden Gegenständen und anderen Phänomenen

Etwa seit Mitte der 70er Jahre werden weltweit vermehrt Kinder mit außergewöhnlichen geistigen Kräften geboren, die zunehmend auch das Interesse der Wissenschaftler erregen. Allein in China soll es mittlerweile mehrere tausend paranormal begabte Kinder geben, Ähnliches wird aus weiteren Ländern berichtet. Die chinesische Regierung hat bereits spezielle Schulungszentren eingerichtet, in denen die Superkinder trainiert werden, ihre außergewöhnlichen geistigen Fähigkeiten weiter auszubauen. Dies geschieht keineswegs uneigennützig, denn Erwachsene mit paranormalen Begabungen sind als Spezialkräfte bei Polizei und Militär außerordentlich begehrt.

Paul Dong und Thomas Raffil führen in ihrem Buch *Indigo-Schulen*[7] zahlreiche Beispiele für die unglaublichen Fähigkeiten mancher Kinder und Erwachsenen an. So holte ein junger Mann namens Zhang Baosheng allein Kraft seiner Konzentration vierzig Tabletten unter den Augen von etwa dreißig Zeugen aus einer versiegelten Arzneiflasche heraus, natürlich ohne die Flasche zu berühren. Anschließend ließ er als Gag unter den Augen der verblüfften Zeugen wie von Zauberhand ein Bonbon in die Flasche hineinwandern. Bei einer anderen Demonstration war es ein Stück Papier, das wie durch Zauberei in der Arzneiflasche erschien. Das chinesische Raumfahrtministerium filmte eine solche Demonstration mit einer Hochgeschwindigkeitskamera (400 Bilder pro Sekunde). Auf einigen Einzelbildern soll zu sehen sein, wie eine Tablette ins Glas eindringt, halb durch das Glas hindurchwandert und schließlich aus dem Glas herauskommt.

Zhang Baosheng ist eines der chinesischen Supertalente – er kann Münzen verschwinden und an anderen Orten wieder auftauchen lassen, Schuhe, Schlüssel und andere Gegenstände mittels Gedankenkraft durch Wände wandern lassen. Unter der Aufsicht mehrerer Forscher beförderte er einmal sogar einen Sack mit fünfzig Kilogramm Zucker durch die Mauerwand eines Lagerhauses hindurch schnurstracks vor die Füße der Versammelten.

Absolut bemerkenswert ist auch die Fähigkeit vieler hellsichtiger Kinder, mit den ungewöhnlichsten Körperstellen „lesen“ zu können. So gelang es einem zwölfjährigen chinesischen Jungen, absolut korrekt mehrzeilige Gedichte vorzulesen, die auf einem vielfach zusammengefalteten Zettel standen, indem er sich diesen einfach ans Ohr hielt – selbstverständlich wusste er vorher nicht, was auf dem Papier stand. Bei vielen weiteren Kindern – auch aus anderen Ländern – entdeckte man ähnliche Fähigkeiten. Man steckte ihnen sorgfältig gefaltete Zettel mit Zeichnungen, Texten oder ganzen Buchseiten, deren Inhalt sie nicht kannten, in die Achselhöhle oder Kniekehle oder legte sie ihnen unter die Fußsohlen, auf den Bauch oder die Stirn – und sie konnten fehlerfrei die Schriftstücke vorlesen. Sie konnten selbst zusammengefaltete Zettel lesen, die in einer Schachtel versteckt waren.

Nach ihren eigenen Aussagen „sehen" diese Kinder vor ihrem inneren Auge wie auf einem Monitor die entsprechenden Worte und Sätze. Neben der Fähigkeit, wie mit einem Röntgenblick durch Wände oder Körper hindurchzusehen, konnten einige Kinder auch Objekte im Raum umherfliegen lassen, sehr zum Unmut ihrer Klassenlehrer.

Andere Jugendliche bewiesen die Fähigkeit, durch Gedankenkraft Blumen aus dem Garten zu pflücken und in einer Vase im Zimmer erscheinen zu lassen. Sie konnten mittels ihrer psychischen Kräfte Löffel und Zweige zerbrechen oder versperrte Vorhängeschlösser öffnen. Einem jungen Mädchen gelang es, Blumenknospen allein durch mentale Konzentration zum Aufblühen zu bringen. Sie nahm die Knospen eine Weile lang in die Hand, und wenn sie sie wieder öffnete, standen die Blumen in voller Blüte. Eine außergewöhnlich begabte Frau kann offenbar allein durch ihre Handbewegung ein ganzes Feld voller Blumen spontan zum Aufblühen bewegen. Eine junge Polizistin besitzt die Gabe, verborgene Objekte zu „sehen". Sie nutzt ihre Begabung sehr erfolgreich, um Kriminalfälle zu lösen. Außerdem kann sie vor Zeugen innerhalb weniger Minuten dank ihrer Geisteskraft grüne Kirschen in rote verwandeln. Ihre Fähigkeiten sind in einem Dokumentarfilm festgehalten. (Weitere erstaunliche Fallbeispiele finden sich im oben erwähnten Buch).

Diese Menschen demonstrieren auf eindrucksvolle Weise, dass schlichtweg *alles*, was sie denken und beabsichtigen, Wirklichkeit wird. Sie *wissen*, dass der Geist die Materie lenkt, und setzten dieses Wissen völlig selbstverständlich in der Realität um.

Wahrscheinlich geht es jetzt einigen Lesern so wie mir damals: Der Verstand hat seine Probleme damit, das Gelesene zu akzeptieren, und hält es bestenfalls für reichlich unwahrscheinlich. Ich habe diese Informationen damals einfach in die geistige Kategorie „interessante Begebenheiten" einsortiert, mit einem Fragezeichen versehen und nach weiteren Belegen gesucht. Je mehr ich darüber las, desto offensichtlicher wurde es, dass an dieser Sache wohl doch irgendetwas „dran" sein musste. Schließlich bequemte sich mein Verstand zu akzeptieren, dass es eine Menge Dinge gibt, die wir bislang fälschlicherweise für unmöglich gehalten haben, die aber offenbar doch möglich sind.

Einige Wissenschaftler vermuten, dass die beschriebenen Phänomene möglicherweise auf die Wirkung kraftvoller elektromagnetischer Felder zurückzuführen sind, die in dem Moment entstehen, in dem sich paranormal begabte Menschen sehr stark auf etwas Bestimmtes konzentrieren. Interessanterweise scheint es auch hier eine Art Ansteckungseffekt zu geben, denn man hat herausgefunden, dass bei entsprechendem Training Kinder, die bisher nicht paranormal begabt waren, in der Gegenwart medial talentierter Kinder dieselben beeindruckenden Kunststücke erlernen können. Mehrere Forscher, die sich eingehend mit dem Studium übersinnlicher Kräfte des Menschen befasst haben, vertreten die Auffassung, dass es sich um normale menschliche Fähigkeiten handle, die grundsätzlich bei *allen* Menschen vorhanden sind, nur bei manchen seien sie eben stärker ausgeprägt.

Mittlerweile gibt es, wie gesagt, weltweit immer mehr Menschen mit außergewöhnlichen Geisteskräften, so dass Wissenschaft und Gesellschaft gezwungen sind, sich mit diesem Phänomen auseinanderzusetzen. So sollen Massenuntersuchungen zufolge etwa ein Prozent der Bevölkerung der USA über besondere geistige Kräfte verfügen. Das wären allein in den Vereinigten Staaten immerhin rund zweieinhalb Millionen Menschen. Vielleicht geschieht dieser Evolutionsprozess, um uns an unser wahres Potenzial zu erinnern und daran, dass es an der Zeit ist, dieses auf eine förderliche Weise einzusetzen.

## Einmaliges Wunder oder Zukunftsmusik?

Ein eindrucksvolles Beispiel für außergewöhnliche geistige Kräfte ist der lebenslustige Brasilianer Thomáz Green Morton.[8] Mit seinen mentalen Kräften setzt Morton sämtliche Gesetze der Wissenschaft außer Kraft. Auf völlig unerklärliche Weise kann er offenbar zeitliche Abläufe verändern und so beliebig Entwicklungs- und Reifeprozesse beschleunigen oder auch verlangsamen. Im Grunde ist er ein lebendiges Beispiel dafür, wozu der Mensch fähig ist, wenn er sein volles Potenzial ausschöpft.

Auf den ersten Blick scheint die Beschreibung von Thomáz' Fähigkeiten eher aus einem Harry-Potter-Roman zu stammen als aus der Realität: Er ist offenbar in der Lage, zerbrochene Knochen wieder zusammensetzen, indem er einfach die Hand darüber hält. Er soll aus einem Maiskorn durch Konzentration in wenigen Minuten eine zehn Zentimeter hohe Maispflanze wachsen lassen können, die über Nacht zur ausgewachsenen Pflanze weiterwächst. Er nimmt ein befruchtetes Hühnerei in die Hand, entfernt vorsichtig die äußere Schale, hält die andere Hand darüber, und innerhalb von wenigen Minuten schlüpft das fertige Küken (eine Henne braucht dafür 21 Tage!). Er verwandelt einen alten, verschrumpelten Apfel zunächst in einen prallen, appetitlichen und versetzt die Frucht dann wieder in den unreifen Zustand.

Seine unglaublichen mentalen Kräfte hat Thomáz eigentlich einem Unfall zu verdanken. Als er im Alter von zwölf Jahren fischen ging, wurde seine Angelrute von einem Blitzschlag getroffen. Gleichzeitig hatte er ein starkes mystisches Erlebnis, bei dem er erfuhr, dass er von jetzt an außergewöhnliche Fähigkeiten besäße. Zwanzig Jahre später erhielt er einen weiteren Energieschub, der seine Kräfte weiter verfeinerte und ausbaute.

Die französische Journalistin Lynette Lucas veröffentlichte über Thomáz ein Buch und berichtet davon, dass der quirlige Brasilianer selbst einen tiefgefrorenen Vogel durch mentale Konzentration wieder belebte. Das Eis schmolz langsam, und schließlich flog der Vogel munter zwitschernd davon. Auch soll er über die Fähigkeit verfügen, sich innerhalb von Sekunden mental an einen beliebigen anderen Ort projizieren zu können, womit er schon erhebliche Verwirrung gestiftet hat. Außerdem lässt er Parfüm aus seiner Hand tropfen, tonnenschwere Statuen die Treppe hinaufschweben und weit entfernte oder verlorene Gegenstände im Raum erscheinen. Kurz gesagt, Thomáz Green Morton setzt sämtliche physischen, physikalischen und raum-zeitlichen Gesetze außer Kraft.

Zugegeben, hier wiegelte mein Verstand auch zunächst ab, das Ganze klang doch zu unglaublich. Doch selbst die NASA hat sich wohl von Thomáz' Fähigkeiten überzeugt und soll mit ihm in verschiedenen wissenschaftlichen Projekten zusammenarbeiten. Das brasilianische Genie ist offenbar in der Lage, Pflanzen zu materialisieren, die mehr Nährstoffe enthalten als alle bisher auf dem Markt befindliche Züchtungen. Indem sich Thomáz einfach geistig die gewünschte Pflanze *vorstellt*, gelingt es ihm offenbar, selbst in der Wissenschaft als unmöglich geltende Züchtungen zu kreieren und physisch erscheinen zu lassen, wie etwa eine besondere Kreuzung von Reis. In einem anderen Projekt soll er an der Entwicklung einer neuen schadstoffresistenten und nährstoffreichen Getreidesorte arbeiten. Seine Fähigkeit, die auch technische

Geräte einschließt, ist natürlich für Wissenschaft und Industrie von großem Interesse. So wurde er unlängst von einem Stahlkonsortium beauftragt, eine neue Stahllegierung zu erfinden.

Thomáz Green Morton besitzt offenbar auch enorme heilende Kräfte, weshalb er täglich von einer Vielzahl Heilung suchender Menschen aufgesucht wird. Blitzschnell soll er Knochenbrüche heilen, tote Zellen zum Leben erwecken können, entnommene Gewebe wieder wachsen lassen und Tumore dematerialisieren. Aufgrund seiner Fähigkeiten ist Morton in Brasilien eine Berühmtheit, und selbst Steven Spielberg und Shirley Mac Laine sollen bereits Kontakt mit ihm aufgenommen haben. Allerdings kann der Heiler seine Fähigkeiten nicht zu seinem eigenen Nutzen und Vorteil einsetzen und muss beispielsweise selbst einen Gips tragen, wenn er sich den Arm bricht.

Trotz seiner unglaublichen Fähigkeiten scheint der lebhafte Brasilianer die Bodenhaftung nicht verloren zu haben. Absicht seiner Tätigkeit soll es, so sagt er, nämlich sein, den Menschen zu helfen, in vollkommener Harmonie mit den göttlichen kosmischen Kräften zu leben und zu demonstrieren, dass der menschliche Geist praktisch unbegrenzte Möglichkeiten hat, die nur darauf warten, geweckt zu werden. Und er betont immer wieder, dass eines Tages jeder Mensch dazu fähig sein wird.

Das sind doch recht motivierende Aussichten, oder?

## Die Kraft der Gebete

Dass man auch als durchschnittlich medial begabter Mensch ohne Spezialausbildung oder Naturtalent Beachtliches bewirken kann, zeigen die Ergebnisse einer koreanischen Forschergruppe. Sie untersuchten, inwieweit Gebete – die ja letztlich auch eine Form von konzentrierter geistiger Aktivität sind – die Realität beeinflussen können.

Ziel der zwischen 1998 und 1999 am Cha General Hospital in Seoul durchgeführten Studie war es, herauszufinden, ob Frauen nach einer künstlichen Befruchtung eher schwanger werden, wenn andere Menschen für sie beten.[9] Nach dem Zufallsprinzip wurden 219 Frauen, die sich in Behandlung befanden, per Computer in zwei gleichgroße Gruppen aufgeteilt. Für die Frauen der einen Gruppe sollte gebetet werden, für die anderen nicht. Weder das behandelnde medizinische Personal noch die Frauen selbst wussten von der Studie (Doppelblindstudie). Um eine Beeinflussung der Studie durch ihre Erwartungshaltung möglichst auszuschließen, gingen die Versuchsleiter davon aus, dass Gebete keinen Einfluss auf die Fruchtbarkeit haben würden (was aber genau genommen auch schon wieder eine Erwartungshaltung ist).

Verschiedene christliche Gruppen in den USA, in Kanada und in Australien erklärten sich bereit, einige Wochen lang für die Frauen der ausgewählten Gruppe zu beten. Um störende Voreingenommenheit und Vorurteile auszuschließen, wurden dabei – bis auf ein Foto – keine weiteren Informationen über die Patientinnen bekannt gegeben.

Überraschendes Fazit: In der Gruppe, für die gebetet worden war, wurde die Hälfte der Frauen schwanger, während es in der anderen Gruppe nur 26 Prozent waren – ein hochsignifikantes Ergebnis und ein eindrucksvolles Beispiel dafür, wie Gebete und damit die Schwingung von Gedanken und Gefühlen selbst über große Distanz hinweg die Realität verändern können. Denn die Entfernung, so folgerten die Forscher, spielte für die Wirksamkeit der Gebete offensichtlich keine Rolle.

Bereits in den achtziger Jahren wies der amerikanische Herzspezialist Dr. Randy Byrd in einer groß angelegten Studie nach, dass Gebete die Gesundheit positiv beeinflussen.[10] In seiner am Allgemeinen Krankenhaus in San Francisco durchgeführten Studie nahmen rund vierhundert Herzpatienten teil. Sie wurden per Computer nach dem Zufallsprinzip in zwei Gruppen aufgeteilt, wobei das Alter und die Schwere der Erkrankung in beiden Gruppen etwa ausgeglichen waren. Eine Gruppe diente als Kontrollgruppe, für die andere Gruppe wurde gebetet.

Fast ein Jahr lang sprachen Angehörige verschiedener Glaubensrichtungen – Protestanten, Katholiken, Juden – täglich Bittgebete für die Kranken, von denen sie nur den Namen und die Diagnose kannten. Die Patienten selbst wussten nichts davon, ein persönlicher Kontakt fand nicht statt. Wie Byrd später gegenüber der American Heart Association und der Zeitschrift *Medical Tribune* berichtete, traten in der Patientengruppe, für die gebetet worden war, deutlich weniger Komplikationen auf, ein weiterer eindrucksvoller Beleg für die positive Wirkung von Gebeten.

Fazit: All diese Beispiele zeigen, dass wir offensichtlich die Fähigkeit haben, durch konzentrierte Geisteskraft auf Materie – Lebewesen und unbelebte Objekte – einzuwirken, selbst wenn das Zielobjekt weit entfernt ist. Dieses Potenzial steckt bis zu einem gewissen Grad in jedem Menschen, die Frage ist nur, inwieweit diese Fähigkeiten aktiviert sind.

Was bedeutet das nun für unsere persönliche Realität und wie kann man seine geistigen Kräfte im Alltag gezielt nutzen, um ein erfülltes, gesundes und glückliches Leben zu führen?

# Wie man in den Wald hineinruft – das Prinzip der Resonanz

# 4 Das Echo der Schöpfung

*Was in dir und um dich herum geschieht, spiegelt deine eigene Gedankenwelt wider und zeigt dir den Traum, den du webst.*

*Dhyani Ywahoo* [II]

Erinnern wir uns: Gedanken und Gefühle sind Energiewellen, die wir – bewusst oder unbewusst – in die Umgebung aussenden. Menschen, Tiere, Pflanzen und anscheinend sogar Dinge, die wir als unbelebt bezeichnen, empfangen diese Schwingungen und reagieren nach dem Prinzip der Resonanz entsprechend darauf. Sehr oft geschieht das auf einer unbewussten Ebene. Wer sich jedoch über dieses Prinzip von Ursache und Wirkung im Klaren ist, wird erkennen, dass es so etwas wie Zufall gar nicht gibt, sondern nur Entsprechungen. Anders ausgedrückt: Was wir geistig säen, das ernten wir. So lautet ein wichtiger Grundsatz der hawaiianischen Huna-Lehre: *Die Welt ist, was du denkst.* Was wir für wahr halten, woran wir glauben und wovon wir fest überzeugt sind, erschaffen wir.

Alles, was jemals erschaffen wurde, existierte zunächst in Gedanken, bevor es physisch manifest wurde. Man könnte auch sagen, dass auf gedanklicher Ebene eine Gussform erschaffen wird, die als Vorlage für die materielle Welt dient. Von dieser geistigen Gussform gehen wie von einem Magneten starke Kräfte aus, die in die physische Welt hineinwirken und dort die entsprechenden Teilchen (Materie, Lebewesen, Situationen, Ereignisse…) beeinflussen und anziehen, bis sich schließlich das Gewünschte manifestiert.

Wenn man durch einen Elektromagneten Strom fließen lässt, erhält er die Kraft, Eisen anzuziehen. Jedes Mal, wenn wir uns in Gedanken und Gefühl intensiv auf etwas konzentrieren, erzeugen wir Energiewellen und schalten damit unseren persönlichen Magneten an – die Voraussetzung für die Verwirklichung unserer Absicht in der Realität. Manche Menschen empfinden sogar ein sanftes Kribbeln, wenn sie sich sehr stark auf ihren Wunsch konzentrieren, als ob tatsächlich ein leichter Strom im Körper fließen würde.

Entscheidend für den Erfolg beim Manifestieren (Erschaffen) ist, dass man das gewünschte Ergebnis in seiner Vorstellung „sieht" und erlebt, als ob es bereits *jetzt* Wirklichkeit wäre, inklusive der damit verbundenen Gefühle wie etwa Freude, Begeisterung, tiefe Zufriedenheit etc. Man taucht quasi in einen inneren Film ein und erlebt die gewünschte Wirklichkeit im Voraus. Entscheidend dabei ist vor allem die Intensität der dabei aufgebauten Gefühle sowie die vollkommene *Gewissheit*, dass man das Ersehnte erhält, weil man es ja gerade mit seinen Gedanken und Gefühlen erschafft.

Allerdings sind Gedanken und innere Bilder von unserer Vergangenheit geprägt und deshalb auch begrenzend. Wir können uns nur vorstellen, was wir bereits erfahren oder erlebt haben. Dabei gibt es mit Sicherheit Lösungen für unsere Probleme und Wünsche, die so perfekt, ungewöhnlich oder genial sind, dass wir sie uns schlichtweg nicht vorstellen können. Beim Manifestieren die Betonung auf das *Gefühl* zu legen, das man haben möchte, wenn das Gewünschte Wirklichkeit geworden ist, hat den Vorteil, dass man offen bleibt für alle Möglichkeiten, auch diejenigen, die außerhalb unseres Vorstellungsvermögens liegen. (Die Grundsätze und Techniken für erfolgreiches Manifestieren sowie mögliche Fehlerquellen habe ich bereits ausführlich in meinem Buch *Die Hotline zum Glück* erläutert.)

Der Geist regiert die Materie. Wer echte positive Überzeugungen in sich trägt, strahlt diese aus und sorgt nach dem Resonanzprinzip dafür, dass sich Materie, Körper und Umfeld entsprechend dieser förderlichen Kräfte verhalten *müssen*. In konstruktiven Gedanken steckt eine ungeheure Kraft. Umgekehrt erschaffen negative Gedanken und Befürchtungen ebenso unsere Realität.

Da Gedanken reine Energie sind, erschafft jeder Gedanke ein Energiefeld um uns, man könnte auch sagen: ein Energiewesen, das umso machtvoller ist, je intensiver wir einen bestimmten Gedanken pflegen. Dies trifft auch auf Emotionen zu, welche mit Gedanken eng verknüpft sind, denn jeder Gedanke erzeugt die dazu passende Emotion. Beide – Gedanke plus Emotion – bringen das jeweilige Energiewesen zum Wachsen. Diese Gedanken-Energiefelder können uns treu dienen – oder uns das Leben zur Hölle machen, je nachdem, welcher Qualität die Gedanken sind.

Wer sich Sorgen macht, dass irgendetwas schiefgehen könnte, verankert genau diese Befürchtungen in sich, somit *muss* das gesamte Umfeld dieser negativen Überzeugung entsprechend reagieren. Anders ausgedrückt: Wer viel Pech im Leben hat, ist wahrscheinlich (unbewusst) mit negativen Erwartungshaltungen „geladen". Diese Ladung sorgt für eine Resonanz mit entsprechenden negativen Ereignissen. Man zieht auf diese Weise genau die Personen und Situationen an, die man am meisten fürchtet.

## Die Realität – Spiegel unserer Schwingung

Kürzlich suchten Freunde von uns einen Nachmieter für ihr Haus, da sie einige Zeit im Ausland verbringen wollten. Da sie etwas früher aus dem Mietvertrag ausscheiden wollten, als es die Frist vorsah, und außerdem jemanden suchten, der bereit war, das Haus unrenoviert sowie einige Möbel gegen eine Ablösesumme zu übernehmen, kümmerten sie sich selbst um den Nachfolger, statt dies der Vermieterin zu überlassen.

Jene, eine ältere Dame, war sehr dankbar, dass sich ihre bewährten Mieter um die Weitervermietung kümmerten. Als ideale Nachfolger stellte sie sich ein gut verdienendes jüngeres Pärchen vor. Dies deckte sich gut mit der Vorstellung unserer Freunde, denn sie wollten das Haus ebenfalls gern an ein nachfolgendes Pärchen weitergeben, weil es für zwei Personen ideal war. Die Ausrichtung unserer Freunde und ihrer Vermieterin stimmte also vollkommen überein.

Nach nur einer einzigen kostenfreien Anzeige in der Zeitung meldeten sich drei jüngere Pärchen und besichtigten das Haus. Das Pärchen, das unseren Freunden spontan am sympathischsten erschien, sagte auf Anhieb zu. Beide waren – wie bestellt – beruftätig, von dem Haus begeistert und wollten fast alle Möbel, die unsere Freunde anboten, zu einem guten Preis übernehmen. Die Vermieterin war nach dem Kennenlernen ebenfalls von dem Pärchen begeistert und setzte einen Termin für die Unterzeichnung des Mietvertrages an. Bis zu diesem Punkt war alles vollkommen mühelos verlaufen, und alle Beteiligten waren sehr zufrieden.

Dann geschah eine unerwartete Wendung.

Aufgrund eines Konfliktes der älteren Vermieterin mit ihrer Tochter platzte der Termin der Vertragsunterzeichnung. Um den Konflikt zu beseitigen, beschloss die Mutter, ihrer Tochter das Haus, in dem unsere Freunde noch wohnten, zu übereignen, was sie auch umgehend tat. Die Tochter jedoch wollte das Haus schnellstmöglich verkaufen. Das ausgewählte Nachmieterpärchen war verständlicherweise enttäuscht, sagte ab, und die anfangs perfekte Situation löste sich in Luft auf.

Nach einigem Hin und Her entschied sich die Tochter schließlich, das Haus doch zu behalten und weiterzuvermieten. Und damit fing das Desaster an.

Unsere Freunde schalteten wieder dieselbe Anzeige in derselben Zeitung wie beim letzten Mal. Doch diesmal meldete sich niemand. Am folgenden Wochenende inserierten sie in diversen regionalen Zeitungen. Erstaunlicherweise meldeten sich darauf praktisch nur Familien mit mindestens drei Kindern. Um überhaupt rechtzeitig einen Nachmieter zu finden, konzentrierten sich unsere Freunde nun auf die Einstellung, es solle einfach der in jeder Hinsicht perfekte Nachmieter kommen, und hießen alle Interessenten aus ganzem Herzen willkommen. (Natürlich ist es sinnvoll, vorher genau zu definieren, was man unter der perfekten Lösung versteht, unter Einbeziehung aller Beteiligten).

Praktisch jeden Tag kamen Interessenten zur Besichtigung, bei der sich unsere Freunde viel Zeit nahmen und ihre Gäste mit frisch zubereitetem Cappuccino bewirteten. Viele zeigten sich begeistert. Doch es war wie verhext, letztlich sagten doch alle Interessenten ab. Nach über drei Wochen waren unsere Freunde mit ihren Kräften am Ende.

„Was war nur los?“, fragten sie sich verzweifelt. Vorher war alles so spielerisch und mühelos gegangen. Warum klappte auf einmal nichts mehr? Warum fand sich plötzlich kein Nachmieter mehr? Und wieso kamen jetzt nur noch größere Familien zur Hausbesichtigung?

Als sie der Tochter, ihrer neuen Vermieterin, die Lage schilderten, erfuhren sie des Rätsels Lösung. Die Tochter der Vermieterin berichtete mit Leidensmiene, diese Situation wäre mal wieder typisch für sie, denn sie würde in ihrem Leben Probleme wie ein Magnet anziehen. Auf gar keinen Fall wolle sie als Nachmieter eine Familie mit vielen Kindern, denn sie habe die Befürchtung, dass das Haus darunter leiden und verwohnt werden würde.

Jetzt war unseren Freunden alles klar. Die Tochter investierte ihre gesamte gedankliche Energie in die *Ablehnung* größerer Familien als Mieter – und zog nach dem Resonanzprinzip aber genau solche Interessenten an, und zwar ausschließlich. Ihre Energie als neue Eigentümerin des Hauses beherrschte die Situation.

Dem Kosmos ist es egal, wo wir unsere Energie hineinfließen lassen, er liefert uns genau das, wo wir persönlich *die meiste Energie hineinfließen lassen*, ob es nun für uns positiv oder negativ ist. Wenn man etwas ablehnt, bleibt man auf der Schwingungsebene der Ablehnung verhaftet, alle Aufmerksamkeit fließt in das, was man garantiert *nicht* will. Dadurch wird die eigene Anziehungskraft für genau das, was man ablehnt, sehr stark.

Kein Wunder, dass sich in obigem Fall als ernsthafte Interessenten nur zwei Großfamilien fanden, wobei sich bei den einzigen anscheinend passenden Mietern – einer bislang nur dreiköpfigen Familie – herausstellte, dass die Ehefrau gerade mit Drillingen schwanger war. Der Kosmos übertrumpft spielend selbst die geringstmöglichen statistischen Wahrscheinlichkeiten – wie oft gibt es schon Drillinge? – und führt uns das Gesetz der Resonanz äußerst plakativ vor Augen.

Das Resonanzprinzip gilt jedoch nicht nur für Menschen, die man auf diese Weise magnetisch anzieht, sondern trifft ebenso auch auf die „unbelebte" Materie zu, die offenbar gar nicht so leblos ist, sondern sehr empfindlich auf die Schwingungen reagiert, die wir aussenden.

Dass der Mensch grundsätzlich in der Lage ist, allein durch seine Geisteskraft technische Geräte zu beeinflussen, haben die in Kapitel 3 erwähnten wissenschaftlichen Versuche gezeigt. Insofern ist es kaum verwunderlich, dass auch Autos, Computer und andere elektrische Geräte irgendwie besser zu funktionieren scheinen, wenn man sie mag und mit Achtung behandelt. Dieses Phänomen habe ich selbst mehrfach erlebt, und ich kenne eine ganze Reihe Menschen, die diese Erfahrung ebenso machten.

Wenn jemand beispielsweise seinen Computer nicht leiden kann, scheinen bei diesen Rechnern viel häufiger technische Probleme aufzutreten als bei Computern, die von den Menschen, die sie bedienen, geschätzt werden. Während freundlich gesonnene Benutzer wahrscheinlich ein positives, geordnetes geistiges Feld ausstrahlen, erschafft Abneigung möglicherweise ein elektromagnetisches Störfeld, das empfindliche elektronische Geräte negativ beeinflusst. Auch der Wasserkristallforscher Masaru Emoto (mehr dazu in Kapitel 16) empfiehlt, Werkzeugen und Bürogeräten mit positiver Haltung und Dankbarkeit zu begegnen, da sie so besser funktionieren und weniger Reparaturen anfallen würden.

Einer meiner Bekannten, der erst vor kurzem begonnen hat, regelmäßig zu meditieren, machte wiederholt die Erfahrung, dass die Lautsprecher seines Notebooks beim Abspielen einer geführten Meditation immer in dem Moment abrupt ausfielen, wenn er sich darauf konzentrierte, angesammelte negative geistige Energie loszulassen und nach außen zu senden. Anscheinend hat das geistige Feld, das er in diesem Moment aufbaute, ausgereicht, um die empfindliche Elektronik der Lautsprecher eine Zeitlang außer Gefecht zu setzen. Wenn man seinen Computer ablehnt, baut man ebenfalls ein negatives geistiges Feld auf. Darunter leidet man erstens selbst, weil die Schwingung der Ablehnung emotionalen und körperlichen Stress erzeugt, und zweitens reagieren Computer empfindlicher, als man denkt.

Peter Tompkins und Christopher Bird erwähnen in ihrem Buch *Die Geheimnisse der guten Erde*[1] eine Begegnung mit Alla Kudrjaschowa, einer ehemaligen Mitarbeiterin der Sowjetischen Akademie der Wissenschaften. Aufgrund ihrer außergewöhnlichen geistigen Kräfte gelang es dieser Frau, die Ernteerträge bestimmter Feldfrüchte um über einhundert Prozent zu steigern, einfach indem sie sich mental auf das Saatgut konzentrierte. Sie besaß außerdem starke heilerische Fähigkeiten, die sie unter anderem dafür einsetzte, hochkomplizierte technische Geräte wie beispielsweise Computer zu „heilen." Das Herzstück von Computern sind Siliziumkristalle, die sehr empfindlich auf Schwingungen reagieren.

Alla Kudrjaschowa entdeckte, dass Maschinen anscheinend nicht anders als Lebewesen empfindlich darauf reagieren, wie man mit ihnen umgeht, ob auf liebevolle oder herzlose Weise. Sie fand heraus, dass schlecht funktionierende Maschinen und Geräte zu einem beträchtlichen Teil die geistige Einstellung des bedienenden Personals widerspiegeln, welches, um diesen Effekt auszulösen, keineswegs über übersinnliche Begabungen verfügen muss, zumal dieser Effekt ja meist auch noch unbewusst erzeugt wird.

In welch misslicher Situation man sich auch immer befinden mag – wer ehrlich zu sich selbst ist, wird erkennen, dass man diese Situation zu einem beträchtlichen Teil nach dem Prinzip der Resonanz selbst mit verursacht hat. Was kann man nun tun, um eine negative Situation zu verändern, wenn man erkannt hat, dass man selbst der Verursacher ist? Und wie kann man verhindern, unerwünschte Situationen überhaupt unbewusst zu erschaffen?

## Herr der Gedanken

Um nicht unwillkürlich von Sorgen, Ängsten, Zweifeln und deren Auswirkungen in der Realität gesteuert zu werden, besteht der erste wichtige Schritt darin, möglichst oft am Tag die eigenen Gedanken, Erwartungen und Überzeugungen kritisch zu beobachten und sie sich bewusst zu machen – denn sie könnten schließlich Wirklichkeit werden. Das „Sich-Sorgen-Machen" ist so ziemlich das Schädlichste, was man tun kann, und eine sichere Methode, genau das zu bekommen, wovor man am meisten Angst hat. Wir befinden uns ständig „auf Sendung", und die Qualität unseres ausgesandten Programms entscheidet darüber, welche Resonanz wir von unserem Umfeld erfahren – Gegenwind oder Rückenwind.

Die Cherokee-Indianer vertreten in Bezug auf den Umgang mit Sorgen und Zweifeln die heilsame Auffassung, das Einzige, dessen man sich in diesem Moment wirklich sicher sein kann, ist, dass man ein- und ausatmet und dass die Sonne auf- und untergeht. Warum also den eigenen Geist mit quälenden Befürchtungen anfüllen?

Auf das Beispiel mit der Hausvermietung übertragen würde das Folgendes bedeuten: Statt sich auszumalen, was sie auf keinen Fall will, hätte die Vermieterin ihre mentalen Kräfte *für* sich arbeiten lassen können, etwa indem sie wiederholt bekräftigt: *Ich habe/finde den in jeder Hinsicht perfekten Nachmieter*, während sie sich die Vertragsunterzeichnung mit der Idealperson bildlich und gefühlsmäßig vorstellt und ein Gefühl der Zuversicht in sich stärkt. Je mehr man sich geistig und gefühlsmäßig auf die Wunschsituation konzentriert, umso mehr verliert eine Negativsituation an Energie und wird immer unwahrscheinlicher. Wenn man dies wirklich aufrichtig tut, wird sich aufgrund des Resonanzgesetzes eine Veränderung der Situation ergeben.

Das Verhalten des Umfeldes ist ein Spiegel unserer eigenen inneren Ausrichtung. Wenn wir uns beispielsweise wütend, ärgerlich oder gestresst fühlen, strahlen wir genau dies aus, und unsere Umgebung reagiert (meist unbewusst) darauf. Dann scheint es manchmal so, als ob sich alles gegen uns verschworen hätte: Das Auto will nicht anspringen, der Vorgesetzte erteilt uns einen Rüffel, der Computer stürzt ab, beim Bäcker schnappt uns jemand das letzte Brötchen vor der Nase weg… Wenn wir dagegen mit guter Laune sorglos, entspannt und vergnügt durch den Tag gehen, scheinen uns die Dinge leicht zu gelingen. Alle sind nett zu uns, Probleme lösen sich mühelos, wir bekommen Dinge, auf die wir schon lange gewartet haben, und die ganze Welt scheint uns freundlich gesonnen. Wir genießen dieses „Hoch" und haben das Gefühl, so könnte es immer sein. Genau das ist tatsächlich möglich.

Da wir unsere äußere Realität permanent selbst erschaffen, haben wir auch die Möglichkeit, sie jederzeit zu ändern, indem wir unsere geistige Ausstrahlung kontrollieren. Wer es schafft, destruktive Gedanken und Gefühle schrittweise zu reduzieren, indem er sich nicht von ihnen vereinnahmen lässt oder sie besser noch durch eine optimistische Einstellung ersetzt, wird in seinem Leben mit Sicherheit bald positive Veränderungen spüren. Sobald wir beginnen, unsere geistige Schöpferkraft *wirklich* konstruktiv einzusetzen, bekommt unser Leben eine spielerische Note. Statt weiterhin Opfer der Umstände zu sein, erleben wir die Freiheit, machtvoller und eigenverantwortlicher Schöpfer einer erfüllenden Wirklichkeit zu sein.

# 5 Der Wunschbrunnen: Gedanken werden Wirklichkeit

*Ihr erschafft jeden Augenblick*
*eure Existenz durch Gedanken.*

*Ramtha*[III]

Wie sehr die geistige Überzeugung die Realität verändern kann, zeigt eine wahre Begebenheit aus dem Film *„Unterwegs in die nächste Dimension"* von Clemens Kuby.[1] Es handelt sich um einen Dokumentarfilm über die Arbeit von Heilern und Schamanen in verschiedenen Ländern der Welt. Aufgrund der außergewöhnlichen Fähigkeiten dieser Menschen werden sie täglich von zahlreichen heilungsbedürftigen Personen aufgesucht. Einer der im Film vorgestellten Schamanen, ein Heiler aus Myanmar, bietet in seinem Lehr- und Ausbildungszentrum auch regelmäßige Veranstaltungen für die umliegende Bevölkerung an, in denen er sein Wissen weitervermittelt.

Der Film berichtet unter anderem von einem jungen Mädchen, dessen größter Wunsch es war, dass ihre arme Familie zu mehr Wohlstand gelangen möge. Einmal pro Woche, wenn sie an der Veranstaltung des Heilers teilnahm, betete sie und wünschte sich für ihre Familie mehr Geld, und zwar mit einer solchen Inbrunst, dass sie dabei regelmäßig in Trance fiel.

Tatsache war: Seitdem das Mädchen bei den wöchentlichen Zusammenkünften den Heilers betete, ging es ihrer Familie finanziell stetig besser. Zu dem Zeitpunkt schließlich, wo der Film gedreht wurde, herrschte in der Familie ausgesprochener Wohlstand, was in einem ärmeren Land wie Myanmar wohl eher die Ausnahme ist. Die Eltern und Geschwister waren überglücklich und schickten das Mädchen weiter in die Gruppe, auf dass der Geldsegen weiterhin anhalten möge.

## Tischlein deck dich oder: Wie man sich im Handumdrehen Wünsche erfüllt

Ein guter Freund und mit beiden Beinen fest auf der Erde stehender Elektroingenieur, Thomas, setzt seit längerem seine geistigen Kräfte erfolgreich ein, um seine Wünsche in der Realität zu verwirklichen. Verschmitzt berichtete er, erst kürzlich sei es ihm gelungen, sich kostenlos einen neuen Computer zu manifestieren.

Folgendes war geschehen: Thomas hatte sich als leidenschaftlicher Computerfreak eines der besten und teuersten Notebooks gekauft. Wie es jedoch bei Computern so ist: Acht Wochen später kam ein neues Modell heraus, günstiger, nochmals entscheidend verbessert und mit Zusatzmöglichkeiten, die er bei seinem Gerät bisher vermisst hatte. Eigentlich ist es bei Computern ja normal, dass sie veraltet sind, kaum dass man sie gekauft hat, aber Thomas ärgerte sich dennoch ziemlich darüber.

Jedes Mal, wenn er den Rechner einschaltete, dachte er an diesen teuren „Fehlkauf". Er surfte regelmäßig auf den Internetseiten des Herstellers und sah sich sehnsüchtig das neue Nachfolgemodell an. Das ging etwa fünf Wochen so. Dann traten auf dem Bildschirm seines neuen Notebooks plötzlich Störungen auf. Da sich das Gerät noch innerhalb der Garantiefrist befand, sandte er den Rechner zur Reparatur an den Hersteller. Dieser versicherte ihm, man würde den Fehler schnellstmöglich beheben.

Während Thomas mit einem Ersatzgerät weiterarbeitete, dachte er, dass es ihm eigentlich am liebsten wäre, wenn es dem Hersteller nicht gelingen würde, den Fehler zu beseitigen. Er wusste, dass man nach einer bestimmten Anzahl von Reparaturversuchen vom Kauf zurücktreten kann. Mit dem erstatteten Geld hätte er sich seinen Traumcomputer kaufen können, und es wäre sogar noch etwas übrig geblieben.

Wenige Tage später sandte der Hersteller das reparierte Gerät mit der Bemerkung „Bildschirm ausgetauscht und getestet, alles in Ordnung" zurück. Kaum schaltete Thomas den Rechner ein, zeigte sich jedoch wieder das alte Problem. Also schickte er das Gerät erneut ein. Nach etwa einer Woche erhielt er es wieder zurück mit der Bemerkung: „Gerät geprüft, kein Fehler feststellbar". Skeptisch schaltete Thomas das Notebook ein – und natürlich: wieder Streifen auf dem Bildschirm.

Zum dritten Mal sandte er den Computer ins Werk, und dieses Mal kam das Notebook mit einer langen Aufstellung von ausgetauschten Bauteilen zurück.

Fünf Minuten nach dem Einschalten tauchte die gleiche Bildschirmstörung auf. Der Techniker, der am nächsten Tag bei Thomas persönlich vorbeikam, sah den immer noch vorhandenen Bildschirmfehler, ging alle Beschreibungen der vorangegangenen Reparaturen durch und schüttelte nur immer wieder den Kopf. So etwas hätte er noch niemals erlebt. An dem Notebook seien praktisch alle Bauteile durch neue ersetzt worden, deshalb sei es eigentlich unmöglich, dass immer noch derselbe Fehler auftrete.

Thomas lehnte eine erneute Reparatur ab und erhielt wie gewünscht eine Gutschrift. Eine Woche später hatte er genau das nagelneue Notebook auf seinem Tisch stehen, das er sich so sehnlich gewünscht hatte. Er ist von seinem Computer begeistert, und es ist seitdem nie wieder ein größerer Fehler aufgetreten. Erst rückblickend wurde Thomas klar, dass seine konzentrierte Gedanken- und Gefühlskraft – der innige Wunsch nach dem neuen Gerät und die Ablehnung gegenüber dem gerade gekauften Notebook – die Ereignisse wahrscheinlich entscheidend beeinflusst hatte, obwohl er sich dessen damals überhaupt nicht bewusst gewesen war.

## Nichts ist unmöglich

Man kann die eigenen geistigen Kräfte gezielt einsetzen, um alle möglichen Dinge und Situationen zu manifestieren – mehr Aufträge für die Firma, die Lösung für ein Problem, den gewünschten Traumjob, den Märchenprinz oder die Traumprinzessin, die ideale neue Wohnung etc.

Kürzlich war ich auf der Autobahn unterwegs. Es war seit etwa einer Stunde zähfließender Verkehr. Ich war angestrengt und fühlte, wie auch meine Augen müde wurden. Außerdem beschwerte sich mein Verstand über den dichten Verkehr. Doch dann erinnerte ich mich daran, dass der Geist den Körper und die Materie lenkt und dass ich somit die äußeren Umstände auf irgendeine Weise mit erzeugt haben musste. Sofort schaltete ich um und „programmierte" mich neu mit der Affirmation „Ich fahre leicht und mühelos. Ich sehe vollkommen scharf". Als hätte das Universum darauf gewartet, löste sich der dichte Verkehr innerhalb von wenigen Sekunden (!) wie von Zauberhand auf. Verblüfft von diesem augenblicklichen Erfolg wiederholte ich die Affirmation noch ein paar Minuten in Gedanken. Nach etwa fünfzehn Minuten fühlte ich mich wie energetisiert, alle Müdigkeit war verflogen. Die Autobahn blieb weiterhin frei, ich fühlte mich prächtig und erreichte in Rekordzeit mein Ziel. Insgesamt habe ich bereits sehr viele Erlebnisse dieser Art gehabt, zu viele, um an Zufall zu glauben. Vielmehr freue ich mich diebisch, wenn „es" mal wieder geklappt hat.

Eine befreundete Bankangestellte, Judith, stand kürzlich im Kaufhaus vor einer Jacke, die ihr außerordentlich gut gefiel. Nur war sie leider etwa doppelt so teuer, wie sie bereit gewesen wäre auszugeben. Flugs manifestierte sie, dass a) diese Jacke in den nächsten Tagen im Preis deutlich reduziert werden möge, am besten auf den halben Preis, ferner dass b) dieses Stück für sie persönlich „reserviert" sei und dass c) ihre Intuition sie genau zum richtigen Zeitpunkt, wenn es so weit sei, wieder in diesen Laden führen würde.

Knappe zwei Wochen später, sie hatte längst nicht mehr an die Jacke gedacht, verspürte sie plötzlich bei einem erneuten Stadtbummel das dringende Gefühl, sie sollte in ein bestimmtes Kaufhaus gehen. Schlagartig erinnerte sie sich wieder an die Jacke. Neugierig marschierte sie in die Damenabteilung des besagten Kaufhauses – und da hing das Schmuckstück, hatte wie bestellt auf sie gewartet und war, kaum zu glauben, tatsächlich um 50 % im Preis reduziert. Judith war natürlich begeistert, und die Jacke bereicherte fortan ihren Kleiderschrank. Von diesem Erfolg beflügelt, schaffte sie es als Nächstes, sich ihr lang ersehntes Traumpferd zu manifestieren. Ihre nicht zu übersehenden Erfolge, nach dem Resonanzprinzip genau das zu bekommen, was sie sich wünscht, überzeugten auch ihren Lebenspartner, der mittlerweile ebenfalls fleißig seine Wünsche manifestiert.

Einer der wesentlichen „Tricks" für erfolgreiches Manifestieren besteht darin, die Überzeugung, dass das Gewünschte bald Wirklichkeit wird, in sich lebendig zu halten. Anders ausgedrückt: Man muss die Schwingung dessen, was man erreichen will, aufrechterhalten. Als hilfreich – neben der geistigen Vorstellungskraft – hat sich dabei die folgende Methode erwiesen:

### Übung: Wunschzettel schreiben

Hierbei schreibt man seinen Wunsch mit allen Details auf einen Zettel und legt diesen unter das Kopfkissen. Es hat sich bewährt, den Wunsch in Dankesform zu formulieren, also etwa „Danke für diesen großartigen neuen Auftrag", „Danke für diesen wunderbaren, gefühlvollen, romantischen ... neuen Partner/-in" oder was auch immer man sich wünscht.

Das Sich-Bedanken erzeugt eine positive innere Erwartungshaltung und bewirkt, dass unsere Manifestationskraft wächst. Wer möchte, kann sich im Voraus auch direkt bei Gott/dem Kosmos/dem Universum/dem Höheren Selbst etc. für die Wunscherfüllung bedanken. Täglich vor dem Einschlafen und nach dem Aufwachen liest man den Zettel durch und freut sich in der absoluten Gewissheit, dass das Gewünschte bald Wirklichkeit wird, da ja die geballte geistige Energie, die man auf diese Weise permanent aussendet, die entsprechende Materie (Ereignisse, Personen, Gegenstände...) anzieht. Kurz vor dem Einschlafen sowie unmittelbar nach dem Aufwachen ist unser Unterbewusstsein sehr aufnahmefähig, da in diesen Phasen der kritische (und zweifelnde) Verstand nicht so aktiv ist. Auf diese Weise lassen sich neue Impulse auch in tieferen Ebenen des Bewusstseins verankern.

Anstelle des Kopfkissenzettels kann man auch mit einem „Wunschverstärker" arbeiten. Dies ist ein beliebiger kleiner Gegenstand – etwa ein Armband, ein Stein, eine Schnur etc. – den man immer dann in die Hand nimmt, wenn man intensiv an das Gewünschte denkt. Dadurch wird eine geistige Verknüpfung zwischen dem Gegenstand und dem Wunsch hergestellt. Während des Tages trägt man diesen Gegenstand in der Tasche oder legt ihn auf den Schreibtisch. Jedes Mal, wenn man ihn in der Tasche fühlt oder anschaut, werden die positiven Gefühle wieder lebendig, die es braucht, um das Gewünschte in der Realität magnetisch anzuziehen.

Um Vertrauen in die eigenen Fähigkeiten zu gewinnen, ist es sinnvoll, beim Manifestieren zunächst spielerisch mit kleinen Dingen des Alltags zu beginnen. Wichtige Grundregel ist, dass, sofern man *bewusst* manifestiert, dies stets unter Beachtung des Gemeinwohls geschieht, dass niemand zu Schaden kommt oder gegen seinen Willen manipuliert wird, denn solche Handlungen fallen nach dem Gesetz der Resonanz irgendwann mit den entsprechenden negativen Folgen auf uns selbst zurück.

## Liebe oder Angst?

Eine wesentliche Grundlage für erfolgreiches Manifestieren liegt darin, stets zu hinterfragen, ob das, was man gerade geistig erschafft, aus Liebe oder Angst heraus geschieht. Angst (und dazu zählt auch das Mangeldenken „Ich habe nicht genug…") verhindert, dass wir unser wahres Potenzial entfalten können, und sorgt dafür, dass sich unsere Ängste verwirklichen anstelle unserer Träume, weil die Ängste eine so starke „Ladung" und damit große Anziehungskraft haben. Wie also schafft man es, sich von Ängsten zu lösen, wenn sie einmal da sind?

Man wechselt mit seiner Aufmerksamkeit vom Verstand ins Herz. Ängste entstehen größtenteils im Verstand, der ein Meister darin ist, sich schlimme und unangenehme Situationen auszumalen, die sich in der Zukunft ereignen *könnten*. Indem wir beim Manifestieren unsere Aufmerksamkeit in unser Herz lenken, entziehen wir uns der Herrschaft des Verstandes. Wer im Herzen zentriert ist, verliert die Angst und entwickelt Vertrauen in das Leben wie auch in sich selbst. Wer von dieser Basis aus manifestiert, wird zunehmend mehr Wunder, perfekte „schicksalshafte" Fügungen und höhere Führung in seinem Leben erfahren.

Die Wissenschaftler des kalifornischen HeartMath Institutes haben das Herz und die Energien, die es erzeugt, über viele Jahre hinweg sehr genau untersucht.[2] Dabei machten sie die unglaubliche Entdeckung, dass das elektromagnetische Feld der Herzens fünftausend Mal mehr Energie abstrahlt als die beim Denken ausgesandten Energiewellen. Das Energiefeld des Herzens ist mit Spezialgeräten messbar und kann einen Durchmesser von mehreren Metern erreichen. Die Existenz des Herzfeldes ist wohl auch der Grund, warum wir uns in der unmittelbaren Nähe von Menschen, die „im Herzen sind", so wohl fühlen – wir baden quasi in ihrer Herzenergie und beginnen dadurch selbst auf einer höheren Frequenz zu schwingen.

Wer sich also beim Manifestieren im Herzen zentriert, was natürlich um so leichter geht, je mehr man im Alltag aus dem Herzen heraus lebt, hat die *fünftausendfache Kraft* zur Verfügung, um die Realität schöpferisch zu gestalten. In der Kraft und Weisheit unseres Herzens liegt also ein enormes Potenzial. Das Manifestieren ohne Herz funktioniert zwar auch, erfordert jedoch einen ungleich höheren Aufwand an Zeit und Energie.

Was wir aus tiefstem Herzen heraus erschaffen, geschieht zudem in Einklang mit unserem höchsten Sein. In diesem Zustand manifestieren wir automatisch nur die Dinge und Situationen, die auch wirklich unserem wahren Selbst und unserem Lebenssinn entsprechen, anstatt uns in Phantasiegebilden des Verstandes zu verlieren, die uns wohlmöglich auf die falsche Fährte führen.

Im Herzen zentriert zu sein stärkt in uns das Grundgefühl von Liebe (und dazu zählen auch die Gefühle von Vertrauen, Freude, innerem Frieden und Verbundenheit mit allem Sein). Dies bewirkt, dass wir ohne große Anstrengung unsere schöpferischen Fähigkeiten maximal entfalten können und zum Magneten für genau die Dinge werden, die uns wirklich glücklich machen. Gleichzeitig bewirkt die Herzenergie, dass alles, was wir manifestieren, auch dem Wohle aller anderen Lebewesen dient. Nicht umsonst betonen die Weisheitslehren dieser Welt, dass das Manifestieren auf drei wesentlichen Pfeilern beruht: der klaren Absicht, dem Wissen und der mitfühlenden Liebe. Nur im Zusammenspiel aller drei Faktoren ist harmonisches Erschaffen möglich.

Das beste Zeichen dafür, dass wir beim Manifestieren mit unserem Herzen (statt mit dem Ego-Verstand) verbunden sind, sind Gefühle von Freude, Hingabe und völliger Bejahung, das Gefühl, innerlich weiter zu werden oder auch einfach tief berührt zu sein, je nachdem, was man gerade erschafft.

## Manifestieren mit Hochgeschwindigkeit: Science-Fiction oder mögliche Zukunft?

Noch bis vor kurzem reagierte unserer Umfeld relativ träge auf unsere ausgesandten Gedanken und Gefühle – wir spürten die Auswirkung häufig erst nach Stunden, Tagen, Wochen oder sogar Monaten. Das ist zwar insgesamt gesehen meist immer noch so, doch manch einer hat vielleicht bemerkt, dass das Tempo, in dem sich Manifestationen verwirklichen, in der letzten Zeit deutlich zugenommen hat. Gelegentlich kann man geradezu zuschauen, wie sich ein Gedanke oder eine Erwartung, die man soeben ausgesandt hat, im Handumdrehen direkt vor unseren Augen verwirklicht.

Möglicherweise hängt dies mit einer Veränderung des Erdmagnetfeldes und der Eigenresonanzfrequenz der Erde zusammen. Neueren Messungen zufolge soll sich die Schumann-Frequenz in den letzten Jahren deutlich in Richtung höherer Werte verschoben haben. Welche Auswirkungen dies im Einzelnen auf unseren Organismus hat, ist noch nicht endgültig erforscht. Einige Forscher meinen, dass die Verschiebung der Schumann-Frequenz eine mögliche Ursache für ein gesteigertes Unruhegefühl sein könnte.[3] Das veränderte Frequenzspektrum soll aber auch das Energiesystem des Menschen (positiv) verändern und einen bewusstseinserweiternden Effekt haben. Infolgedessen würden sich auch unsere übersinnlichen Fähigkeiten erweitern, und dazu zählt auch die Gabe des Manifestierens.

Drunvalo Melchizedek beschreibt in seinem Buch *Die Blume des Lebens*[4] eine mögliche Zukunft, die seiner Ansicht nach bereits in wenigen Jahren eintreten könnte. In dieser zukünftigen Zeit würden sich alle unsere Manifestationen praktisch in Sekundenschnelle verwirklichen, was leider auch unsere Ängste einschließt. Dies erfordere natürlich erhöhte Achtsamkeit, wolle man sich nicht durch unbedachte Gedanken in unangenehme oder sogar gefährliche Situationen manövrieren.

Doch auch wenn wir künftig keine derart starke Beschleunigung der Geschwindigkeit, in der sich unsere Gedanken verwirklichen, erleben sollten, wirkt das Resonanzprinzip natürlich auch jetzt schon. Deshalb ist es in jedem Fall ratsam, äußerst genau auf seine Gedanken zu achten. Wir kreieren damit nicht nur unsere eigene, persönliche Wirklichkeit, sondern durch unsere kollektiven Gedanken, Gefühle und die daraus resultierenden Taten erschaffen wir hier auf der Erde unsere gemeinsame Realität. Wenn wir auf konstruktive Gedanken achten, tragen wir dazu bei, unsere individuelle und kollektive Realität positiv zu beeinflussen.

# 6 Die Kraft der Symbole

*Es gibt nichts, was du nicht*
*sein kannst; es gibt nichts,*
*was du nicht tun kannst;*
*es gibt nichts, was du*
*nicht haben kannst.*

*Neale Donald Walsch*[IV]

Um Manifestationen weiter zu verstärken, kann man sich zusätzlich wirkungsvoller Symbole bedienen. Die meisten alten Völker kannten die Kraft von Symbolen und wussten sie gezielt einzusetzen. In Geheimbünden und verschiedenen Religionen spielte das Wissen um die Kraft der Zeichen stets eine große Rolle. Glücklicherweise leben wir in einer Zeit, in der früher geheim gehaltenes, nur Eingeweihten vorbehaltenes Wissen zunehmend einer breiten Öffentlichkeit zur Verfügung steht. Diese Lehren sind jedoch teilweise sehr komplex, und es existiert bereits eine Vielzahl an Veröffentlichungen. Wie aber kann man im „normalen" Alltag, ohne großen Zeitaufwand, die Wirkung bestimmter Symbole nutzen, um die Verwirklichung von Wünschen nachhaltig zu beschleunigen?

Kürzlich erfuhr ich auf einem Vortrag von einer interessanten Methode, wie Symbole zur Verstärkung von Affirmationen eingesetzt werden können (Affirmationen sind geschriebene oder gesprochene Bekräftigungen dessen, was man sich wünscht).[1] Diese Technik funktioniert so:

### Übung: Verstärkung durch Symbole

Man zeichnet auf einen Zettel zuoberst ein Hexagramm (einen sechseckigen Stern aus zwei ineinander verschränkten Dreiecken). Darunter schreibt man die gewählte Affirmation, beispielsweise: „Ich liebe und werde geliebt", „Mein Schlaf ist tief und erholsam", „Ich bin schöpferisch und gelassen" etc. Man kann aber auch einfache Wörter verwenden wie etwa „Gesundheit", „Liebe", „Harmonie", „Kraft" oder andere. Nachdem man also die Wörter respektive den betreffenden Satz unter das Symbol geschrieben hat, dreht man den Zettel um und schreibt auf die Rückseite seinen Vor- und Nachnamen. Das war's auch schon.

So harmlos das auch klingen mag, diese Technik hat es tatsächlich in sich. Mein Nachbar berichtete mir in der anschließenden Pause voller Erstaunen, er habe während des Vortrages aus Neugier ein Hexagramm gezeichnet, mit einem Satz, der für ihn persönlich wichtig war. Kaum dass er seinen Namen auf die Rückseite des Blattes geschrieben hatte, wurde ihm plötzlich warm, und eine enorme Energiewelle durchflutete ihn. Dieses spontane Erlebnis beeindruckte ihn sehr. Natürlich habe ich mit dieser Technik später auch experimentiert. Bei manchen Neuprogrammierungen spürt man meiner Erfahrung nach eine sofortige Wirkung, bei anderen Affirmationen dauert es länger. Wie stark man eine Wirkung verspürt, scheint unter anderem davon abzuhängen, wie sehr die jeweilige Affirmation den „Nagel auf den Kopf" trifft.

Anstelle des Hexagramms oder in Ergänzung dazu kann man noch weitere kraftvolle Zeichen verwenden wie etwa das OM-Zeichen, das Yin-Yang-Zeichen oder auch die Blume des Lebens.

Die Wirkungskraft der verwendeten Symbole hängt offenbar auch von deren Größe und Proportionen ab. Auf die Frage aus dem Publikum, welche Größe denn optimal sei, erklärte der Dozent, das sei von Zeichen zu Zeichen verschieden. Wer mit dem Pendel oder dem Biotensor (Anm.: eine moderne Wünschelrute) arbeite, könne schnell feststellen, bei welcher Größe das Symbol die meiste Kraft aufweist.

Wer spielerisch ein wenig mit Symbolen experimentiert und aufmerksam beobachtet, wird bald herausfinden, welches für ihn persönlich die kraftvollsten und passendsten Zeichen sind. Ein Tipp für Computer-Benutzer: Das Hexagramm, das OM-Zeichen sowie das Yin-Yang-Zeichen sind in der Symbolschrift *Wingdings* verfügbar und können somit beliebig vergrößert werden.

# 7 Kosmische Unterstützung

*Wer nicht an Wunder glaubt,*
*ist kein Realist.*

*David Ben Gurion*

Für alle diejenigen, die nicht gänzlich ausschließen, es könnte vielleicht doch so etwas wie Engel geben, oder die sogar davon fest überzeugt sind, möchte ich hier eine weitere Technik des Manifestierens erwähnen, welche Jasmuheen, eine international bekannte spirituelle Lehrerin und Buchautorin, auf einem Seminar im Rahmen der Basler Psi-Tage vorstellte.[1]

Engel sind offenbar „im Trend". Laut einer Umfrage des Allensbach-Instituts von 1997 glauben immerhin fünfzig Prozent der Deutschen an die Existenz von Schutzengeln. In den USA sind es einer Umfrage zufolge sogar knapp siebzig Prozent der Bevölkerung, die an Engel glauben, und rund dreißig Prozent versicherten glaubhaft, bereits selbst eine Begegnung mit einem „himmlischen Wesen" erlebt zu haben. Wie die Nachforschungen der britischen Theologiestudentin Emma Heathcote ergaben – sie wertete rund 450 Berichte von Engelsbegegnungen aus –, hatten zahlreiche Menschen jedweder Religion sowie gestandene Atheisten und Skeptiker bereits Erlebnisse mit Engeln.[2]

Der australischen Lehrerin Jasmuheen zufolge gibt es eine große Menge arbeitsloser Engel, deren eigentliche Aufgabe es ist, sich um die Erfüllung unserer Wünsche zu kümmern. Deshalb würden sie sich über Aufträge und „Einsätze" freuen. So soll es einen Beziehungs-Engel, einen Partnervermittlungs-Engel, einen Parkplatz-Engel, einen Wohnungs-Engel, einen Einkaufs-Engel, einen Finanz-Engel, einen Karriere-Engel, einen Kreativitäts-Engel und viele weitere geben, die man mit seinen Wünschen beauftragen kann.

Wenn man einen größeren Wunsch hat, schlägt Jasmuheen Folgendes vor: Man solle sich in einer ruhigen Minute hinsetzen und in einer Liste ausführlich notieren, was man in bezug auf diesen Wunsch alles gern hätte, und zwar bis in das klitzekleinste Detail. Wenn diese Liste fertig ist, solle man sie in ein kraftvolles oder heiliges Buch legen. Dies kann die Bibel sein oder ein anderes, für einen persönlich sehr kraftvolles und positives Buch. Danach spricht man in Gedanken mit dem jeweils zuständigen Engel und beauftragt ihn, diesen Wunsch so *oder besse*r zu erfüllen. Anschließend darf man dann vergnügt und entspannt abwarten, was geschieht – und darauf vertrauen, dass der Engel seinen Job perfekt erledigt.

Auf besagtem Seminar erzählte Jasmuheen folgende amüsante Geschichte:

Eine junge Frau, die sich leidenschaftlich und beruflich sehr erfolgreich mit spirituellem Wissen befasste, hatte einen 82-jährigen Vater. Dieser wollte jedoch von dem ganzen spirituellen Krimskrams, mit dem sich seine Tochter so intensiv beschäftigte, nichts hören. Um dennoch mit ihm in Kontakt zu bleiben, holte die Tochter einmal in der Woche ihren Vater für einen gemeinsamen Kinobesuch ab. Nach einigen solchen Ausflügen fiel dem Vater auf, dass seine Tochter regelmäßig auch an den unwahrscheinlichsten Stellen zuverlässig einen Parkplatz fand, und zwar immer genau dort, wo sie wollte. Er fand das bemerkenswert, denn ihm selbst gelang das nie, und er war es gewöhnt, längere Zeit entnervt um einen Häuserblock kurven zu müssen, bevor er einen Stellplatz fand. Neugierig bat er schließlich seine Tochter, ihm dieses Phänomen zu erklären.

Augenzwinkernd fragte sie ihn, ob er die wissenschaftliche oder die spirituelle Erklärung hören wolle. „Beide“, gab er brummelnd zu. Also erklärte sie ihm zunächst das Resonanzprinzip und fügte dann hinzu, sie würde ihren Parkplatz-Engel damit beauftragen, ihr den gewünschten Platz zu beschaffen. Dann *erwarte* sie einfach, dass es genau wie gewünscht eintritt, und sei sich dabei völlig der eigenen Schöpferkraft bewusst.

„Praktische Sache“, dachte sich der Vater, „das probiere ich auch mal aus.“ Tatsächlich gelang es ihm von dem Moment an, sich mit der Engel-Auftrags-Methode ebenfalls erfolgreich Parkplätze zu besorgen. Nachdem das prima klappte, beschloss er als Nächstes, seinen Engel für Malerei um kreative Unterstützung zu bitten. Jasmuheen zufolge fing er kurz darauf an, die herrlichsten Bilder auf die Leinwand zu bringen, und machte in seiner künstlerischen Entwicklung einen großen Sprung.

Beflügelt von den bisherigen Erfolgen und nach regen Gesprächen mit seiner Tochter beschloss der rüstige ältere Herr als Nächstes, seinen Partnervermittlungs-Engel einzuschalten. Seit seine Ehefrau, die er sehr geliebt hatte, vor längerer Zeit gestorben war, fühlte er sich sehr einsam. Er schrieb eine lange Liste mit allen Details, wie er sich seine zukünftige Partnerin wünschte und beauftragte den Engel, ihm dies oder etwas Besseres zu bringen.

Etwa drei Wochen später rief er aufgeregt seine Tochter an und erzählte: „Stell' dir vor, ich habe eine Verabredung mit einer sehr interessanten Frau!" Es war die erste Verabredung seit vielen Jahren. Wie sich anschließend herausstellte, erfüllte seine neue Bekanntschaft alle Punkte seiner Liste. Eine Kleinigkeit gab es allerdings: Er hatte sich eine jüngere Frau im Alter zwischen 50 und 60 gewünscht, diese war aber 80 Jahre alt.

„Weißt du", entgegnete seine Tochter vergnügt, „das ist doch kein Problem. Du hast dir eine jüngere Frau gewünscht, sie ist 80 Jahre, du bist 82 Jahre, also ist doch alles bestens…" Anscheinend haben auch die Engel Humor. Jedenfalls wurden die beiden Jasmuheen zufolge sehr glücklich und heirateten kurze Zeit später.

## Unmögliches wird sofort erledigt – Wunder auf Bestellung

Wenn man sich wünscht, eine bessere Beziehung zu einem anderen Menschen zu haben, oder seine Partnerschaft erfüllender gestalten will, kann man mit dieser Methode ebenfalls einen kosmischen Boten beauftragen. Um zu verdeutlichen, wie gut das funktionieren kann, berichtete Jasmuheen von dem folgenden amüsanten Fall einer Frau, die sich sehnlichst eine bessere Beziehung mit ihrem Bruder wünschte.

Die beiden Geschwister waren so verschieden wie Tag und Nacht. Jene Frau war Vegetarierin, schlank und interessierte sich für spirituelle Dinge. Ihr Bruder dagegen aß Fleisch, trank gern Alkohol, hatte eine recht beleibte Figur, hielt Spiritualität für Humbug und neigte offenbar dazu, Frauen geringschätzig zu behandeln. Deshalb wollte es der Schwester auch nicht recht gelingen, ihren Bruder zu lieben. Sie fühlte sich von ihm völlig unverstanden, wusste jedoch nicht, wie sie die Situation hätte ändern können.

Als sie von der Engel-Auftragsmethode erfuhr, schrieb sie eine lange Liste, wie sie sich die Beziehung zu ihrem Bruder im Optimalfall wünschen würde, und bat ihren Beziehungs-Engel: „Bitte hilf mir, das perfekt zu kreieren, und finde die beste Lösung, damit wir uns gut verstehen.“ Bei Aufträgen, die andere Menschen mit einbeziehen, ist es wichtig, sie so zu formulieren, dass auch für den anderen das Beste dabei herausspringt.

Dann wartete sie ab. Einige Zeit später geschah etwas Erstaunliches. Ihr Bruder (er war Single) verliebte sich in eine Frau. Diese war Vegetarierin. Um ihre Gunst zu gewinnen, willigte der Bruder ein, mit seiner neuen Flamme hin und wieder in vegetarischen Restaurants essen zu gehen. Überrascht stellte er fest, dass es gar nicht mal so schlecht schmeckte. Er reduzierte auch seinen Alkoholkonsum, und nicht nur das: Seiner neuen Freundin zuliebe veränderte er sein Verhalten und seinen Lebensstil so maßgeblich, dass es seiner Schwester beim nächsten Treffen vorkam, als hätte ihr Bruder quasi über Nacht eine erstaunliche Wandlung vollzogen.

Außerdem stellte sich heraus, dass sich die neue Partnerin ebenfalls für spirituelle Dinge interessierte. Kein Wunder, dass sich die Schwester auf Anhieb bestens mit der neuen Lebensgefährtin ihres Bruders verstand. Dank seiner neuen Partnerin begann der Bruder auch langsam seine Schwester immer besser zu verstehen, was diese natürlich sehr freute. Das war sie also, die perfekte Lösung.

Offenbar gelingt es einigen Menschen leichter, ihre geistigen Kräfte zu aktivieren und Wünsche zu manifestieren, wenn sie die Erledigung an einen Engel übergeben und damit ganz automatisch ihre eigenen Schöpferkräfte freisetzen. Da letztlich nur das Ergebnis zählt, darf jeder natürlich für sich selbst entscheiden, auf welche Weise er manifestieren möchte – mit oder ohne Einschalten des kosmischen Servicedienstes. Hauptsache, es funktioniert und man erhält das, was man sich wünscht.

Übrigens: Einem Bericht der britischen Daily Mail zufolge sind in den Vereinigten Staaten Dutzende Fälle registriert, wo Reisenden, die mit einer Reifenpanne liegen geblieben waren, „Engel“ zu Hilfe eilten.[3] Sobald sie ihre Mission beendet hatten und wieder davonfuhren, begannen den Augenzeugenberichten zufolge die Fahrzeuge der Helfer zunächst hell zu leuchten und verschwanden schließlich völlig.

Wie heißt es doch in Shakespeares Hamlet: „Es gibt mehr Dinge zwischen Himmel und Erde, als eure Schulweisheit sich träumen lässt…“

# Das Resonanzprinzip und Gesundheit

# 8 Wie der Geist den Körper lenkt

*Wir alle haben die Macht,*
*Wirklichkeit zu erzeugen.*
*Deepak Chopra* [V]

Die jedem Menschen innewohnenden geistigen Kräfte kann man auch gezielt einsetzen, um die eigene Gesundheit zu stärken. Denn das Prinzip, dass der Geist die Materie regiert, trifft natürlich ebenso auf den Körper zu und bewirkt, dass die Zellen und Organe präzise unseren gedanklichen Vorstellungen folgen, natürlich im Rahmen ihrer physiologischen Grenzen. So wie ein zuverlässiger Mitarbeiter die Aufträge seines Vorgesetzten umgehend erledigt, befolgt der Körper getreu unsere Anweisungen. Jeder Gedanke, den wir denken, und jedes Gefühl verändert augenblicklich die Eigenfrequenz unserer Zellen.

Einige Menschen, die in Mentaltechniken besonders trainiert sind wie etwa fortgeschrittene Yogis, haben die Geist-Körper-Verbindung perfektioniert. Sie können allein per Gedankenkraft ihr Schmerzempfinden völlig abschalten oder die normalen physiologischen Funktionen wie Atmung, Herzschlag und Stoffwechsel willentlich so reduzieren, dass sie bei lebendigem Leib eingegraben, tagelang überleben können.

Wie sehr man seine Körperfunktionen willentlich beeinflussen kann, zeigt das Beispiel des thailändischen Tao-Yoga-Meisters Mantak Chia.[1] Ihm gelang es unter den Augen von strengen Wissenschaftlern allein durch mentale Konzentration, verbunden mit der Beherrschung körpereigener Energien, seinen Hautwiderstand innerhalb von Sekundenbruchteilen auf das Tausendfache zu erhöhen und wieder zurückzufahren. Ein untrainierter Körper würde bei diesen spektakulären Werten – von 60 Ohm auf 6080 Ohm und zurück – zwischen apathischer Ohnmacht und herzinfarktähnlicher Hypererregung schwanken.

Der chinesische Arzt Yan Xin, eines der Supertalente in Sachen paranormaler Begabung, demonstrierte vor einem mehr als tausendköpfigen

Publikum, dass er die Wirkung von Elektrizität auf seinen Körper mental steuern kann.[2] In einem Versuch berührte er beidhändig Stromquellen mit mehr als 150 Volt, ohne jedoch einen elektrischen Schlag zu erhalten. Außerdem gelang es ihm, die Stromspannung willentlich zu steigern und zu senken. Er versetzte sich dazu in einen speziellen Energiezustand und benutzte seine Gedankenkraft, um den Körperwiderstand zu steuern. Dadurch konnte er die Stromspannung, die auf den Körper einwirkte, beliebig erhöhen und senken. Wenn Yan Xin seine Energie aktivierte, maßen die Versuchsleiter zwischen seinen Händen einen um mehrere tausend Ohm höheren Widerstand als bei einem „normalen“ Menschen.

Wie die chinesischen Forscher bei ihren Studien herausfanden, fördert das Praktizieren von Qigong, einer Kombination aus Körperübungen und meditativer Konzentration, offenbar die Entwicklung außergewöhnlicher geistiger Kräfte. Durch die Qigong-Übungen wird die im Körper vorhandene Lebensenergie „Qi“ maßgeblich aktiviert und gesteigert. Außerdem stellten die chinesischen Wissenschaftler fest, dass die bei Qigong freigesetzte Energie zelluläre und biochemische Veränderungen in den Körperzellen hervorrufen kann.

So gelang es dem in der Anwendung der Qigong-Technik geübten Arzt Yan Xin nicht nur, die Struktur der Zellwand isolierter Zellen zu verändern, indem er lediglich seine Energie zu ihnen sandte, sondern auch, die genetische Erbsubstanz (DNA) zu verändern. Dank seiner besonderen Kräfte besitzt der als Wunderarzt geltende Mann auch ausgesprochene heilerische Fähigkeiten.

Wenn der menschliche Geist in der Lage ist, die Struktur von Zellen und sogar den genetischen Code zu verändern, lassen sich auf diese Weise möglicherweise einige der so genannten Wunderheilungen erklären (mehr dazu in Kapitel 11). Mal angenommen, es würden künftig mehr Menschen ihre geistigen Kräfte aktivieren und einsetzen, dürfen sich die Mediziner in Zukunft wohl auf einige Überraschungen gefasst machen.

## Ganz „normale“ Phänomene

Welche erstaunlichen Effekte man auch als untrainierter, normal begabter Durchschnittsmensch allein durch mentale Konzentration im eigenen Körper hervorrufen kann, zeigten Forscher der Cleveland Clinic Foundation in Ohio.[3] Sie wiesen in einem Versuch nach, dass man nur durch Gedankenkraft seine Muskeln trainieren und wachsen lassen kann. Die Teilnehmer des Forschungsprojekts hatten die Aufgabe, sich fünfmal pro Woche geistig das Anspannen bestimmter Muskeln vorzustellen. Dabei mussten die Muskeln tatsächlich jedoch völlig entspannt bleiben. Während die eine Gruppe die Aufgabe hatte, in ihrer Vorstellung bestimmte Muskeln der Hand zu trainieren, bekam eine zweite Gruppe die Anweisung, bestimmte Armmuskeln (Bizeps) mental zu trainieren, etwa indem sie sich vorstellten, Gewichte zu stemmen. Eine dritte Gruppe, die als Kontrollgruppe diente, führte keinerlei Mentaltraining durch.

Interessanterweise maßen die Forscher per EEG während der mentalen Vorstellungsübung im Gehirn der Versuchsteilnehmer dieselben elektrischen Potenziale, wie sie durch die *wirkliche* Bewegung des Muskels hervorgerufen werden. Alle zwei Wochen wurde die tatsächliche Muskelkraft der Teilnehmer gemessen.

Ergebnis der Studie: Allein durch das Mentaltraining konnten die Teilnehmer nach wenigen Wochen die Kraft der ausgewählten Handmuskeln um glatte 35 Prozent, die des Armmuskels immerhin um 13 Prozent steigern. Bei der Kontrollgruppe wurde dieser Effekt nicht festgestellt. Bemerkenswerterweise hielt der Trainingseffekt noch weitere drei Monate nach Beendigung des Versuchs an.

Offenbar, so erklärten es die Forscher, bewirkte die intensive gedankliche Vorstellung, dass das Gehirn vermehrt Aktivitätssignale zu den Nervenzellen der ausgewählten Muskeln sandte, was dort den Trainingseffekt auslöste. Allein die Vorstellung reichte aus, um die Körpersubstanz – in diesem Fall den Zuwachs von Muskulatur – nachweislich zu verändern.

Unsere Gedanken lösen also bestimmte biochemische Prozesse im Körper aus und beeinflussen die Ausschüttung von Botenstoffen und Hormonen. Häufig sind mit den Gedanken auch bestimmte Gefühle und Emotionen verknüpft, die ebenfalls einen starken, unmittelbaren Einfluss auf unser Körpersystem ausüben. Während negative Gedanken und Gefühle unserer Energiesystem schwächen und Spannung im Körper erzeugen, steigern angenehme, harmonische Gedanken und Gefühle unser geistiges und körperliches Wohlbefinden. Wie gut das funktioniert, lässt sich leicht anhand eines einfachen Tests überprüfen:

**Übung: In Glücksgefühlen schwelgen**

Schließen Sie für einen Moment die Augen. Nehmen Sie ein paar tiefe Atemzüge und entspannen Sie sich dabei. Erinnern Sie sich dann an eines der wunderbarsten Ereignisse ihres Lebens, und erleben Sie diese Situation in Gedanken noch einmal. Schwelgen Sie so richtig in diesen angenehmen Bildern und Gefühlen von damals. Statt an ein bestimmtes Ereignis können Sie aber auch einfach an all die guten Dinge in ihrem Leben denken, an Ihre Freunde und die Menschen in Ihrem Leben, die Sie lieben. Genießen Sie diese Vorstellung, solange es Ihnen gefällt, und öffnen Sie dann wieder die Augen.

Bei den meisten Menschen stellt sich bei dieser Übung schnell ein intensives Wohlgefühl ein, das noch eine ganze Weile anhalten kann. Denn die von der Kommandozentrale Gehirn ausgesandte positive Botschaft wird blitzschnell über ein Kommunikationssystem an sämtliche Körperzellen weitergeleitet und löst dort entsprechende Reaktionen aus. Indem man geistig bewusst auf ein angenehmes Programm „umschaltet“, lassen sich Stress und negative Stimmung schnell neutralisieren. Gedanken und Gefühle haben einen entscheidenden Einfluss auf unser Wohlbefinden.

Jeden Moment werden in unserem Körper neue Zellen gebildet. Aufgrund der engen Verbindung zwischen Geist und Körper fließt unsere augenblickliche Gemütsverfassung bei der Neubildung unserer Körperzellen mit ein. Unsere Gedanken und Emotionen erschaffen sozusagen das Arbeitsklima innerhalb unserer Körperzellen, wo eine Vielzahl von Architekten, Handwerkern, Polizisten und Putzkolonnen ihre wertvolle Arbeit zur Gesunderhaltung unseres Körpers leistet. Unschwer vorzustellen, dass Emotionen wie Ärger, Gereiztheit, Angst und Zweifel ein angespanntes Klima erzeugen, was sich nicht positiv auf die Gesundheit unserer Zellen auswirkt. Auf seine Gedanken und Gefühle sorgfältig zu achten ist also auch eine wichtige Form von Gesundheitsprophylaxe.

## Die innere Überzeugung ist entscheidend

In der tibetischen Medizin geht man davon aus, dass *alle* Krankheiten primär auf der geistigen Ebene verursacht sind. Eine ähnliche Auffassung vertritt auch Serge Kahili King, ein promovierter Psychologe und einer der bekanntesten Vertreter der hawaiianischen Heilkunst.[4] Er stellte fest, dass afrikanische und hawaiianische Heiler dieselbe Ansicht vertreten, was die Entstehung von Krankheiten betrifft: Nämlich dass negative Ideen und Vorstellungen die Grundlage jeder Krankheit bilden. Deshalb ist die Veränderung der negativen Vorstellungen des Patienten das Hauptziel des Heilers, um die Gesundung einzuleiten.

Die in der Heilkunst bewanderten afrikanischen Schamanen konnten den Beobachtungen Serge Kings zufolge oft auch schwerste Erkrankungen durch eine Form der Hypnose heilen. Der entscheidende Heilungsfaktor war dabei, dass sich die *Überzeugung* des Patienten wandelte, was dann seine Erfahrung in der Realität entsprechend veränderte. Die Schamanen hatten nämlich erkannt, dass das, was ein Mensch für wahr hält, für diesen Menschen auch tatsächlich wahr ist bzw. wird (das ist wohl auch die wesentliche Ursache dafür, warum zum Beispiel die Vodoo-Zauberei überhaupt wirkt – weil nämlich der Betroffene daran glaubt). Der Glaube an die Macht des Heilers, die Einnahme von Heilkräutern und bestimmte Rituale bewirken, dass der Patient überzeugt ist, er würde jetzt geheilt. Diese Überzeugung aktiviert die Selbstheilungskräfte und ebnet den Weg zur Gesundung.

Dass die innere Überzeugung des Patienten eine entscheidende Rolle für die Heilung spielt – darin sind sich auch fortschrittliche Ärzte einig. Je intensiver der Glaube an die Fähigkeit des behandelnden Arztes und an die positive Wirkung eines Medikaments, desto größer ist auch die Wahrscheinlichkeit für einen Heilerfolg. Die Überzeugung eines Patienten von der Wirksamkeit eines Medikaments bewirkt sogar, dass mit Scheinmedikamenten (zum Beispiel harmlosen Traubenzucker-Pillen, so genannte Placebos) eine ähnlich gute Wirkung erzielt werden kann wie mit dem tatsächlichen Medikament, solange der Patient nicht weiß, dass er nur ein Placebo schluckt. Es entsteht eine positive Erwartungshaltung, die über das Nervensystem tatsächlich messbare Veränderungen im Körper bewirkt.

Eine negative Erwartungshaltung ist allerdings ähnlich effektiv. Verabreicht man nämlich einem Patienten ein wirksames Medikament, sagt diesem jedoch, es sei unwirksam, kann das dazu führen, dass nachweislich wirksame Medikamente einen beträchtlichen Teil ihrer Wirkung einbüßen (Nocebo-Effekt).

Wie sehr die Kraft des Geistes die normalen Körperfunktionen beeinflussen kann, zeigt eine Studie, die am Allgemeinen Krankenhaus in Wien durchgeführt wurde.[5] Man träufelte den Versuchspersonen Atropin in die Augen, ein äußerst wirksames Mittel zur Erweiterung der Pupille. Dann versetzte man die Versuchsteilnehmer in Hypnose. Dabei werden dem Unterbewusstsein des Hypnotisierten bestimmte Befehle erteilt. Im hypnotisierten Zustand konnten die Augen der Probanden die Pupillen verengen, was normalerweise im Wachbewusstsein schlichtweg unmöglich ist. Der menschliche Geist ist also einerseits in der Lage, definierte chemische Wirkungen völlig außer Kraft zu setzen, andererseits Wirkungen im Körper herbeizuführen, selbst wenn die chemische Grundlage fehlt.

Unsere geballten geistigen Kräfte stehen uns jederzeit und überall rezept-, kosten- und nebenwirkungsfrei zur Verfügung, und wir können sie nutzen, um die Selbstheilungskräfte des Körpers gezielt anzuregen. Indem wir uns bewusst auf den gewünschten Zustand der Gesundheit konzentrieren, erzeugen wir kraftvolle Schwingungen, die nach dem Resonanzprinzip wiederum auf die Körperzellen wirken und dort entsprechende Prozesse in Gang setzen.

# 9 Denke dich gesund!

*Wenn wir unsere innersten*
*Vorstellungen von dem,*
*was möglich ist,*
*erweitern, können wir unsere*
*Lebenserfahrung verändern.*
*Dan Millman*[VI]

Indem wir dem Körper eindringlich die Vorstellung von Gesundheit vermitteln, prägen wir das Zellgedächtnis um. Beim Visualisieren stellt man sich bildlich vor seinem geistigen Auge intensiv den körperlichen Zustand vor, den man sich wünscht, etwa vollkommene Gesundheit, verbesserte Beweglichkeit, gesteigerte Vitalität etc., und zwar so, als ob dieser Zustand bereits *jetzt* Wirklichkeit wäre. Diese Vorstellung bewirkt, dass die entsprechenden Organe in positive Resonanz mit unserem Wunschbild gelangen. Wie lange dieser Prozess dauert, bis sich auf körperlicher Ebene die gewünschte Wirkung zeigt, und in welchem Grad es möglich ist, hängt natürlich stark von der individuellen Konstitution ab. Immerhin kann man auf diese Weise Muskeln wachsen lassen, ohne sich körperlich anzustrengen.

Zum ersten Mal kam ich mit der Technik des Visualisierens vor vielen Jahren in Kontakt. Damals, während meines Studiums, musste ich plötzlich feststellen, dass sich meine Augen rapide verschlechterten. Zwar trug ich bereits seit meiner Kindheit eine Brille, doch diese plötzliche Verschlechterung bedeutete, dass ich nun eine Brille mit sehr dicken Gläsern verschrieben bekam. Ich fand sie enorm hässlich und litt sehr darunter. Schließlich wurde meine Abneigung so groß, dass ich beschloss, irgendetwas zu tun, um bloß nicht mehr diese Brille tragen zu müssen.

Ich las mehrere Bücher über Augentraining und besuchte einige Kurse dazu. Jeden Tag machte ich mindestens eine halbe bis dreiviertel

Stunde lang intensiv die beschriebenen Übungen. Eine der Techniken bestand darin, sich ganz genau bildlich vorzustellen, dass man alles ohne Brille so scharf sieht, als wenn die Augen hundertprozentige Sehschärfe hätten. Jedes Mal beim Einschlafen wiederholte ich diese Vorstellungsübung und erlebte intensiv in Gedanken, dass ich alles vollkommen scharf sehe: Die Federn des am Himmel schwebenden Bussards, die feine Musterung eines Blütenblatts, das Kleingedruckte in der Tageszeitung, die Sandkörner auf dem Gehweg. Dabei bestätigte ich mir immer wieder, dass meine Augen das Potenzial zu absoluter Gesundheit in sich tragen (ich musste sie nur daran erinnern und ihnen zeigen, wie sie arbeiten sollen).

Rückblickend glaube ich, dass diese intensive Vorstellungsübung die entscheidende Wendung brachte. Außerdem war meine Motivation enorm groß, denn ich wollte unbedingt die Brille loswerden. Jedenfalls bewirkte das Training, dass ich nach kurzer Zeit auf eine schwächere Brille umsteigen konnte. Weil ich die aber auch nicht leiden konnte und die Übungen so gut gewirkt hatten, machte ich konsequent weiter. Die Übungen wurden zu einem wichtigen Bestandteil meines Alltags.

Schließlich, nach etwa fünf Monaten, brauchte ich gar keine Brille mehr. Ich konnte alles, was ich wollte, ohne Brille problemlos sehen. Das blieb auch so, obwohl ich viele Stunden am Tag Bücher studieren musste. Mit großer Genugtuung spendete ich alle Brillen bei einer Sammelaktion – endlich war ich sie los! Ich habe seitdem nie wieder eine Brille gebraucht. (Damit der Effekt erhalten bleibt, ist es allerdings wichtig, „bei der Stange zu bleiben“ und die Übungen fortzuführen, um die neu gewonnene Sehfähigkeit aufrecht zu erhalten.)

Da das Visualisieren an sich ja nicht schaden kann, lohnt sich ein Versuch auf jeden Fall. Wichtig ist, dass man dabei Freude empfindet und Spaß daran hat.

### Übung: Selbstheilungskräfte aktivieren

Suchen Sie hierfür einen Ort auf, wo Sie völlig ungestört sind. Es empfiehlt sich, Telefon und Anrufbeantworter leise zu stellen. Machen Sie es sich bequem und schließen Sie die Augen. Entspannen Sie sich mit einer Methode, die bei Ihnen persönlich am besten wirkt. Dies kann zum Beispiel autogenes Training sein oder auch eine bestimmte Atemtechnik, mit der Sie Ihre Gedanken zur Ruhe bringen. Zum Beispiel können Sie sich einige Atemzüge lang völlig auf das Ein- und Ausströmen der Luft in Ihren Körper konzentrieren und die Luft aufmerksam auf Ihrem Weg begleiten. Wenn man wirklich hundertprozentig „dabei" ist, verschwinden die Gedanken.

Sobald die Gedanken zur Ruhe gekommen sind, stellen Sie sich intensiv den gewünschten Zustand vor, etwa verbesserte Beweglichkeit eines Gelenks, das Verschwinden von krankem Gewebe und den Ersatz durch neues, gesundes Gewebe oder die Heilung eines Organs, und zwar *unabhängig davon*, wie weit Sie momentan von diesem Zustand entfernt sind. Seien Sie sich bewusst, dass Ihre Gedanken (im Rahmen Ihrer natürlichen körperlichen Konstitution) die Kraft haben, die Wirklichkeit zu verändern.

Sehen Sie Ihren gesunden Körper/das gesunde Organ bildlich vor sich. Erleben und spüren Sie, wie sich Ihr Körper im Zustand vollkommener Gesundheit anfühlt. Spüren Sie, wie Sie sich in dem gesunden Körper bewegen. Tun Sie in Gedanken all das, was Sie tun würden, wenn Ihr Körper völlig gesund wäre. Erleben Sie Ihre Freude über die gelungene Heilung im Voraus und stellen Sie sich vor, wie der Arzt und Ihre Freunde Ihnen zu Ihrer Heilung gratulieren. Erleben Sie all dies ganz intensiv in Ihrer Vorstellung.

Bekräftigen Sie Ihre inneren Bilder, indem Sie in Gedanken oder laut beispielsweise folgende Affirmationen sagen: „Mein Körper trägt das Potenzial zu vollkommener Gesundheit in sich. Gesundheit ist mein natürlicher Zustand. Es ist meine Absicht, dass jetzt..." – ergänzen Sie hier den konkreten gewünschten Zustand, z. B. ... „mein Handgelenk wieder vollkommen beweglich ist."

Beenden Sie die Übung nach eigenem Ermessen. Sie können diese Technik einige Minuten oder auch einige Stunden lang anwenden. Je intensiver und häufiger und mit je mehr Freude man visualisiert, desto größer ist die Wahrscheinlichkeit für einen Erfolg.

Wer Schwierigkeiten hat, sich das gewünschte Ziel vorzustellen, dem hilft es vielleicht, sich daran zu erinnern, wie er sich *früher* gefühlt hat, als er den gewünschten Zustand der Schlankheit, Beweglichkeit, Gesundheit etc. noch hatte. Wer sich in der Anwendung von Reiki – eine Form der Nutzung von Heilenergie – auskennt, kann während der Visualisierungsübung zusätzlich die entsprechende Körperstelle mit Energie aufladen.

Besonders wirksam soll es sein, die Visualisierungs-Übung vor dem Schlafengehen und unmittelbar nach dem Aufwachen zu machen. In dieser Übergangsphase zwischen Wachen und Schlafen ist das Unterbewusstsein besonders aufnahmebereit für neue „Programmierungen".

Doch wie bei allen Heiltechniken gilt natürlich auch hier: Eine Übung hat nur Sinn, wenn man innerlich dazu eine Resonanz hat, sonst verschwendet man nur seine Zeit. Einer meiner Lehrer vertrat den Leitspruch „Wer sich anstrengt, macht etwas falsch", und bei geistigen Techniken trifft das ganz besonders zu. Was einem persönlich keine Freude bereitet und nicht mit Leichtigkeit geht, davon lässt man besser die Finger.

## Rezept- und kostenfrei – die ideale Ergänzung

Die Möglichkeit, das Visualisieren zur Anregung der Selbstheilungskräfte des Körpers zu nutzen, bedeutet auf keinen Fall, dass man sich deshalb von notwendigen medizinischen Behandlungen abwenden sollte. Wohl aber kann man diese Technik als wertvolle Ergänzung einsetzen. Wenn wir doch offensichtlich so enorme geistige Kräfte besitzen, wäre es doch geradezu Ressourcenverschwendung, sie nicht für uns arbeiten zu lassen, oder?

Mit der Technik der Visualisierung wird übrigens auch in der ganzheitlichen Krebstherapie gearbeitet. Ich habe eine Menge erstaunlicher Berichte darüber gelesen, wie Menschen mit einer geballten Ladung Motivation und konzentrierter Vorstellungskraft selbst so schweren Krankheiten wie Krebs erfolgreich zu Leibe gerückt sind.[1] Zusätzlich zur medizinischen Versorgung haben sie sich selbst mental „behandelt", indem sie sich zum Beispiel immer wieder bestimmte Bilder vorstellten: wie eine Putzkolonne im Inneren ihres Körpers aufräumt, wie ein Löwe das kranke Gewebe vertilgt, dass eine im Körperinneren scheinende Sonne das kranke Gewebe weg schmelzen lässt oder – für Star Trek-Fans – wie die Abwehrzellen des Körpers als Weltraumpatrouille erfolgreich feindliche Raumschiffe (= entartete Zellen) unschädlich machen.

Auf diese Weise kann sich jeder seine persönliche Heiltechnik kreieren und im Alltag, etwa beim nächsten Anflug einer Erkältung, spielerisch damit experimentieren, was übrigens auch Kindern viel Spaß macht. Bei schwereren Erkrankungen ist es ratsam, die Hilfe erfahrener Therapeuten in Anspruch zu nehmen, die mit Biofeedback und Visualisierung arbeiten, um bei diesen geistigen Übungen die bestmöglichen Erfolge zu erzielen.

Der ayurvedische Arzt Dr. Deepak Chopra berichtet von einer Patientin, die nicht einmal ihre geistige Vorstellungskraft anwandte, um sich selbst von einer schweren Krebserkrankung vollständig zu heilen.[2] Man hatte sie wegen des Verdachts auf Gallensteine operiert und dabei den Krebs entdeckt. Der Fall wurde als hoffnungslos eingestuft. Auf drängenden Wunsch der Familie sagte der behandelnde Arzt der Patientin jedoch nichts davon und ließ sie im Glauben, die Gallensteine wären erfolgreich entfernt worden. Die Frau selbst fasste nach der scheinbar geglückten Operation den tief greifenden Entschluss, nie wieder krank zu werden. Dadurch geschah etwas Erstaunliches. Diese motivierende Einstellung – nie wieder krank – brachte den Krebs innerhalb von acht Monaten völlig zum Verschwinden. Der Geist regiert den Körper. Was wir geistig beschließen, setzt unser Körper getreu um.

## Das Geheimnis ewiger Jugend

Nobuo Shioya, ein bekannter über 100-jähriger japanischer Arzt, hat es mit einer Kombination aus Visualisierung und Atemtechnik geschafft, sich selbst von so schweren Erkrankungen wie grauem Star und Prostatavergrößerung vollständig zu heilen und sich außerdem seit dem 60. Lebensjahr kontinuierlich zu verjüngen.[3] Ebenso kurierte er sich erfolgreich von altersbedingten Gelenkschmerzen. Mit 92 Jahren besiegte der passionierte Golfspieler einen japanischen Golfmeister und gewann kurz nach seinem hundertsten Geburtstag zum wiederholten Mal ein Golfturnier für Senioren.

Im Alter von 74 Jahren nahm der dynamische ältere Herr an einer Trekkingtour am Mount Everest teil. Zunächst wollte ihn der Reiseveranstalter gar nicht mitnehmen, denn man befürchtete, er könne die Höhenkrankheit bekommen und die Strapazen körperlich nicht überstehen. Die meisten Reiseteilnehmer waren zwischen zwanzig und dreißig Jahre alt. In der Basisstation in Nepal angelangt, war Shioya jedoch der einzige der gesamten Reisegruppe, der nicht an der Höhenkrankheit litt. Er war körperlich vollkommen fit und versorgte die kränkelnden jüngeren Reisegefährten.

Als er etwa neunzig Jahre alt war, begann Nobuo Shioya unter zunehmender Vergesslichkeit zu leiden. Um seine Merkfähigkeit zu verbessern, gab er seinen Gehirnzellen den Auftrag, sich zu verjüngen und stellte sich intensiv vor, wie sie optimal funktionieren. Seine Gedächtnisleistung besserte sich zunehmend. Bald konnte er sich wieder mühelos unterhalten und mit über neunzig Jahren seine Vorträge völlig frei halten.

Die natürliche Heilkraft des Menschen, so Shioya, sei viel stärker, als man denkt, und würde dazu ausreichen, „Wunder" aus sich selbst herauszuholen. Jeder könne gesund werden, indem er Kraft des Geistes die natürlichen Heilkräfte seines Körpers aktiviere. Zudem können sich seiner Erfahrung nach Körper und Geist durch die Kraft der Gedanken verjüngen. Genau genommen würden die Körperzellen durch die mentale Vorstellung in den eigentlichen Sollzustand der vollkommenen Gesundheit zurückkehren. Shioya ist davon überzeugt, dass der Mensch eine physiologische Lebensspanne von hundert Jahren hat und dass es keinen Grund gibt, diese nicht in völliger Gesundheit zu genießen. Jeder habe die Fähigkeit, hundert Jahre voller Vitalität zu erleben.

Von sich selbst sagt er, er habe sich langes Leben und außerordentliche Vitalität durch das Praktizieren seiner Gesundheitstechnik regelrecht erarbeitet. Ursprünglich hatte er von Geburt an einen ausgesprochen schlechten Gesundheitszustand, und seine Jugend war von zahlreichen ernsthaften Krankheiten geprägt. Um sich und andere zu heilen, wählte er den Beruf des Arztes. Als er als junger Arzt an Tuberkulose erkrankte, entwickelte er eine spezielle Atem- und Vorstellungstechnik, mit der es ihm gelang, sich vollständig zu kurieren. Bei dieser Methode werden die Körperzellen mit frischem Sauerstoff und Lebensenergie versorgt, beides wesentliche Faktoren für Heilung und Steigerung der Vitalität.

Während seiner Praxistätigkeit entdeckte Shioya überdies, dass die Beschwerden seiner Patienten viel schneller verschwanden, wenn *er* sie sich als völlig gesund vorstellte. Kraft seiner gedanklichen Vorstellungen gelang es ihm, Patienten selbst über größere Entfernungen hinweg zu heilen oder zumindest ihre Beschwerden wirksam zu lindern.

In seinem Buch erwähnt Dr. Shioya zahlreiche Beispiele von Menschen, die sich mit seiner Technik erfolgreich selbst behandelt haben.

Eine Frau heilte sich von Hepatitis C und hochgradigem Heuschnupfen, und die Berichte weiterer Leser seines Buches bestätigten ihm, dass seine Technik auch bei vielen weiteren Krankheiten wie etwa Osteoporose und Herzkrankheiten erfolgreich wirkt. Ein über siebzigjähriger Bekannter meiner Familie hat sich mit dieser Methode innerhalb von zehn Tagen von einer hartnäckigen Nierenentzündung geheilt, so dass sie labortechnisch nicht mehr nachweisbar war. Shioyas geniale Gesundheitstechnik funktioniert so:

### Übung: Der Gesundbrunnen

1. Man setzt sich aufrecht oder legt sich mit geradem Rücken hin. Vergegenwärtigen Sie sich, dass der Geist den Körper lenkt und dass man genau das bekommt, was man sich vorstellt.
2. Dann atmet man, so tief es geht (wichtig!), in den Bauch hinein. Dabei stellt man sich vor, wie man universelle Lebensenergie einatmet und diese an alle Körperzellen weiterleitet. Diese Energie kann man sich z. B. als weißes oder goldenes, heilkräftiges Licht vorstellen, das am Scheitel in den Körper eintritt, sich im Solarplexusbereich sammelt und von dort blitzschnell an alle Körperzellen verteilt.
3. Man hält den Atem an, solange es angenehm ist. Währenddessen visualisiert man als Gesunder, dass man kerngesund ist, und als Kranker, dass man völlig geheilt ist, ggf. durch eine passende Affirmation ergänzt.
4. Man atmet durch die Nase vollständig aus und stellt sich dabei vor, wie alle Schlackenstoffe den Körper verlassen und sich der Körper dadurch von innen her verjüngt.
5. Man nimmt einen kurzen, normalen Atemzug (Ein und Aus).
6. Anschließend beginnt man wieder bei 1. Diesen Zyklus von 1–5 vollführt man fünfundzwanzig Mal. Wer mehrere Beschwerden hat, teilt den 25er-Zyklus entsprechend in verschiedene (möglichst gleich lange) Abschnitte auf und teilt jeder Krankheit einen Abschnitt zu.
7. Anschließend schlägt Shioya vor, man solle noch zehn Mal tief und langsam atmen (diesmal ohne den Atem anzuhalten). Dabei solle man noch einmal an den gewünschten Gesundheitszustand denken

und diesen mit einer geeigneten Affirmation bekräftigen. Man könne aber auch friedlich dasitzen und sich vorstellen, wie man eins mit dem Universum ist.

Während des 25er-Zyklus empfiehlt Shioya, im Sitzen eine spezielle Handhaltung (Mudra) einzunehmen, bei der die rechte Hand die zu einer Faust geballte linke umschließt (bei Linkshändern umgekehrt), dabei kreuzen sich die Daumen, und die Unterarme sind im Ellbogengelenk rechtwinklig abgewinkelt. Im Liegen legt man die Arme seitlich neben den Körper mit den Handflächen nach unten. Als bequemer Mensch kann man diese Übung morgens im Liegen machen und die 25 Atemzüge an den Fingern abzählen. Das hat den Vorteil, dass man in Gedanken nicht mitzählen muss und sich völlig auf die Visualisierung konzentrieren kann.

## Eine Prise Dankbarkeit

Da sich die Gedanken nach dem Resonanzprinzip so unmittelbar auf den Körper auswirken, ist ein wichtiger Bestandteil von Shioyas Gesundheitstechnik eine positive Grundhaltung gegenüber dem Leben. Dazu gehöre, dass man dankbar ist für das, was man hat, selbst für die einfachsten Dinge wie ein Dach über dem Kopf, genug zu essen und dafür, dass man diesen Tag erlebt. Man solle sich darin üben, anderen Menschen gegenüber mehr Dankbarkeit zu zeigen und bewusst freundlich zu sein. Diese Freundlichkeit wirke sowohl positiv auf den anderen als auch auf unser eigenes Gemüt und unseren Körper. Außerdem sei es wichtig, dass man aufhöre, sich zu beklagen, denn damit erzeuge man ja wieder negative Schwingungen.

Klagen ändert selten etwas an der Situation, kostet Energie und erzeugt schlechte Stimmung. Wesentlich kräftesparender ist es, die Situation, so wie sie ist, erst einmal zu akzeptieren, statt Widerstand zu leisten. Denn es ist schlichtweg Energieverschwendung, sich gegen etwas aufzulehnen, was längst da ist. Außerdem versorgt man eine Situation, der man sich geistig und emotional widersetzt, mit viel Energie. Dadurch wird ein Manifestationsprozess in Gang gesetzt, was bewirkt, dass das, was man ablehnt, erst recht bestehen bleibt (dies zu begreifen ist besonders wichtig, wenn es darum geht, mit vorhandenen Krankheiten und Beschwerden Frieden zu schließen.) Widerstand und Klagen sind kontraproduktiv. Sie blockieren unsere Lebensenergie und verhindern, dass wir Glück, Erfüllung und inneren Frieden finden.

Schafft man es dagegen, die gegenwärtige Situation hinzunehmen, statt Rumpelstilzchen zu spielen, spürt man augenblicklich mehr Gelassenheit. Das Wohlbefinden steigt, die Intuition funktioniert besser, und aus dieser Stimmung heraus ist es viel leichter, kreative Lösungen zu finden und Situationen zu verändern, wenn es nötig ist.

Shioya ist davon überzeugt, dass man kraft des Bewusstseins sogar angeborene Krankheitsdispositionen (Krankheitsanfälligkeiten) überwinden kann, indem man auf der Zellebene mit der Atem- und Visualisierungstechnik auf die Erbsubstanz (DNA) einwirkt. So könne man die angeborene genetische Information in eine positive Richtung verändern.

Dass man seine Gene mit der Kraft des Bewusstseins verändern kann, ist auch die Überzeugung von Chris Griscom, einer weltbekannten spirituelle Lehrerin und Autorin zahlreicher Bücher. Sie bezeichnet den Zusammenhang, dass unsere Gene tiefgreifend von unseren Gedanken und Überzeugungen beeinflusst und gesteuert werden, als Psychogenetik. Da die Gene unserem Bewusstsein folgen, könne man Erkrankungen heilen, indem man die ursächlichen, blockierenden psychischen Muster auflöse, die Zellen bewusst neu programmiere und mit Lichtenergie „auflade". Auf diese Weise sei es beispielsweise einer Frau gelungen, sich selbst von Brustkrebs zu heilen.[4]

Visualisieren ist zweifellos eine der machtvollsten Techniken, um sich selbst von Beschwerden zu heilen und eine optimale Gesundheit zu erlangen. Doch es gibt noch eine ganze Palette weiterer erstaunlich wirksamer Methoden, die man nach Lust und Laune im Alltag anwenden kann, um die eigene Vitalität zu steigern.

# 10 Weitere Tipps zur Förderung der Gesundheit

*Gesundheit bedeutet lediglich,*
*zum ursprünglichen Sollzustand*
*zurückzukehren.*

*Nobuo Shioya* [VII]

Auf einem Seminar stellte der hawaiianische Meisterschamane und Psychologe Serge Kahili King eine interessante Technik vor, mit der man sich nahezu im Handumdrehen von Schmerzen befreien kann. Nach dem Verständnis der hawaiianischen Heiler wird Krankheit primär durch emotionale Spannung (Gedanken, Glaubensmuster) erzeugt. Bei einer Verletzung befindet man sich praktisch immer in einem Zustand von Anspannung, Angst oder Schock. Diese negativen Emotionen schwächen jedoch augenblicklich die Heilkräfte des Körpers.

Die von Serge King entwickelte Dynamind-Technik kombiniert die Kraft des Atmens, der Berührung und der Worte sowie gelegentlich der bildlichen Vorstellung, um geistige und körperliche Spannungszustände aufzulösen und das Zellbewusstsein direkt anzusprechen.[1] Die so ausgelöste Entspannung und geistige Neuprogrammierung aktivieren die Selbstheilungskräfte, so dass man häufig innerhalb von wenigen Minuten eine positive Veränderung spürt. Die Dynamind-Technik funktioniert wie folgt:

### Übung: Hawaiianische Selbstheilung

1. Man setzt oder legt sich bequem hin und schließt die Augen. Dann stellt man sich geistig eine Skala von 0 bis 10 vor (wobei 0 „kein Problem“ bedeutet und 10 „maximale Stärke“) und ordnet dem Problem (z. B. Bauchschmerzen) die entsprechende Zahl zu.

2. Um sich zu konzentrieren, nimmt man einen bewussten Atemzug: Beim Einatmen lenkt man die Aufmerksamkeit zur Schädeldecke, beim Ausatmen auf den Erdboden unter den Füßen.
3. Als Nächstes legt man die Fingerspitzen beider Hände zusammen. Dies ist ein Signal an das Unterbewusstsein, dass jetzt ein Heilvorgang eingeleitet wird, der Körper erhöht dadurch seine Achtsamkeit. Dann spricht man folgende, aus zwei Sätzen bestehende Formel:
   a) *„Ich habe... (konkrete Benennung des Problems), und das kann sich ändern."*
      (z. B. „Ich habe Kreuzschmerzen" oder „ich habe Schmerzen im linken Zeigefinger" etc. Die Aussage „und das kann sich ändern" erweckt eine hilfreiche Erwartungshaltung.)
   b) *„Ich will, dass... (konkrete Problembenennung, z. B. „die Kreuzschmerzen") jetzt verschwinden."*
      (Hiermit erfolgt eine konkrete Anweisung an den Körper.)
4. Als Nächstes legt man Daumen, Zeige- und Mittelfinger einer Hand zusammen, klopft damit jeweils 7 Mal auf die folgenden Körperstellen:
   a) 7x auf die Mitte des Brustbeins (entspannt die darunter gelegene Lunge sowie den Brustkorb, aktiviert die Immunabwehr und soll überdies helfen, Ängste aufzulösen.)
   b) 7x Handrücken: Auf die weiche Stelle in der Mitte des Dreiecks zwischen Daumen und Zeigefinger der anderen Hand,
   c) Handwechsel, 7x auf dieselbe Stelle an der anderen Hand. (Diese Akupunkturzonen haben offenbar einen vitalisierenden Effekt auf den gesamten Körper.)
   d) 7x auf den Nackenwirbel, am Übergang zwischen Nacken und Schultern. (der Wirbel, der am Übergang zwischen Nacken und Schulterbereich am höchsten hervorsteht. Die Stimulierung dieses Bereichs soll eine vitalisierende und entspannende Wirkung auf den Oberkörper, das Becken und die Wirbelsäule haben.)

   Statt zu klopfen kann man auf die Stellen auch nur leicht drücken oder sie berühren. Zusätzlich kann man leise summen (die Tonhöhe ist egal, das Summen wirkt offenbar entspannend auf den Körper.) Die siebenmalige Berührung eines Punktes hat sich laut King als optimal für die Wirksamkeit herausgestellt.
5. Anschließend legt man wieder die Fingerspitzen beider Hände zusammen und atmet tief ein, dabei ist die Aufmerksamkeit auf die

Schädeldeckel gerichtet. Beim Ausatmen richtet man die Aufmerksamkeit auf die Fußsohlen oder den Erdboden unter den Füßen und stellt sich vor, wie alle Anspannung aus dem Körper in den Boden fließt. (Durch die Konzentration zunächst auf den Scheitel und dann die Fußsohlen entsteht im Körper eine Energiewelle, die gleichzeitig vitalisierend und entspannend wirkt.)

6. Dann prüft man wie bei Punkt 1 seinen Zustand erneut und schaut auf der Skala nach, welche Zahl jetzt zutrifft.
7. Danach beginnt man wieder bei Punkt 3 und macht so viele Durchgänge, bis man sich deutlich besser fühlt.

Nach meinen eigenen Erfahrungen und denen einiger Freunde und Bekannter stellt sich bei Beschwerden wie Schwindel, Übelkeit, Kopf-, Rücken- und Bauchschmerzen häufig schon nach wenigen Durchgängen eine deutliche Besserung ein.

Man kann diese Technik aber auch ebenso einsetzen, um emotionale Verstimmungen aufzulösen, wie Wut, Ärger, Traurigkeit oder Angst. Dazu formuliert man die Problemstellung bei Punkt 3 entsprechend um, etwa „Ich habe in meinem Geist und Körper Gefühle von Ärger, und das kann sich ändern" oder „Ich spüre Angst in meiner Brust, …" (oder um welches Problem es sich auch immer handelt). „Ich will, dass dieser Ärger/diese Angst jetzt verschwindet." Dann führt man Punkt 4 (Klopfen) und 5 (Atmen) des oben beschriebenen Zyklus aus. Als Nächstes geht es mit einer positiven Bekräftigung weiter: „Ich habe in meinem Geist und Körper Gefühle von Frieden und Harmonie (oder was man sich gerade wünscht), und die können wachsen. Ich will, dass sich diese Gefühle jetzt in meinem Körper, Geist und Seele ausbreiten." Es schließen sich wiederum das beschriebene Klopfen und Atmen an (Punkt 4 und 5).

Auf besagtem Seminar erwähnte Serge King weiter, man könne die Dynamind-Technik auch für andere Menschen einsetzen, denen es zu schlecht gehe, um sie selbst anzuwenden. In so einem Fall würde man anstelle der Ich-Formulierung den Namen der jeweiligen Person einsetzen und bei dieser die entsprechenden Körperstellen berühren. Die Atemzüge würde man selbst, sozusagen für den anderen, ausführen und dabei dessen Scheitel und Füße bzw. das Ende der Wirbelsäule berühren. Auch bei Tieren könne man diese Methode erfolgreich anwenden, anstelle auf die Hände würde man bei Tieren auf die Schultern klopfen.

Eine meiner Bekannten, die sich ebenfalls seit längerem mit der hawaiianischen Lebensphilosophie befasst, wandte kürzlich eine Art von Selbsthypnose an, um sich von einer Verbrennung zu heilen. Sie hatte sich beim Kochen das Handgelenk mit heißem Wasser verbrannt, und es schmerzte heftig. Als Erstes ließ sie sofort kaltes Wasser über die verletzte Stelle laufen. Dann setzte sie sich hin, hielt beide Arme vor sich und blickte konzentriert auf das *gesunde* Handgelenk. Dabei stellte sie sich vor, dass das andere Handgelenk genauso gesund und heil wäre und dass alle Zellen jetzt in den Zustand vollkommener Gesundheit zurückkehren würden. Währenddessen blickte sie unverwandt auf das gesunde Gelenk und übertrug sozusagen geistig den Zustand des gesunden Arms wie eine Blaupause auf den anderen. Innerhalb weniger Minuten verschwand der Schmerz fast vollständig. Die Wunde heilte rasend schnell und war bereits nach wenigen Tagen vollständig verschwunden.

## Heilen mit Musik

Auch Musik kann heilend wirken, die richtige Schwingung vorausgesetzt. In der Energiemedizin geht man davon aus, dass jede Körperzelle, jedes Organ und Gewebe im gesunden Zustand in einer bestimmten, typischen Frequenz schwingt. Wird die Zelle jedoch von Bakterien oder Viren angegriffen oder anderweitig geschwächt, entsteht eine disharmonische Zellschwingung – der Nährboden für eine Krankheit. Biophysikalisch gesehen wird Krankheit als ein Mangel an Energie betrachtet. Aufgrund des Energiedefizits ist die Schwingungsfrequenz der Zellen gestört, was sich in Form von Krankheitssymptomen äußert.

Um Heilung einzuleiten, müssen die Zellen wieder zurück in die gesunde Ur-Schwingung versetzt werden. (Auf diesem Prinzip beruht auch die Wirkung von homöopathischen Medikamenten und anderen, im feinstofflichen Bereich wirkenden Präparaten wie etwa Bach-Blüten.) Dies ist auf verschiedene Weise möglich, unter anderem durch Musik. So sollen etwa die Klänge der altindischen ayurvedischen Musik in der Lage sein, die Körperzellen in die ursprüngliche, gesunde Schwingung zurückzuversetzen und so Heilimpulse auslösen.[2]

Aktuelle Forschungen lassen das uralte Wissen über die Heilkraft von Klängen in neuem Licht erscheinen. So haben zwei Forscher der kalifornischen Universität von Los Angeles mit einem speziellen, nach dem Prinzip eines Plattenspielers funktionierenden Mikroskop erstmals Zellen „belauscht". Sie entdeckten, dass lebende Zellen bestimmte Geräusche produzieren, und tauften sie die „singenden Zellen". Das Forscherteam untersuchte auch kranke Zellen, speziell Krebszellen, und fand heraus, dass diese veränderte Töne von sich geben, die wie Lärm oder Störgeräusche im Radio klingen. Die Wissenschaftler hoffen, dass ihre Entdeckung, die „Sonozytologie," bald in die medizinische Diagnostik Eingang findet. Man könnte dann allein am Klang einer Zelle beurteilen, ob eine Körperzelle krank ist oder kurz davor.[3]

Eine besondere Form der Klangheilung hat der amerikanische Klangspezialist Tom Kenyon entwickelt.[4] In den achtziger Jahren erforschte er akribisch die Wirkung von Tönen auf das menschliche Bewusstsein. Darauf basierend entwickelte er eine spezielle Musik, mit der die Gehirnhemisphären in Gleichklang gebracht werden und ungenutztes Gehirnpotenzial aktiviert wird. Um das Energiesystem des Körpers zu harmonisieren und uns den Zugang zu unserem wahren Potenzial zu öffnen, kombiniert er spirituelle Techniken und Mentaltechniken mit modernen Erkenntnissen der Gehirn- und Bewusstseinsforschung. Seine Musik und sein außergewöhnlicher Gesang sollen Heilkräfte auf höheren (energetischen) Ebenen anregen, die dann auf den physischen Körper zurückwirken.

In einer Studie mit 200 Patienten wurde nachgewiesen, dass die Tontherapie die Ausschüttung bestimmter Botenstoffe und Hormone anregt, die wiederum regulierend auf krankhaft entgleiste biochemische Prozesse im Körper wirken.[5] Selbst bei so unterschiedlichen Erkrankungen wie Tinnitus, Darmentzündungen, Schlafstörungen und Herzrhythmusstörungen konnten mit Klangtherapie beachtliche Heilerfolge erzielt werden.

Die Forschung über die Wirkung von Klängen ist mittlerweile so weit fortgeschritten, dass man bestimmten Klängen (Frequenzen) konkrete Wirkungen auf einzelne Organe und Gewebe zuordnen kann. So spricht die Schilddrüse besonders auf den Ton „D" an, während die Erbsubstanz des Menschen (DNA) auf den Ton „G" reagiert. Der Ton „Cis" (was einer Frequenz von 136 Hertz entspricht) erhöht den Einstrom von Kalium in die Körperzellen, was eine wichtige Rolle für die Zellerregbarkeit spielt.

Über die gezielte Kombination von Klängen lassen sich Blutdruck, Atemfrequenz und Puls beeinflussen, Organfunktionen stimulieren und das Schmerzempfinden reduzieren. Auch das Nerven- und Immunsystem werden mit den richtigen Schwingungen angeregt, zudem können auch Gefühle positiv beeinflusst werden. Da aber jeder Mensch verschieden reagiert, ist es in der Musiktherapie wichtig, die individuell richtigen Töne und Tonkombinationen herauszufinden.[6]

Neben dem Einsatz von Musik gibt es noch weitere Therapierichtungen, die erfolgreich mit Schwingungen arbeiten, um Heilimpulse zu setzen, wie etwa die Magnetfeld- und die Laserlichttherapie.

Übrigens haben Forscher herausgefunden, warum bei Katzen Knochenbrüche so ungewöhnlich schnell heilen: Sie schnurren sich gesund. Beim Schnurren erzeugen sie niederfrequente Vibrationen von 25 bis 50 Hertz, die Heilprozesse im Knochengewebe stimulieren und überdies schmerzlindernd wirken. Beim Mensch fördern diese Frequenzen ebenfalls das Knochenwachstum.

Der Wirkung spezieller Frequenzen wird auch die Tatsache zugeschrieben, dass das Schwimmen mit Delfinen wiederholt zu Heilerfolgen bei verschiedenen Krankheiten geführt hat. Forscher vermuten, dass die von den Meeressäugern erzeugten Ultraschallwellen stimulierend auf das menschliche Gehirn und zentrale Nervensystem wirken, möglicherweise die Produktion von Endorphinen (so genannte Glückshormone mit schmerzstillender Wirkung) anregen und harmonisierend auf das Energiesystem wirken. Aufgrund ihres ausgeklügelten Echolotsystems sind Delfine in der Lage, den menschlichen Körper quasi zu durchleuchten. Es wäre nicht ausgeschlossen, so folgern die Delfinforscher, dass die intelligenten Tiere auf diese Weise Abweichungen von der Norm feststellen könnten. Möglicherweise sind sie sogar in der Lage, entsprechende ausgleichende Frequenzen zu senden.[7]

Doch auch ohne tierische oder musikalische Unterstützung kann man mit der richtigen Einstellung und einfachen geistigen Techniken für eine stabilere Gesundheit und ein ausgeglichenes Gemüt sorgen.

## Prophylaxe mit Meditation & Co.

Wie sehr die geistige Einstellung die Selbstheilungskräfte anregt und überdies entscheidend den Alterungsprozess beeinflusst, zeigt nicht nur das Beispiel des japanischen Arztes Nobuo Shioya. Erst vor einigen Jahren gelang es einem damals 96-jährigen japanischen Karatemeister, einen etwa 60 (!) Jahre jüngeren ehemaligen Boxchampion zu besiegen.[8] Was ist das Geheimnis dieser enormen Vitalität?

Japan ist das Land mit der höchsten Lebenserwartung, dort gibt es die meisten – und fittesten – Hundertjährigen. Dies liegt nicht nur an einer gesunden Ernährungsweise. Anders als in vielen westlichen Kulturen, wo das Altern leider häufig mit körperlichem und geistigem Verfall gleichgesetzt wird, gehen die japanischen Rentner davon aus, gesund reichlich alt zu werden. Sie haben keine Angst vor dem Altern und betrachten die kommenden 30 Jahre nach ihrem Abschied aus dem Berufsleben als eine willkommene Lebensphase, in der sie neue Herausforderungen annehmen, reisen und Sport treiben können. Gesund und erfüllt alt werden gilt regelrecht als Volkssport, und in ganz Japan betrachtet man dies als sein natürliches Geburtsrecht. Kein Wunder, dass diese innere Überzeugung nach dem Resonanzprinzip, gestärkt durch ein starkes morphogenetisches Gruppenfeld, den Alterungsprozess tatsächlich entsprechend verlangsamt.

Dass auch regelmäßiges Meditieren die Gesundheit im Alter ausgesprochen positiv beeinflusst, wies in den achtziger Jahren ein junger Psychologe und Absolvent der Harvard University in einer Studie nach.[9] Sechzig Bewohner von Seniorenheimen im Alter von mindestens achtzig Jahren wurden in drei verschiedene Gruppen eingeteilt. Eine Gruppe erlernte eine bestimmte Meditationstechnik, eine andere eine Technik zum Stressmanagement, und die dritte Gruppe erlernte ein Kreativspiel mit Wörtern, um den Geist lebendig zu halten.

Dabei war den Teilnehmern freigestellt, wie häufig sie die jeweilige Methode anwendeten. Bei den folgenden Untersuchungen wiesen die Meditierenden die besten Werte hinsichtlich Blutdruck, geistiger Gesundheit und Lernfähigkeit auf. Sie berichteten auch, dass sie sich glücklicher und weniger alt fühlen würden. Doch nicht nur das: Drei Jahre später war ein Drittel der Teilnehmer der Studie verstorben – jedoch niemand aus der Gruppe der Meditierenden.

Wie der amerikanische Physiologe Robert Keith Wallace feststellte, liegt das biologische Alter von Meditierenden deutlich unter ihrem chronologischen Alter. Wallace untersuchte in seinen Studien die Auswirkung der Praktizierens von Transzendentaler Meditation. Er fand heraus, dass ein typischer Sechzigjähriger, der mindestens seit fünf Jahren meditierte, im Durchschnitt das biologische Alter eines Achtundvierzigjährigen aufwies. In einem Einzelfall betrug die biologische Verjüngung durch Meditation sogar glatte zwanzig Jahre.

Kein Wunder, denn Meditation, richtig praktiziert, erzeugt tiefe Entspannungszustände, verlangsamt Atem- und Herzfrequenz, reduziert den Sauerstoffverbrauch und erzeugt ein Gefühl tiefen inneren Friedens bei gleichzeitig völliger Wachheit. Im Idealfall hört man auf zu denken, Geist und Körper entspannen sich. In diesem Zustand innerer Leere können sich regelrechte Glücksgefühle einstellen sowie das Gefühl, in völliger Harmonie mit sich und der Welt zu sein.

Regelmäßige Meditation hat nachweislich einen positiven Effekt auf die körperliche Abwehrkraft, fördert Heilungsprozesse, macht verhärtete Arterien geschmeidiger und senkt so bei Patienten mit Bluthochdruck das Risiko für Herzinfarkt und Schlaganfall. Weiterhin werden Konzentration, Aufmerksamkeit und Reaktionsgeschwindigkeit verbessert, und das persönliche Wohlbefinden steigt. Meditierende sind emotional stabiler, daher weniger stressanfällig und können Schmerzen wesentlich besser bewältigen.

Gründe genug, weshalb in den USA an über 200 Kliniken und Gesundheitszentren Kurse zur Stressreduktion nach der Methode von Dr. John Kabat-Zinn angeboten werden.[10] Sein Trainingsprogramm basiert auf der jahrtausendealten Vipassana-Meditation und umfasst zusätzlich Yogaübungen. Man hat nachgewiesen, dass regelmäßiges Praktizieren von Yoga neben vielen weiteren positiven Effekten die körperliche Leistungsfähigkeit fördert, die Cholesterinwerte senkt und so die Gesundheit von Herz und Gefäßen fördert.

Studien haben gezeigt, dass bereits nach acht Wochen täglichen Meditierens nach der Kabat-Zinn-Methode Beschwerden wie Migräne, Schlafstörungen und Angstattacken durchschnittlich um 25 bis 35 Prozent nachlassen, bei chronischen Schmerzen sogar bis zu 55 Prozent. Meditation soll sogar bei Übersäuerung helfen, das Körpermilieu in Richtung eines basischen Wertes zu verschieben.

Unser typisch westlicher Ernährungsstil ist häufig von einer Übersäuerung des Organismus begleitet, wodurch die Widerstandsfähigkeit der Körperzellen gegenüber Krankheiten abnimmt. Gerade Krebspatienten sollen von zunehmender Übersäuerung bei fortschreitender Krankheit betroffen sein. Hier können eine Ernährungsumstellung, Meditation und auch Körperübungen wie das chinesische Qigong wirklich helfen.

Chinesische Forscher haben die Auswirkungen der Qigong-Technik ausführlich untersucht und festgestellt, dass das regelmäßige Praktizieren von Qigong über längere Zeit nicht nur die paranormalen Fähigkeiten des Menschen aktiviert, sondern auch die körperlichen Heilkräfte stimuliert und die Widerstandsfähigkeit gegenüber Krankheiten erhöht. Kein Wunder, dass sich Qigong in China außerordentlicher Beliebtheit erfreut. Zahlreiche Menschen sollen durch das Praktizieren von Qigong Krankheiten überwunden und ihren Gesundheitszustand nachhaltig verbessert haben; auch eine lebensverlängernde Wirkung wird dieser Technik nachgesagt. In einem Laborversuch chinesischer Forscher soll es gelungen sein, mittels ausgesandter Qi-Energie sechzig Prozent aller Krebszellen in einem Reagenzglas abzutöten.[11] Wie ist das möglich?

Wissenschaftlichen Untersuchungen zufolge wirkt Qi-Energie auf zellulärer Ebene und kann molekulare Strukturen verändern. Beim Praktizieren von Qigong wird der Körper mit Energie aufgeladen und der Energiefluss im Körper angeregt. Geschwächte Zellen werden so besser mit Lebensenergie versorgt, die Lebens- und Abwehrkraft wird gesteigert. Schädliche Zellen können vom Körper besser bekämpft und krank machende Energien besser ausgeleitet werden. Durch regelmäßiges Üben kann sogar der Blut-ph-Wert wieder in den basischen Bereich verschoben werden. Forschungsergebnisse aus China und Deutschland zeigen, dass bei achtzig Prozent der untersuchten Krebspatienten, die regelmäßig Qigong praktizierten, eine deutliche Besserung des Gesundheitszustands bis hin zur völligen Heilung auftrat – Phänomene, die schulmedizinisch nicht zu erklären sind.[12]

Beim Üben in der freien Natur kann der Organismus offenbar besonders viel Qi-Energie aufnehmen. Nicht selten entsteht bei den Übungen infolge der verstärkten Energiezufuhr ein Gefühl von Wärme oder sogar Hitze. Auch auf die Psyche wirken sich die Übungen positiv aus. Man wird gelassener und ruht mehr in seiner Mitte, die Achtsamkeit ist auf den Augenblick gerichtet. Dadurch wird die körperliche und geistige Energie nicht durch Gedanken blockiert und kann freier fließen. In diesem konzentrierten Zustand handelt man aus dem Hier und Jetzt heraus. Dadurch können mit minimalem Energieaufwand maximale Effekte erzielt werden, ein Prinzip, auf dem viele asiatische Selbstverteidigungstechniken beruhen.

Die chinesische taoistische Philosophie des „Wu Wei“ spiegelt dieses Prinzip wider. Statt zu kämpfen und sich abzustrampeln, ruht der Taoist in sich selbst, konzentriert seine Kräfte auf den Augenblick und kann so mit minimalem Aufwand wie ein Surfer geschickt und mühelos auf den Wellen des Lebens dahingleiten.

## Wer lächelt, lebt gesünder

Eine ganz andere Form der Gesundheitsvorsorge, bei der man sich körperlich überhaupt nicht anstrengen muss, stammt von dem thailändischen Großmeister des Tao Yoga, Mantak Chia. Er empfiehlt die Technik des „inneren Lächelns", um Spannungen aufzulösen und den Organismus mit heilender Lebensenergie aufzuladen.[13] Bei dieser Methode schickt man der Reihe nach ein Lächeln zu den verschiedenen Organen, was zusätzlich mit der Vorstellung kombiniert werden kann, bestimmte Farben dort „hineinzuatmen". Dies hat einen entspannenden, harmonisierenden und heilsamen Effekt auf die Körperzellen, lädt sie mit Lebensenergie auf und macht außerdem gute Laune. Spezielle Betonung legt man hierbei auf das Herz, denn wenn das Herz beruhigt und harmonisiert ist, hat dies einen positiven Effekt auf zahlreiche weitere Organe.

Mantak Chia zufolge heilte sich eine seiner Schülerinnen dadurch von Brustkrebs, dass sie ständig in die erkrankte Region hineinlächelte. In seinen Körper zu lächeln kostet nichts, entspannt und erweckt heilkräftige, positive Energien – Gründe genug, sich selbst öfter auf diese Weise etwas Gutes zu tun.

Eine wunderbar einfache Methode des inneren Lächelns hat der vietnamesische Zen-Meister Thich Nhat Hanh entwickelt.[14] Seine Technik ist auch für Menschen geeignet, die weniger Zugang zu inneren Bildern haben, denn man muss sich nichts vorstellen, sondern kann das In-Sich-Hineinlächeln jederzeit und überall praktizieren. Häufig stellt sich bereits nach wenigen Minuten ein angenehmes Gefühl von Entspannung ein. Thich Nhat Hanh nennt diese Übung eine „Liebesmeditation für den Körper". Sie funktioniert folgendermaßen:

### Übung: In den Körper hineinlächeln

1. Man setzt oder legt sich bequem hin. Wer möchte, kann die Augen schließen.
2. Als nächstes richtet man seine Aufmerksamkeit auf den Atem, etwa, indem man einige Male tief in den Bauch hinein atmet und dabei fühlt, wie sich der Bauch hebt und senkt. Thich Nhat Hanh empfiehlt, bereits jetzt ein leichtes Lächeln aufzusetzen, falls möglich.
3. Man atmet weiter bewusst ein und aus, dabei wird jedes Ein- und jedes Ausatmen jetzt von bestimmten gedachten Leitsätzen begleitet:

*Einatmend werde ich mir meines ganzen Körpers bewusst. Ausatmend lächle ich meinem Körper zu.*

*Einatmend bin ich mir der Haare auf dem Kopf bewusst. Ausatmend lächle ich meinen Haaren zu.*

*Einatmend bin ich mir meiner Augen bewusst. Ausatmend lächle ich meinen Augen zu.*

[...]
Hier folgt nun ein „virtueller Rundgang" durch den Körper und die Organe, es schließen sich Ohren, Zähne, Schultern, Hände, Lunge, Herz etc. an. Auf diese Weise lächelt man sich durch seinen gesamten Körper bzw. durch alle Bereiche, die man mit einem Lächeln beschenken möchte. Als Abschluss dient wieder der erste Leitsatz:

*Einatmend werde ich mir meines ganzen Körpers bewusst. Ausatmend lächle ich meinem Körper zu.*

Man kann diese Übung auch vor dem Einschlafen machen, was den Vorteil hat, dass man selig entspannt in den Schlaf gleiten kann. Sie eignet sich aber auch hervorragend für kurze Erholungspausen während des Tages.

Apropos Lächeln: In einer an der University of California in Los Angeles durchgeführten Studie wurde nachgewiesen, dass positive Stimmungen im Gegensatz zu negativen einen „verjüngenden“ Effekt auf die körperliche Immunabwehr ausüben.[15] Freude und Optimismus führen nachweislich zu einer deutlichen Vermehrung bestimmter Immunzellen, wodurch die Abwehrfähigkeit des Körpers steigt. Im Alltag bewusst für möglichst viele Momente des Lächelns und der Freude zu sorgen ist also eine wertvolle Gesundheitsprophylaxe.

Um den Verstand restlos davon zu überzeugen, wie sehr der Geist der Materie überlegen ist und dass es sich deshalb unbedingt lohnt, die eigene Geisteskraft sinnvoll und gezielt einzusetzen, folgen im nächsten Kapitel sozusagen als I-Tüpfelchen noch einige Beispiele für wirklich außergewöhnliche Heilungen. Danach sollte einem eigentlich nichts mehr im Wege stehen, um mittels Gedankenkraft die eigene Gesundheit nachhaltig zu stimulieren.

# 11 Spektakuläre Heilungen und andere Wunder

*Wunder geschehen nicht*
*im Gegensatz zur Natur,*
*sondern im Gegensatz zu dem,*
*was wir von der Natur wissen.*
*Augustinus*

Der amerikanische Autor und spirituelle Lehrer Drunvalo Melchizedek führt in seinem Buch *Die Blume des Lebens*[1] als Beispiel für eine nahezu unglaubliche Heilung den Fall einer Frau an, die aufgrund von Kinderlähmung seit zwölf Jahren an den Rollstuhl gefesselt war. Nachdem sie in einem Buch gelesen hatte, dass absolut jede Krankheit heilbar sei, begann sie wieder zu hoffen und nahm mit Drunvalo Kontakt auf. Viele Monate lang telefonierten sie einmal in der Woche miteinander. Durch diese Gespräche festigte sich in ihr die Überzeugung, dass sie zur Selbstheilung fähig sei.

Zunächst änderte sich ihr körperlicher Zustand nicht. Eines Tages jedoch beschloss die Frau, dass sie nie wieder in einem Rollstuhl sitzen wollte. Sie verkaufte ihn und ließ sich stattdessen einen komplizierten Stützapparat und eine vierbeinige Gehhilfe anfertigen und fing an, sich auf diese Weise fortzubewegen. Die zunächst schwache Muskulatur begann sich in den nächsten Monaten dadurch Schritt für Schritt zu kräftigen, was ihrer Überzeugung, eine vollständige Heilung sei möglich, natürlich enorme Motivation verlieh. Bis hierher hatte der ganze Prozess schon viele Monate gedauert.

Mit der Zeit brauchte die Patientin immer weniger Stützhilfen und konnte sich schließlich – für sie ein großartiger Moment – ohne Hilfe fortbewegen. Von da an ging es stetig aufwärts. Schließlich bekam sie sogar wieder einen Führerschein ausgestellt und konnte selbstständig Auto fahren. Einige Zeit später war sie hundertprozentig geheilt, und nichts wies mehr darauf hin, dass sie zuvor zwölf Jahre lang im Rollstuhl verbracht hatte. Diese mutige Frau hatte aus tiefstem Herzen geglaubt, dass sie sich selbst heilen kann – und genauso war es geschehen. Wenn wir nicht an Begrenzungen glauben, werden sogar Wunder möglich.

Drunvalo meint, unsere Grenzen würden in dem liegen, was wir glauben. Wenn uns die Ärzte erklären würden, eine bestimmte Krankheit sei unheilbar, und wir würden ihnen glauben, könnten wir uns selbst nicht heilen. Wir würden in dieser Überzeugung – Unheilbarkeit – quasi erstarren. So könne unser menschlicher Geist eine Heilung verhindern, denn der Körper reagiert ja exakt auf das, was eine Person zutiefst glaubt. Umgekehrt ist es, wie dieses Beispiel zeigt, aber ebenso möglich, durch das Auflösen festgefahrener Überzeugungen die Heilung einzuleiten.

## Jenseits aller Grenzen

Drunvalo selbst machte in seinem Leben viele außergewöhnliche Erfahrungen und stellte fest, dass der Körper in der Lage ist, sämtliche biologischen „Gesetze" außer Kraft zu setzen. Einmal, so berichtet er, hatte sich seine Lebensgefährtin an einer glühenden Pfanne die Hand schwer verbrannt. Sie litt unter starken Schmerzen und stand natürlich unter Schock. Um ihr zu helfen, versetzte Drunvalo sie spontan in Hypnose und sagte ihr, dass die Schmerzen jetzt auf der Stelle verschwinden würden. (Er selbst wusste nicht, was genau bei diesem Experiment geschehen würde.)

Sofort hörten die Schmerzen auf. Als Nächstes sagte er seiner Partnerin unter Hypnose, dass ihre (verbrannte) Handfläche wieder völlig gesund sein werde, wenn er bis drei gezählt habe. Er zählte langsam bis drei und beobachtete dabei die Handfläche. Als er „drei" sagte, – es waren nur wenige Sekunden vergangen – war die Handfläche wieder vollkommen normal. Der Körper hatte die in der Hypnose eingeprägte Überzeugung „gesunde Handfläche" exakt übernommen und sofort umgesetzt. Ein derartiges Erlebnis verändert das eigene Weltbild natürlich von Grund auf, weil es sämtliche physiologischen Grenzen sprengt und zeigt, dass der Körper innerhalb von Sekunden heilen kann, vorausgesetzt, man ist zu hundert Prozent davon überzeugt.

Falls die bisherigen Fallberichte noch nicht ausreichen, um den Verstand davon zu überzeugen, dass selbst scheinbar Unmögliches möglich ist, dass es in Wahrheit offenbar keine Grenzen gibt und man sich deshalb auch besser keine setzen sollte, folgt hier ein weiteres, von Drunvalo anfgeführtes Beispiel.

Es ist die unglaubliche Geschichte eines elfjährigen Jungen, der eine spektakuläre Heilung vollzog. Sein Fall wurde für eine Fernsehsendung über den Zeitraum von einem Jahr auf Video dokumentiert. Der Junge hatte schon lange Salamander gesammelt und beobachtet, dass diese Tiere die Fähigkeit besitzen, Beine und Schwanz nachwachsen zu lassen, falls sie eines dieser Körperteile verlieren. Die Eltern des Jungen hatten ihn jedoch nicht darüber aufgeklärt, dass nur Salamander diese Eigenschaft besitzen, und so glaubte er, alle Tiere seien dazu fähig und natürlich auch der Mensch.

Im Alter von zehn Jahren verlor er bei einem Unfall ein Bein oberhalb des Knies. Was tat der Junge also? Er ließ sich Schritt für Schritt ein neues, vollständiges Bein wachsen und brauchte dafür ungefähr ein Jahr. Dieser Prozess, ist, wie gesagt, auf Video dokumentiert worden. Wie auch bei der geheilten Rollstuhlfahrerin war der Körper des Jungen exakt seiner Überzeugung gefolgt und hatte dadurch die physiologischen Grenzen dessen, was normalerweise möglich ist, außer Kraft gesetzt.

Wer weiß, vielleicht sind die beschriebenen Phänomene ja gar nicht so außergewöhnlich, sondern spiegeln das normale menschliche Potenzial wider, und wir – der größte Teil der Menschheit – leben in einer selbst auferlegten Begrenzung, geprägt durch das, was die Wissenschaft für möglich hält und bewiesen hat. Ein Vogel, der von Geburt an in einem Käfig sitzt, weiß nicht, dass er fliegen kann… Nicht umsonst besteht eine Kernbotschaft vieler Weisheitslehren darin, niemals einfach etwas zu glauben, nur weil andere es für wahr halten oder weil man seit Jahrhunderten daran geglaubt hat. Es könnte nämlich falsch sein, auch wenn bisher Tausende Menschen davon überzeugt waren. Da begrenzende Gedanken wie Fesseln sind, ist es wichtig, durch Hinterfragen und Ausprobieren selbst herauszufinden, was wahr ist.

## Heilende Hände

Paul Dong und Thomas Raffill berichten in ihrem Buch *Indigo-Schulen*[2], dass der chinesische Wunderarzt Yan Xin (siehe Kapitel 3 und 8) allein *mit der Kraft seines Geistes* zahlreiche Patienten von so unterschiedlichen Krankheiten wie Lähmungen, Knochenbrüchen, Hepatitis, Diabetes, Tumoren, Herzkrankheiten und Neurosen heilte. In einem Fall „reparierte“ er zwei gebrochene Schulterblätter durch eine 20minütige Massage, bei der er seine geistigen Kräfte einsetzte. Anschließend konnte der Patient problemlos 25 Kilo schwere Gegenstände heben und war völlig genesen. Eine spätere Röntgenaufnahme zeigte, dass die Frakturlinien größtenteils verschwunden waren. Während Yan Xins Behandlungen empfanden die Patienten häufig Wärme oder hatten das Gefühl, Elektrizität würde durch ihren Körper strömen.

In San Francisco heilte der begabte Arzt während eines Vortrags, bei der er Qi (heilende Kraft) aussandte, eine achtzigjährige Frau, die seit 34 Jahren gelähmt und an den Rollstuhl gefesselt war. Die ältere Dame befand sich dabei nicht einmal in seiner Nähe. Da der Vortrag ausverkauft war, lauschte sie vor dem Saal seinem über Lautsprecher übertragenen Vortrag. Auch sie verspürte währenddessen ein intensives Gefühl von Wärme und zunehmender Energie. Die Energie, die sie durchströmte, wurde so stark, dass sie plötzlich aufstand und in den Saal marschierte, als hätte sie nie zuvor im Rollstuhl gesessen.

Ähnliche Vorfälle, bei denen Rollstuhlpatienten wieder gehen konnten, ereigneten sich wiederholt bei weiteren von Yan Xin geleiteten Großveranstaltungen, während der er seine heilenden Kräfte ins Publikum aussandte. Insgesamt soll er Tausende Menschen geheilt haben. Er beteiligte sich auch an verschiedenen Projekten zur Behandlung von Aids-Patienten. Manche behandelte er per Fernheilung über eine Entfernung von bis zu 2000 Kilometern. In einem Fall wandelten sich dadurch innerhalb von drei Tagen die Laborergebnisse eines Patienten von HIV-positiv zu HIV-negativ.

Yan Xin hat seine außergewöhnliche Begabung offenbar durch das Praktizieren von Qigong entwickelt. Japanische Forscher haben nachgewiesen, dass Qi-Gong-Meister bei der Emission von Qi sehr starke Magnetfelder ausstrahlen. Über die Rolle der Magnetfelder beim paranormalen Heilprozess ist man sich jedoch noch nicht gänzlich im Klaren.

Dong und Raffil erwähnen eine weitere „Wunderärztin,“ die zahlreiche Krankheiten heilt, indem sie den Patienten einfach nur die Hände auflegt, wobei häufig ein bläuliches Licht aus ihren Händen strömt. Sie wird regelmäßig auch von hohen Regierungsbeamten aufgesucht. Ein chinesischer Ingenieur für Luft- und Raumfahrttechnik kann aus der

Hand einer Person zutreffend Krankheiten diagnostizieren, jedoch nicht nur von der betreffenden Person selbst, sondern auch von deren Verwandten, selbst wenn diese einige tausend Kilometer entfernt sind und die Krankheit erst in der *Zukunft* auftreten wird.

Er sagt exakt die Art der Krankheit und das Datum voraus, auch wenn gegenwärtig noch nichts auf eine mögliche Krankheit hindeutet. Auf die Frage, wie er das denn bewerkstelligen würde, antwortete er, er würde sich auf die richtige Frequenz einstellen, in das Energiefeld einer Person einklinken und dann darin quasi wie in einem Buch lesen. Um den Kontakt zur Person herzustellen, genügt ihr Name oder eine Handschriftprobe. Auch dieser Ingenieur hat seine Fähigkeiten durch Qigong entwickelt, eine von vielen möglichen Techniken und Wegen, um das innewohnende geistige (und heilerische) Potenzial zu aktivieren.

## Geistheiler: Im Dienst der Menschheit

In Brasilien behandelt der Heiler Joao Teixeira de Faria, der auch Joao de Deus oder John of God genannt wird, täglich hunderte von Patienten aus aller Welt.[3] Er selbst dient dabei offenbar als Medium, durch das geistige Energien wirken. So sollen, je nach Art der zu behandelnden Krankheit, verschiedene verstorbene Ärzte durch ihn wirken, die früher in unterschiedlichen Fachbereichen praktiziert haben, sowie höhere geistige Wesenheiten. Joao de Deus operiert und behandelt in Trance innerhalb weniger Minuten die unterschiedlichsten Krankheiten wie etwa Krebs, Lähmungen, Multiple Sklerose, Rückenleiden und Blindheit, teils unter Verwendung einfachster Instrumente, teils nur mit seinen Händen. Und das alles ohne Betäubung und unter nicht-sterilen Bedingungen.

Wenn er operiert, fließt kaum Blut, die Patienten sind währenddessen praktisch schmerzfrei, und postoperative Komplikationen wie Wundentzündungen sind bisher niemals aufgetreten. Im Wachzustand jedoch verfügt der Brasilianer offenbar über keinerlei medizinische Kenntnisse. Er praktiziert seit mehr als vierzig Jahren, und seine Heilarbeit wurde auf zahlreichen Videos dokumentiert. Zudem hat ein Team von Wissenschaftlern der School of Medicine der Universität von Sao Paulo ausführlich über seine Heilbehandlungen berichtet.

Bei den Behandlungen des brasilianischen Heilers wird regelmäßig auch die seelisch-psychische Ebene mit einbezogen. Anscheinend erkennt die große Truppe seiner geistigen Helfer bei den Patienten sofort, auf welcher Ebene genau die Krankheitsursache liegt, und leitet die entsprechende Behandlung ein. Ein Heilversprechen gibt Joao de Deus jedoch niemals ab, denn der Ausgang einer Behandlung liege, so erklärt er, stets in den Händen Gottes. Einen wichtigen Bestandteil der Therapie bilden ausgiebige Meditationen vor Ort, während der die Patienten, die sich ja währenddessen in dem Kraftfeld des Heilers aufhalten, auf energetischem Weg weiterbehandelt werden. Ergänzend dazu werden ihnen häufig heilsame Kräutermischungen verschrieben.

Menschen mit außergewöhnlichen geistigen Kräften, insbesondere im Heilbereich, haben meiner Beobachtung nach einige interessante Gemeinsamkeiten: Sie vertrauen völlig auf ihre geistigen Kräfte und die Unterstützung einer höheren (göttlichen) Instanz. Sie besitzen die Fähigkeit, sich nahezu laserartig präzise auf eine bestimmte Sache konzentrieren zu können. Außerdem haben sie häufig eine kindlich-unbekümmerte Lebenseinstellung, enormes Urvertrauen in das Leben an sich und leben absolut im Herzen, und genau diese Haltung scheint solche Kräfte zu freizusetzen. Anscheinend sind sie dadurch weit mehr mit dem Ursprung allen Seins und der reinen Schöpferkraft verbunden, wodurch solche Phänomene ermöglicht werden.

## Den Wundern auf der Spur

Mittlerweile sind weltweit zahlreiche Laborversuche durchgeführt worden, welche die Fähigkeit von Heilern dokumentieren, auf lebende Systeme und Zellen erfolgreich einzuwirken. So gelang es dem englischen Heiler Matthew Manning, allein durch seine Konzentration die Hämolyse isolierter roter Blutkörperchen deutlich zu verlangsamen (die roten Blutkörperchen platzen in verdünnten Flüssigkeiten auf, wobei der Blutfarbstoff austritt = Hämolyse). Offenbar hat die geistige Kraft des Heilers die Zellwände der Blutkörperchen gestärkt, so dass sie sich viel langsamer auflösten.[4]

In Japan untersuchte ein Team des Nationalen Instituts für Radiologische Wissenschaften in Chiba den Einfluss von Heilern auf Kulturen menschlicher Zellen, die tödlichen Dosen von Röntgenstrahlen ausgesetzt worden waren. Nach der Heilbehandlung der strahlenverseuchten Zellkulturen kam es jedoch anstatt zum Zelltod, was normalerweise zu erwarten gewesen wäre, zur Neubildung von Zellkolonien! Anscheinend war es den Heilern gelungen, die Reparaturmechanismen der bestrahlten Zellen positiv anzuregen.[5]

## Neue Wege der Heilung

Welche Erfolge mit geistigem Heilen erzielt werden können, zeigt auch ein Experiment aus der Schweiz. Im Kanton Basel Land arbeitet der Chefarzt eines Psychiatrischen Dienstes, Dr. Jakob Bösch, mit der Heilerin Graziella Schmidt zusammen.[6] Die gebürtige Slowenin behandelt die Patienten, indem sie ihnen die Hände auflegt und auf geistig-seelischem Weg eine Verbindung herstellt, ohne dass viele Worte gewechselt werden. Auf diese Weise behandelte sie fast das gesamte Spektrum psychischer Erkrankungen.

In etwa zwei Dritteln der von ihr therapierten Fälle gab es laut Dr. Bösch deutliche Erfolge, selbst bei chronisch Kranken, die seit Jahren auf klassischem Weg psychiatrisch behandelt wurden. Dank der Heilerin konnten Medikamente stark reduziert oder sogar abgesetzt werden, manche Patienten wurden sogar völlig geheilt. Je nach zugrunde liegender Störung sind meist mehrere Heilungssitzungen nötig, gelegentlich genügt aber auch eine einzige Behandlung.

In einer weiteren laufenden Studie wird die Wirkung von Geistheilung zur Behandlung ungewollter Kinderlosigkeit systematisch untersucht. In einem früheren Projekt sind durch geistige Behandlung drei unfruchtbare Frauen schwanger geworden, in einem Fall sogar trotz beidseitigem Eileiterverschluss. Dies ist ein anatomischer Befund, der nach Meinung der Experten eine Schwangerschaft auf natürlichem Weg völlig ausschließt. Die Frau wurde im Gefolge der Heilbehandlung trotzdem schwanger, was diejenigen Schulmediziner, die Geistheilung für schwachsinnigen Hokuspokus halten, ziemlich auf die Palme brachte.

Glücklicherweise spornen derartige Widerstände den mutigen Baseler Chefarzt eher zu weiteren Forschungen an. Die künstliche Trennung von Geist und Materie hält Dr. Bösch für einen Irrtum, denn beides würde stets ineinander wirken. Als Erklärung für die offensichtliche Wirkung der Geistheilbehandlungen vermutet er „die elektromagnetische Übertragung Ordnung spendender Information.“ So würde wieder in Ordnung gebracht, was zuvor in Unordnung geraten sei.

Auch im Schweizer Kantonsspital Glarus arbeitet der Chefarzt, Professor Kaspar Rhyner, eng mit einer Heilerin zusammen, und zwar mit beachtlichem Erfolg. So wurde ein an schweren Gleichgewichtsstörungen leidender Elektriker, dem schulmedizinisch nicht geholfen werden konnte, innerhalb von zwei Behandlungen geheilt. Bei einem Landwirt, der seit drei Monaten weder sprechen noch laufen konnte und dessen Fall die Ärzte ratlos aufgegeben hatten, da sie die Ursache seines Leidens nicht finden konnten, schlug die Heilbehandlung bereits nach zwei Stunden an. Beide Patienten sind seit mehr als zwei Jahren beschwerdefrei.[7]

In Großbritannien ist die Zusammenarbeit zwischen Schulmedizinern, Kliniken und Geistheilern übrigens seit langem Tradition, und man arbeitet Hand in Hand. Wohl ein Grund, weshalb vor einigen Jahren der damalige Trainer der englischen Fußball-Nationalmannschaft in einer Pressekonferenz freimütig erklärte, dass sich drei Viertel seiner Spieler von einer Geistheilerin hätten behandeln lassen, was problemlos mit modernen physiotherapeutischen Methoden kombiniert werden könne.

Als 1998 einer der renommiertesten Ärzte Italiens, der damalige Präsident des italienischen Chirurgenverbandes, Professor Rocco Docimo, an Hautkrebs erkrankte und unter starken Schmerzen litt, konnte ihm keiner seiner Kollegen helfen. In seiner Not wandte er sich schließlich an einen christlichen Heiler, der ihm die Hände auflegte und mit ihm betete. Am nächsten Morgen war der Hautkrebs verschwunden. Professor Docimo bekannte daraufhin in der Öffentlichkeit, er sei von der Existenz übernatürlicher Dinge überzeugt, die die Wissenschaft schlichtweg nicht erklären könne.

Dass bei der geistigen Heilbehandlung eine Übertragung von heilsamen Informationen stattfindet, vermutet auch der Stuttgarter Physiker und Gehirnforscher Günter Haffelder. Er untersuchte rund 300 namhafte Geistheiler aus aller Welt während ihrer Tätigkeit mit dem EEG (Elektroenzephalogramm).[8] Dabei stellte sich heraus, dass die Tätigkeit des Heilers einen bemerkenswerten Einfluss auf die Gehirnwellenmuster des Patienten ausübt.

Besonders fielen Veränderungen im Deltawellenbereich auf, die sich simultan bei Heiler und Patient zeigten (Deltawellen treten typischerweise nur im Tiefschlaf, aber auch bei paranormalen Phänomenen auf). Dieser Effekt trat auch dann auf, wenn Heiler und Patient hunderte von Kilometern voneinander entfernt waren. Haffelder entdeckte bei seinen Messungen außerdem, dass Geistheiler offenbar in der Lage sind, bestehende Disharmonien im Gehirnwellenmuster des Patienten zu erkennen und auszugleichen. Der Forscher vermutet, dass während der Behandlung vom Gehirn des Heilers *heilsame Schwingungen auf den Patienten übergehen*, was der Deltawelleneffekt widerspiegele. Da die ordnende, höhere Schwingung offenbar stärker ist, kann der Heiler ungeordnete, chaotische Zustände im Patienten harmonisieren und somit Heilimpulse setzen.

## Intuition als Wegweiser

Da es insgesamt eine beachtliche Menge alternativer Heilmethoden und praktizierender Heiler gibt, ist es nicht immer einfach, bei Bedarf herauszufinden, zu welchem Heiler man die größte Resonanz hat (und somit auch die größte Aussicht auf Erfolg) oder welche Behandlungsmethode für einen selbst optimal ist. In diesem Fall befragt man am besten seine Intuition. Die Intuition weiß mehr als unser begrenzter Verstand und hat die Fähigkeit, jenseits der Grenzen von Raum und Zeit Dinge zu erfassen, die außerhalb der Möglichkeiten unseres logischen Verstands liegen. Wer längere Zeit mit seinen intuitiven Fähigkeiten arbeitet, wird bald feststellen, dass man auf diesem Weg sehr praktische, wertvolle Informationen erhält (hierüber habe ich bereits ausführlich in dem Buch *Die Hotline zum Glück* berichtet).

### Übung: Die Intuition Befragen

Schließen Sie hierfür einen Moment lang die Augen und konzentrieren Sie sich einige Atemzüge lang nur auf die Atmung, ohne dabei an etwas anderes zu denken. Sobald Verstand und Gefühl ruhig geworden sind, stellen Sie sich innerlich die Frage: „Ist diese Person/diese Methode die richtige für mich?" Anschließend warten Sie still und gelassen ab, was die Intuition Ihnen antwortet. Dabei ist es wichtig, nichts zu erwarten und sich für alle Möglichkeiten zu öffnen, ohne auf eine bestimmte Antwort zu hoffen.

Die Art und Weise der Antwort kann individuell sehr verschieden sein. Ein „Ja“ kann sich beispielsweise in Form eines spontan auftretenden, deutlich positiven „Bauchgefühls“ äußern wie etwa Freude oder Begeisterung. Im Fall eines „Nein“ kann sich ein Gefühl von spontanem Energieverlust einstellen, oder man spürt beispielsweise einen Druck auf der Brust oder dem Herzen. Bei anderen als Ja/Nein-Fragen mag man vor seinem inneren Auge Worte oder Bilder sehen, man hört innerlich die Antwort oder weiß sie plötzlich.

Das Befragen der Intuition funktioniert jedoch nur dann wirklich gut, wenn man den Verstand dabei völlig ausschaltet. Verstand (linke Gehirnhälfte) und Intuition (rechte Gehirnhälfte) sind wie zwei verschiedene Personen. Man kann sich immer nur mit einer unterhalten, denn wenn beide gleichzeitig reden, versteht man gar nichts mehr.

Wenn man keine Antwort erhält, ist es günstig, zu einem anderen Zeitpunkt noch einmal zu fragen. Keine Antwort zu bekommen kann auch ein „Neutral“ als Ergebnis bedeuten. Meiner Erfahrung nach lohnt es sich nicht, für ein „Neutral“ irgendetwas zu unternehmen, da die betreffende Sache für einen offensichtlich ohne große Bedeutung ist, auch wenn der Verstand das vielleicht lieber anders sähe.

Da die Antworten der Intuition individuell sehr verschieden ausfallen können, ist es wichtig, im Alltag möglichst oft damit zu experimentieren, damit die Verständigung mit diesem inneren Informationssystem im Ernstfall gut funktioniert. Je häufiger man seine Intuition befragt, desto vertrauter wird man damit und desto leichter ist es, die Antworten zu verstehen.

# 12 Die Frequenz der Liebe

*Wir sind auf der Welt,*
*um zu lieben.*

*Madonna*

Vieles deutet darauf hin, dass Liebe in unserem Leben eine wesentliche Rolle für unsere Gesundheit spielt. Drunvalo Melchizedek betont, dass Liebe exakt die Schwingung sei, auf die Materie stets reagiert. Fehlende Liebe sei die Ursache aller Krankheiten, denn Liebe würde Materie (und damit unseren Körper) ordnend beeinflussen und vor Chaos bewahren.[1]

Drunvalo untersuchte mit seinem Team in den achtziger Jahren das Frequenzspektrum der von verschiedenen Heilern während ihrer Tätigkeit ausgesandten Energien. Sie fanden heraus, dass alle Heiler in dem Moment, wo sie Heilung spendeten, ihre ganze Aufmerksamkeit auf ein bestimmtes Energiezentrum in ihrem Körper konzentriert hatten – auf das über dem Brustbein gelegene (universelle) Herzchakra. Dieses Energiezentrum ist im aktivierten Zustand offenbar mit der Fähigkeit verknüpft, bedingungslose Liebe auszustrahlen. Eben diese Liebe sei es, die die krankhaft veränderte Materie bei den Patienten wieder ins Gleichgewicht bringe und so Heilung einleite.

Auch der brasilianische Heiler Thomáz Green Morton betont, das Wichtigste im Leben sei die Liebe.[2] Geist und Herz für die Liebe zu öffnen sei wesentlich, denn nur so könne die universelle, göttliche Energie ungehindert durch den Menschen fließen. Jeder Mensch sei von Natur aus an diese Kraft angebunden und würde von ihr durchströmt. Allerdings würden negative Gefühle und Gedanken wie Angst, Zweifel, Schuldgefühle, Hass und Egoismus diesen Energiefluss blockieren und so alle möglichen Probleme hervorrufen.

Gelänge es jedoch, uns mit dieser inneren Energiequelle zu verbinden, würden uns praktisch unendliche Kraftreserven zur Verfügung stehen. Deshalb, so der Brasilianer, sei es für die Gesundheit aller Menschen so wichtig, wieder in harmonischen Einklang mit dieser kosmischen Energie (die er auch Gott nennt) zu gelangen, etwa, indem man täglich durch Meditation diese Kraft in sich verstärkt.

Zu diesem Zweck hat Thomáz Green Morton ein spezielles Meditationsprogramm, die „positive Mentalisation" entwickelt. Dabei verbindet man sich zuerst mit der universellen Kraftquelle und bedankt sich für alles, wozu man fähig ist (z. B. für die eigenen guten Eigenschaften und die Fähigkeiten, die man auch im Zustand der Krankheit noch hat). Anschließend visualisiert man den gewünschten körperlichen Zustand. Im folgenden Schritt bezieht man Freunde, Bekannte und die gesamte Menschheit ein und materialisiert für alle Gesundheit, Frieden und Wohlstand. Auf diese Weise selbst aktiv zu werden, indem man jeden Tag das Positive in sich verstärkt und seinen Beitrag zur Verbesserung der Welt leistet, sei außerordentlich wichtig, so Thomáz.

Die Frequenz der Liebe ist die höchste uns zur Verfügung stehende Energieform und zugleich der größte Katalysator für die Entfaltung unseres unbegrenzten schöpferischen Potenzials. Wir sind hier, um unseren höchsten Seinszustand zu leben. Die Angst hat dafür gesorgt, dass die Welt in dem Zustand ist, wie sie ist. Liebe hat die Kraft, uns selbst und die Welt zu verwandeln. Es ist unsere Wahl.

## Wie Liebe stärkt und heilt

Um zu verdeutlichen, welch erstaunliche Wirkung mitfühlende Liebe auf den Organismus hat, berichtete der amerikanische Klangheiler Tom Kenyon[3] auf einem Workshop die folgende Begebenheit. Eine Pharmafirma, die Medikamente gegen hohen Blutdruck entwickelte, züchtete speziell zu diesem Zweck Kaninchen mit einer genetischen Veranlagung zu hohem Blutdruck. Bevor die Forscher den Tieren das Testmedikament zur Senkung des Blutdrucks verabreichten, erhöhten sie den Blutdruck der Kaninchen durch entsprechende Maßnahmen noch zusätzlich.

Bei der Auswertung der Testreihen fiel auf, dass eine Gruppe der Tiere nicht wirklich für die Versuche geeignet war. Denn bei diesen Kaninchen blieb der Blutdruck trotz der Manipulationen relativ stabil, er stieg nicht so hoch wie erwartet an und sank auffällig schnell wieder in den gesunden Bereich. Das irritierte die Wissenschaftler natürlich, und sie forschten nach der Ursache für die Anomalie dieser Tiergruppe. Schließlich fanden sie heraus, dass des Rätsels Lösung im Verhalten einer Studentin lag, welche die Versuchstiere betreute.

Diese Studentin war für die Fütterung der Kaninchen zuständig. Die Käfige der Tiere waren in drei Reihen übereinander gestapelt. Da sie unbequem zu erreichen waren, warf die Studentin das Futter in die Käfige der obersten und untersten Reihe einfach nur hinein. Bei den Tieren der mittleren Reihe öffnete sie der Reihe nach die Käfige, nahm jedes einzelne Kaninchen heraus, streichelte es ausgiebig und redete ihm gut zu. Kurzum, sie behandelte diese Tiere wie Haustiere. Die Liebe und Wertschätzung, die die Studentin den Kaninchen der mittleren Käfigreihe zukommen ließ, bewirkte, dass genau diese Tiere ihre angeborene Veranlagung zu hohem Blutdruck überwinden konnten, zumindest so weit, dass sie für die Versuche nicht mehr taugten, weil sie schlichtweg zu gesund waren.

Die wohltuende, heilsame Wirkung von Liebe und Wertschätzung zeigt sich natürlich im menschlichen Organismus ebenso. Um zu demonstrieren, welch spürbar großer Unterschied es ist, ob eine andere Person einem selbst Wertschätzung entgegenbringt oder nicht, schlägt Tom Kenyon die folgende Übung vor:

### Übung: Wertschätzung ausstrahlen

Für diese Übung brauchen Sie einen Partner oder eine Partnerin, dabei kann es sich um eine vertraute oder auch eine fremde Person handeln. Der Test besteht darin, dass man einmal mit und einmal ohne Wertschätzung umarmt wird.

Derjenige, der die Umarmung erfährt, konzentriert sich ganz darauf, zu spüren, wie sich die jeweilige Umarmung anfühlt. Nachdem sich beide Partner darauf geeinigt haben, wer als Erster mit der Umarmung beginnt, stellen sie sich einander gegenüber. Als umarmender Partner bauen Sie nun in sich ein Gefühl von Wertschätzung auf. Steht Ihnen gegenüber eine vertraute Person, so denken Sie kurz an all die Dinge und Eigenschaften, die Sie an diesem Menschen mögen.

Um bei einer fremden Person das Gefühl von Wertschätzung aufzubauen, können Sie ebenfalls an einen geliebten Menschen denken oder an etwas Schönes wie eine Blume oder ein Schmetterling. Sobald Sie ein wohlwollendes Gefühl in sich aufgebaut haben, umarmen Sie Ihren Partner einige Sekunden lang (der andere sollte genug Zeit haben, die Umarmung wirklich zu spüren). Dann lösen Sie sich wieder voneinander und warten einige Sekunden. Schließlich umarmen Sie Ihren Übungspartner erneut, diesmal jedoch völlig ohne jede Wertschätzung. Anschließend werden die Rollen getauscht.

Wenn man diese Übung richtig durchführt, ist der Unterschied beachtlich. Man spürt die wohltuende Wirkung der Wertschätzung am eigenen Leib und erlebt andererseits, wie deprimierend eine Welt ohne Wertschätzung wäre. Tom Kenyon bevorzugt den Begriff „Wertschätzung" gegenüber „Liebe", da es den meisten Menschen leichter fällt, etwas wertzuschätzen, weil man im Alltag vielen Dingen Wertschätzung entgegenbringt und daher geübt ist, dieses Gefühl aufzubauen.

Wertschätzung ist mehr als Dankbarkeit und umfasst außerdem auch Liebe und Respekt gegenüber dem Objekt der Wertschätzung. Gelebte Wertschätzung ist ein weiteres kostenloses, wirksames „Medikament", das dazu beiträgt, dass man glücklicher und gesünder ist und ganz ohne Anstrengung zum Magneten für die Dinge wird, die man sich wirklich wünscht. Wer sich nämlich in der Schwingung der Wertschätzung befindet und somit Dankbarkeit, Liebe und Freude ausstrahlt, erzeugt ein magnetisches Feld, das genau solche Situationen, Menschen und Dinge anzieht, die dieser Schwingung entsprechen und wiederum Dankbarkeit, Freude und Begeisterung erzeugen – ein perfektes Rezept, um auf die Sonnenseite des Lebens zu gelangen.

Dass die Schwingung der Wertschätzung sogar in der Lage ist, einen Menschen von jahrelanger Depression zu heilen, berichtete Jasmuheen kürzlich auf einem Seminar. Es ist der authentische Fall eines Mannes, der seit zehn Jahren in tiefer Depression lebte. Keine Psychotherapie und kein Workshop, von denen er bereits zahlreiche besucht hatte, hatte etwas an seinem Zustand geändert.

Die Therapeutin, an die er sich zuletzt wandte, hörte sich seine Geschichte an und fragte nach seinen Lebensumständen. Es stellte sich heraus, dass der Mann einer gut bezahlten Arbeit nachging, die er im

Großen und Ganzen mochte und die ihn befriedigte. Er war körperlich gesund, lebte in einer schönen Wohnung, hatte gute Freunde und verstand sich gut mit seiner Familie.

Nachdem sich die Therapeutin dies alles angehört hatte, stellte sie ihrem Klienten die folgende Aufgabe: Er dürfe morgens erst aufstehen, wenn er zehn Dinge in seinem Leben aufgezählt hatte, für die er wirklich dankbar sein kann. Dabei sollte er bei jedem einzelnen Punkt ein aufrichtiges Gefühl von Wertschätzung empfinden.

Zweieinhalb Wochen später rief der Patient seine Therapeutin an und teilte ihr begeistert mit, er sei endlich geheilt!

## Mitgefühl als Schlüssel

Liebe, Mitgefühl und Wertschätzung zählen zu den höchsten „Frequenzen“, in denen ein menschliches Wesen schwingen kann. Sie haben die Kraft, Körper, Geist und Seele zu heilen. Wie die Wissenschaftler des HeartMath Institutes herausfanden, hat das Herz einen übergeordneten Einfluss auf den Zustand aller anderen Organe und Körperfunktionen. Sobald sich ein Mensch etwa auf Mitgefühl einschwingt, ist das Herz in Harmonie, und das wiederum beeinflusst die Gesundheit aller anderen Organe positiv.

Auf welch eindrucksvolle Weise von Herzen kommendes Mitgefühl zu spontaner Heilung führen kann, zeigt auch die folgende Begebenheit, die der hawaiianische Heiler, Psychologe und Schamane Serge Kahili King[4] auf einem Seminar erzählte. Ein italienischer Kommunist, der an nichts und niemanden glaubte, war an Krebs erkrankt. Seine Familie wollte ihn als letzte Hoffnung zu dem Wallfahrtsort Lourdes in Frankreich bringen, wo schon viele anerkannte Wunderheilungen stattgefunden hatten. Zunächst sträubte sich der Kranke mit Händen und Füßen, schließlich jedoch willigte er seiner Familie zuliebe ein.

Sie brachten ihn also nach Lourdes, wo bereits eine Vielzahl gläubiger Heilungssuchender versammelt war. Der Kommunist stand dort in einer Reihe und wartete wie alle anderen darauf, an das Wasserbecken zu gelangen (dem Lourdes-Wasser wird eine besondere Heilkraft zugeschrieben). Als er vorn angelangt war, erblickte er neben sich einen Mann, der den ganzen Weg nach vorn gekrochen war. Er sah diesen Mann an und sagte spontan: „Gott, wenn es einen Gott gibt, heile nicht mich, sondern ihn!“ In dem Moment, wo er das aussprach, wurde er geheilt. Der Krebs war verschwunden.

Der Kommunist wurde dann ziemlich wütend und sagte: „Ihn solltest du heilen, nicht mich!“ Die Tatsache jedoch, dass er das erste Mal in seinem Leben, seit er erwachsen war, echtes Mitgefühl gezeigt hatte, veränderte alles und gestaltete seinen Körper augenblicklich um. Nicht umsonst sagen viele Weise, es sei alles möglich, wenn wir uns nicht begrenzen würden durch das, was wir für möglich halten. Ein offener Geist und ein offenes Herz sind die beste Basis für echte Wunder.

## Tor zum Selbst

Zunehmend mehr Menschen ist bewusst – und das betrifft nicht nur spirituelle Leitfiguren wie etwa den XIV. Dalai Lama –, dass Liebe und Mitgefühl die einzigen Heilmittel sind, um uns selbst und unsere restlos aus dem Gleichgewicht geratene Welt wieder in Balance zu bringen. Um jedoch seinen Mitmenschen und der Umwelt wahre Liebe und echtes Mitgefühl entgegenbringen zu können, muss man zunächst diese Gefühle *sich selbst gegenüber* leben, denn was man nicht lebt, kann man auch nicht geben. Das jedoch erscheint vielen Menschen als eine Hürde.

Nicht umsonst betonen viele Weisheitslehren, dass der erste Schritt, um wirklich (bedingungslos) lieben zu können, darin besteht, zunächst sich selbst vollkommen anzunehmen. Wie aber schafft man das, wenn man nicht das Glück hat, von Natur aus mit einer gesunden Selbstachtung gesegnet zu sein? Da ich hierauf bereits ausführlich in meinem Buch *Die Hotline zum Glück* eingegangen bin, folgen hier kurz einige Ergänzungen.

Als sehr wertvoll, um sich selbst liebevoller annehmen zu können und den Sinn der eigenen Existenz besser zu verstehen, habe ich das Buch *Gespräche mit Gott* von Neale Donald Walsch[5] empfunden. Obwohl es dieses Buch bereits seit vielen Jahren gibt, fiel es mir erst in die Hände, als dieses Manuskript fast fertig gestellt war. In Walschs Buch antwortet ein gar nicht so „heiliger“ Gott auf manchmal amüsante, manchmal ernste Weise auf alle möglichen Lebensfragen. Man sieht sich und die Welt aus einer erweiterten Perspektive, was meiner Erfahrung nach bewirkt, dass man das Herz mehr öffnen, sich selbst besser verstehen und liebevoller annehmen kann.

Auch Gregg Bradens Buch *Zwischen Himmel und Erde*[6] enthält viele wertvolle Anleitungen, wie man sich selbst und seiner Umwelt gegenüber Liebe und Mitgefühl aufbauen und so mehr inneren Frieden erleben kann.

Um sich selbst besser annehmen zu können, schlägt Dhyani Ywahoo, Hüterin der Stammesweisheit der Cherokee-Indianer vor, man solle die Affirmation *„Innerlich bin ich vollkommen, bin ich vollständig"* anwenden.[7] Damit ist gemeint, dass man auf einer tieferen Ebene des Seins bereits vollkommen ist und nichts mehr hinzufügen, erlernen oder erwerben muss. Wenn man diese Affirmation zu sich selbst sagt, beginnt ein kleiner Funke von Akzeptanz und Selbstliebe zu glimmen, der bei guter „Pflege" zu einem Feuer wird.

Manch einer, vor allem von den Singles, mag vielleicht einwenden, um wahre Liebe zu empfinden, brauche man einen Partner. Doch das stimmt so nicht, denn hier geht es nicht um romantische Liebe. Wahre Liebe ist nicht auf einen bestimmten Menschen beschränkt, man kann sie genauso für eine Blume oder einen Schmetterling empfinden, sie ist universell und schließt alles Leben mit ein. Indem man sich selbst mehr dafür öffnet, allem Leben mit Liebe und Mitgefühl zu begegnen, ob es sich um einen Vogel, eine Ameise, einen Baum oder den Nachbarn handelt, kommt man dem Wesen der wahren Liebe näher und kann auch sich selbst mehr Liebe entgegenbringen.

Wichtig hierbei ist auch die Erkenntnis, dass alles, was existiert, aus derselben Quelle stammt, miteinander verbunden ist und dass alles Existierende, unabhängig von der äußeren Erscheinungsform, ein wesentlicher Bestandteil des Ganzen ist. Auf einer höheren Ebene existiert keine Trennung, keine Polarität, keine Bewertung in Gut oder Schlecht. Alles ist gleich wertvoll. Wer dies erkennt, hört auf, sich mit anderen zu vergleichen, und kann sich viel leichter, so wie man ist, annehmen und lieben, ebenso wie man auch andere Menschen samt ihren Eigenheiten und individuellen Ausdrucksformen viel leichter liebevoll akzeptieren kann. Man erfreut sich einfach an der Verschiedenheit und erkennt dahinter die Einheit.

Diese innere Ausrichtung auf das Bewusstsein der Einheit öffnet das Herz, sowohl das eigene als auch das derjenigen, mit denen man kommuniziert. Die eigene Ausstrahlung verändert sich, und man zieht vermehrt die Menschen an, die auf einer ähnlichen Wellenlänge schwingen. So erhöht sich nach dem Resonanzprinzip auch die Chance, denjenigen künftigen Lebenspartner zu treffen, mit dem man über die romantische Liebe hinaus die tiefen Ebenen der wahren, bedingungslosen Liebe erleben kann.

Der thailändische Tao-Yoga-Meister Mantak Chia erklärte auf einem Seminar, wenn man in sich wahre Liebe spüre, für sich selbst und alle anderen, entstehe im Körper eine Schwingung von acht Hertz (das entspricht der Eigenresonanzschwingung der Erde, auf die alle Säugetiere und der Mensch „eingestimmt" sind (siehe Kapitel 2). Diese „Liebesschwingung" wirke nicht nur positiv auf die Gene; unter ihrem Einfluss produziere die Zirbeldrüse ein spezifisches Hormon, das wiederum die Hormonproduktion weiterer Drüsen anrege – mit entsprechend verjüngender oder sogar lebensverlängernder Wirkung.

Alles in allem ist dies doch eine Menge guter Gründe, dafür zu sorgen, dass im eigenen Leben mehr Liebe, Wertschätzung und Mitgefühl herrschen. Denn das wirkt nicht nur heilsam aufs eigene Gemüt und den Körper, sondern sorgt auch im Umfeld für mehr Freude und Harmonie.

## „Fühlende" Gene

Neuere Untersuchungen weisen darauf hin, dass menschliche Emotionen anscheinend sogar in der Lage sind, unsere Erbsubstanz zu beeinflussen. Die DNA regelt als zentrale Schaltstelle den gesamten Aufbau unseres Körpers bis in das kleinste Detail. Wie wir wissen, erzeugen Gedanken und Gefühle bestimmte Schwingungen, die auf Materie wirken. Wissenschaftler, die sich mit der Erforschung der DNA beschäftigen, haben herausgefunden, dass die Schwingung der Emotion „Wertschätzung" mit einem Wert von 1,689 exakt der Proportion der DNA-Welle entspricht. Wenn man das Gefühl von Wertschätzung lebt, soll das positiv auf die DNA wirken. Soweit die Wissenschaftler bis jetzt sagen können, so Tom Kenyon, hat es den Anschein, als ob die atomaren Verbindungen in der DNA dadurch stärker werden und sich mehr ordnen.

Bereits in den neunziger Jahren hatten Wissenschaftler in einem streng kontrollierten Versuch nachgewiesen, dass starke Emotionen Veränderungen in der Gestalt der DNA bewirken.[8] Die Forscher wählten hierfür Versuchspersonen, die in emotionaler Selbstkontrolle geübt waren, sowie als Kontrollgruppe Personen ohne spezielles Training auf diesem Gebiet. Es zeigte sich, dass Personen, die darin geübt waren, Gefühle tiefer Liebe zu erzeugen, *willentlich die Anordnung der beiden DNA-Stränge beeinflussen konnten*. Anscheinend reagiert die DNA wie eine empfindliche Antenne auf unsere Emotionen.

Basierend auf der positiven Wirkung von Wertschätzung und seinen Erkenntnissen als Gehirnforscher lehrt Tom Kenyon in seinen Seminaren eine Technik, mit der man seine DNA auf energetischer Ebene neu programmiert. Mit dieser Methode kann man laut Kenyon sein Geist-Körper-System beauftragen, vollkommene Gesundheit, ewige Jugend und bessere Immunabwehr anzustreben. Aber auch Fähigkeiten wie gesteigerte Kreativität, verbesserte Sprachbegabung sowie erwünschte Lebensgefühle (Freude, Gelassenheit etc.) sollen damit programmiert werden können. Natürlich braucht man auch hier Geduld, denn nach Tom Kenyons Erfahrungen kann es einige Monate dauern, bis sich die Wirkung auf physischer Ebene zeigt. So ungewöhnlich diese Methode auch erscheinen mag, ich persönlich habe die Erfahrung gemacht, dass es funktioniert, wenn man regelmäßig „dranbleibt".

## In Resonanz mit den Genen

Gregg Braden erwähnt in seinem Buch *Zwischen Himmel und Erde*[9] die Untersuchungen von Dan Winter über den Einfluss von Emotionen auf den genetischen Code. Winter meint, dass zwischen der wellenförmigen Schwingung einer Emotion und der spiraligen DNA Resonanzen entstehen. Je nachdem, wie stark diese Resonanzen seien, habe das einen direkten Einfluss darauf, wie die Bausteine der DNA angeordnet sind und ob bestimmte Abschnitte aktiv oder inaktiv sind.

Nach dieser Betrachtungsweise erzeugt das Gefühl „Liebe" beispielsweise ein Wellenmuster, das in seiner Form große Ähnlichkeit zur spiralförmigen DNA-Welle aufweist. Wenn man das Wellenmuster der Emotion „Liebe" wie eine Schablone über das Muster der DNA legt, ergeben sich zahlreiche Berührungsstellen. Das Schwingungsmuster von „Angst" hat dagegen eine deutlich andere Form, so dass sich viel weniger Überlagerungspunkte mit der DNA-Spirale ergeben. Möglicherweise, so folgert Braden, ist die Emotion „Liebe" in der Lage, an den Überlagerungsstellen mit der DNA-Spirale bestimmte

Gene (Codons) zu aktivieren, was sich wiederum positiv auf unsere Gesundheit auswirkt.

Braden vermutet weiter, dass die Fähigkeit einiger Menschen, lebensbedrohliche Krankheiten ohne medizinische Hilfe zu überwinden, eben auf diesem Prinzip beruht. Er folgert, dass diese Menschen es geschafft haben, ihre Überzeugung und inneren Einstellungen so zu verändern und sich vertrauensvoll *für* das Leben zu entscheiden, dass diese harmonischen emotionalen Schwingungen entsprechende Veränderungen an der DNA ausgelöst haben. Andererseits würden Menschen, die viel in Angst leben, häufig ein schwaches Immunsystem aufweisen. Braden erklärt dies damit, dass die Schwingung der Angst nur wenig Berührungsstellen mit der DNA habe und deshalb nicht in der Lage sei, die Produktion von abwehrsteigernden Stoffen anzuregen.

Wenn das tatsächlich zutrifft, hätte der Mensch das unglaubliche Potenzial, durch seine Emotionen die Erbsubstanz positiv beeinflussen zu können, mit dem Ergebnis einer überaus robusten Gesundheit. Und zwar vor allem dadurch, dass man im Gefühl der Liebe respektive Wertschätzung lebt oder, anders ausgedrückt, Mitgefühl gegenüber allen Lebewesen empfindet.

Vielleicht ist dies auch eine mögliche Erklärung dafür, warum in der Vergangenheit immer wieder beobachtet wurde, dass Ärzte und Krankenschwestern, die sich aufopfernd um Patienten mit hochansteckenden Krankheiten kümmerten, selbst nicht erkrankten. Vielleicht hat sie die Liebe zu ihren Patienten geschützt. Braden meint, innerhalb der Frequenz des Mitgefühls könnten keine Krankheiten entstehen, könnten Viren sich nicht ausbreiten und der Körper sich nicht gegen sich selbst wenden. Gelebtes Mitgefühl würde die zelluläre Schwingung so erhöhen, dass es nur noch wenig Resonanz zwischen der Schwingung von Krankheitserregern, etwa Bakterien und Viren, und den Körperzellen gebe.

## Geheimnisvolle Evolution

In punkto Gesundheit scheint sich interessanterweise sogar die Evolution auf unsere Seite geschlagen zu haben. Man hat nämlich festgestellt, dass einige Menschen bereits eine natürliche Immunität gegen Aids entwickelt haben. Zuerst wurde dies 1995 bei einem damals fünfjährigen

Jungen entdeckt. Er war mit der Immunschwäche geboren worden, und mehrere im Abstand von einigen Wochen und Monaten durchgeführte Tests bestätigten das Vorhandensein der Krankheit.

Als er das Kindergartenalter erreicht hatte, wurde der Junge erneut getestet. Diesmal stellten die Ärzte jedoch erstaunt fest, dass die Krankheit nicht mehr diagnostiziert werden konnte, das Kind war definitiv gesund.[10] Daraufhin wurde der Wunderknabe zahlreichen Tests unterzogen. Bei einer Untersuchung machten die Wissenschaftler der medizinischen Fakultät der Universität von Los Angeles die spektakuläre Entdeckung, dass sich die DNA (Erbsubstanz) des Knaben verändert hatte.

Die Forscher vermischten im Reagenzglas einige Zellen des Jungen mit verschiedenen Dosen der tödlichen Aidsviren und fanden heraus, dass selbst die dreitausendfache Dosis den Zellen nichts anhaben konnte. Sie testeten nun die Zellen des Kindes mit weiteren Krankheitserregern, mit ähnlichem Ergebnis: Das Kind schien immun gegen sämtliche Krankheiten zu sein. Offenbar hatte der Junge infolge einer spontanen genetischen Mutation ein superstarkes Immunsystem entwickelt.

Die Wissenschaftler verschiedener Fakultäten in den USA untersuchten daraufhin zahlreiche weitere Kinder und Erwachsene und entdeckten bei etwa einem Prozent der getesteten Bevölkerung dieselbe Mutation und Krankheitsresistenz.[11] Überträgt man dieses Ergebnis auf die Weltbevölkerung, würde das bedeuten, dass möglicherweise einige Millionen Menschen bereits eine veränderte DNA besitzen. Diese spontane Mutation soll sogar innerhalb eines Menschenlebens möglich sein, was bedeutet, das man auch als Erwachsener diese Resistenz entwickeln kann. Wir dürfen gespannt sein, welche weiteren Überraschungen die Zukunft noch für uns bereithält.

# Das Resonanzprinzip und Ernährung

# 13 Die richtige Schwingung macht's: Lebendige Nahrung

*Unsere Nahrungsmittel sollten Heil-,*
*unsere Heilmittel Nahrungsmittel sein.*
*Hippokrates von Kos*

Du bist, was du isst – dieser Spruch aus dem Volksmund spiegelt in einfachen Worten die Resonanz des Körpers auf die ihm zugeführte Nahrung wider. Unsere körperliche und seelisch-emotionale Gesundheit hängt entscheidend davon ab, welche Bausteine und Schwingungen wir unserem Organismus mit der Nahrung zuführen. Allerdings sind die meisten Lebensmittel, die man heute im Supermarkt kaufen kann, künstlich hergestellt oder durch die industrielle Verarbeitung und Zusätze stark verändert, so dass sie den Körper häufig belasten, anstatt ihn mit Lebensenergie zu versorgen.

Dank seiner erstaunlichen Adaptionsfähigkeit ist unser Körper jedoch in der Lage, selbst dann noch zu funktionieren, wenn er hauptsächlich leblose Nahrungsmittel erhält. Da er (meist) nicht protestiert und brav alles schluckt, was man ihm gibt, bekommen wir die Auswirkung einer unausgewogenen, vitalarmen und schlackenreichen Ernährung manchmal erst nach Jahren zu spüren, wenn uns verschiedene Zipperlein plagen und wir uns vielleicht wundern, warum wir uns immer so erschöpft fühlen.

Doch auch wer täglich seine Ration frisches Obst und Gemüse isst, bleibt von Verschlackung und Mangelerscheinungen nicht mehr verschont. Was Gesundheitsapostel früher gepredigt haben, nämlich ‚iss täglich einen Apfel, und du bleibst gesund‘, mag für unsere Vorfahren noch zutreffend gewesen sein. Heute sieht die Sache jedoch anders aus. Die meisten der konventionell angebauten Obst- und Gemüsesorten sind über Jahre hinweg hauptsächlich auf perfektes Aussehen und großen Ertrag gezüchtet worden, ohne jedoch auf den Nährstoffgehalt zu achten. So kann ein prächtig aussehender Supermarkt-Apfel kaum noch

Vitalstoffe (Vitamine, Mineralien, Spurenelemente und weitere sekundäre Inhaltsstoffe), dafür aber umso mehr Schadstoffe enthalten.

Wie Shalila Sharamon und Bodo Baginski in ihrem Buch *Heilung aus der Ur-Natur*[1] erklären, resultiert der Vitalstoffmangel in Obst, Gemüse und Getreide aus der Verarmung der Böden an Mineralstoffen. Schuld ist die moderne Landwirtschaft mit ihrem Einsatz von hoch gezüchtetem Saatgut, Kunstdünger und Spritzmitteln. Die Pflanze baut sich größtenteils aus den Nährstoffen auf, die der Boden hergibt. Ist der Boden arm, ist es auch die Pflanze. Im biologisch-organischen Landbau ist die Lage offenbar etwas besser, da hier eine Übernutzung der Böden vermieden und auf eine natürliche Düngung geachtet wird. Angesichts der allgegenwärtigen Umweltverschmutzung, die über Wind und Regen gleichmäßig über den Erdball verteilt wird, wundert es allerdings kaum, dass selbst Produkte aus dem biologischen Landbau Schadstofffreiheit heute nicht mehr garantieren können.

Unserem Körper ergeht es nicht anders als der Pflanze, er wird durch Nährstoffmangel und Schadstoffbelastung anfällig für Krankheiten. Verzehren wir mit Agrarchemie hochgepäppeltes, aber nährstoffarmes Gemüse, Getreide und Obst, wirken natürlich auch diese Stoffe und Schwingungen auf unseren Körper. Einige Forscher vermuten, dass die Zunahme von Zivilisationskrankheiten wie Krebs, Arteriosklerose, Herzinfarkt, Alzheimer, Allergien, aber auch von Lernstörungen, Hyperaktivität, Aggressionen, Schlafstörungen und Depressionen auf einem Rückgang der Vitalstoffe und einer gestiegenen Schadstoffbelastung in unserem chemisch gepäppelten Obst, Getreide und Gemüse beruht.

Neben dem Gehalt an Vitalstoffen gibt es jedoch noch ein weiteres wichtiges Kriterium dafür, wie wertvoll ein Lebensmittel ist: seine Lebendigkeit.

## Licht in unseren Zellen

Ob ein Nahrungsmittel „lebendig“ oder „tot“ ist, hängt davon ab, wie viel Licht es enthält. Der deutsche Biophysiker Fritz-Albert Popp wies nach, dass jede lebendige Zelle – ob von Pflanzen, Tieren oder Menschen – schwaches Licht ausstrahlt. Diese winzigen Lichtquanten bezeichnet er als Biophotonen. Popp entwickelte ein Gerät, mit dem die Biophotonen-Ausstrahlung von Lebewesen, Pflanzen und Nahrungsmitteln gemessen werden kann.

Unsere Körperzellen enthalten also in der Tat ein inneres Licht. Dieses Eigenlicht dient als Kommunikationsmittel innerhalb und zwischen den Zellen. Popp entdeckte, dass die Biophotonen innerhalb des Organismus als Boten dienen, die wichtige Signale zur Steuerung biologischer Prozesse übermitteln – und zwar mit Lichtgeschwindigkeit. Licht ist das Medium, das im Körper das Zellwachstum steuert und die Erneuerung der pro Sekunde absterbenden Millionen Zellen perfekt reguliert. Chemische Botenstoffe wären für diese Aufgabe viel zu langsam.

Unsere Zellen „unterhalten" sich quasi über die Lichtsprache. Dabei strahlt das von den Zellen abgegebene Licht nicht diffus wie das Licht einer Glühbirne, sondern ist kohärent, also so scharf gebündelt wie das Licht eines Laserstrahls. Dadurch kann so viel Information übertragen werden wie mit keinem anderen Medium. In der Nachrichtentechnik wird diese Eigenschaft des Laserlichts ebenfalls genutzt, um Informationen zu übermitteln.

Doch wie genau schafft es das Licht, detaillierte Befehle an die Körperzellen weiterzugeben? Popp vermutet, dass die Biophotonen durch *Resonanz* auf das Gewebe einwirken. Schließlich befindet sich alle Materie in Schwingung, Biophotonen ebenso. Sie könnten durch ihre Eigenschwingung die Atome und Moleküle der Zellen zum Mitschwingen anregen und so Informationen übertragen.[2]

Popp und sein Team fanden heraus, dass die Biophotonenstrahlung der Zellen mit der DNA (Erbsubstanz) in Verbindung steht. Das über die Nahrung aufgenommene Licht wird an die DNA weitergeleitet, dort gespeichert und als Biophotonen wieder abgestrahlt. Anhand des abgestrahlten ultraschwachen Zelllichts lassen sich Popp zufolge Rückschlüsse auf den Gesundheitszustand eines Organismus ziehen. So ändert sich der gleichmäßig von der Zelle ausgesandte Lichtstrom abrupt, wenn die Zelle beispielsweise von einem Virus befallen wird.[3] Licht ist also das Maß für die Lebendigkeit und Gesundheit einer Zelle.

Normalerweise sind die Zellen höherer Organismen einschließlich des Menschen zur „Lichtreparatur" von Schäden an der Erbsubstanz befähigt. Hierzu wird das zelleigene Licht benutzt. Popp zufolge ist die Wirkung krebserregender Stoffe möglicherweise darauf zurückzuführen, dass sie die zur Reparatur benötigte zelleigene Lichtstrahlung blockieren.

Die Lichtreparatur gelingt auch unter künstlicher Bestrahlung mit schwachem UV-Licht einer bestimmten Wellenlänge. Wissenschaftler haben nachgewiesen, dass die DNA auf Laserlicht und Radiowellen reagiert, sofern man die richtigen Resonanzfrequenzen wählt. In der Softlasertherapie werden beispielsweise Akupunkturpunkte mit schwachem Licht einer bestimmten Wellenlänge bestrahlt, um Heilimpulse auszulösen.[4] Auch in der Aurikulo-Medizin wird Licht als Heilmittel eingesetzt.[5] Hier werden auf den Organismus zur Anregung der Heilfähigkeit die benötigten Schwingungen per Mikrolaser, Infrarot-Licht oder auch mit speziellen Farblichtlampen übertragen.

## Lichtnahrung

Auf einfache Weise kann man den Körper in seiner Heilfähigkeit dadurch unterstützen, dass man ihm die benötigten Biophotonen über die Nahrung zur Verfügung stellt. Frische, natürlich belassene Nahrungsmittel enthalten durch die Aufnahme von Sonnenlicht während des Wachstums Biophotonen. Sie liefern dem Körper einen hohen Anteil an Lichtenergie und ordnenden Informationen. Damit leisten sie einen wichtigen Beitrag zur Gesundheit, während konservierte oder behandelte Nahrungsmittel kaum mehr Biophotonen spenden.

Popps Forschungsteam entdeckte, dass Obst und Gemüse aus biologischem Anbau ein viel höheres Maß an Lichtenergie aufweist als konventionell angebautes Obst. Sie stellten auch fest, dass Freilandeier eine vielfach höhere Menge an Biophotonen speichern und abgeben können als Eier von Batteriehühnern (was vermutlich dann auch für die Freilandhühner selbst gilt). Eine rein biochemische Analyse von Eiern beider Gruppen ergab dagegen keinen Unterschied. Auch maßen die Forscher einen deutlichen Unterschied zwischen künstlich gedüngtem und mit Naturkompost gedüngtem Gemüse. So wiesen biologisch angebaute Tomaten einen doppelt so hohen Biophotonengehalt auf wie in Hydrokultur gezogene, Bioäpfel sogar das Sechsfache.[6]

Im frischen, rohen Zustand ist der Lichtgehalt der Lebensmittel noch am größten, sinkt aber mit jedem Lagerungstag ab. Auch Einfrieren führt zu einem deutlichen Verlust an Biophotonen.

Als Konsequenz seiner Forschungen bezeichnet der Biophysiker Popp den Menschen als „Lichtsäuger“ und betont, wie wichtig die in der Nahrung enthaltene Lichtenergie für Aufrechterhaltung der biologischen Prozesse im Körper ist. Erhält der Körper nicht genügend Lichtenergie, führt dies zu einer Verlangsamung des Stoffwechsels, reduzierter Abwehrkraft und verminderter Vitalität.

Die höchste Biophotonenaktivität wurde bei wild gewachsenen Pflanzen, Früchten und Kräutern gemessen. Vielleicht ist dieser hohe Anteil an Lichtenergie dafür verantwortlich, dass Wildpflanzen in der Lage sind, Krebszellen zum Verschwinden zu bringen und durch radioaktive Strahlung geschädigte Erbsubstanz zu reparieren, wie Tierversuche gezeigt haben. Genetisch bedingte Unfruchtbarkeit bei Mensch und Tier konnte mit Hilfe von Grünblattsäften aus Wildpflanzen beseitigt werden.[7]

Wild wachsende Pflanzen sind nach Aussage von Experten auch am vitalstoffreichsten, noch vor biologisch angebauten Lebensmitteln, da sie neben einem hohen Anteil an Lichtenergie oft ein Vielfaches an Vitaminen, Mineralstoffen und Spurenelementen enthalten. Wahrscheinlich sind einige Naturvölker gerade deshalb so gesund und erreichen ein hohes Lebensalter, weil sie lebendige, naturbelassene, pflanzliche Nahrungsmittel zu sich nehmen bei gleichzeitig fleischarmer Ernährung. Natürlich tragen auch der häufige Aufenthalt in der freien Natur und damit im Sonnenlicht sowie reichlich körperliche Bewegung zu ihrem robusten Gesundheitszustand bei.

Wer Freude daran hat, Wildkräuter zu sammeln oder selbst zu züchten, kann mit den biophotonenreichen Grünpflanzen seinen Speiseplan wesentlich aufwerten. Schon die nahezu überall wachsenden Gänseblümchen, Löwenzahn und Brennnesseln liefern, in Salat und Gemüse beigemischt, einen wertvollen Beitrag. (Dass man die Kräuter aufgrund der Schadstoffbelastung fernab von Straßen und Äckern sammeln sollte, versteht sich von selbst; außerdem ist beim Sammeln das regionale Vorkommen des Fuchsbandwurms zu beachten).

Wer nicht die Möglichkeit hat, Obst, Kräuter und Gemüse im eigenen Garten zu züchten, dürfte, was den Biophotonengehalt angeht, mit frischen, biologisch angebauten Produkten noch am besten beraten sein. Manche Bio-Landwirte (hier sollte man auf ein entsprechendes Gütesiegel achten) liefern frisches Gemüse und Obst direkt ins Haus.

Für Nicht-Vegetarier stellt sich natürlich auch die Frage: Wie sieht es mit dem Verzehr von Fleisch aus?

Wie eine Studie des Deutschen Krebsforschungszentrums ergab, wirkt eine drastische Reduktion des Konsums von Fleisch und Fisch deutlich lebensverlängernd.[8] Kein Wunder, denn die in der modernen Massentierhaltung verwendeten Hormone, Antibiotika und diversen Zusatzstoffe landen natürlich letztlich im Fleisch. Der Verzehr von Fleisch trägt wesentlich zu einer Verschlackung und Übersäuerung unseres Organismus bei und schafft in Kombination mit einem insgesamt ungesunden Ernährungsstil die Basis für die Entstehung zahlreicher so genannter Zivilisationskrankheiten (Rheuma, Arthritis, Allergien, Herz-Kreislauferkrankungen, Stoffwechselerkrankungen, Osteoporose, Krebs u.v.a.).

Weniger Fleisch bedeutet nicht nur ein längeres Leben, sondern auch weniger Stress. Denn auf dem Weg zur Schlachtung werden im Körper der Tiere eine Menge Stresshormone freigesetzt, die samt der Schwingung von Angst und Schmerz ebenfalls im Fleisch landen. Unschwer vorzustellen, dass eine solche „Ladung" nach dem Verzehr einer ordentlichen Portion Fleisch nicht gerade zu einer ausgeglichenen Gemütsverfassung beiträgt. Dennoch ist es natürlich jedem selbst überlassen, welche Einstellung zum Thema Fleisch er wählt. Tiere aus artgerechter Haltung hatten aller Wahrscheinlichkeit nach ein glücklicheres Leben, was sich in der Qualität des Fleisches entsprechend widerspiegeln dürfte.

Da die Zubereitung frischer, lichtreicher Nahrung in der Regel mehr Arbeit macht, greift ein Großteil der Bevölkerung in den Industrieländern gern auf künstliche Lebensmittel und Fertigprodukte zurück. Leider sind diese praktischen Produkte oft nicht nur völlig „leblos", sondern häufig mit einer Vielzahl an unnatürlichen Zusatzstoffen angereichert, die je nach Dosis das gesunde Gleichgewicht unseres Organismus empfindlich stören können, weshalb wir sie im Folgenden etwas genauer unter die Lupe nehmen.

Unser Körper ist ein geheimnisvolles, perfekt ausgeklügeltes System, und er kann naturgemäß mit einer Vielzahl von Stoffen und Schwingungen unterschiedlichster Natur in Resonanz gehen. Um die Lebenskraft unseres wundervollen Körpers aufrecht zu erhalten und zu stärken, ist es ratsam, sehr genau auszuwählen, welchen Einflüssen wir ihn aussetzen und welche wir besser meiden.

## Ein bunter Cocktail

Unter dem Titel „Alzheimer aus der Tüte“ veröffentlichte die Zeitschrift *Raum und Zeit* kürzlich ein aufschlussreiches Interview mit dem Ernährungsexperten Hans-Ulrich Grimm über die gesundheitlichen Folgen von Zusatzstoffen in Lebensmitteln (z. B. Farb- und Konservierungsstoffe, Aromastoffe, Geschmacksverstärker etc.).[9]

Als Nahrungszusatz Nr. 1 nennt Grimm das Glutamat. Dieser Geschmacksverstärker avancierte zum wichtigsten Zusatzstoff in der industriellen Lebensmittelproduktion. Es ist zum Beispiel in salzigem Knabberzeug, Gewürzmischungen, Fertigsuppen und -soßen, aber auch vielen weiteren Produkten enthalten. (Glutamat wird auf der Verpackung von Lebensmitteln nicht immer direkt deklariert und verbirgt sich häufig hinter Begriffen wie „Würzsalz“ oder „Geschmacksverstärker“.) Leider wirkt Glutamat in höherer Konzentration offenbar als Nervenzellgift. Einige Forscher vermuten, dass Glutamat bei der Entstehung von Alzheimer, Parkinson und Multipler Sklerose eine wichtige Rolle spielt.

Normalerweise ist das Gehirn durch die so genannte Blut-Hirn-Schranke vor dem Eindringen giftiger Stoffe geschützt. Einige Stoffe, wie Glutamat und Zitronensäure, können jedoch diesen natürlichen Schutzmechanismus durchdringen und transportieren in ihrem Gefolge giftige Schwermetalle wie etwa Aluminium ins Gehirn. Aluminium wiederum spielt eine wichtige Rolle bei der Entstehung der Alzheimer-Krankheit.

Die Aufnahme von Aluminium kann sowohl über belastete Nahrungsmittel erfolgen, wobei auch Aluminiumverpackungen eine Rolle spielen (z. B. Getränkedosen), als auch durch Kosmetika, wie etwa aluminiumhaltige Deoroller. Da bei Kindern die Blut-Hirnschranke noch durchlässiger ist als bei Erwachsenen, dringen bei ihnen Schadstoffe leichter ins Gehirn ein. Magenschmerzen, Bluthochdruck, Migräne und vermindertes Konzentrationsvermögen sind einige Symptome, die infolge Glutamatverzehr auftreten können.

Einige Wissenschaftler führen die Gewichtsprobleme zahlreicher Menschen nicht allein auf den Zuckerkonsum, sondern auf den übermäßigen Verzehr von Glutamat zurück. Sie vermuten, dass viele Menschen deshalb übergewichtig sind, weil Glutamat im Gehirn die Wachstumssteuerung anregt. Die Menschen würden deshalb regelrecht in die Breite wachsen. Hinzu kommt, dass Glutamat ein künstliches Hungergefühl im Gehirn hervorruft. Der Ernährungsexperte Grimm weist darauf hin, dass Glutamat wohl derjenige Zusatzstoff mit den weitreichendsten Auswirkungen auf die Gesundheit von Gehirn und Körper ist.

Zitronensäure, die in zahlreichen Süßigkeiten, gesüßten Limonaden und Margarineprodukten enthalten ist, kann laut Grimm ebenfalls die Aufnahme von Aluminium ins Gehirn fördern und bewirkt bei hoher Aufnahme erhebliche Zahnschäden.

Auch dem Süßstoff Aspartam (Nutrasweet, Canderel etc.) schreiben einige Wissenschaftler eine nervenzellschädigende Wirkung und eine Beteiligung an der Entstehung von Alzheimer zu. Der beliebte Süßstoff wird zum Beispiel Bonbons, Limonaden, Diätlebensmitteln und einigen Yoghurts zugesetzt. Ein Toxikologe der Universität in Kiel hat nachgewiesen, dass Aspartam einen Beitrag zu der Entstehung von Krebs leistet. Als Abbauprodukte von Aspartam entstehen im Körper die giftigen Substanzen Formaldehyd und Methanol, die in hoher Konzentration eine Vielfalt an ernsthaften gesundheitlichen Störungen auslösen können.

Einigen Studien zufolge soll ein Zusammenhang zwischen dem erhöhten Konsum von Aspartam und dem Auftreten von Hirntumoren bestehen. Auch anderen Süßstoffen wurde in Tierversuchen eine krebserregende Wirkung nachgewiesen, weshalb beispielsweise Cyclamat in einigen Ländern als Süßwarenzusatz verboten ist.[10]

## Der ganz „normale“ Wahnsinn

Es gibt Bakterien, die so aggressiv sind, dass sie Stahl zerfressen. Diese speziellen Mikroorganismen ernähren sich von Schwefel. Leider finden sich Schwefelverbindungen ebenfalls in einigen Lebensmitteln, etwa in Wein, getrockneten Früchten und Kartoffelpüree aus der Tüte. Sehr zur Freude der Schwefelbakterien, die das bei entsprechender Ernährung gern zum Anlass nehmen, sich im Darm einzunisten. Bei entsprechender Vermehrung fangen sie dann an, die Darmwand Stück für Stück zu durchlöchern. Manche Forscher sehen darin eine Hauptursache für zahlreiche Darmerkrankungen.

Natürlich drängt sich jetzt die berechtigte Frage auf, warum um Himmels willen es der Industrie erlaubt ist, derartig schädliche Stoffe in unsere Lebensmittel zu mixen?

Die zugelassenen Zusatzstoffe wurden irgendwann einmal von den dafür zuständigen Kommissionen für unbedenklich erklärt. Allerdings waren bei der Zulassung zum einen die giftigen Wirkungen mancher Stoffe, wie etwa die Wirkung von Glutamat aufs Gehirn, noch nicht bekannt. Zum anderen wurden früher pro Kopf weit weniger künstliche Lebensmittel verzehrt, weshalb man zum Zeitpunkt der Zulassung häufig von viel geringeren Verzehrmengen an Zusatzstoffen ausging als heute üblich. Ist die Zulassung einmal erteilt, wird sie in der Regel nicht widerrufen. Auch dann nicht, wenn sich die Ernährungsgewohnheiten der Menschen inzwischen dramatisch geändert haben.

Gerade Kinder, so Dr. Grimm, leiden besonders unter den schädlichen Wirkungen der Zusatzstoffe, da sie pro Kilogramm Körpergewicht mehr davon aufnehmen als Erwachsene. Der Ernährungsexperte verweist auf eine EU-Studie, nach der Kinder mittlerweile die bis zu zwölffache Menge dessen zu sich nehmen, was als akzeptable tägliche Aufnahme an Zusatzstoffen gilt. Auch Erwachsene, die viel Industrienahrung verzehren, würden die Grenzwerte weit überschreiten.

Die Weltgesundheitsorganisation (WHO) gibt mittlerweile zu, dass die Ernährung ein Risikofaktor für die zunehmende Hyperaktivität und Aggressivität bei Kindern und Jugendlichen ist. So können beispielsweise im Übermaß aufgenommene Farbstoffe das Gehirn schädigen und Hyperaktivität auslösen. Es gibt Untersuchungen von New Yorker Schulbehörden, die von einer deutlichen Leistungssteigerung der Schüler berichten, nachdem Zusatz- und Aromastoffe sowie Zucker im Speiseplan der Kinder drastisch reduziert wurden.

## Zucker, Salz & Co.

Von manchen Ernährungsexperten wird Industriezucker wegen seiner zahlreichen schädlichen Wirkungen als „weißes Gift" bezeichnet. Häufiger Zuckerkonsum führt nicht nur zur Entmineralisierung von Zähnen und Knochen, sondern wird auch für Akne, Hyperaktivität, Depressionen, Abwehrschwäche, Krebs, Herzinfarkt, Altersdiabetes und natürlich für Übergewicht mitverantwortlich gemacht[10]. Zucker schwächt auch die Abwehrkräfte. So sollen zwei Teelöffel Zucker die Aktivität der weißen Blutkörperchen für einen halben Tag lang auf die Hälfte reduzieren.

Auch das Nervenkostüm leidet, weil bei der Verarbeitung von Zucker im Körper wertvolle B-Vitamine verbraucht werden, die für die Stabilität des Nervensystems wichtig sind.

Für Naschkatzen, die auf Süßes nicht verzichten wollen, gibt es jedoch eine interessante Alternative: Stevia.[10, 11] Dieses als „Honigblatt“ bezeichnete Kraut aus Südamerika ist bereits als Blatt zehn bis zwanzig Mal so süß wie Zucker, der Extrakt bringt es sogar auf die 400fache Süßkraft. Doch damit nicht genug. Dem Steviakraut werden neben einer antibakteriellen und pilzhemmenden Wirkung viele weitere Heilwirkungen zugeschrieben.

Neben den natürlichen Süßstoffen enthält Stevia zahlreiche essenzielle Öle, Mineralstoffe und Spurenelemente sowie hohe Mengen Vitamin C. Die Indianer Paraguays verwenden das Blatt der Steviapflanze seit Jahrhunderten zur Behandlung von Verdauungsstörungen, Pilzbefall, Erschöpfung, Haarausfall, Hautproblemen, Bluthochdruck, aber auch zur Förderung der Wundheilung.

Äußerlich angewendet soll das Wunderkraut gegen Altersflecken, Falten und Hautunreinheiten helfen. Gesundheitsschädliche Wirkungen wurden bisher nicht beobachtet. In Japan soll Stevia bereits einen großen Teil des Süßwarenmarktes erobert haben und erfreut sich außerdem aufgrund seiner antibakteriellen Wirkung als Zusatz in Zahnpasta und Mundwasser großer Beliebtheit.

Wenn man sich an den etwas anderen Geschmack gewöhnt hat, lässt sich Zucker relativ einfach durch Steviapulver ersetzen, und man versorgt den Körper zudem mit wertvollen Mineralien und Vitaminen.

Doch wie ist es eigentlich mit dem Gegenspieler, dem Salz, bestellt?

## Das Salz der Erde

Unser Salz ist leider auch nicht mehr das, was es einmal war. Bei industriell produziertem Kochsalz wurden durch die chemische „Reinigung“ bis auf Natriumchlorid sämtliche natürlichen Mineralien, Spurenelemente und Schwingungsmuster, die unser Organismus zum Gesundbleiben braucht, entfernt. Doch damit nicht genug – Kochsalz wirkt sogar gesundheitsschädigend.

Wie die Autoren Barbara Hendel und Peter Ferrreira in ihrem Buch *Wasser und Salz*[12] erklären, wirkt bereits reines Kochsalz (Natriumchlorid) als aggressives Zellgift, das für verschiedene Erkrankungen wie Cellulite, Gicht, Arthrose, Arthritis, Nieren- und Gallensteinbildung mit verantwortlich ist. Zusätze im Speisesalz wie Jod und Fluor, die vom Körper ohnehin nicht verwertet werden können, erhöhen noch die Giftigkeit.

Es gibt massive Anzeichen dafür, dass die Schadwirkung von zugesetztem Jod und Fluor größer ist als der vermeintliche Nutzen. So wird die übermäßige Jodzufuhr mit der täglichen Nahrung für die Entstehung von Allergien, Akne, Asthma, Herzrhythmusstörungen, Hyperaktivität und Depressionen mit verantwortlich gemacht. Jod ist nicht nur im Speisesalz, sondern auch in tierischen Produkten wie Milch und Milchprodukten, Eiern und Fleisch enthalten, da den Mineralstoffgemischen, mit denen die Tiere gefüttert werden, praktisch immer Jod zugesetzt ist. Über die Gülledüngung gelangt das Jod außerdem in Obst, Getreide und Gemüse.

Besonders Jod soll die Bildung von krebserregenden Stoffen im Körper fördern, weshalb gerade in Japan, das Land mit dem weltweit höchsten Jodvorkommen, Schilddrüsenkrebs sehr häufig ist. Dagegen weist Deutschland, das so genannte Jodmangelgebiet, bisher die niedrigste Rate an Schilddrüsenkrebserkrankungen weltweit auf. Hendel und Ferreira weisen darauf hin, dass die Krebserkrankungsrate in anderen Ländern umso mehr sinkt, je *geringer* die Jodzufuhr ist. Sie empfehlen sogar zur Krebsvorbeuge eine strikte Jodabstinenz. Kochsalz enthält oft noch eine Vielzahl weiterer, nicht deklarierungspflichtiger Zusatzstoffe, um die Rieselfähigkeit zu verbessern, unter anderem das nervenzellschädigende Aluminium.

### Aus der Schatzkammer der Natur

Eine gesunde Alternative zum industriellen Kochsalz stellt das aus dem Himalaya stammende Kristallsalz dar. Dieses natürliche Salz der Urmeere enthält eine Vielzahl wertvoller, teils seltener Mineralien und Spurenelemente und soll überdies frei von jeglichen Umweltbelastungen sein. Neben gut verwertbaren Mineralien enthält das Himalaya-Kristallsalz spezifische Schwingungsmuster, die in der Lage sein sollen, Energiedefizite des Körpers auszugleichen.

Durch den hohen Druck bei der Einlagerung in den Bergmassiven weisen die Kristalle zum einen eine hohe Ordnung und lebendige Struktur auf. Zum anderen wurden die Elemente durch den Druck in eine kolloidale Form überführt. Dies ist von großer Bedeutung, da unser Organismus nur die Mineralien gut aufnehmen kann, die in organischer (pflanzlicher) oder ional-kolloidaler Form vorliegen. In kolloidalen Flüssigkeiten (z.B. Blut) sind die Teilchen so klein, dass sie schweben. Die beispielsweise in Mineralwasser enthaltenen *an*organischen Mineralien sind dagegen so grobstofflich, dass sie von den Zellen kaum aufgenommen werden können.

Eine Alternative zum Himalaya-Salz stellt das ebenfalls natürliche, aus den Urmeeren stammende Steinsalz dar. Hendel und Ferreira zufolge war dieses Salz bei der Einlagerung jedoch nicht so hohem Druck ausgesetzt. Deshalb würden die Mineralien nur in geringfügig kolloidaler Form vorliegen und könnten von den Zellen nicht so gut aufgenommen werden. Es gibt allerdings auch Meinungen, denen zufolge das beispielsweise aus den Alpen stammende Steinsalz ebenso wertvoll sein soll wie das Kristallsalz aus dem Himalaya. Die Verwendung von Steinsalz aus unseren Breiten hat den Vorteil, dass es nicht über weite Distanzen transportiert werden muss und so die Umwelt schont.

Ähnlich wie beim Jod ist auch der künstliche Zusatz von Fluor im Kochsalz sowie in Zahncreme und Trinkwasser bedenklich. Fluoride gelten als starke Enzym-, Zell- und Speichergifte und werden aufgrund ihrer Giftigkeit auch für die Herstellung von Schädlingsbekämpfungsmitteln verwendet. Nach Meinung verschiedener Fachleute führt die regelmäßige und längerfristige Aufnahme von Fluor zu einer schleichenden Vergiftung bestimmter Gehirnareale. Die Fluoridierung von Trinkwasser ist zwar in Deutschland verboten, in anderen Ländern jedoch erlaubt (z. B. USA). Nach Einführung der Trinkwasserfluoridierung wurde eine höhere Sterblichkeit bei Herz-, Kreislauf-, Nieren- und Krebskranken nachgewiesen.[13]

Entgegen der landläufigen Meinung ist der zahnmedizinische Nutzen von Fluor umstritten und verschiedentlich sogar widerlegt worden. So soll es Bevölkerungen mit sehr gesunden Zähnen geben, die in Regionen leben, wo Fluor in der freien Natur praktisch nicht vorkommt.

Nach diesem Exkurs durch die Welt der Lebensmittel könnte man sich zweifellos eine Menge Sorgen machen. Doch wie Paracelsus schon sagte: *Allein die Dosis macht das Gift.* Jeder hat unterschiedliche Ernährungsgewohnheiten, und nicht alle genannten Faktoren werden auf jeden Meschen zutreffen. Besser, man geht das Thema neugierig und unverkrampft an und entscheidet intuitiv, welche Faktoren für einen persönlich eine Bedeutung haben.

Eine interessante Möglichkeiten, seinen Körper mit den benötigten Nährstoffen und Schwingungen versorgen, stellen die so genannten Nahrungsergänzungsmittel dar.

# 14 Nahrungsergänzung: Energie für Körper, Geist und Seele

*Jeder Ausdruck des Körpers*
*wird durch die Energien bestimmt,*
*die durch ihn fließen.*

*Chris Griscom* [VIII]

Eine gute Möglichkeit zum Auftanken von Vitalstoffen bieten natürliche Nahrungsergänzungsmittel. Gerade das komplexe Zusammenspiel der in der Pflanze enthaltenen zahlreichen Wirkstoffe bestimmt häufig, wie gut die einzelnen Vitalstoffe vom Körper aufgenommen und verwertet werden können (Bioverfügbarkeit). So benötigen viele Vitamine die Unterstützung bestimmter Mineralien und Spurenelemente, um ihre Funktionen im Körper optimal erfüllen zu können. Fehlen die Mineralien, bringt auch die Einnahme von Vitaminpräparaten weniger. Industriell hergestellte Vitamin- und Mineralstoffpräparate enthalten häufig isolierte Stoffe, die zudem in chemisch veränderter Form vorliegen, weshalb die Bioverfügbarkeit oft erheblich geringer ist als bei einem Naturpräparat.

Pflanzen enthalten ein komplexes Gefüge an Nährstoffen in einer Form, die unser Körper optimal verwerten kann. Sie wandeln im Boden vorhandene anorganische Mineralien und Spurenelemente in organische oder kolloidale Formen um, die vom Körper bestens aufgenommen werden können.

Mittlerweile gibt es eine breite Palette von Nahrungsergänzungsmitteln. Ich stelle hier nur diejenigen Präparate vor, die mir persönlich sympathisch sind und mit denen ich positive Erfahrungen gemacht habe.

Zunehmender Beliebtheit erfreuen sich die in Pulver- oder Tablettenform angebotenen Süßwasseralgen wie Spirulina und Chlorella. Diese beiden Algen werden in großen Bassins als Kulturpflanzen angebaut. Algen sind ausgesprochen vitalstoffreich und haben eine Nährstoffdichte wie kein anderes Nahrungsmittel. Gleichzeitig bieten sie unserem Organismus durch ihren hohen Gehalt an Biophotonen auch die so dringend benötigte Lichtnahrung. Die eifrigsten Algenkonsumenten sind offenbar die Japaner, die gleichzeitig von allen Industrienationen die höchste Lebenserwartung haben. (Die Einnahme von Meereswasseralgen halte ich jedoch aufgrund der starken Verschmutzung der Meere nicht für empfehlenswert).

Süßwasser-Mikroalgen enthalten eine Fülle wertvoller Vitamine, Mineralien, Spurenelemente sowie hochwertige, leicht verdauliche Eiweiße, Kohlenhydrate, Chlorophyll und essenzielle Fettsäuren. In Süßwasser-Mikroalgen finden sich offenbar sämtliche für das Nerven- und Immunsystem wichtigen Vitamine des B-Komplexes. Zudem enthalten sie zwei- bis dreimal soviel Vitamin B12 wie Rinderleber, was besonders Vegetarier freuen dürfte. Das in den Algen enthaltene Chlorophyll verbessert die Sauerstoffversorgung der Zellen, sorgt für eine gesunde Darmflora und wirkt gleichzeitig als natürliches Antibiotikum.[1]

Algen liefern außerdem wertvolle Antioxidantien. Dies sind Schutzstoffe, die unsere Zellen vor dem schädlichen Angriff freier Radikale bewahren. Dadurch werden Alterungsprozesse verlangsamt, und wir sind besser vor chronischen Krankheiten geschützt. Freie Radikale sind aggressive Angreifer, die die Zellwände schädigen und den Zelltod beschleunigen. Sie entstehen zum Teil als Nebenprodukt des Stoffwechsels im Körper und werden normalerweise von schützenden Antioxidantien wie Vitamin C und E sowie einigen mineralstoffabhängigen Enzymen abgefangen und unschädlich gemacht.

Wenn allerdings im Körper mehr freie Radikale anfallen, als beseitigt werden können, sind Zellschäden unvermeidlich. Die Belastung des Menschen mit freien Radikalen ist umso höher, je mehr er ionisierenden Strahlen (UV-Licht, radioaktive Strahlen), krebserregenden Stoffen (z. B. Zigarettenrauch) und Umweltverschmutzung ausgesetzt ist. Auch Stress, Alkohol, diverse Medikamente und die Benutzung von Mobiltelefonen steigern die Belastung des Körpers mit freien Radikalen. Diese sollen an der Entstehung von achtzig bis neunzig Prozent aller degenerativen Erkrankungen mit beteiligt sein.[2]

Algen enthalten antioxidativ wirkende Vitamine und helfen so dem Organismus, freie Radikale unschädlich zu machen. Daneben weisen die grünen Mikroalgen noch viele weitere interessante Eigenschaften auf. So wird speziell die Chlorella-Alge gern in der ganzheitlichen Medizin eingesetzt, um Schwermetalle aus dem Körper auszuleiten, da sie stark entgiftende Eigenschaften besitzt.

Wie bioenergetische Analysen zeigten, weist jede Alge ein anderes charakteristisches Schwingungsbild auf. In Fotografien mit dem Colorplate-Verfahren wird das Schwingungsmuster der Algen farblich dargestellt. Die dominierenden Farben können bestimmten Energiezentren des Körpers zugeordnet werden und lassen Rückschlüsse auf den Wirkungsbereich der Alge sowohl im rein körperlichen als auch im seelisch-geistigen Bereich zu.[3]

## Wunder der Natur

Ein reines Wunderwerk der Natur ist offenbar die AFA-Alge (lat. Aphanizomenon flos aquae). Sie gedeiht wild und ohne menschlichen Einfluss im oberen Klamath-See im US-Bundesstaat Oregon. Der 250 Quadratkilometer große See liegt inmitten eines Naturschutzgebietes auf 1400 Meter Höhe. Mehrere Zuflüsse speisen den See mit mineral- und spurenelementhaltigem Quellwasser des umliegenden Vulkangesteins. Hinzu kommt eine sehr hohe Sonnenlichteinstrahlung, die zu einem entsprechend hohen Biophotonen-Gehalt der AFA-Alge führt.

Obwohl die AFA-Alge regelmäßig abgeerntet wird, wächst sie anscheinend so schnell nach, dass der See die gesamte Weltbevölkerung noch jahrzehntelang mit dem nötigen Tagesbedarf (1,5 Gramm) versorgen könnte. In der Umgebung des Klamath Lake befinden sich heilige Berge der Indianer, worauf auch die hohe energetische Schwingung des zufließenden Quellwassers zurückgeführt wird, die sich auf die dort wachsenden Algen überträgt.

Die AFA-Alge hat den höchsten Proteingehalt aller bekannten Nahrungsmittel, ist reicher an essenziellen Fettsäuren als alle anderen Pflanzen einschließlich Nüsse und ist möglicherweise das nährstoffreichste Lebensmittel, das bisher entdeckt wurde. Sie enthält 23 Mineralien und Spurenelemente, 14 Vitamine, 20 Aminosäuren, Kohlenhydrate sowie wichtige essenzielle Fettsäuren. Der stark basische pH-Wert der Alge (pH 9-11) trägt dazu bei, eine Übersäuerung der Körpers durch fehlerhafte Ernährung auszugleichen. Biophotonen-Messungen im Labor des Biophysikers Popp zeigten, dass die Wildalge aus Oregon eine erheblich stärkere Biolicht-Strahlung aufweist als andere Algen.

Der tägliche der Verzehr der AFA-Alge soll die Abwehrfähigkeit steigern, Zivilisationskrankheiten vorbeugen und Heilungs- und Regenerationsprozesse im Körper fördern.[4] Eine in Kanada durchgeführte wissenschaftliche Studie zeigte, dass die AFA-Alge das Immunsystem auf einzigartige Weise stimuliert, was möglicherweise einen wirksamen Schutz gegen Krebs und Virusinfektionen bietet. Der in der blaugrünen Alge enthaltene natürliche Farbstoff Phytocyanin hat sich in mehreren wissenschaftlichen Studien als sehr hilfreich bei der Bekämpfung von Entzündungen erwiesen.

Die AFA-Alge soll auch in der Lage sein, Ablagerungen an den Gefäßwänden aufzulösen, und dadurch Bluthochdruck vorbeugen sowie das Herzinfarktrisiko senken. Als ideale Hirnnahrung verbessert sie Gedächtnisleistung, Lernfähigkeit und Konzentration und soll sogar bei Alzheimer-Fällen zu einer deutlichen Besserung geführt haben. Eine in Nicaragua an einer Grundschule durchgeführte Studie zeigte, dass die tägliche Einnahme von einem Gramm AFA-Algen-Pulver innerhalb eines halben Jahres die Lernfähigkeit der Kinder um durchschnittlich dreißig Prozent steigerte.

Für Schokoladensüchtige könnte die AFA-Alge besonders interessant sein, enthält sie doch bemerkenswerte Mengen der Aminosäure Phenylethylamin (PEA).[5] Diese Aminosäure wird in unserem Gehirn im Zustand von Freude und Euphorie produziert und ist in geringen Mengen in Schokolade enthalten – und in der blaugrünen Alge aus Oregon. Diese versorgt also nicht nur den Körper mit reichlich Energie und Vitalstoffen, sondern sorgt auch noch für eine bessere Stimmung.

Mittlerweile gibt es eine Reihe an Büchern über Algen, und wer die Supernahrung gern selbst mal ausprobieren möchte, wird in Naturkostläden, Apotheken oder im Internet fündig.

## Lebenskraft pur

Ähnlich wertvoll wie Algen soll Gerstengrassaft sein. Der grüne Saft enthält fast alle lebenswichtigen Vitamine und alle essenziellen Aminosäuren, außerdem große Mengen wichtiger Mineralien, Spurenelemente sowie reichlich Chlorophyll, das entzündungshemmend und keimtötend wirkt.[6]

Gerstengrassaft liefert außerdem doppelt so viel Kalzium und dreißig Mal mehr B-Vitamine als Milch. Japanerinnen, die viel Algen und Produkte aus Gerstengras verzehren, dafür aber kaum Milchprodukte, leiden offenbar nur selten an Osteoporose. Außerdem kennen sie nicht einmal ein Wort für Wechseljahresbeschwerden, weil sie bei ihnen schlichtweg nicht auftreten. Zudem haben die Japaner im Vergleich zu allen anderen Industrienationen die höchste Lebenserwartung. Diese erstaunliche Gesundheit beruht offensichtlich auch auf der Art der Ernährung.

Leider wird an Osteoporose leidenden Frauen häufig empfohlen, mehr Milch und Milchprodukte zu verzehren. Milchprodukten fehlt das für den Einbau von Kalzium in die Knochen notwendige Magnesium; dies ist in Algen und Gerstengras jedoch vorhanden. Zudem wird durch die Pasteurisierung der Milch das Kalzium offenbar in eine anorganische und damit schwer verwertbare Form verwandelt.[7]

Hinzu kommt, dass die meisten Erwachsenen, anders als Kleinkinder, das in der Milch enthaltene Kalzium nicht verwerten können, weil ihnen die dafür nötigen Enzyme fehlen. Stattdessen bilden sich schädliche Säuren. Um diese zu neutralisieren, braucht der Körper Mineralien, wobei Kalzium als Hauptpuffer dient und so verbraucht wird. Der Verzehr von Milch und Milchprodukten entzieht dem Körper also Kalzium. Wie Shalila Sharamon und Bodo Baginski in dem Buch *Heilung aus der Ur-Natur* berichten, tritt Osteoporose anscheinend nur bei milchtrinkenden Völkern auf.

Neben einer Fülle an Vitalstoffen enthält der kalziumreiche Gerstengrassaft auch wertvolle Antioxidantien. Der japanische Ernährungswissenschaftler Dr. Hagiwara hat den grünen Saft ausführlich erforscht und herausgefunden, dass täglich getrunkener Gerstengrassaft die Vitalität steigert und die Selbstheilungskräfte des Körpers nachhaltig anregt.[8] Der grüne Saft ist im Handel in konzentrierter Form als Pulver oder Tabletten erhältlich (hier sollte man darauf achten, dass das Produkt aus biologischem Anbau stammt.)

Mit rund 50 enthaltenen Vitalstoffen sind heimische Blütenpollen übrigens auch ein wahrer Gesundheitsbrunnen. Zudem sollen die in Blütenpollen enthaltenen Wirkstoffe in der Lage sein, bestimmte krebserregende Stoffe zu neutralisieren.[9]

## Wunderkraut aus Griechenland

Wer gern Kräutertee trinkt, findet in dem auf der griechischen Halbinsel Chaldike beliebten Cystus-Tee einen wertvollen Gesundheitshelfer.

Über die Wirkungen der griechischen Heilpflanze fanden Forscher Erstaunliches heraus.

Laboruntersuchungen ergaben, dass Cystus-Tee die Körperzellen sehr wirksam vor frühzeitiger Alterung schützt. Er enthält dreimal mehr antioxidative Substanzen als grüner Tee und besitzt eine zwanzigfach stärkere antioxidative Wirkung als frisch gepresster Zitronensaft. Die herzschützende Wirkung des Cystus-Tees ist viermal stärker als die von Rotwein und Holunderbeersaft. Grund ist der hohe Gehalt der Pflanze an Polyphenolen, welche stark antioxidativ wirken. Dank dieser speziellen Inhaltsstoffe hilft das griechische Heilkraut außerdem, den Körper von giftigen Schwermetallen (z. B. Amalgam, bei Rauchern besonders Cadmium) zu befreien. Auch die Immunabwehr profitiert – bereits eine Tasse täglich soll die Abwehrkräfte deutlich ankurbeln.

Doch die Cystuspflanze kann noch viel mehr. Dank ihrer antibakteriellen und antimykotischen Wirkung eignet sie sich innerlich zur Behandlung von Darminfektionen. Äußerlich als Sud angewandt wurden bei der Behandlung von Akne und Neurodermitis sehr gute Erfolge erzielt.[10]

## Heilkraft aus der Urzeit

Ein weiteres Geschenk der Natur sind die so genannten Urmineralien. Sie stammen aus einer im Südwesten der Rocky Mountains im US-Bundesstaat Utah entspringenden heilkräftigen Quelle. Die über siebzig im Wasser enthaltenen Mineralien und seltenen Spurenelemente entstammen den Überresten eines prähistorischen Regenwaldes und wurden Millionen Jahre lang im Erdboden konserviert. Das mineralhaltige, pflanzliche Material wird zu Tage gefördert und in Quellwasser eingeweicht.

Die im Wasser gelösten Pflanzenmineralien liegen in kolloidaler Form vor und sind somit vom Körper optimal verwertbar. So wird die Resorptionsrate von pflanzlichen Mikromineralien mit durchschnittlich 90 bis 98 Prozent angegeben.[11] (Im Vergleich dazu liegt die Resorptionsrate für *an*organische Mineralien bei älteren Menschen bei etwa drei Prozent, bei Kindern und Jugendlichen bei maximal zwanzig Prozent.) Während in anorganischer Form vorliegende Mineralien und Spurenelemente toxisch wirken können (Chrom, Arsen, Aluminium u.v.a.), übernehmen organische, in kolloidaler Form vorliegende Spurenelemente wichtige biologische Funktionen im Organismus.

Weil die pflanzlichen Mikromineralien ca. 5000–7000 mal kleiner als rote Blutkörperchen sind, können sie leicht in die Zellen gelangen und dort ihre vielfältigen Aufgaben erfüllen. Mineralstoffe halten alles Leben in Gang, ohne sie funktioniert gar nichts. Als Bestandteil von Enzymen spielen sie eine wesentliche Rolle beim Stoffwechsel. Sie helfen beim Transport der Nährstoffe in die Zellen und beim Abtransport von Abfallstoffen. Nerven können ohne sie nicht erregt werden, Muskeln nicht funktionieren. Mineralien tragen zum Aufbau neuer Zellen bei, regulieren den Säure-Basen-Haushalt, aktivieren das Immunsystem und schützen die Zellen vor dem Angriff freier Radikale. Dank ihrer natürlichen negativen Ladung sollen sie außerdem dem Körper bei der Entgiftung und Befreiung von Schlacken helfen.

Wie der Biophysiker Professor Fritz-Albert Popp nachwies, enthalten die prähistorischen Pflanzenmineralien reichlich Biophotonen und liefern dem Organismus somit eine ordentliche Portion Lichtenergie.

Auch beim Kurieren von Übersäuerung leisten die Pflanzenmineralien wertvolle Hilfe. Aufgrund der „modernen" Ernährung leidet ein großer Teil der Bevölkerung der Industrienationen an chronischer Übersäuerung. Die Ursache liegt im übermäßigen Konsum von säurebildenden Speisen wie etwa Fleisch- und Milchprodukte, Fette, Weißmehl, Zucker und Honig, aber auch unreifes Obst, Kaffee, schwarzer Tee, Alkohol und Zigaretten. Die Säurebelastung des Organismus wird zusätzlich erhöht durch Stress, Bewegungsmangel, Medikamente und Umweltgifte.

Sind die Säuren einmal da, benötigt der Körper Mineralien, um sie zu neutralisieren. Falls im Blut nicht genügend Mineralien vorhanden sind, werden sie aus Zähnen, Knochen, Knorpeln, Bindegewebe, Nägeln und dem Haarboden entnommen. Als Folge entsteht im Körper ein Mineralmangel, der sich in vielfältigen Erkrankungen äußert: Venenleiden, Haarausfall, schlaffe Haut, Rheuma und Gelenkprobleme, Osteoporose, Parodontose und viele weitere degenerative Erscheinungen.[12]

Sind die Säuren endlich neutralisiert, lagern sie sich leider in Form von Salzen an verschiedensten Stellen im Körper ab. Zunächst in Fettgewebe, Bindegewebe, Knorpel, Gelenken, Haut, Muskeln und Blutgefäßen, später auch in den inneren Organen. Die abgelagerten Schlacken fördern ebenfalls die Entstehung degenerativer Erkrankungen wie Cellulite, Gicht, Arteriosklerose, Steinbildungen und Gedächtnisverlust. Ein großer Teil der bekannten Zivilisationskrankheiten ist also zu einem beachtlichen Grad auf Mineralmangel zurückzuführen.

Hier leisten die basisch wirkenden pflanzlichen Mikromineralien wertvolle Hilfe. Sie tragen dazu bei, die Mineraldepots des Körpers wieder aufzufüllen und schädliche Säuren zu neutralisieren. Dank der breiten Palette enthaltener Substanzen und der hohen Verwertbarkeit wurden mit der Einnahme von Urmineralien beachtliche Heilungen erzielt.

Die Autoren Sharamon und Baginski berichten von erstaunlichen Heilerfolgen sowohl bei körperlichen als auch seelisch-emotionalen Problemen wie etwa chronischer Müdigkeit, Depressionen, Schlafstörungen, Hyperaktivität, Diabetes, Rückenschmerzen, Herz-Kreislauf-Erkrankungen, Magen-Darm-Beschwerden und zahlreichen weiteren Gesundheitsproblemen.[13]

Zweifellos gibt es noch eine Vielzahl weiterer großartiger, die Gesundheit fördernde Mittel aus der Schatzkammer der Natur. Ich habe hier, wie gesagt, nur eine kleine Auswahl möglicher Nahrungsergänzungsmittel aufgeführt. Wer seine Intuition verwendet und ein wenig ausprobiert, wird bald herausfinden, zu welchen Präparaten er persönlich die größte Resonanz hat. Wenn wir lernen, auf unseren Körper zu hören, teilt er uns untrüglich mit, was er gerade benötigt.

# 15 Der 7. Sinn in der Praxis: Lebensmittel intuitiv auswählen

*Alles muss aus dem Gefühl kommen.*
*Im Fluss sein bedeutet:*
*Du bist eins mit deiner*
*inneren Gegenwart, die sich,*
*ohne von deinem Verstand*
*behindert zu werden, ausdrücken kann.*
*Dann machst du in jedem Moment*
*das Richtige.*

*Paul Probst* [IX]

Da der Mensch ein ganzheitliches Wesen ist und Körper, Geist und Seele wechselseitig aufeinander einwirken, trägt eine achtsame Ernährung dazu bei, dass wir unser volles Potenzial leichter entfalten können. Denn wie sollen wir glücklich und zufrieden leben, wenn es unserem Körper nicht gut geht? Um seelisch, körperlich und geistig fit und ausgeglichen zu sein, ist es deshalb wichtig, Nahrungsmittel mit der im jeweiligen Moment für uns richtigen Energie zu uns zu nehmen.

Materie besteht aus Energie, die sich in Schwingung befindet. Es gibt Nahrungsmittel mit dichter, niedriger Schwingung und solche mit hoher, reiner Frequenz. Mit etwas Übung kann man lernen, die unterschiedliche Energie von Lebensmitteln zu erspüren. Wenn man darauf achtet, kann man beispielsweise die Lebendigkeit und Frische eines reifen, vom Baum gepflückten Apfels regelrecht in sich pulsieren spüren, nachdem man ihn gegessen hat.

Je nachdem, was man verzehrt, schlägt es sich entsprechend auf das körperliche Befinden und natürlich auch auf die Stimmung nieder. Welches Lebensmittel der Körper gerade am meisten braucht und was ihm gut tut, kann sich innerhalb eines Tages mehrfach ändern, weshalb es wichtig ist, den Körper vorher genau zu befragen. Isst man nämlich das Falsche (etwa aus Gewohnheit, Achtlosigkeit oder Gier), kann es sein, dass man sich anschließend völlig erschöpft oder unwohl fühlt, obwohl man das, was man gerade gegessen oder getrunken hat, normalerweise gut verträgt.

Mit ein wenig Training ist es möglich, die Schwingungen und Energien von Lebensmitteln zu „lesen“ und so zu entscheiden, ob ein bestimmtes Nahrungsmittel oder Ergänzungspräparat *in diesem Moment* gut für einen selbst ist. Die Intelligenz unseres Körpers ist enorm. Über unsere inneren Antennen erhalten wir auf intuitive Weise wertvolle Informationen, die unserem Verstand nicht zugänglich sind.

Ich benutze mein intuitives Gespür regelmäßig beim Einkaufen und fahre bestens damit. So prüfe ich häufig die Qualität von Lebensmitteln, indem ich ihre Schwingung „scanne“. Auf diese Weise landet so manches, was ich rein verstandesmäßig eigentlich kaufen wollte und was optisch auch gut aussieht, wieder im Regal. Auch bevor ich etwas esse oder trinke, frage ich meist meinen Körper, ob ihm dieses Getränk oder Gericht gerade gut tut oder ob er lieber etwas anders möchte. Natürlich habe ich mich hin und wieder auch bewusst gegen mein Bauchgefühl entschieden, etwa wenn das Ego partout nicht auf eine Leckerei verzichten wollte und über die Stränge schlug. Mit der Zeit habe ich jedoch die Erfahrung gemacht, dass es mir am allerbesten geht, wenn ich meinen inneren Antennen völlig vertraue. Sie prüfen zuverlässig die Energien und wählen nach dem Resonanzprinzip stets das Beste für meinen Organismus aus.

Die Qualität von Lebensmitteln und ihre individuelle Verträglichkeit kann man ohne Hilfsmittel innerhalb von wenigen Sekunden testen. Dafür bieten sich zwei Methoden an. Methode Nr. 1 eignet sich gut beim Einkaufen. Hierbei nimmt man die Lebensmittel direkt in die Hand. Diese Technik ist am empfehlenswertesten, um zu lernen, die unterschiedlichen Schwingungen von Lebensmitteln zu erspüren. Methode Nr. 2 ist hilfreich in allen Fällen, wo man die Dinge nicht direkt in die Hand nehmen kann.

### Übung: Nahrungsmittel scannen

**Methode Nr. 1:** Nehmen Sie ein Stück Obst, etwa einen Apfel, in die Hand und schließen Sie die Augen. Verlagern Sie Ihre Aufmerksamkeit auf den Solarplexus im Bereich des Nabels. Hier befindet sich das so genannte Bauchhirn, eine Ansammlung intelligenter Nervenzellen. Von diesem Punkt aus richten Sie Ihre Aufmerksamkeit dann auf den Apfel mit der Absicht, seine Energien/Schwingungen zu spüren. Fragen Sie Ihren Körper, wie der Apfel auf ihn wirkt. Vergessen Sie alles, was der Verstand dazu sagt (Obst ist gesund etc.), und beobachten Sie aufmerksam Ihre spontanen Eindrücke und Empfindungen. Schalten Sie Ihren Verstand aus und lassen Sie Ihren Körper sprechen.

Achten Sie sehr genau darauf, wie sich Ihr Solarplexus anfühlt. Bei Nahrungsmitteln, die der Körper gerade ablehnt, kann sich dies in Form eines verkrampften Gefühls im Solarplexusbereich äußern, oder man hat ein Gefühl von spontanem Energieverlust, Unwohlsein oder Nervosität. Bei Lebensmitteln, die der Körper als positiv empfindet, stellt sich dagegen im Solarplexus oft ein Gefühl von Weite, innerer Freude und Energiegewinn ein. Empfindet man gar nichts, kann dies ein „Neutral“ bedeuten, das betreffende Nahrungsmittel wirkt also weder förderlich noch negativ (wenn man allerdings grundsätzlich nichts empfindet, bedeutet es eher, dass man noch etwas üben darf.) Da diese Signale natürlich individuell variieren, ist es wichtig, durch Experimentieren den körpereigenen „Code“ selbst herauszufinden.

Am leichtesten spürt man die feinen Unterschiede, indem man zunächst mit qualitativ sehr unterschiedlichen Lebensmitteln experimentiert, beispielsweise einem Glas besten Quellwassers oder einem Bio-Apfel einerseits und einer Packung Kaffee, Kekse oder einer Flasche Alkohol andererseits.

**Methode Nr. 2:** Bei dieser Methode verwenden Sie Ihre Vorstellungskraft, um die momentane Verträglichkeit eines Lebensmittels zu testen. Schließen Sie hierzu Ihre Augen und denken Sie an das betreffende Nahrungsmittel, Gericht oder Getränk. Stellen Sie sich intensiv vor, wie sie es verzehren und es in Ihren Magen und Körper gelangt. Es ist so, als ob Sie geistig einen Stempelabdruck dieses Nahrungsmittels nehmen und es vorab in Ihrem Körper wirken lassen. Beobachten Sie genau, ob und wie sich Ihr Gefühl verändert. Spüren Sie eine positive Resonanz oder eher ein Gefühl von spontanem Energieverlust, Anspannung oder Verkrampfung? Merken Sie sich dieses Gefühl.

Alternativ kann man sich auch die Frage stellen, wo auf einer Skala von null bis einhundert Prozent man das betreffende Lebensmittel *gefühlsmäßig* einordnen würde (wobei 0 % völlig ungeeignet und 100 % völlige positive Übereinstimmung bedeuten).

Treffen Sie dann Ihre Entscheidung und beobachten Sie anschließend, ob sich Ihr intuitives Gefühl in der Realität bestätigt.

Die zweite Methode eignet sich gut, um in Restaurants oder Kantinen Gerichte auszuwählen oder um Nahrungsergänzungsmittel vor dem Kauf zu prüfen. Natürlich kann man diese Technik auch auf alle möglichen anderen Objekte übertragen, etwa auf die Auswahl von Arzneimitteln. Personen, die darin sehr geübt sind, können auf diese Weise sogar vorab erspüren und genau beschreiben, auf welche Weise ein bestimmtes Arzneipräparat im Körper wirkt, inklusive möglicher Nebenwirkungen.

Da der Körper ein lebendiges System ist, verändert sich seine Resonanz auf bestimmte Lebensmittel im Laufe eines Tages. Deshalb ist es wichtig, stets aktuell zu überprüfen, was dem Organismus gerade gut tut. So mag es Momente geben, in denen uns der Körper eine positive (oder zumindest neutrale) Resonanz zu Schokolade, grünem Salat oder einem Glas Bier meldet. Ein paar Stunden später kann das schon wieder ganz anders sein. Wer hier auf sein Gefühl hört, bevor der Verstand sich einmischen kann (etwa mit Argumenten wie „Das hat mir doch immer gut geschmeckt" oder „Das ist doch so gesund", „Es wird schon nicht schaden" etc.), wird es künftig leichter haben, seinen Körper optimal mit den Nahrungsmitteln zu versorgen, die er benötigt, um vital, energiegeladen und gesund zu bleiben.

Übrigens: Da der Geist die Materie regiert, können Personen, die im Umgang mit Energien geübt sind, durch mentale Konzentration die Energie und Schwingung von Lebensmitteln gezielt verändern. Hierfür gibt es zahlreiche Techniken. Eine besteht beispielsweise darin, dass man das Nahrungsmittel in die Hände nimmt oder die Hände seitlich neben den Teller legt. Dann stellt man sich vor, wie die überall frei vorhandene Energie aus den Händen in die Nahrung fließt, und sagt dazu in Gedanken „perfekte Frequenz – jetzt".

Auf solche und ähnliche Weise lassen sich die Schwingung und Energie der Nahrung zusätzlich erhöhen, obwohl die chemischen Bestandteile unverändert bleiben. Natürlich hat auch diese Methode ihre Grenzen, denn solange man nicht erleuchtet ist, wird es wohl kaum gelingen, Schokolade, Alkohol oder unverträgliche Nahrungsmittel in Ambrosia umzuwandeln. Für diejenigen, die gern experimentieren, ist es jedoch eine interessante Möglichkeit, die Qualität der Nahrungsmittel zu verfeinern.

# 16 Der Stoff, aus dem wir Menschen sind: Lebenselixier Wasser

*Alles in der Natur ist ein*
*großartiges Wunder.*
*Ist nicht ein kleiner Vogel, der*
*durch den weiten Himmel fliegt,*
*ein Wunder? Ist nicht ein*
*winziger Fisch, der in den Tiefen*
*des Ozeans schwimmt,*
*ein Wunder?*

*Amma* [X]

Ohne Wasser gäbe es kein Leben auf unserem Planeten. Wasser ist die Quelle, die alles Lebendige nährt und erhält. Der Körper eines Erwachsenen besteht zu ungefähr siebzig Prozent aus Wasser, bei Neugeborenen liegt der Wasseranteil sogar bei über neunzig Prozent. Deshalb ist Wasser das Lebensmittel Nr. 1. Mit dem Trinkwasser nehmen wir eine Vielzahl an darin enthaltenen Stoffen und Schwingungen zu uns, die das Wasser bei seinem Lauf durch die Erde aufnimmt, denn Wasser transportiert neben den grobstofflichen Bestandteilen auch Informationen und Energie.

Am Aufbau eines einzigen Wassermoleküls sollen mehr als eine Milliarde Lichtquanten beteiligt sein.[1] Hochwertiges Wasser, etwa Quellwasser, liefert dem Organismus daher auch die für die Zellkommunikation wichtigen Biophotonen. Da sich unser Organismus ständig aus der Energie und Materie formt, die wir ihm zuführen, lohnt sich in punkto Gesundheit ein genauer Blick auf das köstliche Nass.

Wasser ist ein wichtiges Transportmittel, das einerseits Nährstoffe zu den Zellen bringt und andererseits Stoffwechselreste und Gifte abtransportiert. Nach dem Blut ist das Gehirn das wasserreichste Organ, weshalb Wassertrinken nachweislich das Denkvermögen steigert.

Der iranische Arzt Dr. Fereydoon Batmanghelidj hat bereits in den 80er Jahren den Wert des Wassertrinkens für die menschliche Gesundheit akribisch erforscht.[2] Er betrachtet die unzureichende Versorgung des Organismus mit reinem Wasser als eine der Hauptursachen für die Entstehung von Krankheiten. Batmanghelidg führt eine Vielzahl an Beschwerden wie Arthritis, Migräne, Diabetes, chronische Müdigkeit, Allergien, Bluthochdruck und Autoimmunerkrankungen letztlich auf Wassermangel zurück. Auch bei der Entstehung von AIDS soll Wassermangel eine wichtige Rolle spielen.

Wer nicht genug Wasser trinkt, dessen Körper trocknet regelrecht aus. Das Problem bei unseren modernen Ernährungsgewohnheiten sei, dass wir zwar alles Mögliche trinken würden, etwa Kaffee, Tee, Bier, Säfte und Limonaden. Jedoch würden diese Getränke aufgrund des enthaltenen Koffeins, Teins und Zuckers dem Körper Wasser *entziehen*, statt ihn mit Flüssigkeit zu versorgen. Auch Alkohol fördert den Wasserverlust der Körpers über die Beeinflussung hormoneller Regelkreise.

## Wasser ist nicht gleich Wasser

Fachleute sind sich erstaunlich einig darüber, dass der Mensch am Tag etwa zwei Liter Wasser trinken sollte, und zwar am besten hochwertiges kohlensäurefreies und mineralarmes Quellwasser. Wieso mineralarm? Die in Mineral- und Leitungswasser hauptsächlich enthaltenen anorganischen Mineralien können vom Körper kaum verwertet werden. Sie sind Ballast und lagern sich zum Teil als Schlacken an verschiedenen Stellen im Körper ab (z. B. Gelenke und Blutgefäßwände). Mediziner führen die Überladung des Organismus mit anorganischen Mineralsalzen als einen der Hauptfaktoren für den Alterungsprozess an.

Wie verschiedene Ärzte wiederholt betont haben, ist nur mineral*armes* Wasser in der Lage, den Körper von abgelagerten Schlacken zu befreien, denn es ähnelt einem leeren Förderband. Dagegen ist Mineral- und kohlensäurehaltiges Wasser bereits mit Mineralien und Kohlensäure beladen und kann deshalb weit weniger Giftstoffe abtransportieren.

Dann trinken wir doch einfach Leitungswasser. …

Das ist zwar immer noch besser, als kein Wasser zu trinken, aber auch nicht immer das Gelbe vom Ei. Denn Leitungswasser ist häufig alles andere als rein, selbst wenn die Wasserwerke von einer guten Qualität sprechen. Gut ist eben relativ, denn Leitungswasser enthält je nach Region unterschiedliche Mengen an Schadstoffen, die nach den gesetzlichen Vorgaben in bestimmten Mengen enthalten sein dürfen. Auch dürfen bei der Trinkwasseraufbereitung regulär Chlor, Ozon, Schwefel, Silber, Calcium, Magnesium, Natrium und Kalium beigefügt werden – zur Desinfektion sowie als Korrosions- und Ablagerungsschutz.

Wie Untersuchungen des Wasserforschers Professor Louis-Claude Vincent in den sechziger Jahren in verschiedenen französischen Städten zeigten, besteht ein direkter Zusammenhang zwischen der Qualität des Leitungswassers und der Erkrankungs- und Sterberate in der Bevölkerung. Vincent stellte fest, dass die Sterblichkeit in Städten mit hoher Wasserqualität wesentlich niedriger war als in Städten mit hartem (sehr kalkhaltigem) und belastetem Wasser. Außerdem entdeckte der Forscher klare Zusammenhänge zwischen schlechter Wasserqualität und der Häufigkeit von Krebserkrankungen.[3]

Leitungswasser ist häufig zusätzlich mit „technischen Informationen“ verschmutzt. Einige Wasserforscher vertreten die Ansicht, dass das Trinkwasser auf dem Weg zum Verbraucher über die Wasserrohre, die ähnlich wie eine Antenne wirken sollen, schädliche Frequenzen von Handy-Sendern und schnurlosen Haustelefonen aufnehmen, die dann beim Trinken auf den Körper übertragen werden. Dieses Elektrosmog-Wasser soll auf den Organismus, vor allem auf das Immunsystem, ähnlich schwächend wirken wie das Telefonieren mit dem Handy.

Natürlich ist die Qualität des Trinkwassers nicht allein verantwortlich für unseren Gesundheitszustand, welcher aus dem Zusammenspiel vieler verschiedener Faktoren resultiert. Aber Wasser ist einer der wesentlichen „Betriebsstoffe“ unseres Organismus, der – ähnlich wie das Auto – umso besser funktioniert, je hochwertiger der „Sprit“ ist.

## Wasser hat ein „Gedächtnis“

Ergebnisse aus der modernen Wasserforschung zeigen, dass eine Substanz an sich gar nicht mehr im Wasser vorhanden sein muss, um dennoch zu wirken. Wasserforscher haben herausgefunden, dass die Moleküle des Wassers in der Lage sind, informationshaltige Strukturen – so genannte Cluster – zu bilden.

Diese Cluster umschließen die im Wasser vorhandenen Teilchen (z. B. Schwermetalle). Dadurch nimmt der Cluster wie ein Gipsabdruck das

Muster und damit die Information (Schwingung) des jeweiligen Stoffes auf. Dieses Muster und damit auch die Information bleiben so lange erhalten, wie die Clusterstruktur bestehen bleibt. Selbst wenn die Substanz, etwa ein Schadstoff, längst heraus gefiltert ist, wirkt aufgrund der in den Clustern gespeicherten Information dieses Wasser auf den Körper ebenso, als wenn die Substanz selbst noch vorhanden wäre. Man spricht auch vom „Gedächtnis" des Wassers. Dieses Prinzip gilt für schädliche ebenso wie für nützliche Stoffe.

Wie in Großbritannien durchgeführte Studien gezeigt haben, kann Wasser allein durch die in den Clustern gespeicherten Schwingungen Allergien auslösen. Man hat Allergikern ein Röhrchen mit Wasser in die Hand gedrückt, dem zuvor die Schwingung des allergieauslösenden Stoffes „aufgeprägt" wurde. Prompt setzten die typischen allergischen Reaktionen ein. Nahmen die Versuchspersonen jedoch ein Fläschchen in die Hand, dem zuvor die Gegenfrequenz aufgeprägt wurde, konnten die Symptome wieder gestoppt werden.[4]

Das Clusterprinzip liefert auch eine interessante Erklärungsmöglichkeit für die Wirkweise von homöopathischen Medikamenten und Blütenessenzen. Die Wirkung heilkräftiger Quellen wie etwa die des französischen Wallfahrtsortes Lourdes soll ebenfalls darauf beruhen, dass das Wasser bestimmte heilkräftige Schwingungen enthält.

## Das Geheimnis der Heilquellen

Die italienische Wasserforscherin Dr. Enza Maria Ciccolo hat das heilkräftige Wasser aus Lourdes näher untersucht und Erstaunliches herausgefunden.[5] Sie entdeckte, dass dieses Wasser auf alle sieben Lichtfrequenzen resonant war, welche zusammen weißes Licht ergeben. Zudem fand sie im Lourdes-Wasser elektrische, magnetische und polarisierte Energie (letztere wird auch als kosmische Energie angesehen). Untersuchungen in unabhängigen Labors in Mailand und Pisa bestätigten ihre Entdeckungen.

Neugierig geworden, untersuchte die Forscherin zahlreiche Gebirgs-, Heil- und Thermalquellen, fand bei diesen jedoch nie alle Lichtfrequenzen. Daraufhin wandte sich Dr. Ciccolo gezielt den Quellen weiterer Wallfahrtsorte zu, z. B. Medjugorje (Bosnien), Fatima (Portugal), Montichiari und San Damiano (Italien). Wie in Lourdes fand sie auch bei diesen Wässern eine Resonanz auf alle Lichtfrequenzen. Je nach Ort herrschten unterschiedliche Frequenzen und Energiearten vor, worauf wohl die unterschiedliche Heilwirkung der verschiedenen Quellen beruht. Bis heute wurden etwa hundert solcher heilkräftigen Lichtwässer gefunden.

Nach dieser Entdeckung entwickelte die italienische Forscherin eine spezielle Therapie, um mit Hilfe der Lichtwässer Energiedefizite des Körpers gezielt zu behandeln. Bei der Lichtwassertherapie wird nach einer genauen Diagnosestellung der Organismus respektive das erkrankte Organ oder Gewebe wieder an seine gesunde Ur-Frequenz „erinnert“ und kann sich wieder darauf einstellen. Dabei nimmt der Körper nach dem Prinzip der Resonanz aus dem Lichtwasser genau die Frequenzen auf, die ihm fehlen, um das biologische und geistig-seelische Gleichgewicht wiederherzustellen. Offenbar mit erstaunlichen Erfolgen.

Personen, die mit den Lichtwässern behandelt wurden, berichten unter anderem von einer gesteigerten Beweglichkeit der Gelenke, vom Verschwinden von Schmerzen, der Regulierung von Gewichtsproblemen sowie einer gesteigerten Wachheit, Klarheit und Ausgeglichenheit. Durch die Zugabe einiger Tropfen Lichtwasser lassen sich die wertvollen Informationen auch auf „normales“ Quell- oder Leitungswasser übertragen, das jedoch von guter Qualität sein sollte.

## Heilsames Wasser: Ein erstaunliches Element

Aufgrund ihrer außergewöhnlich heilkräftigen Wirkung pilgern jährlich Zigtausende von Menschen zu den Heilquellen in aller Welt. Zahlreiche Heilerfolge sind ärztlich bestätigt und wissenschaftlich dokumentiert worden. Auch wenn die positive Erwartungshaltung sicher mit zu einem Heilerfolg beiträgt, scheidet Autosuggestion als Ursache für die Phänomene aus. Tiere sind nämlich ebenfalls durch die „Wunderwasser“ geheilt worden. Auch in Deutschland existiert mindestens eine heilkräftige Quelle: die im Sauerland gelegene Heilquelle von Nordenau.[6] Diese in einem Schieferstollen gelegene Quelle wird pro Jahr von mehr als hunderttausend Menschen aufgesucht. Auch hier sind die Heilerfolge selbst bei so schweren Krankheiten wie Krebs mittlerweile ärztlich bestätigt worden.

Wissenschaftliche Untersuchungen des Nordenauer Wassers durch verschiedene Institute brachten erstaunliche Ergebnisse: So ist dieses Wasser ganze acht Prozent leichter als normales Wasser. Außerdem fließt das Wasser in dem Schieferstollen rechtsdrehend ab, während es auf der gesamten nördlichen Hemisphäre gewöhnlich linksdrehend abfließt. Forschungen des japanischen Molekularbiologen Professor Shirahata ergaben, dass das Wasser aus der Nordenauer Quelle ungewöhnliche antioxidative Eigenschaften aufweist.

Wie Untersuchungen des Wassers mittels Elektro-Fotografie zeigten, besitzt das Wasser aus dem Nordenauer Stollen eine weitaus stärkere Energieabstrahlung als Vergleichwasser aus einem nahe gelegenen Bach. Wie positiv dies auf lebendige Organismen wirkt, wies der Biophotonen-Forscher Fritz-Albert Popp nach. Er testete das biophotonenreiche Nordenauer Wasser an Algen und stellte fest, dass sie dadurch deutlich an Vitalität gewannen.

Wie jedoch kann man seinen Körper mit gesundem, lebendigem und energiereichem Wasser versorgen, wenn man nicht gerade das Glück hat, in unmittelbarer Nachbarschaft einer Heilquelle zu wohnen?

## Wasser reinigen und beleben

Zweifellos hat die Qualität des Wassers, das wir zu uns nehmen, einen mindestens ebenso großen Effekt auf die Gesundheit unseres Körpers wie die Qualität der Nahrungsmittel. Dennoch vertritt der iranische Wasserspezialist Dr. Batmanghelidj die Ansicht, man solle diesen Punkt nicht überbewerten Viel wichtiger sei es, *überhaupt* genügend Wasser zu trinken. Immerhin ist das Leitungswasser in unseren Breitengraden – im Gegensatz zu einigen Entwicklungsländern – noch von relativ hoher Qualität.

Wer jedoch gern einmal etwas Neues ausprobieren und sauberes, gereinigtes Trinkwasser selbst herstellen möchte, kann beispielsweise auf so genannte Umkehr-Osmose-Geräte zurückgreifen. Sie sind zwar im Vergleich zu anderen Wasser-Reinigungsgeräten relativ teuer, filtern dafür aber auch winzigste (Schadstoff-) Teilchen bis hin zu Viren heraus. Bei der Umkehr-Osmose wird das Wasser mit hohem Druck durch eine sehr feine Membran gepresst. Der Verbrauch an Leitungswasser erhöht sich dabei allerdings beträchtlich (bis auf das Dreifache), da das Gerät mit Wasserdruck arbeitet. Was die Verkeimungsgefahr dieses Systems betrifft, existieren konträre Meinungen. Ich habe festgestellt, dass das so gefilterte Wasser selbst nach tagelangem Stehen immer noch klar ist und frisch schmeckt.

Übrigens: Wer mineralarmes Wasser trinkt (z. B. Osmose-Wasser), braucht nach Meinung diverser Ärzte offenbar keine Angst vor Mineralverlust oder gar Knochenentkalkung zu haben. Denn die im Körper organisch gebundenen Mineralien würden durch mineralarmes Wasser keinesfalls aus dem Körper gelöst, sondern nur anorganische Mineralien, die ohnehin als Schlacken überall im Körper abgelagert sind.[7] Auch Barbara Hendel und Peter Ferreira empfehlen in ihrem Buch *Wasser und Salz* ausdrücklich das Trinken von mineralarmem, gereinigtem Wasser als hervorragende Gesundheitsprophylaxe.[8]

Umkehrosmose entfernt nicht nur die meisten im Wasser vorhandenen Partikel, sondern zerstört zudem die vorhandenen Cluster. Das derart gefilterte Wasser ist nicht nur sauber, sondern auch weitgehend frei von schädlichen, allerdings auch von nützlichen Informationen. Deswegen empfiehlt es sich, das so gereinigte Wasser anschließend wieder zu beleben und zu energetisieren. Auf einfache Weise ist dies beispielsweise möglich, indem man in die Wasserkaraffe ein paar gereinigte Quarzkristalle legt (Bergkristalle, Rosenquarz u. a.) und dieses Wasser ein paar Stunden stehen lässt. Die Kristalle übertragen ihre Energie und Information, etwa über ihre geordnete Struktur, auf das Wasser, so dass sich die Wasser-Cluster entsprechend neu formen und die ordnenden Informationen weitergeben.

Viele Wasserbelebungsgeräte beruhen auf diesem Prinzip. Sie nutzen die Fähigkeit des Wassers, Informationen aus der Umgebung aufzunehmen und zu speichern. Je nach Gerät wird das Wasser etwa über Quarzkristalle oder hochwertiges Quellwasser geleitet. Dabei nimmt es ordnende Informationen und Schwingungen auf, wodurch sich die Lebendigkeit und Energie des Wassers erhöht. Wer im Umgang mit Energien geübt ist, kann das Wasser natürlich auch direkt mit den gewünschten Schwingungen – Vitalität, Gesundheit, Kraft etc. – aufladen.

Faszinierende neue Erkenntnisse darüber, wie empfindlich Wasser auf Schwingungen, selbst auf Worte, reagiert und wie man auf einfache Weise „krankes" in „gesundes" Wasser verwandeln kann, stammen aus Japan.

# Das Wesen des Wassers

„Wasser hat ein Bewusstsein." Zu dieser verblüffenden Erkenntnis gelangte der japanische Forscher Masaru Emoto.[9] Mit seiner revolutionären Wasserkristall-Fotografie wies er nach, dass Wasser lebt und sich durch die Einwirkung von Gefühlen, Worten und Musik verändert.

Zusammen mit seinem Team untersuchte Emoto unter Laborbedingungen, wie Wasser auf verschiedene positive und negative Einflüsse reagiert. Zunächst wurden die Wasserproben verschiedenen Einflüssen ausgesetzt. Dann fror man sie nach einem standardisierten Verfahren tropfenweise ein. Anschließend wurden die entstandenen Kristalle bei minus fünf Grad Celsius unter dem Mikroskop untersucht und mit 200–500-facher Vergrößerung fotografiert.

Emotos Studien zeigen, dass Wasser Informationen aus der Umwelt aufnimmt und speichert, wobei es sich entsprechend verändert. Von Natur aus hat Wasser das Bestreben, beim Gefrieren eine sechseckige Kristallform auszubilden. An der Art und Weise der entstandenen Kristalle erkennen die Forscher, wie sich die jeweiligen Einflüsse auf das Wasser auswirken, denn die Struktur der Kristalle spiegelt die (harmonischen oder disharmonischen) Schwingungen der Umwelt wider. Bei positiven Einflüssen entstehen Kristalle von großer Schönheit.

Während sich etwa in hochwertigem Quellwasser regelmäßig die herrlichsten Kristalle ausbilden, entstehen im Leitungswasser von Großstädten oft nur deformierte Strukturen, die mit der ursprünglichen Kristallform nichts mehr gemein haben. Durch die Wasserkristall-Fotografie werden die Folgen von Umweltverschmutzung und chemischer Wasserbehandlung auf eindrucksvolle Weise sichtbar gemacht.

Die japanischen Forscher untersuchten auch das Wasser der heiligen Quelle von Lourdes. Wie kaum anders zu erwarten, bildete sich wunderschöner Kristall.

Nachdem Emoto mit seinem Team mehr als zehntausend Fotografien von Wasserproben aus aller Welt ausgewertet hatte, kam er auf die Idee, die Wirkung von Tönen (Tonschwingungen) auf das Wasser zu untersuchen. Als Referenzwasser verwendeten sie destilliertes Wasser, das ohne Beschallung einen einfachen, sechseckigen Kristall formte.

Die Forscher stellten die Wasserproben zwischen zwei Lautsprecher und spielten dem Wasser Musik in normaler Lautstärke vor – Sinfonien, Arien, Volklieder, Entspannungsmusik, Popmusik und Heavy-Metal-

Musik. Anschließend wurden die Proben wieder eingefroren und die entstandenen Kristalle fotografiert.

Das Ergebnis war beeindruckend. Auf irgendeine Weise „reagierte" das Wasser offenbar auf die in der Musik enthaltenen Schwingungen. Während sich etwa nach klassischer Musik durchweg die schönsten, vielfach verzweigten Kristalle bildeten, erzeugte Heavy-Metal-Musik chaotische, zerstörte Formationen. Die genaue Betrachtung der Musik-Kristalle ergab, dass ihre charakteristische Form überdies das Thema des jeweiligen Musikstücks widerspiegelte. So bildete Wasser, dem ein Liebeslied vorgespielt wurde, einen Kristall mit annähernd Herzform aus.

## Kann Wasser „lesen"?

Wenn Wasser auf Töne und Musik reagiert, warum dann auch nicht auf Sprache? Im nächsten Schritt untersuchte der findige Wissenschaftler anhand verschiedener Sprachen, wie Wasser auf die Schwingung von Worten reagiert. Hierzu befestigten die Wasserforscher Schilder mit computergeschriebenen Worten der unterschiedlichsten Sprachen auf Glasflaschen, die mit destilliertem Wasser gefüllt waren, und ließen sie über Nacht stehen. Unter den verwendeten Worten waren positive wie „Liebe", „Danke", „wunderschön" und „Engel", negative wie etwa „Dummkopf", „dreckig" sowie verschiedene Redewendungen. Am folgenden Tag wurden die Proben eingefroren und die Kristalle untersucht.

Auch hier machten die Forscher eine erstaunliche Entdeckung. Die Proben, die mit „Dummkopf", „Du machst mich krank" und anderen negativen Ausdrücken beschriftet worden waren, bildeten zerstörte, chaotische Formen aus, ähnlich denen, die nach Beschallung der Wasserproben mit Heavy-Metal-Musik entstanden. Dagegen erzeugte die Beschriftung mit freundlichen und liebevollen Worten die schönsten Wasserkristalle. Die mit Abstand prachtvollsten Kristalle erzeugten, und zwar unabhängig von der Sprache, die Worte „Liebe" und „Dankbarkeit".

Auf aggressive Befehle wie etwa „Tu das" reagierte das Wasser mit zerstörten Formen, während die freundliche Aufforderung „Komm, wollen wir das tun?" einen wunderschönen Kristall erzeugte. Ähnlich interessante Ergebnisse erhielt Emoto nach der Beschriftung von Wasserproben mit Namen von Personen und japanischen Gottheiten. Zahlreiche Fotos dieser Kristallstudien sind mittlerweile in Büchern veröffentlicht worden, so dass dem Betrachter das Bewusstsein des Wassers eindrücklich vor Augen geführt wird.

In Bezug auf die in den Worten enthaltene Energie oder Schwingung spricht der japanische Wasserforscher von der „Wortseele“ und sagt, Wasser sei ein Spiegel der Einstellung. Negative, disharmonische Energien hätten auf das Wasser eine zersetzende Wirkung. Wie weitere Experimente zeigten, wird Wasser ebenso auch von den in Bildern und Symbolen enthaltenen (positiven und negativen) Schwingungen beeinflusst.

## Wasser reagiert auf Gefühle

Dass Wasser sogar auf menschliches Bewusstsein, menschliche Gefühle und Gedanken reagiert, zeigt ein weiterer Versuch. Emoto bat eine Gruppe von in ganz Japan verteilten Personen, an einem bestimmten Tag zu einer festgelegten Uhrzeit ein Gebet zu sprechen. In dem Gebet sollten die Teilnehmer einfach nur darum bitten, dass eine auf Emotos Schreibtisch platzierte Wasserprobe gereinigt werden möge, und sich im Voraus für die Erfüllung dieses Wunsches bedanken.

Bei dieser Wasserprobe handelte es sich um Leitungswasser aus Tokio, das vor Versuchsbeginn keinen schönen Kristall ausbilden konnte. Nach dem Gruppenversuch wurde dieselbe Probe erneut untersucht, doch diesmal entstand ein wunderschöner Kristall. Liebevolle Gedanken und Gefühle erreichen also auch über Entfernungen ihr Ziel und bewirken eine Transformation. Emoto sagt dazu: „Wasser verändert sich, wenn es menschliches Bewusstsein aufnimmt.“

Dass Wasser menschliche Gefühle widerspiegelt, zeigte ein weiterer Versuch. In diesem bewirkte das einstündige Gebet eines Priesters an einem Staudamm, dass das unruhige Wasser ruhig und klar wurde und brillante Kristalle formte, während es zuvor gar keine Kristalle ausbilden konnte. Die Experimente des japanischen Wasserforschers belegen eindrucksvoll, dass die gezielte Aussendung harmonischer Gedanken und Gefühle Wasser positiv verändert, ob es sich um abgefülltes Trinkwasser handelt oder um große Gewässer in der freien Natur. Doch damit nicht genug.

Emotos Erkenntnisse sind auch deswegen so interessant, weil unser Körper ja größtenteils aus Wasser besteht. Wir können davon ausgehen, dass das Wasser in unserem Körper – in Blut, Lymphe und Zellen – ebenso deutlich auf die Schwingungen von Gedanken, Gefühlen, Bildern, Musik und Worten reagiert wie die untersuchten Laborproben. Schlechte Gedanken und Gefühle können also im wahrsten Sinne des Wortes krank machen. Angst, Zweifel, Hass, Wut und Ärger werden über das Körperwasser bis in die kleinste Zelle getragen und versetzen unseren gesamten Organismus in Dissonanz. Jede Zelle unseres Körpers spiegelt umgehend unsere eigene Einstellung wider, jeder Gedanke, jedes Gefühl wird sofort millionenfach umgesetzt. Um Körper, Geist und Seele gesund zu erhalten, ist es deshalb wesentlich, destruktive Gedanken möglichst sofort zu unterbinden und sie durch friedvolle, harmonische Gedanken zu ersetzen.

### Mensch und Umfeld: Lebendige Wechselwirkung

Doch nicht nur unser eigener Organismus reagiert auf die von uns ausgestrahlten Gedanken und Gefühle, auch die Körperzellen der Menschen, Tiere und Pflanzen in unserem Umfeld werden davon beeinflusst. Die Gedanken eines einzelnen Menschen prägen tatsächlich in einem größeren Sinn die Welt. Vielen Urvölkern ist dieses Prinzip der Resonanz vollkommen bewusst, und sie richten ihr tägliches Denken, Fühlen und Handeln danach aus. Die Cherokee-Indianerin Dyani Ywahoo sagt über die Wechselwirkung zwischen uns und unserer Umgebung: „Sogar die Bäume nehmen Teil an unserem Glücklichsein, denn wenn wir glücklich sind, strahlen unsere Körper eine Vitalität ab, die die Atmosphäre um uns herum erneuert.“[10]

Emoto rät deshalb, achtsamer zu sein – gegenüber uns selbst, unseren Mitmenschen und der Natur. Er empfiehlt, Worte mit einer positiven Grundschwingung bewusst öfter am Tag zu verwenden wie etwa „Vielen Dank“, „Guten Morgen“, „Gute Nacht“, „Willkommen zu Hause“, „Guten Appetit“ etc.

Dass die Schwingung von Worten sogar die Qualität unserer Nahrungsmittel beeinflusst, belegen verschiedene Experimente, die einige Leser von Emotos Büchern durchgeführt haben. So faulen gekochter Reis und Gemüse wesentlich schneller, wenn man es täglich mit negativen Worten anspricht. Gekochter Reis, der in ein Marmeladenglas abgefüllt einen Monat lang einmal täglich mit „Dummkopf“ angesprochen wurde und zusätzlich ein Schild mit derselben Aufschrift trug, entwickelte sich zu einer übel riechenden, schwarzen Masse. Dieselbe Menge Reis, einmal täglich mit „Danke“ angesprochen und zusätzlich mit einem Zettel mit der Aufschrift „Danke“ versehen, fermentierte zu einer wohlriechenden, nach Reiswein duftenden, weißen Masse.

Offenbar wird durch die negativen Schwingungen die Vermehrung schädlicher Mikroben beschleunigt. Dieser Versuch zeigt auch, wie wichtig es ist, Nahrung mit Liebe zuzubereiten, da sich unsere Schwingung auf das darin enthaltene Wasser überträgt. Andere Versuche ergaben, dass Blumen besser gedeihen, wenn man sie täglich mit liebevollen Worten anspricht. Unseren Mitmenschen wird es kaum anders ergehen. Die Fähigkeit des Wassers, Schwingungen zu speichern, wirkt sich auf alles Lebendige aus.

Deshalb empfiehlt es sich, sehr achtsam auszuwählen, welchen Einflüssen man sich aussetzt. Wer sich beispielsweise vor dem Schlafengehen Horrorfilme oder die Nachrichten mit all den Katastrophenmeldungen ansieht oder einen Krimi liest, braucht sich kaum zu wundern, wenn er danach schlecht schläft. Schließlich hat der Organismus all die negativen Informationen und die Anspannung in sämtlichen Körperflüssigkeiten und Zellen gespeichert. Dagegen wird das Wasser in unserem Körper in eine harmonische Schwingung versetzt, wenn wir etwa ein schönes Bild oder eine Blume einige Minuten lang betrachten oder entspannende Musik hören.

**Tipp**: Um das eigene Trinkwasser mit positiven Informationen aufzuladen, kann man ein Foto oder eine Postkarte mit einer schönen Blüte unter den Wasserkrug stellen. Wer ein Buch von Masaru Emoto mit Abbildungen der Wasserkristalle besitzt, kann ein solches Foto farbig kopieren und ebenfalls unter den Wasserkrug legen. Ich habe die Erfahrung gemacht, dass das Wasser tatsächlich anders schmeckt, wenn unter dem Wasserkrug ein Foto des Wasserkristalls liegt, welcher die Information des Wortes „Danke“ widerspiegelt.

Emotos Erkenntnisse über das Bewusstsein des Wassers sind in Japan so populär, dass aufgeschlossene Lehrer dieses Wissen mittlerweile in den Schulen weitergeben.

Wenn Gedanken, Gefühle, Worte, aber auch Musik und Bilder das Wasser und damit auch unseren Körper so empfindlich beeinflussen, übt dann womöglich *alles* in unserem Umfeld einen unsichtbaren Einfluss auf uns aus?

# Das Resonanzprinzip im Umfeld

# 17 Spiel der Wirkungskräfte – die Einflüsse von Farben, Formen & Co

*Hinter den Kulissen des Alltäglichen*
*sind kleine Wunder versteckt,*
*die auf glückliche Finder warten.*

*Hans Kruppa*

Die Natur folgt, wenn sie sich ungestört entfalten kann, dem Gesetz der Harmonie. Alles ist perfekt aufeinander abgestimmt. Deswegen empfinden wir einen Aufenthalt in der freien Natur häufig als erfrischend und erholsam. Die Energien, die in der Natur herrschen, „erinnern" nach dem Resonanzprinzip die Zellen unseres Organismus, in ein gesundes Gleichgewicht zurückzukehren. Wir „tanken" neben Sauerstoff auch Licht, Lebenskraft und Harmonie. Kein Wunder, dass ganzheitlich orientierte Ärzte von alters her ihren Patienten die Heilkraft von Mutter Natur verordneten, also zu regelmäßigen Aufenthalten im Freien rieten.

Doch nicht nur die Ärzte, auch die Baumeister vergangener Zeiten und alter Hochkulturen erkannten die in der Natur wirkenden harmonischen Prinzipien, die sich etwa im perfekten Aufbau eines Tannenzapfens, einer Nautilus-Muschel oder eines Kristalls widerspiegeln, und übertrugen sie in ihre Baukunst. Tempel, Kirchen und Dome, die nach diesen Prinzipien und Maßen errichtet wurden, strahlen häufig eine besondere Ruhe und Kraft aus, die in gewisser Weise auch heilend wirken. Leider ist uns dieses Wissen größtenteils verloren gegangen, so dass moderne Bauten häufig nicht nur äußerlich unharmonisch wirken, sondern darüber hinaus die Energie dieser Gebäude sich auf die Vitalität ihrer Bewohner selten förderlich auswirkt.

Eine fernöstliche Variante der alten Wissenschaft von der Wechselwirkung zwischen dem Menschen und seiner Umgebung ist die Feng-Shui-Lehre. Kern dieser Lehre ist die Erkenntnis, dass letztlich nichts ohne Wirkung ist. Im Feng Shui geht es darum, die wirkenden Kräfte des Umfeldes möglichst optimal und harmonisch zu gestalten, so dass ein angenehmes Wohn- und Arbeitsklima entsteht.

Die Prinzipien des Feng Shui werden bei der Auswahl von Grundstücken, beim Bau von Häusern und der Innengestaltung von Räumen angewandt mit dem Ziel, Harmonie, Gesundheit und Wohlbefinden der Bewohner zu fördern. Was in der chinesischen Geschäftswelt seit langem selbstverständlich ist, findet nun auch zunehmend Anklang in der westlichen Firmenkultur, nämlich die Prinzipien des Feng Shui bei der Planung und Gestaltung von Büros und Gebäuden zu berücksichtigen.

## Alles wirkt

Alles, was sich in unserem Umfeld befindet – Räume, Möbel, Gegenstände, Farben und Formen, Pflanzen, Tiere und die Menschen, die uns umgeben –, wirkt nach dem Resonanzprinzip in einer bestimmten Weise auf uns. Je mehr wir dafür sorgen, dass diese Einflüsse positiver Natur sind, umso wohler fühlen wir uns.

Die Fähigkeit zur Wahrnehmung feiner Schwingungen, die von belebter und unbelebter Materie ausgehen, ist grundsätzlich in jedem Menschen angelegt. Ein Großteil dieser Wahrnehmung läuft über das Gefühl. Fast jeder hat so etwas schon einmal erlebt: Man kommt an irgendeinen Ort, etwa in einen Raum, und fühlt sich ohne ersichtlichen Grund spontan unwohl. Irgendetwas von den Wirkungskräften dieses Ortes bereitet einem Unbehagen, vielleicht die Proportionen oder Farben des Ortes, vielleicht die Energien der Personen, die dort waren oder noch anwesend sind oder die Summe aus mehreren Einflüssen.

Wenn man sich bewusst ist, dass von allem, was existiert, eine Wirkung ausgeht, kann man im eigenen Umfeld gezielt die Stimmung erzeugen, die man haben möchte. Das eigene Umfeld beginnt bereits bei der Kleidung, umfasst aber auch die Wohnung samt Einrichtung bis hin zur Farbe des Autos, denn all dies wirkt, ob wir es bewusst wahrnehmen oder nicht.

Dazu ein amüsantes Beispiel. Eine meiner Bekannten hatte eine Zeitlang in ihrem Schlafzimmer ein modernes Gemälde hängen, das einen

Stierkampf darstellte. Obwohl der Raum an sich sehr schön war, helle Möbel hatte und ein gemütliches Bett zum Entspannen einlud, fühlte sie sich hier nicht wirklich wohl. Sie hatte jedoch keine Ahnung, warum das so war.

Irgendwann begann sich meine Bekannte für Feng Shui zu interessieren und beschäftigte sich eingehender mit der Wirkung von Formen, Farben und Gegenständen. Plötzlich wurde ihr klar, dass sich das Bild des Stierkampfes auf die Raumatmosphäre negativ auswirkte. Flugs tauschte sie es gegen das harmonische Bild eines Wasserfalls aus, und schlagartig strahlte der Raum eine viel freundlichere und einladende Atmosphäre aus.

Neben dem Inhalt des Bildes an sich spielt auch noch die Verfassung des Künstlers zu dem Zeitpunkt, als er das Werk schuf, eine beachtliche Rolle. Denn jeder Punkt des Gemäldes enthält die emotionale Schwingung, in der das Bild gemalt wurde. Wenn sich der Künstler in einer negativen Verfassung befindet und sich seine Probleme von der Seele malt, holt man sich mit seinem Bild diese negative Schwingung ins Haus.

Wie stark der Einfluss von Gemälden tatsächlich sein kann, wurde in den siebziger Jahren in einer Studie im New Yorker Metropolitan Museum gezeigt. Um herauszufinden, ob die dort aufgehängten Bilder schwächend oder stärkend auf den Betrachter wirkten, wurden mit einer Gruppe Personen kinesiologische Muskeltests durchgeführt. Mit Hilfe des Muskeltests lässt sich die Wirkung aller möglichen Objekte auf den Organismus genau feststellen. Negative Wirkungskräfte schwächen deutlich die Muskelkraft, während positive stärkend wirken.

Das erstaunliche Ergebnis des Gemäldetests: Bis auf ein einziges Bild hatten alle Gemälde eine schwächende Wirkung auf den Betrachter.[1] Genauso wie bei der Auswahl von Nahrungsmitteln ist es also durchaus empfehlenswert, sein „Bauchgefühl“ genau zu befragen, wie bestimmte Gegenstände auf einen selbst wirken, bevor man sich mit ihnen umgibt.

Wie sehr sich das, was man täglich anschaut, auf die eigene Gesundheit auswirkt, untersuchten Mediziner der Universität in Delaware (USA). Sie beobachteten den Verlauf der Rehabilitation bei sechsundvierzig an der Gallenblase operierten Patienten. Die eine Hälfte der Operierten erhielt ein Zimmer mit Blick auf eine Ziegelmauer, während die anderen dreiundzwanzig Personen von ihrem Zimmern aus auf grüne Laubbäume blicken konnten. Wie sich herausstellte, benötigten die Patienten mit Aussicht auf die grünen Bäume viel weniger Schmerzmittel und konnten überdies wesentlich eher aus der Klinik entlassen werden als die Patienten, die auf die Ziegelmauer schauten. Offenbar hatte die Vitalität der Bäume in Kombination mit der Wirkung der grünen Farbe eine die Heilung fördernde Wirkung.

## Die Magie der Farben

Die Farben, die in unserer Umgebung vorherrschen, können unsere Stimmung und unser Wohlbefinden stark beeinflussen. Man hat festgestellt, dass sich die schulischen Leistungen von Kindern verbesserten, wenn die Wände der Klassenzimmer in warmen Gelb- und Orangetönen gestrichen waren. In der Farblichttherapie wird die unterschiedliche Wirkung der Farben gezielt genutzt, um Heilprozesse anzuregen. Rotes Licht einer bestimmten Wellenlänge regt an, erhöht Blutdruck und Atemfrequenz, während blaues Licht eher beruhigt, und türkisfarbenes Licht wirkt Entzündungen entgegen. Grün kann je nach Farbton ausgleichend, beruhigend oder auch auf sanfte Weise belebend wirken.

Der amerikanische Augenarzt Dr. Jacob Liberman behandelte mehr als 3000 fehlsichtige Menschen mit individuell ausgewähltem farbigem Licht, das direkt in die Augen projiziert wurde.[2] Dadurch verbesserte sich nicht nur ihre Sehfähigkeit, auch psychische Prozesse wurden in Gang gebracht und aufgearbeitet. Ziel seiner Therapie ist es, die Selbstheilungskräfte anzuregen und den Energiefluss des Organismus wieder ins Gleichgewicht zu bringen.

Farben sind zudem ein Ausdruck der Persönlichkeit. Wer Farbe bekennt – im wahrsten Sinne des Wortes – drückt damit für andere erkennbar ein bestimmtes Lebensgefühl aus. So vermittelt die Farbe Gelb eine fröhliche Stimmung, während Dunkelblau eher kühle Distanz ausstrahlt. Ein zartes Pastellrosa wirkt sanft und zurückhaltend, ein leuchtendes Orange dagegen kraftvoll und lebendig. Es ist ein Unterschied, einen leuchtend roten oder einen grauen Pullover zu tragen, weil die Energie der roten Farbe aktivierend und belebend wirkt, Grau dagegen nicht.

In manchen Lebensphasen braucht man bevorzugt eine bestimmte Farbe, weil ihre Energie einem gerade gut tut. Verändert sich die persönliche Ausrichtung, kommen andere Farben ins Spiel. Das Wissen um die Wirkungskraft der Farben bildet einen wesentlichen Bestandteil der Aura-Soma-Lehre. Hierbei werden die heilenden Schwingungen farbiger Öle und Essenzen für therapeutische Zwecke genutzt.

Ein wenig spielerisches Experimentieren trainiert das eigene Gespür und hilft, gezielt die richtigen Farben auszuwählen, welche die Stimmung unterstützen, die man gerade haben möchte. Die richtige Farbe zur richtigen Zeit kann dazu führen, dass man einen regelrechten Kick an Lebensenergie erhält. Umgekehrt können unpassende oder fehlende Farben Nervosität, Unruhe oder auch depressive Stimmungen hervorrufen.

Ich persönlich liebe es, meine Umgebung durch farbige Gegenstände, Bilder, Pflanzen und Dekorations-Elemente so zu gestalten, dass ich in eine positive Stimmung gelange, weil ich all diese schönen Farben und Dinge in meiner Nähe habe. Und das muss nicht einmal viel kosten. Harmonische Bilder (oft genügt schon eine schöne Postkarte), farbige Kleidung, bunte Blumentöpfe und blühende Pflanzen können schnell eine andere Stimmung zaubern.

Um auf spielerische Weise seinen siebten Sinn für die Wahrnehmung der Farb-Energien zu trainieren, eignet sich die folgende Übung.

## Übung: Farbenergien „lesen“

Legen Sie hierfür einige farbige Bilder oder Postkarten vor sich hin, auf denen jeweils eine bestimmte Farbe deutlich vorherrscht (etwa ein leuchtend blauer Himmel, eine gelbe Blüte usw.). Schließen Sie kurz die Augen und atmen Sie einige Male tief ein und aus. Stellen Sie sich vor, dass beim Ausatmen alle Anspannung durch Ihre Füße in den Erdboden hineinfließt.

Richten Sie als Nächstes einige Atemzüge lang Ihre Aufmerksamkeit auf den Solarplexus im Bereich des Bauchnabels. (Der Solarplexus ist eine Ansammlung von Nervenzellen im Bauchraum, die man auch als Bauchhirn bezeichnet.) Während Sie mit Ihrer Aufmerksamkeit weiterhin im Solarplexus weilen, öffnen Sie die Augen und betrachten nun gezielt eine bestimmte Farbe, ohne sich auf eventuell abgebildete Formen zu fixieren.

Denken Sie nicht darüber nach, was Sie irgendwann einmal über diese Farbe gehört oder gelesen haben. Schalten Sie bewusst Ihren Verstand aus und konzentrieren Sie sich ganz auf Ihr Gefühl. Fragen Sie Ihr Bauchgefühl, wie sich diese Farbe *anfühlt*. Wirkt sie eher belebend oder beruhigend, sanft oder lebendig-dynamisch, heiter oder trist, warm oder kühl – was empfinden Sie? Was löst diese Farbe in Ihnen aus?

Sammeln Sie dann Ihre Aufmerksamkeit wieder im Solarplexus und spielen Sie dasselbe noch einmal mit einer deutlich anderen Farbe durch. So lernen Sie, die Unterschiede in der Wirkung der einzelnen Farben intuitiv zu erspüren. Versuchen Sie herauszufinden, auf welche Farbe Sie gerade besonders ansprechen – weil sie beruhigend, belebend, fröhlich oder in irgendeiner anderen Weise positiv auf Sie wirkt.

Wer seine inneren Antennen darauf ausrichtet, wird die unterschiedlichen Wirkungen der Farben bald fühlen können. Als weiteres „Trainingsfeld", um die Farbwirkung erspüren zu lernen, bieten sich auch die farbigen Auslagen in den Schaufenstern sowie die in der Natur vorhandenen Farben an.

Über die Konzentration auf das Bauchgefühl kann man auch lernen, Unterschiede in der Wirkung von Formen, Proportionen, Namen und Orten zu empfinden. Je öfter man spielerisch das intuitive Erspüren von Wirkungskräften trainiert, desto vertrauter wird man mit dieser Art von Wahrnehmung und umso selbstverständlicher kann man diese Fähigkeit im Alltag anwenden.

## Vielfalt im Detail

Wie von Farben bestimmte Wirkungskräfte ausgehen, so enthalten auch Namen ganz spezifische Schwingungsenergien (auch das hat Emoto mit seinen Wasserkristallforschungen nachgewiesen). Dies betrifft nicht nur Vornamen, deren Schwingung sehr stark auf ihren Träger wirkt, sondern auch Nachnamen, Straßen-, Städte- und Produktnamen.

Ob sich ein Produkt gut verkauft oder nicht, hängt zu einem nicht unerheblichen Teil davon ab, wie gut der Name und dessen Schwingung zum Produkt passen. Große Firmen beauftragen deshalb im Rahmen der Marktforschung eigene Abteilungen damit, den besten Namen für ein Produkt herauszufinden, ob es sich um Kosmetika handelt (besonders

Parfüms erhalten oft verführerische Namen), Süßwaren, Kaffee oder Autos.

Da es in unserem Umfeld schlichtweg nichts gibt, was ohne Wirkung ist, gehen auch von Zahlen bestimmte Kräfte aus. Die uralte Wissenschaft der Numerologie befasst sich detailliert mit der Energie von Zahlen und deren Auswirkung auf unser Leben. Wer sich näher damit befasst, kann beispielsweise aus dem Geburtsdatum eine Menge interessanter Informationen über eine Person entnehmen. Die alte Wissenschaft der Astrologie wiederum befasst sich mit der Wirkung der Sternkonstellationen zum Zeitpunkt unserer Geburt auf die Entwicklung unserer Persönlichkeit und unseres Lebens.

Natürlich ist es nicht notwendig, über all diese Einflüsse im Detail Bescheid zu wissen. Wenn man jedoch bis zu einem gewissen Grad gelernt hat, die wirkenden Energien des Umfeldes mit seinen inneren Antennen wahrzunehmen, kann das beispielsweise bei der Wohnungssuche sehr hilfreich sein. Zusätzlich zu den Informationen, die man über die „normalen" fünf Sinne empfängt, kann man dann erspüren, ob einem die Gesamtwirkung des Umfeldes – des Hauses samt seiner Bewohner, der Straße und des Stadtteils – gut tun würde, und zwar unabhängig davon, welcher Meinung der Verstand ist (der sich gern von vernünftigen Argumenten wie Preis, Lage, Ausstattung etc. leiten lässt).

Die Tatsache, dass der Charakter eines Ortes von der Summe aller dort wirkenden Energien geprägt wird, gilt für ein Haus ebenso wie auch für ein Wohnviertel, eine Stadt oder ein Land. Die Bewohner selbst, die Bauweise, die Geschichte, die Umgebung und das Klima prägen und erhalten die Stimmung einer Stadt. So ist beispielsweise die Grundschwingung und -stimmung der beiden Städte Florenz und Hamburg völlig verschieden.

Während Florenz eher von italienischer Lebensfreude, Unbeschwertheit und einer gewissen Lässigkeit geprägt ist, fühlen sich von Hamburg wahrscheinlich Menschen (und Firmen) angezogen, die ein repräsentatives, distinguiertes und sachliches Ambiente schätzen. Die eine Stadt ist deshalb nicht besser oder schlechter als die andere. Entscheidend ist, wo man sich am wohlsten fühlt und welche Energie am ehesten dem Lebensgefühl entspricht, das man selbst haben möchte.

Zu lernen, auf Wirkungskräfte zu achten, führt dazu, dass es einem mit der Zeit immer leichter fällt, sich mit genau den Energien zu umgeben, die das körperliche und seelische Wohlbefinden fördern.

## Entrümpeln befreit

Wenn man nicht aufpasst, wird man manchmal vom Jäger-und-Sammler-Trieb dazu verleitet, alle möglichen Dinge anzuhäufen, die man nicht wirklich braucht. Natürlich wirken auch die Schwingungen dieses „Gerümpels" auf einen selbst. Gerade Dinge aus der persönlichen Vergangenheit wie etwa Fotos oder Gegenstände, die uns etwa der Ex-Partner hinterlassen hat, haben Energien gespeichert und geben ihre Schwingung permanent in das Wohnumfeld ab. Hier heißt es sorgfältig abwägen, welchen Einflüssen man sich weiterhin aussetzen möchte. Denn allzu viele aus der Vergangenheit stammende Einflüsse können es deutlich erschweren, im Jetzt zu leben und sich für all die Chancen und schönen Momente zu öffnen, die die Gegenwart bietet.

Ich persönlich bin ein großer Fan vom Entrümpeln. Alles, was ich nicht wirklich brauche und benutze oder was mir nicht mehr gefällt, wird in regelmäßigen Abständen aussortiert, verkauft, gespendet oder verschenkt. Das anschließend regelmäßig auftretende Gefühl von mehr Leichtigkeit und Freiraum macht die aufgewendete Zeit in jedem Fall wieder wett. Wenn wir in unserem Umfeld für Klarheit sorgen und Ballast abwerfen, wirkt sich das auch auf unseren Geist klärend aus.

Apropos Ballast: Da alles eine Wirkung hat, ist es keineswegs egal, mit welchen Informationen wir unser Geist-Körper-System speisen. So kann man sich beispielsweise bewusst entscheiden, ob man seinen Verstand und sein Gefühl täglich mit all den Katastrophenmeldungen füttern will, die in den Medien gebracht werden. Es ist schlimm genug, dass auf der Welt täglich Unglücke geschehen. Indem wir uns emotional damit identifizieren und dann traurig, wütend oder deprimiert sind, ändern wir jedoch nichts am Geschehen.

Das einzige, was wir damit bewirken, ist, dass wir uns schlechter fühlen und die sorgenvolle Stimmung uns vielleicht den ganzen Tag verdirbt. Darüber hinaus verstärken wir global gesehen die negativen Energien im Gesamtbewusstsein der Menschheit.

Aber man muss sich doch informieren…?

Ein sehr erfolgreicher Unternehmer, der eine Firma mit über 400 Beschäftigten leitet, hat einmal gesagt: „Ich leiste mir den Luxus, nicht informiert zu sein." Er vertritt die Ansicht, dass zuviel Information, vor allem Negativmeldungen, so etwas wie Gehirnverschmutzung sind. Gerade in wirtschaftlich schlechten Zeiten liest er umso weniger den Wirtschaftsteil der Tageszeitung – weil ihm die schlechten Meldungen Kraft und Motivation rauben würden. Wenn auf Firmen-Veranstaltungen alle anderen Unternehmer unisono über die katastrophal schlechte Lage stöhnen, hält er sich von diesen Unken bewusst fern mit der Einstellung: „Das mag schon sein, dass die wirtschaftliche Lage mal besser war, aber es interessiert mich nicht."

Stattdessen widmet er sich unverzagt weiter seinen Zielen und Visionen – und fährt bestens damit. Selbst in wirtschaftlich schlechten Zeiten gedeiht und wächst seine Firma prächtig. Anstatt sich von den äußeren Umständen beeinflussen zu lassen, investiert er seine Energie in Visionen statt in Sorgen – mit großem Erfolg.

Ähnliche Erfahrungen machte ein Schriftsteller, der ungefähr zehn Jahre in einem Kloster verbrachte. Er lebte dort ohne Fernsehen, Radio oder Tageszeitung und schrieb drei Bücher. Während dieser Zeit bekam er also praktisch nichts von dem mit, was draußen in der Welt geschah, besuchte jedoch regelmäßig seine Freunde und Bekannten außerhalb des Klosters. Dabei stellte er immer wieder fest, dass er im Vergleich zu „denen da draußen" keinesfalls dümmer war, sondern wesentlich klarer in seinen Gedanken und Zielsetzungen.

## Zu Risiken und Nebenwirkungen fragen Sie…

Abgesehen von den relativ harmlosen Wirkungskräften, die von Farben, Formen und Objekten ausgehen, gibt es in dem Konzert aus Schwingungen, in dem wir uns ständig befinden, leider auch unsichtbare Kräfte, die weniger harmlos sind.

Dazu zählen zum Beispiel pathogene (krankmachende) „Erdstrahlen". Dies sind unterirdische Störzonen, etwa Wasseradern oder Erdverwerfungen, die, wenn man sich häufig in deren Einflussbereich aufhält, erhebliche Gesundheitsschäden verursachen können.

Wie sehr der menschliche Organismus in einer hochsensiblen Wechselwirkung mit den Energien seiner Umgebung steht, zeigen die Forschungen von Wiener Wissenschaftlern. Sie untersuchten die Wirkung „pathogener Standorteinflüsse" über zwei Jahre lang an mehr als 900 Freiwilligen.[3] In den Versuchen ermittelten Radiästhesisten (Rutengänger) zunächst eine vermeintlich krankmachende Störzone. Dann wurde ein Teil der Versuchspersonen gebeten, sich auf dieser Stelle zehn Minuten lang aufzuhalten, während die Personen der Kontrollgruppe dieselbe Zeit an einem radiästhetisch unbedenklichen Ort saßen. Währenddessen sowie anschließend wurden bei den Teilnehmern Blutdruck, Herzfrequenz, Atemfrequenz, Hautwiderstand und andere Werte gemessen.

Nach knapp 7000 Einzeluntersuchungen stand fest, dass bereits wenige Minuten Aufenthalt in einer Störzone ausreichten, um deutliche körperliche Belastungen zu erzeugen. Unschwer auszumalen, dass ein jahrelanger Aufenthalt auf solchen Störzonen eine Vielfalt verschiedenster Beschwerden und Krankheiten hervorrufen kann.

Ebenfalls bedenklich ist die Verstrahlung unserer Umgebung durch Elektrosmog. Hierbei handelt es sich um künstlich erzeugte elektromagnetische Felder, die in Resonanz mit den körpereigenen Frequenzen gehen und so Steuerungsprozesse im Körper durcheinander bringen können. Forscher haben nachgewiesen, dass die umweltbedingte permanente Belastung mit Elektrosmog den zelleigenen Reparaturmechanismus ermüdet, zu Fehlern bei der Zellteilung führt und Schäden in der Erbsubstanz erzeugt.

Wie einige Forscher entdeckten, kann unsere Erbsubstanz, die DNA, elektromagnetische Wellen empfangen und senden. Leider schwingt die DNA im selben Frequenzbereich, in dem die meisten der heutigen Handynetze senden, nämlich mit etwa 150 Megahertz.[4] Die Folgen sind noch nicht genau abzusehen, es gibt jedoch eine Vielzahl an Studien, die die Schadwirkung der Mobilfunkstrahlung auf die Gesundheit belegen. Auf dieses Thema im Detail einzugehen würde jedoch den Rahmen dieses Buches sprengen. Wer sich hierüber näher informieren möchte, findet im Anhang eine Reihe nützlicher Hinweise.

Da wir uns in ständiger Wechselwirkung nicht nur mit der „unbelebten" Materie, sondern auch mit den Energien der Menschen und Lebewesen in unserem Umfeld befinden und selbst feinste Schwingungen aus unserem sozialen Umfeld wahrnehmen, lohnt es sich, auch diesen Punkt einmal genauer unter die Lupe zu nehmen.

# 18 Tanz im Licht: Das Energiefeld von Lebewesen

*Ich werde die Welt mit*
*den Augen eines Kindes sehen –*
*voller Unschuld und innerem Frieden.*

*Billy Mills, Nicholas Sparks* [XI]

Wer hat das nicht schon einmal erlebt: Man hält sich ganz in der Nähe einer unbekannten Person auf, etwa in der U-Bahn, und plötzlich hat man das Gefühl, immer weiter wegrücken zu wollen, weil man sich in der Gegenwart dieses Menschen unbehaglich fühlt. Oder umgekehrt: Man fühlt sich in der Nähe einer völlig fremden Person auf unerklärliche Weise sehr wohl. Und zwar, ohne dass dieser Mensch etwas gesagt oder getan haben muss. Auf einer bestimmten Ebene haben wir jedoch die Ausstrahlung dieses Menschen wahrgenommen. Doch was genau haben wir da eigentlich gespürt?

Wie der Biophysiker Fritz-Albert Popp nachwies, geben lebende Organismen, also auch der menschliche Körper, eine schwache Lichtstrahlung ab. Dieses Licht ist mit empfindlichen Geräten (Restlichtverstärkern) messbar. Es erzeugt ein elektromagnetisches Licht-Energiefeld, das den gesamten Organismus wie eine unsichtbare, größere Hülle umgibt und auch als „Aura" bezeichnet wird.

Die winzigen Lichtquanten sind Informationsträger und haben die Eigenschaft, mit Lichtgeschwindigkeit aus dem Körper jedes Organismus in das Umfeld auszutreten. Auf diese Weise senden und empfangen Menschen, Tiere und Pflanzen ganze Felder von Informationen. Möglicherweise kommunizieren wir auf diese Weise, bewusst oder unbewusst, mit allen anderen Lebewesen. Wie sonst ist es erklärbar, dass eine Pflanze unsere Absicht spürt oder ein Vogel? Wie können sensitive Personen die Botschaft von Tieren und besonders Pflanzen verstehen, wo diese doch nicht im herkömmlichen Sinn „denken", also auch keine elektromagnetischen Gedankenwellen aussenden? Vielleicht wird diese

Kommunikation tatsächlich durch Licht ermöglicht, vielleicht ist Licht die Ursprache des Kosmos.

Da lebendige Zellen eine andere Qualität von Schwingung ausstrahlen als leblose Materie, sind die Energiefelder von Menschen, Tieren und Pflanzen leichter wahrzunehmen und zu spüren. Es gibt Vermutungen, nach denen der Heiligenschein auf religiösen Abbildungen genau dieses Lichtfeld zeigen soll, das von sensitiven Personen besonders gut in Kopfnähe wahrgenommen werden kann.

Popps Arbeitsgruppe hat einige bekannte Heiler im Labor „vermessen" und festgestellt, dass sich bei ihnen die Biophotonenabstrahlung der Hände deutlich erhöht, während sie bewusst Heilenergie durch ihre Hände fließen lassen.[1] Sie konnten offensichtlich allein durch gedankliche Konzentration die Materie ihres Körpers, also die Atome, in einen höheren Energiezustand versetzen. Dadurch schwingen die Atome mit einer höheren Frequenz, was die Energieabstrahlung der Person messbar erhöht.

## Das Licht des Lebendigen

Bereits seit den 40er Jahren des zwanzigsten Jahrhunderts ist es möglich, das menschliche Energiefeld fotografisch sichtbar zu machen. Entdecker und Vorreiter war ein russisches Forscherpaar, Valentina und Semyon Kirlian. Sie entwickelten die Kirlianfotografie, ein spezielles Aufnahmeverfahren, welches mit Hochfrequenzfeldern arbeitet. Hierbei werden die zu fotografierenden Objekte auf elektrisch geladene Platten gelegt und auf Spezialfilmen belichtet. Auf diese Weise erhielt man zunächst Schwarz-Weiß-Aufnahmen des Bioenergiefeldes von Lebewesen.

Fotografierte man mit dieser Technik beispielsweise die Hände und Füße von Versuchspersonen, zeigten die Aufnahmen einen leuchtenden Strahlenkranz um die Finger und Zehen, der ein für jeden Menschen einmaliges Muster aufwies. Anhand der Kirlianfotografie konnte man auch spezifische Unterschiede im Energiefeld zwischen gesunden und kranken Personen feststellen, und zwar sogar schon *bevor* tatsächlich Krankheitssymptome auftraten. So verändert sich das Energiefeld sichtbar, wenn sich etwa eine Erkältung ankündigt. Das weiterentwickelte

Kirlian-Verfahren wird heute in der ganzheitlichen Heilkunde zur Diagnose und Kontrolle des Behandlungserfolgs eingesetzt.

In den achtziger Jahren gelang es zwei indischen Gynäkologen, nur anhand einer Kirlian-Aufnahme einer einzigen Fingerspitze bei einhundert Frauen treffsicher Gebärmutterkrebs zu diagnostizieren.[2] Sie konnten sogar das jeweilige Stadium der Krankheit erkennen, weil das Strahlungsmuster um die Fingerspitze der Patientinnen jeweils auf typische Weise verändert war. Die Übereinstimmung dieser Diagnosemethode mit den klinischen Befunden war hundertprozentig.

## Aufschlussreiche Entdeckungen

In den 70er Jahren erforschte Dr. Valerie Hunt, emeritierte Professorin der University of California in Los Angeles, detailliert das menschliche Energiefeld.[3] Mit einem hochempfindlichen Messgerät, dem so genannten Aurameter, welches Frequenzen von bis zu 250.000 Hertz messen konnte, untersuchte sie die Energieausstrahlung zahlreicher Personen und fertigte detaillierte „Landkarten“ der Bioenergiefelder des Menschen an. Auch die Farben der Aura konnten mit diesem Gerät sichtbar gemacht werden.

Praktisch alle Regenbogenfarben sind im Bioenergiefeld des Menschen vorhanden. Unterschiede in der Leuchtkraft, wechselnde Farben sowie das Vorhandensein von zu viel oder zu wenig Energie an bestimmten Stellen spiegeln wechselnde Emotionen, aber auch Erkrankungen wider. Im Lauf ihrer Forschungen gelang es Dr. Hunt, einzelnen Krankheiten ganz spezifische Veränderungen im Energiefeld zuzuordnen.

Über die Beobachtung der aktuellen Veränderungen im Bioenergiefeld war es zudem möglich, festzustellen, ob und wie sehr eine bestimmte Heilmethode Erfolg zeigte. Valerie Hunt entdeckte außerdem, dass der Behandlungserfolg wesentlich davon beeinflusst wird, ob die Energiefelder des Patienten und des behandelnden Arztes oder Therapeuten in positiver Resonanz miteinander stehen. Dabei spielen auch die Farben der Aura eine große Rolle. Dr. Hunt erklärt das so: Wenn beispielsweise ein Patient die Frequenz der Farbe Rot in einer bestimmten (geringen) Dosierung benötigt, um seine Körperzellen in eine gesunde Schwingung zu versetzen und Heilungsprozesse einzuleiten, der Therapeut aber zuviel Rot in seinem Energiefeld trägt, wird der Patient wahrscheinlich die Zusammenarbeit mit ihm verweigern. Eine Unverträglichkeit der beiden Bioenergiefelder kann also den Heilungserfolg erheblich behindern.

Im Lauf ihrer Studien entdeckte die Forscherin, dass alle Begrenzungen und Krankheiten auf gestörten Mustern des Bioenergiefeldes beruhen. Die zugrunde liegende Ursache dieser Störungen sind Emotionen, etwa traumatische Erlebnisse, deren Energien quasi im Bioenergiefeld „festhängen" und das Gleichgewicht stören. Dies wiederum wirkt sich auf den Vitalzustand des Körpers, der Organe und der Psyche negativ aus. Alle Probleme, die wir nicht gelöst haben, bleiben in unserem Energiefeld „hängen". Gelingt es uns jedoch, unsere Emotionen und damit die Bioenergiefelder auszubalancieren, wird unser Organismus perfekt funktionieren. Wir können unser volles Potenzial entfalten und körperliche wie psychische Gesundheit, Energie, Kreativität, Genialität und mentale Kräfte erlangen. Basierend auf ihren Entdeckungen entwickelte Dr. Hunt verschiedene Behandlungsmethoden zur Heilung der körperlichen, emotional-psychischen- und Seelenebene.

## Auf Empfang – Biofelder wahrnehmen

Auch ohne komplizierte Geräte ist es möglich, sich von der Existenz des Körperenergiefeldes selbst zu überzeugen. Den meisten Menschen gelingt es relativ leicht, das elektromagnetische Energiefeld des Körpers zu *spüren*.

### Übung: Das Körperenergiefeld fühlen

Halten Sie beide Hände mit ungefähr einem Meter Abstand zwischen beiden Handflächen vor den Körper, als wenn Sie einen großen Ball umfassen würden. Nähern Sie dann sehr langsam(!) beide Handflächen einander an. In irgendeinem Abstand werden Sie vielleicht ein sanftes Kribbeln verspüren oder einen leichten Druck, als wenn Sie einen Wattebausch zwischen den Händen halten würden. Bewegen Sie die Handflächen einige Male langsam vor und zurück, um diesen Effekt zu spüren. Er wird durch das

Aufeinandertreffen der Energiefelder beider Hände verursacht. Manche Menschen spüren diesen Effekt deutlicher, wenn sie zuvor beide Handflächen kräftig aneinander reiben.

Lassen Sie als Nächstes beide Handflächen in einem Abstand von 15 bis 20 Zentimetern gegeneinander kreisen. Vielleicht spüren Sie dabei ein leichtes Ziehen oder Kribbeln in den Handflächen, obwohl diese sich nicht berühren. Dieser Effekt entsteht durch die Interferenz der Energiefelder beider Hände.

Winkeln Sie dann eine Hand im Handgelenk rechtwinklig nach innen ab, so dass die Handfläche nach unten zeigt. Halten Sie die andere Hand senkrecht vor sich, wobei die Handfläche zur Seite und die Fingerspitzen nach oben zeigen. Richten Sie die ausgestreckten Fingerspitzen der abgewinkelten Hand auf die Finger der senkrecht hochgehaltenen Hand, und bewegen sie sie in einem Abstand von wenigen Zentimetern an den Fingern der senkrecht gehaltenen Hand vorbei, ohne sie zu berühren. Haben Sie dennoch das Gefühl, als ob sich die Finger berühren würden? Auch das ist eine Wirkung Ihres Energiefeldes, das ja über die physischen Körpergrenzen hinausreicht und Ihre Finger quasi „verlängert".

Die Ausdehnung des menschlichen Energiefeldes variiert, es kann bis zu mehreren Metern weit reichen und zum Beispiel durch meditative Techniken in seiner Reichweite verändert werden.

Über unser Bioenergiefeld stehen wir in ständigem Austausch mit der belebten und unbelebten Umgebung. Hält man sich in der Nähe einer anderen Person auf, so dass man sich innerhalb deren Energiefeld befindet, nimmt man intuitiv einen Teil ihrer Persönlichkeit wahr. Das erklärt, warum man manchmal eine Person spontan als sympathisch oder auch unsympathisch empfindet. Die gebräuchliche Redewendung, mit jemandem „auf derselben Wellenlänge" zu sein, drückt ebenfalls aus, dass wir auf einer subtilen Ebene die Schwingungen einer anderen Person wahrnehmen.

Ob wir jemanden gut leiden können oder nicht, spiegelt sich unmittelbar in unserer Aura wider, wie Forscher anhand der Kirlianfotografie nachweisen konnten.[4] Wenn zwei Menschen füreinander Zuneigung empfanden, dehnten sich bei beiden Personen die Energiefelder der Fingerkuppen auf den Kirlianfotografien aus. Dagegen zogen sich die Energiefelder der Fingerkuppen zurück, wenn Abneigung vorherrschte.

Mit ein wenig Übung kann man die Energiefelder von Lebewesen auch ohne Hilfsmittel *sehen.* Zwar besteht die Aura aus vielen verschiedenen Farben und Schichten, was die meisten Menschen jedoch zuerst wahrnehmen, ist eine Art weißlich-bläulicher Schimmer, der den Körperkonturen exakt folgt.

**Übung: Das Körperenergiefeld sehen**

Am leichtesten kann man das Energiefeld einer anderen Person sehen, wenn sich diese in einigen Metern Entfernung vor einen hellen bzw. einen dunklen, einfarbigen Hintergrund stellt. Dann schaut man knapp an der Person vorbei in ein imaginäres Ziel in der Ferne, ohne jedoch etwas Bestimmtes zu fixieren. Nach einiger Zeit kann man dann das Energiefeld als eine Art hellen, weißlich-bläulichen Lichtschimmer wahrnehmen, der den Körperkonturen folgt. Oft gelingt das am leichtesten im Bereich des Kopfes und der Schultern.

Verzagen Sie nicht, wenn es nicht gleich beim ersten Versuch klappt, der Körper braucht manchmal etwas Zeit, um sich an diese neue Art des „Sehens“ zu gewöhnen. Am besten experimentiert man damit spielerisch bei verschiedenen Gelegenheiten. Wer beispielsweise in einem Vortrag sitzt, über die Köpfe der anderen Zuhörer hinwegschaut, und der Redner steht zufällig vor einem hellen Hintergrund, wird vielleicht um die Köpfe und Schultern der Zuhörer oder auch des Vortragenden ein helles Schimmern wahrnehmen können. Auch ein Besuch im Kino bietet ein gutes Experimentierfeld.

Drunvalo Melchizedek beschreibt einen weiteren Versuch, bei dem es speziell darum geht, die Aura der Hände zu sehen.[5] Man benötigt für dieses Experiment ein schwarzes Tonpapier als Hintergrund. Dann stellt man sich unter eine Lampe mit Dimmer, hält eine Hand im Abstand von wenigen Zentimetern vor das schwarze Papier und dämpft das Licht so weit, bis man die Hand nicht mehr erkennen kann. Anschließend wartet man einige Sekunden, bis sich die Augen an die Dunkelheit gewöhnt haben. Wenn dann die Hand wieder auftaucht, sollte man die Aura erkennen können. Wenn man, ohne zu blinzeln, etwa zehn Sekunden auf das letzte Glied eines Fingers starrt, kann man den weiß-bläulichen Lichtschimmer um die Finger herum sehen.

## Strahlende Wirklichkeit

Da alle Lebewesen ein Energiefeld besitzen, bietet auch die Natur ein breites Trainingsfeld. So gelingt es relativ leicht, in der Dunkelheit die Aura von Bäumen zu erkennen (zwar ist dies auch tagsüber möglich, doch den meisten Menschen fällt es im Dunkeln leichter). Auch hier schaut man wieder knapp an dem Baum vorbei in die Ferne. Mit etwas Übung kann man dann ein helles, schimmerndes Feld wahrnehmen, das den Konturen des Baumes folgt und sich vielleicht sogar strahlenförmig nach außen ausdehnt.

Einige Menschen können nicht nur die hell schimmernde Kontur des Energiefeldes, sondern darüber hinaus auch die Farben der Aura erkennen. Eine meiner Bekannten hatte vor einiger Zeit ein interessantes Erlebnis. Eines Abends saß sie todmüde in der U-Bahn und döste mit offenen Augen vor sich hin. Sie schaute leeren Blickes über die anderen Fahrgäste hinweg, irgendwohin in die Ferne – und sah plötzlich, dass alle Personen von einem leuchtend bunten, eiförmigen Feld aus farbigem Licht umgeben waren. Dieser Anblick sei unglaublich schön gewesen, schwärmte sie.

Kinder haben noch häufiger die Fähigkeit, die Energiefelder von Lebewesen wahrzunehmen. Möglicherweise hängt dies damit zusammen, dass bei ihnen in der Regel die rechte, intuitive Gehirnhälfte wesentlich aktiver ist als bei den meisten Erwachsenen. Wenn ein Kind also plötzlich anmerkt, dass die Person dort drüben eine rote Wolke um den Kopf trägt, sieht es wahrscheinlich die Farben der Aura.

Wie die bekannte Heilerin und ehemalige NASA-Physikerin Barbara Brennan in einem Interview erklärte, ist das Energiefeld, das jeden Menschen umgibt, eine Reflexion dessen, was wir denken, fühlen und was uns als Persönlichkeit kennzeichnet. Individuelle Erfahrungen, Gefühle, Wünsche, Charaktereigenschaften, Vorlieben und Abneigungen sind quasi als Stempelabdruck in unserem Bioenergiefeld gespeichert.[6]

Sensitive Personen können in diesem Energiefeld wie in einem unsichtbaren Buch lesen und auf diese Weise Menschen innerhalb kürzester Zeit in ihrer Gesamtpersönlichkeit erfassen. Sie brauchen sich nur einen Moment lang auf eine Person zu konzentrieren, um Bescheid zu wissen über deren Lebensziele, Erfahrungen, Wünsche, Probleme und eventuelle Krankheiten. Wenn man von einen solchen Menschen angeschaut wird, hat man das Gefühl, regelrecht durchleuchtet zu werden.

Da die von einer Person ausgestrahlten Schwingungen noch eine Weile im Raum bestehen bleiben, können sensitive Menschen auch beschreiben, welche Person zuletzt auf einem leeren Stuhl gesessen hat, welche Kleidung sie trug, welche Eigenschaften sie hatte etc. In einigen Ländern bedient sich die Kriminalpolizei der Fähigkeiten sensitiver Personen, um Vermisste zu finden. Die Fähigsten unter ihnen verbinden sich beispielsweise anhand eines Fotos oder Namens mit dem Energiefeld der vermissten Person. Auf diese Weise erhalten sie Eindrücke von den Ereignissen und können den gegenwärtigen Aufenthaltsort und Zustand einer Person ziemlich genau beschreiben.

Energiefelder und Schwingungen wahrzunehmen, ob sie von Personen, Gegenständen oder Orten ausgehen, ist eines. Doch wie geht man anschließend mit solchen Einflüssen um, die man als störend oder unangenehm empfindet, wenn man gerade nicht die Möglichkeit hat, einfach aufzustehen und fortzugehen?

## Liebe ist der beste Schutz

Bei allen Einflüssen, die aus der Umgebung auf uns einwirken, ist es wichtig, eins nicht zu vergessen: dass wir es bis zu einem gewissen Grad selbst in der Hand haben, wie empfindlich unser Organismus auf äußere Einflüsse reagiert.

Hierbei spielt die innere Einstellung eine große Rolle, wie auch Jasmuheen ausdrücklich betont. Viele Menschen, die auf dem spirituellen Weg sind, klagen über eine enorme Sensitivität gegenüber allen möglichen unpassenden oder störenden Energien. Sie pflegen die Einstellung, *empfänglich* zu sein gegenüber Störeinflüssen – und natürlich erleben sie auch genau das. Dies muss aber nicht so sein.

Statt Energien zu *absorbieren*, kann man sich auch die umgekehrte Einstellung zulegen, von nun an Liebe, Harmonie etc. *auszustrahlen*. Zum Beispiel, indem man sich bewusst mit einer höheren (göttlichen) Quelle von Liebe, Weisheit und Kraft verbindet oder einfach nur beschließt, bewusst Liebe auszusenden. Diese Entscheidung allein reicht, um spürbar die eigene Ausstrahlung zu verändern, ohne dass man sich anstrengen oder etwas Bestimmtes vorstellen muss. Man versetzt auf diese Weise sich selbst, seinen Körper und das Umfeld in eine höhere Schwingung, und das kann wahre Wunder vollbringen.

Ich habe diese Technik – etwa beim Einkaufen in großen Menschenmengen oder auf Vorträgen – mehrfach ausprobiert mit dem angenehmen Ergebnis, dass ich mich in einem permanenten Wohlgefühl befand, egal, welche Stimmung gerade im Umfeld herrschte. Man tut auf diese Weise sich selbst und anderen Gutes und verbreitet Harmonie im Umfeld. Das wiederum spüren natürlich auch die Mitmenschen und reagieren entsprechend aufgeschlossener.

Diese Methode funktioniert aber auch gut, um sich selbst in eine bessere Stimmung zu versetzen, wenn man gerade gestresst, deprimiert, ärgerlich oder in andere disharmonische Gefühle verstrickt ist. Die Schwingung der Liebe löst negative Emotionen auf, sowohl bei einem selbst als auch bei anderen.

Um auf ein anderes emotionales Programm umzuschalten, reicht es manchmal aus, nur das Wort „Liebe" zu denken. Unser Unterbewusstsein und die Zellen unseres Körpers wissen schon, was damit gemeint ist. Etwas in uns erinnert sich, und in diesem Moment beginnt bereits die Veränderung. Wer mag, kann dabei zusätzlich die Verbindung mit einer höheren Kraft visualisieren oder sich vorstellen, Liebesschwingungen in Form von Licht durch den eigenen Körper und in die Umgebung oder gezielt zu einer bestimmten Person zu senden.

Ich habe die Erfahrung gemacht, dass allein die Entscheidung, Liebe auszustrahlen, bewirkt, dass die zwischenmenschliche Kommunikation auf eine andere Ebene gehoben wird. Selbst schwierige Gespräche, vor denen man sich vielleicht gefürchtet hat, verlaufen harmonischer, einfach deshalb, weil man sich selbst gar nicht erst auf das Spielfeld von Angriff, Verteidigung und Machtspielereien begibt, sondern von vornherein auf einer anderen Ebene beginnt, wo das Ego – das eigene und das des anderen – keine Bedeutung hat. Das spürt natürlich auch der Gesprächspartner, und die Kommunikation verläuft entspannter und harmonischer.

Auf diese Weise zu kommunizieren ist ein echtes Vergnügen. Man selbst bleibt gelassen und ruhig, tauscht sachlich Argumente aus, braucht nicht zu kämpfen, ist selbstsicherer, frei von Angst und erlebt eine friedvolle Kommunikation. Egal, wie das Gespräch ausgeht, man fühlt sich nachher gut, weil man in sich zentriert geblieben ist.

Was menschliche Beziehungen betrifft, deuten neuere wissenschaftliche Forschungen darauf hin, dass wir nach dem Resonanzprinzip nicht nur mit unserer Familie, unseren Freunden und den Menschen in unserem Umfeld verbunden sind, sondern dass darüber hinaus ein weit größeres „Energienetz" existiert, das uns alle auf einer globalen Ebene miteinander verbindet.

# Globale Resonanz

# 19 Das Superbewusstsein – wir sind alle vernetzt

*Ich glaube, dass, wenn ein*
*einziger Mensch spirituell wächst,*
*mit ihm die ganze Welt wächst,*
*und dass, wenn ein einziger*
*Mensch fehlgeht, in dem Maße*
*die ganze Welt fehlgeht.*

*Mahatma Gandhi*

Es gibt interessante Hinweise darauf, dass möglicherweise ein übergeordnetes Gesamtbewusstsein der Menschheit existiert, an dem wir alle auf einer bestimmten Ebene teilhaben. Schon der Psychoanalytiker C. G. Jung sprach vom „kollektiven Unbewussten". Der britische Biologe Rupert Sheldrake geht davon aus, dass die im Raum vorhandenen morphischen Felder aller existierenden Arten das kollektive Gedächtnis der jeweiligen Art enthalten.[1] Diese Felder interagieren mit dem Nervensystem und dem Gehirn der Angehörigen einer Art und prägen so das Verhalten von Individuen und Gruppen. Auf diese Weise sind alle Individuen einer Art unsichtbar miteinander vernetzt. Sie stehen in ständiger Resonanz mit ihren Gruppenfeldern sowie der darin enthaltenen Information. Doch damit nicht genug: Diese Resonanz wirkt *unabhängig von Raum und Zeit*. Sie reicht von der Vergangenheit bis in die Gegenwart, umfasst aber auch Aspekte der Zukunft.

Über das morphische Feld sind alle Menschen miteinander und mit dem kollektiven Gedächtnis der Menschheit verbunden. Dieses Urgedächtnis wird auch als Akasha-Chronik bezeichnet. Das Wort „Akasha" ist aus dem Sanskrit abgeleitet. In der altindischen Philosophie bezeichnete man damit sowohl den Raum als auch eine feinstoffliche, den Raum erfüllende Substanz, in der alle Dinge ihren Ursprung haben sollen.

In der Akasha-Chronik soll alles enthalten und abrufbar sein, was die Menschheit jemals erdacht und erschaffen hat und je erdenken wird.

Wie auf einer gigantischen Festplatte sind dort alle vergangenen, gegenwärtigen und zukünftigen Ereignisse gespeichert. Geht man davon aus, dass es eine solche kosmische Datenbank tatsächlich gibt, werden bestimmte Phänomene wie etwa Hellsehen, Präkognition (Vorausahnungen) und Erinnerungen an frühere Leben besser verständlich.

## Surfen im Biointernet

Der konkrete Ort, über den wir mit dem Gesamtbewusstsein der Menschheit verbunden sind, soll neueren Forschungen von Molekularbiologen und Biophysikern zufolge die DNA sein. Demnach haben wir in jeder Zelle unseres Körpers eine mikrokleine DNA-Antenne, die gleichzeitig als Sender und Empfänger wirkt. Wie die Physiker Grazyna Fosar und Franz Bludorf in ihrem Buch *Vernetzte Intelligenz*[2] erklären, können uns über die DNA-Antenne Informationen unabhängig von Raum und Zeit zufließen. Dadurch sind wir auf einer bestimmten Ebene wie in einem gigantischen Internet alle miteinander vernetzt. Somit würden die Erfahrungen, das Wissen und die Fähigkeiten aller Mitglieder einer Gruppe *jedem einzelnen* Mitglied dieser Gruppe zur Verfügung stehen, vorausgesetzt, es ist in der Lage, sich dessen bewusst zu werden.

Dem Einzelnen steht somit nahezu unendlich viel Information zur Verfügung, wenn es ihm gelingt, sich in das Gesamtbewusstsein „einzuloggen". Auf dieselbe Weise kann auch jeder sein persönliches Wissen in das globale „Internet" einspeisen und so Millionen anderer Menschen zugänglich machen. Im Prinzip kann man über die DNA in diesem Bewusstseins-Netzwerk wie im Internet „surfen", eine eigene „Homepage" haben und mit anderen Mitgliedern, die „online" sind, „chatten".

Das Medium, über das die Informationen übermittelt werden, ist Fosar und Bludorf zufolge wiederum Licht, also elektromagnetische Wellen. Neben der bewussten Kommunikation über Worte unterhalten wir uns also permanent auf der parallelen Ebene der DNA und empfangen so bewusst oder unbewusst Gedanken, Gefühle und Informationen von anderen Menschen.

Interessanterweise reicht die Kommunikation per DNA über die eigene Art hinaus. Auch unterschiedliche Lebewesen und Intelligenzformen sollen sich auf diese Weise miteinander vernetzt sein und austauschen können. Das würde zum Beispiel erklären, warum wir uns mit Tieren und Pflanzen, aber auch anderen Bewusstseinsformen „unterhalten" können. So hält es der britische Biologe Rupert Sheldrake für möglich, dass wir selbst mit dem Bewusstsein der Sonne, der Galaxis oder mit himmlischen Wesen kommunizieren können. Er bezeichnet dies als eine Art intergalaktischer Telepathie.[3] Dass alle Lebewesen wie in einem gigantischen Bio-Internet miteinander verbunden sind, ist übrigens Grundlagenwissen zahlreicher Urvölker.

## Schlüssel zum Unbewussten

Die Informationen, die wir erhalten, indem wir uns auf das globale Informationsnctz einschwingen, können wir jedoch erst entschlüsseln, wenn wir sie uns bewusst machen. Denn solche Informationen, so betont der Gehirnforscher Gunter Haffelder, werden von der rechten Gehirnhälfte empfangen, wodurch sie kaum ins Bewusstsein dringen. Nur die linke Hemisphäre habe Zugang zum Bewusstsein.

Es ist jedoch möglich, sich in veränderte Bewusstseinszustände zu begeben, wie es etwa in tiefer Meditation geschieht oder im gedankenfreien Zustand vollkommener Gegenwärtigkeit. In diesem Zustand können wir auch Informationen auffangen, die uns im normalen, von Gedanken erfüllten aktiven Wachzustand nicht zugänglich sind. In diesem Zustand erhöhter Empfänglichkeit verändert sich unsere Schwingung, so dass wir beispielsweise in Resonanz mit dem morphischen Feld der Menschheit und den darin vorhandenen Ideen und Informationen geraten können.

Berühmte Musiker, Dichter und Erfinder haben übereinstimmend berichtet, sie hätten ihre besten Ideen und größten Inspirationen in einem entspannten Zustand der Halbtrance bekommen, in einem Zustand, in dem das bewusste Denken ausgeschaltet ist. Die unglaubliche Kreativität von Genies wie Albert Einstein, Mozart, Leonardo da Vinci und Van Gogh wäre dann wahrscheinlich darauf zurückzuführen, dass sie einfach einen besseren Draht zur allgegenwärtigen Ideendatenbank besaßen als die meisten Durchschnittsmenschen.

Die Existenz einer gemeinsamen kosmischen Datenbank würde auch erklären, warum es immer wieder Personen gibt, die auf eine verblüffend ähnliche Weise malen oder komponieren wie berühmte verstorbene Künstler. Das Vorhandensein einer gemeinsamen Datenbank der Menschheit würde zudem erklären, warum es in der Geschichte wiederholt vorgekommen ist, dass Forscher in teilweise weit voneinander entfernten Orten nahezu zeitgleich dieselbe Erfindung gemacht haben.

Beispielsweise erfanden Carl Benz und Gottlieb Daimler fast zeitgleich – im Jahre 1885 – an verschiedenen Orten voneinander unabhängig das Automobil.[5] Möglicherweise waren sie jedoch, da sie an denselben Themen arbeiteten, auf einer geistigen Ebene über das Gesamtbewusstsein der Menschheit miteinander verbunden. Der englische Naturforscher Alfred Russel Wallace (1823–1913) entwickelte im Dschungel von Borneo zur selben Zeit dieselben Ideen über die Evolution wie Charles Darwin. Als letzterer einen Artikel von Wallace las, war er regelrecht erschüttert, denn es schien ihm, als würden dort seine eigenen Worte stehen.

Dass wir die Möglichkeit haben, uns auf bestimmte Felder anderer Menschen und Gruppen geistig einzuschwingen, ist auch der Grund, warum das Familienstellen überhaupt funktioniert. Bei dieser therapeutischen Methode werden Personen, die nicht zur Familie gehören, als Stellvertreter für Angehörige einer Familie wie Schachfiguren räumlich zueinander in Beziehung gestellt. Dadurch entsteht ein morphisches Feld, über das die Personen, die stellvertretend bestimmte Familienmitglieder repräsentieren, in Resonanz mit den Feldern dieser Familie und der Person, die sie darstellen, gelangen. Auf diese Weise erhalten sie Zugang zu aktuellen und vergangenen Ereignissen der Familie und können ihre Eindrücke treffend schildern.

## Unsere Wirklichkeit – ein Hologramm?

Anscheinend spielt bei der Vernetzung über das Gruppenbewusstsein auch die Beschaffenheit unseres Universums eine wesentliche Rolle. So hält es der britische Astrophysiker Stephen Hawking für möglich, dass unsere Welt in Wirklichkeit ein Hologramm ist.[6] In einem Hologramm ist alle Information über das Gesamtbild in jedem einzelnen Punkt des Bildes enthalten. Auf den Kosmos übertragen bedeutet dies, dass sämtliche Information des Universums in jeder existierenden Zelle zu finden ist, dass also jedes Sandkorn, jedes Haar und jeder Fingernagel den Aufbau des gesamten Universums in sich trägt.

Falls unsere Welt tatsächlich ein Hologramm ist, dann müssen auch alle Informationen überall vorhanden sein. Vorausgesetzt, wir könnten sie „lesen", stünde uns damit ein riesiges Potenzial an Wissen und Möglichkeiten zur Verfügung. Hellseher wären demnach Menschen mit der Fähigkeit, diese Quelle „anzuzapfen".

Wie Drunvalo Melchizedek erläutert, haben intensive Forschungen der NASA (der amerikanischen Raumfahrtbehörde) inzwischen bestätigt, dass unsere Wirklichkeit tatsächlich holografischer Natur ist, weshalb sich jede kleinste Veränderung, wie etwa ein Gedanke, überall im Universum auswirkt.[7] Hologramme entstehen durch Licht. Demnach würde alle Materie letztlich aus einer Form von „verdichtetem" Licht bestehen, eine Auffassung, die von einigen modernen Physikern vertreten wird.

Viele Urvölker dieser Welt wissen intuitiv von der komplexen Beschaffenheit unseres Universums. So ist aus der Sicht der nordamerikanischen Pueblo-Indianer alles, was in diesem Universum existiert, miteinander verbunden, zwar nicht unbedingt physisch, aber doch zumindest auf einer nicht-physischen Ebene[8]. Die Indianer sind davon überzeugt, dass die physische Welt nur eine von vielen Dimensionen der Realität ist und dass es zahlreiche weitere nichtmaterielle Ebenen gibt. Alle Dimensionen sind miteinander vernetzt und können sich gegenseitig beeinflussen. Außerdem enthält ihrem Verständnis nach jedes kleine Teilchen der Schöpfung auch immer das Ganze. Dadurch haben alle Aspekte der Schöpfung Einfluss auf alle anderen Aspekte, wie klein sie auch immer sein mögen. Aus dieser Sichtweise heraus resultiert eine hohe Achtsamkeit, denn kein Mensch kann einem anderen Wesen Leid zufügen, ohne damit sich selbst und der Welt zu schaden. Niemand kann dauerhaft Wohlstand und Frieden finden, indem er den Wohlstand und Frieden anderer zerstört.

Nach dem Verständnis der amerikanischen Indianer ist der Planet Erde ein lebendiger Organismus, der äußerst sensibel darauf reagiert, wie wir Menschen miteinander und mit allem Leben auf der Erde umgehen. Die Gedanken und Gefühle der Menschen seien wie Wellen, die die gesamte Erde durchdringen. Wenn sie sehr negativ sind, wehre sich die Erde. Nach Ansicht der Indianer reagiert die Erde auf die zahlreichen Kriege, die Nuklear- und Umweltverschmutzung sowie die gnadenlose Ausbeutung der Ressourcen, indem sie Wirbelstürme, Erdbeben, Feuersbrünste, Vulkanausbrüche und Überschwemmungen produziert, um sich selbst wieder ins Gleichgewicht zu bringen, aus dem wir Menschen sie herausgebracht haben.[9]

Es gibt auch „moderne“ Theorien, nach denen das geballte Bewusstsein der Bewohner eines bestimmten Gebietes auf das dortige Wetter einen Einfluss ausübt und an der Entstehung von Erdbeben und Überschwemmungen mit beteiligt ist. So postulieren die Forscher Grazyna Fosar und Franz Bludorf in ihrem Buch *Vernetzte Intelligenz*[10], es sei grundsätzlich möglich, das Wetter mental zu beeinflussen, indem viele Menschen ihr Denken synchronisierten. Das Gehirn produziert ja die so genannten Schumann-Frequenzen, die in die Umgebung ausstrahlen. Von eben diesen Frequenzen, die ja auch die Erde selbst hervorbringt, wird unser Wetter weltweit stark beeinflusst. Wer weiß, vielleicht wäre diese Interaktion zwischen Geist und Erde zumindest eine mögliche Erklärung für die Fähigkeit mancher Schamanen, durch ihre konzentrierte Absicht bei Bedarf Regen oder auch andere Wettererscheinungen „herbeizuzaubern“.

Dass die Gedanken, die wir aussenden, nicht nur unseren persönlichen Alltag, sondern darüber hinaus auch das globale Geschehen beeinflussen, wird durch moderne Forschungen bestätigt.

# 20 Wir sind die Schöpfer der globalen Realität

*Jeden Moment erschafft*
*dein Bewusstsein die Welt,*
*in der du lebst.*

*Eckhart Tolle* [XII]

Um die Existenz eines globalen menschlichen Bewusstseinsfeldes zu überprüfen, riefen Wissenschaftler der Universität von Princeton (USA) ein weltweites Forschungsprojekt ins Leben, das „Global Consciousness Project".[1] Die Frage, der die Forscher nachgehen, lautet: Wenn es ein kollektives Bewusstsein der Menschheit gibt, ist dies in der Lage, die Ergebnisse von Zufallsgeneratoren nachweislich zu beeinflussen? Wenn viele Menschen aufgrund eines weltbewegenden Ereignisses dasselbe denken und fühlen, würden dies die Computer registrieren?

Kern des seit 1998 laufenden Forschungsprojekts bilden einige Dutzend über die ganze Welt verteilte Zufallsgeneratoren. Diese Rechner erzeugen per Computerprogramm Tag und Nacht eine rein zufällige Folge von Nullen und Einsen, die durch nichts zu beeinflussen sein sollte – außer vielleicht durch menschliches Bewusstsein.

Die von den Zufallsgeneratoren pro Sekunde produzierten Daten werden per Internet an den Zentralcomputer in Princeton zur Auswertung geschickt. Dort werden die Daten in graphische Verlaufskurven übertragen und mit der Linie verglichen, die bei einem rein zufälligen Ergebnis zu erwarten gewesen wäre. Nur diejenigen Abweichungen vom Zufall, die an mehreren Orten der Welt gleichzeitig aufgetreten sind, gelangen in die nähere Auswertung.

Das unerwartete Ereignis des 11. September 2001 brachte den Forschern aus Princeton eine interessante Erkenntnis. In Windeseile breitete sich damals die Nachricht vom Anschlag in New York über die elektronischen Medien und Fernseher in aller Welt aus. Ein Großteil der Menschheit war schockiert über das Ereignis, viele Menschen dachten und fühlten auf eine ähnliche Weise – und genau dies spiegelte sich in den Daten der Zufallsgeneratoren wider. Die Rechner produzierten plötzlich *geordnete* Zahlenreihen, die deutlich von dem erwarteten zufälligen Ergebnis abwichen. Hat die Welle der Emotionen, die um die Welt ging, das Bewusstsein der Menschen so geeint, dass die Computer davon beeinflusst wurden? An diesem Tag beobachteten die Forscher jedenfalls die größte Veränderung, die sie jemals registriert hatten.

Ähnliche ordnende Einflüsse auf die Zufallscomputer wurden auch bei einigen weiteren weltbewegenden Ereignissen wie Erdbeben, dem Neujahrsfest, der Begräbniszeremonie von Prinzessin Diana, großen Sportveranstaltungen (z. B. den Olympischen Spielen) und bei einigen großen globalen Friedensmeditationen beobachtet.

Aufgrund der Ergebnisse ihrer Studien gehen die Forscher von Princeton davon aus, dass tatsächlich ein globales menschliches Bewusstseinsfeld existiert. Offensichtlich haben die kollektiven Gedanken und Emotionen einer großen Anzahl von Menschen die Ergebnisse der Computer beeinflusst. Das an sich ist ja schon beeindruckend. Doch damit nicht genug.

## Impulse aus der Zukunft

Die Physiker Grazyna Fosar und Franz Bludorf analysierten die Datenkurven vom 11. September genauer und kommen zu dem umwälzenden Schluss, dass die Weltbevölkerung durch ihre kollektive Ausstrahlung negativer Überzeugungen dieses Ereignis selbst herbeigeführt hat.[2]

Wenn man die Zufallskurven des 11. Septembers 2001 genauer unter die Lupe nimmt, zeigt sich ein erstaunliches Phänomen: Die Datenkurven schlugen bereits vier Stunden *vor* dem eigentlichen Ereignis deutlich aus, als ob die Weltbevölkerung im Voraus davon gewusst hätte. Fosar und Bludorf zufolge reicht das Gruppenbewusstsein der relativ kleinen Menge von Menschen, die *vor* dem Anschlag davon wussten, selbst wenn es bei großzügiger Schätzung einige Tausend gewesen sein könnten, keinesfalls aus, um diesen Effekt auszulösen. Sie vertreten eine andere Theorie. Demnach sollen aus der *Zukunft* stammende Impulse die Ursache gewesen sein. Auf den ersten Eindruck mag dies zunächst abwegig klingen, doch schon Albert Einstein hatte seinerzeit verkündet:

*Die Zeit ist ganz und gar nicht,*
*was sie zu sein scheint.*
*Sie verläuft nicht nur in einer Richtung,*
*und die Zukunft existiert gleichzeitig*
*mit der Vergangenheit.*

## Die Zukunft – eine Frage der Wahl?

Fosar und Bludorf zufolge existieren alle möglichen Variationen der Zukunft gleichzeitig, vergleichbar mit dem riesigen Warenangebot eines großen Supermarktes. Wenn wir einen Laden betreten, haben wir in der Regel den Wunsch, etwas Bestimmtes zu kaufen. Von den Waren, die angeboten werden, wählen wir nur diejenigen aus, die unserem Wunsch am besten entsprechen.

So funktioniere auch das Zusammenspiel zwischen Gegenwart und Zukunft. Wir sind ständig von einer Art unsichtbarer Matrix umgeben, die sämtliche möglichen Ereignisse der Zukunft enthält. Von den vielen möglichen Zukunftsvarianten kann sich nur diejenige realisieren, die in der Gegenwart auf *Resonanz* trifft, also von der Gegenwart durch übereinstimmende Kräfte wie magnetisch angezogen wird. Erst dann kann sich ein Ereignis tatsächlich manifestieren. (Alle übrigen möglichen Ereignisse finden nach den Theorien der Quantenphysik dennoch statt, und zwar in parallelen Universen, die wir jedoch nicht wahrnehmen können.)

Aus diesem Grund gibt es keine vorherbestimmte Zukunft. Auch Prophezeiungen beziehen sich nur auf eine von vielen Möglichkeiten, nämlich auf die, welche zum Zeitpunkt der Prophezeiung am wahrscheinlichsten erschien. Hundert oder tausend Jahre später kann sich die Zeitqualität längst geändert haben, so dass eine andere Zukunft möglich wird.

Um solch ein Ereignis wie am 11. September 2001 zu realisieren, bedürfe es laut Fosar und Bludorf einer gewaltigen negativen Massenbewusstseinsenergie. Dass die Datenkurve vier Stunden *vor* dem eigentlichen Geschehen bereits deutlich ausschlug, erklären sie damit, dass von diesem Zeitpunkt an Gegenwart und Zukunft in Resonanz gingen, was letztlich dann das Ereignis realisierte. Soweit die beiden Physiker.

Doch wie entsteht nun eine so stark wirkende (negative) Massenbewusstseinsenergie?

Da Energie nicht verloren geht, sammelt sie sich naturgemäß irgendwo an. Einige Menschen, die sich intensiv mit der Studium menschlicher Bewusstseinskräfte befasst haben, vertreten die Ansicht, die geballte Negativität und Angst zahlreicher Menschen würde, gefüttert durch Gewalt in den Medien, Computerspielen und Kinofilmen, eine Art Energieglocke bilden, die wie eine große Wolke über der jeweiligen Gruppe oder Nation hängt. Wenn sich dann *einzelne* Personen in stark destruktiver Stimmung befinden, könne durch Resonanz eine persönliche Verbindung mit der angesammelten Massennegativität entstehen. Die betreffenden Einzelpersonen würden die Wolke quasi anzapfen und dann von negativer Energie überflutet werden, was wiederum ihre eigenen destruktiven Kräfte stärkt. Diese Theorie würde zumindest erklären, warum es in zahlreichen Weisheitslehren heißt, dass wir für alles verantwortlich sind, was in der Welt geschieht, selbst wenn wir direkt mit den Ereignissen nichts zu tun haben. Die Zukunft der Welt ist also weniger eine Frage der Wahl als vielmehr eine Frage des Bewusstseins ihrer Bewohner.

## Jeder Beitrag zählt

Die gegenwärtige Situation auf der Erde ist der Spiegel unseres bisherigen kollektiven Bewusstseins. Oder, wie es der Dalai Lama ausdrückt: Die Gewalt und Zerstörung, die wir im Außen wahrnehmen, sind lediglich der Spiegel der eigenen inneren Aggressionen und Disharmonien. Dem amerikanischen Autor und Forscher Gregg Braden zufolge waren bereits die Autoren der Schriftrollen vom Toten Meer – die Essener – davon überzeugt, dass die äußere Welt die Gefühle, Emotionen und Wahrnehmungen widerspiegelt, welche wir in uns tragen.

So wie sich unsere persönlichen Überzeugungen in unserem individuellen Leben manifestieren, geschieht dasselbe auf der globalen Ebene. Die Ängste und Negativität einer Nation produzieren genau die Ereignisse, die die Gesellschaft am meisten fürchtet. Weil alles, was je erschaffen wurde, zuerst im Geist entstand, muss eine Veränderung auch im Geist beginnen. Erschaffen wir Harmonie in uns, leben in Harmonie und verbreiten diese in unserem Umfeld, blüht und gedeiht unsere Gesellschaft, und der Zustand der Natur und unseres Planeten spiegelt dies wider.

Viele spirituelle Lehren dieser Welt besagen, dass es letztlich nur zwei menschliche Grundemotionen gibt, aus denen alle anderen entstehen: Liebe und Angst. Das Gefühl der Angst resultiert in seiner Wurzel aus dem Gefühl der Getrenntheit – von uns selbst, von unseren Mitmenschen, von der Natur, von Gott. Daraus entstehen destruktive Haltungen wie Mangeldenken, Gier, Neid, Verurteilen anderer, das Streben nach Macht, Unterdrückung, Ausbeutung, kurz alle Strömungen, die einem harmonischen Miteinander zuwiderlaufen. Angst und im Ego verhaftetes Denken haben unsere Welt in den Zustand gebracht, in dem sie sich jetzt befindet.

Es ist unsere Wahl, ob wir uns weiterhin von Ängsten leiten lassen wollen – unseren eigenen, denen der Politiker, der Konzerne, der Wissenschaftler oder der Gesellschaft – oder ob wir uns für eine Sichtweise entscheiden, die auf Verbundenheit und Mitgefühl gegenüber allen Lebewesen basiert.

## Veränderung beginnt beim Einzelnen

Da sich das kollektive Bewusstsein aus dem Einzelbewusstsein aller Bewohner der Erde zusammensetzt, ist es von großer Bedeutung, was ein einzelner Mensch denkt, fühlt, tut oder unterlässt. Denn jeder speist das gemeinsame morphische Feld der Menschheit. Täglich „senden" wir unser geistiges Programm in die Welt hinaus und ernten die Resultate. Unser heutiges Kollektivbewusstsein entscheidet darüber, welche Ereignisse in der Zukunft auf der Erde stattfinden. Darin liegt auch eine große Chance.

Denn im *Jetzt* haben wir die Möglichkeit, durch achtsames Denken, Fühlen und Handeln unsere gemeinsame Zukunft besser zu gestalten. Gregg Braden drückt es so aus: „Sobald genug Individuen sich dafür entscheiden, die ineinander verwobene Natur allen Lebens zu respektieren und zu ehren, die Erde als ein lebendiges System zu fühlen, muss das Bewusstsein unserer Welt diese neue Wahl widerspiegeln."[3]

Letztlich strebt jedes Volk und jedes Wesen danach, in Frieden und frei von Angst und Schmerz zu leben. Dhyani Ywahoo, eine Heilerin und Hüterin der Stammesweisheit der Cherokee-Indianer, sagt über die weltumspannende Vision ihres Volkes: „Dass wir getrennte Nationen und getrennte Völker sein sollen, ist auch eine Illusion, die darauf wartet, aufgelöst zu werden, denn ohne Zweifel trinken wir das gleiche Wasser, atmen von der gleichen Luft." [4] Liebe oder Angst, Einheit oder Getrenntheit – es ist unsere Entscheidung.

Und die indische Trägerin des Gandhi-King-Preises, Mata Amritanandamayi Devi, meinte in ihrer Rede zum fünfzigsten Jahrestag der Vereinten Nationen, die Welt sei wie eine Blume und jede Nation repräsentiere ein Blütenblatt. Der Wettstreit zwischen den Nationen sei wie ein Wettkampf der Blütenblätter einer Blume untereinander. Dadurch würde die ganze Blume zerstört. Wirkliche Kraft läge in Einheit, nicht in Trennung. Es sei unser aller Pflicht, die Schönheit und den Duft dieser Weltenblume mit all ihren verschiedenen Blütenblättern vor der Zerstörung zu schützen. Erst wenn wir das begreifen, würde es wirklich Frieden und Einheit geben.[5]

Wir können eine friedliche Welt für alle aber nur dann wirklich erschaffen, wenn wir uns selbst und unsere Gedanken als Schöpfer der Wirklichkeit begreifen – und dafür Verantwortung übernehmen. Es ist deshalb wichtig, seine Gedanken möglichst rein zu halten von Zweifeln, Sorgen, Ängsten, Ärger und allem, was innerem und äußerem Frieden zuwiderläuft.

Frieden und Harmonie in uns selbst zu finden ist *der* Schlüssel für eine harmonische Zukunft. Wer Frieden in Gedanken, Worten und Taten pflegt, dessen Frieden strahlt hinaus ins gesamte Universum und berührt alle anderen Lebewesen. Das bringt wahre Veränderung.

Tatsächlich gibt es nichts Wichtigeres, als inneren Frieden zu finden. Abermillionen Menschen verlieren sich im Tun. Doch der wohltuende Zustand von innerer Ausgeglichenheit und friedlicher Gelassenheit entspringt weniger dem Tun als vielmehr dem Sein. Es ist das Gefühl, mit sich selbst und seiner Umwelt eins zu sein. Innerer Friede ist das Wertvollste im Leben, denn daraus erwachsen Freude, Liebe und Mitgefühl, gleichzeitig erhöht sich die Lebensenergie, die den Körper durchströmt. Deshalb lohnt es sich, dem Erreichen inneren Friedens allerhöchste Priorität im eigenen Leben einzuräumen. Es gibt nichts Wichtigeres, und wer einmal diesen Zustand wirklich gespürt hat, wird immer wieder dorthin zurückkehren wollen.

Was immer man für sich selbst tut, um inneren Frieden zu finden – still in der Natur sitzen, Tiere beobachten, meditieren, aufmerksam und bewusst eine Tasse Tee trinken – tut man aufgrund der Vernetzung gleichzeitig für die gesamte Menschheit. Ein Mensch, der inneren Frieden empfindet, wird weder zerstören noch einen Krieg verursachen, weder im Kleinen noch im Großen. Unsere große Chance liegt darin, zurückzufinden zur Einheit mit allem Sein. Denn was wir lieben, können wir nicht zerstören.

## Transformation durch Mitgefühl

Was die Aufrechterhaltung des eigenen inneren Friedens betrifft, ist dies manchmal angesichts der täglich in den Nachrichten gemeldeten Katastrophen und des großen Leids, das auf der Welt geschieht, nicht einfach. Doch anstatt darunter zu leiden, was das kollektive Leid nur verstärkt, könnten wir tragische Ereignisse auch als Anlass nehmen, um zu lernen und aufzuwachen, schlägt der amerikanische Autor und Forscher Gregg Braden vor.[6]

Angesichts der Tragödien, die sich auf der Welt ereignen, sei Mitleiden niemals hilfreich. Wenn wir mitleiden, versinken wir in Gefühlen von Schmerz, Traurigkeit, Angst oder Wut. Wir gelangen aus dem Gleichgewicht und verlieren unseren inneren Frieden. Diese Emotionen, die als unbewusste Reaktion auf ein Ereignis entstehen, trennen uns von der Einheit mit allem Sein. Stattdessen erschaffen wir ein morphogenetisches Feld aus Schmerz und Leid. Dadurch erhöhen wir wiederum die Wahrscheinlichkeit für das Eintreten genau solcher Ereignisse, und zwar sowohl in unserem eigenen Leben als auch global.

Mitgefühl dagegen ist ein Weg, den Tatsachen direkt ins Auge zu sehen, ohne jedoch dabei Wut, Angst oder den Wunsch nach Vergeltung zu spüren. Verurteilung und Bewertung in Gut und Böse erzeugen immer Trennung, verstärken die Negativität und wirken einer Heilung der Gesamtsituation entgegen. Da alles, was existiert, miteinander verbunden ist, bedeutet etwas abzulehnen letztlich, dass man die Einheit ablehnt.

Wahres Mitgefühl zeigt sich darin, dass man eine Situation *so akzeptiert, wie sie ist*, ohne zu verurteilen. Man nimmt die Ereignisse wahr, bleibt jedoch in sich zentriert und handlungsfähig. Das hat mit Gleichgültigkeit oder Tatenlosigkeit nichts zu tun. Im Gegenteil.

Im Zustand des Mitfühlens ist man sich einer tiefen Verbundenheit mit allen anderen Wesen bewusst. Dieses Gefühl verändert die Motivation und Qualität des eigenen Handelns deutlich. Denn was man aus diesem Bewusstsein heraus unternimmt, basiert auf innerem Frieden.

Die weltweit auch von Politikern sehr geachtete indische Heilige Mata Amritanandamayi Devi (Amma) sagt, es gebe auf der Welt zwei Sprachen: die Sprache des Intellekts und die Sprache des Herzens. Mitgefühl sei als die Sprache des Herzens frei vom Ego, kenne weder Angst noch Begierde, vergebe die Fehler und Schwächen anderer und ziehe keine Grenzen.[7]

Um in den Zustand echten Mitfühlens und damit zu innerem Frieden zu gelangen, empfiehlt Gregg Braden für den Alltag ein paar hilfreiche Techniken wie etwa eine spezielle Art des Segnens in Gedanken. Das ganzheitliche Segnen ist ein Weg, um mit sich und einer Situation, die man gewöhnlich als negativ empfindet, ins Reine zu kommen, ob es sich um die unbedachte Äußerung einer Person handelt, das Töten von Lebewesen, die Schädigung der Umwelt durch Einzelpersonen oder Firmen oder was auch immer. Durch das Segnen heilt man die eigene Sichtweise der Ereignisse und vermeidet in sich die Ansammlung von Groll und Ängsten. Gregg Bradens Methode, die ich hier leicht variiert vorstelle, funktioniert wie folgt:

## Übung: Ganzheitliches Segnen

Diese Methode des Segnens umfasst folgende vier Schritte:

1. Als Erstes segnet man die Entscheidungen der Beteiligten, etwa indem man sagt oder denkt: *Ich segne die Entscheidungen aller Beteiligten in dieser Situation.*
2. Dann segnet man diejenigen, die anderen Leid zugefügt haben. Angenommen, man würde sich betroffen und aufgewühlt fühlen angesichts des Tötens von Walen und Delfinen in unseren Meeren, würde die Formulierung so lauten: *Ich segne die Walfänger, die den Walen/Delfinen das Leben genommen haben, um sich selbst im Leben-Nehmen besser kennen zu lernen.*
3. Als Drittes segnet man diejenigen, denen Leid zugefügt wurde. Anhand des obigen Beispiels würde man sagen: *Ich segne die Wale/Delfine, deren Liebe dazu ausreichte, ihr Leben zu geben, um sich selbst im Leben-Geben besser kennen zu lernen.*

4. Zuletzt segnet man sich selbst als Zeuge der Situation: *Ich segne mich selbst als Zeugen dieser Tat, um mich im Bezeugen besser kennen zu lernen.*

Diese Sätze wiederholt man so lange, bis man Erleichterung und Frieden in sich verspürt. Wenn man das wirklich von Herzen macht, stellt sich meiner Erfahrung nach tatsächlich innerhalb kurzer Zeit ein Gefühl von Frieden ein. Bradens Methode ermöglicht es, sich mit den Ereignissen innerlich auszusöhnen, was jedoch keinesfalls bedeutet, Unrecht zu entschuldigen. Es hilft aber, das Ego zu überwinden, das sich allzu schnell in Empörung, Frust oder Wut verliert. Statt bestimmte Personen, Erfahrungen oder Situationen zu verdammen und abzulehnen, die man als negativ oder schrecklich empfindet, fördert das Segnen Heilung und Erkenntnis bei allen und beschleunigt die Entwicklung des eigenen wie auch des kollektiven Bewusstseins.

Wem die obigen Formeln zu kompliziert erscheinen, kann natürlich seine eigene Formulierung wählen. Entscheidend ist hierbei die Absicht, weniger der genaue Wortlaut.

Zusätzlich zu den Dingen, die man tatkräftig in der Welt tun kann, um Leid zu mindern und Dinge positiv zu verändern, trägt Mitgefühl dazu bei, unser Herz zu öffnen und bewusster zu werden. Dieser Input in das gemeinsame Feld ebnet auch anderen Menschen den Weg zu mehr Bewusstheit und schafft so die Voraussetzung für eine friedlichere Welt.

Wer zum Segnen keine Resonanz verspürt, kann auf andere Weise beträchtlich zu einem harmonischeren Miteinander beitragen. Uralte Weisheitslehren besagen, dass 1. in *jedem* Menschen Gut und Böse stecken und 2. dass alles, was wir über einen Menschen denken, genau *diese* Eigenschaft oder Seite in ihm verstärkt. Würden wir schlecht über einen anderen denken, verstärken wir dadurch das Schlechte in ihm (wenn wir uns beispielsweise darüber aufregen, wie geizig jemand ist, bekommt sein Geiz nach diesem Verständnis erst recht Oberwasser). Würden wir dagegen gut von einem anderen Menschen denken, verstärken wir seine guten Seiten. Auf diese Weise können wir durch unsere ausgesandten Gedanken eine Person in ihrer Entwicklung fördern oder hemmen.

Wenn viele Menschen wütend oder sogar hasserfüllt an einen bestimmten Politiker denken, entsteht ein stark negatives kollektives Energiefeld, das zumindest auf einer unbewussten Ebene auf ihn wirkt und seine „negative Seite“ dadurch stärkt. Wollte man den Politiker hingegen zu achtsamerem und mitfühlendem Handeln bewegen, müsse man den Spieß umdrehen und das Gegenteil von dem tun, was üblich ist, nämlich an das Gute in diesem Menschen denken, damit dies wieder die Oberhand gewinnen kann. Irgendwo ist in jedem Menschen ein Quäntchen Liebe verborgen. Indem man positiv über jemand anderen denkt, würde man nicht nur dessen Entwicklung fördern, sondern bringt vor allem sich selbst in eine positivere Schwingung. Wenn das nicht gelingt, sei es immer noch besser, zu schweigen als über jemanden negativ zu reden und so das eigene Gemüt sowie das Umfeld mit schlechten Energien zu verschmutzen.

Auf dem Weg zu einem harmonischen Miteinander rät die Cherokee-Schamanin Dhyani Ywahoo:

„Lasst uns die Schönheit in uns selbst und anderen erkennen. Wenn wir uns treffen, wollen wir uns in die Augen sehen, das Schlagen des anderen Herzens hören, nur das Beste über uns und andere sprechen, wissen, dass wir uns alle im Prozess der Veränderung befinden.“[8]

# 21 Die Kraft des Herzens

*Höre auf die Stimme deines Herzens.*
*Es kennt alle Dinge, denn*
*es kommt aus der Weltenseele*
*und wird eines Tages*
*dorthin zurückkehren.*

*Paulo Coelho* [XIII]

Wie wichtig der Beitrag des einzelnen Menschen zum Geschehen im Umfeld ist, zeigt der Effekt der kritischen Masse. Dies bedeutet, dass ab einem gewissen Schwellenwert eine Veränderung im Denken Einzelner auf die breite Masse überspringt. In den siebziger Jahren durchgeführte Forschungen in mehr als zwanzig US-Städten haben gezeigt, dass die Kriminalität nachweislich sank, wenn nur ein (!) Prozent der Stadtbevölkerung eine bestimmte Form von Meditation praktizierte. Ähnliche Studien aus Indien und den Philippinen belegen diese Wirkung, die nicht etwa auf anderen Ursachen beruhte wie politischen Veränderungen, Kriminalitätszyklen oder einem veränderten Vorgehen der Polizei.[1]

Um die Beziehung zwischen Gebet, Meditation und Gewalt genauer zu erforschen, wurden 1983 in Jerusalem aufschlussreiche Studien durchgeführt. Die israelischen Forscher wählten hierfür Menschen aus, die im Meditieren und Beten bereits geübt waren. Sie verwendeten eine Gebetsform, die auf innerem Frieden und Mitgefühl basierte. Während die Versuchsteilnehmer beteten (auf dem Höhepunkt der Experimente waren es mehr als zweihundert), reduzierten sich terroristische Aktionen und kriminelle Vergehen drastisch. Auch die Anzahl an Verkehrsunfällen sank rapide, der Börsenmarkt dagegen erreichte ein ungeahntes Hoch. Als die Gebete beendet wurden, drehten sich die Statistiken jedoch wieder um.[2]

Dem amerikanischen Geowissenschaftler und Schriftsteller Gregg Braden zufolge, der die Wirkung von Massenmeditationen ausführlich untersucht hat, würde es, um einen Umschwung einzuleiten, sogar ausreichen, wenn in einer Stadt mit einer Einwohnerzahl von einer Million Menschen nur einhundert Personen sich in einer Meditation zusammenschließen. Ein positiver Effekt tritt nämlich ein, sobald die Zahl der Beteiligten größer ist als die Quadratwurzel von einem Prozent der Einwohnerzahl. Überträgt man dies auf die Weltbevölkerung, wäre ein Minimum von achttausend Menschen nötig, die sich in einer konzentrierten Meditation oder einem Gebet zusammenschließen, um auf der Welt im Bewusstsein der Menschheit etwas zu bewegen.[3] Je mehr Menschen teilnehmen, umso größer wird natürlich die Auswirkung.

Heutzutage ist das Internet ein großartiges Medium, um weltweit eine große Zahl an Menschen in solch gemeinsamen Aktionen zu vernetzen. Auf diese Weise werden regelmäßig weltweite „Meditationsevents“ organisiert, bei denen sich oft tausende von Menschen zu einem bestimmten Zeitpunkt in einer globalen Meditation zusammenschließen.[4] Die gemeinsame Manifestation von Frieden und einem achtsamen Umgang mit allem Leben auf diesem Planeten erzeugt ein entsprechend starkes morphogenetisches Feld. Offenbar war sich auch Papst Johannes Paul II. der realen, die Wirklichkeit verändernden Kraft kollektiver Gebete sehr bewusst, bat er doch im ungewöhnlich trockenen und heißen Sommer 2003 die in Rom versammelten Gläubigen, gemeinsam mit ihm um Regen für die ausgetrocknete Erde zu bitten.

Was das Ergebnis solcher Aktionen betrifft, scheint dabei entscheidend zu sein, dass alle Teilnehmer im Gefühl „synchronisiert“ sind und dass die Manifestation statt aus dem Verstand aus dem Herzen heraus geschieht. Unser logischer Verstand ist nämlich seiner Natur nach polar. Er bewertet in Kategorien von Gut und Böse, Richtig und Falsch, Licht und Dunkel. Wenn man aus dem Verstand heraus erschafft oder im Gebet um etwas Bestimmtes bittet, legt man fest, was sein soll und was nicht sein soll. So wie unsere polare Welt jedoch beschaffen ist, entsteht laut Braden, sobald man etwas aus dem Verstand heraus kreiert, automatisch auch das Gegenteil.[5] Solange man im Verstand weilt, ist es schlichtweg unmöglich, nur die eine Seite der Münze zu erschaffen.

Gebete für den Frieden in einem Kriegsgebiet, auch wenn sie noch so guter Absicht entspringen, können zwar temporär an einem Ort für Frieden und Heilung sorgen, aber aufgrund des Gesetzes der Polarität erschaffen wir unbeabsichtigt gleichzeitig das Gegenteil von Frieden an einem anderen Ort. Dies sei der Grund, so erklärt auch Drunvalo Melchizedek, warum immer noch so viel Krieg auf der Erde herrscht, obwohl Millionen Menschen für den Frieden beten.[6]

## Der magische Raum

Um wirklich dauerhaft Frieden und Harmonie *für alle* zu schaffen, ist es notwendig, dass wir aus dem Herzen heraus manifestieren. Denn das Herz, so Drunvalo, ist der einzige Ort, von dem aus wir ohne Polarität, ohne Gegenteil erschaffen können. Wenn man sich im Herzen in ein Gefühl von Liebe begibt, ist alles, was im Außen geschehen kann – Liebe. Was aus einem bestimmten Ort im Herzen heraus manifestiert wird, befindet sich im Einklang mit der Schöpfung und geschieht zum Wohle allen Seins, ohne dass man sich anstrengen muss. Diese Art zu manifestieren versucht nicht, über den Willen etwas Bestimmtes geschehen zu lassen, und bezieht sich auch nicht auf einen speziellen Ort, eine Person, ein Ereignis, eine Stadt, Land etc.

Die Urvölker dieser Welt – Maori, Aborigines, Hopi und viele andere – wissen seit Jahrtausenden von einem magischen, real existierenden Platz im Herzen, von dem aus wir mit einer Schöpferkraft, die weit über die des Verstandes hinausgeht, eine Wirklichkeit erschaffen können, in der Harmonie, Fülle und Verbundenheit herrschen statt Gewalt, Trennung und Zerstörung. Sobald genügend Menschen den Zugang zu diesem speziellen Ort im Herzen gefunden haben, wird sich unsere Welt rapide verändern, so ihre Überzeugung.

Die Urvölker haben ihr Wissen über diesen magischen Ort im Herzen lange Zeit geheim gehalten, da die Menschheit ihrem Verständnis nach noch nicht reif dafür war. Momentan jedoch beschleunigt sich die Evolution des Bewusstseins der Menschheit so rapide, dass sich die Naturvölker entschlossen haben, ihr Wissen mit uns zu teilen, damit wir unsere Kräfte bündeln und gemeinsam eine erfreuliche Zukunft erschaffen. Die Kogi, ein Naturvolk aus Kolumbien, sind davon überzeugt, dass wir uns und die Erde mit unserer Technologie nicht weiter umbringen können, sobald wir uns in unserem Herzen daran erinnern, wer wir wirklich sind.

Es gibt eine spezielle Technik, um in diesen kraftvollen Raum im Herzen zu gelangen, von dem aus alles möglich sein soll. In seinem

Buch *Aus dem Herzen leben*[7] beschreibt Drunvalo Melchizedek detailliert diese Methode, die er so angepasst hat, dass auch wir Menschen aus den technisch orientierten Kulturen dorthin gelangen können. Bei dieser Methode begibt man sich in einen meditativen Zustand und reist mit seinem Bewusstsein an einen besonderen Kraftort im Herzen. Dort herrscht eine besonders hohe Schwingung, die es ermöglicht, mit großer Wirkung die Realität im höchsten Sinne neu zu erschaffen.

Um sich die Weisheit des Herzens auch bei den Handlungen des ganz normalen Alltags zunutze zu machen, schlägt der Bestsellerautor Neale Donald Walsch vor, man solle sich, ganz besonders in zwischenmenschlichen Beziehungen, häufiger die Frage stellen: *Was würde die Liebe jetzt tun?* und dann der Stimme seines Herzens folgen.[8]

## In Resonanz mit der Erde

Wissenschaftler des HeartMath Instituts in Kalifornien haben laut Drunvalo eine erstaunliche Entdeckung gemacht, die es etwas leichter macht, den Sprung vom Verstand zum Herzen hin zu wagen. Die Forscher haben herausgefunden, dass es im Herzen etwa vierzigtausend echte Gehirnzellen gibt.[9] Es existiert also tatsächlich eine Intelligenz, die dem Herzen selbst entstammt. Die Forscher des Instituts haben auch festgestellt, dass das Herz von allen Organen das größte elektromagnetische Feld produziert, welches die Form eines Donuts hat und einen Durchmesser von bis zu drei Metern erreicht.

Bei weiteren Forschungen entdeckten die kalifornischen Wissenschaftler, dass das Herz in seiner elektromagnetischen Frequenz auf die Frequenz der Erde eingestimmt ist.[10] Sie maßen dazu über Elektroden gleichzeitig den elektromagnetischen Puls des menschlichen Herzens (EKG) sowie der Erde (ELF Resonanzen, extrem niedrigfrequente Wellen). Die Übereinstimmung der Kurven von Herz und Erde war umso größer, je mehr sich die Versuchsperson *in Harmonie mit der Erde* fühlte. Das Gefühl von Angst dagegen trennte diese harmonische Übereinstimmung. Diese Resonanz funktioniert jedoch auch umgekehrt.

Die Forscher machten nämlich die spannende Entdeckung, dass die Erde ebenso auf Veränderungen des menschlichen Herzens reagiert.

Möglicherweise können wir, indem wir über ein Gefühl der Verbundenheit eine Resonanz mit der Erde herstellen, das sensible Gleichgewicht des lebendigen Organismus Erde positiv beeinflussen. Immerhin ist das Herz, so die Physiker und Forscher Grazyna Fosar und Franz Bludorf, von allen Organen am stärksten mit dem Geomagnetfeld der Erde verbunden.[11] Oder, wie es Dhyani Ywahoo ausdrückt: „Unsere Herzen und das Herz der Erde sind eins."[12]

Wenn wir uns die Intelligenz des Herzens erschließen, indem wir auf unser Herz hören und ihm folgen, gewinnen wir ein neues Verständnis von uns selbst, den anderen und dem Leben selbst, so Howard Martin, Mitbegründer des HeartMath Instituts. Wir beginnen, die größeren Zusammenhänge zu erkennen und eine andere Art des Miteinanders zu entwickeln, die es uns ermöglicht, ein Leben voller Selbstsicherheit und Anmut zu führen.

## Zeit der Veränderung

Dass die Erde und mit ihr alles Leben momentan starken Veränderungen unterworfen sind, ist offensichtlich. So beobachten die Wissenschaftler seit einiger Zeit eine starke Abnahme des Erdmagnetfeldes. Zwar ist das Magnetfeld der Erde seit etwa zweitausend Jahren kontinuierlich schwächer geworden, in den letzten dreißig Jahren ist die Abnahme jedoch besonders drastisch. Auch der Verlauf der Magnetfeldlinien hat sich verschoben, was wohl auch die Ursache dafür ist, dass Wale stranden und Zugvögel ihre Route geändert haben.

Da jede Zelle unseres Körpers von einem elektromagnetischen Feld umgeben ist, hat die Abnahme des Geomagnetfeldes der Erde einen subtilen Effekt auf jede Körperzelle und soll sich darüber hinaus auch auf das menschliche Bewusstsein auswirken. Auch das Gehirn ist von dieser Veränderung betroffen, denn das Erinnerungsvermögen ist offenbar an den Erdmagnetismus gekoppelt.[13]

Wenn sich die Grundschwingung der Erde verändert, muss sich unser Organismus anpassen, um zu überleben. Die Tatsache, dass die elektrischen und magnetischen Kräfte der Erde gegen Null tendieren, bewirkt, so der Geowissenschaftler Gregg Braden, einen Zusammenbruch alter Strukturen.[14] Davon seien auch überholte Gedankenstrukturen betroffen, die schlichtweg nicht in das neue Frequenzspektrum passen würden. Durch die Frequenzänderung würden höhere Schwingungen wie etwa die des Mitgefühls und Einsseins begünstigt.

Auch die Cherokee-Indianer wissen, wie wahrscheinlich die meisten naturverbundenen Völker, um diese Veränderungen und sagen, das Bewusstsein der Menschen würde sich in Richtung Einheitsbewusstsein entwickeln, da sich unser gesamtes Sonnensystem in einen Bereich höherer Frequenzen begebe.[15] Da sich jede Zelle des menschlichen Körpers der veränderten Frequenz anpasst und sich dies auf unser gesamtes Denken und Fühlen auswirkt, könnte man auch sagen, dass es die Erde selbst ist, die uns hilft, bewusster zu werden.

Allerdings ist die Veränderung des Geomagnetfeldes auch mit großen emotionalen Turbulenzen verbunden. Zum Beispiel machte die russische Raumfahrtbehörde die Beobachtung, dass Astronauten, die sich länger als zwei Wochen außerhalb des Geomagnetfeldes der Erde aufhielten, schlichtweg durchdrehten, weshalb schließlich Apparate entwickelt wurden, die ein künstliches Erdmagnetfeld erzeugten.[16] Unsere emotionale Stabilität wird jedenfalls stark von den Veränderungen des Erdmagnetfeldes beeinflusst. Untersuchungen haben ergeben, dass neunzig Prozent der Menschen es spüren, wenn sich das Erdmagnetfeld um ein Hunderttausendstel (!) verändert.

Wie die Forscher Fosar und Bludorf in ihrem Buch *Zaubergesang*[17] erklären, reagiert das Gehirn äußerst sensibel auf die Eigenresonanzschwingung der Erde (Schumann-Frequenz). Die derzeitige Verschiebung in Richtung höherer Werte – und durch die Erderwärmung wird in absehbarer Zeit ein weiterer Anstieg um das Acht- bis Zehnfache erwartet – führe zu vorübergehenden stressfördernden Unruheeffekten, bis sich das Gehirn auf einer höheren Bewusstseinsebene neu organisiert hat.

Wenn die Frequenz weiter ansteigt, so Fosar und Bludorf, werde die Unruhe nachlassen. Gleichzeitig werden sich bestimmte Energiezentren des Menschen (Chakras) öffnen bis hin zur Freisetzung der so genannten Kundalini-Kraft. Insgesamt würden wir schließlich in einen ausgeglichenen, bewussteren Seinszustand gelangen. Immerhin sind dies doch Lichtblicke, die für unsere Zukunft hoffen lassen.

Auf dem Weg in ein Leben mit mehr Bewusstheit, Freude, Liebe und Erfüllung gibt es neben der Kraft des Herzens einen weiteren wesentlichen Schlüssel, den man jederzeit und in jeder Situation kostenlos zur Verfügung hat: Das völlige Eintauchen in die Gegenwart.

# 22 Zurück in die Gegenwart

*Und dann werdet ihr hören,*
*was jeder Kristall euch zu sagen hat,*
*was jeder Tropfen Wasser, jedes Blatt,*
*jedes Insekt, jedes Geschöpf*
*und schließlich das Herz*
*jedes menschlichen Wesens*
*zu sagen hat.*

*Emanuel* [XIV]

Was haben die schönsten, erfüllendsten und glücklichsten Momente unseres Lebens gemeinsam? Wir erlebten sie mit größtmöglicher Intensität, mit jeder Faser unseres Seins – weil wir vollkommen gegenwärtig waren. Solche glücklichen Augenblicke erfahren wir auch, wenn wir uns bei der Betrachtung einer schönen Blume, des Himmels in einer sternklaren Nacht, bei der Beobachtung eines spielenden Kindes oder eines Tieres selbst völlig vergessen. In diesen Momenten tauchen wir ganz ein in die Gegenwart, vergessen unsere persönliche Situation und alle Probleme. Wir sind frei von der Last der Vergangenheit, frei von Ängsten, Sorgen und Erwartungen. Wir stellen diesen zentnerschweren Rucksack einfach ab und tauchen aufatmend in das Jetzt ein. Dort spüren wir Leichtigkeit, Frieden und pure Lebensfreude.

Solche friedvollen Momente müssen keine seltenen Sternstunden bleiben. Wir können den Zustand innerer Gelassenheit und Harmonie dauerhaft erreichen, wenn wir es schaffen, mit dem unablässigen Denken aufzuhören. Das mag zunächst sehr einfach klingen. Tatsächlich aber wird man bei ehrlicher Selbstbeobachtung schnell feststellen, dass man, wie die meisten Zeitgenossen, praktisch immer denkt, egal, was man gerade tut.

Nun ist der Verstand an sich ja ein nützliches Werkzeug. Das Problem liegt jedoch darin, dass wir, wie es der spirituelle Lehrer und Autor Eckhart Tolle ausdrückt, häufig von Gedanken überflutet werden, weil wir verlernt haben, den Aus-Schalter in unserem Kopf zu betätigen.[1] Genau genommen ist es furchtbar anstrengend, dauernd zu denken.

Der Verstand hilft uns zwar, in der materiellen Welt zu überleben und zu funktionieren. Leider jedoch sind die unkontrollierten Gedanken permanent mit Erlebnissen der Vergangenheit oder mit Erwartungen und Befürchtungen in Bezug auf die Zukunft beschäftigt. Sobald wir denken, erfahren wir auch die begleitenden Emotionen wie etwa Angst, Zweifel, Ärger, Groll, Neid etc. Sind wir erst einmal in diesem illusionären Netz aus Gedanken und Emotionen gefangen, entgeht uns die Gegenwart völlig. Dadurch verpassen wir die besten Augenblicke, leiden permanent unter Stress, fühlen uns abgeschnitten von uns selbst und allem Sein und verlieren jede Menge Lebensenergie.

Als wäre das nicht schon genug, kommt nun auch noch das Ego ins Spiel. Die Leidenschaft unseres Egos besteht darin, Recht zu haben sowie Macht und Kontrolle auszuüben. Bedauerlicherweise benutzt das Ego den Verstand, um seine Interessen durchzusetzen. Es versucht, wo es nur geht, Konflikte zu erzeugen, erschafft Feindbilder und beißt sich an Problemen fest. Die Basis für das Leben des Egos ist Getrenntheit. In der Einheit kann es nicht überleben, denn dort ist es schlichtweg überflüssig. Um das Gefühl von Getrenntheit zu schüren, zettelt das Ego unablässig kleine und große Konflikte und Kriege an und gewinnt dadurch scheinbare Macht. In Wirklichkeit entsteht dadurch auf allen Seiten nur Leid.

Da der Verstand seiner Natur nach ein Werkzeug der Dualität ist (er teilt ein in: gut/schlecht, sympathisch/unsympathisch; mag ich/mag ich nicht, …), scheint es, wenn wir die Welt durch die Augen des Verstandes betrachten, als ob wir getrennt sind von unseren Mitmenschen, der Natur und der Welt. Der Verstand sieht nur: „Hier bin ich, und dort ist der oder das andere." Der analytische Verstand kann die Einheit des Seins nicht erfassen. Er kann Farben, Formen, Geräusche und Gerüche analysieren, sie benennen und darüber Betrachtungen anstellen.

In dem Augenblick, in dem man denkt: „Oh, was für eine schöne Sonnenblume", erfolgt bereits eine Einordnung und Bewertung. Man betrachtet die Blume durch die Brille des bisher angesammelten Wissens und der Erfahrungen. Dies jedoch macht es unmöglich, die Blume neu, vollständig und vor allem *über das Gefühl* zu erfahren. Sieht man die Sonnenblume hingegen einfach nur staunend an, ohne dabei zu denken, erlebt man eine neue Dimension der Wahrnehmung, die in Worten kaum zu beschreiben ist. Die wahre Schönheit einer Blume, die wahre Essenz eines Menschen, eines Tieres oder einer Pflanze können wir nur spüren, wenn wir sie mit dem Herzen sehen. Ist der Verstand einmal still, tauchen wir ein in eine faszinierende Welt voller Schönheit und Lebendigkeit.

Die Essenz zahlreicher Weisheitslehren besteht darin, dass die Dualität – hier „ich" und dort „der andere" – eine Illusion der materiellen Welt ist. In Wahrheit sind wir auf einer viel tieferen Ebene des Seins mit jedem anderen Aspekt der Schöpfung in einem Netzwerk verbunden. Diese Verbundenheit können wir wieder spüren, wenn wir uns zum einen mehr in unser Herz hinein und zum anderen mehr in die Gegenwart hinein bewegen.

## Jenseits der Gedanken

Unsere wahre Essenz – und damit inneren Frieden, Freude und Liebe – finden wir Eckhart Tolle zufolge *jenseits des Denkens.* Sobald wir völlig gegenwärtig sind, verstummen der plappernde Verstand und das konfliktbeladene Ego. Dann erfahren wir wohltuende, innere Stille, verbunden mit einer kraftvollen Lebendigkeit.

Bewusstsein benötigt, so erklärt Tolle, ohnehin keine Gedanken. Offenbar repräsentiert der denkende Verstand nur einen winzigen Teil unseres gesamten Bewusstseins. Durch den Verstand nehmen wir nur einen kleinen Teil der Wirklichkeit wahr, so wie wenn man bei einem Sinfoniekonzert nur ein einziges Instrument hören würde anstelle des großartigen Orchesters. Das liegt natürlich auch daran, dass wir die vielfältige Welt der Schwingungen und Energien, die uns überall umgeben, mit dem Verstand nicht erfassen können, sondern nur über Wahrnehmungskanäle, die jenseits des Denkens liegen.

Tatsächlich können wir sehr bewusst sein, ohne zu denken. Es ist erstaunlich, wie viele Dinge wir erledigen können, ohne zu denken. Natürlich findet irgendwo im Gehirn ein minimaler Denkprozess statt, wenn wir uns eine Tasse Kaffee machen. Es ist jedoch ein wirklich beeindruckendes Erlebnis, diese Handlung mit einer hellwachen Stille im Kopf zu tun, völlig auf die Handlung konzentriert. Wer einmal erlebt hat, wie wohltuend es ist, das unnötige Denken abzuschalten und gegenwärtig zu werden, wird diesen paradiesischen Zustand voller Wachheit, Gelassenheit und Klarheit so schnell nicht wieder verlassen wollen.

In die Gegenwart hinein aufzuwachen hat den großen Vorteil, dass wir jede Entscheidung vollkommen bewusst treffen können und nicht mehr von automatischen Reaktionen überwältigt werden. Stattdessen befreien wir uns von den mit Vergangenheit und Zukunft verbundenen Sorgen, Ängsten und Illusionen und beginnen, unser wahres Potenzial zu entfalten.

Wie kann man nun im normalen Alltag Zugang zur Kraft der Gegenwart und damit zu seiner wahren Essenz finden?

## Katapult ins Jetzt

In dem Buch „Jetzt!“ schlägt Eckhart Tolle eine wunderbare Übung vor, mit der man das permanente Denken augenblicklich abstellen kann und so in den Genuss der Gegenwärtigkeit kommt. Man stellt sich einfach die Frage: „Ich frage mich, was mein nächster Gedanke sein wird.“ Und dann lauert man wie die Katze vor dem Mauseloch auf den nächsten Gedanken. Der Überraschungseffekt ist, dass augenblicklich eine ganze Zeitlang absolute Funkstille im Kopf herrscht. In diesem gedankenfreien Zustand landet man automatisch mit seinem ganzen Wesen tief in der Gegenwart, begleitet von einem zarten Gefühl inneren Friedens und vielleicht sogar Freude.

Um gegenwärtig zu werden, kann man sich bei dem, was man gerade tut, auch völlig auf die Sinneseindrücke konzentrieren. Etwa beim Essen auf den Geruch, die Farben und den Geschmack der Nahrung, das Gefühl beim Kauen und das Gefühl der Sättigung. Wenn man dies wirklich bewusst übt und sich bei aufkommenden Gedanken immer wieder zurückholt, landet man immer öfter in der Gegenwart.

Ich habe gute Erfahrung mit dem Satz „Ich bin ganz gegenwärtig“ gemacht, wenn ich bemerke, dass ich mich gerade in Gedanken verliere. Dieser Satz, nach Bedarf ein paar Mal wiederholt, bringt mich sofort in die Gegenwart zurück und hält mich dort. Der nächste Schritt besteht dann darin, ganz mit dem Denken aufzuhören.

Im Zustand von Gegenwärtigkeit spüre ich häufig, wie ein angenehmer Strom von Energie durch meinen Körper fließt. Auch nehme ich in diesem Zustand meine Umgebung viel klarer und intensiver wahr. Die Farben gewinnen an Leuchtkraft, und alles erscheint intensiver und strahlender. Außerdem entdeckt man plötzlich Dinge, die man noch nie zuvor wirklich wahrgenommen hat. Insgesamt eine lohnende Erfahrung, nach der man geradezu süchtig werden kann.

Sobald wir in die Gegenwart hinein aufwachen, können wir die Vollkommenheit in allem Sein spüren, was natürlich auch uns selbst einschließt. Wir fühlen eine intensive Verbundenheit mit allem Lebendigen und erleben eine innere Freude und Liebe zum Sein. Dieser friedvolle, wachbewusste Zustand ist laut Tolle unsere wahre Natur, und je öfter man sich darin übt, nicht zu denken (außer wenn man es wirklich braucht und es somit zielgerichtet ist), desto mehr würden sich die Zeitspannen des Gegenwärtigseins ausdehnen. Alles, was es dazu bedarf, ist ein ständiges, aufmerksames Beobachten der eigenen Gedanken, Emotionen und Reaktionen, besonders der Tricks des Egos, das uns nur allzu gern wieder in die tägliche Unbewusstheit hinabzerren möchte, damit es das bekommt, was es will.

Tiere haben es in diesem Punkt beneidenswert gut, denn sie kennen nur die Gegenwart und gehen völlig darin auf. Sie zermartern sich nicht den Kopf, leben nicht in Vergangenheit oder Zukunft. Sie sind nicht nachtragend, machen sich keine Sorgen, sondern sind einfach nur vollkommen gegenwärtig und handeln aus dem Augenblick heraus.

Meiner Erfahrung nach ist Autofahren auch eine wunderbare Möglichkeit, um das Im-Jetzt-Sein zu trainieren. Normalerweise ist das Auto ein Mittel zum Zweck, um schnellstmöglich von A nach B zu gelangen. Häufig wären wir am liebsten schon am Ziel, während wir uns tatsächlich noch mitten auf der Strecke befinden. Genau das verursacht aber Stress, weil wir den gegenwärtigen Moment (etwa einen Stau) ablehnen. Das Irgendwo-anders-Hinwollen oder Etwas-anderes-haben-Wollen erzeugt Stress und Leid.

Innerer Widerstand ist laut Tolle so ziemlich das Verrückteste, was man sich antun kann, denn sich gegen etwas aufzulehnen, was längst da ist, egal, wie unangenehm es ist, kostet enorm Kraft. Man kann nicht inneren Frieden finden, wenn man das Jetzt ablehnt. Frieden findet man in der *Hingabe* an den gegenwärtigen Moment. Selbst in Situationen, wo man traurig ist, findet man inneren Frieden und Kraft, indem man das annimmt, was ist. Aus diesem Frieden heraus kann man dann bei Bedarf viel leichter aktiv werden und angemessen handeln.

Wer mit Hingabe im Jetzt lebt, indem er das, was ist, annimmt, findet Freude und Erfüllung im gegenwärtigen Moment. Dann beginnt das Leben mühelos zu fließen. Wer dagegen das Jetzt ablehnt, strahlt Widerstand aus und erntet nach dem Resonanzprinzip zwangsläufig Probleme.

Seit ich mich beim Autofahren darin übe, das, was ist, zu akzeptieren, Stau hin oder her, und mit meiner Aufmerksamkeit völlig im Jetzt bin, fahre ich so entspannt und hellwach Auto wie in meinem ganzen Leben noch nicht. Selbst lange Strecken werden auf diese Weise zu einem angenehmen Erlebnis, was ich früher nie für möglich gehalten hätte. Denn wenn man gegenwärtig ist, zählt nur das Jetzt. Man nimmt mit allen Sinnen hellwach die Umgebung wahr. Dadurch, dass man nicht an das Erreichen eines in der Zukunft liegenden Ziels denkt, entsteht auch kein Stress. Man startet – man fährt – und ist irgendwann da, ohne sich in Gedanken an Zeitrahmen zu verlieren. Statt wie bisher Energie zu verlieren, gewinne ich durch diese Methode Energie, brauche weniger Pausen und komme putzmunter an. Auch die Intuition funktioniert wesentlich besser, wenn man gegenwärtig ist.

## Achtsamkeit als Schlüssel zum Glück

Der vietnamesische Zen-Meister Thich Nhat Hanh beschreibt in seinem Buch *Zeiten der Achtsamkeit*[2] viele wirksame Methoden, wie man im Alltag selbst bei den einfachsten Tätigkeiten, auch denen, die wir vielleicht nur ungern tun, ein Gefühl von Glück und Frieden erleben kann, indem man sich völlig konzentriert dem hingibt, was man gerade tut.

Um sich von Sorgen zu befreien und gegenwärtig zu werden, empfiehlt er beispielsweise die Gehmeditation. Man kann sie überall und jederzeit durchführen und so Zeiten des Wartens nutzen, um sich zu entspannen und zu erfrischen. Der Kern bei dieser Übung liegt darin, dass man mit jedem Schritt *ankommt*, statt wie üblich hastig ans Ziel zu eilen. Allein das Gefühl, mit jedem Schritt wirklich anzukommen, ist schon ein wunderbar entspannendes Gefühl. Man lässt Kummer und Sorgen los, taucht tief ins Jetzt ein und lädt sich mit Lebensenergie auf.

## Übung: Gehmeditation

Bei dieser einfachen Meditation geht man langsam, aber nicht so langsam, dass man Aufmerksamkeit erregt. Man setzt jeden Fuß sehr bewusst auf die Erde auf und stellt sich vor, durch die Fußsohlen ein- und auszuatmen. Wenn man während des Einatmens drei Schritte macht, sagt man bei jedem Schritt leise: „Ein, ein, ein", bei jedem Ausatmen „Aus, aus, aus"; wenn man vier Schritte macht, wiederholt man die Worte viermal. Nachdem man so etwa zehn Atemzüge lang bewusst geatmet hat, wechselt man zu anderen Worten, während man weiter in der Vorstellung durch die Fußsohlen ein- und ausatmet.

Nun kann man beim Einatmen etwa sagen: „Danke, danke, danke," und beim Ausatmen „Ja, ja, ja." Je nachdem, was man gerade braucht, kann man aber auch andere Schwingungen in sich aufnehmen und zum Beispiel die Begriffspaare „Sonne/Kraft", „Fels/unerschütterlich", „Wind/ leicht", „grünes Gras/frisch" etc. verwenden. Wer in seinen Körper hineinspürt, wird schnell herausfinden, was ihm gerade am meisten gut tut. Natürlich kann man auch mehrere Begriffspaare hintereinander verwenden.

Falls man stehen bleibt, um etwas zu betrachten, achtet man aufmerksam auf das bewusste Atmen, um sich nicht in Gedanken zu verlieren.

Wenn man die Gehmeditation bewusst macht, stellt sich bald ein wunderbares Gefühl von Ruhe und Gelassenheit ein. Ein besonders schönes, intensives Erlebnis ist es, diese Übung im Sommer barfuss in einer Wiese zu machen.

## Lichtblicke

Der Schlüssel zum Glück liegt in der Gegenwart, nicht in einer fiktiven Zukunft. Was natürlich nicht ausschließt, dass man manifestiert oder sich zu gewissen Zeiten der Zukunftsplanung widmet, solange man danach wieder in die Gegenwart zurückkommt. Zudem, und das ist ein echter Bonus, soll man, wenn man völlig im Jetzt lebt, langsamer altern.

Man macht sich weniger Sorgen und genießt mehr das Sein, was sich auf die Regenerationsfähigkeit der Zellen offenbar positiv auswirkt.

Der Zustand der Gegenwärtigkeit ist die Quelle von bedingungsloser Liebe, Freude und innerem Frieden. Diese drei Gefühle sind laut Eckhart Tolle tief mit unserem wahren Sein verbunden. Es gibt kein Gegenteil von ihnen, da sie jenseits der Polarität existieren. Wer im Jetzt ist, spürt sich als Teil von allem, wird eins mit der Welt. Die Buddhisten nennen die die Lehre des mittleren Weges. Weil man andere Menschen so viel eher mit dem Herzen wahrnimmt, wirkt sich dies natürlich auch auf zwischenmenschliche Beziehungen positiv aus.

Indem wir uns selbst verändern, verändert sich alles. Normalerweise, so Lama Surya Das, ein bekannter Lehrer, Buchautor und ehemaliger Schüler des Dalai Lama, versuchen wir, alles Mögliche in unserem Umfeld zu verändern: unsere Partner, unsere Lebensumstände, unsere Kinder oder Kollegen. Wenn wir jedoch beginnen, uns selbst zu verändern, etwa indem wir anfangen, bewusst in diesem Moment zu leben, würde sich unsere Welt automatisch verändern. Im zeitlosen Jetzt fänden wir so viel Freude, Freiheit und Leichtigkeit, zudem seien wir im Zustand der Gegenwärtigkeit auch vom Karma befreit.[3] Wenn wir bewusster werden, strahlt das Licht unseres Bewusstseins in die Umgebung hinaus.

Aus buddhistischer Sicht ist Erleuchtung das Erwachen aus dem Traum der Dualität und das Erkennen der Einheit mit allem Sein. Wenn wir uns lachend über die Glaubenssysteme von Gut und Böse erheben, machen wir einen Quantensprung im Bewusstsein und können die höhere Wahrheit erkennen und leben, so die spirituelle Lehrerin Avatara Devi.[4] Das Schöne ist, dass uns das Gefühl der Verbundenheit mit allem auch wieder mit uns selbst verbindet. Es wird leichter, sich selbst, so wie man ist, zu lieben. Und wer sich selbst liebt, kann diese Liebe auch auf andere ausstrahlen. Oder, wie es Hans Kruppa in seinem Roman *Kaito*[5] ausdrückt:

> *Jeder Mensch ist eine kleine Sonne.*
> *Jeder Mensch kann Licht ausstrahlen,*
> *wenn er durch das Labyrinth seiner Illusionen, Ängste und*
> *Irrtümer ins Freie gelangt ist.*

Es gibt Theorien, die besagen, dass sich, wenn wir in uns Gefühle der Liebe und Einheit tragen, unsere Frequenz der Schwingung von Licht annähert. Die Molekülstruktur unseres Körpers werde sich dann der veränderten Frequenz anpassen und weniger dicht werden, der Körper werde also insgesamt lichter werden. Gleichzeitig werde sich unsere Wahrnehmung verändern, und wir würden beginnen, das Licht in jedem Molekül des Universums zu sehen.

In diesem Moment werden wir die Einheit erkennen, werden zu Wissenden um das Geheimnis der Schöpfung. Statt Fragen wird Wissen und Verstehen sein, statt Suchen innere Ruhe, statt Unfrieden wird das Gefühl von innerem Frieden einkehren, begleitet von stiller Freude und Verbundenheit mit allem, was existiert.

Entfalten wir also unser großartiges Potenzial und beginnen wir – hier und jetzt – bewusst zu leben und gemeinsam eine Welt zu erschaffen, die wir uns wirklich wünschen.

*Das hellste Licht*
*ist das Licht*
*einer erwachten Seele.*

# Ausklang

*Wir sind ein Teil der Erde,*
*und die Erde ist ein Teil von uns.*
*Die duftenden Blumen sind unsere Schwestern;*
*der Hirsch, das Pferd, der großartige Adler*
*sind unsere Brüder.*
*Die felsigen Gipfel, die saftigen Wiesen,*
*der warme Körper des Pferdes und die Menschen*
*gehören alle zur selben Familie.*

*Die Erde gehört nicht den Menschen,*
*die Menschen gehören zur Erde.*
*Wir wissen dies.*

*Alle Dinge sind miteinander verbunden.*
*Wir wissen dies.*
*Was auch immer mit der Erde geschieht,*
*geschieht auch den Kindern der Erde.*
*Wir knüpfen nicht das Netz des Lebens,*
*wir sind nur einer der Fäden.*
*Was auch immer wir diesem Netz zufügen,*
*fügen wir uns selbst zu.*

*Verfasser unbekannt* [XV]

# Anmerkungen

**Kapitel 1**

1 Ausführliche Informationen zur Stringtheorie in: Brian Greene, „Das elegante Universum", Siedler Verlag, 2000.

**Kapitel 2**

1 Mehr über Telepathie in: „Der siebte Sinn des Menschen. Gedankenübertragung, Vorahnungen und andere unerklärliche Fähigkeiten", Rupert Sheldrake, Scherz Verlag, 2003.

2 „Gehirnwellen im Einklang", Studie von Jacobo Grinberg-Zylberbaum und Julieta Ramos, zitiert in *esotera* 2/1989.

3 „Does psi exist? Replicable evidence for an anomalous process of information transfer." Bem, Daryl J., Honorton, Charles; *Psychological Bulletin*, Bd. 115, 1994, S. 4–18. (Zitiert in: Doreen Virtue, „Das Praxisbuch für Indigo-Eltern", Koha Verlag, 2001).

4 „Silent shockwaves: Evidence for presentiment of emotional features", Radin, Dean I. (1996), *European Journal of Parapsychology*, Bd. 12. (Zit. in: Doreen Virtue, s.o.)

5 „Das Psi der Tiere", Rupert Sheldrake, Bericht im Magazin *esotera* 10/94.

6 Siehe Anmerkung 1, S. 97. Speziell den telepathischen Fähigkeiten der Tiere gewidmet ist Rupert Sheldrakes Buch, „Der siebte Sinn der Tiere", Ullstein Verlag, 2001.

7 „Vernetzte Intelligenz", Grazyna Fosar, Franz Bludorf, Omega Verlag, 2001.

8 Homepage der Findhorn-Gemeinschaft: www.findhorn.org.

9 Ein mit vedischen Feuertechniken und Mantras arbeitender Biohof ist der HOMA-Hof in Heiligenberg beim Bodensee. Besuch nur mit Anmeldung: Tel. 0 75 54-2 83, E-Mail: info@homa-hof-heiligenberg.de; www.homa-hof-heiligenberg.de.
Wer weiter in die Geheimnisse ganzheitlichen Gartenbaus eindringen möchte, dem sei folgendes Buch empfohlen: Peter Tompkins, Christopher Bird: „Die Geheimnisse der guten Erde", Omega Verlag, 1998.

**Kapitel 3**

1 „Am Anfang ist der Gedanke", Nicolai Schirawski, Beitrag im Magazin *P.M.*, Ausgabe 6/2002.

2 Uri Gellers Webseite: www.uri-geller.com enthält einen großen Fundus an Artikeln und Hintergrundinformationen.

3 „Die Blume des Lebens", Band 2, Drunvalo Melchizedek, Koha Verlag, 3. Aufl. 2002.

4 Aus: „Enigma, Lexikon des Außergewöhnlichen", United Soft Media, www.usm.de. Diese CD enthält zahlreiche Berichte über außergewöhnliche Phänomene.

5 Aus: „Indigo-Schulen. Chinas Trainingsmethoden für medial begabte Kinder", Paul Dong, Thomas Raffil, Koha Verlag, 1997.

6 „Erlebnisse hinter dem Vorhang zum Jenseits", Ulrich Doenike, *P.M.Perspektive*, 1/2002.

7 Siehe Anmerkung 5.

8 Bericht in *esotera* 3/2003: „Thomáz Green Morton – Mensch der Zukunft“ sowie in *esotera* 6/2003 „Der Herr über die Materie“, beide Christine Stähler.
Webseite über Thomáz (leider nur französisch): www.geocities.com/thomazra2000
Kontakt Europa: Christine Stähler, E-Mail: c.staehler@web.de,
Tel: 0049-805 1-96 20 08
Die Adresse von Thomaz Green Mortonde Souza Coutinho:
Caixa postal 29, Pouso Alegre
Minas Gerais
C.E.P. 37550-000, Brazil
Fax: 0055 35 34 25 39 41, E-Mail: tgmra@uol.com.br

9 Die Studie über die Wirkung von Bittgebeten wurde im *Journal of Reproductive Medicine* veröffentlicht, zitiert in: „Beten auf Rezept?“ Beitrag im Magazin *Geo Wissen*, Nr. 29, 2002.

10 „Beten hilft“, D. Scott Rogo, Bericht im Magazin *esotera essenz spezial* „Der Geist heilt“, erschienen ca. 1999.

**Kapitel 4**

1 „Die Geheimnisse der guten Erde“, Peter Tompkins, Christopher Bird, Scherz Verlag, 1989.

**Kapitel 5**

1 Der Dokumentarfilm ist erhältlich über die Webseite von Clemens Kuby: www.clemenskuby.de

2 Die Webseiten des HeartMath Institute: www.heartmathreport.com (hier finden sich zahlreiche wissenschaftliche Berichte) und www.heartmath.com

3 Siehe „Zaubergesang“, Grazyna Fosar, Franz Bludorf, Argo-Verlag, 2002.

4 Siehe Kap. 3, Anmerkung 3.

**Kapitel 6**

1 Vorgestellt wurde diese Technik von Prof. Walter Niesel im Rahmen des Weltfriedenskongresses in Düsseldorf, Dezember 2003.

**Kapitel 7**

1 Jasmuheen hat mehrere Bücher veröffentlicht. Ihre Webseite lautet: www.jasmuheen.com. Die PSI-Tage finden jährlich unter wechselnden Leitthemen in Basel (Schweiz) statt. Infos unter www.psi-tage.ch, E-Mail: info@psi-tage.ch oder bei der Psi-Tage AG, Postfach 384, CH-4009 Basel.

2 „Begegnungen mit Engeln“, Interview mit Emma Heathcote, von Gill Fry, aus: *Share International*, Juli/August 1999; entnommen aus: www.diewunderseite.de

3 Erwähnt in: „Zeichen einer neuen Zeit“, Richard Bremer, Neue Aspekte Verlag, 1998; Auszüge veröffentlicht in: www.diewunderseite.de

**Kapitel 8**

1 „Mit der Kraft des inneren Lächelns“, Bericht in der Zeitschrift *esotera*, 8/1997.

2 Siehe Kap. 3, Anmerkung 5.

3 „Effects of Mental Training on Voluntary Muscle Strength“, VK Ranganathan, M.S., M.B.A., V. Siemionow, Ph.D., JZ Liu, Ph.D. and GH Yue, Ph.D., www.clevelandclinic.org.

4 „Weisheiten aus Hawaii. Huna – die praktische Lebensphilosophie“, Serge Kahili King, Lüchow Verlag, 2000.

5 Diese Studie wird erwähnt in dem Artikel „Neue Homöopathie und die Psycho-Neuro-Immunologie“, Ölwin Pichler, *Raum & Zeit Special* Nr. 3. Die Zeitschrift *Raum & Zeit* ist erhältlich bei: Ehlers Verlag GmbH, Tel. 0 81 71/41 84 60, Fax 0 81 71/41 84 66, www.raum-und-zeit.com.

**Kapitel 9**

1 „Spontan geheilt. Die sieben Wege zur Selbstgesundung“, Gerhard Buzzi, Bastei Lübbe, 2001. Das Buch enthält einige interessante Fallbeschreibungen über Heilungen von Krebs und anderen schweren Krankheiten mit Techniken zur Aktivierung der inneren Heilkräfte sowie eine recht umfangreiche Auflistung biologisch und ganzheitlich arbeitender Kliniken.

2 „Die heilende Kraft“, Dr. Deepak Chopra, Bastei Lübbe Verlag, 2001. Dieses Buch enthält zahlreiche Tipps zur Selbstheilung.

3 „Der Jungbrunnen des Dr. Shioya“, Nobuo Shioya, Koha Verlag, 2001.

4 „Psychogenetik“, Susan Hemmerle, Beitrag in der Zeitschrift *esotera*, Ausgabe 4/2003. Das Buch zum Thema: »Psychogenetik. Die Kraft der Vererbung«, Chris Griscom, Heyne Verlag 2004.

**Kapitel 10**

1 Die Dynamind-Technik ist auf der Webseite von Serge Kahili King detailliert beschrieben: www.huna.org, “Teaching Hut“. Bücher von Serge King: »Die Dynamind Technik«, Lüchow Verlag, 2004. Das Buch »Instant Healing Jetzt! Ganzheitliche Methoden, um sich schnell von Schmerz und Leid zu befreien«, Lüchow Verlag, 2001, enthält viele weitere praktische Tipps und Techniken zur Selbstheilung nach den Prinzipien der hawaiianischen Huna-Lehre.

2 Weitere Informationen zur Klangheilung mit ayurvedischer Musik: „Die heilenden Klänge des Ayurveda“, Ernst Schrott, Haug Verlag, 2001, Buch mit CD.

3 „Der gespenstische Gesang der Zellen“, Martina Rampas, Meldung im *Spiegel online* vom 7. 6. 2004.

4 Die Webseite von Tom Kenyon: www.tomkenyon.com. Er hat zahlreiche Trainings- und Meditations-CDs produziert. Diese sowie Information über Veranstaltungen mit Tom Kenyon sind erhältlich bei: www.satjanas.de, Satjanas, Quellenweg 6, 48301 Darup, Tel. 0 25 02/22 33 74, Fax: 0 25 02/22 33 75.

5 „Mit Musik heilt alles besser“, Ulrich Arndt, Bericht in der Zeitschrift *esotera*, Ausgabe 9/1998.

6 Eine interessante Erfindung in der Musiktherapie ist der so genannte Klangstuhl. Mit diesem bereits in der medizinischen Praxis eingesetzten Gerät (PrimusonaG2000) können spezifische, heilende Schwingungen gezielt auf Körperteile und Organe übertragen werden. Information beim Erfinder: Pius Vögel, Weissachstr. 19, 87534 Oberstaufen/Allgäu, Internet: www.primusona.de

7 „Schwimmen mit frei lebenden Delfinen“, Beitrag im Magazin *Visionen*, 1/2003.

8 „Länger leben mit Sushi und Zen“, Bericht in der Zeitschrift *Fit for Fun*, Nr. 3/2003.

9 Zitiert in: „Die heilende Kraft“, Dr. Deepak Chopra, Bastei Lübbe, 1. Aufl. 2001.

10 „Heilung von innen, Achtsamkeitsmeditation als Medizin“, Beitrag in *Visionen* 1/2003. Weiterführende Literatur: „Stressbewältigung durch die Praxis der Achtsamkeit“, John Kabat Zinn, CD mit Buch, Arbor Verlag, 1999.
Es gibt eine enorme Vielfalt an verschiedenen Meditationstechniken. Nur durch Ausprobieren lässt sich herausfinden, welche Methode (z.B. mit oder ohne körperliche Bewegung, begleitende Atemtechnik, Visualisierung) einem persönlich am besten zusagt. Meditationskurse werden von privaten Gruppen (hier sind die in esoterischen Buchhandlungen ausliegenden kostenlosen Anzeigenblätter eine wahre Fundgrube), Gesundheitszentren, einigen Therapeuten und Volkshochschulen angeboten. Außerdem gibt es zahlreiche Bücher über Meditationstechniken sowie CD mit geführten Meditationen im Handel.

11 Siehe Kap. 3, Anmerkung 5.

12 „Yi Qi Kang Ai“, Bericht in der Zeitschrift *esotera* 2/2004.
Dem Bericht zufolge arbeitet die deutsche Ärztin und Psychotherapeutin Dr. Beate Chorbacher mit dem chinesischen Qigong-Großmeister Wei Ling Yi in einem Projekt mit rund 20 Krebspatienten in Deutschland zusammen, um die positive Wirkung des Qigong auf die Selbstheilungskräfte bei Krebspatienten zu dokumentieren. Informationen und Kontakt: E-Mail: Chorbacher@gmx.de, weltqigong@aol.com, Tel. 040-639 75 395.
Weitere Infos zu Qigong: Deutsche Qigong Gesellschaft e.V., Guttenbrunnweg 9, 89165 Dietenheim, Tel. 0 73 47/34 39, Fax 0 73 47/92 18 06, www.qigong-gesellschaft.de, contact@qigong-gesellschaft.de

13 Mantak Chias Übung des inneren Lächelns ist sehr ausführlich dargestellt in dem Buch „Tao Yoga des Heilens“, Mantak Chia, Ansata Verlag, 2001.

14 Die beschriebene Übung entstammt dem Buch „Jeden Augenblick genießen“, Thich Nhat Hanh, Theseus Verlag, 2004. Das Buch enthält noch viele weitere empfehlenswerte Übungen für den Alltag, um die eigene Achtsamkeit zu fördern.

15 Siehe Kap. 8, Anmerkung 5.

**Kapitel 11**

1 Siehe Kap. 3, Anmerkung 3.

2 Siehe Kap. 3, Anmerkung 5.

3 Der Heiler John of God/Joao de Deus praktiziert die meiste Zeit in Abadiania, Brasilien. Die Webseite: www.friendsofthecasa.org (englisch) bietet genauere Informationen über die Behandlungen und Aufenthalte vor Ort.
Weitere Informationen bieten folgende Bücher *„Das Buch der Wunder. Die Heilungsarbeit von Joao de Deus“*, Josie Raven Wing, Books on Demand GmbH, ISBN 3-8334-16556, sowie *„Der Wunderheiler. Die Lebensgeschichte von Joao de Deus“*, Robert Pellegrino-Estrich, Books on Demand GmbH, ISBN 3-833416548, erhältlich z. B. über amazon.de. Zahlreiche weiterführende Informationen werden auf der deutschsprachigen Webseite www.staette-der-heilung.de angeboten.
Der wissenschaftliche Bericht: „Psychic Surgery: an investigation“, The summary of a Scientific Research, by A.M. de Almeida, T.M. de Almeida, A.M. Gollner, *Magazine of the Brazilian Association of Medicine*; Sao Paulo, July/September 2000, ist auf der Webseite www.friendsofthecasa.org abrufbar.

4 „Mit High-Tech Jagd auf Qi“, Elmar Gruber, Bericht im Magazin *esotera essenz spezial* „Der Geist heilt“, erschienen ca. 1999.

5 „Die Beeinflussung von lebenden Systemen“, Elmar Gruber, Beitrag im Magazin *esotera*, 5/1998.

6 „Geistheilung in der Psychiatrie-Ambulanz“, Bericht in der Zeitschrift *Bio*, Ausgabe 5/2003.
Dr. Jakob Bösch hat über seine Erfahrungen ein Buch veröffentlicht: „Spirituelles Heilen und Schulmedizin“, Nlg Verlag, 2002.
Über geistige Heilungen anhand von über 600 Fallbeispielen informiert auch das folgende Buch: „Geistheilungen. Erfolge von A bis Z“, Dr. Harald Wiesendanger, Direktbezug beim Verlag: Lea Verlag, Zollerwaldstr. 28, 69436 Schönbrunn, Fax 0 62 71/7 31 80.

7 „Wunderbare Heilungen“, Nathalie Bureick, Bericht im Magazin *P.M.* 6/2004.

8 „Der Wellenschlag des Faktors Psi“, Bericht in der Zeitschrift *esotera*, Ausgabe 8/1997.
Informationen zur aktuellen Arbeit von Günter Haffelder unter www.gehirnforschung.com oder beim Stuttgarter Institut für Kommunikation und Gehirnforschung, Stuttgarter Straße 134, 70469 Stuttgart-Feuerbach, Telefon: 07 11/8 17 98 38, Fax: 07 11/8 17 98 39.

**Kapitel 12**

1 Siehe Kap. 3, Anmerkung 3.

2 „Thomáz Green Morton – der Friedensbote“, Bericht in der Zeitschrift *esotera*, Ausgabe 2/2004

3 Siehe Anmerkung 4, Kap. 10.
Wer mehr darüber erfahren möchte, wie Emotionen aus der Sicht eines Wissenschaftlers und Musikers auf den menschlichen Organismus wirken, kann auf das englischsprachige Buch zurückgreifen: „Sentics. The Touch of the Emotions“, Manfred Clynes, ISBN 0 385 08622 9, Anchor Press, erhältlich über z. B: www.amazon.com.

4 Siehe Kap. 10, Anmerkung 1.

5 „Gespräche mit Gott, Band 1“, Neale Donald Walsch, Arkana, 22. Aufl. 1997. Wie mit einem guten Freund führt der Autor mit Gott ein sehr persönliches Gespräch auf manchmal ernste, manchmal amüsante Weise. (Der Gott in diesem Buch hat mit der üblichen Auffassung eines strafenden Gottes nichts gemein und wirft auch sonst einige der üblichen religiös-strukturellen Anschauungen über den Haufen.)

6 „Zwischen Himmel und Erde. Der Weg des Mitgefühls“, Gregg Braden, Koha Verlag, 2001. Einer der Schwerpunkte dieses Buches liegt darin, wie wir von der Getrenntheit wieder zur Einheit mit uns selbst und allem Sein zurückfinden können.

7 „Am Feuer der Weisheit. Die geheimen Überlieferungen der Tsalagi-Indianer“, Dhyani Ywahoo, Theseus Verlag, 5. Auflage 2001.

8 „Modulation of DNA by Coherent Heart Frequencies“, Glen Rein, Rollin McCraty, Third Annual Conference of the International Society for the Study of Subtle Energies and Energy Medicine, Monterey, 1993; zitiert in: „Der Jesaja Effekt“, Gregg Braden, Koha Verlag, 2001.

9 Siehe Anmerkung 6.

10 Dokumentiert wurde dieser Fall im *New England Journal of Medicine*, Ausgabe März 1996, sowie in den *Science News*, Ausgabe April 1995, beide Quellen zitiert in: „Zwischen Himmel und Erde“, Gregg Braden, Koha Verlag, 2001.

11 Berichte hierzu: J. Travis, „Mutant Gene Explains Some HIV Resistance“, *Science News* 150, August 1996, sowie: Clare Thompson, „The genes that keep Aids at Bay“, *New Scientist*, London, 6. April 1996; beide zitiert in: „Zwischen Himmel und Erde“, s.o.

**Kapitel 13**

1 „Heilung aus der Ur-Natur“, Shalila Sharamon, Bodo Baginski, Windpferd Verlag, 2003.

2 „Das Heilen mit Lebensenergie“, Dr. Harald Wiesendanger, Beitrag in der Zeitschrift *esotera* 10/1994.

3 „Biologie des Lichts“, Fritz-A. Popp, Parey Verlag, 1984.

4 „Biophotonen. Das Licht in unseren Zellen“, Marco Bischoff, Zweitausendeins Verlag, 8. Aufl. 1996.

5 Weiterführende Informationen über die Aurikulomedizin bietet z. B. das folgende Buch: „Einführung in die Aurikulomedizin“, Raphael Nogier, Haug Verlag, 1994.

6 „Wir leben von Licht“, Bericht in der Zeitschrift *esotera* 6/1994, Anne Niemeyer, sowie „Die geheimen Kräfte der Pflanzenkost“, Wolf-Dieter Storl, *esotera* 4/1998.

7 „Spiralen der Lebenskraft“, Barbara Simonsohn, Bericht in der Zeitschrift *esotera* 3/2000.

8 „Vegetarier leben länger“, DKFZ-Pressemitteilung 12/3003, www.dkfz-heidelberg.de.

9 „Alzheimer aus der Tüte. Wie die Lebensmittelindustrie uns um den Verstand bringt“, Bericht im Magazin *raum & zeit*, 129/2004. Die Zeitschrift ist im gut sortierten Handel erhältlich oder über das Internet: www.raum-und-zeit.com.
Über die Wirkung von Chemikalien in Lebensmitteln hat der Ernährungsfachmann Dr. Hans-Ulrich Grimm ein Buch veröffentlicht: „Die Ernährungslüge – Wie uns die Lebensmittelindustrie um den Verstand bringt“, Droemer Knaur Verlag, 2003.

10 „Die süße Alternative – Stevia statt Zucker“, Barbara Simonsohn, Bericht im Magazin *esotera* 1/2000.

11 Weiterführende Informationen zu dem Süßungsmittel Stevia inklusive Rezepten bietet das folgende Buch: „Stevia – sündhaft süß und urgesund“, Barbara Simonsohn, Windpferd Verlag (4. Aufl. 2003). Unter www.windpferd.com findet man unter dem Button „Leser-Service“ alphabetisch nach Autoren geordnet, Bezugsquellen für Stevia.
Stevia ist in Deutschland als Lebens- bzw. Nahrungsergänzungsmittel offiziell nicht zugelassen, was auf den Verpackungen oft entsprechend vermerkt ist. Stevia ist als flüssiger Extrakt, konzentriertes Pulver oder natürliches Kraut erhältlich.

12 „Wasser und Salz – Urquell des Lebens“, Barbara Hendel, Peter Ferreira, Ina Verlag. Internet: www.wasser-und-salz.org. Hier werden auch Bezugsquellen für hochwertiges Kristallsalz genannt. Himalaya-Salz und Steinsalz werden außerdem in vielen Naturkostläden und Reformhäusern angeboten.

13 Detaillierte Infos zu Jod und Fluor unter www.wasserundsalz.info/joflo.htm sowie in: „Die Jod-Lüge, Das Märchen vom gesunden Jod“, Dagmar Braunschweig-Pauli, Herbig Verlag, 2003.
Fluorfreie Zahncremes sind in vielen Naturkostläden erhältlich und haben den Vorteil, dass meist auch auf den Zusatz von schäumenden Tensiden sowie synthetischen Farb- und Konservierungsstoffen verzichtet wird.

**Kapitel 14**

1 „Blaugrüne AFA-Alge – die Königin der Mikroalgen“, Barbara Simonsohn, Bericht in der Zeitschrift *Natur und Heilen* 6/99.

2 Siehe Kap. 13, Anmerkung 1.

3 „Lichtvolle Ursubstanz“, Ulrich Arndt, Beitrag im Magazin *esotera* 2/04.

4 Siehe Anmerkung 1.
Weitere ausführliche Information in „Die Heilkraft der AFA-Alge“, Barbara Simonsohn, Goldmann Verlag, 2000.

Anmerkung: Eine Meldung, nach der die blaugrüne AFA-Alge toxinbelastet sein soll, betraf lediglich aus Kanada stammende AFA-Algen. Die in Deutschland erhältlichen AFA-Algen stammen offenbar alle aus dem Klamath-See in Oregon, USA und waren von dieser Meldung nicht betroffen. (Quelle: Magazin raum & zeit 119/2002).

5 „Die Farbe Blau und die Liebesmoleküle“ Bericht in der Zeitschrift *Co'Med*, Ausgabe 10/2003.

6 „Gerstengras-Saft – der grüne Power-Drink“, Barbara Simonsohn, Bericht in der Zeitschrift *esotera* 12/1999.

7 Siehe Anmerkung 1.

8 Siehe Anmerkung 6.

9 Siehe Kap. 13, Anmerkung 7.

10 „Cystus: das Heilkraut für Körper, Geist und Seele“, Bericht im Magazin *esotera* 07/2001. Weitere Infos: www.te-med.de. Cystus ist als Teekraut, Sud oder Creme erhältlich.

Eine Vielzahl von Nahrungsergänzungsmitteln wird per Versandhandel im Internet angeboten, z. B. unter www.alles-gesunde.de, www.enveda.de.

11 Siehe Kap. 13, Anmerkung 1.

12 Hervorragende Informationen zum Thema Übersäuerung und wie man sie kurieren kann bietet folgendes Buch: „Gesundheit durch Entschlackung“, Peter Jentschura, Josef Lohkämper, Verlag Peter Jentschura, 9. Aufl. 2002.

13 Ausführliche Informationen über die pflanzlichen Urmineralien enthält das Buch: „Heilung aus der Ur-Natur“, Shalila Sharamon, Bodo J. Baginsky, Windpferd Verlag, 2003. Detaillierte Informationen bietet auch die Homepage www.mikromineralien.com.
Clark's Mikromineralien werden von verschiedenen Händlern in Europa angeboten (Bezugsadressen unter www.windpferd.de, Leserservice.) Die Produkte sind allerdings oft erheblich teurer als in den USA. Bei größeren Bestellmengen lohnt ein Blick auf die Seite des Herstellers in den USA: www.tjclark.net (beim Preisvergleich Porto- und Zollkosten einkalkulieren).

**Kapitel 16**

1 Siehe Kap. 13, Anmerkung 12.

2 „Wasser, die gesunde Lösung“, F. Batmanghelidj, VAK Verlags GmbH, 6. Aufl. 1996. Weitere Bücher des Autors zum Thema: „Sie sind nicht krank, Sie sind durstig – Heilung von innen mit Wasser und Salz“, VAK Verlags GmbH, 2003.

3 „Das Wasserwesen Mensch“, Dr. med. Alois Riedler, *Der Freie Arzt*, Zeitschrift für freiheitliche Ordnung im ärztlichen Beruf; Nr. 5/93.

4 „Fitmacher des Lebens“, Ulrich Arndt, Beitrag im Magazin *esotera* 07/2001.

5 „Entdeckung der Lichtwässer“, Ingrid Lohstöter, Beitrag im Magazin *esotera* 05/2003. Mittlerweile existieren in Italien mehrere Lichtwasser-Therapiezentren, die mit dieser ganzheitlichen Methode arbeiten. Dr. Ciccolo hat zahlreiche Bücher veröffentlicht, leider bisher nur in italienischer Sprache. Detaillierte Informationen über Lichtwässer und ihre Anwendungsmöglichkeiten bietet auch das Buch: „Phänomen Wasser – Heilquellen, Lichtwässer und ihre verborgenen Kräfte“, Gudrun Dalla Via, Vgs-Verlagsgesellschaft, 1997.

6 Detaillierte Informationen über Heilquellen, auch die Nordenauer Quelle, bietet die Webseite www.diewunderseite.de. Dort sind auch Bezugsquellen für das Nordenauer Wasser sowie heilkräftiges Wasser aus anderen Quellen und daraus hergestellte Präparate angegeben.

Auch die Internetseite www.enveda.de/Magazin/mag_186.cfm bietet unter „Heilquellen" ausführliche Informationen über die Heilquelle in Nordenau sowie über weitere Heilquellen in anderen Ländern. Adresse der Nordenauer Heilquelle: Land- und Kurhotel Tommes, Talweg 14, 57392 Schmallenberg-Nordenau, Tel. 0 29 75/96 22-0, Fax 0 29 75/96 22-1 65, E-Mail: HotelTommes@T-Online.de, www.stollen-nordenau.de oder www.nordenau.de/html/heilstollen.html

7 „Die Bedeutung des Wassers und dessen Qualität im menschlichen Organismus", Dr. med. Antonius M. Schmid, *Acta Medica Empirica* 1988, Ausgabe 10, S. 646 ff., sowie Anmerkung 3.

8 Siehe Kap. 13, Anmerkung 12.

9 „Wasserkristalle", Masaru Emoto, Koha Verlag, 2002. Dieses Buch enthält ausführliche Beschreibungen von Emotos Experimenten, zahlreiche Schwarz-Weiß- und einige Farbfotos von Kristallen. Weitere Bücher von Masaru Emoto:
„Die Antwort des Wassers", Koha Verlag, 2003; „Die Botschaft des Wassers, Band 1", Bildband, Koha Verlag 2002. Dieses Buch bietet zahlreiche wunderschöne Fotos der Wasserkristalle. Die Internet-Seite von Masaru Emoto: www.hado.net.
Die Firma Spiegelau hat, basierend auf Emotos Forschungen, eine Trinkglasserie namens „Waterbalance" entworfen, bei der positive Begriffe auf den Gläsern eingraviert sind (Liebe, Glück, Freude, Harmonie etc.). Die Gläser sind im gut sortierten Fachhandel erhältlich. Internet: www.spiegelau.com

10 Siehe Kap. 12, Anmerkung 7.

**Kapitel 17**

1 Interview mit dem Künstler Hans Georg Leiendecker, Magazin *Zeitenschrift*, Nr. 40/2003.

2 „Die Leuchtkraft des Lebendigen", Reinhard Eichelbeck, Beitrag in der Zeitschrift *esotera*, 10/1998.

3 „Das Heilen mit Lebensenergie", Dr. Harald Wiesendanger, Beitrag in der Zeitschrift *esotera* 10/1994.

4 „Fehler in der Matrix", Grazyna Fosar und Franz Bludorf, Michaels Verlag 2003.

**Kapitel 18**

1 „Wir leben von Licht", Anne Niemeyer, Bericht in der Zeitschrift *esotera* 6/1994

2 Siehe Kap. 17, Anmerkung 3.

3 Die Internetadresse von Dr. Valerie Hunt: www.bioenergyfields.org bietet detaillierte Hintergrundinformationen zum Thema.

4 Siehe Kap. 17, Anmerkung 3.

5 Siehe Kap. 3, Anmerkung 3.

6 „Spirituelle Evolution", Heidi Friedrich, Bericht in der Zeitschrift *esotera* 11/ 2002

**Kapitel 19**

1 Siehe Kap. 2, Anmerkung 1.

2 Siehe Kap. 2, Anmerkung 7.

3 „Wenn das Universum ein großer Organismus ist...", Beitrag im Magazin *esotera* 12/1998.

4 „Geist und Gehirn", Günter Haffelder, Beitrag in der Zeitschrift *Tattva Viveka* Nr. 17, 2002.

5 „Das Geheimnis der Erfinder", Reinhard Eichelbeck, Beitrag in *esotera* 2/1998.

6 „Stephen Hawkings Universum: Jeder lebt in vielen Welten. Gleichzeitig." Joseph Scheppach, Beitrag im Magazin *P.M.*, 2/2002.

7 Siehe Kap. 3, Anmerkung 3.

8 „Tränen der Götter", Chris Morton und Ceri Louise Thomas, Scherz Verlag, 1998.

9 Rundschreiben des Manataka American Indian Council, *Manataka Smoke Signal,* Volume V, Issue 14, December 2003. Die Webseite des Manataka American Indian Council: www.manataka.org bietet zahlreiche Hintergrundinformationen und Artikel zur Kultur und Spiritualität der Indianer Nordamerikas.

10 Siehe Kap. 2, Anmerkung 7.

**Kapitel 20**

1 Die Webseite des Global Consciousness Projekt der Universität Princeton: http://noosphere.princeton.edu

2 Siehe Kap. 17, Anmerkung 4.

3 Interview mit Gregg Braden, von Diane M. Cooper, April 2003, veröffentlicht im *Spirit of Ma'at Magazin*, www.spiritofmaat.com. Hier gibt es eine Vielzahl interessanter und aufschlussreicher Artikel zu verschiedenen Themen (Umwelt, Spiritualität, Politik etc.)

4 Siehe Kap. 12, Anmerkung 7.

5 „Einheit ist Frieden", Mata Amritanandamayi Devi (Amma), Rede zum 50. Jahrestag der Vereinten Nationen, New York, Oktober 1995. Die Webseite von Amma: www.amma.de informiert über weltweite Veranstaltungen mit Amma.

6 Siehe Kap. 12, Anmerkung 6.

7 Siehe Anmerkung 5.

8 Zitiert aus: Siehe Kap. 12, Anmerkung 7.

**Kapitel 21**

1 „Der Jesaja Effekt", Gregg Braden, Koha Verlag, 2001. Dieses Buch bietet detaillierte Informationen zur Wirkung gemeinschaftlicher Meditationen und Gebete. Die Webseite von Gregg Braden: www.greggbraden.com enthält viele weitere Artikel und Informationen.

2 Die Angaben zur Jerusalem-Studie stammen aus einem Interview von Diane Cooper mit Gregg Braden, veröffentlicht im *Spirit of Ma'at* Magazin, April 2003, www.spiritofmaat.com. Diese Webseite bietet eine Fülle interessanter Artikel.

3 Siehe Anmerkung 1.

4 Auf der Webseite www.worldpuja.org werden regelmäßig weltweite Meditationsevents organisiert, die man teilweise auch über das Internet live mitverfolgen kann. Sehr aktiv diesbezüglich ist auch der Friedensaktivist und Musiker James Twyman, seine Internetadresse lautet: www.emissaryoflight.com

5 „Praying from the heart, A Clarification for the ‚Lost' Mode of Prayer", Gregg Braden, Januar 2003, veröffentlicht in: www.greggbraden.com.

6 „Aus dem Herzen leben", Drunvalo Melchizedek, Koha Verlag, 2004.

7 Dem Buch „Aus dem Herzen leben“ ist eine CD beigelegt, die eine geführte Meditation in den Raum des Herzens enthält. Die Webseiten von Drunvalo: www.drunvalo.net und www.spiritofmaat.com bieten eine Fülle interessanter Informationen.

8 Siehe Kap. 12, Anmerkung 5.

9 Siehe Anmerkung 6. Die Webseite des HeartMath Instituts: www.heartmath.com

10 Zitiert in: „Zwischen Himmel und Erde“, Siehe Kap. 12, Anmerkung 6.

11 Siehe Kap. 5, Anmerkung 3.

12 Siehe Kap. 12, Anmerkung 7.

13 Siehe Kap. 3, Anmerkung 3.

14 Siehe Kap. 12, Anmerkung 6.

15 Siehe Kap. 12, Anmerkung 7.

16 Siehe Kap. 3, Anmerkung 3.

17 Siehe Kap. 5, Anmerkung 3.

**Kapitel 22**

1 „Jetzt! Die Kraft der Gegenwart“, Eckhart Tolle, Kamphausen Verlag, 8. Aufl. 2003. Das Buch gibt es auch als Hörbuch, besonders zu empfehlen für Autofahrer, Urlaubstage und alle Situationen, in denen man zu müde (oder zu faul?) zum Lesen ist. Da Tolle die CD selbst liest, baut sich beim Zuhören zusätzlich ein Energiefeld auf, das einen leichter in die Gegenwärtigkeit hineinträgt.

2 „Zeiten der Achtsamkeit“, Thich Nhat Hanh, Verlag Herder Spektrum, 7. Auflage 2003. Ein weiteres empfehlenswertes Buch mit vielen einfachen und wirksamen Übungen für den Alltag ist das Buch „Jeden Augenblick genießen“, Thich Nhat Hanh, Theseus Verlag, 2004.

3 „The Lightness of Being“, Interview mit Lama Surya Das, von Julia Griffin, veröffentlicht im *Spirit of Ma'at Magazin,* Vol.4, November 2003, www.spiritofmaat.com

4 „Göttin des kosmischen Humors“, Interview mit Avatara Devi, Beitrag im Magazin *connection*, 4/2003.

5 „Kaito. Ein Märchenroman“, Hans Kruppa, Knaur Verlag, 2004. Hans Kruppa hat zahlreiche poetische Romane veröffentlicht. Seine Webseite: www.hanskruppa.de

# Anhang

## Literatur, Tipps und Informationen zum Thema Elektrosmog

Ich habe etwas gezögert, diesen Anhang zu bringen, denn einerseits gibt es genügend Untersuchungen, die die Gefährlichkeit von Elektrosmog, insbesondere Mobilfunkstrahlung, belegen. Andererseits ist es angesichts der schnellen Evolution des Bewusstseins in unserer Zeit nicht ausgeschlossen, dass wir Menschen in Zukunft gegenüber solchen Störeinflüssen ganz oder teilweise immun werden könnten – indem wir unseren Organismus auf eine höhere Schwingungsebene bringen und somit keine Resonanz mehr zu den Störfaktoren haben. Sie mögen nach wie vor da sein, ohne uns jedoch zu erreichen und negativ zu beeinflussen. Der wesentliche Schlüssel, um diese höhere Bewusstseinsebene zu erreichen, scheint die Entwicklung von Liebe, Mitgefühl und Einheitsbewusstsein zu sein.

Derzeit liegen mir jedoch noch keine wissenschaftlichen Studien darüber vor, inwieweit es kraft eines harmonischen eigenen Energiefeldes möglich ist, als schädlich geltende technische oder geologische Störeinflüsse zu neutralisieren, so dass der Organismus keinen Schaden nimmt.

Da jeder Mensch in seiner Entwicklung an einem anderen Punkt steht, empfehle ich, sorgfältig zu prüfen, welche der folgenden Informationen für einen persönlich relevant sind.

Hier also einige pragmatische Informationen zum Thema Mobilfunk und Elektrosmog:

Die Tatsache, dass sich der moderne Mensch heute in einem wahren Meer aus Elektrizität aufhält, wirkt offenbar nicht gerade gesundheitsförderlich. Denn elektromagnetische Felder können zellbiologisch aktiv werden, und zwar egal, wie schwach sie sind. Wie der Biophysiker Fritz-Albert Popp herausfand, erzeugen unsere Körperzellen ultraschwache elektromagnetische Felder, um mit Lichtgeschwindigkeit lebenswichtige Informationen zu übertragen. Auf diese Weise werden die zentralen Lebensvorgänge wie Zellteilung und Eiweißsynthese gesteuert.

Leider war die Evolution auf einen Ansturm künstlicher elektromagnetischer Felder nicht vorbereitet. Hochspannungsleitungen, Stromkabel, Radar-, Rundfunk- und Fernsehsender sowie Elektrogeräte umgeben uns nahezu überall. Die davon ausgehenden elektromagnetischen Felder, besonders die gepulsten Hochfrequenzfelder von Mobilfunkmasten, Handys und schnurlosen DECT-Haustelefonen, überfluten die Körperzellen mit elektromagnetischem Lärm und stören die zellinterne Kommunikation.

Forschungen haben gezeigt, dass die umweltbedingte permanente Belastung mit Elektrosmog den zelleigenen Reparaturmechanismus ermüdet, zu Fehlern bei der Zellteilung führt und Schäden in der Erbsubstanz erzeugt. Mögliche Folgen sind unter anderem Missbildungen, Mutationen und Krebs.[1]

Amerikanische Studien belegen, dass selbst Magnetfelder im 50–60 Hertz-Bereich, wie sie von Elektrogeräten in Haushalt und Büro erzeugt werden, das Wachstum menschlicher Krebszellen im Reagenzglas um 1600 Prozent steigern.[2]

Die von Mobilfunkmasten, Handys und schnurlosen Haustelefonen ausgehende Strahlung ist um ein Vielfaches gefährlicher. Wie aus finnischen Untersuchungen hervorgeht, bewirkt die Mobilfunkstrahlung beispielsweise, dass die Blutgefäßwände dünner werden. Dadurch wird die Blut-Hirn-Schranke, die das Gehirn normalerweise vor dem Eindringen schädlicher Giftstoffe schützt, durchlässiger.[3]

Dass Telefonieren mit dem Handy das Gehirn eine Zeit lang regelrecht lahm legt, entdeckten australische Forscher. Bereits ein 20-minütiges Gespräch soll dieselbe einschläfernde Wirkung haben wie eine Hypnose. Die Ursache ist, dass die Mobilfunkstrahlung die Alpha-Wellen im Gehirn erhöht, wodurch das Gehirn mehr arbeiten muss.

Wie die Autoren Fosar und Bludorf in ihrem Buch *Zaubergesang*[4] erklären, sind Handy-Frequenzen im Bereich von acht Hertz gepulst und liegen damit im Bereich der Alpha-Wellen. Alpha-Wellen entstehen normalerweise im entspannten, meditativen Zustand. Müdigkeit, Konzentrationsschwierigkeiten und Kopfschmerzen sind deshalb eine häufige Folge nach längerem Telefonieren mit dem Handy. Leider sind Handynutzer auch einem deutlich höheren Risiko ausgesetzt, an Gehirntumoren zu erkranken, wie die Studie eines amerikanischen Epidemiologen ergab.[5]

Insgesamt kann Elektrosmog eine Vielzahl an Beschwerden und Erkrankungen hervorrufen wie z. B. Schlafstörungen, chronische Müdigkeit, Nervosität, Herzrhythmusstörungen, aber auch ein erhöhtes Risiko für Allergien, Atemwegserkrankungen und Krebs.

Eine aktuelle Studie von Ärzten aus dem oberfränkischen Ort Naila belegt, dass im Umkreis von 400 Metern um einen 1993 im Stadtzentrum von Naila errichteten Mobilfunkmast die Anzahl von Krebserkrankungen drastisch anstieg: zwischen 1993 und 1999 auf das Doppelte, im Zeitraum von 1999–2004 gar auf das Dreifache.[6]

Durch verschiedene Maßnahmen kann man jedoch die Elektrosmog-Belastung zumindest bis zu einem gewissen Grad reduzieren. Dass man Handys nur sparsam benutzen und möglichst häufig komplett ausschalten sollte, zählt ebenso dazu wie eine Reihe an Maßnahmen im Haushalt:

- Fernseher und andere Elektrogeräte möglichst aus dem Schlafzimmer verbannen;
- Radiowecker möglichst weit vom Kopf entfernt platzieren;
- Elektrogeräte grundsätzlich ausschalten, wenn man sie nicht benutzt (Stecker ziehen!); ggf. Netzfreischalter einbauen lassen – er sorgt dafür, dass im Haus nur dann Strom fließt, wenn er gebraucht wird, und trennt, sobald die letzte Lampe ausgeschaltet ist, die Elektroinstallation der Räume vom Netz;
- schnurlose DECT-Telefone (die rund um die Uhr senden, selbst wenn nicht gesprochen wird) ersetzen durch das gute, alte Schnurtelefon bzw. Telefone mit CT1+-Standard;
- Halogenlampen nur sparsam einsetzen oder ganz vermeiden. Die Trafos von Halogenlampen erzeugen starke Strahlung, die sogar Wände durchdringt.)

Mittlerweile sind verschiedene Geräte erhältlich, mit denen man die E-Smogbelastung im eigenen Haushalt (also auch das, was von „draußen" hereinkommt) genau ausmessen kann. Ein solcher (leider nicht ganz billiger) E-Smog-Spion wird z. B. angeboten von der:

Naturwissen GmbH & Co KG
Geltinger Str. 14e, 82515 Wolfratshausen,
Tel. 08171-418760, Fax 418766,
Internet: www.markt-kommunikation.de,
E-Mail: vertrieb@natur-wissen.com.

Weiterführende, detaillierte Informationen zum Thema Elektrosmog sind unter anderem erhältlich bei:

Bürgerwelle e.V.
Dachverband der Bürger und Initiativen
zum Schutz gegen Elektrosmog
Lindenweg 10, 95643 Tirschenreuth,
T. 0 96 31-79 57 36, Fax. -79 57 34
www.buergerwelle.com.

Internationale Gesellschaft für Elektrosmogforschung (IGEF),
Seebach 137, A-6370 Kitzbühel / Tirol,
T. 0043-535 664 354, www.elektrosmog.com,
E-Mail: info@elektrosmog.com.

Interdisziplinäre Gesellschaft
für Umweltmedizin e.V. (IGUMED)
IGUMED Geschäftsstelle, Fedelhören 88, 28203 Bremen,
Tel. 0421/498 42 51, Fax: 0421/498 42 52, Internet: http://igumed.de,
Rubrik: Mobilfunk/Freiburger Appell, E-Mail: igumed@gmx.de.

Zahlreiche Informationen zum Thema Elektrosmog bietet auch die Internetseite: www.ohne-elektrosmog-wohnen.de.

Detaillierte Infos zur gesundheitlichen Auswirkung von elektromagnetischen Feldern unter www.hese-project.org.

Einige Firmen haben sich darauf spezialisiert, Abschirm-Materialien (Vorhänge, Bettwäsche, Bekleidung etc.) gegen Elektrosmog zu produzieren, z. B:

Swiss Shield AG, Bergstr. 31, 8890 Flums/Schweiz,
Tel. +41 (0)81 734 02 20, Fax: +41 (0)81 734 02 22
Internet: www.swiss-shield.ch,
E-Mail: info@swiss-shield.ch.

NEHER Systeme GmbH & Co. KG, Wellendingerstr. 15,
D - 78665 Frittlingen, Tel. +49 - (0)7426-5282-0,
Fax: +49 - (0)7426-5282-50; Internet: www.neher.de,
E-Mail: info@neher.de.

Wer im Internet recherchiert, wird sicher nach weiteren Anbietern fündig. Auch in Internet-Auktionen werden mittlerweile diverse Abschirmmaterialien angeboten.

## Anmerkungen zum Anhang

1 „Kann man Elektrosmog vermeiden?“, Dr. Hartmut Müller, Bericht im Magazin *raum & zeit*, 121/2003.
2 „Das Heilen mit Lebensenergie“, Dr. Harald Wiesendanger, Bericht im Magazin *esotera* 10/1994.
3 Kurzbericht im Magazin *raum & zeit*, 119/2002.
4 „Zaubergesang“, Grazyna Fosar, Franz Bludorf, Argo-Verlag, 2002.
5 „Umkämpfte Strahlen“, Antje Bultmann, Beitrag im Magazin *raum & zeit* 130/2004.
6 „Gefährliche Strahlen“, Ina Scopry, Beitrag im Magazin *raum & zeit* 132/2004.

## Herkunft der Mottos der einzelnen Kapitel

I „Illusionen“, Richard Bach, Ullstein Verlag, 12. Aufl. 1998.
II „Am Feuer der Weisheit“, Dhyani Ywahoo, Theseus Verlag, 5. Aufl. 2001.
III „Ramtha“, Hrsg. Steven Lee Weinberg, In der Tat Verlag, 1997.
IV „Gespräche mit Gott“, Band 1, Neale Donald Walsch, Goldmann Verlag, 22. Aufl. 1997.
V „Die heilende Kraft“, Deepak Chopra, Bastei Lübbe Verlag, 2001.
VI „Die universellen Lebensgesetze des friedvollen Kriegers“, Dan Millman, Ansata-Verlag, 1996.
VII „Der Jungbrunnen des Dr. Shioya“, Nobuo Shioya, Koha-Verlag, 2003.
VIII „Der Quell des Lebens“, Chris Griscom, Goldmann Verlag, 1995.
IX Paul Probst: Schweizer Naturheilarzt, zit. in: „Verleihe Deinem Traum Flügel“, Magazin *Zeitenschrift* Nr. 43/2004.
X Amma, Green Friends Kalender 2004.
XI „Die Suche nach dem verborgenen Glück“, Billy Mills & Nicholas Sparks, Heyne Verlag, 4. Aufl. 2002.
XII „Jetzt, Die Kraft der Gegenwart“, Eckhart Tolle, Kamphausen Verlag 8. Aufl. 2003.
XIII „Der Alchimist“, Paulo Coelho, Diogenes Verlag, 1996.
XIV „Liebe jetzt“, Pat Rodegast, Judith Stanton, Knaur Verlag, 1991.
XV „Happy Earth Day“, Autor unbekannt, E-Mail-Rundschreiben des Manataka American Indian Council, Volume V Issue 8, July 2003.

**Die Homepage der Autorin www.prospirit.de enthält zahlreiche Themen, Tipps und Links.**

**Weitere Bücher von Jill Möbius:**

*Die Hotline zum Glück – Anleitungen zu einem erfüllten Leben*, mvg-Verlag 2004.

*Fragen, die das Herz bewegen*, Via Nova Verlag, 2005.

## Weitere Bücher aus dem Verlag Via Nova:

# Fragen, die das Herz bewegen

### Außergewöhnliche Menschen im Interview über Glück, Lebenssinn, Erfolg, persönliche Träume und globale Visionen

Jill Möbius / Rüdiger Schache

Paperback, 168 Seiten, 31 Fotos – ISBN 3-86616-004-6

Seit jeher beschäftigen dieselben existenziellen Fragen die Menschheit – Fragen nach dem Sinn des Daseins, nach der Beschaffenheit der Welt und unserer persönlichen Lebensaufgabe, Fragen nach dem Rezept für ein glückliches und erfülltes Leben. In diesem Buch antworten außergewöhnliche Menschen – bekannte Schauspieler, Künstler, Abenteurer, Politiker, spirituelle Lehrer und Wissenschaftler unterschiedlicher Nationalitäten – auf dreizehn wesentliche Lebensfragen. Aus ihrem reichhaltigen Erfahrungsschatz geben sie ihre persönlichen Erfolgsgeheimnisse preis. Offenherzig sprechen sie über persönliche Träume, Liebe, Hoffnungen und ihre globalen Zukunftsvisionen. Im anschließenden Resumee bilden die Autoren eine Essenz aus den Antworten und zeigen praktische Wege für die Übertragung in den Alltag. Ein unterhaltsames Buch zum Schmökern, Staunen, das uns darauf besinnen lässt, was im Leben wirklich wichtig ist.

# Der Traumwanderer

Edition Spirituelle Romane

### Eddie Kramer und das Buch der Träume

Richard Wilder

Paperback, 384 Seiten – ISBN 3-86616-003-8

Als der dreizehnjährige Eddie Kramer aus San Fransisco einem alten Flohmarkthändler ein ungewöhnliches, antikes Kartenspiel abkauft, beginnt das größte Abenteuer seines Lebens. Von nun an bestimmt eine Kette unglaublicher Ereignisse sein Dasein. Eddie entdeckt eine Straße, die für die meisten Menschen nicht sichtbar ist, aber dennoch existiert. Hier verfolgen außergewöhnliche Menschen ein gemeinsames Ziel: Die Suche nach dem seit Jahrtausenden verschollenen Buch der Träume. Das darin enthaltene Wissen soll es jedem Menschen ermöglichen, seine Lebensträume zu Realität werden zu lassen. Nur eine auserwählte Person – Eddie Kramer – kann zu einer vorbestimmten Zeit das Buch von seinem geheimen Ort holen, um es den Menschen zu bringen. Unterstützt durch magische Gegenstände und begleitet von seinen neuen Freunden macht sich Eddie auf die Suche. Den Gefährten steht eine gefährliche Reise bevor. Eddies abenteuerliche Jagd führt ihn zu den Hopi-Indianern und bis in das geheimnisvolle Hochland von Tibet nach Shambhala, wo mystische Legenden zu Realität werden. Ein spirituelles und abenteuerliches Lesevergnügen für Erwachsene und Jugendliche.

# Hundert Wege der Hoffnung

Edition Spirituelle Romane

Robin Rice

Paperback, 296 Seiten – ISBN 3-936486-71-9

Spirituelle Heiler auf der ganzen Welt haben der Hauptfigur dieses spannenden Romans, Mary, immer wieder gesagt, sie sei „Die Eine“, haben ihr jedoch nicht offenbart, worin ihre Aufgabe besteht. So folgt sie scheinbaren Zufällen wie Brosamen, bis sie schließlich im Canyon de Chelly in Arizona zu ihrer Ganzheit und zu ihrem wahren Selbst findet. In dieser lebendig und sehr spannend erzählten Geschichte schickt die Autorin ihre Heldin Mary auf eine Reise, während der sie durch visionäre Erfahrungen und mit der Hilfe eines weisen Lehrers das Reich universeller Wahrheiten betritt. Unterschiedliche spirituelle Traditionen werden zu einem harmonischen Ganzen vereint, und gemeinsam mit Mary entdeckt der Leser, dass es auf dieser Welt weit mehr gibt, als unsere fünf Sinne wahrzunehmen vermögen. Der Roman wurde schon in mehrere Sprachen übersetzt.

## Erfolg kommt von innen

### Chuck Spezzano

Hardcover, 240 Seiten – ISBN 3-86616-019-4

Das neue Buch des bekannten Lebenslehrers Chuck Spezzano ist von wegweisender Bedeutung für alle Menschen, die ihr Leben erfolgreich gestalten wollen. Anders als viele andere Bücher, die das Thema „Erfolg im Leben" aus einer äußeren Sichtweise behandeln, schlägt Dr. Spezzano seinen Lesern vor, mit der machtvollen Kraft ihres Geistes und ihres Herzens von innen heraus zu Erfolg und Fülle zu gelangen. Auf seine typische, unnachahmlich humorvolle Art legt er dar, welche Schwierigkeiten die Menschen daran hindern, wirklich erfolgreich zu sein, und welche Strategien dem Einzelnen zur Verfügung stehen, um diese Schwierigkeiten zu überwinden. In 100 in sich abgeschlossenen Lektionen erfährt der Leser nicht nur, wie er die Probleme, die seinen Erfolg behindern, erfolgreich heilen und transformieren kann. In die einzelnen Kapitel integrierte praktische Übungen ermöglichen es ihm außerdem, die gewonnenen Erkenntnisse mühelos in den Alltag zu transportieren.

## Aus der Weisheit des Herzens leben

### Eine praktische Anleitung für das innere Wachstum der Liebe

### Joyce und Barry Vissel

Paperback, 272 Seiten – ISBN 3-86616-025-9

Für viele Paare bedeutet eine Beziehung eine Welle frischverliebter Seligkeit, gefolgt von Schwierigkeiten und Enttäuschungen und schließlich einer Trennung. Mit 35 Jahren Ehe und 25 Jahren klinischer Erfahrung im Rücken haben die beiden Bestseller-Autoren Joyce und Barry Vissell Hunderten von Menschen dabei geholfen, diesen Zyklus fehlgeschlagener Beziehungen zu durchbrechen, indem sie ihnen zeigen, dass eine Beziehung eine Möglichkeit ist, als Individuum zu wachsen – sich tief nicht nur mit einem anderen Menschen zu verbinden, sondern auch mit seinem eigenen Herzen. Sie werden lernen: wie Sie einen echten Lebensgefährten finden, die wichtigsten Zutaten zu jeder Beziehung, warum so viele Leute sich vor Intimität fürchten wie Sie Eifersucht, Kritik und Beschuldigen in Wachstum verwandeln können, warum „Nein"-Sagen ein fundamentaler Schritt ist, lieben zu lernen, wie Sie eine blockierte sexuelle Beziehung heilen können und vieles mehr.

## Ich liebe dich – und was jetzt?

### So gestalten Sie Ihre Partnerschaft

### Claus Kostka

Hardcover, 100 Seiten – ISBN 3-86616-020-8

In diesem leicht verständlich geschriebenen und doch fundierten Büchlein geht Claus Kostka auf die Zeit ein, die auf das Verliebtsein folgt und manchmal den Keim des Scheiterns in sich trägt, weil die Verliebten nicht wissen, wie sie mit den unweigerlich auftretenden Problemen und Schwierigkeiten umgehen sollen. Auch der Verfasser hat kein Universalrezept, aber er macht sachliche, handfeste und realistische Vorschläge, deren Umsetzung dazu beitragen kann, auch schwierige Zeiten kreativ zu nutzen und nicht nur zu überstehen, sondern aus ihnen Gewinn zu ziehen. Kapitelüberschriften wie *Beziehung ist Arbeit – und darf trotzdem Spaß machen, Was du nicht willst, bleibt doppelt lange, Auseinandersetzung ist wichtig, Gefühle äußern, Grenzen setzen, Raus aus dem Drama-Dreieck* usw. deuten die erfrischend direkte Zugehensweise Kostkas an. Was man sonst in vielen dicken Büchern lesen kann, ist hier, ohne je oberflächlich zu sein, auf ca. 100 Seiten zusammengefasst. Ein Glücksfall!

# Berühren heißt leben

## Warum wir ohne menschliche Nähe und Zuneigung nicht leben können

Mariana Caplan

Paperback, 248 Seiten – ISBN 3-86616-007-0

„Wir leiden unter einem Mangel an Berührung." Diese Aussage steht am Beginn des Buches. Mit großem Engagement und tiefem Einfühlungsvermögen begibt sich die Autorin auf die Suche nach den Ursachen für diesen Berührungsmangel und nach Wegen, die wir gehen können, um diesen Mangel zu beheben. Sehr anschaulich und stets wissenschaftlich fundiert erläutert sie, wie wichtig liebevolle Berührung für alle Menschen und in allen Lebensbereichen ist. Berührung bringt uns anderen Menschen und auch unserem eigenen Menschsein näher, geht aber weit über rein körperliche Berührung hinaus: Wir berühren einander auch durch Freundschaft, durch liebevollen Umgang miteinander, durch spirituelle Gemeinschaft und durch unsere gemeinsame Liebe zu Gott. Der weltberühmte Anthropologe Ashley Montagu sagt in seinem Vorwort zu diesem Buch: „Mariana Caplan behandelt praktisch alle wichtigen menschlichen Bedürfnisse, und dies in einer sehr offenen und einfachen Sprache, die sowohl das Herz als auch den Verstand berührt."

# Der Ursprung des Glücks

## Ein praktischer und intuitiver Ratgeber, um Glück, Liebe, Weisheit und Vertrauen zu erlangen

Ryuho Okawa

Paperback, 118 Seiten – ISBN 3-86616-005-4

Wahrhaft glücklich sein – wer will das nicht? Und doch fällt es den meisten Menschen unendlich schwer, dieses Glück in ihrem Leben zu verwirklichen. Das neue Buch des japanischen Glücksforschers Ryuho Okawa liefert kein Patentrezept für das schnelle und meist ebenso schnell vergängliche Glück, das materielle Dinge zu bieten haben. Es führt seine Leser vielmehr weit darüber hinaus, hin zu den tieferen Ursachen eines wahren, in sich selbst ruhenden Glücks, das weder von äußeren Umständen noch von materiellem Wohlstand oder gesellschaftlichem Status abhängig ist. Eines macht das in einer sehr klaren und bildhaften Sprache geschriebene Buch dabei unmissverständlich klar: Wahres Glück und wahre Liebe sind untrennbar miteinander verbunden, denn der Weg zum wahren Glück führt über die Liebe – über eine Liebe, die nicht nehmen will, sondern gibt, die im Einklang mit dem Willen des Universums schwingt und die andere Menschen glücklich machen will, damit sie selbst glücklich sein kann.

# Leben heißt Loslassen

## Alles, was wir festhalten, hält auch uns fest

Matt Galan Abend

Hardcover, 160 Seiten – ISBN 3-86616-024-0

Das Besitz anzeigende Fürwort MEIN ist sicher eines der meist gebrauchten Wörter unserer Sprache. Aber in Wirklichkeit ist nichts von dem, was wir für MEIN halten, wirklich unser Eigentum. Menschen schon gar nicht, und auch die materiellen Besitztümer, die wir mal mehr, mal weniger zur Verfügung haben, sind Leihgaben, mit denen wir eine Weile spielen dürfen. Wenn das Spiel unseres Lebens abgepfiffen wird, verlassen wir das Spielfeld, aber die Dinge können wir nicht mitnehmen. Fällt uns das Loslassen bei Dingen noch einigermaßen leicht, so haben wir große Schwierigkeiten mit dem Loslassen gegenüber unseren Kindern, Partnern, Freunden, unseren Vorstellungen, Plänen, Wahrheiten – die Liste lässt sich leicht verlängern. Wir machen uns gar nicht klar, wie viel Energie uns das Festhalten kostet. Aber nur wenn wir loslassen, können wir uns dem ständigen Wandel des Lebens, dem Entstehen und Vergehen, dem Kommen und Gehen anvertrauen, nur dann können wir im Fluss der Schöpfung sein.

# Im Einklang mit der universalen Ordnung

## Geistige Gesetze und Lebensweisheiten für den Alltag

Dr. Diethard Stelzl

Hardcover, 376 Seiten, 90 Graphiken – ISBN 3-86616-021-6

Der bekannte Bestseller-Autor Dr. Diethard Stelzl legt mit diesem Buch ein weiteres Resultat seiner tiefgründigen Überlegungen und Erkenntnisse vor. Dieses Buch gibt einen Überblick über Entstehung, Entwicklung und Aufbau der Schöpfung, die Entfaltung der menschlichen Kultur und des menschlichen Bewusstseins sowie die kosmischen Kommunikationssysteme und leitet daraus wichtige geistige Gesetze und kosmische Prinzipien ab, die nach einem „göttlichen Plan" das Sein bestimmen, dem Menschen aber auch die Freiheit geben, im Einklang mit dieser universalen Ordnung seine einzigartige, unverwechselbare Identität zu finden. Dem Leser werden sowohl Einsichten in dieses menschliche Urwissen, die "kosmischen Verkehrsregeln", vermittelt als auch Lebensweisheiten für den Alltag empfohlen, mit deren Hilfe er sein Leben jederzeit ändern, in innerem Gleichgewicht und Harmonie zu anhaltender Gesundheit, Erfolg, Glück und Zufriedenheit aufbauen und gestalten kann. Einleuchtend, in logisch-wissenschaftlicher und verständlicher Weise erklärt dieses Buch die großen kosmischen Zusammenhänge.

# Kraftquelle Lächeln

## Ihr Schlüssel zu Gesundheit, Schönheit, Erfolg, persönlicher Lebensfreude und spirituellem Wachstum

Ursula Rücker-Vennemann

Hardcover, 176 Seiten – ISBN 3-936486-82-4

Die Fähigkeit zu lächeln ist uns von der Natur mitgegeben worden. Dieses Lächeln ist nicht nur eine stärkende Verbindung zwischen zwei Menschen und hat nicht nur eine unmittelbar positive Wirkung auf den ganzen Körper, es baut auch Brücken in die spirituelle Welt. Das Buch "Kraftquelle Lächeln" ist ein praktischer und anschaulicher Ratgeber. Es macht auf anschauliche Weise deutlich, auf welche Weise sich Lächeln auf den Organismus und die Funktion der Gehirnzellen auswirkt. Wir können dieses Lächeln deshalb nutzen als Heilkraft für unsere körperliche, emotionale und geistige Gesundheit; Fitmacher für unsere Gehirnzellen; Jungbrunnen und Schönheitselixier; Brücke des Vertrauens zu anderen Menschen; zur Stärkung unserer persönlichen Lebensfreude und als Quelle für spirituelles Wachstum. Deshalb ist das Lächeln das zentrale Thema dieses Buches. Es werden nicht nur Fakten und Hintergrundinformationen vermittelt, sondern auch viele ausführliche Meditationsanleitungen zum "inneren Lächeln" angeboten, die Ihnen helfen, sich diese Kraft bewusst und ihre positive Wirkungen dauerhaft zu Eigen zu machen.

# Die unbegrenzten Dimensionen deiner spirituellen Kraft

## Ein inspirierender Wegweiser zur persönlichen Freiheit

Nick Williams

Paperback, 288 Seiten – ISBN 3-936486-70-0

Macht und Kraft faszinieren uns alle. Doch in weiten Teilen der Welt können wir beobachten, welche verheerenden Folgen es hat, wenn Macht falsch verstanden wird. Nick Williams spricht in diesem bahnbrechenden Buch von einer ganz anderen Macht: der Macht der Liebe, der Inspiration und der Kreativität. Wir können eine unglaublich positive Entwicklung erfahren, wenn wir die mystische Kraft der Liebe in den Mittelpunkt unseres Lebens stellen. Der Autor erinnert uns daran, dass wir aus uns selbst heraus ungeheuer kraftvoll und nicht darauf angewiesen sind, Macht von außen verliehen zu bekommen. Unsere spirituelle Kraft liegt in dem Wissen, dass wir die Quelle unserer Gedanken transformieren können: von der Angst zur Liebe. Nick Williams zeigt uns in praktischen Schritten, wie das gelingt.